HEYNE ‹

D1666648

Dmitry Glukhovskys METRO 2033-UNIVERSUM:

Mehr Informationen über Dmitry Glukovsky
und sein METRO 2033-UNIVERSUM auf:

diezukunft.de

SERGEJ MOSKWIN

IN DIE SONNE

Ein Roman aus Dmitry Glukhovskys
METRO 2033-UNIVERSUM

Aus dem Russischen
von Matthias Dondl

Deutsche Erstausgabe

WILHELM HEYNE VERLAG
MÜNCHEN

Titel der russischen Originalausgabe
УВИДЕТЬ СОЛНЦЕ

Verlagsgruppe Random House FSC® N001967
Das für dieses Buch verwendete
FSC®-zertifizierte Papier *Super Snowbright*
liefert Hellefoss AS, Hokksund, Norwegen.

Deutsche Erstausgabe 2/2015
Redaktion: Maria Peeck
Übersetzung des Vorworts von Dmitry Glukhovsky:
David Drevs
Copyright © 2011 by Dmitry Glukhovsky
Copyright © 2015 der deutschen Ausgabe und der Übersetzung
by Wilhelm Heyne Verlag, München,
in der Verlagsgruppe Random House GmbH
Printed in Germany 2015
Umschlaggestaltung: Animagic, Bielefeld
Satz: Schaber Datentechnik, Wels
Druck und Bindung: GGP Media GmbH, Pößneck

ISBN: 978-3-453-31550-1

www.diezukunft.de

DMITRY GLUKHOVSKY

DAS METRO 2033-UNIVERSUM

METRO 2033 ist für mich mehr als nur ein Roman. Es ist ein ganzes Universum, und nur einen kleinen Teil davon habe ich in meinem Buch beschrieben. METRO 2033 handelt von unserer Erde, wie sie im Jahre 2033 aussehen könnte, zwei Jahrzehnte nach einem verheerenden Atomkrieg, der die Menschheit fast ausgelöscht und eine Vielzahl mutierter Ungeheuer hervorgebracht hat.

In Russland und vielen anderen Ländern haben sich Leser, aber auch Autoren für die in METRO 2033 beschriebene Welt begeistert. Schon bald nach Erscheinen des Romans bekam ich unzählige Angebote von Menschen, die darüber schreiben wollten, was 2033 in ihrer Heimat, ihren Städten und Ländern geschehen sein könnte. Gleichzeitig verlangten die Leser nach einer Fortsetzung meines Romans.

METRO 2033 ist, wie inzwischen bekannt, vor einigen Jahren als interaktives Projekt im Internet entstanden. Noch während ich den Roman schrieb, veröffentlichte ich jedes neue Kapitel auf einer eigens dafür geschaffenen, öffentlich zugänglichen Website. Die Reaktion der Leser war überwältigend: Sie diskutierten leidenschaftlich, kritisierten und korrigierten meine Arbeit, stellten Vermutungen an über den weiteren Verlauf der Geschichte – und wurden so in gewisser Weise zu meinen Koautoren.

Wie wäre es, dachte ich mir damals, zusammen mit meinen Lesern – und anderen Schriftstellern – eine ganze Welt zu erschaffen? Andere Städte, andere Länder im Jahre 2033 zu beschreiben?

Die Metro mit immer neuen Protagonisten zu bevölkern – und so eine große postapokalyptische Saga entstehen zu lassen?

Als Jugendlicher habe ich mir beim Lesen von Fantasy- oder Science-Fiction-Romanen oft gewünscht, die Abenteuer meiner Helden und die Magie der Fiktion würden niemals enden. Schon damals dachte ich, wie wunderbar es wäre, wenn mehrere Schriftsteller zugleich ein und dieselbe fiktive Welt beschrieben. Auf diese Weise würde eine andere »Wirklichkeit« entstehen, die man immer wieder aufs Neue besuchen könnte.

Viele Jahre später, als METRO 2033 bereits als Buch erschienen war und ein riesiges Echo hervorgerufen hatte, begriff ich plötzlich, dass ich mir meinen Jugendtraum selbst würde erfüllen können. Ich brauchte nur andere Autoren einzuladen, auf der Grundlage meines eigenen Romans die geheimnisvolle Welt der Metro gemeinsam weiter zu erforschen.

So ist schließlich das Projekt METRO 2033-UNIVERSUM entstanden, von dem in Russland bereits 45 Romane erschienen sind. Deren Handlung umfasst unter anderem so unterschiedliche Städte und Regionen wie Moskau, St. Petersburg, Kiew und auch den Hohen Norden.

Der aktuelle Beitrag für das METRO 2033-UNIVERSUM ist ein Roman des russischen Schriftstellers Sergej Moskwin – eine finstere, atemberaubende Zukunftsfabel, die in der Metro von Nowosibirsk spielt.

Aber nicht nur russische Schriftsteller tragen dazu bei, dass sich das METRO 2033-UNIVERSUM immer weiter ausdehnt. So haben ein englischer und ein italienischer Autor bereits ihre Versionen der METRO-Welt vorgelegt (siehe Tullio Avoledos »Die Wurzeln des Himmels«), und auch Kollegen aus Spanien und Frankreich stehen kurz davor, unseren postapokalyptischen Kosmos zu bereichern.

Es ist ein literarisches Experiment, das meines Wissens noch niemand zuvor gewagt hat. Umso großartiger wäre es, wenn auch deutsche Autoren, gleich ob bekannt oder unbekannt, ihre eigenen Geschichten aus dem METRO 2033-UNIVERSUM zu unserer Reihe beitrügen.

Allmählich wird sich das METRO 2033-UNIVERSUM so in einen lebendigen Kosmos verwandeln, den Menschen mit unterschiedlichen Nationalitäten und in unterschiedlichen Sprachen bevölkern. Umso mehr freut es mich, dass Sie unser Experiment nun auch in deutscher Sprache verfolgen können. Wer weiß, vielleicht nehmen Sie eines Tages sogar selbst daran teil?

SERGEJ MOSKWIN

IN DIE SONNE

INHALT

Der Tag versinkt, dein Auge glüht
wie kostbares Geschmeide.
Die Sonne hat sich abgemüht
für sich und für uns beide.

An diesem goldnen Tage,
da ringsum Frühling blüht,
geht mein Traum zu Grabe,
die Liebe ist verglüht.

Der Abschied ist das Schwerste,
verzeih mir Gram und Schmerz.
Geh du als Erste,
so wünscht es sich mein Herz.

House of The Rising Sun
(Hymne an die untergehende Sonne)

PROLOG

Der aschgraue Himmel war von schwarzen Rußfahnen überzogen. Gleichmütig blickte er auf die Ruinen der Stadt hinab, die eine nukleare Feuersbrunst in Schutt und Asche gelegt hatte. Die Katastrophe lag gerade einmal zwei Jahrzehnte zurück – in historischen Maßstäben ein lächerlicher Zeitraum. Davor war hier alles ganz anders gewesen.

In der Stadt hatte pralles Leben geherrscht: Jeden Morgen quollen Menschenmassen aus den Häusern, und endlose Autoschlangen wälzten sich über die Straßen. Parks, Schulhöfe, Kinderspielplätze und Bürgersteige füllten sich mit lebhaftem Stimmengewirr. Im Untergrund beförderten schicke bunte Metrozüge Zehntausende Passagiere in alle Ecken der Stadt. In der Nacht, vor allem kurz vor Sonnenaufgang, beruhigte sich das Leben ein wenig, doch zum Stillstand kam es nie. Die Menschenströme, die tagsüber zur Arbeit oder nach Hause flossen, wurden nachts von versprengten Grüppchen abgelöst, die meist nicht mehr ganz nüchtern und lärmend um die Häuser zogen. Die Neonschilder von Nachtklubs und Bars und die Plasmabildschirme der Werbebranche malten bunte Farbtupfer in die Dunkelheit. Über dem Geflecht pulsierender Lebensadern wölbte sich ein grenzenloser Himmel: schwarz in der Nacht, rosagolden in der Morgendämmerung, purpurrot bei Sonnenuntergang, hell- oder tiefblau an heiteren Tagen. Manchmal schwebten milchweiße Wollknäuel am Himmel, und hin und wieder zogen lilagraue Wolkenwände auf, die – je nach Jahreszeit – prasselnden Regen oder dichtes Schneegestöber über der Stadt entluden.

Aber dann kam jener schicksalhafte Tag, an dem sich alles ändern sollte. Die Stadt mit ihren eineinhalb Millionen Einwohnern wurde vom Antlitz der Erde getilgt wie Tausende andere Städte und Metropolen weltweit. Die Menschen verdampften oder verbrannten zu radioaktiver Asche, die Feuerstürme in alle Winde zerstreuten. Nur die wenigen, die Schutz im Untergrund fanden, konnten sich vor der alles verzehrenden Hitzestrahlung der Kernexplosionen retten.

In der größten Stadt Sibiriens, im Tal des Ob, hatten nur einige Tausend Menschen die Katastrophe überlebt. In den ersten Tagen, Monaten oder sogar Jahren im Untergrund hatten die Überlebenden noch die Hoffnung gehegt, dass die Welt eines Tages wieder so wie früher sein würde. Doch was die wenigen Draufgänger erzählten, die sich an die Oberfläche wagten und das Glück hatten, von dort wieder zurückzukehren, war niederschmetternd. Sie berichteten von einem düsteren, unheilvollen Himmel, der sein ursprüngliches Blau verloren hatte, und von trostlosen Ruinen, in denen grauenhafte Bestien ihr Unwesen trieben. Die Jahre vergingen, und mit ihnen schwand auch die Hoffnung, an die sich die Menschen geklammert hatten.

Die Metro war das neue Zuhause der Überlebenden in Nowosibirsk geworden. Sie hatten die ehemaligen Bahnhöfe in bewohnbare Festungen verwandelt und ihnen neue Namen gegeben, die zur harten postapokalyptischen Wirklichkeit passten. Doch zu einem halbwegs normalen Leben hatten die Menschen auch zwei Jahrzehnte nach der Katastrophe nicht zurückgefunden. Sie hatten keine Zukunft und lebten rückwärtsgewandt. Sie trauerten ihrer verlorenen Welt und ihren Angehörigen nach, die für immer verschollen waren. Manche verfielen darüber in Verzweiflung, andere in Melancholie. Wieder andere sannen verbittert auf Rache.

Der ältere Herr, der gerade aus der Unterführung kam, gehörte zu Letzteren.

Von einem Hustenanfall gebeutelt, hob er den unteren Rand seiner alten Gasmaske an und spuckte einen dicken Batzen Blut aufs Trottoir. Im letzten Monat war er dreimal an der Oberfläche gewesen. Die radioaktive Strahlung, die er dabei abbekommen hatte, bedeutete sein sicheres Todesurteil. Aber das kümmerte ihn nicht. Diesmal hatte er nicht vor, noch einmal in die Metro zurückzukehren. Seine einzige Sorge war, dass er sterben könnte, bevor er sein Vorhaben vollendet hatte.

Inzwischen dämmerte es dem Alten, dass er seine letzte Expedition zu nachlässig vorbereitet hatte. Ihm fehlte ein Ersatzfilter für die Gasmaske, weil er gedacht hatte, dass für diese letzte Mission auch der alte reichte. Doch schon nach einer Stunde in der Unterführung, wo er den Sonnenuntergang abgewartet hatte, war der Filter so verstopft, dass jeder Atemzug zum Kraftakt wurde.

Der Mann wusste nicht einmal, welche Luft schlimmer radioaktiv vergiftet war: die, die er durch den Filter atmete, oder die ungefilterte Außenluft. Trotzdem konnte er sich nicht entschließen, die Gasmaske abzunehmen und wegzuwerfen.

Außerdem hatte er die Metro zu früh verlassen. Draußen war es noch hell gewesen. Man musste auf Schritt und Tritt mit dem Angriff einer Bestie rechnen, die in den Ruinen der Stadt nach Fressbarem suchte. Andererseits bestand dieses Risiko auch nach Einbruch der Dunkelheit. Im Prinzip konnte man es sich aussuchen, ob man von einem tag- oder nachtaktiven Monster vertilgt wurde.

Der Mann trat auf die verwaiste Straße und blickte sich verstohlen um. Die Sonne war endlich untergegangen. Die Dunkelheit verdichtete sich und kroch von allen Seiten in die Stadt. Er griff nach seiner Taschenlampe, für die er seine letzten Patronen geopfert hatte, doch er wagte es nicht sie einzuschalten. Das Licht lockte nächtliche Raubtiere an. Selbst kraftstrotzende und gut bewaffnete Stalker ließen ihre Taschenlampen nach Möglichkeit aus. Umso mehr galt das für einen fünfundfünfzigjährigen, schwächlichen Dozenten, der den größten Teil seines Lebens in einem Labor verbracht hatte und sich besser aufs Mikroskopieren als aufs Kämpfen verstand.

Der Mann tastete sich zu einem zerstörten Gebäude voran, von dem – welch teuflische Ironie – nur noch die Fassade stand. Dort sondierte er kurz die Lage, ehe er lossprintete. Aber schon nach wenigen Metern blieb er stehen und hustete sich die Lunge aus dem Leib. Mit einem verstopften Filter war an Rennen nicht zu denken.

Vor der Katastrophe hatte er sich fit wie ein Turnschuh gefühlt. Na ja – Kunststück. Damals war er knapp über dreißig gewesen und frisch zum Dozenten ernannt worden. Der jüngste Dozent im ganzen Labor. Aber dann war seine heile Welt zu Bruch gegangen. Dabei hatte er im Vergleich zu den armen Teufeln, die auf einen Schlag ihre ganze Familie verloren, noch Glück im Unglück gehabt: Seine Frau und seine zehnjährige Tochter überlebten die Katastrophe. An dem Tag, als die nuklearen Sprengköpfe den Raketenschutzschirm durchbrachen und in der Stadt einschlugen, waren sie wie einige Tausend andere Bewohner in die Metro geflüchtet.

Damals hatten sie sich retten können. Doch vor einem Monat war jede Rettung zu spät gekommen.

Das Unglück ereignete sich just zu einem Zeitpunkt, als er endlich geglaubt hatte – schön blöd –, dass alles geregelt sei und seine Familie von nun an ein gutes Leben haben würde – soweit man von einem guten Leben sprechen konnte, wenn man in betonierten Höhlen hauste und sich seit zwanzig Jahren nicht mehr unter freiem Himmel aufhalten konnte. Nur wenige Tage vor der Tragödie hatte er von der Administration der Sibirischen Allianz, einem Zusammenschluss von vier Stationen auf der Dserschinskaja- und der Leninskaja-Linie, eine Aufenthaltsbewilligung für die *Sibirskaja* bekommen – für sich und seine gesamte Familie: seine Frau, seine Tochter und seinen sechsjährigen Enkel.

Die *Sibirskaja* war dank ihrer Führungsrolle in der Allianz eine wohlhabende Station, die sich zu Recht rühmte, der ruhigste und sicherste Ort in der gesamten Metro zu sein. Ihre Bewohner konnten sich gute Kleidung und teure Lebensmittel leisten. Außerdem gab es eine funktionierende Elektrizitätsversorgung. Der Strom wurde von den Stationen *Prospekt* und *Marschalskaja* geliefert – so hatte man die Stationen *Krasny Prospekt* und *Marschala Pokryschkina* kurz nach der Katastrophe umbenannt –, wo mit Grundwasserströmen betriebene Hydrogeneratoren zur Stromerzeugung eingesetzt wurden.

Es galt als Glücksfall, an der *Sibirskaja* wohnen zu dürfen, doch nur wenigen wurde dieses Privileg zuteil. Die Administration der Allianz betrieb eine äußerst restriktive Migrationspolitik.

Nichtsdestotrotz war es dem alten Dozenten gelungen, eine Aufenthaltsbewilligung für sich und seine Familie zu bekommen. Als Gegenleistung hatte er der Allianz sein Wissen zur Verfügung gestellt. Letzteres war so umfangreich, dass es auch für fünf Aufenthaltspässe gereicht hätte, doch der Ehemann seiner Tochter und Vater seines Enkels war vor vier Jahren umgekommen.

Das tragische Ereignis hatte seine Tochter in tiefe Trauer gestürzt. Auch der Dozent war natürlich bekümmert gewesen über den Verlust, jedoch nicht über die Maßen – er hatte seinen Schwiegersohn nicht besonders gemocht. In der früheren Welt hätte seine stolze Tochter einen Kerl wie ihn noch nicht einmal angeschaut. Doch die Katastrophe hatte sehr verschiedene Leute unter die Erde getrieben und auf engstem Raum zusammengepfercht. Menschen, die sich früher nicht einmal zufällig über den Weg gelaufen wären. So hatte sich seine Tochter in diesen Taugenichts verliebt und ein Kind von ihm bekommen.

Der Sprössling kam erstaunlich gesund und kräftig zur Welt, und der alte Mann liebte seinen Enkel über alles. Vorher hätte er es nicht für möglich gehalten, dass er noch fähig wäre, Freude und Glück zu empfinden. Als er den kleinen Wonneproppen zum ersten Mal auf den Arm nahm und herzte, schwor er sich, Himmel und Hölle in Bewegung zu setzen, um seiner Familie ein gutes Leben zu ermöglichen.

Dafür hatte er sechs Jahre lang im Wissenschaftszentrum der Allianz geschuftet. Und der Aufwand war belohnt worden. Nun hatte er die Pässe von vier Neubürgern der *Sibirskaja* in der Tasche, von denen der Jüngste noch keine sieben Jahre alt war.

Nur noch ein letzter, gefährlicher Kraftakt musste bewältigt werden: der Umzug zur Station der Glückseligen. Das Problem bestand darin, dass wegen eines Deckeneinsturzes im Tunnel ein kurzes Stück des Wegs an der Oberfläche verlief. Man hätte natürlich warten können, bis die Spezialkräfte den Tunnel räumen, doch niemand wusste, wie lange das dauern würde: ein paar Tage, eine Woche oder einen Monat. Frau und Tochter hatten vorgeschlagen, das Risiko einzugehen, und er hatte zugestimmt. Die Distanz an der Oberfläche betrug gerade mal ein paar Hundert Meter. Selbst der Sechsjährige mit seinen kurzen Beinen hätte für die Strecke nur wenige Minuten gebraucht, ganz zu schweigen von den Erwachsenen.

Doch der Marsch unter freiem Himmel endete weit früher als erhofft.

Kaum hatte die Familie die Oberfläche erreicht, wurde sie von Harpyien attackiert. Die gigantischen geflügelten Bestien waren der Schrecken all jener, die sich in die Stadt hinaufwagten. Die Raubtiere tauchten wie aus dem Nichts auf. Als seine Tochter die drei unscheinbaren dunklen Punkte in der grauen Wolkendecke bemerkte, war es schon zu spät. Im Sturzflug verwandelten sich die Punkte in grauenhafte Monster mit langen, messerscharfen Krallen und gierig aufgerissenen Schnäbeln. Sekunden später schwangen sie sich mit ihren riesigen häutigen Flügeln wieder in die Lüfte empor und trugen in den Krallen ihre Beute davon: jene drei Menschen, die dem Dozenten alles bedeuteten.

Als die Harpyie seinen Enkel packte, fiel die noch zu große Kindergasmaske herab, und der Sechsjährige stieß einen markerschütternder Schrei aus, der durch die Ruinen der Stadt hallte. In der Folgezeit sollte dieser Schrei den alten Mann Nacht für Nacht aus einem Albtraum reißen, in dem er den Untergang seiner Familie immer wieder aufs Neue durchlitt.

Nach der Attacke rannte er den Harpyien nach, bis er entkräftet auf den zertrümmerten Bürgersteig sank. Doch die Bestien kamen nicht mehr zurück. Sie hatten genug Beute gemacht. Den dürren alten Mann, der ausgepumpt und verzweifelt am Boden lag, brauchten sie nicht. Niemand brauchte ihn mehr.

Der alte Dozent konnte sich nicht erinnern, wie er in die Metro zurückgekommen war. Die ersten Tage nach der Tragödie waren komplett aus seinem Gedächtnis gelöscht. Eine ganze Woche hatte er wie benebelt vor sich hingedämmert, bis er endlich wieder ein Ziel vor Augen sah. Das letzte Ziel in seinem Leben, das im Übrigen sinnlos geworden war.

Fast einen Monat lang hatte er sich vorbereitet, jetzt trennte ihn nur noch ein einziger Häuserblock von seinem Ziel.

Der Alte ging an den Ruinen eines Wohnhauses vorbei, schaute sich argwöhnisch um und überquerte dann diagonal die Straße. Dabei zwängte er sich zwischen den Wracks von Autos hindurch, die zwanzig Jahre zuvor mitten auf der Fahrbahn ihr Leben ausgehaucht hatten. Auf der anderen Seite stieg er einen Schutthügel hinauf und blieb mit offenem Mund oben stehen: Was für ein Anblick!

Vor ihm erstreckte sich eine verbrannte Fläche, einst der zentrale Platz der Stadt. In ihrer Mitte befand sich das Nest der Harpyien. Die verhassten Monster hatten es in den Ruinen des Operntheaters gebaut, das früher Wahrzeichen und Aushängeschild von Nowosibirsk gewesen war.

Von dem ehemals prachtvollen Gebäude mit seiner majestätischen Kolonnade und seinem filigranen, gleichsam schwebenden

Kuppeldach war nur noch ein Skelett aus Stahlbeton übrig. Die monumentalen Säulen der Vorhalle hatten der Druckwelle der Kernexplosion nicht standgehalten, und die einzigartige, sechzig Meter breite Kuppel war eingestürzt.

Nun sahen die Ruinen des ehrwürdigen Baus wie ein geborstener menschlicher Schädel aus. Eine passendere Wohnstatt für imaginäre Ausgeburten der Hölle hätte sich kein Maler oder Dichter ausdenken können.

Die absolut realen Harpyien waren jedoch mitnichten ein Werk des Teufels. Diesen Horror aus geflügelten Ungeheuern und anderen Monstern, die in Nowosibirsk ihr Unwesen trieben, hatten die Menschen sich selbst eingebrockt. Im letzten Weltkrieg waren ganze Kontinente von Kernexplosionen umgepflügt worden. Verheerende radioaktive Strahlung und Unmengen von Ruß und Asche, die in die Atmosphäre geschleudert wurden, hatten das Antlitz des Planeten entstellt. Es war nur folgerichtig, dass eine derart verunstaltete Welt ebenso grauenhafte Geschöpfe hervorbrachte, für die Menschen nichts weiter waren als Beute.

Und dennoch … Der alte Mann stand zwar mit dem Rücken zur Wand und hatte alles verloren, was ihm heilig war, aber immerhin war er noch in der Lage, den Raubtieren einen letzten Kampf auf Leben und Tod zu liefern. Davon würden sich die Harpyien und alle anderen Monster, die in der Umgebung hausten, in dieser Nacht überzeugen können.

Mit unsicheren Trippelschritten kämpfte sich der alte Dozent den rutschigen Schutthaufen hinunter und trat auf den offenen Platz hinaus. Der verstaubte Gasmaskenfilter knirschte wie ein verwitterter Akkordeonbalg. Oder war es seine Lunge, die knirschte?

»Macht nichts«, sprach sich der Alte selbst Mut zu. »Ich muss es nur noch über den Platz schaffen, dann bin ich da. Hauptsache, dass mich nicht im letzten Moment noch irgendeine Bestie erwischt …«

Zu einem anderen Zeitpunkt wäre der Plan des Dozenten sicher zum Scheitern verurteilt gewesen. Doch in diesen Minuten nach dem Sonnenuntergang hatte er die Hoffnung, durchzukommen. Im Vorfeld seines waghalsigen Vorstoßes zum Nest der Harpyien hatte er sich mehrfach mit erfahrenen Stalkern unterhalten. Und die hatten ihm versichert, dass kurz nach Sonnenuntergang der sicherste Zeitpunkt sei, weil die tagaktiven Bestien sich bereits in ihre Löcher zurückzogen, während die nachtaktiven ihre Beutezüge noch nicht begonnen hatten.

Es sah ganz danach aus, als sollten die Stalker recht behalten. Jedenfalls war dem Alten noch kein einziges Monster über den Weg gelaufen. Oder hatten die Harpyien alle anderen Bestien im Umkreis ihres Nests aufgefressen? Umso schlimmer für sie ...

Der Dozent hatte den Platz vor dem Theater noch ganz anders in Erinnerung: bunte Veranstaltungsplakate, ein Meer von Lichtern, drängelnde Zuschauer am Eingang und gepflegte Limousinen am Parkplatz. Von Letzteren waren nur noch traurige Reste übrig: durcheinandergeworfene, verrostete Wracks, die mit den Kotbatzen der geflügelten Monster besudelt waren.

Unvermutet rutschte der Alte auf einer solchen stinkenden Hinterlassenschaft aus. Beim Sturz schlitzte er sich seinen Gummiumhang an einer offen stehenden Autotür auf. Früher hätte er sich über ein solches Missgeschick furchtbar aufgeregt, doch jetzt war es ihm völlig egal. Er rappelte sich wieder auf, rückte seinen verrutschten Rucksack zurecht und marschierte auf die Ruinen des Theaters zu.

Da war es nun also, das Ziel seines riskanten Marschs und der Schauplatz für das Finale seines Lebens. Vor dem Theater lagen große Betonbrocken – vermutlich die Überreste der Säulen, die vor zwanzig Jahren von der Druckwelle zerstört worden waren.

Der Dozent blieb vor dem Trümmerhaufen stehen und betrachtete ihn. Es war unmöglich, darüberzuklettern oder außen herumzugehen. Doch das war auch gar nicht nötig.

Der Alte nahm seinen Rucksack ab und stellte ihn vor sich auf den Boden. Dann zog er sich die Gasmaske vom Kopf und warf sie in hohem Bogen fort. Eisige Luft strömte in seine Lungen, in der Magengrube machte sich Grabeskälte breit. Der Dozent genoss es trotzdem, endlich frei atmen zu können. Es waren ohnehin seine letzten Atemzüge. Höchste Zeit, zur Tat zu schreiten.

Er schnürte seinen Rucksack auf. Zum Vorschein kam ein verschlossenes Glasgefäß. Das Behältnis sah auf den ersten Blick zerbrechlich aus. Doch in Wirklichkeit war es alles andere als das. Weder ein Vorschlaghammer noch die Geschosse eines Sturmgewehrs hätten ihm etwas anhaben können. Und genau deshalb taugte es auch für den speziellen Inhalt.

Der Dozent sah auf. Aus dem eingestürzten Dach des Theaters stiegen die geflügelten Bestien eine nach der anderen auf. Die Harpyien hatten ihn also doch bemerkt! Hastig begann er den schweren Deckel aus Panzerglas aufzuschrauben. Als er endlich lose war, warf er ihn erleichtert zu Boden.

Das wollige schwarze Knäuel im Inneren des Gefäßes geriet sofort in Bewegung, als würde es die Freiheit spüren. Als der Alte diese Bewegung bemerkte, schluckte er. Er wollte das schwarze Zeug lieber nicht sehen. Abermals blickte er zum Himmel, wo inzwischen mindestens zehn Monster kreisten. Und wie viele waren noch im Nest?

»Alle müssen dran glauben«, murmelte der Alte hasserfüllt, biss die Zähne zusammen und griff mit der Hand in das Gefäß.

Im selben Moment verzog er vor Schmerz das Gesicht. Er schrie auf und zog die Hand aus dem Glas. Aber es war schon nicht mehr dieselbe Hand wie kurz zuvor. Sie war bis zum Handgelenk mit einer wurlenden Masse überzogen, die aus einem Geflecht schwarzer Fäden bestand. Diese Fäden wuchsen und krochen an seinem Arm hinauf.

Er schrie und fuchtelte verzweifelt mit dem Arm, doch die schwarze Masse war nicht mehr aufzuhalten. Innerhalb weniger Sekunden erreichte das Fadengeflecht seine Schultern, umspannte Kopf und Hals, überwuchs sein Gesicht. Der Schrei, den er ausstieß, erstarb abrupt. Er knickte ein, ruderte noch ein letztes Mal mit den Armen, die sich in dicke Kokons verwandelt hatten, und stürzte zu Boden.

Eine Minute später glich sein Körper einem wimmelnden schwarzen Wollknäuel. Am schmutziggrauen Himmel kreisten immer noch die Harpyien und zögerten, auf die merkwürdige Beute hinabzustürzen.

ERSTER TEIL

DIE MACHT DER DUNKELHEIT

1

BLACKOUT IM UNTERGRUND

Zustechen! Noch mal!

Das breite Bajonett, das die findigen Sibirier aus einer Kfz-Feder gefertigt und am Vorderschaft einer sechsschüssigen Revolverflinte mit dem sinnigen Namen »Spieß« befestigt hatten, bohrte sich tief in den Rumpf des Säbelzahnbärs. Man hätte erwartet, dass Blut aus dem aufgeschlitzten Körper der Bestie spritzte, doch nichts dergleichen geschah. Das lag daran, dass der Säbelzahnbär schon am Vortag im Tunnel erlegt worden war. Sein an Seilen aufgehängter Kadaver diente als Übungsobjekt, um den Nahkampf mit Tunnelmonstern zu trainieren.

Unter den Anfeuerungsrufen schaulustiger Kinder zog der muskulöse, hellhaarige junge Mann das Bajonett aus dem Kadaver, sprang mit einem Satz über ein Hindernis aus zusammengenagelten Eisenbahnschwellen hinweg, wich geschickt einer nach ihm schlagenden Holzstange aus, legte seine Flinte an und zielte auf einen Vampirkopf, der an einer langen Lanze aufgespießt war und tückisch hin und her pendelte.

Paff!

Der krachende Schuss übertönte das Gejohle des Publikums. Das von einer Schrotladung getroffene Ziel fiel herab und rollte über den Tunnelboden. Der junge Kämpfer atmete erleichtert durch, ließ seine Waffe sinken und wandte sich zu einem breitschultrigen Mann in Tarnuniform, der ihn die ganze Zeit mit Argusaugen und mit der Stoppuhr in der Hand beobachtet hatte.

»Herr Oberst, Anwärter Kassarin hat die Übung beendet«, meldete er stolz.

»Rühren«, erwiderte der. »Du bist im Zeitlimit geblieben. Aber deine Ausweichmanöver sind noch zu hektisch. Die Bewegungen müssen fließender ablaufen. Du hast den Test bestanden, aber du musst noch viel trainieren.«

Auf dem Gesicht des jungen Mannes machte sich Enttäuschung breit.

»Jawohl, Herr Oberst, noch viel trainieren«, echote er halbherzig und zog einen Schmollmund.

Erschöpft trat er an den Rand des Gleisbetts und kletterte auf den Bahnsteig. Nach dem extrem anspruchsvollen Hindernisparcours hatte er zittrige Beine und konnte kaum das Gleichgewicht halten.

»He, Sergej«, pfiff der Oberst den Anwärter an. Offenbar war er mit dessen beleidigten Abgang nicht zufrieden. »Komm mal her.«

Erst jetzt begriff der junge Mann, wie ausgepumpt er war. Langsam drehte er sich um und trottete zum Chef.

»Herr Oberst …«, begann er, doch der Mann ließ ihn nicht ausreden.

»Ich spreche nicht als Kommandeur, sondern als Vater mit dir. Passt dir irgendwas nicht?«

»Und ob!«, platzte Sergej heraus. »Wenn andere das Ziel erst beim zweiten Mal treffen, lobst du sie fleißig. Und selbst wenn einer beim dritten Mal vorbeischießt, findest du ein gutes Wort für ihn. Aber wenn …«

»Es geht hier nicht um andere, sondern um dich!« Oberst Kassarin wurde nun seinerseits wütend. »Habe ich etwa nicht recht? Bildest du dir ernsthaft ein, du würdest mit jeder Bestie fertigwerden? Einem Säbelzahnbär reicht ein Prankenhieb, und du bist tot. Und ein Vampir beißt dir ratzfatz die Halsschlagader durch. Wenn deine Knarre Ladehemmung hat oder dir die Patronen ausgehen, hast du mit deinen unbeholfenen Finten gegen solche Monster nicht die geringste Chance.«

Sergej starrte wie versteinert auf den Boden.

»Warum sagst du nichts?«, fragte sein Vater.

»Ich denke nach.«

»Richtig so«, erwiderte der Oberst milder als zuvor. »Das ist vernünftig. Nicht umsonst hat Mutter immer gesagt …«

»Vernünftig?!«, explodierte Sergej. Die letzten Worte des Vaters hatten einen wunden Punkt in seiner Seele getroffen. »Jaja, du weißt immer, was richtig und vernünftig ist! Ohne deine eiserne Logik und ohne dein verfluchtes Verantwortungsgefühl würde sie noch leben! Ist dir das eigentlich klar?!«

Sergej schnürte es die Kehle zu. Er machte auf dem Absatz kehrt und marschierte mitten durch die auseinanderstiebende Kinderschar davon.

Jener schicksalhafte Tag lag bereits acht Jahre zurück. Doch Sergej hatte sich bis heute nicht mit dem Tod seiner Mutter abfinden können. Deutlich hatte er vor Augen, wie sie sich von ihm verabschiedete, bevor sie mit einer Gruppe von Stalkern an die Oberfläche stieg.

Er erinnerte sich an jedes Detail: an jedes Wort, das sie sagte, an ihr Lächeln, an ihr Versprechen, vor Einbruch der Dunkelheit zurück zu sein. Doch sie war nicht mehr zurückgekehrt. Keiner aus der Gruppe. Der Vater war damals schon Chef des Sicherheitsdienstes gewesen. Sergej hatte ihn angefleht, der Mutter noch in derselben Nacht zu Hilfe zu eilen. Doch der Vater hatte sich nicht umstimmen lassen. Erst bei Tageseinbruch war er mit einem Rettungstrupp losgezogen, zu einem Zeitpunkt, als jedem an der Station – selbst dem zwölfjährigen Sergej – klar war, dass es dort oben niemanden mehr zu retten gab.

Die Rettungsmannschaft war nach kurzer Zeit wieder zurückgekehrt. Wie sich herausgestellt hatte, waren die vermissten Stalker lächerliche dreihundert Meter vor dem Eingang in die Metro von einer Meute oberirdischer Bestien angegriffen worden. Die Männer hatten die Chefin des Sanitätsdienstes verbissen verteidigt, doch aller Heldenmut war umsonst gewesen.

Sergej hatte nicht einmal Abschied von seiner Mutter nehmen können. Sein Vater hatte nur wortlos den Kopf geschüttelt, nachdem er von der Suchaktion wieder zur Station zurückgekehrt war. Später hatte Sergej von einem seiner Freunde erfahren, dass vom Körper seiner Mutter praktisch nichts übrig geblieben war.

Nach dem Training irrte Sergej aufgewühlt durch die Bahnsteighalle. Plötzlich stand er vor dem hermetischen Tor, durch das die Stalker die Station verließen, wenn sie zur Oberfläche wollten. Auch seine Mutter war durch dieses Tor zu ihrer letzten Expedition aufgebrochen. Wie damals hatten sich auch jetzt viele Menschen hier versammelt.

In der Menge bemerkte Sergej Männer mit gummierten Schutzanzügen. Die Stalker, die sich im Morgengrauen in die Stadt aufgemacht hatten, waren zurückgekommen. Und den fröhlichen Gesichtern der Angehörigen nach zu schließen, hatten sie keine Verluste zu beklagen. Man konnte sich nur freuen für sie.

Sergej war trotzdem nicht nach Feiern zumute. Sekatsch, dem Chef des Stalkertrupps, offenbar auch nicht.

»Diese schwarze Wolke ist immer noch da«, hörte Sergej ihn sagen.

»Im Westen?«, fragte jemand aus der Menge.

Sekatsch machte ein finsteres Gesicht und nickte verhalten.

»Im Westen … Aber sie ist näher gekommen.«

Die schwarze Wolke hatte man schon vor einer Woche bemerkt. Normalerweise wäre sie niemandem besonders aufgefallen, doch an jenem Tag hatte strahlender Sonnenschein geherrscht, und die Wolke hatte sich wie ein dicker Tintenfleck vom blassgrauen Himmel abgehoben. Wenige Tage später waren die Stalker wieder in der Stadt oben gewesen und hatten zu ihrer Überraschung festgestellt, dass die schwarze Wolke immer noch da war. Und nicht nur das: Sie hatte sich über die halbe Stadt ausgebreitet.

Und nun berichtete Sekatsch, dass sie nach Osten, also in Richtung ihrer Station *Roschtscha*, weitergezogen war.

»Und wenn das einfach nur eine Rauchwolke ist?«, mutmaßte der einbeinige Kusmitsch.

»Wo sollte der Rauch herkommen?«, entgegnete Sekatsch und schaute Kusmitsch bohrend an.

Der grimmige Blick des obersten Stalkers machte den Invaliden so verlegen, dass er den Kopf einzog.

»Keine Ahnung«, stammelte er. Ihm war längst klar, dass er Unsinn geredet hatte. »Vielleicht brennt irgendwas.«

»Alles, was dort oben brennen könnte, ist schon vor langer Zeit verbrannt«, winkte Sekatsch ab.

Sergej hörte den Stalkern aufmerksam zu. Er hatte Sekatsch schon oft gebeten, ihn in seinen Trupp aufzunehmen, doch der hatte das bisher immer unter eher fadenscheinigen Vorwänden abgelehnt. Sergej hegte den Verdacht, dass sein Vater dabei die Finger im Spiel hatte. An der *Roschtscha* wagte es kaum jemand, sich über die Meinung des Sicherheitschefs hinwegzusetzen. Aus diesem Grund blieb es Sergej bislang versagt, selbst die Ruinen der toten Stadt zu erkunden. Er musste sich mit den Erzählungen anderer begnügen. Doch diesmal hatte er nicht einmal dazu Gelegenheit …

Denn plötzlich bekam er einen brutalen Schlag auf die rechte Schulter. Als Sergej sich umblickte, war dort niemand. Dafür schepperte links von ihm das höhnische Gelächter seines Kumpels Dron.

»Wer schläft, stirbt!«

Dron grinste wie immer über beide Ohren. Er war jetzt ohne die Holzstange, mit der er beim Hindernisparcours versucht hatte, Sergej zu erwischen.

»Spinnst du?!«, entrüstete sich Sergej. »Das tut weh!«

Doch sein Kumpel ließ sich nicht so leicht aus der Ruhe bringen.

»Quatsch. Wenn du meine Holzstange vorhin aufs Kreuz gekriegt hättest, *das* hätte wehgetan. Aber der Klaps eben war doch Pillepalle.«

»Du kannst es ja mal bei Sekatsch ausprobieren«, erwiderte Sergej und zeigte Dron die Faust. »Mal sehen, ob der das auch Pillepalle findet. Und außerdem hättest du mich vorhin beim Parcours ums Haar erwischt. Ich hab schon gedacht, ich kriege die Stange volle Kanne auf die Rübe.«

»So muss es sein«, kommentierte Dron zufrieden. »Was uns nicht umbringt, macht uns hart. Na, wie sieht's aus? Lass uns ein bisschen abhängen. Hast du nicht gesagt, dass ihr noch was zu trinken habt?«

Dron war zwei Jahre älter als Sergej und noch an der Oberfläche zur Welt gekommen, nicht in der Metro wie Sergej und seine Altersgenossen. Er hatte die Welt vor der Katastrophe also noch erlebt, auch wenn er sich an nichts mehr erinnern konnte. Sein eigentlicher Name war Andrej. Den kurzen und klangvollen Spitznamen Dron hatte er sich selbst zugelegt.

Im Verhältnis der beiden hatte Dron das Sagen, was Sergej aufgrund des Altersunterschieds und dem Erfahrungsvorsprung seines Freundes akzeptierte. Auch jetzt widersprach er ihm nicht, obwohl er eigentlich keine Lust hatte, zu trinken.

»Na gut, meinetwegen«, willigte er ein. »Vater hat noch einen halben Liter Braga. Aber mir reicht ein Glas, ich will keinen Rausch kriegen.«

»Wie willst du denn von einem halben Liter besoffen werden?«, spottete Dron und rempelte Sergej gegen die Schulter. »Na los, lass uns gehen.«

Was den Alkohol betraf, hatte Dron natürlich recht. Abgesehen von dem feinen Stoff, den die Stalker aus der Stadt mitbrachten, – und der wurde von Jahr zu Jahr weniger –, sah es in der

Metro schlecht aus mit alkoholischen Getränken. Es gab nur Samogon, der in puncto Alkoholgehalt und Reinheit stets ein Abenteuer war, und wässrige, aus Silage gebraute Braga. Letztere war so eine Art Universalsurrogat für Wein, Bier, Likör und sonstige schwach alkoholische Getränke, die es vor der Katastrophe gegeben hatte. Sowohl Samogon als auch Braga wurde nur an Stationen hergestellt, an denen es Plantagen gab, und dank einer konstant funktionierenden elektrischen Beleuchtung gehörte die *Roschtscha* zu diesen Stationen.

Den Strom bezogen die Bewohner der *Roschtscha* von der Nachbarstation *Marschalskaja*. Natürlich nicht für einen warmen Händedruck, sondern dafür, dass sie die Mutanten in den östlichen Tunneln unschädlich machten. Die »Marschälle« selbst hatten keine Zeit, sich mit den Biestern herumzuschlagen. Sie mussten sich um den Betrieb mehrerer selbst gebauter Turbinen kümmern, die von Grundwasserströmen angetrieben wurden. Um das Wasser auf die Turbinen zu leiten, hatte man ein komplexes Rohrleitungssystem angelegt, und das musste – wie die Turbinen selbst – natürlich ständig gewartet werden.

Mit dieser Aufgabe waren die Bewohner der *Marschalskaja* völlig ausgelastet. Sie unterhielten nicht einmal eine eigene Kampftruppe. Stattdessen unternahmen alle erwachsenen Männer etwa einmal pro Woche Kontrollgänge, bei denen sie die Wasserkraftanlagen an der Station und in den anliegenden Tunneln überprüften.

Sergejs Vater hatte erzählt, dass die »Marschälle« keine Kämpfer, sondern eher Handwerker waren, die mit Waffen nicht viel anfangen konnten. Es war also durchaus vernünftig, dass sie die Verteidigung gegen die Mutanten anderen überließen. Zumal es in den Tunneln östlich der *Roschtscha* von Monstern nur so wimmelte.

Die *Marschalskaja* hatte deshalb ein Militär- und Wirtschaftsabkommen mit der Nachbarstation geschlossen: Als Gegenleistung für den Schutz ihrer östlichen Grenzen versorgte sie den Kooperationspartner mit Elektrizität. Den überschüssigen Strom, den sie nicht für den Eigenbedarf brauchten, lieferten die »Marschälle« an die *Sibirskaja*. Im Gegenzug bekamen sie von der Administration der Allianz Ausrüstung, Werkzeug, Waffen und natürlich Patronen, die in der Metro neben ihrem originären Zweck als Währung dienten.

Mit dieser Rollenverteilung waren alle zufrieden. Sergejs Vater hatte mehr als einmal betont, dass die Bewohner der *Roschtscha* ohne den Strom von der *Marschalskaja* ziemlich aufgeschmissen wären.

Neben seinem Zelt traf Sergej zufällig Lida.

»Hallo …«, grüßte er und wurde sofort rot.

»Hi, Lida«, mischte Dron sich ein. »Ist dir nicht langweilig allein? Komm doch zu uns rein!«

»Ich muss zur Schicht auf die Plantage.«

»Petersilie gießen?«, lästerte Dron. »Vergiss es! Setzen wir uns lieber zusammen und trinken was. Sersch gibt einen aus. Und hinterher bringen wir dich zur Plantage.«

Er legte ihr ungeniert den Arm um die Schulter, doch Lida entwand sich.

»Das geht nicht.« Sie schaute Sergej an. »Vielleicht ein andermal.«

Sergej hatte einen Frosch im Hals und blinzelte verlegen.

Das mit Lida konnte er sich ohnehin abschminken, weil sie erst sechzehn war. An allen vier Stationen der Sibirischen Allianz durfte man erst mit achtzehn heiraten. Natürlich brauchte man nicht unbedingt einen Trauschein, um seinen Spaß zu haben: Dron war schon mit einem guten Dutzend Frauen ins Bett gestiegen, und auch Sergej hatte schon das eine oder andere Abenteuer hinter sich. Ihre Partnerinnen waren jedoch stets erwachsene Frauen weit über achtzehn gewesen. Würde Dron es etwa riskieren, sich mit einer Minderjährigen einzulassen? Sergej warf seinem Kumpel einen argwöhnischen Blick zu.

Dron schlug die Eingangsplane des Zelts zurück und schob ihn hinein.

»Du druckst herum wie ein Mädchen«, stänkerte er. »Na los, schenk ein, wenn du schon einen ausgibst.«

Dron war an diesem Tag irgendwie merkwürdig drauf. Aggressiver als sonst. Zwar gab er sich gut gelaunt, aber in seinem Blick lag etwas Ungutes. Kassarin bereute es bereits, sich auf den Umtrunk eingelassen zu haben, doch einfach wegschicken konnte er seinen Kumpel jetzt auch nicht mehr.

Er öffnete den hölzernen Waffenschrank, in dem sein Vater alkoholische Getränke aufbewahrte. Neben der Halbliterflasche mit Braga stand noch eine Flasche Samogon. Dron erspähte sie natürlich sofort.

»Oh, du hast ja auch Schnaps!«, rief er entzückt und hatte die Flasche schon in der Hand, ehe Sergej etwas einwenden konnte.

Ungeniert nahm er zwei Blechbecher aus dem Regal und machte sich ans Einschenken. Doch Sergej legte die Hand auf seinen Becher.

»Nein, ich bleibe lieber bei Braga.«

Sergej machte sich nicht viel aus Alkohol und trank auch jetzt nur aus Geselligkeit mit.

Dron akzeptierte seine Wahl und schenkte sich selbst Samogon ein – mindestens einen Doppelten. Sergej begnügte sich mit einem halben Becher Braga. Obwohl sie nichts Verbotenes taten, fühlte er sich extrem unwohl. Wie sah denn das aus? Der Sohn des Chefs des Sicherheitsdienstes und einer der besten Kämpfer der Stationswehr gaben sich am helllichten Tag die Kanne.

Sergej ging zum Eingang und schlug die Plane wieder vor. Im Zelt wurde es schlagartig duster. Er schaltete die 20-Watt-Birne ein, die zwischen den Betten an der Decke hing.

Die elektrische Innenbeleuchtung war der einzige Luxus, den sein Vater sich leistete. In seiner Position hätte er eigentlich Anspruch auf eine drei mal dreieinhalb Meter große Holzhütte gehabt, wie sie der Stationskommandant und die Chefs der anderen Dienste bewohnten. Auch Sergejs Mutter, die bis zu ihrem Tod den Sanitätsdienst der *Roschtscha* geleitet hatte, wäre das Privileg zugestanden, in einer solchen »Villa« zu wohnen, wie man die einfachen Holzhäuschen gern nannte, ein altmodischer Begriff, mit dem Sergej nichts anfangen konnte.

Sein Vater aber zog es vor, wie die einfachen Kämpfer seiner Truppe in einem gewöhnlichen Zelt zu wohnen. Darin hatte er zwei Betten aufgestellt: ein einfaches für seine Frau und ein Doppelstockbett für sich und seinen Sohn. Nach dem Tod seiner Frau hatte er lediglich das obere Stockbett entfernt.

»Geiles Zeug«, lobte Dron, nachdem er seinen Becher in einem Zug geleert hatte. Dann blickte er Sergej an und zog verwundert die Augenbrauen hoch. »Warum trinkst du denn nicht?«

Kassarin zuckte mit den Achseln, nippte lustlos an seiner Braga und stellte den Becher wieder zurück.

»Keine Lust …«

»Was ist denn passiert? Na los, raus mit der Sprache«, ermunterte ihn Dron.

»Ach, mein Vater meckert ständig an mir rum!« Sergej machte seinem Ärger Luft. »Mal ehrlich: Ich war heute doch nicht schlecht am Parcours, oder?«

»Ganz im Gegenteil, du warst super«, bestätigte Dron und schenkte sich Samogon nach.

»Siehst du?!«, erwiderte Sergej kopfschüttelnd. »Nur meinem Vater passt ewig irgendwas nicht. Ich bin zwanzig, und er behandelt mich immer noch wie ein kleines Kind. Na meinetwegen, soll er ruhig! Irgendwann werde ich alle abhängen am Parcours, du wirst schon sehen!«

»Recht so. Darauf trinken wir.« Dron hob seinen Becher und kippte sich den Schnaps hinter die Binde, ohne auf Sergej zu warten. »Dein Papa hat einen guten Geschmack«, fügte er hinzu und leckte sich genüsslich über die Lippen. »Hast du zufällig auch was zu beißen da?«

Sergej sah sich um, fand aber nichts. Das war auch nicht weiter verwunderlich. Seit dem Tod seiner Mutter verpflegten er und sein Vater sich in der Kantine oder im Stationsbuffet und hatten so gut wie nie Lebensmittel zu Hause. Sergej nahm eine alte, trübe Wasserkaraffe vom obersten Brett des Regals, das sein Vater zusammengezimmert hatte.

»Ich kann dir leider nur Wasser anbieten, falls du was zum Nachspülen brauchst.«

»Macht nichts«, winkte Dron ab und trank einen Schluck direkt aus der Karaffe.

Das Gesicht seines Kumpels hatte eine rosige Farbe bekommen, der aggressive Glanz in seinen Augen war verschwunden. Sergej entschloss sich, etwas anzusprechen, was ihm schon lange unter den Nägeln brannte.

»Sag mal, Dron, wegen Lida …«

Er kam nicht dazu, seine Frage zu stellen. Die Lampe an der Decke blinkte plötzlich und erlosch. Im Zelt war es auf einmal stockdunkel. Viel dunkler als normalerweise, wenn man die Lampe ausschaltete. Denn dann drang immer noch das Licht der Bahnsteigbeleuchtung durch die dünnen Zeltwände. Doch jetzt sah man die Hand vor Augen nicht mehr.

Stromausfall, schlussfolgerte Sergej. Und offenbar ein ziemlich kapitaler, da die Beleuchtung am ganzen Bahnsteig erloschen war. Er schlug die Eingangsplane zurück und lugte hinaus. Tatsächlich: totale Finsternis.

Aus allen Richtungen hörte man besorgte Stimmen: »He, was ist mit dem Licht?! Was ist passiert?!«

Während Kassarin die Lage sondierte, zündete Dron die Petroleumlampe an, die für solche Fälle im Zelt aufbewahrt wurde. Die Lampe qualmte entsetzlich. Das lag daran, dass sie nicht mit Petroleum befüllt war, sondern mit selbst gemischtem Dieselöl, das in

Chemie bewanderte Autodidakten an der *Sibirskaja* herstellten. Echtes Petroleum gab es in der Metro schon lange nicht mehr. Sämtliche bekannten Vorratsquellen oben in der Stadt waren schon wenige Jahre nach der Katastrophe versiegt.

Trotz des ätzenden Rauchs, den es beim Verbrennen entwickelte, zählte Dieselöl zu den gefragtesten Handelswaren in der Metro. Man verwendete es nicht nur für die Petroleumlampen, sondern auch als Kraftstoff für Elektrogeneratoren. An den meisten bewohnten Stationen waren solche Generatoren die einzige Stromquelle.

Überall am Bahnsteig flammten tanzende Lichter auf. Die Menschen, die unverhofft im Dunklen saßen, schalteten Taschenlampen ein und entzündeten Petroleumlampen. Einer steckte sogar eine mit Diesel getränkte Fackel Marke Eigenbau an. Es herrschte allgemeine Verunsicherung, doch niemand verfiel in Panik. Die Bewohner der *Roschtscha* waren guten Mutes, dass die Panne bald behoben und das Licht wieder angehen würde.

Fluchend und mit der Petroleumlampe in der Hand verließ Dron das Zelt und machte sich auf zur Bahnsteigmitte. Sergej folgte ihm. Im Falle außergewöhnlicher Vorkommnisse hatten sich alle dienstfreien Angehörigen der Stationswehr dort einzufinden.

Sie gehörten zu den Ersten, die am Sammelplatz eintrafen. Es dauerte nicht lange, bis dort ein richtiges Gedränge herrschte.

»Wenn wir Glück haben, ist es nur ein Kabelbruch«, spekulierte einer. »Aber was, wenn irgendwo die Tunneldecke eingestürzt ist? Wisst ihr noch, wie letztes Jahr? Damals hatten wir sechs Tage keinen Strom.«

»Nicht sechs Tage, sondern eine ganze Woche«, präzisierte eine Stimme aus der Dunkelheit. »Erst am achten Tag ging das Licht wieder an.«

»Mich wundert weniger der Stromausfall als die Tatsache, dass er erst jetzt passiert. Ich war nämlich schon öfter an der *Marschal-*

skaja. Die Anlagen dort sind uralt und dilettantisch zusammengeschraubt. Jetzt ist halt mal eine kaputtgegangen.«

»Wenn die Panne bei den ›Marschällen‹ passiert ist, müssen sie sich auch selbst um die Reparatur kümmern!«

»Was regt ihr euch auf? Der Kommandant oder Kassarin werden dort anrufen, dann erfahren wir schon, was Sache ist.«

Sergej suchte nach seinem Vater, konnte ihn aber nirgends entdecken. Vermutlich beriet er die Lage mit dem Stationskommandanten oder versuchte bereits, Kontakt zur *Marschalskaja* aufzunehmen.

Anstelle seines Vaters tauchte plötzlich Wiesel auf, Sergejs Freund seit Kindertagen. In der einen Hand hielt er ein zerfleddertes Büchlein mit vergilbten Seiten, in der anderen eine Taschenlampe. Den Spitznamen Wiesel verdankte er seinem schmächtigen Körperbau, der es ihm erlaubte, durch engste Spalten hindurchzuschlüpfen.

Wiesel blickte nervös umher und bleckte sein lückenhaftes Gebiss.

»Was meint ihr, wird es lange dauern?«

»Hast du Schiss?«, spottete Dron. »Mach dir mal nicht in die Hose.«

Die Schneidezähne hatte sich Wiesel ausgeschlagen, als er auf der Flucht vor zwei Säbelzahnbären aufs Gleis gestürzt war. Um sich zu retten, hatte er damals seinen Rucksack und seine Doppelflinte weggeworfen. Wegen dieser vermeintlichen Hasenfüßigkeit wurde er seither ständig aufgezogen. Sergej fand das ungerecht. Wiesel war sicher nicht gerade ein Held, aber die permanenten Hänseleien hatte er nicht verdient. In der Stationswehr gab es nur sehr wenige Kämpfer, die sich, nur mit einer Doppelflinte und einem Messer bewaffnet, auf einen Kampf mit zwei Säbelzahnbären eingelassen hätten.

Die mannshohen Monster wogen mehrere Zentner und waren schwer umzubringen. Sie schienen keinen Schmerz zu spüren. Selbst schwere Verletzungen hielten sie nicht davon ab, weiter anzugreifen. Im östlichen Tunnel hatte Sergej einmal mit eigenen Augen gesehen, wie ein Säbelzahnbär mit aufgeschlitztem Bauch und heraushängenden Därmen einen Kontrollposten attackierte. Töten konnte man diese Bestien nur mit präzisen Schüssen in den Kopf oder ins Herz. Allerdings blieben die Schrotkugeln bereits bei mittleren Distanzen in der dicken Haut der Monster stecken.

Es war absolut nachvollziehbar, dass Wiesel sich damals zur Flucht entschloss. Nur seine Waffe hätte er natürlich nicht unbedingt wegwerfen müssen …

»Lass gut sein, Dron«, sagte Sergej und zeigte, um das Thema zu wechseln, auf das Büchlein, das Wiesel wie einen Schatz an seine Brust drückte. »Was hast du da?«

»Ach das!« Wiesel strahlte über beide Ohren. »Ein Songbuch. Das habe ich Sekatsch gerade abgekauft. Ein uraltes Teil. Schaut, hier steht das Datum: 1980. Wann war das? Dreißig Jahre vor der Katastrophe. Sogar noch länger! Das ist ein antiquarisches Juwel. An der *Sibirskaja* würde man ein Vermögen dafür bekommen. Sekatsch hat es mir für lächerliche fünfundzwanzig Patronen gegeben. Schön dumm von ihm, was?«

Sergej wiegte skeptisch den Kopf. Was hätten die eierköpfigen Schlaumeier von der *Sibirskaja* mit diesem auseinanderfallenden Bündel vergilbter Seiten anfangen sollen? Vermutlich würden sie keine einzige Patrone dafür ausgeben.

Dron nahm wie immer kein Blatt vor den Mund.

»Der Dumme bist du, Wiesel!«, trompetete er über den halben Bahnsteig. »Für fünfundzwanzig Patronen kann man sich einen ganzen Tag lang in den besten Bars der Allianz amüsieren. Und du hast die Kohle für zerfleddertes Papier ausgegeben, mit dem man sich bestenfalls noch den Hintern abputzen kann.«

Zu Sergejs Überraschung reagierte Wiesel keineswegs gekränkt auf Drons gehässigen Kommentar.

»Hört euch mal an, was hier steht!«

Wiesel öffnete das Büchlein, richtete die Taschenlampe darauf und begann zu lesen:

Er schaut die Mutter zärtlich an
und schüttelt den Kopf.
Mama, ich will den Himmel sehen,
den blauen, den blauen.
Ich will den Himmel sehen,
nimm mich mit.

»Das ist doch wie für uns geschrieben! Für alle, die in der Metro leben!«

»Den Himmel sehen«, äffte ihn Dron nach. »Geh doch nach oben, und schau dir diesen Himmel an. Dann vergeht dir die Lust.«

Doch Wiesel ließ sich nicht beirren.

»Und hier ist noch eins. Es heißt ›Hymne an die untergehende Sonne‹.«

Der Tag versinkt, dein Auge glüht
wie kostbares Geschmeide.
Die Sonne hat sich abgemüht
für sich und für uns beide.

Wiesel wollte weiterlesen, doch Dron unterbrach ihn mit fiesem Gelächter.

»Du bist doch nicht mehr ganz dicht, Wiesel. Wo ist denn deine Sonne? Die Sonne scheißt doch auf dich, auf mich, auf Sersch und auf den, der das geschrieben hat. Sie scheißt auf uns alle.«

»Das ist nicht wahr«, widersprach Wiesel leise, aber trotzig.

Wenn Dron ihn demütigte und beleidigte, perlte das scheinbar spurlos an ihm ab, doch kaum sagte jemand etwas gegen die Sonne, empfand er das als persönliche Beleidigung. Eigenartiger Typ, dieser Wiesel.

Dron setzte zu einer Erwiderung an – Sergej war längst gewohnt, dass sein Kumpel im Streit immer das letzte Wort haben musste. Doch in diesem Augenblick schalteten sich an der Decke nacheinander die Lampen der Notbeleuchtung ein, und Drons Replik ging im Geraune der am Bahnsteig versammelten Menschen unter.

Kurz darauf erblickte Sergej seinen Vater. Oberst Kassarin bahnte sich energisch seinen Weg durch die Menge.

»Antreten!«, kommandierte er, als er den Sammelplatz erreicht hatte.

Zusammen mit Wiesel und den anderen Anwärtern nahm Sergej seinen Platz an der linken Flanke der Formation ein.

»Bei uns an der Station ist alles in Ordnung«, verkündete Kassarin. »Die Elektriker haben die Leitungen überprüft und das Notstromaggregat angeworfen.« Er zeigte auf die schwachen Lampen der Notbeleuchtung. »Die kriegen ihren Saft jetzt von unserem Generator. Die Störung kommt also irgendwo aus dem Tunnel oder ...«, der Oberst machte eine effektvolle Pause, »... von unseren Nachbarn an der *Marschalskaja*. Ich brauche einen Trupp Freiwillige für einen Kontrollgang in den Tunnel. Wir begleiten eine Brigade von Elektrikern, die nach der Ursache des Stromausfalls sucht. Unsere Aufgabe besteht darin, für ihre Sicherheit zu sorgen. Freiwillige vortreten!«

Fast die gesamte Stationswehr inklusive Sergej trat einen Schritt vor. Sein Vater nickte vielsagend, als hätte er von seinen Kämpfern nichts anderes erwartet.

»Die Anwärter bleiben an der Station«, verkündete er. »Eure Aufgabe: die Kontrollposten verstärken und Patrouille laufen. Alle anderen Freiwilligen kommen zu mir.«

Sergej seufzte resigniert. Nur alle heiligen Zeiten bot sich eine Chance, sein Können zu zeigen. Und selbst wenn der Schutztrupp der Reparaturbrigade nichts zu tun bekam – eine Aufklärungsmission im Tunnel, noch dazu mit einem möglichen Abstecher zur *Marschalskaja*, war immer ein Ereignis.

Stattdessen stand ihm eine todlangweilige Schicht am Kontrollposten bevor. Oder ein Patrouillengang am Bahnsteig, was auch nicht viel spannender war. Die Chancen, seinen Vater umzustimmen, standen gleich null. Und alles nur, weil er immer noch Anwärter war und kein vollwertiges Mitglied der Stationswehr wie Dron …

Ein plötzliches Donnerwetter seines Vaters, das allerdings nicht ihm galt, riss Sergej aus seinen trüben Gedanken.

»Sag mal, bist du betrunken?!«

»Nach dem Training habe ich mit Ihrem Sohn zusammen ein bisschen ausgespannt. Ein Schlückchen Braga, nichts weiter. Im Übrigen war er es, der …«

Doch der Oberst hatte keine Lust, sich Drons Rechtfertigung anzuhören.

»Du bleibst an der Station!«, polterte er. »Alle anderen: Waffen holen! In fünf Minuten brechen wir auf.«

Als der Bahnsteig sich geleert hatte, trat Sergej zu Dron.

»Mach dir nichts draus. Du kennst ja meinen Vater. Er hat halt seine Prinzipien.«

Überraschenderweise zeigte sich Dron weder beleidigt noch verärgert.

»Ach, der kann mich mal«, winkte er ab. »Meinst du, ich bin scharf darauf, im Tunnel Gleisschwellen zu zählen und durch Rattendreck zu waten? Hier ist es wenigstens warm und trocken.«

»Warum hast du dich dann freiwillig gemeldet?«, wunderte sich Sergej.

»Warum, warum?«, echote Dron. »Du kapierst wirklich gar nichts …«

Aus dem Halbdunkel der Bahnsteighalle stachen die roten Leuchtdioden der Stationsuhr heraus. Die digitale Zeitanzeige wurde mit Akkus betrieben und funktionierte deshalb auch während eines Stromausfalls. Die Uhr diente nicht nur zur Zeitanzeige, sondern vor allem als Symbol für Ordnung und Disziplin. Der geregelte Tagesablauf verhinderte, dass die Bewohner der *Roschtscha* ins Chaos abdrifteten.

Sergej wusste von seinem Vater, dass es längst nicht an allen Stationen so zivilisiert zuging. An manchen herrschten geradezu barbarische Zustände. Menschen wurden halb totgeschlagen, ausgeraubt oder gar umgebracht. Einfach so, ohne jeden Grund. Nur, um sich eine fremde Waffe, Wertsachen, Lebensmittel oder eine hübsche Frau unter den Nagel zu reißen.

Solcherlei chaotische Zustände stellten sich nicht von heute auf morgen ein, sondern schleichend. Und der Anfang vom Ende war meist der Verlust eines geregelten Tagesablaufs. In einer Welt ohne Sonne passierte das zwangsläufig, wenn es keine funktionierende Zeitrechnung gab.

Während Sergej die wechselnden Ziffern an der Stationsuhr betrachtete, ging ihm der Gedanke durch den Kopf, dass es die Bewohner seiner Heimatstation nie so weit kommen lassen würden. Entweder in Eigenregie oder zusammen mit den Nachbarn von der *Marschalskaja* würden sie den Schaden in Kürze beheben. Dann gab es an der *Roschtscha* wieder Strom, und das Leben lief weiter wie zuvor: Die Kinder lernten Lesen und Schreiben und erfuhren Wissenswertes über die Geschichte der menschlichen Zivilisation, die vor zwei Jahrzehnten durch einen Atomkrieg vernichtet worden war. Lida und ihre Freundinnen kümmerten sich um Salat, Petersilie und sonstiges Grünzeug, die Tierzüchter um die Schweine, die Köche um den Brei und die Händler ums Geschäft. Und die Kämpfer der Stationswehr beschützten diese kleine, verletzliche, aber eingespielte und auf ihre Weise heimelige Welt.

»Warum so nachdenklich, Sersch?«

Drons Stimme holte Sergej in die Realität zurück.

»Ach nichts«, erwiderte er versonnen. »Eigentlich haben wir doch ein ganz gutes Leben an unserer Station.«

»Ein gutes Leben …«, wiederholte Dron und fügte überraschend hinzu: »Gut ist es dort, wo wir nicht sind.«

Sergej verstand nicht, was sein Kumpel damit sagen wollte, aber das Gespräch missfiel ihm. Nur gut, dass Dron keine Anstalten machte, es fortzusetzen.

»Machen wir mal einen Abstecher zu den Kontrollposten?«, schlug er vor, und Sergej erklärte sich sofort einverstanden.

Da sie zu spät beim Stationskommandanten eingetroffen waren, hatten sie die Einteilung der Wachmannschaften für die Kontrollposten verpasst und waren deshalb zu zweit auf Patrouille geschickt worden. Dron war das egal, aber Sergej bedauerte es. Denn unter den sechs Mann am Kontrollposten – man hatte die Wachmannschaften der äußeren Posten vorsorglich verstärkt – war fast immer ein erfahrener Haudegen dabei, der spannende und lehrreiche Geschichten zu erzählen wusste.

Und wirklich, als die beiden sich dem östlichen Kontrollposten näherten, vernahm Sergej eine einnehmende, etwas heisere Stimme.

»Wir haben natürlich alles Mögliche erlebt. Ein paarmal haben Vampire den Posten überrannt …«

Zum letzten Mal war das im vergangenen Jahr passiert. Sergej lief es immer noch kalt den Rücken herunter, wenn er daran dachte. Es war das Schlimmste, was er je in seinem Leben gesehen hatte.

Die Vampire zählten nicht umsonst zu den gefährlichsten Tunnelmonstern. Sie hatten zwar keine so dicke Haut wie die Säbelzahnbären, aber dafür muskulöse Hinterbeine und eine dehnbare Haut zwischen Rumpf und Vorderbeinen. Dieser Körperbau befähigte sie zu überfallartigen, extrem weiten Sprüngen. Dabei schossen sie wie überdimensionale Flughörnchen durch die Luft. Außerdem hatten sie spitze Krallen, und die harten Borsten an ihren Beinen bohrten sich buchstäblich in den Beton, weshalb sie sogar an senkrechten Wänden und an Tunneldecken entlanglaufen konnten. Einen angreifenden Vampir mit der Flinte zu treffen war extrem schwierig.

Obwohl die Kämpfer, die an jenem Unglückstag am östlichen Kontrollposten Wache schoben, mindestens zehn Vampire erschossen, drangen sechs von den Monstern in die Bahnsteighalle ein, rissen Zelte um und stürzten sich auf die fliehenden Menschen – vor allem Frauen und Kinder. Man versuchte natürlich, auf die wütenden Bestien zu schießen, doch im Getümmel war das schwierig und riskant. Bevor es endlich gelang, vier der eingedrungenen Monster zu töten, und die restlichen zwei in einem Lüftungsschacht verschwanden, hatten die Vampire neun Menschen zerfleischt oder tödlich verletzt. Keiner der Verwundeten überlebte. Einer nach dem anderen starben sie an Wundbrand, der durch die Verletzungen von abgebrochenen Vampir-Borsten verursacht worden war. Als Letzte starb eine Frau, die mit ansehen hatte müssen, wie die Monster ihr Kind zerfleischten. Vor ihrem Tod hatte sie zwei Tage lange im Fieberwahn gelegen und die Ärzte immerzu nach ihrem Sohn gefragt.

»… aber das ist noch gar nichts im Vergleich zu dem, was sich an der Station *Retschnoi Woksal* abspielt«, fuhr der Erzähler fort.

»Und, was gibt's dort so Besonderes?«, fragte eine andere, jüngere Stimme.

Am Lagerfeuer des Kontrollpostens saßen fünf Mann: Mitjai, Paschka, Jerocha, Senka-Kossoi und der einbeinige Kusmitsch, der früher Händler gewesen war. Sein Bein hatte er in einem Scharmützel gegen Banditen verloren, die seine Handelskarawane überfielen. Es war Kusmitschs heisere Stimme gewesen, die Geschichten erzählte.

Zwei weitere Kämpfer der Stationswehr, Gleb und Nikita alias Splint, standen an der Sandsackbarriere, die quer zum Tunnel verlief und mit Stangen aus Betonstahl verstärkt war. Allerdings blickte nur Gleb in die Tiefe des Tunnels. Nikita hatte sich wie die Kameraden am Feuer dem Geschichtenerzähler Kusmitsch zugewandt.

»Kurzum: Dort gibt es Monster ohne Kopf«, verkündete der Einbeinige. »Fragt sich, woher solche Bestien kommen. Anderer-

seits ist es eigentlich kein Wunder. Dort ist schließlich der Fluss …«
Kusmitsch blickte versonnen in die Ferne, als wäre ihm gerade etwas
eingefallen. »Der Ob. Ich sag euch was: Das war mal ein wun-
derschöner Fluss, breit und wasserreich. An den Abenden sind die
Menschen an seine Ufer gepilgert, um spazieren zu gehen. Das
weiß ich noch wie heute. Es gab schwimmende Restaurants. So
was wie unser Buffet, nur viel größer und festlich beleuchtet, auf
ausgemusterten Passagierschiffen und Lastkähnen. Tja …«

Das verträumte Lächeln verschwand von Kusmitschs Gesicht,
als hätte man es mit einem nassen Schwamm weggewischt. Er ließ
die Schultern hängen und beugte den Rücken. Der beseelte Erzähler verwandelte sich in einen hinfälligen Greis. Sergej bekam
beinahe Mitleid mit ihm.

»Jetzt leben nur noch gierige Raubtiere im Wasser und an
den Ufern des Ob«, seufzte Kusmitsch und starrte deprimiert
ins Feuer. Dann fiel ihm offenbar wieder ein, was er eigentlich
erzählen wollte. »Aber diese Monster ohne Kopf, das sind die
schlimmsten überhaupt. Auf so ein Vieh kannst du ein ganzes
Magazin abfeuern, das macht ihm überhaupt nichts aus! Was
soll ihm auch passieren, wenn es sowieso keinen Kopf hat? Die
Stalker vom *Retschnoi Woksal* sagen, dass diese Ungeheuer gar nicht
richtig lebendig sind. Mit einem Wort: Wiedergänger! Wenn
dich so ein Monster erwischt, frisst es dich bei lebendigem Leibe
auf!«

Sergej bekam schon vom Zuhören eine Gänsehaut. Dron dagegen fing prustend zu lachen an.

»Womit soll es denn fressen, wenn es keinen Kopf hat?« Kusmitsch sah auf, war aber so perplex, dass er nichts erwiderte. Dron
ließ nicht locker. »Hat's dir die Sprache verschlagen, Alterchen?«,
fragte er. »Du kannst ruhig weiter schwadronieren. Die Jungs haben
es gern, wenn man sie zum Narren hält.«

»Ich erzähle nur, was ich selbst gehört habe«, entgegnete der
Einbeinige schmallippig und wandte sich ab.

Niemand achtete mehr auf Kusmitsch. Dron hatte ihm die Show gestohlen.

»Erstunken und erlogen!«, krakeelte Mitjai, der Kusmitsch gerade eben noch mit offenem Mund zugehört hatte. »Monster ohne Kopf! Auf so einen Schwachsinn muss man erst mal kommen!«

»Dron, erzähl du uns was«, bat Jerocha. »Du warst doch sogar schon mal an der *Sibirskaja* und hast sicher so einiges gesehen.«

»Pisst ihr euch auch nicht an vor Angst?«, lästerte Dron.

Die jungen Kerle plapperten durcheinander und versuchten Dron zum Erzählen zu überreden. Nur Kusmitsch schwieg beleidigt. Schließlich ließ sich Dron dazu herab, eine Geschichte zum Besten zu geben.

»Was soll ich euch erzählen?«, fragte er und setzte sich ans Lagerfeuer. »Vielleicht vom Amazonenbunker?«

»Was für ein Bunker?« Mitjai horchte auf.

»Amazonen, was soll'n das sein?«, nölte Paschka.

Dron beugte sich vor und verpasste Paschka unversehens einen Fausthieb.

»He, weshalb tust du das?!«, protestierte das Opfer und hielt sich die Stirn.

»Deshalb!«, pflaumte Dron zurück. »Du hättest eben in Geschichte besser aufpassen müssen, anstatt den Mädels auf die Titten zu gucken. Es gab so ein Volk in der Antike. Lauter Weiber. Sie hießen Amazonen. Niemand konnte sie besiegen, obwohl es viele versucht haben.«

»Das war in der Antike, na und?«, erwiderte Paschka beleidigt. Seine Stirn war gerötet, über seiner Nasenwurzel schwoll eine dicke Beule an.

»Fresse halten und zuhören«, bügelte Dron ihn ab.

Sergej stand etwas abseits und trat nervös von einem Bein aufs andere. Es war nicht erlaubt, den Patrouillengang ohne triftigen Grund zu unterbrechen. Nachdem sie den Kontrollposten überprüft und festgestellt hatten, dass alles in Ordnung war, hätten sie längst wieder abziehen müssen. Andererseits war auch Sergej ziemlich neugierig auf die Geschichte vom Amazonenbunker.

»Also, irgendwo in der Metro gibt es einen geheimen Bunker, in dem nur Weiber leben«, begann Dron mit ernster Miene zu erzählen, und Sergej war sofort klar, dass er sich nicht von der Stelle rühren würde, bevor er die Geschichte zu Ende gehört hatte. »Ursprünglich war das ein Regierungsbunker. Nur hat es vor zwanzig Jahren, als oben die ganze Chose passiert ist, keiner von den Regierenden mehr dorthin geschafft. Aber das Dienstpersonal hatten sie schon vorher in die geheimen Kasematten geschickt: Krankenschwestern, Zimmermädchen, Bedienungen, Masseusen. In der Regierung saßen ja hauptsächlich Männer. Und das Personal bestand natürlich nur aus jungen, hübschen Dingern. Außerdem waren in dem Bunker Vorräte gelagert: Fressalien und Bölkstoff für ein paar Jahrzehnte. Nach dem Krieg fanden die Weiber sich dort alleine wieder. Alle blutjung und voll im Saft, da spielen die Hormone natürlich verrückt, wenn kein Mannsbild in greifbarer Nähe ist. Deshalb begannen sie, Streifzüge durch die umliegenden Tunnel zu machen, um sich da draußen Männer zu fangen. Je nach Bedarf schnappen sie sich ein paar Händler und schleifen sie in ihre Behausung, zum Vergnügen und zur Zucht, sozusagen. Und so leben sie seither.«

»Moment mal«, mischte sich Nikita ein, der bislang geschwiegen hatte. »Inzwischen sind gut zwanzig Jahre vergangen. So ganz taufrisch können die Frauen also nicht mehr sein. Ein paar von ihnen sind bestimmt schon gestorben.«

»Mag schon sein, dass ein paar gestorben sind«, räumte Dron schulterzuckend ein. »Aber ihre Töchterchen sind inzwischen herangewachsen. Die sind jetzt so um die zwanzig. Und eine hübscher als die andere. Schließlich waren ihre Mütter früher die reinsten Models.«

»Ach, diesen Amazonen würde ich gern mal einen Freundschaftsbesuch abstatten«, schwärmte Mitjai.

Die übrigen Zuhörer verrieten mit einem wollüstigen Grinsen, dass sie genauso dachten. Nur der alte Kusmitsch spuckte verächtlich auf den Boden.

»Als ob die gerade auf dich warten würden«, ätzte er. »Die haben sich doch längst ihre eigenen Deckhengste großgezogen.«

»Nee nee«, widersprach Dron. »Die Jungs werden gleich nach der Geburt abgemurkst. Damit die Schwesterchen nicht von den Brüderchen schwanger werden.« Er nahm die gebeugte Pose des Einbeinigen ein und äffte seinen Stimmfall nach: »Kurzum: Es sind eben Amazonen.«

Nachdem er geendet hatte, herrschte Schweigen am Lagerfeuer.

Dron erhob sich. »Na gut«, sagte er. »Träumen wird man ja noch dürfen. Aber passt auf, dass ihr dabei keine feuchten Unterhosen bekommt. Gehen wir, Sersch.«

Auf dem Rückweg zupfte Sergej seinen Kumpel am Ärmel.

»Sag mal, woher weißt du das eigentlich alles? Das mit dem Bunker und den Amazonen?«

»Ich war dort«, antwortete Dron ungerührt.

»Wo?«

»In ihrem Bunker. Ich war mit einer Karawane zur *Sibirskaja* unterwegs, da ist mir eine hübsche Mieze aufgefallen. Ich hab sie in eine Bar eingeladen, wir haben was getrunken, und irgendwann bin ich plötzlich weg gewesen – Filmriss. Als ich wieder zu mir kam, hab ich gemerkt: Auweia, hier war ich noch nie. Und um mich rum lauter halb nackte Weiber, die aufreizend mit den Titten wackeln. Du kannst dir nicht vorstellen, was die zwei Tage lang mit mir getrieben haben. Das war der Hammer!«

»Na und dann?«

»Dann hab ich's nicht mehr ausgehalten und bin abgehauen. In Maßen ist ja alles gut und schön. Aber wenn zwei Dutzend scharfe Weiber um dich rum sind und immer nur das eine wollen …«

Sergej zog die Augenbrauen zusammen: »Seltsam, ich habe noch keinen Händler getroffen, dem so was passiert ist.«

»Du wirst auch in Zukunft keinen treffen«, entgegnete Dron. »Alle Männer, die dort landen, werden zu Tode gevögelt und dann aufgegessen.«

»Wie, aufgegessen?«

»Na eben aufgegessen. Genau wie die männlichen Neugeborenen. Mich hätten sie auch verspeist, wenn mich die Mieze aus der Bar nicht heimlich aus dem Bunker gelassen hätte. Anscheinend hatte ich es ihr ganz anständig besorgt, dass sie so nett zu mir war.«

Sergej blieb konsterniert stehen. Er konnte nicht so recht fassen, was er da eben gehört hatte. Dron ging noch ein paar Schritte weiter, dann blieb auch er stehen und drehte sich um.

»Entspann dich, Kumpel. Ich habe nur Spaß gemacht. Es gibt diesen Bunker nicht. Und auch keine Amazonen, die im Tunnel auf Männerjagd gehen. Schade eigentlich …« Dron hielt inne und schloss die Augen. »In so einem Amazonenbunker könnte ich's schon aushalten.«

»Scheiße, ey!«, schimpfte Sergej erbost. »Du erzählst hier Märchen, dass sich die Balken biegen. Und ich hätte es fast noch geglaubt!«

Dron verzog den Mundwinkel zu einem süffisanten Grinsen. Dann setzte er eine todernste Miene auf und fügte altklug hinzu: »Mein lieber Sersch, man sollte nicht alles glauben, was man sieht oder hört.«

2

DIE DIEBIN

Seit seiner Kindheit hatte Sergej ein Faible für Mythen und Legenden. Das lag wohl daran, dass sie neben den Erzählungen der Händler und Stalker die einzige Informationsquelle über die Außenwelt waren. Über eine grausame, gefährliche und letztlich menschenfeindliche Welt.

Auch Drons Geschichte über die Amazonen und ihre barbarischen Sitten beflügelte Sergejs Fantasie. Er versuchte sich vorzustellen, wie diese erbarmungslosen Vamps wohl aussahen. Vor seinem inneren Auge erschienen schlanke, geschmeidige Körper und ebenmäßige Gesichter mit eiskalten Augen. Nein, falsch! Ihre Augen waren anders: lüstern. Schließlich machten diese Frauen Jagd auf Männer, und erst wenn ihr Verlangen gestillt war, töteten sie …

Sergej tauchte gerade wieder aus den Abgründen seiner Fantasiewelt auf, als er sie plötzlich vor sich sah: eine Amazone! Die junge Frau hatte sich an eine Treppenbrüstung geschmiegt und stand verstohlen in der Dunkelheit. Als der Lichtkegel von Sergejs Lampe sie traf, löste sie sich hastig von der Mauer und ging schräg über den Bahnsteig davon.

Ihre schlanke Figur war in einen eng anliegenden, schwarzen Sportanzug gehüllt. Ihr Gesicht war schmal und wohlgeformt. Die Lippen hatte sie aufeinandergepresst, die großen Augen leicht zusammengekniffen. Ihr blondes, zu einem Pferdeschwanz gebundenes Haar quoll unter einem schwarzen Bandana hervor. Auf dem Rücken trug sie einen kleinen, vollgepackten Rucksack, dessen breite Riemen ihre Brust und ihren Bauch umspannten.

Sergej wusste auf den ersten Blick, dass er diese junge Frau noch nie gesehen hatte. Woher kam sie und wohin wollte sie so eilig? Fremde verirrten sich nur selten an die *Roschtscha*. Der Weg von der *Sibirskaja*, dem Zentrum der Allianz, war weit und führte durch zwei Tunnel, die nicht gerade zu den sichersten zählten. Und die Händler, die die riskante Reise nicht scheuten, boten ihre Waren lieber an der benachbarten *Marschalskaja* an, wo die Kaufkraft der Bewohner höher war.

Sergej blinzelte kräftig, um sicherzugehen, dass die Unbekannte nicht nur Einbildung war. Doch Dron hatte sie auch bemerkt.

»He, schau mal, die Mieze da!«, flüsterte er, drehte sich der Fremden zu und rief: »He, schöne Frau, wart doch mal!«

Die Amazone hörte ihn nicht. Besser gesagt, sie tat so, als würde sie ihn nicht hören, und beschleunigte ihren federnden Schritt. Sergej bewunderte ihre gertenschlanken Beine. Sie steckten in echten Chucks mit Gummisohle, nicht in jener erbärmlichen Massenware, die lieblose Handwerker aus Stofffetzen und alten Autoreifen zusammenschusterten. Gutes Schuhwerk war selbst auf großen Märkten teuer, und fahrende Händler verlangten ein Vermögen dafür. Die Unbekannte hatte offenbar keine Geldprobleme.

Als Nächstes fiel Sergejs Blick auf den schmalen Griff eines Messers. Die Klinge steckte in einer speziellen Scheide, die am Knöchel festgeschnallt war. Sergej traute seinen Augen nicht. Die Frauen an der *Roschtscha* trugen keine Waffen. Es war Sache der Männer, sie zu beschützen. Mag sein, dass das an anderen Stationen nicht so war, trotzdem hätte die Fremde ihre Waffen einschließlich des Messers am Kontrollposten abgeben müssen – sofern sie denn über den Kontrollposten an die Station gelangt war!

»Dron, halt sie auf!«, rief Sergej seinem Kumpel zu, der dem Mädchen bereits hintereilte.

Doch dann passierte etwas Unerwartetes.

Als Dron die Unbekannte eingeholt hatte, drehte sie sich unversehens zu ihm um, wich geschickt seinem Griff aus, packte ihn ihrerseits am Revers seiner schicken Lederjacke, zog ihn nach vorn und stellte ihm gleichzeitig das Bein.

Es war eine klassische Wurftechnik, aber so blitzartig ausgeführt, dass selbst Dron, der ein erfahrener Ring- und Faustkämpfer war, nicht rechtzeitig reagieren konnte. Wie gefällt kippte er aus dem Gleichgewicht, ruderte verzweifelt mit den Armen, konnte sich aber nicht mehr abfangen und knallte mit dem Kopf auf die Granitplatten. Noch während er fiel, flitzte die Amazone davon, sprang aufs Gleis hinunter und rannte auf den Eingang eines Behelfstunnels zu.

Dieser Tunnel wurde nur selten benutzt und war normalerweise abgesperrt. Doch zu seiner Überraschung stellte Sergej fest, dass die Stahltür am Tunneleingang halb offen stand, obwohl eigentlich nur sein Vater, der Stationskommandant und der Chef des Wartungsdienstes einen Schlüssel dafür hatten. Die Fremde, die offenbar unbemerkt in die Station eingedrungen war, hätte sich auf diesem Weg diskret aus dem Staub machen können. Kassarin sprintete los.

Die Amazone hätte es beinahe geschafft. Sie zog bereits am Griff der Stahltür, als Sergej sich mit einem Hechtsprung auf sie warf. Beide fielen aufs Gleis. Die Frau sprang als Erste wieder auf, doch Sergej erwischte sie am Bein und zog sie auf den Boden zurück. Sie trat mit dem freien Bein nach seinem Gesicht, doch er brachte im letzten Moment den Ellbogen dazwischen.

Jetzt zog die Unbekannte ihr Messer – kein primitives, selbst gemachtes Spielzeug, sondern ein echtes Kampfmesser mit scharfer, brünierter Klinge. An ihren hasserfüllten Augen konnte er ablesen, dass die Drohung ernst gemeint war. Sie würde nicht zögern, die Waffe einzusetzen. Der Kampf hatte eine neue Ebene erreicht – es ging um Leben und Tod.

Auch Sergej war bewaffnet, doch er hatte keine Zeit, den Revolver aus seinem Gürtelhalfter zu ziehen. Er rollte zur Seite, sprang auf und nahm eine Kampfstellung ein. Im selben Moment machte seine Gegnerin einen Ausfallschritt, warf den Arm nach vorn und stach zu. Reflexartig wich Sergej zurück. Die spitze Klinge verfehlte sein Zwerchfell nur um Zentimeter. Die Amazone holte noch einmal von der Seite aus. Doch diesmal war Sergej auf den Angriff gefasst. Er packte sie am Handgelenk, bog es nach hinten und schlug zur Sicherheit noch mit der Handkante gegen ihren Arm. Vor Schmerz ließ sie das Messer los. Es fiel zu Boden und blieb in einer Eisenbahnschwelle stecken.

Die Fremde versuchte sich loszureißen, doch Kassarin hielt sie fest. Er drehte ihr den Arm auf den Rücken und presste sie an sich.

»Bleib ruhig, sonst kugelst du dir die Schulter aus«, warnte er.

Die Amazone dachte nicht daran, auf ihn zu hören. Sie entwand sich und biss ihm in die Hand. Doch das war eher eine Verzweiflungstat. Am Bahnsteig kamen bereits Kämpfer vom westlichen Kontrollposten angelaufen. Auch Dron tauchte auf – mit einer üblen Beule am Kopf und fuchsteufelswild.

»Wer bist du? Wie bist du hierhergekommen?«, fragte der Chef der Wache die junge Frau, die von zwei Kämpfern an den Armen festgehalten wurde.

Sergej stand daneben und hielt sich die schmerzende Hand. Die tiefe Bisswunde blutete. Er leckte sie immer wieder ab und drückte ein Stück Mullverband darauf, aber nichts half.

Man hatte die bissige Amazone zum Kontrollposten gebracht. Hier, im Licht von zwei Petroleumlampen, konnte Sergej sie zum ersten Mal genauer betrachten. Sie mochte etwa in seinem Alter sein, höchstens zwanzig. Sie war mittelgroß und grazil, aber keineswegs dürr. Der hauteng Sportanzug umspannte eine gut trainierte Muskulatur.

Doch es war nicht die Figur, die Sergej an der Fremden so beeindruckte, sondern ihr Gesicht. Er hatte noch nie so reine und frische Haut gesehen. Die Gesichter sämtlicher Frauen, mit denen das Schicksal ihn je zusammengeführt hatte, trugen die Spuren des Lebens in der Metro, waren gezeichnet von Schwermut und Sorge, von harter Arbeit und chronischer Müdigkeit. Selbst die sechzehnjährige Lida hatte bereits Fältchen in den Augenwinkeln. Gar nicht zu reden von ihren Händen! Durch die ständige Arbeit auf den Plantagen waren sie wie gegerbt und ungesund grau wie bei allen Frauen, die mit Lida den Arbeitsplatz teilten.

Die Hände der aufgegriffenen Fremden waren dagegen zart und glatt, genau wie ihr Gesicht. Man hätte meinen können, dass sie regelmäßig Kosmetika benutzte! Sergej hatte von Feuchtigkeit spendenden Gurkenmasken gehört, mit denen manche Frauen angeblich ihre Gesichtshaut pflegten, doch er hielt das für eine Mär. Wer käme auf die absurde Idee, ein so kostbares Lebensmittel für eitle Körperpflege zu verschwenden?

Es kursierten sogar noch abstrusere Geschichten. Man erzählte sich von wundertätigen Cremes, die an der *Sibirskaja* oder sonst wo aus den Früchten seltener Pflanzen gewonnen wurden und angeblich wie der reinste Jungbrunnen wirkten. Doch niemand an der *Roschtscha* hatte diese Cremes je gesehen, geschweige denn benutzt. Sergej hatte solche Geschichten deshalb immer für Humbug gehalten, ebenso wie die Berichte über vitalisiertes Wasser, das selbst schwere Wunden angeblich über Nacht heilen ließ.

Die makellose Haut der jungen Frau, die hier vor ihm stand, warf nun allerdings die Frage auf, ob an all den Geschichten über kosmetische Wundermittel vielleicht doch etwas dran war. Und noch etwas beschäftigte Sergej: Er war nicht der einzige Mann, der die Fremde gerade von Kopf bis Fuß musterte, aber seinen Kameraden schien ihr Anderssein gar nicht aufzufallen.

»Machst du jetzt den Mund auf oder nicht?!«, bellte der Chef der Wache gereizt.

»Gebt mir ein Stündchen mit ihr«, sagte Dron mit Schaum vor dem Mund. »Ich werde das Vögelchen schon zum Singen bringen.«

Die junge Frau ignorierte die Drohungen der Männer. Sie hob nicht einmal den Kopf, so als ginge sie die ganze Sache überhaupt nichts an.

»Vielleicht ist sie taubstumm?«, mutmaßte einer der Schaulustigen, die sich am Kontrollposten eingefunden hatten.

»Wir sollten mal ihren Rucksack durchsuchen«, warf Sergej ein.

Die Unbekannte quittierte den Vorschlag mit einem derart vernichtenden Blick, dass Kassarin ganz anders zumute wurde. Dron dagegen fackelte nicht lange. Ohne einen Befehl des Postenchefs abzuwarten, riss er der Gefangenen den Rucksack herunter.

Die Menge reckte die Köpfe. Dron genoss es, im Mittelpunkt der Aufmerksamkeit zu stehen. Ohne Eile schnürte er den Rucksack auf, griff hinein und zog eine eingeschweißte Packung Antibiotika heraus. Wie langweilig, dachte Sergej im ersten Moment, doch dann wurde Dron plötzlich weiß im Gesicht.

»Der ganze Rucksack ist voller Medikamente«, verkündete er. »Schmerzmittel, Desinfektionsmittel …«, zählte er auf. »Das sind doch unsere Medikamente! Das Luder hat unsere Vorräte geplündert!«

Unter den Versammelten erhob sich empörtes Geraune. Gleich mehrere Männer liefen zum Zelt mit dem roten Kreuz, wo die Sanitätsstation untergebracht war. Dort wurden in einem Safe die Medikamente für die Allgemeinheit aufbewahrt. Die Stalker hatten sie unter Lebensgefahr aus zerstörten Apotheken und Krankenhäusern geholt. Die raren Arzneimittel zählten zu den kostbarsten Gütern in der Metro.

Sergej war baff. Prüfend musterte er das Gesicht der mutmaßlichen Einbrecherin. Sie war blass geworden und stand reglos da. Unschuldige sahen anders aus.

Kurz darauf schallten aufgeregte Rufe aus dem Sanitätszelt herüber.

»Der Safe wurde ausgeräumt! … Es ist so gut wie nichts mehr übrig!«

»Bestimmt hat sie auch das Stromkabel gekappt!«, mutmaßte einer aus der Menge.

Dron hatte inzwischen den ganzen Rucksack durchwühlt und war auf ein eingerolltes Bündel aus gummiertem Stoff gestoßen. Als er es öffnete und schüttelte, fielen diverse Feilen, gezähnte Haken und Zangen heraus.

»Einbruchswerkzeug!«, konstatierte einer der Wachmänner.

»Ich hab's ja gesagt«, rief einer. »Sie hat das Stromkabel durchgeschnitten!«

Einige der Versammelten reckten drohend die Fäuste. Dron baute sich vor der Diebin auf und schlug ihr so brutal ins Gesicht, dass ihr Kopf zur Seite gerissen wurde. Sie blutete sofort aus der Nase. Doch Dron reichte das nicht. Ansatzlos rammte er ihr die Faust in den Bauch. Sie rang stöhnend nach Luft und fiel nur deshalb nicht um, weil die beiden Wachmänner sie an den Armen festhielten.

Die Menge reagierte mit beifälligem Gejohle. Sergej war geschockt. Wie war es möglich, dass im Grunde herzensgute Menschen, die ihre Lebensmittel und Patronen bereitwillig mit anderen teilten, sich an der Misshandlung einer jungen Frau weideten? Dabei versuchte die nicht einmal, sich zu wehren. Nicht ein Einziger der Anwesenden unternahm einen Versuch, den Gewaltexzess zu stoppen.

Im Gegenteil, die Menge schaukelte sich hoch.

»Hängt sie auf!«, schrie einer.

»Jawohl, aufhängen!«, fielen andere ein.

»Aufhängen!!«, grölte schließlich der ganze Mob.

Es waren sogar Frauenstimmen dabei.

Die Wachmänner packten die Amazone unter den Armen und schleiften sie durch die aufgebrachte Menge in Richtung Bahnsteigmitte davon. Die Diebin blickte sich noch einmal nach Kassarin um. Sie lächelte gequält.

Dieses Abschiedslächeln und ihr resignierter Blick versetzten Sergej einen Stich und lösten seine innere Blockade. Er lief hinterher, stieß Männer und Frauen auf seinem Weg kurzerhand zur Seite und kämpfte sich zu der Gefangenen durch.

»Das geht so nicht!«, schrie er und stellte sich den Wachmännern in den Weg. »Ihr könnt sie nicht einfach aufhängen!«

»Und wieso?!«, entrüstete sich der alte Kusmitsch und fuchtelte mit einer seiner Krücken in der Luft. In seinen Augen funkelte rechtschaffener Zorn, und er sabberte aus dem Mund. »Sie ist eine Diebin. Eine Viper! Sie hat nichts anderes verdient!«

Von den »Vipern« hatte Sergej schon gehört. An der *Roschtscha* kursierten immer wieder mal Gerüchte über einen mysteriösen Klan oder eine Sekte von Räubern, die man so nannte. Dron behauptete, die Vipern seien allesamt junge, bildschöne Frauen, die jeden Mann mit einem Augenzwinkern verführen konnten und mit ihren Raubzügen die gesamte Metro terrorisierten. Sergej hatte seinem Kumpel geglaubt, doch nach der frei erfundenen Geschichte mit dem Amazonenbunker schien eine gesunde Skepsis angebracht. Besonders abstrus schien Drons Behauptung, der Boss des Clans höre auf den wenig russisch anmutenden Namen Ted oder Ken oder gar Ked.

Andererseits hatte man bei der Unbekannten professionelles Einbruchswerkzeug gefunden. Sie hatte einen Safe geknackt und eine verschlossene Tür geöffnet, ohne das Schloss zu beschädigen. Das sprach natürlich für sich …

»Wenn sie eine Viper wäre, müsste sie eine Tätowierung auf der Schulter haben – eine Schlange!«, argumentierte Sergej – es war sein letzter Trumpf.

Dron ließ sich nicht lange bitten. Er zerriss das Oberteil der Diebin und das Shirt darunter, um ihre Schulter zu entblößen. Sergej verfolgte das Geschehen mit bangen Blicken. Sollte tatsächlich eine tätowierte Schlange zum Vorschein kommen, war die Amazone verloren. Dann würde der wütende Mob sie an Ort und Stelle lynchen.

Doch auf der Schulter der Fremden fand sich keine Tätowierung. Sergej fiel ein Stein vom Herzen.

Doch Dron ließ nicht locker.

»Dann eben hier!«, grollte er und entblößte die andere Schulter der jungen Frau.

Doch auch dort – nichts als reine, glatte Haut.

»Vielleicht nicht auf der Schulter, sondern weiter unten«, mutmaßte Dron und fuhr damit fort, der Diebin die Kleider vom Leib zu reißen.

Da die Wachmänner sie immer noch an den Armen festhielten, konnten sie sich nicht richtig wehren, versuchte aber, Dron mit dem Knie wegzustoßen. Ihr Widerstand stachelte ihn nur noch mehr an.

»Ruhig halten, du Schlampe!«, brüllte er sie an und schlug ihr abermals ins Gesicht.

Sergej konnte das nicht länger mit ansehen. Er packte Dron am Arm und zog ihn von der Gefangenen weg.

»Spinnst du?!«, entrüstete sich der und wandte sich um.

Ihre Blicke trafen sich. Sergejs Augen strahlten eine wilde, bedrohliche Entschlossenheit aus. Selbst Dron erschrak und gab nach kurzem Zögern klein bei.

»Seid ihr jetzt überzeugt, dass sie keine Viper ist?«, fragte Sergej, an die verstummte Menge gewandt.

»Nö«, mischte sich der Chef der Wache ein. »An der *Marschalskaja* haben sie kürzlich auch eine Viper erwischt. Die war auch nicht tätowiert.«

»Da gibt's doch nichts zu überlegen – sie ist eine!«, schlussfolgerte Kusmitsch.

Die Wachmänner nahmen die Gefangene wieder fester in die Zange, und ihr Chef fesselte ihr mit einem dünnen Riemen die

Hände. Sergej wurde einfach weggedrängt. Die Meinung eines einfachen Patrouillensoldaten, der noch dazu nur Anwärter war, interessierte hier keinen.

Wäre nur sein Vater hier gewesen, dachte Sergej bedauernd, der hätte der Selbstjustiz sofort ein Ende gesetzt. Der Vater! Jetzt wusste Sergej, was er zu tun hatte.

Erneut kämpfte er sich zu der Gefangenen durch.

»Selbst wenn diese junge Frau eine Diebin ist, haben wir kein Recht, sie ohne Gerichtsurteil hinzurichten!«, verkündete er mit fester Stimme. »Wir sind doch keine Banditen und Mörder. Nur das Gericht kann über ihr Schicksal entscheiden. Das Gericht mit seinem Vorsitzenden an der Spitze.«

Vorsitzender Richter an der *Roschtscha* war der Chef des Sicherheitsdienstes. Die beiden anderen Richter waren gewählte Mitglieder des Stationsrats, doch sie schlossen sich fast immer der Meinung des Vorsitzenden an.

Blieb nichts, als auf Kassarins Rückkehr zu warten … Sergej hoffte inständig, dass der Vater ein offenes Ohr für ihn haben würde.

An großen Stationen verfügten die Gefängnisse über mehrere Zellen. An der *Sibirskaja* zum Beispiel war für über zehn Häftlinge Platz. An der *Roschtscha* brauchte man kein so großes Gefängnis und begnügte sich mit einer Zelle. Und selbst in dieser einen waren in der Regel keine Verbrecher eingesperrt, sondern betrunkene Randalierer oder mit *dur* bekiffte Drogensüchtige, die man vorübergehend aus dem Verkehr ziehen musste. Sergejs Vater nannte den Raum deshalb scherzhaft Ausnüchterungskabuff.

Die Zelle befand sich in einem Betriebsraum unterhalb des Bahnsteigs. Vor der Katastrophe hatte man hier Schrubber, Blechkübel und sonstiges Inventar aufbewahrt. Der Eimer, der den Gefangenen zur Verrichtung der Notdurft diente, stammte wohl noch aus jener Zeit. Sonst gab es in der Zelle nur noch eine grob zusammengezimmerte Holzpritsche ohne Matratze. Für die Ausnüchterung von Säufern und Junkies genügte diese spartanische Einrichtung vollauf.

Im Augenblick war es in der Zelle stockdunkel, da die einzige Lampe wegen des Stromausfalls nicht funktionierte. Doch die Wachmänner kümmerte das wenig.

»Los, rein mit dir!«, raunzte einer von ihnen und stieß die junge Frau, die an der Schwelle stehen geblieben war, in den Raum.

»Ihr könnt sie doch nicht ohne Licht da drin einsperren«, protestierte Sergej. »Da fressen sie doch die Ratten auf.«

»Sie wird sich schon irgendwie einigen mit den Tierchen«, erwiderte der Wachmann grinsend, schlug die Stahltür zu und schob den schweren Riegel vor.

Sergej tröstete sich mit dem Gedanken, dass sein Vater mit seinem Kundschaftertrupp in drei bis vier Stunden wieder zurück sein müsste. Doch diese Annahme war im Grunde genommen Selbstbetrug. Wenn die Reparatur sich hinzog, konnten sie durchaus länger ausbleiben. Beim letzten Mal hatte sich die Reparaturbrigade vierundzwanzig Stunden im Tunnel aufgehalten. Für die junge Frau musste jede einzelne Stunde in Finsternis und Ungewissheit eine Folter sein.

Der Wachmann, der die Tür verriegelt hatte, machte es sich auf einem umgedrehten Eimer vor der Zelle bequem. Sergej schaute ihn missmutig an.

»Du schiebst hier Wache?«

»Klar, wie befohlen«, erwiderte der Kämpfer und wandte sich an seinen Kameraden. »Du löst mich in zwei Stunden ab, okay?«

Obwohl der Wachmann nur einen Befehl ausführte, trieb seine demonstrative Gleichgültigkeit Sergej zur Weißglut.

»Was würdest du denn sagen, wenn man dich in so einem Rattenloch einsperren würde, in völliger Finsternis?«

»Halb so wild. Wenn sie erst in der Schlinge baumelt, wird sie sich noch zurücksehnen nach unserem Knast«, entgegnete der Wärter bissig. »Dann hat sich's ausgeklaut!«

»Gib ihr wenigstens eine Taschenlampe!«

»Im Jenseits gibt's auch keine Taschenlampen«, gab der Wachmann grinsend zurück. »Sie soll sich ruhig schon mal dran gewöhnen.«

Der fiese Typ sprach extra laut, damit die Gefangene hinter der Tür jedes Wort hören konnte. Am liebsten hätte Sergej ihm die Visage poliert. Er fixierte ihn und blies drohend die Wangen auf. Doch der Wärter ließ sich nicht im Geringsten beeindrucken. Innerlich kochend räumte Sergej das Feld.

Seine Schicht mit Dron war längst vorbei. Inzwischen liefen zwei andere Kämpfer Patrouille am Bahnsteig. Als Sergej ihnen entgegenkam, blieben sie stehen und wiegten respektvoll die Köpfe. Einer klopfte ihm anerkennend auf die Schulter.

»Coole Aktion, Sersch. Die Viper hast du super dingfest gemacht, und das ganz allein.«

»Stimmt es eigentlich, dass sie Dron auf die Fresse gelegt hat?«, erkundigte sich der andere.

Sergej nickte zerstreut und trottete weiter, ohne auf die Frage seines Kollegen zu antworten. Wie ferngesteuert fand er sich plötzlich an der Stelle wieder, wo er mit der Diebin gekämpft hatte. Er blieb stehen, leuchtete mit der Lampe umher und zog das Messer der Amazone heraus, das immer noch in der Gleisschwelle steckte.

Es handelte sich um ein Wurfmesser. Kein billiges Plagiat, wie man es in der Metro an jeder Ecke bekam, sondern beste Qualität: perfekt geschliffene Klinge, hervorragend ausbalanciert, ein handlicher holzverschalter Griff, der kein rutschiges Isolierband brauchte.

Sergej holte aus und versetzte einem imaginären Gegner einen Stich. Dann fasste er das Messer an der Klinge und warf es auf den nächsten Holzbalken, der das Tunnelgewölbe stützte. Die Messerspitze bohrte sich genau ins Zentrum des Astauges, das er anvisiert hatte. Wow! Kassarin zog die Klinge aus dem Balken und schob sie in die schmale Messertasche an seinem linken Unterarm. Diese Trophäe hatte er sich verdient.

Hätte man das Messer bei der Festnahme der Amazone oder später in ihren Sachen gefunden, wäre es als weiteres Beweismittel gegen sie verwendet worden. Allerdings zweifelte auch ohne das Messer niemand daran, dass sie eine professionelle Diebin war.

Wie auch immer, Sergej wollte ihren Tod nicht, auch wenn sie ein schweres Verbrechen begangen hatte. Insgeheim bedauerte er sogar, dass er sie nicht hatte laufen lassen. Andererseits wäre sie dann mitsamt ihrem Diebesgut getürmt, und die Bewohner der *Roschtscha* – Männer, Frauen, Alte und Kinder – säßen ohne Medikamente da. Das hätte er auch nicht zulassen dürfen! Insofern war es richtig und sogar seine Pflicht gewesen, die Diebin zu stellen.

Dumm nur, dass jetzt ein hübsches Mädchen, dessen Leben gerade erst begann, wegen ihm am Galgen endete. War das etwa richtig?

Von Gewissensbissen geplagt, kehrte Sergej auf den Bahnsteig zurück. Für einen guten Ratschlag oder wenigstens für ein offenes Ohr wäre er jetzt dankbar gewesen. Doch ausgerechnet jetzt konnte er niemanden finden. Selbst Dron war wie vom Erdboden verschluckt.

Sergej ging in sein Zelt und setzte sich aufs Bett. Ob er sich betrinken sollte? Er trat vor den Waffenschrank, in dem die Schnapsflasche stand, wollte ihn schon öffnen, doch dann fiel sein Blick auf die Petroleumlampe im Regal, und er hielt inne.

Unwillkürlich musste Sergej an die finstere Einzelzelle denken, in der es von Ratten nur so wimmelte. Er nahm die Petroleumlampe und verließ kurz entschlossen das Zelt.

Als er sich dem alten Betriebsraum näherte, in dem die Diebin eingesperrt war, stieg ihm der süßliche Duft von *dur* in die Nase. Und tatsächlich, sein Geruchssinn hatte ihn nicht getäuscht. Der Wärter saß mit verklärtem Lächeln auf seinem Eimer vor der

Zelle und saugte an einer Selbstgedrehten. Als er die näher kommenden Schritte hörte, sprang er auf und versuchte den qualmenden Joint zu verstecken, doch es war schon zu spät.

»Du kiffst im Dienst?«, erkundigte sich Sergej süffisant.

»Ach, nur ein winziges Tütchen«, stammelte der Wärter, warf den Joint weg und trat ihn demonstrativ aus. »Äh, Sergej, du bist doch ein Freund, verpfeif mich bitte nicht bei deinem Vater, okay?«, bat er mit treuseligem Hundeblick.

»Sperr die Tür auf!«

»Die Tür?«, wunderte sich der Wärter. »Was willst du denn da drin?«

»Ich möchte die Gefangene verhören.«

»Verhören?«, echote der Wärter.

Sergej wusste selbst, dass sein Vorwand ziemlich durchsichtig war, doch einen besseren hatte er nun mal nicht.

»Eigentlich darf ich niemanden reinlassen«, druckste der Wachposten herum, doch mit Blick auf den Joint, der immer noch hartnäckig rauchend am Boden lag, besann er sich. »Aber ich glaube, für dich kann ich eine Ausnahme machen. Schließlich hast du sie eingefangen.«

Kaum hatte Sergej die Zelle betreten, schlug hinter ihm die Tür zu. Es war gar nicht einfach, in völliger Finsternis die Petroleumlampe anzuzünden. Als sie endlich brannte und ihr weiches, flackerndes Licht verströmte, erblickte Sergej die Gefangene an der gegenüberliegenden Wand.

Am Oberkörper trug sie nur noch das zerrissene T-Shirt, und war außerdem barfuß. Möglicherweise hatte der Chef der Wache befohlen, ihr das Oberteil und die teuren Chucks abzunehmen. Doch viel wahrscheinlicher war, dass sich einer der Wärter die Sachen unter den Nagel gerissen hatte.

»Ich hab dir eine Lampe gebracht«, murmelte Sergej, der nicht so recht wusste, wie er ein Gespräch beginnen sollte. »Wegen der Ratten ... Es ist so dunkel hier ...«

Die Amazone grinste nur und musterte den Ankömmling misstrauisch.

»Wie rührend. Ein letzter Wunsch für die Verurteilte? Da wäre mir aber was Besseres eingefallen.«

»Hab keine Angst«, flüsterte Sergej ganz leise, damit der Wärter hinter der Tür ihn nicht hören konnte. »Ich werde dir helfen. Ich spreche mit den Richtern ... Sie werden dich laufen lassen.«

»Und was schulde ich dir für diese Gefälligkeit?« Die Amazone lächelte gekünstelt. »Einen Quickie vielleicht?«

»Warum sagst du so was? Ich will dir wirklich helfen. Mein Vater ist Chef des Sicherheitsdienstes und Vorsitzender des Gerichts. Er ist im Augenblick nicht an der Station, wird aber bald zurückkommen. Ich werde ihn bitten, dass ...«

Sergej kam nicht dazu, zu Ende zu sprechen. Die Gefangene schüttelte den Kopf und begann zu lachen: leise, bitter und sarkastisch.

»Oberst Kassarin ist dein Vater?«, fragte sie. Das Lachen war wie festgefroren in ihrem Gesicht.

»Ja. Was ist denn so lustig daran?«, erwiderte Sergej pikiert.

»Die Tatsache, dass er mich aufknüpfen wird, noch bevor du den Mund aufbekommst.«

»Du kennst meinen Vater nicht!«

Die Amazone grinste breit und entblößte dabei gerade, weiße Zähne.

»Du bist es, der ihn nicht kennt. Die ganze Metro weiß, dass Oberst Kassarin eine richtige Bestie ist. Ein brutaler ...«

»Das ist nicht wahr!«, explodierte Sergej. »So ist mein Vater nicht!«

Er war drauf und dran, der Diebin eine runterzuhauen. Im letzten Moment nahm er sich zusammen. Was auch immer die Amazone über seinen Vater sagte – wenn er sie jetzt schlüge, würde er sich mit jenen gemein machen, die das Mädchen lynchen wollten, ohne das Motiv für den Medikamentendiebstahl zu hinterfragen.

Einer spontanen Regung folgend, fasste Sergej die Diebin an den Handgelenken und löste den Riemen, mit dem sie gefesselt waren.

Die Amazone schaute ihn verwundert an.

»Warum machst du das?«

»Weil … Die Fessel hat doch sicher wehgetan«, erwiderte Sergej achselzuckend und senkte den Blick.

Sie musterte ihn von oben bis unten und schüttelte den Kopf.

»Hätte ich gar nicht gedacht, dass Kassarin so ein Weichei zum Sohn hat.«

»Warum …«, stammelte Sergej, der rot geworden war, doch die Amazone ließ ihn nicht ausreden.

»Weil das dumm ist! Dein Vater würde nicht viel Federlesens mit einer Diebin machen. Er würde mich kurzerhand kaltmachen, ohne rumzudiskutieren. Und er hätte recht damit! So muss ein Mann handeln. Wenn du die Chance hast, deinen Feind zu töten, töte ihn! Sentimentalitäten sind da fehl am Platz!«

Sergej war konsterniert.

»Das könnte ich nicht … Es täte mir leid …«

Die Amazone warf provozierend den Kopf in den Nacken.

»Mitleid ist etwas für Schwächlinge und Weicheier! Wieso sollte man Mitleid mit mir haben? Warum sollte man mich am Leben lassen? Damit ich später als nichtsnutzige alte Schachtel ende, die um Almosen bettelt, bis sie endlich in irgendeiner versifften Piss-rinne verreckt? Nein, vielen Dank. Auf so eine Zukunft kann ich verzichten. Lieber sterbe ich jung und gesund, als dass ich vor mich hinsieche und erst als altes Wrack den Löffel abgebe!«

Sergej schaute die Gefangene ungläubig an. Anscheinend hatte sie das tatsächlich ernst gemeint.

»Hast du denn nichts, wofür es sich zu leben lohnt?«

»Als ob du so etwas hättest!«, versetzte die Amazone. »Ich wusste genau, welches Risiko ich eingehe, und mir war klar, was mit mir passiert, wenn ich erwischt werde. Deshalb werde ich mich auch nicht auf die Knie werfen und um Gnade winseln. Das würde sowieso nichts ändern.« Sie hielt inne. Offenbar war sie nicht sicher, ob sie aussprechen sollte, was ihr auf der Zunge lag. Dann platzte es aus ihr heraus: »Ich hätte dich ohne zu zögern abgestochen im Tunnel, wenn ich die Chance dazu gehabt hätte!«

Sergej schüttelte den Kopf.

»Weißt du, mir kommt es so vor, als wolltest du mich – und dich selbst – mit aller Gewalt davon überzeugen, dass du den Tod verdienst.«

Abermals lachte sie kurz und spöttisch.

»Findest du das etwa nicht?«

»Nein«, antwortete Sergej bestimmt. »Du hast etwas sehr Schlimmes getan. Die Medikamente aus unserem Safe sind nicht vom Himmel gefallen. Schon meine Mutter hatte begonnen, diesen Vorrat anzulegen. Sie war Ärztin und die Leiterin unserer Sanitätsstation. Obwohl sie nicht dazu verpflichtet war, ist sie oft mit den Stalkern in die Stadt gegangen, um nach Medikamenten zu suchen … Bis sie eines Tages bei einer solchen Expedition zusammen mit einer Gruppe Stalker von Mutanten zerfleischt wurde. Meine Mutter hätte vielleicht ihren mit Tablettenschachteln vollgepackten Rucksack wegwerfen und fliehen können, doch das hat sie nicht getan, weil sie an die Leute dachte, für die diese Medikamente die letzte Hoffnung waren. Und du wolltest sie einfach stehlen. Trotzdem bin ich nicht der Meinung, dass man dich töten sollte.«

»Wieso?«, schrie die Diebin ihm ins Gesicht.

»Weil kein Mensch den Tod verdient.«

Die Amazone wandte sich ab und schwieg. Dann schaute sie Sergej wieder an und lächelte. Diesmal ohne jeden Spott, eher ein bisschen traurig.

»Wenn du am Leben bleibst, wirst du deine Meinung bald ändern«, seufzte sie. »Du tust mir leid. Deine Mutter hat dich falsch erzogen, und sie ist einen überflüssigen Tod gestorben. Sie hätte ihren Rucksack wegwerfen und fliehen müssen, wenn sie die Möglichkeit dazu hatte. Für wen ist sie gestorben? Für eine Handvoll jämmerlicher Kreaturen, die nicht mal auf die Idee kamen, ihr zu helfen.«

»Das wäre gar nicht möglich gewesen«, widersprach Sergej. »Niemand hätte sie noch retten können. Der Angriff der Mutanten fand an der Oberfläche statt.«

Früher hatte er diesen Aspekt nicht bedacht, doch jetzt sah er die Ereignisse jenes verhängnisvollen Tags plötzlich mit anderen Augen. Niemand an der *Roschtscha* hatte gewusst, wann die Stalker aus der Stadt zurückkehren würden. Sie wussten es ja nicht einmal selbst. »Vor Einbruch der Dunkelheit«, hatte seine Mutter gesagt. Aber was heißt das genau? Bei Sonnenuntergang? Eine oder zwei Stunden vor Sonnenuntergang? Die Monster hätten die Gruppe jederzeit angreifen können. Als er seinen Vater zu überreden versucht hatte, die Mutter zu suchen, waren sie und die Stalker aller Wahrscheinlichkeit nach schon tot gewesen. Und sein Vater hatte das gewusst. Er hatte sich geweigert, nachts an die Oberfläche zu gehen, weil er wusste, dass eine nächtliche Suche aussichtslos war, und weil er sich und die anderen Retter nicht unnötig in Gefahr bringen wollte. Obwohl er am allerwenigsten an sich selbst gedacht hatte. Oder doch?! Schließlich hatte er geahnt, dass ihre Familie von diesem Tag an nur noch aus zwei Menschen bestehen und sich niemand außer ihm um seinen Sohn kümmern würde. Er hatte sich für Sergejs Schicksal verantwortlich gefühlt. Deshalb war er nachts nicht in die Stadt gegangen. Nicht weil er Angst gehabt hätte und auch nicht wegen der Stationsordnung, die Streifzüge an der Oberfläche bei Dunkelheit verbot.

Sergej schämte sich. Die ganzen Jahre über war er seinem Vater im tiefsten Inneren gram gewesen. Dabei hatte der, bei Lichte betrachtet, damals das einzig Richtige getan. So war es doch. Oder hätte er alles liegen und stehen lassen sollen, um nach seiner Frau zu suchen, bis er sie fand – lebend oder tot?

Sergej blickte der jungen Frau, die vor ihm stand, in die Augen. Hatte sie ihn verstanden? Nichts hatte sie verstanden.

»Glaubst du im Ernst, dass es irgendeinen Unterschied gemacht hätte, wo der Angriff stattfand, ob oben oder im Tunnel?«, fragte sie gallig. »Vergiss es!« Sie hielt für einen Augenblick inne und sprach dann mit völlig veränderter Stimme weiter. »Meine Mutter starb bei meiner Geburt. Ich weiß nicht einmal, wie sie ausgesehen hat. Dafür erinnere ich mich noch gut daran, wie mein Vater gestorben ist. Er starb vor meinen Augen, nachdem ihm ein verdammter Bastard in den Bauch geschossen hatte. Mein Vater war ein starker Mensch. Es hat lange gedauert, bis er tot war. Wenn die Leute an der Station ihm zu Hilfe gekommen wären, hätte man ihn vielleicht retten können. Sie haben den Schuss und meine Schreie gehört, aber niemand hielt es für nötig, uns zu helfen. Dabei hätten sie nur lächerliche fünfzig Meter in den Tunnel hineingehen müssen. Ein Wunder, dass ich nicht auch gestorben bin. Wenn ein fünfzehnjähriges Mädchen von vier Schlägern vergewaltigt wird, geht das normalerweise tödlich aus. Aber ich habe überlebt. Als ich mit letzter Kraft zu meinem Vater gekrochen bin, war er schon kalt. Und die vier Bastarde längst über alle Berge. Sie hatten bekommen, was sie wollten, der Rest interessierte sie nicht. Inzwischen haben sie das halbwüchsige Mädchen, das sie vor vier Jahren in einem finsteren Tunnel gerammelt haben, bestimmt längst vergessen. Aber ich weiß alles noch ganz genau. Leider ist es mir nicht gelungen, die vier aufzuspüren und ihnen dieselben Schmerzen zuzufügen, die mein Vater vor seinem Tod erdulden musste. Bis jetzt noch nicht … Ich hatte gedacht, dass ich sie am ehesten kriege, wenn ich mich den Banditen anschließe … Aber jetzt …«

Die junge Frau wurde von Gefühlen übermannt und bekam feuchte Augen. Als wäre sie selbst darüber erschrocken, biss sie die Zähne zusammen, um die Tränen zurückzuhalten.

»Schluss jetzt! Das reicht! Geh! Ich möchte allein sein.«

Doch Sergej hörte nicht auf sie.

»Du suchst die Mörder deines Vaters und hast dich deshalb mit den Banditen eingelassen?«

»Was geht dich das an?!« Die Amazone machte einen Satz nach vorn und stieß Sergej mit beiden Händen weg. »Misch dich gefälligst nicht in mein Leben ein! Hau ab! Hast du kapiert?! Verschwinde!«

Sergej knallte rücklings gegen die Tür und atmete durch. Hatte er das richtig verstanden?

Diese junge Frau war nicht nur Täterin, sondern auch Opfer. Wie konnte man sie dann hinrichten? Wie konnte man ein Leben beenden, das durch menschliche Teilnahmslosigkeit, barbarische Gewalt und himmelschreiendes, nie wieder gutzumachendes Unrecht aus der Bahn geraten war?

Sergej war fest entschlossen von alledem zu berichten. Und er zweifelte nicht daran, dass der Oberst die junge Frau begnadigen würde.

3
DAS URTEIL

Unbekümmert marschierte der Kundschaftertrupp durch den finsteren Tunnel. Fremde traf man hier so gut wie nie. Fahrende Händler kamen nur selten zur Grenzstation der Allianz, und die Monster, die bisweilen auf unerklärliche Weise in den Tunnel eindrangen, obwohl sämtliche Schächte zur Oberfläche sorgfältig zugemauert waren, wurden von den Wachposten rasch unschädlich gemacht.

Dass der Tunnel zwischen der *Roschtscha* und der *Marschalskaja* dennoch nicht ganz ungefährlich war, lag an mehreren radioaktiv verstrahlten Zonen. Die letzte hatte der Kundschaftertrupp gerade unbeschadet passiert, in Kürze mussten die Signallichter der *Marschalskaja* am Ende der Röhre in Sichtweite kommen.

Die Kämpfer waren in aufgeräumter Stimmung. Nicht nur weil die schlimmsten Gefahren hinter ihnen lagen, sondern auch weil die Reparaturbrigade am Stromkabel, das durch den Tunnel verlief, keinerlei Schäden festgestellt hatte. Kurzum: Alles lief bestens.

Einzig und allein Oberst Kassarin plagte sich mit einer düsteren Vorahnung herum.

Kassarin hatte sich angewöhnt, seiner Intuition zu vertrauen. Gut zwanzig Jahre im Untergrund, geprägt von einem ständigen Kampf gegen Mutanten und menschliches Gesindel, hatten ihn gelehrt, Gefahren vorauszuahnen. Er hatte eine Art siebten Sinn für drohendes Unheil entwickelt. Selbst seine schlimmsten Befürchtungen erfüllten sich meist.

Vor der Katastrophe war Kassarin ganz anders gewesen. An einen Tag aus jener Zeit erinnerte er sich besonders gut: Er spazierte durch die Straßen von Nowosibirsk und trug mit stolzgeschwellter Brust die funkelnagelneuen Leutnant-Schulterklappen an seiner Uniformjacke. In seiner Brusttasche steckte der Dienstauftrag, den man ihm bei der Entlassung aus der Armeeschule ausgehändigt hatte. Darauf war die Nummer seiner zukünftigen Einheit vermerkt.

Doch der junge Leutnant verschwendete in diesem Augenblick keinen Gedanken an den bevorstehenden Dienst. An seiner Hand ging die schönste Frau der Welt, die sich gottlob dazu entschlossen hatte, ihr Schicksal mit dem seinen zu verbinden. Unmittelbar nach seinem Schulabschluss hatten die beiden geheiratet. Er – frischgebackener Leutnant der Armee –, sie Studentin im letzten Studienjahr an der medizinischen Fakultät der Nowosibirsker Universität.

Es war ein heißer Sommertag mit strahlendem Sonnenschein gewesen. Der letzte Tag der Menschheit. Nur wenige Minuten verblieben bis zum Weltuntergang.

Kassarin wäre gern noch länger spazieren gegangen, doch die Frau Gemahlin hatte sich in ihren neuen Stöckelschuhen eine Blase gelaufen. Deshalb fuhren sie mit der Rolltreppe in die Metro hinunter, um möglichst schnell nach Hause zu kommen. An der Endstation, die im früheren Leben noch auf den schönen Namen *Berjosowaja Roschtscha* gehört hatte, verkündete eine sonore Frauenstimme aus dem Lautsprecher wie gewohnt: »Endstation. Bitte alle aussteigen.« Als die Kassarins und die übrigen Passagiere die Bahnsteighalle betraten, fanden sie sich in einem ungewohnten Gedränge wieder. Menschen riefen durcheinander und belagerten den diensthabenden Aufseher des Stationspersonals.

Es war Endstation für alle Züge. Für immer. Und der Aufseher erlaubte weder den Kassarins noch den anderen Passagieren, nach Hause zu gehen. Ihr Zuhause existierte nicht mehr.

Geschockt von der Nachricht über den Ausbruch des Atomkriegs, verhielten die Menschen sich zunächst ruhig. Doch am dritten Tag, als die knappen Trinkwasser- und Lebensmittelvorräte an der Station zur Neige gingen, machte sich Panik breit. Es kam zur Revolte. Die außer Rand und Band geratene Menge brachte den alten Aufseher und zwei Milizionäre um, die versucht hatten, die Meuterei einzudämmen. Insgesamt kamen an diesem Tag achtzehn Menschen ums Leben. Es hätte noch viel mehr Opfer gegeben, wenn es Leutnant Kassarin mit einer Gruppe von Freiwilligen nicht gelungen wäre, die Ordnung wiederherzustellen.

In der Folgezeit kam es immer wieder zu Scharmützeln mit Plünderern und kriminellen Banden, die wie Pilze aus dem Boden schossen und versuchten, die Macht in der Metro an sich zu reißen. Bei diesen Kämpfen, die bisweilen extrem hart und blutig waren, verdiente Kassarin sich höchsten Respekt.

Nach einem Jahr wurde er in den Rat der unabhängigen Station *Roschtscha* gewählt und vom Kommandanten zum Hauptmann befördert. Nach einem weiteren Jahr wurde er Chef des Sicherheitsdienstes und stanzte sich Majorssterne aus einer Konservendose. In der Metro wurde man wesentlich schneller befördert als früher an der Oberfläche, aber das Leben im Untergrund war ja auch erheblich kürzer.

Zu jener Zeit kam auch Sergej zur Welt. Es war eine schwere Geburt, die Kassarins Frau nur knapp überlebte. Eine erneute Schwangerschaft wäre ein extremes Risiko für sie gewesen. Doch Kassarin reagierte gelassen auf die Nachricht. Ihm war es lieber, nur ein Kind zu haben, als bei einer weiteren Geburt womöglich seine Frau zu verlieren. Es hätte durchaus in seiner Macht gestanden, ihr einen ungefährlichen und weniger anstrengenden Job zu verschaffen, doch seine Frau lehnte es rundheraus ab, die Arbeit im Sanitätsdienst aufzugeben. Selbst die Expeditionen an die Oberfläche zur Beschaffung neuer Medikamente setzte sie fort – all seinen Bitten, Protesten und Verboten zum Trotz. Sie hatten oft Streit deswegen, doch alles, was er erreichte, war, dass sie ihm versprach, vorsichtig zu sein.

Doch was hieß schon Vorsicht in einer erloschenen Stadt, in der es vor gefräßigen Monstern nur so wimmelte? Kassarin hatte Angst, dass seine Frau von einer ihrer Expeditionen nicht zurückkommen würde. Und tatsächlich war es eines Tages so gekommen.

Jetzt trug sich Kassarin mit einem ähnlich unguten Gefühl wie an jenem Tag, als seine Frau zu ihrer letzten Expedition in die Stadt aufgebrochen war. Diesmal galt die Sorge seinem an der *Roschtscha* gebliebenen Sohn und seiner Station, die ihm längst zur Heimat geworden war.

Die Bedrohung ging ausgerechnet von der *Marschalskaja* aus, auf die sein Trupp gerade sorglos zumarschierte. Je näher das Ziel rückte, desto stärker empfand Kassarin das Bedürfnis, umzudrehen und zur *Roschtscha* zurückzukehren. Eine wirkliche Option war der Rückzug freilich nicht. Schließlich hatten sie den Auftrag, den Stromausfall zu beheben. Außerdem war es ein Gebot der Vernunft, der Ursache der nebulösen Bedrohung auf den Grund zu gehen. Noch ein- bis zweihundert Meter, dann würde man klarer sehen – so oder so …

Doch sowohl nach hundert als auch nach zweihundert Metern umgab die Kundschafter immer noch undurchdringliche Dunkelheit, die nur von den Lampen der vorausgehenden Männer durchbrochen wurde. Irgendwann war die Sache den Kämpfern der Vorhut nicht mehr geheuer. Sie verlangsamten den Schritt und blieben schließlich stehen.

»Wo zum Henker ist die Station abgeblieben, Chef?«, fragte einer von ihnen irritiert.

Auch Kassarin war der Meinung, dass sie die *Marschalskaja* längst hätten erreichen müssen. Er ließ anhalten, trat nach vorn und schaltete seine leistungsstarke Akkulampe ein. Der Lichtkegel fraß sich durch die teigige Dunkelheit und verlor sich in einem klar umgrenzten, aber diffusen Kreis. Staunend betrachtete der Oberst mit seinen Leuten das Phänomen, bis ihm klar wurde, dass die Finsternis vor ihnen stofflich war.

Der gesamte Tunnelraum vom Gleis bis zum Deckengewölbe war von einer schwarzen Masse ausgefüllt. Sie bewegte sich und atmete wie Nebelschwaden. Die wabernde Materie erinnerte jedoch eher an riesige Knäuel aus schwarzen Spinnweben oder Wolle, und dahinter – endlich konnte Kassarin es erkennen – schimmerten die Umrisse des Bahnsteigs durch! Aus der Tiefe des mysteriösen Geflechts drangen auf einmal dumpfe, schmatzende Laute, als wäre hier das große Fressen in Gang.

»Um Gottes willen!«, rief einer der Kämpfer erschrocken. »Was ist das?!«

Niemand antwortete ihm. Alle, einschließlich Kassarin, starrten wie gebannt auf das gespenstische Schauspiel. Einem der Männer klapperten die Zähne vor Angst.

So vergingen Sekunden – oder Minuten. Kassarin hatte sein Zeitgefühl verloren. Plötzlich schoss aus der schwarzen Spinnwebe ein gigantischer Fangarm hervor, der aus einem wattigen Fadengeflecht bestand. Die Attacke riss den Oberst aus seiner Erstarrung.

»Weg hier! Abrücken!!!«, brüllte er.

Seine donnernde Stimme zeigte Wirkung. Die Kämpfer rannten in den Tunnel zurück – nichts wie weg von der Station, die mit einer lebendigen Spinnwebe verhangen war. Einige Männer flüchteten so Hals über Kopf, dass sie ins Stolpern kamen und zu Boden stürzten. Andere liefen einfach über sie hinweg. Die Männer waren in Panik geraten. Erst nach einer halben Stunde gelang es Kassarin, seinen versprengten Trupp zu sammeln und wieder für Ordnung und Disziplin zu sorgen.

Doch allein mit Befehlen war der Angst nicht beizukommen, die sich in den Herzen der Kämpfer und Techniker eingenistet hatte. Kassarin sah das an ihren geweiteten Augen. In diesem Zustand konnten sie weder kämpfen noch sich gegenseitig zu Hilfe eilen. Jeder würde nur versuchen, seine Haut zu retten, und dann ginge einer nach dem anderen drauf.

Der Oberst musste den Leuten eine Atempause verschaffen, damit sie wieder Mut schöpfen konnten. Und er musste sich selbst über das weitere Vorgehen klar werden. Das einzig Richtige war, an die *Roschtscha* zurückzukehren.

»Antreten!«, kommandierte er. »Wir kehren nach Hause zurück.«

Er hatte bewusst »nach Hause« gesagt, um die verängstigten Männer wenigstens ein bisschen zu beruhigen.

»Maximales Tempo. Vorwärts marsch!«

Nach seinem Gespräch mit der Amazone kehrte Sergej auf den Bahnsteig zurück. Im zentralen Durchgang und zwischen den Zelten eilten aufgeregte Menschen umher. Doch Kassarin junior war noch so in Gedanken, dass ihm die ungewohnte Hektik am Bahnsteig nicht auffiel. Erst als ihm Wiesel über den Weg lief, nahm er wieder Notiz von der Außenwelt.

»Hast du deinen Vater gesehen, Sersch? Was ist los an der *Marschalskaja?* Was hat er erzählt?«

»Wovon redest du?«, wunderte sich Sergej.

Wiesel fasste sich an den Kopf. »Was, du weißt von nichts?!«, fragte er, und da Sergejs ratloser Gesichtsausdruck für sich selbst sprach, schnatterte er weiter. »Die Kundschafter und die Techniker sind gerade zurückgekommen! Kreidebleich, mit zitternden Händen, total verängstigt! Sie haben irgendwas von einer lebendigen Spinnwebe gefaselt. Such doch mal deinen Vater und frag ihn, was los ist.«

»Wo ist er?«

»Er ruft gerade den Stationsrat zusammen. Scheint eine ernste Sache zu sein.«

Sergej ließ Wiesel grußlos stehen und machte sich auf den Weg zum Pavillon.

»Gib mir gleich Bescheid, wenn du was erfährst!«, rief ihm Wiesel hinterher.

Als das Leben an der *Roschtscha* noch in den Kinderschuhen steckte, war der Stationsrat beinahe täglich zusammengetreten. Für diese Zusammenkünfte hatte man extra einen runden Pavillon auf einem Podium errichtet. Später, als der Alltag an der Station in geregelten Bahnen verlief, wurden die Sitzungen immer seltener einberufen. Viele anstehende Fragen klärte man lieber auf dem kurzen Dienstweg.

Bei der letzten Zusammenkunft des Rats hatte man über den Beitritt zur Allianz und das Militär- und Wirtschaftsabkommen mit der *Marschalskaja* beraten. Das war vor fünf Jahren gewesen. Inzwischen hatte man den Pavillon für feierliche Anlässe zweckentfremdet. In dem runden Zelt wurden Ehen geschlossen, Veteranen geehrt und Auszeichnungen für besondere Leistungen verliehen.

Normalerweise konnte man den Pavillon jederzeit betreten, doch jetzt standen zwei bewaffnete Wachposten an der Treppe, die zum Podium hinaufführte. Es war dasselbe Duo, das vorhin Patrouille gegangen war und Sergej zur Ergreifung der Diebin beglückwünscht hatte.

»Der Oberst war derart schlecht drauf, als er zurückkam – so habe ich ihn noch nie gesehen«, sagte einer der beiden zu Sergej. »Du weißt nicht zufällig, was passiert ist?«

Kassarin schüttelte den Kopf und deutete mit dem Daumen auf den Pavillon.

»Ist er da drin?«

»Ja. Alle sind drin«, bestätigten die Wachposten. »Vor etwa fünf Minuten ist der Rat zusammengetreten.«

»Lasst mich rein«, verlangte Sergej. »Ich muss zu der Sitzung.«

Doch damit kam er nicht durch.

»Tut uns leid, Sersch. Aber dein Vater hat ausdrücklich angeordnet, dass wir niemanden reinlassen dürfen.«

»Ich habe aber wichtige Informationen über die Gefangene!«, beharrte Sergej. »Die muss ich den Mitgliedern des Gerichts mitteilen.«

Er versuchte, zwischen den Posten hindurchzuschlüpfen, doch eine schwielige Hand versperrte ihm den Weg.

»Ich glaube, die haben jetzt andere Sorgen, als sich um die eingesperrte Viper zu kümmern.«

Sergej blieb nichts anderes übrig, als sich damit abzufinden. Er drehte eine Runde um den Pavillon. Als er wieder am Eingang ankam, traf er dort Wiesel mit drei Freunden.

»Na, hast du mit deinem Vater gesprochen?«, erkundigte sich der Jugendfreund.

Sergej schüttelte den Kopf.

Wiesel schmatzte enttäuscht, indem er die Lippe in seine Zahnlücke saugte.

Unterdessen kamen immer mehr Männer und Frauen zum Pavillon, erste Grüppchen bildeten sich. Die Berichte der Kundschafter, die von der *Marschalskaja* zurückgekehrt waren, hatten die Leute in ernsthafte Sorge versetzt. Schon wenig später drängte sich eine aufgeregte Menschenmenge vor dem Podium.

Unter den Versammelten entdeckte Sergej die breitschultrige Gestalt von Dron, der Lida penetrant das Ohr abkaute. Das Mädchen versuchte sich zu entziehen, konnte im Getümmel aber weder vor noch zurück.

Endlich wurde die Plane am Eingang des Pavillons zurückgeschlagen. Der Stationskommandant und die übrigen Mitglieder des Rats kamen heraus. Als Letzter erschien Kassarin auf dem Podium. Seinen Gesichtsausdruck konnte man im Halbdunkel der Notbeleuchtung nicht richtig erkennen, doch an seinen eckigen, impulsiven Bewegungen las Sergej ab, dass sein Vater äußerst unzufrieden war. Außerdem hielt er eine gewisse Distanz zu seinen Ratskollegen, was darauf schließen ließ, dass die Sitzung ohne einvernehmliches Ergebnis zu Ende gegangen war.

Sergej richtete seine Aufmerksamkeit auf den Kommandanten, der sich gerade an die Versammelten wandte.

»Mitbürger«, begann der Kommandant und ließ den Blick über die Menge schweifen. Sein ernster Tonfall jagte Sergej einen Schauer über den Rücken. »An der *Marschalskaja* hat sich eine unbekannte, biologisch aktive und gefährliche Substanz eingenistet. Ihre Bewohner haben die Station entweder verlassen oder sind umgekommen. Solange die *Marschalskaja* nicht dekontaminiert ist und die Turbinen dort stillstehen, können wir die Stromversorgung nicht im gewohnten Umfang wiederherstellen. Zur Schonung lebenswichtiger Ressourcen gilt ab sofort der Ausnahmezustand. Trinkwasser und Lebensmittel werden rationiert. Verstöße gegen diese Regelungen werden streng geahndet.«

Sergej hatte den Eindruck, dass der Kommandant mit irgendetwas hinter dem Berg hielt. Trotzdem waren die Nachrichten so unerfreulich, dass er für den Moment sogar die Amazone im Gefängnis vergaß. Selbst als sein Vater sich endlich zu ihm durchgearbeitet hatte, dachte er nicht an sie.

Kassarin senior war nicht nur verstimmt, sondern stinksauer und machte auch überhaupt keinen Hehl daraus.

»Memmen, Feiglinge«, schimpfte er vor sich hin.

»Von wem redest du?«, erkundigte sich Sergej.

Der Vater warf einen grimmigen Blick auf den Rücken des Kommandanten, der von der Menge belagert wurde, und sprach im Flüsterton weiter.

»Von unseren Ratsmitgliedern. Sie haben sich für halbherzige Maßnahmen entschieden, weil sie hoffen, dass die Führung der Allianz sich um die Säuberung der *Marschalskaja* kümmern wird und die Turbinen wieder zum Laufen bringt. Dabei ist das bisschen Strom, das die *Sibirskaja* von der *Marschalskaja* bezieht, für die Allianz kein großer Verlust. Es könnte höchstens passieren, dass der *Prospekt* als einzig verbliebener Lieferant den Strompreis in die Höhe treibt. Aber ich glaube, dass die Administration der Allianz das zu verhindern weiß. Und wegen uns werden die sich bestimmt kein Bein ausreißen, selbst wenn wir hier krepieren.«

»Wieso?«, entgegnete Sergej verwundert. »Wir gehören doch zur Allianz.«

»Wir gehörten zur Allianz, solange wir der *Marschalskaja* die Monster vom Leib hielten. Aber wenn die *Marschalskaja* nicht mehr existiert, braucht die Allianz uns auch nicht mehr. Niemand wird uns helfen, wenn wir es nicht selber tun. Niemand!«

»Was ist denn an der *Marschalskaja* passiert?«, fragte Sergej, der nun seinerseits im Flüsterton sprach.

Die Miene seines Vaters wurde noch finsterer. Seine Wangen pulsierten.

»Weiß der Henker. Ich habe so etwas noch nie gesehen. Niemand hat so etwas je gesehen. Alles ist mit schwarzen Spinnweben überwuchert. Nur …« Kassarin hielt inne, als müsste er Anlauf nehmen, um das Folgende auszusprechen. »Dieses Zeug ist lebendig, Sergej. Richtig lebendig. Als wir an der Station waren, hat es einen Fangarm nach uns ausgestreckt. So dick!« Der Oberst gestikulierte mit ausgebreiteten Armen. »Wir konnten im letzten Moment fliehen. Wenn wir nur eine Sekunde gezögert hätten, wären wir geliefert gewesen. Ich sag's dir ganz ehrlich: Mir ist das Herz in die Hose gerutscht, als dieses Spinnwebenmonster angekrochen kam.«

»Was können wir unternehmen?«, fragte Sergej.

»Wir müssen das Zeug vernichten, bevor es uns vernichtet.«

»Vernichten?«, wiederholte Sergej skeptisch. »Aber wie?«

»Es gibt bestimmt irgendeine Möglichkeit. Es muss eine geben!«

So richtig überzeugend hörte sich der Vater nicht an, eher so, als wollte er sich selbst gut zureden.

»Wie stellst du dir das vor?«, rätselte Sergej. »Sollen wir etwa auf gut Glück rumprobieren?«

»Der Kommandant der *Marschalskaja* ist ein ehemaliger Seemann. Er hat eine Art Logbuch geführt, in das er alle besonderen Vorkommnisse eingetragen hat. Das habe ich selbst gesehen. Er hat es in seinem Safe aufbewahrt. Wenn es uns gelänge, an dieses Logbuch ranzukommen, wüssten wir wenigstens, was an der Station vorgefallen ist. In der Ratssitzung hatte ich vorgeschlagen, einen Freiwilligentrupp zusammenzustellen, um dieses Logbuch zu beschaffen. Aber die anderen haben das abgelehnt, mit der Begründung, das würde uns nur unnötige Verluste kosten. Ich habe sogar angeboten, allein zu gehen. Aber auch diesen Vorschlag haben sie abgeschmettert. Sie stehen auf dem Standpunkt, dass der Chef des Sicherheitsdienstes während des Ausnahmezustands an der Station gebraucht wird. Aber wenn unsere Plantagen wegen Lichtmangels kaputtgehen und eine Hungersnot ausbricht, werden sie schon merken, dass Abwarten nichts bringt. Wenn es dann mal nicht zu spät ist!« Der Oberst verstummte. Offenbar hatte er das Gefühl, seinem Sohn aus der Emotion heraus zu viel gesagt zu haben, denn plötzlich hatte er es eilig, das Gespräch zu beenden. »Na gut. Ich muss zum Kommandanten. Wir können später weiterreden.«

Der Oberst kam nicht bis zum Kommandanten durch. Kaum war er in die Menge eingetaucht, wurde er von Kämpfern der Stationswehr umringt. Sie redeten auf ihn ein, Kassarin reagierte ziemlich aufgebracht. Doch wegen des Lärms am Bahnsteig konnte Sergej nicht hören, was gesprochen wurde.

Dann trat Dron vor. Die Miene des Obersts verfinsterte sich. Offenbar hatte ihm Dron etwas Wichtiges mitgeteilt. Sergej trat näher, um das Gespräch verstehen zu können. In diesem Moment beendete sein Vater die Diskussion, indem er mit der Hand in der Luft fuchtelte.

»Da machen wir kurzen Prozess! Hängt das Miststück sofort auf!«

Aufhängen?! Sergej gefror das Blut in den Adern. Er wusste sofort, wen sein Vater gemeint hatte. Das brutale Verdikt schockierte ihn, veranlasste ihn aber auch, zu handeln. Er musste bei seinem

Vater intervenieren. Doch noch bevor er sich bis zu ihm durchgekämpft hatte, schlug Dron die Hacken zusammen und nahm Haltung an.

»Zu Befehl, Herr Oberst!«, bellte er schneidig. Dann wandte er sich an die dabeistehenden Kämpfer. »Jerocha, Bossoi, mir nach! Ihr helft mir, die Schlampe aufzuknüpfen.«

»Wartet! Dron!«, rief Sergej ihnen nach. »So könnt ihr das nicht machen!«

Widerwillig blieb Dron stehen, danach auch Jerocha und Bossoi.

»Du hast völlig recht«, nahm der Oberst die Worte seines Sohnes auf. »Die Hinrichtung muss öffentlich sein. Alle sollen sehen, wie wir hier mit Dieben verfahren. Bereitet schon mal den Galgen vor, ich rufe die Leute zusammen.«

Sergej war niedergeschmettert. Sein Vater, der Mensch, der ihm am nächsten stand, hatte ihm buchstäblich das Wort im Munde umgedreht. Die Kämpfer, die sich als Henker angedient hatten, flitzten bereitwillig los, um den Befehl auszuführen. Im ersten Moment wollte Sergej ihnen nachlaufen und sie aufhalten, doch ihm wurde rasch klar, dass er mit Gewalt nichts erreichen würde. Er wandte sich erneut an seinen Vater.

»Was ist mit einer Gerichtsverhandlung, Pa? Du sagst doch immer, dass alles nach Recht und Gesetz laufen muss.«

»Während eines Ausnahmezustandes geht es auch weniger kompliziert. Man hat mir über ein Verbrechen Meldung gemacht, und als vorsitzender Richter habe ich meine Entscheidung gefällt. Oder ...« Der Vater spürte, dass etwas Unausgesprochenes in der Luft lag, und merkte auf. »Bist du etwa nicht einverstanden mit dem Urteil?«

»Absolut nicht!«, erwiderte Sergej bestimmt. »Diese junge Frau hat Unvorstellbares durchgemacht ... Wir dürfen sie nicht töten! Du müsstest mit ihr reden ...«

»Ich habe nicht vor, mit Dieben zu sprechen!«, versetzte der Oberst barsch. »Dieses Luder hat bestimmt das Blaue vom Himmel heruntergelogen. Wahrscheinlich hat sie dir irgendeine rührende Geschichte über ihr schlimmes Schicksal erzählt, und du bist darauf reingefallen. Ist doch klar, dass sie lügt wie gedruckt und um Gnade fleht, um dem Galgen zu entgehen!«

»Sie hat nicht gelogen!«, widersprach Sergej. »Und sie hat auch nicht um Gnade gefleht, im Gegenteil …«

Doch Kassarin hörte nicht auf seinen Sohn.

»Schluss jetzt! Genug geredet! Diese miese Schlampe hat ein Verbrechen begangen. Und dafür wird sie aufgehängt!«

Brennender Hass umgab den Oberst wie eine Aura, die mit Händen zu greifen war. Sergej trat sogar einen Schritt zurück. Als er in die zornfunkelnden Augen seines Vaters sah, begriff er, dass es völlig zwecklos war, weiter auf ihn einzureden. Oberst Kassarins Entscheidung stand fest.

Das bedeutete, dass das arme Mädchen nur noch ein paar Minuten zu leben hatte! Sergej würgte an einem Kloß im Hals, als ginge es nicht der Diebin, sondern ihm selbst an den Kragen.

Der Vater schaute ihn lange und prüfend an. Die Reaktion des Sohnes gefiel ihm nicht. Er brummte etwas Unverständliches vor sich hin, machte auf dem Absatz kehrt und marschierte zum östlichen Ende des Bahnsteigs davon. Dort wurde der Galgen für die bevorstehende Hinrichtung aufgebaut.

Die Amazone hatte recht behalten. Bei seinem Vater war Sergej auf taube Ohren gestoßen. Er hatte ihr versprochen, sie zu retten, und sie … Sie hatte ihn ausgelacht, obwohl die Aussicht, am Strick zu enden, alles andere als rosig war.

Sergej malte sich lebhaft aus, wie die selbst ernannten Henker Dron, Jerocha und Bossoi – seine eigenen Freunde – mit mordlustigen Visagen in die Zelle stürmten, das arme Mädchen herauszerrten und dann mit dem schweigenden Einverständnis der schaulustigen Menge am Galgen aufknüpften. Ihm lief es kalt den Rücken herunter. Nein! Er würde niemandem erlauben, sie zu demütigen!

Sergej machte sich auf den Weg zur Gefängniszelle. Er wusste nicht recht, wie er der Amazone unter die Augen treten sollte. Sein Versprechen, sie zu beschützen, konnte er nicht halten. Trotzdem ging er wild entschlossen weiter.

Der kiffende Wärter war verschwunden, die Zellentür stand einen Spalt weit offen. Sergej blieb das Herz stehen. War er zu spät gekommen? Aber die Vorbereitungen zur Hinrichtung waren noch in vollem Gange, und das Publikum hatte sich noch längst nicht vollzählig versammelt! Er stürmte zur Tür.

Drinnen hörte man irgendein Gerangel. Sergej riss die Stahltür auf, die in ihren rostigen Angeln schauderhaft quietschte, und blieb mit offenem Mund auf der Schwelle stehen.

Die junge Frau lag rücklings am Boden und versuchte verzweifelt, Dron abzuschütteln, der auf ihr lag und wie besessen ihre Kleidung zerriss. Sie schrie nicht und rief nicht um Hilfe. Offenbar hatte sie sich längst damit abgefunden, dass ihr niemals jemand zu Hilfe kam. Dron keuchte vor Lust.

An der Wand rangen ihre ineinander verschlungen Schatten im Licht einer am Boden stehenden Petroleumlampe. Im Kampf der Schatten zeichnete sich kein Sieger ab, doch in der Realität behielt Drons rohe Kraft die Oberhand. Er packte die Amazone an den Haaren, schüttelte sie und schlug ihren Kopf auf den Boden.

Sergej sah ihr schmerzverzerrtes Gesicht mit blutigen, aufgeplatzten Lippen und dann, als Dron zur Seite rutschte, ihre entblößten kleinen Brüste, auf denen seine groben Pranken rote Striemen hinterlassen hatten.

Ohne nachzudenken, stürzte sich Sergej auf Dron und rammte ihm mit voller Wucht die Faust zwischen die Schulterblätter. Drons Griff erschlaffte. Er ließ den Kopf der Amazone los und wollte sich umdrehen. Doch noch ehe er dazu kam, packte Sergej ihn am Kragen, zog ihn von der wehrlosen Frau weg und warf ihn hochkant aus der Zelle.

»Sag mal, spinnst du?!«, brüllte Dron wütend.

»Mach, dass du wegkommst, du Dreckskerl!«, fauchte Sergej schwer atmend zurück. »Sonst erfährt mein Vater davon, kapiert?!«

Sergej hatte die Drohung im Affekt ausgestoßen, aber sie wirkte. Dron rappelte sich auf und machte keine Anstalten, eine Schlägerei anzufangen. Er warf nur einen gierigen Blick auf die bewusstlose junge Frau, die wie eine weggeworfene Puppe am Boden lag. Dann sah er auf zu Sergej.

»Na warte, Sersch«, zischte er durch die zusammengebissenen Zähne. »Das werde ich mir merken. Das wird dir noch leidtun, du Weichei.«

»Hau ab!«, schrie Sergej heiser. »Verpiss dich!«

Als Dron verschwunden war, kniete Sergej sich neben die Amazone, die allmählich wieder zu sich kam. Sie stöhnte, öffnete langsam die Augen und sah ihn an. Zuerst erschrocken und misstrauisch, doch dann glätteten sich die Falten auf ihrer Stirn. Ihr Blick entspannte sich.

»Danke. Du … bist nicht so … Du bist anders …«

Wegen der aufgeplatzten Lippen fiel es ihr schwer zu sprechen. Sie verzog das Gesicht und wischte sich das Blut vom Mund. Sergej ertrug ihren Blick nicht und wandte sich ab. Die Scham schnürte ihm die Kehle zu.

»Es gibt keinen Grund, mir zu danken«, sagte er leise. »Ich konnte nichts für dich tun.«

»Ich weiß, man wird mich hängen«, erwiderte sie erstaunlich gelassen. »Das hat mir dein Freund schon mitgeteilt.«

»Er ist nicht mehr mein Freund!«

»Sieht ganz so aus«, pflichtete sie bei. »Ich habe das Gefühl, du hast nichts als Scherereien wegen mir.«

Sergej war baff über die Coolness der Amazone. Doch als er sie wieder anschaute, wunderte er sich noch mehr: Sie lächelte.

»Du …« Sergej suchte nach Worten. »Du bist verrückt.«

Sie zuckte mit den Achseln.

»Ich finde eher, dass du nicht ganz richtig tickst. Sonst würdest du dich nicht für eine Diebin einsetzen.«

Sergej ließ die Mundwinkel hängen, doch damit löste er nur ein neues Lächeln bei der Amazone aus.

»Jetzt werde ich eben aufgehängt. Na und? Wo ist das Problem?«

»Wie kannst du so etwas sagen?!« Sergej stand auf und tigerte in der Zelle auf und ab. »Das ist nicht richtig. Das ist ungerecht! Ich will, dass du lebst!«

Die Amazone setzte sich auf und lehnte sich mit dem Rücken gegen die Pritsche.

»Sag mal …« Ihr banger Tonfall veranlasste ihn, stehen zu bleiben. »Werde ich vorher gefoltert?«

»Nein«, erwiderte Sergej. »Wir foltern keine Gefangenen.« Beim Anblick des zerrissenen T-Shirts der Amazone fiel ihm wieder ein, was Dron ihr gerade hatte antun wollen, und fügte kleinlaut hinzu: »Jedenfalls wird mein Vater das oben am Bahnsteig verhindern.«

Die Miene der Amazone heiterte sich auf, als wäre eine Hinrichtung eine feine Sache, solange man vorher nicht gefoltert wurde.

»Lass den Kopf nicht hängen«, sagte sie und … Hatte Sergejs sich das nur eingebildet, oder hatte sie ihm tatsächlich zugezwinkert? »Von einem so leichten und schnellen Tod kann man doch nur träumen.«

»Du findest es einen leichten Tod, in einer Schlinge zu ersticken?«

Sie schwieg versonnen, als versuchte sie tatsächlich, sich vorzustellen, wie das wohl war.

»Weißt du, ich habe eigentlich nur vor Schmerzen Angst«, sagte sie dann. »Das hatte ich schon immer, und nach der Sache mit den vier Bastarden im Tunnel wurde es noch schlimmer. Einmal habe ich dabei zugeschaut, wie eine Komplizin von mir hingerichtet wurde. Man hat sie vor aller Augen am Bahnsteig zerstückelt. Wir waren zu zweit zum Klauen an der Station. Sie ist erwischt worden, ich nicht. Sie war keine Freundin, aber obwohl sie gefoltert wurde, hat sie mich nicht verpfiffen. Sonst wäre ich auch geschnappt worden. Ich stand in der Zuschauermenge, als sie hingerichtet wurde. Der Henker band sie nackt an einem aus Gleisschwellen zusammengenagelten Holzkreuz fest und begann, mit einem Schlachterbeil auf sie einzuhacken. Als ich das gesehen hab, war mein einziger Gedanke, dass ich bloß nicht so enden möchte. Zuerst hat er ihr den Arm abgehackt, mit einem Hieb. Dann das Bein. Dazu brauchte er zwei Hiebe, weil das Messer beim ersten Mal im Knochen stecken blieb. Als er die Klinge wieder heraushebelte, schrien alle: ›Abhacken! Abhacken!‹ Ich habe auch mitgeschrien, weil ich Angst hatte, dass ich mich sonst verrate und sie mich dann auch in Stücke hacken.«

Sie biss sich auf die Lippe und verstummte. Sergej hatte das Gefühl, etwas sagen zu müssen, aber er wusste nicht, was. Er hatte keine Idee, was einen zum Tod verurteilten Menschen hätte trösten können. Also schwieg er lieber.

»Ich habe das mit der Hinrichtung niemandem außer dir erzählt«, fuhr die Amazone nach einiger Zeit fort. »Nur noch einem von unseren Mädels. Und die hat sich dann prompt vergiftet in der Nacht. So ist das …«

Sie wollte wohl noch etwas sagen, aber in diesem Augenblick öffnete sich die Tür. Jerocha steckte seinen zerzausten Kopf herein und äugte blutrünstig umher. Als er Sergej erblickte, erschrak er und machte ein betretenes Gesicht.

»Es ist so weit«, murmelte er. »Oben warten schon alle.«

Die verurteilte Amazone begriff noch vor Sergej, was die Stunde geschlagen hatte. Sie erhob sich federleicht und schaute ihn an.

»Begleitest du mich?«

Sergej bekam den Mund nicht auf und nickte nur.

Sie gingen also zu dritt. Die Amazone, neben ihr Sergej und dahinter Jerocha als Aufseher. Für Uneingeweihte sah es so aus, als führte Jerocha alle beide zum Hinrichtungsplatz. Doch Sergej war im Augenblick völlig egal, wie er in den Augen anderer aussah. Er dachte nur an die todgeweihte junge Frau, die neben ihm ging. Alles in ihm – seine Gefühle und Überzeugungen – sträubte sich gegen das, was in Kürze geschehen sollte. Der innere Widerstand äußerte sich in bohrendem Kopfschmerz. Seine Schläfen pochten wie Todestrommeln.

Die Verurteilte strahlte innere Ruhe aus und ging so flott, dass Sergej sogar Mühe hatte, nicht den Anschluss zu verlieren.

Am Bahnsteig wurden sie bereits erwartet. Mindestens dreißig Männer und Frauen hatten sich versammelt, um der Urteilsvollstreckung beizuwohnen. Sie standen im Halbkreis vor dem Hinrichtungsplatz, der von am Boden stehenden Petroleumlampen abgegrenzt war. Unter den Schaulustigen entdeckte Sergej sogar Kinder. Er fröstelte.

Als die Menge die nahende Prozession mit der Gefangenen erblickte, trat sie auseinander und machte den Weg frei. In der Mitte des Runds stand eine auf den Kopf gestellte Blechtonne. Darüber baumelte das Seil mit der Schlinge, das um einen Deckenträger geschlungen war. Daneben stand Dron, der ungeduldig von einem Bein aufs andere trat und zufrieden grinste, als er die Verurteilte kommen sah. Verdammtes Schwein, dachte Sergej.

Die Diebin ging ohne jede Scheu auf Dron zu und trat in den Kreis. Sergej wollte ihr folgen, doch sein Vater stellte sich ihm in den Weg. Seinem Gesichtsausdruck nach zu schließen, hätte er seinen Sohn lieber unter den Schaulustigen gesehen, die mit allem einverstanden waren.

»Wegen des Diebstahls von Medikamenten aus öffentlichem Eigentum wird die Beschuldigte zum Tod verurteilt«, verkündete der Oberst feierlich.

Im selben Tonfall sprach er verdienten Kämpfern seinen Dank aus, wenn er ihnen Ehrenzeichen überreichte. Nach der Urteilsverkündung wandte er sich an Dron und gab ihm einen Wink.

Der hatte nur auf dieses Signal gewartet. Er trat vor die Verurteilte hin und schnitt eine vor Liebenswürdigkeit triefende Grimasse.

»Nun gib mal schön die Patschhändchen«, flötete er.

Die Amazone streckte die Arme vor. Er fesselte ihr mit einem Stück Seil die Hände und stieß sie dann zu der Tonne.

»Rauf mit dir, Schlampe!«

»Nein!«, entfuhr es Sergej, doch niemand beachtete ihn. Niemand außer der Todgeweihten. Sie drehte sich zu ihm um, lächelte und – stieg auf die Tonne. Sergej zog es das Herz zusammen. Das war's. Gleich würde sie tot sein, und er wusste noch nicht einmal ihren Namen und würde ihn auch nie erfahren. Ihren leblosen Körper würde man irgendwo im östlichen Tunnel verscharren oder einfach als Futter für die Bestien liegen lassen. Die würden den Leichnam mit den Zähnen in Stücke reißen wie einst den Körper seiner Mutter.

Plötzlich packte ihn jemand am Unterarm. Er drehte den Kopf. Neben ihm stand Wiesel. Sein Gesicht war blass, die Lippen bebten. Hatte er womöglich auch Mitleid mit dem armen Mädchen? Es sah tatsächlich so aus. Und Wiesel war bestimmt nicht der Einzige! Sicher gab es noch mehr Leute an der Station, die mit dem Urteil nicht einverstanden waren, und einer jungen Frau, die das Schicksal ins Unglück gestürzt hatte, nicht den Tod an den Hals wünschten. Alle zusammen konnten sie seinen Vater vielleicht dazu bringen, das grausame Urteil aufzuheben!

Aber plötzlich ließ Wiesel Sergejs Arm wieder los und lief Hals über Kopf weg. Sergej erschrak und schaute wieder nach vorn. Dron hatte der Verurteilten gerade die Schlinge um den Hals gelegt und nestelte am Knoten. Sergej spürte einen Stich in der Seele. Er begriff, dass er keine Zeit mehr hatte, Gleichgesinnte zu suchen, denn die Frau, die er mit aller Macht beschützen wollte, hatte nur noch wenige Sekunden zu leben. Doch gleichzeitig mit dieser erschütternden Erkenntnis kam Sergej eine rettende Idee. Wieso war er da nicht früher draufgekommen?

Er wandte sich abrupt an seinen Vater.

»Wir dürfen sie nicht töten! Sie kann uns helfen!«, plapperte er drauflos. »Sie kann das Logbuch aus dem Safe an der *Marschalskaja* beschaffen! Sie ist doch eine professionelle Diebin! Sie kriegt jedes Schloss auf! Außerdem …«

Sergej musste gar nicht weitersprechen. Sein Vater hatte ihn schon verstanden. Seine Augenbrauen schoben sich über der Nasenwurzel zusammen, und sein Blick verriet, wie es in ihm arbeitete.

»Hinrichtung stoppen!«, kommandierte der Oberst.

Sergej schaute zu der Geretteten. Sie hatte offenbar noch gar nicht mitbekommen, dass sie am Leben bleiben durfte. Sie stand völlig abwesend auf der Tonne und ließ die gefesselten Arme baumeln. Und plötzlich fiel sie und zappelte in der Schlinge, die sich um ihren Hals zuzog. Dron hatte ihr die Tonne unter den Füßen weggetreten.

Sergej war hundertprozentig sicher, dass Dron das ganz bewusst getan hatte, obwohl ihm der Befehl des Oberst gewiss nicht entgangen war. Doch das spielte in diesem Moment keine Rolle, jetzt galt es, die Amazone aus der Schlinge zu retten. Sergej rannte zu ihr und zog gleichzeitig das Wurfmesser aus der Tasche an seinem Unterarm.

Keiner der Anwesenden rührte sich von der Stelle, nur Dron versuchte, ihm den Weg zum Galgen zu versperren. Sergej holte mit dem Messer aus, und wenn Dron nicht im letzten Moment zur Seite gesprungen wäre, hätte er zugestochen. Im nächsten Augenblick stand Sergej neben der Hängenden und schnitt das Seil durch, das ihren Hals zuschnürte. Das scharfe Messer ließ seine Besitzerin nicht im Stich und trennte den Strick auf Anhieb durch. Die Amazone fiel wie ein Stein herunter und landete ziemlich unsanft auf dem harten Granitboden. Sergej hatte es nicht mehr geschafft, sie aufzufangen.

Schlimmstenfalls hatte sie sich bei dem Sturz etwas gebrochen, aber sie lebte!

Sergej kniete neben ihr nieder, nahm ihr hastig die Schlinge ab und schnitt ihre Fessel durch.

»Wie fühlst du dich? Kriegst du wieder Luft?!«

Er hob ihren Kopf an und beobachtete ihre geschlossenen Augen. Sie reagierte nicht. Offenbar hatte sie seine Frage nicht gehört. Sie bekam einen Hustenanfall und musste sich übergeben.

Sergej sah plötzlich seinen Vater neben sich. Vielleicht hatte er auch schon länger dagestanden, und Sergej hatte ihn nur nicht bemerkt. Dron dagegen war abgetaucht.

»Hast du das gesehen?«, fragte Sergej seinen Vater wütend. »Dron hat versucht, sie zu töten. Gegen deinen Befehl!«

»Unsinn!« Der Vater schüttelte den Kopf. »Wahrscheinlich hat er mich einfach nicht gehört …«

»Nein!«, entgegnete Sergej. »Du hast laut und deutlich das Kommando gegeben, die Hinrichtung zu stoppen. Das haben hier alle gehört!«

»Ach, lassen wir das«, winkte der Oberst ab und beugte sich zu der Amazone herab. »Kannst du einen verschlossenen Safe aufbrechen?!«, herrschte er sie an.

»Lass sie doch erst mal wieder zu Atem kommen!«, protestierte Sergej.

Doch sein Vater hatte andere Vorstellungen. Er versetzte der Amazone ein paar schallende Ohrfeigen. Seltsamerweise wirkte das. Sie öffnete die Augen. Erst musterte sie den Oberst und blickte dann verwundert zu Sergej.

»Kannst du sprechen?«, fragte der und gab ihr gleichzeitig mit den Augen ein Zeichen, zu schweigen.

Doch die Diebin ignorierte das.

»Ja, kann ich«, sagte sie heiser.

Kassarin senior hatte anscheinend nichts anderes erwartet.

»Wir brauchen das Stationsbuch, das sich im Privatsafe des Kommandanten an der *Marschalskaja* befindet«, erläuterte er. »Wenn du es schaffst, das Buch aus dem Safe zu holen und hierherzubringen, wirst du begnadigt.«

»Und wenn nicht? Werde ich dann wieder aufgehängt?«, erkundigte sich die Amazone grinsend. Sie war schon wieder zu Scherzen aufgelegt, obwohl sie gerade eben erst dem Tod von der Schippe gesprungen war. »Aber keine Sorge, ich kriege das hin. Nur …« Sie sah an sich herab und verzog angewidert das Gesicht, als ihr Blick auf das blutverschmierte, zerrissene T-Shirt fiel. »Ich wäre dankbar, wenn ich mich vorher waschen könnte. Und gebt mir irgendwelche Klamotten zum Anziehen.«

Der Oberst nickte und schaute ihr dann streng in die Augen.

»Glaub bloß nicht, dass du abhauen kannst. Ich lass dich nicht alleine gehen.«

Er blickte sich nach Kämpfern der Stationswehr um, die in der Nähe des Hinrichtungsplatzes standen. Sergej wusste, dass das seine Chance war, und trat energisch vor, bevor sein Vater einen anderen Begleiter auswählen konnte.

»Ich passe auf sie auf«, verkündete er.

»Nein, du nicht!«, versetzte sein Vater barsch und schaute ihn dabei nicht einmal an. Sein suchender Blick verharrte auf Gleb-Stilett, der bereits zwei Vampire im Nahkampf abgestochen hatte. »Du begleitest sie zur *Marschalskaja* und passt auf, dass sie nicht abhaut.«

Zu Sergejs Überraschung sagte Gleb nichts. Der Oberst war ebenfalls verwundert.

»Stilett, ist der Befehl klar?!«, fragte er scharf.

Gleb seufzte tief, kam jedoch nicht dazu, zu antworten, da sich plötzlich seine Frau einmischte. Glebs Gemahlin war ein streitbarer Drachen, der an der Station nicht sonderlich beliebt und bei denen, die sie besser kannten, gefürchtet war.

»Warum müssen immer unsere Männer für Sie den Kopf hinhalten?«, zeterte sie. »Ihren Sohn schicken Sie nicht auf ein solches Himmelfahrtskommando! Aber unsere Männer können ruhig vor die Hunde gehen. Um die ist es nicht schade!«

»Ja, die Sache ist nicht ungefährlich ...«, gab der Oberst klein-laut zu.

Doch die Frau ließ ihn nicht weiterreden.

»Ich werde mich beim Kommandanten beschweren! Der wird etwas gegen Ihre Eigenmächtigkeit unternehmen!«

In der Menge erhob sich entrüstetes Geraune. Frau Sawelje-waja hatte offenbar Unterstützer gefunden. Die Sache drohte aus dem Ruder zu laufen. Ein Opfer war der Menge gerade ent-gangen, da konnte es durchaus passieren, dass sie sich kurzerhand ein neues suchte. Die einzige Möglichkeit, ein Hochkochen der Emotionen zu verhindern, bestand darin, den Leuten den Anlass zum Streit zu nehmen.

Sergej trat zu seinem Vater und schirmte ihn mit dem Rücken gegen die schimpfende und mit den Händen fuchtelnde Sawelje-waja ab.

»Herr Oberst, wenn sich keine anderen Freiwilligen finden, er-lauben Sie mir dann, die Gefangene zur *Marschalskaja* zu beglei-ten?«

Sekundenlang schauten Vater und Sohn einander in die Augen. Sergej tat es leid, dass er seinen Vater in eine Zwangslage gebracht hatte, aber nur so konnte er die Amazone endgültig retten. Dem Oberst blieb nichts anderes übrig, als einzulenken.

»Also gut, ich erlaube es.«

Seine Stimme hallte durch die Bahnsteighalle, in der es auf ein-mal völlig still geworden war.

4

DIE SCHWARZE SPINNWEBE

Erst als das letzte Signalfeuer des westlichen Kontrollpostens hinter der Tunnelbiegung verschwunden war, traute sich Sergej endlich, ein Gespräch anzufangen.

»Wie fühlst du dich?«

An der Station waren sie nicht ein einziges Mal unter sich gewesen. Ständig hatten sie Leute um sich gehabt, und Sergej hatte es nicht gewagt, offen mit der Amazone zu sprechen.

Zuerst hatte man die Diebin auf Betreiben von Sergej und mit dem stillen Einverständnis seines Vaters ins Sanitätszelt gebracht. Dort begutachtete sie der junge diensthabende Arzt, dessen Ausbildung einzig darin bestand, dass er ein pharmazeutisches Nachschlagewerk und zwei Lehrbücher der Medizin gelesen hatte. Die zweiminütige Untersuchung kulminierte in dem erstaunlichen Verdikt, dass die Patientin überleben werde. Ihre Schürfwunden am Hals behandelte der junge Doktor mit Wegerichtinktur, weil er das in der Stadt beschaffte kostbare Jod für zu schade befand. Ihre aufgeplatzten Lippen und die Blutergüsse ließ er unbehandelt mit dem Hinweis, es handle sich um Lappalien. Bei Lichte betrachtet waren sie das auch.

Inzwischen hatte Sergejs Vater Schutzausrüstung beschafft, bestehend aus Overall, hochschaftigen Schuhen und Gasmaske. Es waren zwei Garnituren. Eine gab er Sergej, die andere warf er der Amazone vor die Füße. Als sie den Overall entrollte, fand sie darin ein altes T-Shirt von Sergejs Vater. Nach kurzer Inspektion der

Kleidungsstücke begann sie ohne jede Scham sich umzuziehen. Sergej hatte gehofft, dass die Männer in der Zwischenzeit das Zelt verlassen würden, doch sie dachten überhaupt nicht daran. Sowohl der Arzt als auch sein Vater schauten der Amazone völlig ungeniert beim Umziehen zu. Einzig Sergej senkte verlegen den Blick, als er ihren schmalen Rücken mit der markanten Wirbellinie, ihre kleinen, provokant in die Welt ragenden Brüste und ihre nackten Beine sah.

Der Overall erwies sich als hoffnungslos zu groß. Sie musste die Ärmel umkrempeln und ihn in der Taille mit einem Armeegürtel fixieren. Als das Schutzgewand endlich einigermaßen passabel saß, warf ihr der Oberst den ausgeleerten Rucksack und das Bündel mit den Einbruchsutensilien zu.

»Da, das Zeug wirst du brauchen.«

Sie fing beides geschickt auf, schaute das Werkzeug durch und verstaute es im Rucksack.

»Ich bin fertig«, verkündete sie munter und schnallte sich den Rucksack um.

Sergej staunte über ihre Furchtlosigkeit. Ach so! Sie wusste ja nicht, was sie an der *Marschalskaja* erwartete …

Oberst Kassarin musterte die Diebin argwöhnisch und wandte sich dann an seinen Sohn.

»Erschieß sie, wenn sie versucht abzuhauen«, sagte er streng und fügte mit veränderter Stimme hinzu: »Und … komm zurück.«

Der Blick seines Vaters erinnerte Sergej daran, wie ihn seine Mutter seinerzeit angeschaut hatte, als sie zu ihrer letzten Expedition aufbrach. Sergej hatte sogar das Gefühl, dass es seinem Vater überhaupt nicht um das Mädchen ging, sondern allein darum, dass er, sein Sohn, auf sich aufpassen möge.

»Ist gut, Vater«, erwiderte Sergej.

Er spürte plötzlich einen Mühlstein auf seiner Seele lasten, als hätten sie sich gerade für immer verabschiedet. Und realistisch betrachtet konnte das durchaus sein.

»Geh in die Waffenkammer, und besorg dir Waffen und alles, was du noch brauchst. Sag dort Bescheid, dass ich das so angeordnet habe. Dosimeter, Taschenlampen … Jetzt geht.«

Sergej hätte sich gewünscht, dass sein Vater ihm noch ein paar Worte mit auf den Weg geben würde. Doch der Oberst drehte sich schweigend um und verließ das Zelt.

In der Waffenkammer holte sich Sergej zusätzlich zu seinem Revolver, den ihm sein Vater zum sechzehnten Geburtstag geschenkt hatte, eine Kalaschnikow mit Zielfernrohr, dazu drei Ersatzmagazine und seinen geliebten »Spieß« mit Bajonett. Nach kurzem Überlegen nahm er noch eine leichte schusssichere Weste mit. Sie bestand aus mehrschichtigem verstärktem Stoff und einer Stahlplatte im Brustbereich – ein weiteres Meisterwerk der Waffenbauer von der *Sibirskaja*.

Seine Partnerin beeindruckte das gewählte Arsenal wenig. Möglicherweise war ihr tatsächlich alles egal. Auch die schiefen Blicke entgegenkommender Passanten perlten an ihr ab, obwohl sie unzweideutig zu verstehen gaben, dass man die Diebin lieber am Galgen hätte baumeln sehen. Und das, obwohl inzwischen fast alle an der Station wussten, welch außerordentlich wichtige Mission die Fremde zu erfüllen hatte.

Sergej war erleichtert, als der belebte Bahnsteig und der von einem Lagerfeuer beleuchtete westliche Kontrollposten hinter ihnen lagen. Endlich waren sie allein, und er musste nicht mehr den wachsamen Aufpasser mimen.

»Wie fühlst du dich?«, fragte er.

»Besser als am Galgen«, erwiderte sie giftig, ohne sich nach ihm umzudrehen.

Im Grunde hatte sie recht. Angesichts dessen, was sie an der *Marschalskaja* erwartete, brauchte er keine Dankbarkeit von ihr zu erwarten.

»Warte mal«, sagte Sergej. »Bleib doch mal stehen!« Er fasste sie an den Schultern. »Du brauchst nicht mitzukommen. Geh nach

Hause oder eben dorthin, wo du wohnst. Ich werde meinen Leuten sagen, dass du mir entwischt bist. Du musst mir nur erklären, wie ich den Safe aufkriege.«

Die Amazone schaute ihn verblüfft an.

»Meinst du das ernst?«

»Natürlich. An der *Marschalskaja* ist es jetzt verdammt gefährlich. Die ganze Station ist mit einer rätselhaften schwarzen Spinnwebe verhangen. Mein Vater sagt, dass alle Bewohner umgekommen sind ... Geh. Ich schaff das auch allein.«

Die Diebin lächelte geheimnisvoll.

»Hast du wirklich gedacht, dass ich vorhabe, dort hinzugehen?«

»Etwa nicht?«, wunderte sich Sergej.

Die Amazone brach in schallendes Gelächter aus.

»Also du bist wirklich ...« Sie schüttelte den Kopf. »Ich fass es nicht. Ich hätte schon zweimal in einem Seitentunnel verschwinden können! So schnell kannst du gar nicht schauen, wie ich weg bin!«

»Worauf wartest du?«

»Ich wollte mal sehen, was noch passiert.« Ihre Miene verfinsterte sich plötzlich, und sie wandte sich ab. »Außerdem kann ich das ja immer noch machen«, fügte sie spitz hinzu.

»Na gut, dann haben wir ja alles geklärt«, erwiderte Sergej, um zum Thema zurückzukommen. »Los, verschwinde jetzt. Ich gehe allein weiter.«

Sie musterte ihn aufmerksam.

»Hast du keine Angst, dass deine Leute dich bestrafen?«

»Natürlich werden sie mich bestrafen. Aber sie werden mich weder erschießen noch aufhängen. Ich werd's überleben.« Er kopierte ihr cooles Grinsen. »Und wenn ich das Stationsbuch mitbringe ...«

»Das kannst du vergessen!«, fiel sie ihm ins Wort.

Sergej war baff.

»Wieso?«

»Weil ich über ein Jahr trainiert habe, Safes zu knacken, und trotzdem nie sicher bin, ob ich es hinbekomme. Du schaffst das nie im Leben.« Sie unterstrich ihre Prophezeiung mit einer wegwerfenden Handbewegung. Doch dann überraschte sie Sergej zum wiederholten Mal und lächelte plötzlich wieder – wie aus heiterem Himmel. »Egal, mach dir keinen Kopf deswegen. Ich begleite dich zur *Marschalskaja*.«

»Warum?«, fragte Sergej befremdet.

Doch sie antwortete nicht, sondern grummelte nur etwas Unverständliches, kehrte ihm den Rücken zu und ging raschen Schrittes voraus.

Der Marsch wurde allmählich beschwerlich. Sergej verstand selbst nicht recht, warum er so erledigt war. Körperlich fühlte er sich nämlich noch absolut frisch, obwohl er fast fünfzehn Kilo Waffen und Ausrüstung schleppte. Aber sie hatten ja auch erst ein Drittel des Tunnels durchquert. Die Erschöpfung war eher psychischer oder moralischer Natur. Sergej fand keinen passenden Begriff für seinen seltsamen Zustand.

An der Station war er ständig von Leuten umgeben: von Kameraden, Freunden oder einfach Bekannten. Daran war er gewöhnt. Jetzt machten ihm die Leere und Stille im Tunnel zu schaffen. Dass die Amazone vor ihm so gesprächig wie eine Betonwand war, machte die Sache auch nicht leichter. Kassarin hätte sich gern mit ihr unterhalten, wusste aber nicht, wie er ein Gespräch beginnen sollte.

Ratschläge benötigte sie offenkundig keine von ihm. Sobald sie sich radioaktiv verstrahlten Zonen näherten, setzte sie unaufgefordert die Gasmaske auf und zog sich die Kapuze über. An Stellen, wo die Tunneldecke eingestürzt war, kletterte sie behände über die Trümmerhalden und umkurvte mit traumwandlerische Sicherheit Löcher und Spalten, die das Grundwasser ausgespült hatte.

Irgendwann konnte Sergej seine Neugier nicht mehr bezähmen.

»Sag mal, warst du hier schon mal?«, fragte er.

»Was hast du denn gedacht, wie ich zu eurer Station gekommen bin?«, gab sie mit unverhohlenem Spott zurück.

Als ihm dämmerte, was das bedeutete, blieb Sergej konsterniert stehen.

»Dann warst du also vorher an der *Marschalskaja?*«

Sie blieb nun ebenfalls stehen.

»Nicht an der Station selbst. Ich habe Umgehungstunnel benutzt. Ich habe mich gewundert, warum ich dort niemanden getroffen habe.«

»Und dir ist gar nichts Ungewöhnliches aufgefallen?«, bohrte Sergej weiter.

»Nur, dass die Tunnel völlig leer waren. Es gab nicht mal Ratten.«

Sergej fiel ein, dass auch der Kundschaftertrupp im Tunnel auf kein einziges Monster gestoßen war. Im Gespräch mit seinem Vater hatte ihn dieser Umstand noch hoffnungsfroh gestimmt, doch jetzt fand er ihn eher beunruhigend.

»Sag mal, sollten wir nicht auf direktem Weg durchkommen, weißt du vielleicht einen Schleichweg zur Station?«, fragte er vorsichtig.

»Mal sehen«, erwiderte die Diebin ausweichend und ging weiter.

Sie war wirklich kein redseliger Typ. Doch Sergej wollte das gerade begonnene Gespräch nicht schon wieder aufgeben.

»Wie heißt du?«

Die Amazone fuhr herum.

»Warum willst du das wissen?!«

»Äh …« Sergej war perplex ob ihrer barschen Reaktion. »Wie soll ich dich denn anreden?«

»Hast du doch gehört: Viper!«

Sergej legte die Stirn in Falten.

»Das ist ein Schimpfwort, eine Beleidigung … und passt überhaupt nicht zu dir«, fügte er nach kurzer Pause hinzu. »Wie hat dich dein Vater genannt?«

»Spielt keine Rolle. Das war in einem anderen Leben.«

Sie wollte nicht antworten. Doch ein Bauchgefühl sagte Sergej, dass er jetzt hartnäckig bleiben musste.

»Sag mir's trotzdem.«

»Polina«, hauchte die Amazone beinahe tonlos.

Sergej hatte den Namen trotzdem verstanden.

»Polina«, wiederholte er. »Ein sehr schöner Name. Meine Mutter hat mir gesagt, dass er aus dem Griechischen kommt und ...«

Kassarin kam nicht dazu, auszureden. Die Amazone machte plötzlich einen Satz auf ihn zu und packte ihn am Kragen.

»Polina gibt es nicht mehr!«, schrie sie ihm ins Gesicht. »Sie ist vor vier Jahren zusammen mit ihrem Vater gestorben! Kapiert?! Wenn du mich noch einmal so nennst, bring ich dich um!«

Sergej schüttelte beharrlich den Kopf. »Nein. Polina lebt. Das hast du nur vergessen.«

Die Diebin zog ihn am Kragen zu sich her, um ihm einen Kopfstoß zu verpassen. Sergej sah die Attacke zwar kommen, wehrte sich aber nicht. Eine blutige Nase blieb ihm trotzdem erspart. Im letzten Moment ließ sie ihn los. Kraftlos glitten ihre Arme an der Brust ihres Begleiters herab.

Sie lief weg, setzte sich direkt auf den Boden und vergrub den Kopf in den Händen. Sergej ging vorsichtig auf sie zu, doch als er sie schluchzen hörte, blieb er stehen.

»Wieso musste mir ausgerechnet einer wie du über den Weg laufen?«, schniefte sie unter Tränen. »Warum gehst du mir ständig auf die Nerven?! Was willst du von mir?«

»Ich möchte, dass du nicht vergisst, wie du heißt«, antwortete Sergej. »Jeder Mensch braucht einen Namen. Ein Name hilft uns dabei, Mensch zu bleiben.«

So hatte das seine Mutter formuliert, jetzt wiederholte er ihre Worte. Allerdings bereute er es im nächsten Moment schon wieder. Die Amazone hob einen Stein vom Boden auf und warf ihn nach ihm. Sie hatte mehr im Affekt gehandelt, ohne groß zu zielen. Trotzdem traf der Stein genau seine Kniescheibe. Sergej jaulte vor Schmerz.

Sie sah auf und wischte sich mit dem Handrücken die Tränen aus den Augen.

»Geschieht dir recht!«, zischte sie.

Sie befanden sich bereits in unmittelbarer Nähe der *Marschalskaja*. Das sagte der gesunde Menschenverstand. Doch der gesunde Menschenverstand ist eine Sache, die subjektive Empfindung eine völlig andere. Wenn man vor sich nichts als eine schwarze Röhre sieht, die einen einsaugt wie der unersättliche Schlund eines mythischen Ungeheuers, beginnt man sogar an einfachen Wahrheiten zu zweifeln.

Sergej warf einen Seitenblick auf Polina, die neben ihm ging. Sie machte keine Anstalten mehr, vorauszulaufen, und ihr Gesichtsausdruck wirkte nicht mehr so entschlossen wie zuvor, eher ein bisschen verloren.

»Vielleicht sind wir vom richtigen Weg abgekommen?«, mutmaßte Kassarin.

Dabei wusste er ganz genau, dass sie nirgendwo abgebogen waren. Ausgeschlossen! Sie waren seit der *Roschtscha* immer demselben Tunnel gefolgt. Trotzdem war Sergej sich jetzt nicht mehr völlig sicher.

Polina blieb plötzlich stehen. Plagten sie womöglich ähnliche Zweifel? Doch wie sich herausstellte, beschäftigte sie etwas anderes.

»Schau mal.«

Sergej richtete den Handscheinwerfer, den ihm sein Vater mitgegeben hatte, auf die Stelle am Boden, die sie mit ihrer Stirnlampe anleuchtete. In einem Spalt zwischen zwei Tunnelsegmenten lag ein Häuflein kleiner Knochen. Er trat näher. Wie erwartet, waren es nur zerfallene Rattenskelette.

Sergej zuckte mit den Achseln: »Ein paar Rattenknochen, ohne jedes Fleisch dran. Die liegen sicher schon lange hier.«

»Ich kann mich an diese Stelle erinnern.« Polina hob den Kopf und leuchtete mit der Stirnlampe auf ein Armierungseisen, das aus der Tunnelwand ragte und zu einem schnörkeligen Haken umgebogen war. »Letztes Mal lagen hier keine Knochen herum.«

»Dann …« Sergej stutzte.

Knochen konnten nicht aus dem Nichts auftauchen, und nicht einmal ein Rattenkadaver verweste so schnell, dass nach ein paar Stunden nur noch nackte Knochen übrig waren. Und dass sie jemand extra hergebracht und in den Spalt geworfen hatte, war mehr als unwahrscheinlich.

»Hast du Angst?«, fragte er Polina.

»Ja«, erwiderte sie lapidar. »Gehen wir weiter.«

Sie kamen jetzt wesentlich langsamer voran, weil Sergej vor jedem neuen Schritt das Gewölbe und den Boden des Tunnels sorgfältig ableuchtete. Und obwohl im Lichtkegel des Scheinwerfers nichts Verdächtiges auftauchte, musste er ununterbrochen an die schwarze Spinnwebe denken.

Mal stellte er sich das mysteriöse Monster als kunstvolles Netz aus dicken und dünnen Fäden vor, die mit klebrigen Gifttropfen besetzt waren, mal als dorniges Drahtgeflecht – so ähnlich wie der Armeestacheldraht, der die atomare Apokalypse überstanden hatte und von den Metrobewohnern gern verwendet wurde, um blutrünstige Mutanten in ihrem Bewegungsdrang zu stoppen.

Doch obwohl oder gerade weil Sergej so aufmerksam die nächste Umgebung sondierte, bemerkte nicht er, sondern Polina als Erste, dass sich weiter vorn in der Röhre etwas verändert hatte.

Sie zupfte ihn am Ärmel. Als er sich umwandte, um zu fragen, was los sei, legte sie warnend den Finger auf den Mund. Kassarin griff sofort nach dem Sturmgewehr, das er umgehängt hatte, doch

Polina schüttelte den Kopf und deutete nach vorn, wo sich – Sergej bemerkte es erst jetzt – in der Dunkelheit eckige Umrisse abzeichneten, die an einen Bahnsteig erinnerten.

Während er noch in die Finsternis starrte, um sich zu vergewissern, dass es sich tatsächlich um die Station handelte, schaltete Polina auf einmal ihre Stirnlampe aus, setzte sich seitwärts ab und verschwand in der Dunkelheit. Im ersten Moment war Sergej so überrascht, dass er wie angewurzelt stehen blieb. Und dann war es schon zu spät, der flinken Amazone nachzulaufen. Er leuchtete mit dem Scheinwerfer umher, doch sie war wie vom Erdboden verschluckt.

Sergej machte sich Sorgen. Nicht um sich selbst, sondern um Polina. Er wollte schon nach ihr rufen, doch dann fiel ihm ihre zum Schweigen mahnende Geste wieder ein, und er ließ es sein. Er blieb, wo er war, leuchtete mit dem Scheinwerfer in Richtung Station und wartete geduldig. Tatsächlich tauchte Polina schon bald wieder im Lichtkegel auf. Sie wirkte irritiert und ein wenig verängstigt.

»Dort ist niemand«, berichtete sie, als sie wieder neben ihm stand. »Weder Menschen noch eine Spinnwebe. Die Station ist verlassen. Ich bin zwar nicht auf den Bahnsteig rauf, aber das hat man auch so gesehen.«

»Äh …«, begann Sergej, doch eigentlich wusste er nicht, was er sagen sollte.

»Komm schon«, sagte sie in seine Ratlosigkeit. »Überzeug dich am besten selbst davon.«

Polina ging voraus. Sergej folgte ihr, blieb aber schon nach wenigen Schritten wieder stehen, als er in einen Sandhaufen trat. An derselben Stelle lagen Stahlplatten und Fetzen von versengtem Sackleinen herum. Kein Zweifel: Es handelte sich um die Überreste eines Kontrollpostens.

Die Bewohner der *Marschalskaja* hatten sich nie ernsthaft um die Sicherung ihrer östlichen Grenzen bemüht, sondern sich auf ihre Nachbarn von der *Roschtscha* verlassen. Es wäre auch gar nicht realistisch gewesen, das gesamte Netzwerk aus Umgehungs- und Betriebstunneln mit den darin verlaufenden Wasserleitungen gegen Eindringlinge zu schützen. Den östlichen Zugang zur bewohnten Station sicherte ein einziger Kontrollposten, der aus übereinandergestapelten Sandsäcken und aus Stahlplatten bestand.

Das Bollwerk hatte sich als wenig standfest erwiesen. Die Stahlplatten und der Sand lagen auf dem Gleis verstreut, von den Säcken selbst waren nur noch spröde, verrottete Fetzen übrig.

Mit der Schuhspitze kickte Sergej ein Stück Sackleinen beiseite. Darunter lag eine demolierte Kalaschnikow, der die hölzernen Schaftteile fehlten. Er hatte das vertraute Sturmgewehr erst auf den zweiten Blick erkannt.

»Sieht so aus, als hätte hier ein Brand gewütet«, mutmaßte er.

Polina schüttelte skeptisch den Kopf.

»Glaube ich nicht. Die Metallteile sind nicht verrußt.«

Sie hatte recht. Die einzigen Brandspuren befanden sich an den Überresten der Säcke.

Sergej leuchtete mit dem Scheinwerfer umher. Ein Stück entfernt vom ehemaligen Kontrollposten lag ein Gegenstand am Boden. Er trat näher. Es handelte sich um einen Schuh mit hohem Schaft, ein ähnliches Modell wie das, was er und Polina trugen, nur die Schnürsenkel fehlten. Der zweite Schuh lag kaum einen Meter weit entfernt. Sergej bückte sich danach, um ihn genauer anzusehen, doch als er ihn aufhob, zerfiel er buchstäblich zu Staub, und er hielt nur die rissige Sohle in der Hand.

Konsterniert blickte sich Sergej nach Polina um. Sie stand direkt hinter ihm und hatte fröstelnd die Arme vor der Brust verschränkt.

»Gehen wir weiter«, sagte sie, als ihre Blicke sich trafen. »Mir ist irgendwie mulmig hier.«

Richtig mulmig wurde es den beiden, als sie den Bahnsteig betraten. Polina wurde leichenblass. Sergej blieb vor Schreck die Luft weg. Überall lagen menschliche Gebeine. Massenhaft und alle wie säuberlich abgenagt. Nicht nur einzelne Knochen, sondern ganze Skelette! Die Schädel von Erwachsenen und Kindern starrten aus leeren Augenhöhlen ins Nichts. Ihre Kiefer hatten sie zu stummen Schreien aufgeklappt.

Die meisten Skelette waren völlig unbedeckt, nur an einigen wenigen hingen noch Fetzen verrotteter Kleidung, die wie die Überreste der Sandsäcke am Kontrollposten aussahen. Zwischen den Gerippen lagen vereinzelt Waffen am Boden. Ihren Besitzern hatten sie offensichtlich nichts mehr genutzt.

Sergej ging ein paar Meter weiter und entdeckte ein Sturmgewehr neben einem Skelett. Der hölzerne Schaft war erhalten, aber völlig zermalmt. Im Abzugsbügel steckten zwei abgerissene Fingerglieder. Sergej schluckte, als die Szenerie vor seinem inneren Auge lebendig wurde. Das sah fast so aus, als hätte der Tote sich in ein Skelett verwandelt, noch bevor er die Waffe fallen ließ.

»Um Gottes willen!«, flüsterte Polina. »Was ist hier nur passiert?«

Selbst ihr Geflüster ließ Kassarin zusammenzucken. In diesem Moment begriff er, dass über der Station eine gespenstische Ruhe lag – nicht normale Geräuschlosigkeit, sondern echte Grabesstille. Er drehte sich nach der Amazone um. In ihren Augen flackerte blankes Grauen.

»Ich ... weiß ... nicht«, stammelte er mit zittriger Stimme. »So was ... hab ich noch nie gesehen.«

»Ich auch nicht«, flüsterte Polina zurück.

Wahrscheinlich hatte noch kein Mensch in der Metro jemals etwas Vergleichbares gesehen. Berichte über einen derartigen Horror hätten sich längst auch bis zur *Roschtscha* herumgesprochen.

Selbst die Luft in der Bahnsteighalle schien vom Tod durchtränkt zu sein. Als wäre das furchtbare Etwas, das sämtliche Bewohner der Station ins Jenseits befördert und ihre Körper in zerfallende Skelette verwandelt hatte, immer noch da, nur unsichtbar.

Polinas Augen sprachen Bände: Sie hätte diesen Ort am liebsten fluchtartig verlassen. Auch Sergej wollte sich keine Sekunde länger als nötig hier aufhalten.

»Wir holen das Stationsbuch und verschwinden«, schlug er vor. Polina nickte tapfer.

Sergej ging voraus. Von einem früheren Aufenthalt an der *Marschalskaja*, als er seinen Vater als freiwilliger Helfer hatte begleiten dürfen, wusste er, dass das Büro des Kommandanten sich im Verwaltungstrakt hinter dem Bahnsteig befand.

Der Schriftzug »Kommandant« über dem Eingang, der nicht wie an der *Roschtscha* mit Farbe auf einem Blechschild angebracht war, sondern aus einzelnen Metalllettern bestand, zeigte an, dass sie den richtigen Raum gefunden hatten.

Die Eingangstür stand offen, doch direkt auf der Schwelle lag zusammengekauert ein Skelett. Ein Goldkettchen mit Anhänger, das um die Halswirbel hing und im Licht der Lampen funkelte, ließ vermuten, dass es sich um die Gebeine einer Frau oder eines Mädchens handelte. Wer auch immer hier im Büro des Kommandanten Schutz gesucht hatte, seine Frau, seine Tochter oder nur eine Bekannte, sie hatte sich nicht retten können. Wie alle anderen Bewohner der Station hatte sie ein gnadenloser Tod ereilt.

Sergej wollte die Totenruhe der Unbekannten auf keinen Fall stören, doch sie lag so unglücklich in der Tür, dass man nicht an ihr vorbeikam. Es blieb nichts anderes übrig, als über sie hinwegzusteigen. Dabei blieb Sergej mit dem Fuß am etwas vorstehenden Schlüsselbein hängen, wodurch der Oberkörper mitsamt Kopf und Brustkorb verrutschte, auseinanderfiel und schließlich verstreut wie die Teile eines Puzzlespiels am Boden lag. Selbst das Goldkettchen mit dem Anhänger hatte sich gelöst.

Sergej hätte eigentlich erwartet, dass Polina das kostbare Geschmeide umgehend einsackte; schließlich war Schmuck in der Metro ein Vermögen wert, zumal wenn er aus Gold bestand. Doch die

Diebin stieg achtlos darüber hinweg und begab sich auf direktem Wege zum Safe, der in einer Ecke des Raumes stand.

Sergej leuchtete ihr mit dem Scheinwerfer und fuhr unwillkürlich zusammen, als er am Schreibtisch, der neben dem Safe stand, ein weiteres Skelett entdeckte. Im ersten Moment hätte man meinen können, der Mann sei in der Pose eines am Arbeitsplatz schlummernden Beamten vom Tod überrascht worden, doch bei näherem Hinsehen stellte sich heraus, dass sein Ende sich weit weniger friedlich zugetragen hatte: In seinem Schädel befanden sich zwei Löcher, ein kleines rundes in der rechten und ein faustgroßes in der linken Schläfe. Der Tote hatte sich selbst gerichtet.

Am Boden lag die Pistole, mit der er sich erschossen hatte. Sergej erkannte die Waffe sofort, weil er sich den klangvollen Namen »Glock« gemerkt hatte und weil sein Vater das Modell in den höchsten Tönen gelobt hatte. Die Pistole gehörte dem Kommandanten der *Marschalskaja*.

Sergej spürte, wie die eisigen Finger der Angst in seinen Nacken griffen. Seine Beine wurden weich und seine Hände so kraftlos, dass er beinahe den Handscheinwerfer hätte fallen lassen.

Welch rätselhafter und furchtbarer Tod hatte die Bewohner der Station heimgesucht, dass selbst der Kommandant es vorzog, freiwillig aus dem Leben zu scheiden?

Sergej blickte zu Polina hinüber. Was dachte sie, was hier geschehen war?

Doch die Diebin schien sich darüber im Augenblick keinen Kopf zu machen. Ihre ganze Aufmerksamkeit galt dem Safe.

Er war erheblich größer als die Stahlkästen, die an der *Roschtscha* als Tresore verwendet wurden – ein richtiges Ungetüm mit doppelten Wänden. Nicht einmal mehrere erwachsene Männer hätten ihn verrücken können. Sergej war es ein Rätsel, wie und von wo man ihn an die *Marschalskaja* gebracht hatte. Seinerzeit hatte er es versäumt, den Kommandanten danach zu fragen. Und jetzt war es zu spät.

Polina kniete vor dem Safe, nahm ihre Stirnlampe ab, leuchtete auf das Schloss und inspizierte es lange aus den verschiedensten Winkeln. Dann schnallte sie sich die Lampe wieder auf die Stirn, nahm ihre Ausrüstung aus dem Rucksack und wählte zielsicher die benötigten Werkzeuge aus. Sergej beobachtete ihre Verrichtungen voller Ungeduld.

»Stell dich mal hierher«, befahl Polina.

Sergej gehorchte.

»Leuchte auf die Tür ... Nein, nicht so. Von oben, damit das Licht keine Schatten wirft.«

Sergej musste den Scheinwerfer fast über Kopfhöhe halten. In dieser Stellung wurden ihm bald die Arme taub. Deshalb stützte er die schwere Akkulampe auf der Schulter ab. Polina konnte offenbar damit leben. Jedenfalls meckerte sie nicht.

Es machte gar den Anschein, als hätte sie seine Anwesenheit völlig vergessen. Sie steckte einen filigranen Haken, der aussah wie eine flache Feile, ins Schloss, fügte alsbald noch einen weiteren hinzu und bewegte sie abwechselnd hin und her. Hin und wieder hielt sie inne und lauschte. Auf die ersten beiden Werkzeuge folgte ein drittes, ein viertes und so weiter. Manchmal malträtierte Polina das Schloss nur mit einem Haken, manchmal steckte sie drei auf einmal hinein.

Von Zeit zu Zeit drangen knarzende oder klickende Geräusche aus dem Schloss. Sergej horchte jedes Mal hoffnungsfroh auf, doch Polina machte unbeirrt weiter. Als er schon völlig resigniert hatte, fasste sie den Griff des Safes, drehte ihn herum, zog daran und – die Tür öffnete sich.

Die untere Hälfte des Stauraums nahmen versiegelte Kisten mit Patronen ein – die einzige harte Währung in der Metro. Im Fach darüber lagen ein leeres Pistolenholster und ein Stapel mit Dokumenten. Im obersten Fach lag ein einzelnes Blatt Papier und sonst nichts. Das Stationsbuch war nicht da!

Kassarin trat so ungestüm hinzu, dass er die vor dem Safe kniende Amazone beinahe umgeworfen hätte. Fieberhaft räumte er die Sachen aus den Fächern. Das Stationsbuch musste irgendwo sein!

Doch es fand sich weder im oberen Fach noch darunter bei den Dokumenten, bei denen es sich um Abrechnungen und Kopien von Anordnungen des Kommandanten handelte. Es war auch nicht hinter den Patronenkisten, die Sergej wie ein Berserker aus dem unteren Fach herauszerrte.

Am liebsten hätte er seinen Ärger laut hinausgebrüllt, doch stattdessen murmelte er nur still vor sich hin: »Das Stationsbuch ist nicht da. Es war alles umsonst.«

Polina erwiderte nichts. Sie kniete immer noch vor dem Safe und betrachtete das Blatt, das ihr Begleiter aus dem oberen Fach geworfen hatte. Sergej riss es ihr wütend aus der Hand.

Es handelte sich um eine Zeichnung oder, genauer gesagt, um eine offenbar auf die Schnelle angefertigte, schlampige Bleistiftskizze. Im ersten Moment rätselte Kassarin, was sie darstellen sollte.

Bei genauerem Hinsehen erkannte er auf der Skizze die Öffnung eines Lüftungsschachts. Aus dem Loch hing eine Art Schleppe heraus, die aussah wie ein zerzauster Rauschebart. Sergej hatte keine Ahnung, was das sein sollte. Er drehte das Blatt um, doch die Rückseite war leer. Er schaute Polina fragend an.

»Was ist das?«

»Das, was anstelle des Stationsbuchs im Safe war«, erwiderte sie.

Auf dem Rückweg zur *Roschtscha* schwiegen die beiden Weggefährten. Der Schrecken über das, was sie an der *Marschalskaja* gesehen hatten, steckte ihnen tief in den Knochen. Darüber zu reden hätte es nur schlimmer gemacht. Die Angst vor der rätselhaften Seuche, die Menschen in abgenagte Skelette verwandelte, trieb Sergej zur Eile: Nichts wie weg von der Todesstation!

Was Polina durch den Kopf ging, wusste er nicht. Sie weihte ihn nicht in ihre Gedanken ein, hatte es aber offenbar genauso eilig, Land zu gewinnen, und hielt mühelos mit ihm Schritt. Ihr fiel das Laufen allerdings auch viel leichter als ihm, da sie lange nicht so schwer bepackt war.

Sergejs sämtliche Taschen waren mit Patronen aus dem Safe vollgestopft, mit Ausnahme einer einzigen Innentasche, in der die seltsame Skizze steckte. Abgesehen vom schieren Gewicht schlugen ihm die Patronenschachteln beim Gehen auch noch gegen die Beine.

Polina hatte von der *Marschalskaja* überhaupt nichts mitgenommen, dabei hätte sie sich für ein paar Packungen Patronen oder das Goldkettchen mit dem Anhänger wenigstens die Chucks wiederbesorgen können, die man ihr im Gefängnis abgenommen hatte.

Als Sergej das Goldkettchen wieder einfiel, brach er das Schweigen.

»Sag mal, Polina, hast du das Goldkettchen gesehen … dort an der Schwelle zum Kommandantenraum?«

Die Amazone zuckte zusammen – es war ungewohnt für sie, mit ihrem richtigen Namen angesprochen zu werden.

»Ja, habe ich«, erwiderte sie finster.

»Und warum hast du es nicht mitgenommen?«

Sergejs Frage klang ein wenig unverschämt, und er hatte Glück, dass sie nicht beleidigt reagierte.

»Man darf Tote nicht bestehlen.« Lebende aber schon, konnte das nur heißen. Sergej wunderte sich über diese bemerkenswerte Logik. »Tote geben nichts umsonst her«, schob Polina kurz darauf als Erklärung nach. »Nur im Tausch gegen einen Teil deines Lebens.«

Sergej sah die Amazone verblüfft an und kam sogar für einen Moment aus dem Tritt. Diese Weisheit hörte er zum ersten Mal. Oder nahm Polina ihn nur auf den Arm?

»Haben dir das deine Vipern erzählt?«

»Es spielt keine Rolle, wer es erzählt hat«, gab sie zurück. »Entscheidend ist, dass es stimmt. Ich habe es gesehen.«

»Was heißt, du hast es *gesehen?*«, rätselte Sergej.

Polina antwortete nicht sofort, sondern hing eine Zeit lang ihren Gedanken nach.

»Es ist besser, wenn du das nicht weißt«, sagte sie schließlich.

Sergej verzichtete darauf, weiter nachzubohren. Ihrem genervten Tonfall war anzumerken, dass ihr das Thema missfiel. Es lag ihm fern, sie zu verärgern. Schließlich wollte er ihr doch gefallen.

Mit ihrer verschlossenen und wortkargen Art war Polina ganz anderes als die Mädels an der *Roschtscha*. Auch deshalb fühlte sich Sergej immer stärker zu ihr hingezogen. Jetzt, da er ihren Namen kannte, wollte er mehr über sie wissen: Welche Dinge ihr gefielen, womit sie sich gern beschäftigte, ob sie einen Freund hatte …

Was wohl geschehen wäre, wenn sie sein Angebot angenommen und ihn schon auf dem Hinweg verlassen hätte? Nun, da musste man kein Prophet sein. Sergej wäre allein zur *Marschalskaja* gegangen, hätte eine Zeit lang vergeblich am Schloss des Safes herumgefummelt und wäre mit leeren Händen zurückgekehrt. Die komische Zeichnung, die sie im Safe gefunden hatten, war allerdings auch nicht gerade der Knüller, selbst wenn darauf vermutlich die ominöse Spinnwebe dargestellt war. Genau genommen brachte das Gekritzel kaum einen zusätzlichen Erkenntnisgewinn zu dem, was Sergejs Vater und seine Kundschafter beobachtet hatten.

Polina blieb plötzlich stehen. In Gedanken versunken, ging Sergej einfach weiter, aber sie hielt ihn am Ärmel zurück. Verwundert blickte Sergej sich um. Sie standen schon fast im Brennpunkt der letzten radioaktiv verstrahlten Zone. Zwanzig Meter vor ihnen fiel der Strahl der Taschenlampe auf einen Haufen eingetrockneten Schlamms, den in den Tunnel eingesickertes Wasser von der Oberfläche mitgebracht hatte. Die Strahlung hielt sich zwar in Grenzen, trotzdem war es nicht ratsam, sich ausgerechnet hier länger aufzuhalten.

»Dort …«, begann Sergej und zeigte mit der freien Hand auf den strahlenden Schlamm, doch Polina fiel ihm ins Wort.

»Pst!«

Er verstummte und hörte auf einmal ein Rascheln, das langsam lauter wurde. Als würde eine Sanddüne durch den Tunnel auf sie zurollen. Es war ein neues, absolut ungewöhnliches Geräusch. Dann ging alles so schnell, dass Sergej nicht einmal Zeit hatte, zu erschrecken.

Aus der Dunkelheit kamen plötzlich Ratten angeschossen. Viele Ratten! Dutzende, wenn nicht Hunderte. Ihre wirbelnden Pfötchen und aneinanderreibenden Körper hatten das haarsträubende raschelnde Geräusch verursacht. Die Nager schienen die Zweibeiner gar nicht zu bemerken. Sie rasten über ihre Füße hinweg und waren genauso schnell wieder verschwunden, wie sie gekommen waren.

»Irgendjemand hat sie uns in die Arme getrieben«, mutmaßte Sergej. »Wahrscheinlich sind wieder mal irgendwelche Monster in den Tunnel eingedrungen und haben die Ratten aufgescheucht.«

So etwas kam häufiger vor. Säbelzahnbären zum Beispiel fraßen alles, was ihnen in die Quere kam. Im Gegensatz zu allen anderen Bestien verschmähten sie nicht einmal die giftigen Pilze, die in feuchten Tunneln wuchsen. Deshalb nahmen Ratten blitzartig Reißaus, sobald sie einen Säbelzahnbären witterten. Fragte sich nur, wie viele von den Monstern aufgetaucht waren, dass sie ein solches Heer von Ratten aufgescheucht hatten. Jedenfalls war es nicht der richtige Zeitpunkt, sich darüber den Kopf zu zerbrechen.

Sicherheitshalber nahm Sergej seine Flinte herunter, legte sie an und setzte sich vorsichtig in Bewegung. Doch kaum hatte er einen Schritt getan, hielt ihn Polina wieder am Ärmel fest.

»Willst du wirklich weitergehen?«

Die Frage überraschte Sergej.

»Natürlich. Wir werden doch an der Station erwartet. Keine Angst, ich sorge dafür, dass dir nichts passiert.«

Sergej hatte dieses Versprechen ziemlich überzeugend rübergebracht, obwohl ihn innerlich gewisse Zweifel plagten. Ermuntert durch seine eigene Courage, reichte er Polina sein Sturmgewehr.

»Da. Kannst du damit umgehen?«

Sie dachte ein paar Sekunden nach, dann griff sie entschlossen nach der Waffe und lud sie durch.

»Meinetwegen«, sagte sie. »Gehen wir. Aber bleib hinter mir.«

Sie ließ ihn stehen und marschierte mit angelegtem Sturmgewehr voraus. Sergej empfand es als erniedrigend, sich hinter dem schmalen Rücken der Amazone zu verstecken. Er holte sie ein und ging neben ihr. Sie strafte ihn mit einem bösen Seitenblick, protestierte aber nicht. Schweigend gingen sie weiter, bis vor ihnen plötzlich Schüsse krachten.

An der *Roschtscha* wurde gekämpft! Ob an der Station selbst oder am westlichen Kontrollposten, konnte Sergej aus der Entfernung nicht beurteilen, und im Augenblick war das auch völlig egal. Entscheidend war, dass an seiner Heimatstation etwas im Argen lag. Kurz entschlossen stürmte er los.

Polina rief ihm etwas hinterher, doch er konnte sie nicht verstehen. In seinem Kopf hämmerte nur ein einziger Gedanke: Nichts wie hin!

Schon bald kam das Signalfeuer des Kontrollpostens in Sicht. Dahinter lag das bewachte Gelände der Station. Kurz bevor Sergej das Feuer erreichte, erlosch es. Stattdessen sah er im Licht der Taschenlampe Rauchschwaden über den Bahnsteig ziehen. Der Rauch war so dicht, als könnte man ihn mit Händen greifen. In den Schwaden liefen bewaffnete Männer umher. Anstatt den Brand zu löschen, schossen sie wild um sich. Schreie gellten, ehe sie im Lärm des Gewehrfeuers untergingen.

Eine Schwade legte sich über eine Frau, die schreiend über den Bahnsteig rannte. Einen Moment später verstummte sie. Dann sah man einen Kämpfer mit einer Kalaschnikow – Dron oder jemand von ähnlicher Statur – um sein Leben laufen. Der Mann versuchte einer Rauchschwade zu entkommen, die wie eine Zunge nach ihm leckte, doch der Rauch war schneller. Er schlang sich um das Opfer wie der würgende Strang einer Liane oder wie der Fangarm eines Riesenkraken. Dann zog die Schwade weiter und trug den Mann mit sich fort!

Sergej war wie paralysiert angesichts der Geschehnisse. Am Bahnsteig spielten sich unglaubliche, aberwitzige Szenen ab. Es war blanker Horror … wie an der *Marschalskaja*. Wie zur Bestätigung dieses schrecklichen Gedankens fiel aus der Rauchschwade, die den Kämpfer umschlungen hatte und mit ihm durch die Bahnsteighalle trieb, auf einmal das Sturmgewehr heraus, und dann regneten menschliche Gebeine aus ihr.

Ein anderer Fangarm, der aus der Rauchwolke züngelte, leckte nach einer Frau, die einen Säugling im Arm hielt. Am gegenüberliegenden Bahnsteigrand verschwanden auf einen Schlag zwei Menschen im Qualm. Qualm? Rauch? Sergej stand inzwischen nah genug, um sehen zu können, dass das zerstörerische schwarze Etwas kein Rauch war. Es erinnerte eher an Wolle – oder eben an ein Spinnwebengeflecht!

Die dicken Fangarme und Stränge, die sich um ihre Opfer schlangen, bestanden aus feinsten lebendigen Spinnfäden. Die Menschen schossen auf das mysteriöse Monster, doch mit Kugeln war gegen das Geflecht nichts auszurichten. Außerdem wurden die Verteidiger immer weniger und das Gewehrfeuer immer schwächer.

Plötzlich hörte Sergej die Stimme seines Vaters. Er blickte sich um und entdeckte ihn am Bahnsteigrand, wo er sich mit einigen anderen Männern hinter einer eilig improvisierten Barrikade verschanzt hatte. Der Oberst versuchte die Überlebenden zu sammeln, doch alle Wege zur Barrikade waren durch die Spinnwebe abgeschnitten, die über den Bahnsteig wallte.

Ein Mitglied der Stationswehr versuchte über einen der Fangarme hinwegzuspringen, doch der schnellte im selben Moment hoch und verschluckte ihn noch im Flug. Kurz darauf fiel der Mann wie ein Wollknäuel zu Boden. Er war bereits vollständig von dem Geflecht überwuchert. Plötzlich ging das Wollknäuel in Flammen auf. Sergejs Vater hatte den fauchenden Strahl des einzigen an der *Roschtscha* verfügbaren Flammenwerfers darauf gerichtet.

Der Fangarm zuckte und zog sich qualmend zurück.

»Gib's ihm, Pa! Verbrenn das Vieh!«, feuerte Sergej seinen Vater aus der Entfernung an.

Der Oberst ließ vom Flammenwerfer ab. Endlich bemerkte er seinen Sohn.

»Lauf zur *Sibirskaja*!«, rief er Sergej zu. »Berichte in der Allianz, dass …«

Er konnte seinen Satz nicht beenden. Gleich zwei neue Stränge der Spinnwebe krochen aus verschiedenen Richtungen auf die Männer hinter der Barrikade zu. Der Oberst griff erneut zum Flammenwerfer. Ein Fangarm fing sofort zu qualmen an, rollte sich ein und verschwand wieder in der Dunkelheit. Doch der zweite entkam dem Feuerstrahl und schlängelte sich um die Stahlplatten vor der Barrikade. Einer der Kämpfer, die sich dort versteckt hatten, sprang panisch auf und wurde sofort von einem Geflecht aus Spinnfäden umwickelt.

»Halt durch, Pa!«, schrie Sergej und rannte auf die Barrikade zu. »Ich komme!«

Jemand antwortete schreiend. Aber nicht sein Vater, jemand anderer. Sergej konnte ohnehin nichts verstehen, weil das Gebrüll des Flammenwerfers alles übertönte.

Jemand hatte Sergej am Arm gepackt und hielt ihn zurück. Er versuchte sich loszureißen. Als er schon dachte, frei zu sein, bekam er einen heftigen Schlag auf den Hinterkopf und verlor das Bewusstsein.

5

ÜBERLEBEN

Als er die Augen öffnete, sah er ein dunkles Gewölbe, das auf einem Holzpfeiler ruhte. Das Fegefeuer oder jedenfalls der Ort, wo sündige Seelen nach dem Tod landeten, hatte eine frappierende Ähnlichkeit mit der Metro. Genauer gesagt, mit einem dreckigen, maroden Tunnel.

Sergej hätte sich nicht gewundert, wenn er hier auch noch Gleisschwellen und Schienen vorgefunden hätte. Er wollte nach unten blicken, doch seine Augen reagierten nicht. Als er sie mit Gewalt nach unten rollte, schoss ihm ein stechender Schmerz in den Hinterkopf. Dafür sah er nun sowohl die Gleisschwellen als auch die Schienen. Sie waren genau dort, wo sie hingehörten: am Boden des Tunnels.

Zwischen zwei Schwellen brannte ein kleines Lagerfeuer. Und neben dem Lagerfeuer saß mit drollig untergeschlagenen Beinen Polina.

»Sind wir tot?«, fragte Sergej.

Nicht, dass er daran gezweifelt hätte, ihm fiel nur nichts Besseres ein, um ein Gespräch zu beginnen.

Die Amazone musterte ihn skeptisch und wandte sich wieder ab.

»Keine Ahnung, wie es dir geht, aber ich persönlich bin vorläufig noch lebendig.«

Ihre Antwort überraschte Sergej. Wenn sie noch lebte, wie konnte sie sich dann mit ihm unterhalten? Was machte sie dann überhaupt hier? Lebende hatten im Fegefeuer nichts verloren. Oder hatte sie gelogen?

Sergej schüttelte den Kopf, um klarer denken zu können. Das hätte er lieber nicht tun sollen: In seinem Schädel ging buchstäblich eine Sprengladung hoch. Dabei war ihm wohl auch ein Schmerzensseufzer entfahren, denn Polina drehte sich wieder nach ihm um.

»Oh, oh, tut uns das Köpfchen weh?«, gurrte sie mit einer Mischung aus Schadenfreude und Spott. »Macht nichts. Das geht vorbei. Dafür hörst du in Zukunft vielleicht zu, wenn man dir was sagt.«

Zuhören? Was meinte sie?

Sergej begriff, dass er schon die ganze Zeit auf dem Rücken lag, und versuchte sich aufzusetzen. Es blieb beim Versuch, der ihm aber einen neuerlichen Schub bohrender Kopfschmerzen eintrug.

Die Amazone schaute ihn finster an, dann stand sie wortlos auf, kam zu ihm herüber, fasste ihn unter den Achseln und half ihm sich aufzusetzen.

»Hast du Durst?«

Sergej horchte in sich hinein. Er wollte schon den Kopf schütteln, als ihm gerade noch rechtzeitig einfiel, dass das in seinem Zustand keine gute Idee war. Er beließ es bei einer einsilbigen Antwort.

»Nein.«

»Schön für dich«, erwiderte Polina. »Ich schon.«

Sergej blickte sich um. Von Amphoren mit göttlichem Nektar oder sprudelnden Quellen mit Leben spendendem Nass war weit und breit nichts zu sehen. Nicht einmal ein Blechnapf mit gewöhnlichem Wasser. Nur der finstere Tunnel. Andererseits war es ja gerade der Sinn des Fegefeuers, dass die Seele Qualen litt. Oder galt das nur für die Hölle?

Beim Gedanken an Qualen fiel Sergej plötzlich auf, dass er doch Durst hatte. Höllischen Durst. Ärgerlich blickte er zu Polina hinüber. Warum hatte sie überhaupt damit angefangen?

Die Amazone ging zum Holzpfeiler, der den Tunnel stützte, hobelte mit ihrem Wurfmesser, das sich auf einmal wieder in ihrem Besitz befand, ein paar größere Späne ab und warf sie ins heruntergebrannte Feuer. Was war das für ein erbärmliches Fegefeuer, das man eigenhändig nachschüren musste?! Oder befand er sich doch woanders?

»Wo … Wo sind wir eigentlich?«, erkundigte sich Sergej vorsichtig.

»Kommst du nicht selber drauf?«, fragte sie spitz.

»Es sieht so ähnlich aus wie die Metro.«

»So ähnlich …«, äffte sie ihn nach. »Kannst du dich denn an gar nichts mehr erinnern?«

Sergej dachte nach. Er konnte sich bestens an alles erinnern, was vor seinem Tod geschehen war. An die Fangarme aus unzähligen Spinnfäden, an das furchtbare Ende der Menschen, die das Geflecht verschlungen hatte, an seinen Vater und dessen Aufforderung, zur *Sibirskaja* zu laufen, an den brüllenden Feuerstrahl des Flammenwerfers und an seinen Versuch, den Männern hinter der Barrikade zu Hilfe zu eilen, der an einem heftigen Schlag auf den Kopf gescheitert war … Ab diesem Zeitpunkt wusste er nichts mehr. Filmriss. Wobei, nüchtern betrachtet, war er wohl doch eher lebendig als tot. Aber wo war die Spinnwebe abgeblieben? Und die Station? Sein Vater? Alle anderen?

»Wo sind wir denn nun?«, kehrte Sergej zu seiner ursprünglichen Frage zurück.

»Im Tunnel zwischen der *Roschtscha* und der *Marschalskaja*. Weißt du noch, wo uns die Ratten entgegengekommen sind? Nicht weit von dort.«

»Aha … Und wie sind wir hierhergekommen?«

»Jeder, wie er konnte«, erwiderte Polina spöttisch. »Ich zu Fuß und du halb auf mir drauf.«

»Auf dir drauf?«, wunderte sich Sergej. »Du hast mich doch nicht etwa hierhergeschleift?«

Sie zuckte gelangweilt mit den Achseln.

»Es blieb mir nichts anderes übrig.«

»Und mein Vater und die Männer, die bei ihm waren?«

Anstatt zu antworten, wandte Polina sich ab und starrte ins Feuer.

»Warum sagst du nichts, antworte gefälligst!«, brüllte Sergej sie an.

Sie fuhr herum. Im Licht der lodernden Flammen sah ihr Gesicht gespenstisch leblos aus. Ihre weit aufgerissenen Augen hatten sich in schwarze Abgründe verwandelt.

»Was willst du von mir hören?! Sie sind tot! Bist du jetzt zufrieden?!«

»Tot?«, echote Sergej. Ein Schwall von Wut und Empörung stieg in ihm auf. »Du lügst! Du lügst schon die ganze Zeit! Ich glaube dir kein Wort!«

Polina durchbohrte ihn mit Blicken. Dann stand sie plötzlich auf, kam zu ihm herüber und verpasste ihm eine saftige Ohrfeige. Als Sergej sich an seine glühende Backe fasste, begann sie schnell und wütend auf ihn einzureden.

»Halt die Klappe und hör zu! Hast du gedacht, dass dein Vater allmächtig und unsterblich ist? Damit liegst du falsch! Es gibt weder allmächtige noch unsterbliche Menschen. Dafür gibt es allerlei fiese Sachen, die uns ratzfatz den Garaus machen. Sei es eine Kugel, die aus einer finsteren Ecke angeschossen kommt, sei es ein Monster, das plötzlich aus der Deckung springt, eine Krankheit oder einfach das Alter, das uns heimlich, still und leise ereilt. Wir müssen alle sterben! Die einen früher, die anderen später. Dein Vater hat Glück gehabt! Er ist im Kampf um sein Zuhause gestorben. Als Krieger und Kommandeur. Er wurde nicht mit einem feigen Bauchschuss gekillt wie meiner ...«

Mit Polina ging plötzlich eine Verwandlung vor sich: Ihr heißblütiger Blick erlosch, und sie ließ die Schultern hängen. Als hätte ihr jemand den Stecker rausgezogen. Kraftlos schlich die Amazone zum Feuer zurück, ließ sich auf den Boden sinken und starrte apathisch in die Flammen.

Sergej wusste nicht, was er erwidern sollte. Sie hatte recht. Was sie gesagt hatte, war hart und schonungslos. Ebenso wie die grausame Realität, in der sie beide sich wiederfanden. Erst jetzt wurde Sergej richtig bewusst, dass er kein Zuhause mehr hatte, keinen Vater, keine Freunde. Niemanden mehr außer dieser jungen Frau, die ihn aus der untergehenden Station herausgeholt hatte.

Er erhob sich mühsam, trat zum Feuer, ging vor ihr in die Hocke und fasste sie sanft an den Schultern.

»Entschuldige, dass ich dich angeschrien habe.«

Sie schluchzte und wischte sich mit der Hand die laufende Nase ab.

»Entschuldige, dass ich dir mit dem Gewehrschaft eins übergezogen habe.«

»Ach ... Du warst das?«

Sergej fasste sich an den Hinterkopf, wo sich eine Blutkruste gebildet hatte.

»Nicht anfassen!«, intervenierte Polina. »Sonst geht die Wunde wieder auf. Sorry, aber anders hätte ich dich nicht aufhalten können. Du hast einfach nicht reagiert.«

Dann war *sie* es also, die geschrien hatte, begriff Sergej.

»Und was ist dann passiert?«

»Du bist bewusstlos zusammengebrochen. Ich hab dich hochgezogen, so halbwegs auf meinen Rücken geladen und bin losmarschiert.«

»Und ... meine Flinte?«

Erst jetzt war Sergej aufgefallen, dass er seinen »Spieß« nicht mehr hatte.

Polina zuckte mit den Achseln.

»Die liegt wahrscheinlich noch auf dem Bahnsteig. Wie die Taschenlampe, die kaputtgegangen ist.«

Sergejs Blick wanderte vom Gewehr an Polinas Rücken zum Revolverhalfter an seinem Gürtel.

»Dann haben wir also nur noch das Sturmgewehr und den Revolver?«

Die Amazone streifte plötzlich seine Hände von ihren Schultern.

»Die Kalaschnikow gehört mir!«, sagte sie kalt. »Du hast sie mir selbst gegeben! Den Revolver kannst du meinetwegen behalten.«

»Moment mal«, stutzte Sergej. »Was soll das heißen? Gehen wir denn nicht zusammen zur *Sibirskaja?*«

»Ich wüsste nicht, was ich dort sollte.«

Sergej verstand gar nichts mehr.

»Aber ich muss doch berichten, was bei uns passiert ist. Die Leute müssen wissen ...«

»Ach, das ist denen doch egal!«, unterbrach ihn Polina. »Die interessieren sich einen Dreck für euch und für das, was euch zugestoßen ist.«

»Aber mir ist es nicht egal«, entgegnete Sergej trotzig. »Mein Vater hat mich vor seinem Tod darum gebeten, und deswegen gehe ich zur *Sibirskaja!* Die Menschen in der Allianz müssen wissen, wie unsere Station ausgelöscht wurde!«

»Du kannst ja gehen«, antwortete Polina ungerührt. »Aber ohne mich.«

»Und ... Wo gehst du hin?«

»Kann dir das nicht egal sein?«, fragte sie provokant.

Sergej seufzte tief. Er musste Polina die Wahrheit sagen. Nur so konnte er erreichen, dass sie ihrerseits aufrichtig zu ihm war und ihm möglicherweise sogar half. Und ihre Hilfe brauchte er jetzt mehr als je zuvor.

»Das Problem ist, dass ich noch nie dort war ...«, begann er verschämt.

»Was?!«, fiel sie ihm entrüstet ins Wort. »Du warst noch nie an der *Sibirskaja* und willst trotzdem hin?! Wie soll das gehen?«

»Warte, lass mich erst mal ausreden«, beschwichtigte er sie. »Ich weiß, dass der Tunnel zwischen der *Marschalskaja* und der *Sibirskaja* sehr gefährlich ist. Ich weiß, dass alle, die versucht haben, ihn allein zu durchqueren, spurlos verschwunden sind. Ich weiß aber auch, dass größere Karawanen in der Regel ohne Probleme durchkommen. Deshalb habe ich gedacht, dass wir den Tunnel vielleicht gemeinsam durchqueren könnten. Wir haben doch sowieso denselben Weg, selbst wenn du nicht vorhast, länger an der *Sibirskaja* zu bleiben.«

»Jetzt hörst du mir mal zu«, erwiderte Polina streng. »Denselben Weg haben wir nur bis zur *Marschalskaja*. Und die Station selbst werde ich auch nicht betreten – mir reicht's noch vom letzten Mal. Ich gehe außen herum. Wenn du willst, begleite ich dich bis dorthin. Aber dann trennen sich unsere Wege. Ich sag's dir gleich, damit du dann nicht rumjammerst. Wenn du zur *Sibirskaja* willst, empfehle ich dir dringend, an der *Marschalskaja* auf eine Handelskarawane zu warten.«

»Aber das kann eine Woche dauern, bis eine Karawane kommt!«, lamentierte Sergej.

»Oder auch einen Monat«, präzisierte Polina. »Du weißt ja nicht, wann die letzte da war. Aber ich sag's dir noch mal: Eine Karawane ist deine einzige Chance, lebend an der *Sibirskaja* anzukommen.«

»Und wenn ich's an der Oberfläche versuche?«

»An der Oberfläche!«, wiederholte sie spöttisch. »Warst du überhaupt schon mal oben?«

»Nein, noch nie«, gab Sergej zu.

»Dann brauchst du es gar nicht erst zu versuchen.«

»Wieso?«, entgegnete er frustriert.

»Weil du ein Trottel bist«, versetzte Polina. »Du findest nie im Leben den Weg zum überirdischen Eingang der *Sibirskaja*. Du weißt ja nicht mal, wo der überhaupt ist. Und selbst wenn du es wüsstest, würdest du es nie bis dorthin schaffen. Die Bestien würden dich doch schon am Ausgang der *Marschalskaja* auffressen, oder in den erstbesten Ruinen!«

»Ich werde es trotzdem versuchen«, sagte Sergej trotzig.

»Du bist ein hoffnungsloser Idiot«, diagnostizierte Polina schonungslos, unterstrich das Verdikt mit einem bösen Blick und fügte etwas milder hinzu: »Also los, gehen wir. Vielleicht kommst du ja unterwegs noch zur Vernunft.«

Polinas Stirnlampe schwächelte bereits und warf nur noch einen schwachen Lichtschein aufs Gleis. Seine eigene Lampe hatte Sergej ausgeschaltet, um Batterien zu sparen. Egal, was ihm bevorstand, Licht würde er auf jeden Fall noch dringend brauchen. Er hatte sich vorgenommen, die Lampe nur einzuschalten, wenn Polina ihn darum bat. Doch die Amazone schwieg. Sergej sagte ebenfalls kein Wort mehr – er hatte schließlich auch seinen Stolz.

Natürlich hätte er sich nur zu gern mit ihr unterhalten! Aber nachdem Polina beschlossen hatte, ihn sitzen zu lassen – oder wie sollte man das sonst nennen?! –, war er ernsthaft sauer. Sie hatte ihn enttäuscht. Letztlich war sie eben doch eine Diebin, die nur auf ihren eigenen Nutzen schaute. Das Sturmgewehr hatte sie sich einfach unter den Nagel gerissen und dachte überhaupt nicht daran, es zurückzugeben. Er konnte von Glück sagen, dass sie wenigstens seine Taschen nicht geleert hatte, während er bewusstlos war. Die Packungen mit den Patronen, die drei Magazine für die Kalaschnikow und die dreißig Schrotpatronen für den »Spieß« hatte er noch. Die Munition nützte ihm jetzt allerdings nichts mehr, da er außer seinem Revolver keine Waffe mehr besaß. Sogar das Messer hatte ihm die habgierige Amazone wieder abgenommen!

Mit finsterer Miene betrachtete Sergej den Rücken der jungen Frau, die vorausging. Er hatte keine Idee, was er hätte unternehmen sollen. Er konnte ja schlecht eine Rauferei mit ihr anfangen.

Dabei war Gewalt anscheinend die einzige Sprache, die sie verstand.

Polina fühlte offenbar seinen Blick auf sich lasten und blieb stehen.

»Wir kommen gleich an eine Abzweigung«, sagte sie gereizt. »Wenn du zur *Sibirskaja* willst, musst du geradeaus weitergehen, nach hundert Metern kommst du an der *Marschalskaja* raus.«

»Und du?«, fragte Sergej konsterniert. Obwohl er enttäuscht und verärgert war, wusste er in diesem Moment überhaupt nicht, wie er mit der Trennung umgehen sollte.

»Ich muss in die andere Richtung.« Sie deutete vage seitwärts, in die Dunkelheit.

»Du gehst also wirklich?«

»Nein, verdammt, ich bleibe hier stehen bis zum Sankt-Nimmerleins-Tag«, gab sie bissig zurück.

Sergej wusste nicht, was er erwidern sollte. Ein paar Sekunden lang schauten sie einander schweigend an. Allerdings sah Sergej nicht ihr Gesicht, sondern nur die Lampe an ihrer Stirn. Er erinnerte sich plötzlich an ein bebildertes Märchenbuch, aus dem ihm seine Mutter vorgelesen hatte, als er noch ganz klein gewesen war. Der Einband des Buchs war verloren gegangen, doch seine Mutter hatte sich den ungewöhnlich langen Titel trotzdem gemerkt. Es ging um einen Zaren, dessen Sohn und eine Schwanenprinzessin. Diese Prinzessin trug einen leuchtenden Stern auf der Stirn. Der kleine Sergej hatte sich nicht vorstellen können, wie ein Stern auf der Stirn leuchten konnte. Jetzt, bei Polinas Anblick, verstand er es. Für einen Moment fragte er sich, ob sie wohl beleidigt wäre, wenn man ihr sagen würde, dass sie aussah wie eine Märchenprinzessin. Was für ein absurder Gedanke …

Die Amazone bückte sich auf einmal, zog das Wurfmesser aus dem Schaft ihres Schuhs und reichte es Sergej.

»Da, nimm. Als Andenken. Vielleicht sehen wir uns ja mal wieder.«

Sergej war perplex. Die großzügige Geste passte nicht zum Bild der egoistischen Diebin, das er sich zuletzt von ihr gemacht hatte.

»Ist das ein Geschenk, oder was?«, fragte er argwöhnisch.

»Nimm schon, bevor ich es mir anders überlege!«, herrschte Polina ihn an.

Sergej erschrak ein wenig über ihre plötzliche Aggressivität. Kleinlaut griff er nach dem Messer, doch noch bevor er es in Händen hielt, wurden sie gestört.

»Wie rührend!«, rief jemand ganz in der Nähe.

Sergej zuckte unwillkürlich zusammen. Der Amazone fiel vor Schreck das Messer aus der Hand, es blieb im Boden stecken. In der Dunkelheit leuchteten drei starke Lampen auf und nahmen Polina und ihn ins Visier. Sergej hielt sich geblendet die Hand vors Gesicht.

Polina war auf einmal ganz blass im Gesicht.

»Flint?«, flüsterte sie mit bebender Stimme und griff nach dem Sturmgewehr an ihrem Rücken.

Doch diese Bewegung bemerkte nicht nur Sergej.

»Zzz, wer wird denn ...«, mahnte die fremde Stimme ironisch. »Die Dummheiten lassen wir schön bleiben.«

Polina gehorchte und nahm die Hand von der Waffe.

»Wie ich sehe, hast du mich erkannt, Engelchen«, fuhr die Stimme fort. »Wie schön, dass du Papa Flint noch nicht vergessen hast.«

Aus der Dunkelheit näherten sich gemessene Schritte, und dann trat der Besitzer der Stimme ins Licht. Wie ein Papa sah der höchstens fünfunddreißigjährige Mann nun wirklich nicht aus. Seinen großen grinsenden Mund und das Kinn umrahmte ein dünnes, strichförmiges Bärtchen. Er trug eine schwarze Lederjacke, die vor Metallreißverschlüssen nur so strotzte und mit Unmengen blitzblanker Nieten gespickt war.

Der Mann hatte schwarze Handschuhe an und klimperte ständig mit den Fingern, als wollte er unsichtbaren Schmutz abstreifen. Seine schwarze Hose war wenig spektakulär, sein Schuhwerk dafür umso mehr: Cowboystiefel mit langen konischen Spitzen und abgeschrägten Absätzen. Den absurden Aufzug des Clowns vervollständigte ein breiter Gürtel mit Revolverholster. Das Holster hing weit unterhalb der Taille, sodass seine lässig herabbaumelnde Hand gerade den Revolvergriff berührte.

»Und jetzt, liebe Kinder, werdet ihr Papa Flint einen Gefallen tun«, verkündete er immer noch breit grinsend. »Ihr nehmt ganz behutsam eure Schießeisen und legt sie langsam auf den Boden. Aber wirklich ganz behutsam, nicht dass meine Gehilfen aus Versehen ein paar Löcher in euch schießen.«

Polina atmete geräuschvoll aus, dann fasste sie mit zwei Fingern den Gewehrriemen der Kalaschnikow, nahm die Waffe, wie befohlen, extra langsam ab und legte sie vor sich auf den Boden. Ihre Unterwürfigkeit überraschte Sergej. Die Situation war zugegebenermaßen brenzlig, aber nicht aussichtslos. Mit einer blitzartigen Flucht in die Dunkelheit hätte man den selbst ernannten Papa und seine im Hintergrund lauernden Leute womöglich düpieren können.

Als hätte Polina Sergejs Gedanken gelesen, drehte sie sich halb zu ihm um.

»Tu, was er sagt«, flüsterte sie, fast ohne den Mund zu bewegen. »Sie haben Sturmgewehre. Wenn du eine falsche Bewegung machst, knallen sie dich ab.«

Die Warnung der Amazone klang derart überzeugend, dass Sergej es für besser hielt, das Schicksal nicht herauszufordern. Er folgte ihrem Beispiel, zog mit zwei Fingern den Revolver aus dem Holster und legte ihn am Boden ab.

»Brave Kinder«, lobte Flint und wiegte zufrieden den Kopf. »Ich liebe brave Kinder.« Er wandte sich an Polina. »Na, und du, liebst du deinen Papa auch? Komm her und lass dich mal drücken.«

Er breitete demonstrativ die Arme aus, doch als Polina folgsam zu ihm kam, umarmte er sie nicht, sondern legte nur den Kopf schief.

»Wo sind meine Pillen, Engelchen?«, fragte er zuckersüß.

»Ich hab sie nicht. Die haben mich erwischt.«

»Erwischt?!« Flint schlug die Hände zusammen. Sergej fiel auf, dass er sich trotz aller Geziertheit flink und geschmeidig bewegte.

»Sie haben dich erwischt und wieder laufen lassen?«

»Ich bin abgehauen.«

Polina antwortete in völliger Reglosigkeit, sie drehte nicht einmal den Kopf. Dafür wuselte der Clown in seiner protzigen Montur wie aufgezogen um sie herum.

»Abgehauen? Und das nicht allein, sondern mit einem Kavalier.« Er drehte sich abrupt zu Sergej. »Wer bist du, junger Mann?«

»Er ist von der *Roschtscha*«, antwortete Polina für Sergej. »Er hat mir geholfen.«

»Geholfen? Was für ein Held!« Flint schlug abermals theatralisch die Hände zusammen, so als würde er klatschen, doch er hielt im letzten Moment in der Bewegung inne und verschränkte sie nur. »Ich finde, dafür sollten wir ihn belohnen. Was meinst du, Engelchen?«

Flint wandte sich wieder an Polina, so als würde ihn ihre Meinung dazu tatsächlich interessieren. Dabei hob er leicht den linken Arm, und plötzlich tauchte unter seiner Achsel ein Revolverlauf auf. Sergej hatte noch gar nicht begriffen, was geschah, als der Lauf Feuer spuckte und er von einem verheerenden Stoß gegen die Brust umgerissen wurde.

Mit schwindenden Sinnen hörte Sergej den Schuss im Tunnel verhallen. Danach legte sich eine teigige, benebelnde Stille über ihn.

Grobe Hände tasteten seinen Körper ab. Außerdem hatte er Schmerzen. Starke Schmerzen. Nicht dort, wo die fremden Hände herumfuhrwerkten, sondern in der Brust. Auch der Kopf tat ihm weh. Der ganze Schädel, nicht nur die Stelle am Hinterkopf, die Polina mit dem Gewehrschaft traktiert hatte.

Sergej öffnete die Augen. Als er versuchte sich zu bewegen, fuhr ein stechender Schmerz in seine Rippen, und seine Schläfen begannen zu hämmern. Dafür sah er jetzt die Hände, die ihn abtasteten – die Stirnlampe ihres Besitzers beleuchtete sie. Kopf und Rumpf des Unbekannten blieben im Dunkeln verborgen, doch Sergej begriff auch so, was vor sich ging: Er wurde durchsucht. Und das völlig ungeniert, als wäre er tot. Wobei – vielleicht hielt ihn der Fremde ja für tot. Er kniete neben ihm und versuchte gerade, ihm den Gürtel mit dem Revolverholster abzunehmen.

Der Plünderer ächzte vor Anstrengung und murmelte unverständliches Zeug vor sich hin. Mit seinen dicken Wurstfingern fummelte er unbeholfen an der Gürtelschnalle herum. Nachdem er sie endlich geöffnet hatte, zerrte er ruckartig am Gürtel, um ihn freizubekommen. Sergej rollte dabei auf die Seite und stöhnte unwillkürlich auf, so heftig waren die Schmerzen in der Brust.

»Huch, du lebst ja noch, Kleiner«, krächzte der Plünderer. Er klang ein wenig überrascht, aber nicht weiter beunruhigt. »Macht nichts. Das lässt sich ja ändern.«

Er griff unter Sergejs Jacke, durchwühlte seine Innentaschen und zog die Bleistiftskizze von der *Marschalskaja* heraus.

»Was ist denn das für ein Scheiß?«, brummte der Plünderer missgelaunt, als er die Zeichnung betrachtete.

Ein Foto mit einer nackten Schönheit, ausgeschnitten aus irgendeinem Pornoheft, wäre wohl das Mindeste gewesen, was er erwartet hätte. Kein Wunder, dass ihn die nichtssagende Skizze enttäuschte. Angewidert warf der das Blatt Papier weg. Offenbar regte ihn der Fund zum Plaudern an, oder er hatte einfach Lust, sein Opfer zu guter Letzt noch ein bisschen zu verhöhnen.

»Hast Schwein gehabt, kleiner Scheißer. Normalerweise schießt Flint nicht vorbei.«

Flint hatte auch nicht vorbeigeschossen. Seine Kugel hatte die Platte aus gehärtetem Stahl getroffen, die in Sergejs Schutzweste eingenäht war. Daher rührten auch die Schmerzen in der Brust. Aber das brauchte der Bandit ja nicht zu wissen.

Sergej schwieg und schielte unentwegt auf das Wurfmesser, das ihm Polina geschenkt hatte. Es steckte immer noch im Boden – ein gutes Stück entfernt, aber nicht außer Reichweite. Ob er es mit seinen gequetschten Innereien und den schmerzenden Rippen schaffen würde, sich danach auszustrecken und es zu greifen? Diese Frage beschäftigte ihn schon seit mehreren Sekunden.

»Ich bin zwar kein so perfekter Scharfschütze wie Flint, aber aus zehn Zentimetern Entfernung werde ich schon treffen«, kicherte der Bandit zufrieden und zog Sergejs Revolver aus der Tasche seines langen Mantels.

Jetzt war Schluss mit lustig. Kassarin schnellte hoch, streckte blitzartig den Arm aus, zog das Messer aus dem Boden und rammte es dem Plünderer in die linke Seite – alles in einer einzigen fließenden Bewegung. Wie erwartet, brannten Sergejs Rippen wie Feuer.

Der Bandit ächzte und röchelte wie ein durchstochener Autoreifen. Dann kippte er langsam vornüber. Sergej bemerkte es zu spät und wurde unter dem schweren Körper buchstäblich begraben. Seine rechte Hand, in der er den Messergriff hielt, fühlte sich auf einmal feucht und klebrig an. Blut, begriff Sergej. Ich habe gerade einen Menschen getötet, war sein nächster Gedanke. Doch der Schrecken darüber währte nur kurz. Ja, ich habe ihn getötet, sagte sich Sergej, aber sonst hätte er mich getötet. Es war wie bei einem Kampf gegen einen Säbelzahnbären oder ein anderes Monster: Wenn du es nicht tötest, tötet es dich. Genau so hätte es sein Vater ausgedrückt. Sergej stutzte. Für einen Augenblick war ihm so, als hätte er tatsächlich Oberst Kassarins Stimme gehört.

Sergej schob die Hände unter die Brust des Banditen und stieß ihn von sich weg. Der Mann wog vermutlich doppelt so viel wie er. Seine Stirnlampe war heruntergefallen und schien auf sein Gesicht. Er hatte die Augen verdreht und blutigen Schaum vor dem Mund. Doch am meisten Blut quoll aus der Wunde, in der immer noch das Messer steckte.

Tote geben nichts umsonst her, hatte Polina gesagt. Aber es ist mein Messer!, entgegnete ihr Sergej in Gedanken. Und mein Revolver!

Er legte den Gürtel mit dem Revolverholster an und schob die Waffe hinein, die dem Banditen aus der Hand gefallen war. Dann hob er das Blatt mit der Bleistiftskizze auf und steckte es wieder ein. Zu guter Letzt fasste er sich ein Herz und zog das Messer aus dem Körper des Fremden. Der Bandit röchelte abermals. Er lebte also noch. Und obwohl diese Erkenntnis Sergejs Entschlossenheit in keiner Weise schmälerte, verspürte er eine gewisse Erleichterung.

Er hob die Stirnlampe des Banditen auf – Ersatzlampen und Batterien konnte man schließlich nie genug haben – und dann dessen Kalaschnikow. Letztere erwies sich als wahres Juwel: kein primitives Basismodell wie die Waffe, die er Polina gegeben hatte, sondern die letzte Vorkriegsmodifikation mit verbesserter Zielgenauigkeit und Trefferdichte und, was das Wichtigste war, mit einer abnehmbaren Lampe, die unter dem Lauf montiert war und für eine exakte und helle Zielbeleuchtung sorgte. An der *Sibirskaja* hätte ein solches Sturmgewehr mehr gekostet als die gesamte Ausrüstung, mit der Sergej zur *Marschalskaja* aufgebrochen war.

Er wiegte die Trophäe in den Händen, um ein Gefühl für die Waffe zu bekommen. Sie hatte eine andere Balance als seine bisherige Kalaschnikow. Dann hängte er sich das Gewehr über die Schulter.

Es war höchste Zeit, sich aus dem Staub zu machen, bevor Flint oder seine Schergen auftauchten, um nach ihrem Kumpan zu sehen.

Aber konnte Sergej einfach verschwinden, ohne zu wissen, was mit Polina passiert war? Das konnte er natürlich nicht. Sein Bauchgefühl sagte ihm, dass die Amazone gerade viel schlimmer dran war als er. Vielleicht sogar schlimmer als in der Zelle an der *Roschtscha*, als man sie hatte hängen wollen. Flints scheißfreundliches Gezwitscher und sein aufgesetztes Getue konnten über seinen wahren Charakter nicht hinwegtäuschen, ja sie waren sogar eher ein Indiz dafür, dass er ein brutaler Sadist war, der sich an den Qualen anderer ergötzte.

Sergej beugte sich zu dem am Boden liegenden Verletzten herab.

»Wo hat Flint Polina hingebracht?«

Der Bandit erwiderte nichts. Natürlich wusste er Polinas Namen nicht.

»Das Mädchen, das mit mir zusammen war!«

Wieder keine Antwort. Hörte er ihn überhaupt? Wahrscheinlich musste man den Bastard erst wieder zu Bewusstsein bringen, doch Sergej hatte keine Ahnung, wie er das anstellen sollte.

In diesem Augenblick hörte er eine Stimme. Jemand stöhnte. Das war Polina! Die Laute kamen irgendwo von rechts aus der Dunkelheit. Ohne lange zu überlegen, lief Sergej los.

In der rechten Tunnelwand fand er eine auf den ersten Blick unauffällige Öffnung. Der Einstieg war ziemlich schmal, aber doch breit genug, dass ein Mensch leicht hindurchschlüpfen konnte, selbst so ein fetter Bulle wie der Typ, der ihn hatte ausrauben und töten wollen und jetzt selbst mit einem Loch in der Seite krepierte. Höchstwahrscheinlich waren Flint und seine Leute aus diesem Loch gekommen und hatten sich dorthin auch wieder zurückgezogen.

Sergej spähte hinein: ein schmaler Gang, der sich in der Dunkelheit verlor. Ohne eine starke Lampe konnte man nicht feststellen, wohin er führte. Trotzdem verzichtete Sergej darauf, die taktische Lampe der Kalaschnikow einzuschalten. Die Banditen hätten ihn sonst womöglich bemerkt.

Er horchte und hoffte, Polinas Stimme noch einmal zu hören. Aber aus dem Gang drang nicht ein einziger Laut. Sergej schaltete die erbeutete Stirnlampe aus, nahm die Kalaschnikow von der Schulter und schlüpfte hinein. Er sah so gut wie nichts und musste sich vorwärtstasten. Bald ersetzte er das Sturmgewehr durch seinen Revolver, um wenigstens eine Hand frei zu haben.

Auf Betreiben von Oberst Kassarin hatte Sekatsch mit Sergej trainiert, wie man sich absolut lautlos bewegt – eine für Stalker überlebenswichtige Fähigkeit. Doch entweder war Sergej bei dem Training nicht so ganz bei der Sache gewesen, oder es mangelte ihm am nötigen Talent. Jedenfalls hatte er das Gefühl, dass jeder seiner Schritte so laut durch den Tunnel hallte, dass man es bis zur *Marschalskaja* hören konnte. Die weichen Gummisohlen von Polinas Chucks wären jetzt eine feine Sache gewesen. Bei diesem Gedanken kam Sergej eine Idee.

Er blieb stehen, zog seine groben Schuhe aus, band sie an den Schnürsenkeln zusammen und hängte sie sich um den Hals. Zum Glück war der Tunnelboden eben und nicht mit spitzkantigen Steinen oder herausstehenden Armierungseisen vermint. Die Kälte des Betons war erträglich. Dafür bewegte Sergej sich barfuß praktisch geräuschlos fort. Sekatsch wäre zufrieden gewesen.

Nach einiger Zeit tauchte in der Dunkelheit ein flackerndes Licht auf, das nur von einem offenen Feuer herrühren konnte. Kurz darauf erkannte Kassarin die Umrisse eines breiten Tunnels, in den der schmale Gang mündete. Unter der Decke des Tunnels verliefen dicke Rohre, die auf hölzernen Stützpfeilern ruhten. Die Pfeiler waren aus Gleisschwellen zusammengezimmert. Sergej begriff, dass es sich um eine der Wasserleitungen der »Marschälle« handelte.

Plötzlich trat eine groß gewachsene, mit einem Sturmgewehr bewaffnete Gestalt in den Gang.

Scheiße, gleich schaltet er das Licht unter dem Lauf ein, und ich bin geliefert, dachte Sergej alarmiert.

Doch stattdessen schob der Typ die Kalaschnikow auf den Rücken, drehte sich zur Wand und stellte sich breitbeinig hin. Kurz darauf hörte Sergej das unverwechselbare plätschernde Geräusch.

»Sag mal, kannst du keinen besseren Platz finden?!«, schimpfte jemand, der sich offenbar gleich um die Ecke befand. »Soll ich dir mal einen zeigen?!« Das war Flints Stimme.

Der Bandit packte brummend sein Gerät wieder ein und machte einen Schritt in Richtung Sergej, der mit dem schussbereiten Revolver in der Hand an der Wand kauerte. Jetzt wurde es ernst.

Abermals drang Flints Stimme aus dem Tunnel, aber diesmal sprach er offensichtlich mit Polina.

»Meinst du, ich mache nur Spaß, Engelchen? Stimmt genau. Du weißt ja, ich bin immer für ein Späßchen zu haben. Jetzt reiße ich dir zum Spaß ein paar von deinen hübschen Fingernägeln aus, und dann wirst du mir schön brav alles erzählen.«

Sergej hörte nicht länger zu. Er drückte sich von der Wand ab, machte einen Satz nach vorn und holte aus. Während er zuschlug, sah er noch das überraschte Gesicht des Banditen, der immer noch in seinem Schritt fummelte. Der Revolvergriff landete genau dort, wo Sergej ihn hinhaben wollte: auf der linken Schläfe des Kontrahenten. Ein Schädelknochen krachte. Der Bandit ächzte tonlos und fiel seitlings in die Urinpfütze, die er selbst produziert hatte.

Sergej hielt sich nicht damit auf, ihm den Rest zu geben, obwohl es in diesem Moment ein Leichtes gewesen wäre, sondern sprang über den erschlafften Körper hinweg und stürmte in den Tunnel.

Am Boden brannte eine Öllampe und beleuchtete die Szenerie. Polina war an einen Stützpfeiler der Wasserleitung gefesselt. Vor ihr stand Flint mit einer kleinen Beißzange in der Hand. Ein Stück weit abseits lehnte sein dritter Scherge lässig an der Wand.

Er saugte an einer Selbstgedrehten und beobachtete interessiert die anstehende Folterung.

Flint verfügte in der Tat über eine bemerkenswerte Reaktionsschnelligkeit. Kaum hatte er den Eindringling im Augenwinkel bemerkt, warf er seine Zange nach ihm und zog seinen Revolver. In der Zeitspanne, die er dafür brauchte, schaffte es Sergej, genau einmal abzudrücken. Doch das genügte. Das aus nächster Nähe abgefeuerte Geschoss schleuderte Flint gegen die Wand, an der er ohne seine gewohnte Behändigkeit langsam zu Boden rutschte und eine blutige Spur auf dem schimmligen Beton hinterließ.

Flints Scherge reagierte weit langsamer als sein Boss. Als Sergej den Revolver auf ihn richtete, hatte er gerade mal die Hände aus der Tasche gezogen. Er kam nicht mehr dazu, seine Kippe auszuspucken, bevor ihm die Kinnlade herunterfiel. Mit dem aufgeklappten Mund, der qualmenden Selbstgedrehten, die an seiner Unterlippe klebte, und mit seinen zitternden Händen bot der Bandit einen derart erbarmungswürdigen Anblick, dass Sergej einen Moment zögerte abzudrücken. Doch als er Polinas leichenblasses Gesicht und ihre mit einem groben Strick gefesselten Handgelenke sah, überlegte er es sich anders. Er schoss, und auch der letzte Bandit krümmte sich am Boden.

Nun, da alle Feinde erledigt oder zumindest kampfunfähig waren, konnte Sergej endlich Polina befreien. Er ging zu ihr und schnitt ihr vorsichtig die Fesseln durch.

»Bist du okay?«

»Geht schon«, antwortete Polina und rieb sich die schmerzenden Handgelenke.

Sergej hatte auf einmal unendlich Mitleid mit ihr.

»Dein Geschenk hat gute Dienste geleistet. Hätte ich es nicht gehabt, wäre ich aufgeschmissen gewesen.«

Die Amazone betrachtete das Messer, das ihr Sergej mit dem Griff nach vorn entgegenhielt.

»Behalte es. Du wirst es sicher wieder mal brauchen können.«

»Lieber nicht …«

Polina blickte ihn an, als hätte er totalen Mist geredet, schüttelte aber nur wortlos den Kopf. Dann ging sie zu einem der Holzpfeiler, wo ihr Sturmgewehr an einem eingeschlagenen Nagel hing, nahm die Waffe herunter und schwang sie sich auf den Rücken.

»Du gehst?«, fragte Sergej.

Die simple Frage brachte die Amazone überraschenderweise in Verlegenheit. Sie trat unschlüssig auf der Stelle.

»Du wolltest also zu ihm?«, fragte Sergej und deutete mit einer Kopfbewegung auf den toten Flint.

»Das geht dich nichts an!«, zischte Polina und warf trotzig den Kopf in den Nacken.

Allein diese Geste verriet, dass Sergej ins Schwarze getroffen hatte.

»Was wollte er von dir?«

»Spielt keine Rolle!«

Sergej zuckte mit den Achseln.

»Deine Sache, du brauchst ja nicht zu antworten. Wahrscheinlich war er sauer, weil du es nicht geschafft hast, ihm unsere Medikamente zu bringen, nicht wahr?«

Polina erwiderte wieder nichts, doch ihr Schweigen sprach Bände.

»Bei euch herrschen ja lustige Sitten«, lästerte Sergej.

»Sehr lustig, ja …«

Polina seufzte tief, fast ein wenig resigniert, und Sergej tat seine sarkastische Bemerkung schon wieder leid.

»Wo willst du denn jetzt hin?«, fragte er vorsichtig. »Vielleicht kommst du ja doch mit mir zur *Sibirskaja?*«

Sie schaute ihn nachdenklich an.

»Meinetwegen, versuchen wir's. Vielleicht klappt es ja.«

Sergej wusste nicht so recht, was sie mit diesem Nachsatz gemeint hatte, doch er verzichtete darauf, nachzufragen.

Den Weg durch die *Marschalskaja* vermieden die beiden Wegge-fährten. Sie kehrten nicht in den Haupttunnel der Metro zurück. Durch ein Labyrinth von Gängen führte Polina Sergej um die Station herum.

Kassarin war dankbar, dass er den Anblick der verstreuten Gebeine auf dem Bahnsteig nicht noch einmal ertragen musste. Zwar hatte der Tod auch auf dieser Route seine Spuren hinterlassen, doch in der Regel handelte es sich um die Überreste von Ratten.

Nur einmal stießen sie auf ein menschliches Skelett. Es hing über einer Wasserleitung unter der Tunneldecke und hielt eine Rohrzange in seiner knöchernen Hand. Lebendig war der Mann gewiss nicht dort hinaufgekommen, dazu hätte er eine Leiter gebraucht, und von einer solchen war weit und breit nichts zu sehen. Sergej gruselte beim Gedanken an das Monster, das den Ärmsten abgenagt und auf das Rohr geworfen hatte.

Der Weg führte durch immer neue Verbindungsgänge und Korridore, mal schmäler, mal breiter, aber immerhin knochenfrei. Sergej war erleichtert, als er die ersten lebendigen Ratten sah, die das Licht der Stirnlampen aufgescheucht hatte.

Kurze Zeit später kamen sie in einem mit Stahlsegmenten ausgekleideten Metrotunnel heraus.

Polina blieb stehen.

»Wir sind da«, verkündete sie.

Nach wie vor war nirgends eine Menschenseele zu sehen.

»Wo?«, fragte er argwöhnisch.

»Das ist der Tunnel, der zur *Sibirskaja* führt.«

»Der, von dem du erzählt hast?«

»Genau. Jetzt können wir noch umkehren. Danach ist es zu spät.«

»Kommt nicht infrage«, entgegnete Sergej energisch. »Wir gehen weiter.«

Die Amazone musterte ihn, atmete tief ein, als wollte sie die Luft anhalten, und tat einen Schritt nach vorn. Dabei kam sie ins

Stolpern – vermutlich vor Aufregung. Sergej hielt sie am Ellbogen fest, doch Polina stieß ihn entrüstet weg.

»Ein schlechtes Omen«, murmelte sie und marschierte los, ohne ihn eines Blickes zu würdigen.

Sergej hatte Mühe, ihr auf den Fersen zu bleiben.

Den Tunnel zur *Sibirskaja* hatte sich Kassarin ganz anders vorgestellt. Er sah völlig normal aus. Allerdings stand zwischen den Gleisschwellen das Wasser. Aber auch das war in der Nähe der *Marschalskaja* nicht ungewöhnlich. Die Entwässerungssysteme liefen von Zeit zu Zeit über, und dann sickerte Grundwasser in die angrenzenden Tunnel.

Angesichts der scheinbar sicheren Umgebung verhielt sich Polina auffallend nervös. Ständig äugte sie argwöhnisch umher.

»Warst du früher schon mal hier?«, fragte Sergej.

»Allein noch nie«, antwortete sie.

»Und zu zweit?«

»Auch nicht.«

Kassarin fühlte sich erleichtert und war auf einmal bester Dinge. Er fand es geradezu lächerlich, wie man sich in einem so sicheren Tunnel fürchten konnte. Er hatte plötzlich das Gefühl, als würde der Boden schwanken, was ihn aber weder beunruhigte noch wunderte. Trotz des schwankenden Untergrunds fühlte er sich sicher auf den Beinen. Das einzig Seltsame daran war, dass das Wasser nicht aus den Pfützen schwappte. Um der Sache auf den Grund zu gehen, stieg er extra in eine der Lachen zwischen den Schwellen. Das Wasser spritzte ganz normal heraus. Kurz darauf wiederholten sich die platschenden Geräusche in den umliegenden Pfützen. Sergej fing auf einmal ganz unwillkürlich an zu singen und fiel dabei in den Rhythmus des spritzenden Wassers ein.

»Plitsch-platsch, plitsch-platsch, plitsch-platsch …«

Als er aufsah, stellte er überrascht fest, dass Polina sich tanzend im Kreise drehte. Sein Geträller hatte sie offenbar inspiriert.

In diesem Augenblick fiel Sergej eine hübsche Geschichte ein, die ihm seine Mutter erzählt hatte, als er noch ganz klein gewesen war: In fernen Zeiten, noch vor der Katastrophe, gab es einen fantastischen Ort in der Stadt, einen Palast mit einer Kolonnade und einem riesigen Kuppeldach, das wie ein Zelt aussah. In diesem Palast lebten hübsche Prinzessinnen, die für ihr Leben gern sangen und tanzten. Tausende von Menschen kamen in den Palast, um ihnen beim Tanzen zuzusehen und ihrem wundervollen Gesang zu lauschen. Die Eltern der Prinzessinnen hießen Oper und Ballett. Deshalb nannten die Leute sie nach dem Namen ihres Vaters Ballerinen, und den Palast nannten sie Palast der Oper und des Balletts … Damit endete die Geschichte seiner Mutter. Als Sergej sie danach fragte, was aus dem Theater und seinen Ballerinen geworden sei, hatte sie sich schweigend abgewandt.

Das schreckliche Ende der Geschichte hatte Sergej dann später von Wiesel erfahren: Eines Tages stieß ein gigantischer, Feuer speiender Drache aus den Wolken herab. Er fackelte das Theater ab, die Stadt und all ihre Bewohner. Nur diejenigen, die sich in der Metro verkrochen, überlebten. Später, als es in der Stadt nichts mehr zu fressen gab, verhungerte der Drache.

Wiesel hatte sich geirrt.

Der Drache war nicht tot. Er hatte sich nur versteckt. Und wenn man ihn nicht tötete, kam er früher oder später zurück.

Polina verlor das Gleichgewicht und wäre beinahe in eine Pfütze gefallen. Einer echten Ballerina konnte sie jedenfalls noch nicht das Wasser reichen. Sergej musste über den Vergleich lachen, woraufhin die verhinderte Ballerina prompt beleidigt war.

»Also hör mal …«, ereiferte sie sich.

Sie sagte noch irgendwas, aber nur dummes Zeug. Sergej achtete nicht weiter darauf.

Auf einmal fiel ihm das alte Sprichwort von der neugierigen Barbara ein, der man auf dem Basar die Nase abgerissen hatte. Seine Mutter hatte es benutzt. Oder sein Vater? Oder Dron? Vielleicht sogar Wiesel? Kaum auszudenken, wie Wiesel mit seiner riesigen Zahnlücke überhaupt sprechen konnte.

Von Wiesel sprangen die Gedanken wieder zu Barbara mit der abgerissenen Nase. Sergej zog mit aller Kraft an seinem eigenen Riechkolben, um den Wahrheitsgehalt dieser Behauptung zu überprüfen. Seine Nase begann zu bluten, dachte aber gar nicht daran, abzureißen. Das Sprichwort war also nur ein Märchen. Oder Barbaras Nase war nicht so fest angewachsen. Oder irgendein Kraftprotz mit Bärenkräften hatte sie ihr tatsächlich abgerissen.

»Sag mal, Polina, das Mädel aus eurer Bande, das an der *Marschalskaja* erwischt wurde, hieß nicht zufällig Barbara?«

Die Amazone überlegte einen Augenblick und schüttelte dann energisch den Kopf.

»Nee.«

»Nee!«, äffte Sergej sie nach, und beide mussten lachen. »Was ist mit ihr geschehen?«

Die Amazone dachte abermals nach, dann ging sie auf ihn zu und drückte ihm den Zeigefinger auf die Brust.

»Sie hat-te ver-damm-tes Glück«, sagte sie, jede Silbe betonend.

»Man hat sie laufen lassen?«, mutmaßte Sergej.

Polina klemmte die Mundwinkel hinter die Ohren.

»Sie haben ihr den Schädel mit einem Vorschlaghammer zertrümmert.«

»Wie zertrümmert?«, wunderte sich Sergej.

»Na so, dass Knochensplitter und Hirnmasse in sämtliche Richtungen spritzten. Wumm!«

Als reichte diese Erklärung nicht aus, ballte Polina die Hände zur Faust und spreizte dann jäh die Finger ab, um zu demonstrieren, wie der Schädel auseinanderflog. Sergej hatte auf einmal das Bedürfnis zu sehen, wie so etwas in Wirklichkeit ablief. Er nahm in aller Ruhe sein Gewehr von der Schulter, fasste es am Lauf, holte weit aus und drosch es der vor ihm stehenden Amazone auf den Kopf. Entweder hatte in diesem Augenblick wieder der Tunnel geschwankt, oder Polina war ausgewichen. Jedenfalls landete der Schlag auf ihrer Schulter. Sie fiel in eine Pfütze. Dabei wurde Kassarin von oben bis unten mit modrigem Wasser bespritzt.

Jetzt fiel es Sergej wie Schuppen von den Augen. Ihm wurde klar, dass er gerade ums Haar die junge Frau umgebracht hätte, die ihm das Leben gerettet hatte. Er fiel vor ihr auf die Knie und umfasste sie, ließ jedoch sofort wieder los, weil er Angst hatte, ihr wehzutun.

»Verzeih mir, Polina!«, plapperte er verzweifelt. »Das habe ich nicht gewollt! Ich war vom Teufel geritten. Ich weiß nicht, was in mich gefahren ist!«

Die Amazone schaute ihn entgeistert an, doch Sekunden später machte sich blankes Entsetzen in ihrem Gesicht breit.

»Weg hier!«, flüsterte sie.

Sie nahmen sich bei den Händen und rannten los – so schnell sie konnten und so schnell es auf dem schwankenden Boden möglich war. Die tückischen Schwingungen wurden immer schlimmer, als wollte der Tunnel sie am Weiterkommen hindern.

Sergej hatte das Gefühl, als würde er in schwerer See von Wellen auf und ab geschleudert. Ihm wurde schwindlig, und in seinen Magen kroch das flaue Ziehen eines nicht enden wollenden Flugs. Nein, nicht eines Flugs, sondern eines Sturzes in den Abgrund. Aus diesem Abgrund drangen ihm das Rasseln von Zähnen, das Scharren von Krallen und das Gebrüll von Ungeheuern entgegen. Je tiefer er fiel, desto lauter und bedrohlicher wurde der Lärm. Irgendetwas zog ihn nach unten, irgendeine Pranke, die aus dem Abgrund emporschnellte.

Kassarin fiel hin. Mitten in eine Pfütze. Wie Polina vorhin. Nur dass das Wasser jetzt kochend heiß war. War das überhaupt Wasser?

Sergej schrie vor Schmerz und sprang auf. Er spürte, wie seine versengte Haut sich in Fetzen von seinem Gesicht ablöste. Polina war plötzlich verschwunden. Er rannte allein durch die Finsternis, denn stehen zu bleiben wäre unerträglich gewesen. In der Dunkelheit tauchte eine transparente leuchtende Silhouette auf. Sie kam auf ihn zu, schien sich aber gleichzeitig von ihm zu entfernen. Obwohl Sergej lief, so schnell er konnte, veränderte sich der Abstand zu der seltsamen Erscheinung nicht.

Plötzlich hörte er hinter sich Polinas markerschütterndes Schreien. Sergej fuhr herum. Die leuchtende Silhouette war schlagartig verschwunden. Stattdessen sah er seine Begleiterin. Sie stand nur zehn Schritte hinter ihm. Entweder hatte er sich nicht wirklich von ihr entfernt, oder sie war ihm die ganze Zeit nachgelaufen.

Doch im Augenblick verschwendete die Amazone keinen Gedanken an ihn. Sie taumelte auf der Stelle, fuchtelte mit den Armen und schrie unentwegt. Erst beim zweiten Hinhören verstand Sergej ihre Worte.

»Nehmt sie weg! Jagt sie fort! Vertreibt sie von mir! … Ah!«

»Was machst du? Wen soll ich vertreiben?«, redete Sergej auf sie ein.

Polina reagierte nicht. Vermutlich hörte sie ihn nicht einmal. Auf einmal zerkratzte sie sich das Gesicht und die Arme und begann ihre Kleider zu zerreißen.

Sergej packte sie an den Armen.

»Beruhige dich! Hier ist niemand außer uns! Absolut niemand! Hast du verstanden?!«

Endlich reagierte sie: Sie hielt inne und schaute ihn verängstigt an.

»Weg hier!«, wiederholte er ihre Worte von vorhin. »Aber wir müssen unbedingt zusammenbleiben.«

Sie fassten sich wieder bei den Händen und rannten los. Sergej musste unwillkürlich an die Handschellen denken, die sein Vater ständig bei sich trug. Die hätten sie jetzt gut brauchen können. Das Schwanken des Bodens ließ allmählich nach. Kassarin atmete auf.

»Bleib stehen, da ist eine Wand!«, schrie Polina plötzlich im Laufen. »Bleib stehen!!«

Sergej sah keine Wand. Doch Polina war bereits stehen geblieben und versuchte ihn zurückzuhalten. Im selben Moment prallte er gegen ein riesiges, steinhartes Etwas. Sergej taumelte, fasste sich an die aufgeschlagene Stirn und wäre mit Sicherheit umgefallen, hätte Polina ihn nicht aufgefangen.

»Bist du völlig blind?!«, rief die Amazone entgeistert.

Wovon redete sie? Sergej blinzelte durch das Blut, das ihm in die Augen lief und …

Tatsächlich: Direkt vor ihm befand sich die gewölbte Tunnelwand. Er war direkt gegen die Stoßstelle zwischen zwei Stahlsegmenten geknallt. Wäre Polina nicht gewesen, hätte er sich bestimmt den Schädel eingerannt.

Der Tunnel war hier keineswegs zu Ende. Er hatte nur eine Biegung gemacht, und Sergej hatte das offenbar nicht mitbekommen.

»Danke. Ich weiß nicht, was …«, stammelte er.

»Jetzt hab ich was gut bei dir«, unterbrach ihn Polina und begutachtete die blutige Wunde an seinem Kopf.

Zum Auswaschen schöpfte sie eine Handvoll Wasser aus einer Pfütze, roch daran und schüttete es mehr erschrocken als angeekelt auf den Boden.

»Was ist?«, erkundigte sich Sergej.

»Der Geruch.«

Sowohl an der *Roschtscha* als auch an der *Marschalskaja* roch selbst gefiltertes Wasser faulig. Da konnte man nichts machen. Die Zeiten sauberen Wassers waren ein für alle Mal vorbei. Man musste froh sein, wenn es nicht gnadenlos verstrahlt war.

»Muffelt es arg?«, fragte Sergej und grinste.

»Es riecht nach Tod«, erwiderte Polina.

Sergej gefror das Grinsen im Gesicht. Er wischte sich das Blut mit einem Lappen ab, den die Amazone aus ihrer Tasche gezogen hatte. Für einen anständigen Verband war der Fetzen nicht groß genug.

Die Weggefährten gingen langsam weiter. Das Schwanken des Bodens hatte ganz aufgehört. Auch sonst traten keine Wahrnehmungsstörungen mehr auf.

»Hast du eine Ahnung, was vorhin mit uns los war?«, fragte Sergej.

Polina kam nicht mehr dazu zu antworten. Aus der Tiefe des Tunnels drang das rhythmische Klopfen von Eisenbahnrädern. Dann flammte ein grelles Licht in der Röhre auf, und ein schriller Pfiff betäubte ihre Trommelfelle.

6

AN DER *SIBIRSKAJA*

»Wer seid ihr? Was habt ihr hier verloren?«, fragte der Kommandeur der motorisierten Draisine von oben herab.

Er trug eine schwere Schutzweste und einen massiven Stahlhelm mit aufgeklapptem Visier. Doch der Hauptgrund für sein selbstbewusstes Auftreten gegenüber den Fremden war wohl weniger sein martialisches Outfit als das schwere Maschinengewehr, das der Schütze der Draisine auf Sergej und Polina gerichtet hatte. Das dritte Besatzungsmitglied war der Fahrer, der sich völlig unbeteiligt verhielt.

»Wir kommen von der *Roschtscha* und sind die letzten Überlebenden der Station«, verkündete Sergej. »Wir müssen dringend mit der Führung der Allianz sprechen!«

Zu seiner Überraschung machte sein Statement nicht den geringsten Eindruck auf die Besatzung des Patrouillenfahrzeugs.

»Habt ihr gehört, was die Herumtreiber sich diesmal ausgedacht haben?«, fragte der Kommandeur der Draisine, ohne sich nach seinen Leuten umzudrehen, und setzte ein höhnisches Grinsen auf. »Verpisst euch dahin, wo ihr hergekommen seid.«

Am liebsten hätte Sergej dem arroganten Arschloch ein paar wüste Beschimpfungen an den Kopf geworfen. Der Typ war sicher nur ein kleines Würstchen in der Allianz. Anstatt seine eingerosteten grauen Zellen anzuwerfen, spielte er lieber das bisschen Macht aus, das für ihn abgefallen war.

»Die Sicherheit der gesamten Metro steht auf dem Spiel!«, beharrte Sergej. »Bringt uns sofort zur *Sibirskaja!*«

An diesem Punkt hätte jeder halbwegs vernünftige Offizier sich veranlasst gesehen, den Fall zumindest seinem Vorgesetzten zu melden, doch der Draisinenadmiral war aus sehr einfachem Holz geschnitzt.

»Stures Gesindel!«, raunzte er. »Im Guten kapiert ihr's wohl nicht, was? Kok, hilf ihnen ein bisschen auf die Sprünge.«

Der MG-Schütze ließ sich nicht lange bitten und drückte den Abzug. Knapp über Sergej und Polina prasselte eine kurze Salve gegen die Tunnelwand, und Betonstückchen regneten auf ihre Köpfe herab. Die Amazone duckte sich unwillkürlich, Sergej zwang sich stehen zu bleiben.

»Wir schaffen es auch ohne eure Hilfe bis zur Station, aber es könnte sein, dass ihr dann Schwierigkeiten bekommt.«

»Willst du mir etwa drohen, du Penner?!«, entrüstete sich der Offizier.

»Das ist lediglich eine Warnung«, entgegnete Sergej ungerührt.

»Na meinetwegen, steigt auf«, gab der Kommandeur überraschend klein bei. »Wir bringen euch zur Station. Dort wird man kurzen Prozess mit euch machen.«

Der MG-Schütze beugte sich vor und flüsterte seinem Chef etwas ins Ohr. Sergej verstand nur »stinkt« und »umlegen«, doch es war auch so klar, worum es ging, zumal er und Polina nach dem unfreiwilligen Bad in den ekeligen Wasserlachen in der Tat keine Wohlgerüche verströmten.

Doch die Anregung des MG-Schützen stieß auf wenig Gegenliebe beim Kommandeur der Draisine.

»Was mischst du dich da ein?!«, fuhr er den Untergebenen an. »Hier entscheide immer noch ich, was gemacht wird, du Hosenscheißer!« Dann wandte er sich wieder an Sergej und Polina. »Rauf mit euch, wird's bald! Sonst erschieß ich euch wegen Befehlsverweigerung!«

Sie gehorchten, obwohl Sergej den Eindruck hatte, dass Polina mit sehr gemischten Gefühlen auf die Draisine stieg. Auf der schmalen Bank war nur noch ein Platz neben dem Kommandeur frei. Sergej wollte ihn der Amazone überlassen, doch die blieb lieber neben ihm stehen und hielt sich an der Bordwand fest.

Der Fahrer gab Gas. Die Draisine wurde von einer beißenden Abgaswolke eingehüllt und rollte wie im Blindflug in den finsteren Tunnelschlund. Doch dann schaltete der Kommandeur den Heckscheinwerfer ein – an der Ausstattung des Vehikels gab es nichts zu meckern.

Sergej sah die Tunnelwände an sich vorbeirauschen – ein faszinierender Anblick. An der *Roschtscha* hatten sie keine Draisinen gehabt. Die Wartung von Schienenfahrzeugen war aufwendig, und wo hätten sie damit hinfahren sollen? Der Großteil des Gleises zwischen der *Roschtscha* und der *Marschalskaja* war mit Erde und Gestein verschüttet.

Sergej raste zum ersten Mal auf einer Draisine durch einen Tunnel und war schlichtweg begeistert. Leider erwies sich die Fahrt als kurzes Vergnügen. Kaum hatten sie die Höchstgeschwindigkeit erreicht, tauchten vor ihnen bereits Signallichter auf, und wenig später fuhr die Draisine in die *Sibirskaja* ein.

Sergej hatte sich die Hauptstation der Sibirischen Allianz ganz anders vorgestellt. Als Erstes fiel ihm ein regelrechter Wald von Absperrgittern auf. Nicht nur die Gleistrasse war eingezäunt, sondern auch der Bahnsteig selbst. Und wo sich keine Gitter befanden, war Stacheldraht gespannt. Ob die Zäune zum Schutz vor Mutanten dienten? Doch wo sollten die herkommen mitten im Herzen der Metro? Schon möglich, dass mal eine versprengte Bestie durch einen Lüftungsschacht eindrang, aber rechtfertigte das den Aufwand? Wie auch immer – der Anblick der Zäune vermittelte Sergej kein Gefühl von Sicherheit, eher im Gegenteil.

Die Draisine rollte durch ein Stahltor, das hinter ihnen sofort wieder geschlossen wurde, und blieb neben einer schmalen Leiter zum Bahnsteig stehen. Hier lebten wesentlich mehr Menschen als an der *Roschtscha*, nicht umsonst galt die *Sibirskaja* als die am dichtesten besiedelte Station in der gesamten Metro.

Oben am Bahnsteig wurden Sergej und Polina sofort von drei Männern umringt, die dunkelgraue Uniformen und Schirmmützen mit metallischen Kokarden trugen. Bewaffnet waren die Männer mit kurzläufigen Sturmgewehren.

Eine Patrouille, mutmaßte Sergej. Allerdings überraschte es ihn, dass die Sicherheitskräfte an einer so wohlhabenden und sicheren Station mit automatischen Gewehren herumliefen. Selbst an der *Roschtscha*, wo die Menschen wesentlich gefährlicher gelebt hatten, waren die Patrouillen mit Pistolen und Revolvern ausgekommen. Sturmgewehre und Flinten hatte man nur gegen angreifende Monster eingesetzt.

»Wer seid ihr? Was habt ihr hier verloren«, wandte sich der Chef der Patrouille an Sergej.

Das war offenbar die Standardfrage, die man als Fremder von sämtlichen Angehörigen der hiesigen Stationswehr zu hören bekam.

Während Sergej noch darüber nachdachte, wie er sein Anliegen möglichst kurz und klar formulieren könnte, kam ihm der Draisinenadmiral zuvor.

»Das sind Penner. Sie haben sich im Tunnel rumgetrieben, ungefähr an der 500-Meter-Marke. Sie stinken schlimmer als eine Abortgrube mit frischer Scheiße drin.«

Die Patrouillensoldaten hatten schon vor dieser bildgewaltigen Erläuterung die Nase gerümpft, doch ihr Chef war nicht zimperlich. Er trat direkt vor Sergej und musterte ihn argwöhnisch.

»Penner, sagst du?«, murmelte er skeptisch und riss Sergej plötzlich das Gewehr von der Schulter. »Mit so einer Waffe?«

Sergej wusste nicht, was den Mann so misstrauisch gemacht hatte, doch die Situation wurde schlagartig ungemütlich. Die Soldaten strafften sich und hielten ihre Gewehre schussbereit.

»Vielleicht ist das eine der Knarren, die aus unserem Lager geklaut wurden«, mutmaßte der Draisinenadmiral.

Der Patrouillenchef drehte das Gewehr um, begutachtete das Laufgehäuse, fuhr mit dem Finger über die Nummer, die dort eingeprägt war, und nickte triumphierend.

»Genau. Die gehört uns.«

»Das ist eine Trophäe«, rechtfertigte sich Sergej. »Ich habe sie den Banditen abgenommen, die uns überfallen haben.«

Der Chef der Patrouille fand diese Erklärung offenbar wenig überzeugend, denn er zog einen kurzen, schweren Schlagstock aus seinem Gürtel und spielte demonstrativ damit herum.

»Taschen ausleeren«, befahl er.

»Hören Sie zu …«, entgegnete Sergej, doch der Chef der Patrouille ließ ihn nicht ausreden.

»Wird's bald?!«

Sergej seufzte und nahm die Patronenschachteln aus seinen Taschen. Der Draisinenadmiral sprang dienstfertig herbei, nahm ihm eine der Schachteln aus der Hand und reichte sie dem Chef der Patrouille.

»Das ist doch unser Siegel!«, flüsterte er und deutete mit dem Finger auf den blauen Stempel mit dem Kürzel »SA« der Sibirischen Allianz.

Der Chef der Patrouille hatte anscheinend nichts anderes erwartet, denn er ignorierte den beflissenen Außendienstler. Stattdessen wandte er sich an Polina und drückte ihr den Schlagstock gegen die Brust.

»Du auch, Mädchen!«

Polina wich zurück und wurde kreidebleich im Gesicht – der Rempler mit dem Schlagstock hatte ihr offenbar wehgetan.

»Sachte, sachte …«, intervenierte Sergej, doch dann verschlug es ihm die Sprache.

Hinter dem Rücken des Patrouillenchefs war jemand aufgetaucht, den er hier am allerwenigsten vermutet hätte. Genau ge-

nommen hätte er nicht erwartet, seinen ehemaligen Kumpel überhaupt jemals wiederzusehen, da er ihn für tot gehalten hatte. Doch
Dron schlenderte putzmunter über den Bahnsteig. Er befand sich
in Begleitung einer üppig geschminkten, kurz berockten jungen
Dame, der er gönnerhaft den Arm um die Taille gelegt hatte. Dron
trug eine nagelneue, teure Lederjacke und darunter ein ebenso
neues, eng anliegendes Rollkragenshirt.

»Dron, du?!«, rief Sergej perplex. »Du lebst, Alter? Wie bist du
hierhergekommen? Hat sich außer dir noch jemand retten können?! Hast du jemanden gesehen?«

Dron wandte sich um, ließ seine aufgebrezelte Freundin
los und musterte ihn und Polina überrascht. Sergej wollte zu
ihm gehen, doch der Chef der Patrouille versperrte ihm den
Weg.

»Das ist einer von uns, von der *Roschtscha!*«, redete Sergej auf
ihn ein. »Er kennt mich! Dron, sag es ihm!«

Dron kam ebenfalls näher und deutete plötzlich mit dem Finger auf sie.

»Diebe!«, röhrte er.

»Spinnst du?«, stutzte Sergej. »Ich bin's doch!«

»Haltet sie fest! Das Mädel hat den ganzen Rucksack voller
Einbruchswerkzeug!«

Sergej fiel die Kinnlade herunter. Er fühlte sich, als hätte
ihm ein unsichtbarer Gegner die Faust in die Magengrube gerammt. Doch was Dron gesagt hatte, war weit schlimmer als
Schläge.

Erst jetzt begriff Sergej, warum Polina vorhin kreidebleich geworden war. Das Einbruchswerkzeug lag immer noch in ihrem
Rucksack! Zusammen mit dem gestohlenen Sturmgewehr und
den Patronen bedeutete das ihr sicheres Todesurteil. Und es war
niemand da, der für sie eintrat. Gnade konnten sie nur vom Füh-
rungsstab der Allianz erhoffen. Doch um dorthin zu gelangen,
mussten sie erst einmal die Patrouille loswerden.

Jetzt entschieden Sekunden. Sergej rempelte den Soldaten um, der schon nach Polina griff, und drosch dem zweiten die Faust ans Kinn.

»Lauf, Polina!«

Die Amazone reagierte blitzartig: Sie rannte los und sprang mit einem Satz über das Gitter. Die Wachsoldaten am Einfahrtstor waren so überrascht, dass sie nur dämlich aus der Wäsche guckten. Der Soldat, den Sergej weggestoßen hatte, war jedoch längst wieder auf den Beinen und legte auf die flüchtende Polina an. Sein Kollege war rücklings auf den Boden gefallen – der Kinnhaken hatte ihn außer Gefecht gesetzt.

Kassarin stürmte zu dem ersten Soldaten und trat mit dem Fuß gegen dessen Gewehr. Er schaffte es zwar nicht, ihm die Waffe aus der Hand zu schlagen, doch die für Polina bestimmten Geschosse landeten an der Decke der Bahnsteighalle.

Der Kommandeur der Draisine stand reglos da, ohne einzugreifen. Der Chef der Patrouille war hinter seinem Rücken abgetaucht. Sergej hatte das im Augenwinkel mitbekommen, daher konzentrierte er sich ganz auf den zweiten Soldaten, den vermeintlich gefährlichsten Gegner. Und das war ein Fehler.

Die Attacke mit dem Schlagstock überraschte Sergej. Der Schlag mit dem schweren Holzprügel traf ihn zwischen den Schulterblättern und nahm ihm die Luft. Seine Augen traten aus den Höhlen. Sergej schwankte, um ihn herum begann sich alles zu drehen. Dann verlor er endgültig das Gleichgewicht und schlug der Länge nach auf die Granitplatten hin.

Kaum dass er lag, prasselten wilde Schläge auf ihn ein. Mal sauste der Schlagstock durch die Luft, mal drängten schwere Stiefel in den Vordergrund. Jetzt machte auch der Draisinenadmiral mit. Sergej krümmte sich vor Schmerzen und versuchte seinen Körper mit den Armen zu schützen – erfolglos. Der Gewaltexzess wollte überhaupt kein Ende nehmen, bis Gott, der Teufel, oder wer auch immer das Schicksal der Metrobewohner lenkte, ein Einsehen hatte und Sergej in die Bewusstlosigkeit entließ.

Kopf, Brust, Rücken, Arme und Beine – der Schmerz saß überall. Sein linkes Auge war zugeschwollen, sein ganzer Körper von Blutergüssen übersät. Außerdem fror er.

Sergej sah sich nach einer Pritsche um, doch so etwas gab es hier nicht. Die Zelle war absolut leer, abgesehen von einem vergitterten Lampengehäuse an der Decke, in dem eine schwache Glühbirne brannte, und einem Abortkübel, der in der Ecke stand. Umso besser, dachte er, dann muss ich mich wenigstens nicht bewegen. Lieber liegen bleiben und an nichts denken.

Doch die Fähigkeit zur inneren Schweigsamkeit ist nur den wenigsten gegeben. Schon nach kurzer Zeit meldete sich die Mühle in Sergejs Kopf, und all seine Gedanken liefen immer auf ein und dieselbe Frage hinaus: Was würde nun aus ihm werden?

Nach allem, was ihm die Patrouillensoldaten und der Draisinenadmiral angetan hatten, standen die Aussichten eher weniger gut. Wahrscheinlich würde man ihn erschießen oder aufknüpfen, je nachdem, wie man an der *Sibirskaja* mit Verbrechern zu verfahren pflegte.

Dron – das verdammte Schwein! Er hatte ihn voll auflaufen lassen. Aber weshalb? Früher waren sie doch gute Kumpels gewesen! Womöglich, weil er Dron daran gehindert hatte, Polina zu vergewaltigen?

Der Mistkerl hatte genau gewusst, wie er ihn ans Messer liefern konnte! Das gestohlene Gewehr und die Patronenschachteln mit dem Emblem der Allianz waren unwiderlegbare Beweise.

Wie hatte es Dron überhaupt bis zur *Sibirskaja* geschafft? Wie war er aus der untergehenden *Roschtscha* entkommen? Ohne ausdrücklichen Befehl seines Vaters ließen die Wachen an den Kontrollposten niemanden durch. Dron konnte die Station also nur während des Kampfes verlassen haben. Hatte sein Vater ihn zur

Sibirskaja geschickt, um Hilfe zu holen? Allein durch zwei ganze Tunnelabschnitte? Unsinn! Nein, niemand hatte Dron irgendwohin geschickt. Er war geflohen, während die anderen ihr Zuhause und die Station verteidigten! Er hatte sich vom Acker gemacht und alle anderen im Stich gelassen!

Sergej erfasste auf einmal eine unbändige Wut darüber, dass sein Vater und alle anderen Menschen, die ihm etwas bedeutet hatten, beim Kampf um die Station umgekommen waren, während sein ehemaliger Freund, der einst sein Idol und Vorbild gewesen war, sich feige aus dem Staub gemacht hatte und hier sorglos mit Weibern über den Bahnsteig flanierte, als wäre nichts gewesen.

Dron hatte nicht nur ihn verraten, sondern alle. Dieser Deserteur! Doch für seine Fahnenflucht gab es keine Augenzeugen, weil niemand überlebt hatte. Sergej war der Einzige, der davon wusste. Doch wer hört schon auf einen Dieb? Diebe hängt man auf …

Sergej hob den rechten Arm und versuchte die Hand zur Faust zu ballen. Die Finger ließen sich nur zur Hälfte abbiegen – wahrscheinlich war ihm einer seiner Peiniger mit Absicht auf die Hand gestiegen. Er fuhr mit der Zunge über seine aufgeplatzten Lippen und hatte sofort den salzigen Geschmack von Blut im Mund. Im Augenblick sah er vermutlich genauso ramponiert aus wie Polina, nachdem sie an der *Roschtscha* den Kopf aus der Schlinge gezogen hatte. Die Soldaten hatten ihm den Schutzanzug angelassen und nur seine Taschen geleert – wahrscheinlich weil die Klamotten so erbärmlich stanken.

Die Skizze aus dem Safe des Kommandanten!, schoss es Sergej durch den Kopf. Mühsam öffnete er mit seinen lädierten Fingern den Reißverschluss und griff in seine Innentasche. Das Blatt mit der Bleistiftzeichnung war noch da. Die Patrouillensoldaten hatten sich offenbar zu sehr geekelt, um seinen Anzug zu öffnen, und sich mit dem begnügt, was leicht greifbar war: die Patronen, die drei Kalaschnikow-Magazine und das Messer, das ihm Polina geschenkt hatte. Um das Messer tat es Sergej am meisten leid.

Beim Gedanken an das Messer fiel ihm auch die Amazone wieder ein. Wo war sie jetzt? Was war mit ihr geschehen? So weit er es mitbekommen hatte, war ihr die Flucht von der Station geglückt. Zumindest hatte sie es geschafft, über die Absperrung zu springen. Die Wachposten am Einfahrtstor hatten ihr hinterhergeschossen, aber ob sie getroffen hatten? Hoffentlich nicht. Polina war nicht auf den Kopf gefallen und konnte verdammt schnell laufen. Gegen eine Gewehrkugel half das im Zweifelsfall natürlich wenig. Es war auch durchaus möglich, dass die Amazone irgendwo mit einer Schusswunde im Tunnel lag und elend verblutete. Sergej hatte dieses Bild so lebhaft vor Augen, als befände er sich unmittelbar neben der Sterbenden.

Polina hatte ein erstaunliches Gespür für Gefahr. Nicht umsonst hatte sie sich dagegen gesträubt, zur *Sibirskaja* zu gehen. Doch er hatte sie ja unbedingt mitschleifen müssen – direkt ins Verderben.

»Hier, oder was?«, fragte eine Stimme in unmittelbarer Nähe, offenbar direkt vor der Zellentür.

Es war eine bekannte Stimme. Polina?! Sergej war wie vom Donner gerührt. Er traute seinen Ohren nicht.

»Ja. Mach schon, solange uns niemand sieht«, erwiderte eine grobe Männerstimme.

Die Stimme klang lüstern und widerwärtig. Sergej hatte plötzlich wieder die Szene in der Gefängniszelle an der *Roschtscha* vor Augen: die am Rücken liegende Amazone und Dron, der sich auf sie gestürzt hatte und ihr die Kleider vom Leib riss.

Prompt hörte man vor der Tür etwas rascheln, jemand atmete schwer, und eine Gürtelschnalle schepperte. Und dann … Dann kicherte Polina.

»Lass dir Zeit«, sagte sie. »Trinken wir erst mal einen Schluck zum Antörnen. Magst du?«

»Nee!«, antwortete der Mann. »Geht nicht, ich bin doch im Dienst. Mach schon, ich halt's nicht mehr aus. Na komm schon her!«

Polina kicherte wieder! Sergej sprang unwillkürlich auf, ohne sich um seine Schmerzen zu scheren. Und was er dann zu hören bekam, ließ ihm buchstäblich das Blut in den Adern gefrieren.

»Mann, du bist ja spitz. Entspann dich, ich besorg's dir gleich.«

Nein!, durchfuhr es Sergej.

Im selben Moment klirrte draußen berstendes Glas, und ein schwerer Körper plumpste zu Boden. Wieder folgten raschelnde Geräusche, ein metallisches Klimpern, das Knarzen eines Schlüssels im Schloss und – die Tür öffnete sich.

Auf der Schwelle stand Polina – munter und unversehrt. Allerdings war ihr die Stalkerausrüstung abhandengekommen. Sie hatte nur das viel zu große, alte T-Shirt von Sergejs Vater und ihre schwarzen Leggings an. Hinter ihr lag ein kräftiger Bulle in der schon sattsam bekannten dunkelgrauen Uniform auf dem Boden und rührte sich nicht mehr. Seine Hose war aufgeknöpft und bis zu den Knien heruntergelassen. In seinem Haar glitzerten die Scherben der zerbrochenen Flasche, und sein Kopf lag in einer hellrosa Lache.

»Hast du ihn etwa umgebracht?«, murmelte Sergej konsterniert.

Polina verdrehte die Augen.

»Der kommt schon wieder zu sich.« Sie schaute Sergej gereizt an. »Was stehst du da wie ein Ölgötze?! Los, weg hier!« Noch bevor Sergej etwas erwidern konnte, packte sie ihn am Ärmel und zog ihn hinaus.

Draußen befand sich ein schmaler Gang mit etlichen Zellen. Es blieb keine Zeit, sich die Örtlichkeiten genauer anzuschauen, denn der ausgeknockte Bulle regte sich wieder. Sergej folgte der Amazone.

Der Korridor endete abrupt. Geblendet von grellem Licht kniff Sergej die Augen zusammen. Doch Polina gönnte ihm keine Atempause.

»Mir nach.«

Sie stiegen eine schmale Treppe hinunter und ließen den hell erleuchteten Bahnsteig hinter sich. Unten fanden sie sich zwischen massiven Stahlbetonträgern wieder.

»Ist das über uns die Station?«, fragte Sergej. »Sind wir jetzt unterhalb des Bahnsteigs?«

»Halt endlich die Klappe«, zischte die Amazone. »Jetzt nach rechts.«

Wieder eine Stahltür. Verschlossen. Polina drückte die Klinke – die Tür öffnete sich.

»Hier ist es dunkel. Pass also auf und mach keinen Lärm.«

Keinen Lärm machen … Leicht gesagt. Bei entsprechend langsamer Gangart wäre das vielleicht noch möglich gewesen, aber Polina lief im Sturmschritt weiter. Sergej war schleierhaft, wie sie sich im Dunkeln orientierte. Um nicht zurückzubleiben, legte auch er einen Zahn zu und rannte prompt in einen Schrotthaufen. Eisenstangen schlitterten scheppernd über den Boden. Sergej hatte sich das Schienbein angeschlagen und hüpfte auf der Stelle vor Schmerz.

Die Amazone fluchte fast lautlos und zog ihn am Ärmel weiter. Ganz in der Nähe hörte man plötzlich aufgeregte Stimmen. Und dann blendeten hinter ihnen Taschenlampen auf. Sie wurden verfolgt! Schlagartig war das berauschende Gefühl der Freiheit wieder verflogen.

Sergej hielt die Klappe und konzentrierte sich aufs Laufen. Er fand sich jetzt besser zurecht und rannte nicht mehr gegen Wände oder sonstige Hindernisse. Das lag teils daran, dass seine Augen sich an die Dunkelheit gewöhnten, teils daran, dass es wegen der Lampen der Verfolger nicht mehr ganz so finster war. Der Korridor wurde offenbar nicht mehr genutzt, sonst hätten man das herumliegende Gerümpel längst weggeräumt.

Neben einem Schrotthaufen blieb Polina plötzlich stehen und deutete mit einer Kopfbewegung nach oben. Unterhalb der Decke klaffte ein Loch in der Wand.

»Kommst du da rauf?«, fragte sie.

Raufkommen war das geringste Problem. Nur, ob er durch den schmalen Spalt hindurchpasste?

Er passte hindurch. Nach ihm zwängte sich auch Polina in das enge Rattenloch. Er wollte tiefer hineinkriechen, um ihr Platz zu machen, doch dabei kam er nicht weit. Betonbrocken und Erde versperrten den Weg. Das Schlupfloch war kein Schacht, sondern nur ein Hohlraum, den vermutlich Grundwasser ausgespült hatte.

»Warum sind wir nicht weitergegangen?«, flüsterte er.

»Der Korridor führt in den Metrotunnel«, flüsterte Polina zurück. »Links ist der Kontrollposten mit der Draisine und rechts verläuft die Röhre zur *Marschalskaja*. Von den Höllentrips dort habe ich genug. Warten wir lieber hier ab.«

Toller Plan, dachte Sergej, nur dass uns hier die Verfolger im Nacken sitzen.

Polina hatte offenbar seine Gedanken gelesen.

»Keine Sorge«, flüsterte sie. »Ich habe extra Spuren hinterlassen. Sie werden glauben, dass wir zur *Marschalskaja* getürmt sind. Und in den Tunnel trauen sie sich nicht. Auch an der *Sibirskaja* ist bekannt, dass man dort Kopf und Kragen riskiert. Selbst mit der Draisine fahren sie nie weiter als sechshundert Meter hinein.«

»Woher weißt du das alles?«, wunderte sich Sergej.

»Ich war schon mal hier. Mit einer Komplizin. Erinnerst du dich? Ich habe dir davon erzählt.«

»Dann war das *hier*, wo man sie hingerichtet hat?«

Sergej konnte es kaum fassen, dass man an der wichtigsten Station der Metro, die er immer für einen Hort von Gerechtigkeit und Humanismus gehalten hatte, praktisch vor aller Augen, also mit Billigung der Führung der Sibirischen Allianz, eine junge Frau brutal gefoltert und blutrünstig in Stücke zerhackt hatte. Andererseits: Hatte er inzwischen nicht genug Dinge gesehen, die die Station in einem völlig anderen Licht erscheinen ließen? Die allgegenwärtigen Absperrgitter. Bis an die Zähne bewaffnete

Patrouillen, deren Soldaten sich einen Spaß daraus machten, ein wehrloses Opfer zusammenzuschlagen. Das Stationsgefängnis mit Dutzenden von Zellen. In der Tat sprach vieles dafür, dass der in der gesamten Metro gerühmte Wohlstand der *Sibirskaja* auf der Waffengewalt einer skrupellosen Stationswehr basierte.

Nach allem, was Polina über die Hinrichtung ihrer Komplizin erzählt hatte, konnte Sergej sich lebhaft ausmalen, was mit der Amazone passiert wäre, wenn man sie am Kontrollposten geschnappt hätte. Ein schrecklicher Gedanke. Und sie hatte genau gewusst, was ihr blühte! Trotzdem war sie zurückgekehrt, um ihn zu befreien. Welchen Mut hatte sie für eine solche Kamikazeaktion aufbringen müssen!

Sergej drehte den Kopf zu Polina. Sie hatte sich dicht an ihn geschmiegt. Anders hätten sie in dem engen Loch zu zweit keinen Platz gehabt. Ihm fiel ein, dass die Amazone kaum etwas anhatte.

»Ist dir nicht kalt?«

Anstatt zu antworten, stieß sie ihm den Ellbogen in die Seite und legte den Finger auf den Mund. Sergej verzog das Gesicht – die Hämatome, die ihm die Patrouille verpasst hatte, brachten sich in Erinnerung. Doch schon im nächsten Augenblick vergaß er die Schmerzen.

Unten im Korridor schwenkten die Lichtsäulen starker Lampen umher. Kurz darauf marschierten mehrere Männer unter ihrem Schlupfloch vorbei. Sergej hielt den Atem an. Er spürte, wie Polinas Herz heftig schlug. Dabei pochte sein eigenes mindestens genauso schnell. Sekunden und Minuten dehnten sich zur Ewigkeit.

Endlich kamen die Verfolger wieder zurück. Kassarin hörte, wie sie sich unterhielten.

»Die zwei Assis sind in Richtung *Marschalskaja* abgehauen.«

»Um so besser. Dann krepieren sie im Tunnel. Und wir haben keine Scherereien mit ihnen.«

»Ach, ich hätte die kleine Schlampe schon ganz gern genagelt.«

»Was du nicht sagst?! Hat's dir nicht gereicht, dass sie dich genagelt hat? Mit der Flasche voll auf die Rübe und so?«

Gelächter folgte, das sich rasch entfernte. Kurz darauf herrschte wieder völlige Stille. Die Männer waren außer Hörweite.

Polina atmete erleichtert auf. Sergej spürte, wie sich ihre Muskeln entspannten. In der Dunkelheit konnte er ihr Gesicht nicht sehen, doch ihr heißer Atem war ganz nah.

»Du … Du bist einfach … der Wahnsinn!«, flüsterte Sergej. »Wie hast du das hingekriegt?«

Sie rekelte sich. Entweder, um sich von ihm freizumachen, oder um sich noch dichter an ihn zu schmiegen.

»Ohne den Schutzanzug war es gar nicht so schwer. Das Wichtigste war, dass ich nicht noch mal derselben Patrouille in die Arme laufe. Und ich musste aufpassen, dass ich die hiesigen Titten nicht verärgere. Eine Konkurrentin hätten sie nur zu gern ans Messer geliefert.«

Titten? Damit meinte sie wohl die ortsansässigen Prostituierten.

»Jedenfalls habe ich's geschafft, mich wieder in die Station reinzuschleichen. Ich bin zwischen den Marktständen herumgeschlendert und hab nach einem Pillenhändler Ausschau gehalten. Es hat sich auch einer gefunden, so ein kleines wuseliges Männchen. Er hat mir ständig die Hand gestreichelt und mir in den Ausschnitt geguckt. Also hab ich ihm ein bisschen mehr Haut gezeigt … Und während er mich mit den Augen auszog und schon zu sabbern begann, hab ich ihm ein Päckchen Schlaftabletten vom Ladentisch geklaut. Dann bin ich in eine Bar gegangen und hab eine Flasche Braga gekauft – hat mich fünf Patronen gekostet. Und bei der Gelegenheit hab ich gleich mal abgecheckt, wie die Männer reagieren. Ziemlich normal. Einer hat mich am T-Shirt gepackt und wollte mich an seinen Tisch zerren. Ich hab ihm vorgelogen, dass ich mir nur schnell was einwerfe und dann zurückkomme.«

»Moment mal«, unterbrach sie Sergej. »Der Verkauf von *dur* ist in der Allianz doch seit Kurzem verboten.«

Polina lächelte gequält.

»Schon. Aber nur für diejenigen, die die Stationswehr nicht schmieren. Wer rechtzeitig Kohle abdrückt, kann weiterdealen wie bisher. Das Geschäft läuft jetzt sogar besser, weil es weniger Konkurrenz gibt.«

Sergej blieb die Spucke weg. Schlag auf Schlag kamen immer neue Facetten des sibirischen Wohlstandswunders zum Vorschein.

»Jedenfalls hab ich das Schlafmittel in die Flasche geschüttet«, fuhr Polina aufgekratzt fort. »Dann hab ich mir ein bisschen von dem Fusel um den Mund geschmiert, damit man den Alkohol riecht, und bin zu den Zellen gegangen. Dort hab ich den Wärter ein bisschen angebaggert, und dem hing auch gleich voll die Zunge raus. Nur trinken wollte er leider nichts. Geht nicht im Dienst, hat er gesagt. Mir blieb nichts übrig, als ihm die Flasche über den Schädel zu ziehen. Schade um das Schlafmittel, das hätte man noch gut brauchen können … Ach, apropos!« Polina rekelte sich wieder, schob ihr T-Shirt hoch und zog ihr Wurfmesser und eine gute alte Makarow hervor. »Habe ich deinem Wärter abgenommen.« Sie reichte ihm die Waffen. »Da, nimm. Und verlier das Messer nicht wieder.«

Sergej schaute die Amazone begeistert an.

»Darauf kannst du dich verlassen, ich schwör's!« Sergej fiel plötzlich ein, dass er sich bei Polina noch gar nicht bedankt hatte. Schließlich hatte sie ihm das Leben gerettet. Er umarmte sie, drückte sie an sich, vergrub das Gesicht in ihrer wilden Mähne und flüsterte: »Vielen Dank für alles.«

Sergej spürte, wie ein Schauer durch den Körper der Amazone lief. Sie drückte sich an ihn und presste ihre Lippen auf die seinen. Erneut hatte Sergej den Geschmack von Blut im Mund. Polina war stürmisch und hatte wohl eine seiner frisch verschlossenen Wunden mit den Zähnen erwischt. Doch der kurze Schmerz verstärkte nur seine aufflammende Lust. Der salzige Geschmack des Bluts vermischte sich mit der Süße ihrer Lippen …

Die Welt um sie herum – Tunnel, Menschen, Monster – war mit einem Mal wie weggebeamt. In diesem Moment existierten nur noch sie beide. Die Welt gehörte ihnen! Und in dieser Welt war alles erlaubt. Die Lust trug Sergej wie eine riesige Welle mit sich fort und löschte nach und nach alle Gedanken in ihm aus, bis auf einen einzigen, der ihm bei jeder seiner rhythmischen Bewegungen durch den Kopf schoss:

Ich liebe dich! Ich tue alles für dich!

»So könnte ich ewig liegen bleiben«, flüsterte Polina und küsste ihm zärtlich die Wange.

Sergej fiel ein, dass er kürzlich in der Gefängniszelle einen ähnlichen Gedanken gehabt hatte. Die Erinnerung daran war nicht allzu angenehm. Er streckte sich und schob die halb auf ihm liegende Amazone sanft beiseite.

»Wir müssen Klamotten für dich auftreiben. Du bist schon ganz kalt.«

»Warte.« Sie schmiegte sich noch dichter an ihn und legte den Kopf in seine Armbeuge. »Weißt du noch, du hattest doch von meinem Namen erzählen wollen. Was bedeutet er?«

Sergej lächelte.

»Polina bedeutet ›die Sonnige‹.«

»Die Sonnige«, wiederholte die Amazone verträumt. Obwohl Sergej ihr Gesicht im Dunkeln nicht sehen konnte, war er sicher, dass sie lächelte. »Wie schön. Als ich klein war, hat mich mein Vater ›mein Sönnchen‹ genannt.«

Polina schluchzte plötzlich leise. Sergejs Herz zog sich zusammen. Er befürchtete, dass sie gleich in bittere Tränen ausbrechen würde.

»Komm, wir müssen los«, sagte er, um sie abzulenken.

»Ja«, pflichtete Polina bei. »Genug in Erinnerungen geschwelgt.«

Sie löste sich von ihm, zog ihr zerknittertes T-Shirt glatt, kroch rückwärts aus dem Loch und sprang federleicht auf den Boden hinunter. Sergej folgte ihr.

Er wollte ihr seinen Schutzanzug überlassen, damit sie sich ein bisschen aufwärmen konnte, doch seine Fürsorge sollte sich als überflüssig erweisen. Polina begab sich zum nächstbesten Gerümpelhaufen, räumte einige Trümmer beiseite und zog zu Sergejs Verblüffung ihr Sturmgewehr, ihren Rucksack und ihren zusammengerollten Schutzanzug daraus hervor. Über so viel Umsicht konnte er nur staunen.

Polina schlüpfte flink in den Overall, schaute noch mal zu dem Loch in der Wand, dem sie gerade entstiegen waren, und lächelte vergnügt.

»Wir beide sind wie die Karnickel.«

»Wie wer?«

»Karnickel«, wiederholte Polina. »Vor der Katastrophe gab es mal solche Tierchen, so ähnlich wie Ratten, nur viel kleiner. Sie lebten in unterirdischen Bauen und dort haben sie auch gerammelt.«

Der derbe Ausdruck versetzte Sergej einen Stich. Er hätte das, was gerade zwischen ihnen gewesen war, nie mit so primitiven Worten beschrieben. Eine solche Grobheit hatte er von Polina nicht erwartet. Er fühlte sich, als hätte man einen Kübel Dreck über ihm ausgeschüttet.

»Wir sind sowieso alle wie Karnickel, weil wir in unterirdischen Bauen leben.« Sergej versuchte krampfhaft, seine Enttäuschung zu überspielen. »Ach, egal, ist doch alles Quatsch. Bist du fertig? Wir müssen los. Nur wohin?«

»Gute Frage. Hast du einen Vorschlag? Aber bitte nicht zur *Sibirskaja*, da zieht's mich gerade nicht wirklich hin.«

Die Amazone beliebte zu scherzen, obwohl ihrer beider Lage, nüchtern betrachtet, alles andere als lustig war.

»Gehen wir zum *Prospekt*«, schlug Sergej vor. Genau genommen gab es überhaupt keine andere Möglichkeit, als zur vierten

Station der Allianz zu ziehen. »Wir müssen den Übergang finden. Er muss hier irgendwo in der Nähe sein.«

»Das schon«, erwiderte Polina grinsend. »Nur dass wir dort schon erwartet werden. Alle Übergänge zum *Prospekt* werden von Patrouillen der sibirischen Stationswehr überwacht.«

Daran hatte Sergej nicht gedacht.

»Ach so. Aber was dann?«, fragte Sergej ratlos.

Polinas Miene verfinsterte sich.

»Ich wüsste schon einen Ausweg. Nur …«

»Sag schon!«, drängte Sergej.

»Wir müssten über die Oberfläche.«

»Ich bin bereit!«

Polina schaute ihn skeptisch an, legte die Stirn in Falten und nickte halbherzig.

»Na ja. Es ist nicht allzu weit. Vielleicht kommen wir durch.« Nachdem die Entscheidung gefallen war, warf sie ihre Zweifel über Bord und bedeutete Sergej, ihr zu folgen. »Gehen wir. Dort hinter der Biegung ist ein Lüftungsschacht. Und noch etwas! Dort oben haben wir keine Zeit zu diskutieren. Deshalb klären wir das gleich: Du tust alles, was ich sage. Und zwar sofort und ohne Widerrede. Wenn du am Leben bleiben willst, versteht sich …«

7

DAS ZIEL VOR AUGEN

Um seinen Coup zu feiern, begab sich Dron in die Bar. Seine Hände zitterten nicht. Die Gesichter dieser vollbusigen Schlampe Sue – auf so einen Spitznamen musste man erst einmal kommen! – und ihres raffgierigen Kumpels hatte er schon fast wieder vergessen. Die Leichen der beiden lagen in einem maroden Tunnel und wurden sicher bereits von den ersten Ratten angenagt.

Dron war bester Stimmung. In seiner Tasche steckten drei auf verschiedene Namen ausgestellte Pässe mit echten Siegeln der Allianz und allen erforderlichen Sicherheitsmerkmalen sowie einhundertfünfzig Patronen, die er gespart hatte, weil Sue und ihr Kompagnon den Hals nicht voll bekamen.

Dron fläzte lässig auf einem Hocker und schaute vergnügt dabei zu, wie der fette Barkeeper Korma in einem Cocktailshaker mit Schraubverschluss den Drink für ihn zusammenmixte. In diesem Augenblick betrat ein SA-Mann die Bar. Warum man die hiesigen Ordnungshüter so nannte, wusste Dron nicht so genau. Vermutlich stand die Abkürzung einfach für »Sibirische Allianz«. Vielleicht auch für »Sicherheits-Abteilung«. Letztlich war ihm das herzlich egal.

Der SA-Mann kam zur Theke, stürzte gierig ein Glas gesüßtes Wasser hinunter – Dron konnte dieses Nationalgetränk der *Sibirskaja* auf den Tod nicht ausstehen – und verkündete, dass der Bastard, den sie heute am Kontrollposten festgenommen hätten, soeben aus dem Gefängnis ausgebrochen sei.

Wer mit dem Bastard gemeint war, konnte Dron sich an fünf Fingern abzählen. Der Waschlappen Sersch war der Einzige, den man heute eingesperrt hatte, seine Begleiterin war ja dummerweise entwischt. Doch nun stellte sich heraus, dass auch Sersch die Flucht gelungen war.

Die Nachricht verhagelte Dron die Laune. Am liebsten hätte er dem SA-Mann und dem Fettarsch Korma die Fresse poliert, doch er nahm sich zusammen, um den Bericht des Soldaten zu Ende zu hören. Wie sich herausstellte, hatte das getürmte Mädel Kassarin aus der Zelle befreit, nachdem sie den Wärter mit einer Flasche außer Gefecht gesetzt und ihm die Schlüssel abgenommen hatte.

Kurioserweise beschuldigte der SA-Mann den Barkeeper der Mittäterschaft. Er habe der kleinen Schlampe vorsätzlich die Flasche verkauft, die diese dem Wärter auf den Schädel gedroschen hatte. Der Vorwurf war natürlich völlig aus der Luft gegriffen. Korma ließ sich auch nicht weiter aus der Ruhe bringen und beschränkte sich darauf, den Ordnungshüter mit einem Gratisdrink zu beschwichtigen. Genau darauf hatte der es wohl auch abgesehen gehabt. Er leerte sein Glas in einem Zug und zog zufrieden vondannen.

In Dron dagegen gärte es. Er musste die neue Situation gründlich überdenken und sich überlegen, was zu tun war. Für beides hatte er nur wenig Zeit.

Diejenigen, die Dron von früher kannten – und nach dem Gastspiel der Spinnwebe an der *Roschtscha* waren das nur noch Sersch und seine flinke Begleiterin –, hielten ihn für einen Menschen, der aus der Intuition heraus handelte. Doch damit lagen sie falsch. Er überlegte sich sehr gut, was er tat, nur war er dabei außergewöhnlich fix. Und genau dieser Fähigkeit hatte er auch sein Überleben zu verdanken.

Die Spinnwebe hatte Drons Leben radikal verändert. Oder besser gesagt: Sie hatte ihm ein *neues* Leben geschenkt! Während ein

Haufen Idioten unter der Führung von Kassarin senior versuchte, die Station in einem aussichtslosen Kampf gegen das alles verzehrende Monster zu retten, hatte Dron keine Zeit verloren, sondern gehandelt. Mit zwei Schrotladungen brach er das Schloss der Waffenkammer auf, stopfte den erstbesten Rucksack mit Patronen voll und suchte schleunigst das Weite. An der *Roschtscha* zu bleiben, wäre Selbstmord gewesen. Alle, die es besser wussten, endeten als Futter der unersättlichen Spinnwebe.

Später, an einem sicheren Ort, zählte Dron die Häupter seiner Lieben: über tausend Patronen – ein Vermögen! Sein neues Leben würde eine einzige Orgie sein.

Anfangs war alles wie am Schnürchen gelaufen. Im Tunnel zur *Sibirskaja* kam ihm eine Handelskarawane entgegen. Es war nicht schwer, die Händler zur Umkehr zu bewegen. Sein Augenzeugenbericht von der *Roschtscha* und von der *Marschalskaja* verdarb ihnen die Lust aufs Geschäftemachen. Mit der Karawane erreichte er wohlbehalten die *Sibirskaja*. Auch am Kontrollposten kam er ohne Schwierigkeiten durch. Eine Handvoll Patronen, die er dem Chef der Patrouille zusteckte, löste alle Probleme im Nu.

An der *Sibirskaja* begab sich Dron als Erstes auf den Markt und staffierte sich mit neuen Klamotten aus. Dann machte er einen Abstecher in die Bar, um den Beginn seines neuen Lebens zu begießen. Dort sicherte er sich die horizontalen Dienste von Sue, weil ihm ihre gewaltigen Stoßdämpfer gefielen, die wie zwei Geysire aus dem Ausschnitt ihrer engen Bluse quollen.

Doch wie bekannt geht jede Glückssträhne irgendwann einmal zu Ende. Als Dron mit Sue im Arm die Bar verließ, um die Vorzüge ihre Kurven in der Praxis zu testen, lief ihm ausgerechnet Sersch über den Weg, noch dazu mit der durchtriebenen Viper, die eigentlich am Galgen hätte enden sollen.

Mit seinem dummen Geplapper hätte der Trottel ihm beinahe die Tour vermasselt. Zum Glück gelang es Dron, die Aufmerksamkeit auf seinen ehemaligen Kumpel zu lenken. Die SA-Männer waren nicht gut zu sprechen auf Diebe. Sie schlugen Sersch zusammen und sperrten ihn ins Kittchen. Tags darauf sollte er hängen – an der *Sibirskaja* machte man mit Dieben kurzen Prozess.

Ärgerlicherweise entwischte die Viper – nicht ohne das Zutun von Sersch. Dron wäre es lieber gewesen, die SA-Männer hätten alle beide eingebuchtet, zumal sie in Sachen Hinrichtungen recht erfinderisch waren. Allzu große Sorgen bereitete ihm die Flucht der kleinen Schlampe zwar nicht, aber er sah sich genötigt, gewisse Vorsichtsmaßnahmen zu ergreifen.

Sue hatte angeboten, ihn mit jemandem zusammenzubringen, der getürkte Papiere beschaffen konnte. Und sie erfüllte ihr Versprechen. Leider erwies sich ihr Bekannter als hoffnungsloser Raffzahn. Die hundertfünfzig Patronen, die Dron für einen gefälschten Pass der *Sibirskaja* bot, waren dem Fälscher zu wenig. Er wollte sich alles unter den Nagel reißen. Als Argument für seine unverschämten Absichten führte er eine Flinte ins Feld. Er hatte offenbar vor, den mit Patronen gespickten Narren ohne Papiere einfach umzulegen. Dron hatte allerdings ein Gegenargument: eine in ihrer Durchschlagskraft immer noch unübertroffene Tokarew TT. Mit einem Kopfschuss beförderte er den gierigen Fälscher ins Jenseits.

Das hübsche Dummchen Sue musste ihn leider begleiten, da sie unfreiwillig Zeugin der kurzen, aber heftigen Auseinandersetzung geworden war. Drons Kugel traf sie ins linke Auge. Aus dem Praxistest ihrer üppigen Rundungen war nun also doch nichts geworden. Drei sibirische Pässe, die er bei dem Fälscher fand, und die hundertfünfzig gesparten Patronen waren immerhin ein akzeptabler Ausgleich für das entgangene Vergnügen, zumal es in der Bar genug andere gut gebaute Dirnen gab.

Nach dem kleinen Massaker war Dron frohgemut in die Bar zurückgekehrt. Doch nach dem Auftauchen des SA-Manns und der unangenehmen Nachricht von Kassarins Flucht hatte sich seine gute Laune verflüchtigt. Stattdessen brütete Dron fieberhaft einen Plan aus, wie er Sersch ein für alle Mal loswerden könnte. Denn wenn er nichts unternahm, drohte Ungemach.

Sersch war zwar jung und naiv, aber kein Idiot. Früher oder später würde ihm ein Licht aufgehen, wenn das nicht ohnehin schon geschehen war. Schließlich musste er nur zwei und zwei zusammenzählen, um dahinterzukommen, dass sein alter Kumpel Dron nur während des Kampfes von der *Roschtscha* geflohen sein konnte.

Dass das Weichei das womöglich verwerflich fand – geschenkt. Das Problem war, dass er die Verfehlung seines ehemaligen Kumpels bei den Chefs der *Sibirskaja* ausplaudern konnte. Und Deserteure waren in der Allianz noch unbeliebter als Diebe. Auf Befehlsverweigerung und Fahnenflucht stand die Todesstrafe. Dabei ging es gar nicht so sehr um die Schuld eines Einzelnen, sondern darum, dass die hohen Tiere der Allianz, deren Macht sich allein auf die Waffengewalt ihrer Soldaten stützte, es sich nicht leisten konnten, einen Präzedenzfall zu schaffen, der die bestehende Ordnung untergrub.

Das Wissen des Kassarinschen Sprösslings war deshalb eine potenzielle Bedrohung, selbst für den mit allen Wassern gewaschenen und gut situierten Dron, der gerade ein neues Leben begonnen hatte. Damit dieses Leben kein jähes Ende fand, galt es, dem ehemaligen Kumpel möglichst schnell den Mund zu stopfen. Und es gab nur eine sichere Methode, um Leute für immer zum Schweigen zu bringen.

Dron bezahlte seinen Cocktail und begab sich zum Ausgang. Das Glas mit Kormas letzter Kreation blieb unangetastet auf der Theke stehen.

Bei den Waffenhändlern am Markt fand Dron rasch, was er brauchte.

»Ein geiles Teil!«, lobte der Händler seine Ware. »Damit triffst du aus hundert Metern exakt ins Auge!«

Dron erinnerte sich daran, wie das Blut durch die Gegend spritzte, als seine Kugel Sues Auge traf, und nickte.

»Wie viel?«

»Für dreihundert Patronen gehört es dir!«, verkündete der Händler.

Man einigte sich schließlich auf zweihundertfünfzig. Dron zählte den vereinbarten Preis aus seinem Rucksack ab und bekam dafür ein Dragunow-Scharfschützengewehr SWU, Kaliber 7,62 mm, mit abnehmbaren Zielfernrohr und einem zusätzlichen Nachtsichtzielfernrohr, für das er weitere fünfzig Patronen berappen musste. So viel Geld auf einmal hatte der ehemalige Bewohner der *Roschtscha* noch nie ausgegeben, doch er wusste: Die Patronen waren gut investiert.

Mit seiner neuen Ausrüstung begab sich Dron zum *Prospekt*. Es war nicht schwer zu erraten, dass Sersch nach der Flucht von der *Sibirskaja* dort aufschlagen würde – wo hätte er sonst hingehen sollen? Am Übergang von der *Sibirskaja* zum *Prospekt* standen SA-Patrouillen – dieser Weg war Kassarin versperrt. Dron dagegen mit seinem sibirischen Pass kam unbehelligt über die Grenze.

In der Bahnsteighalle verweilte er nur kurz und bezog dann Position im Rolltreppenschacht zur Oberfläche, wo Sersch früher oder später auftauchen musste. Die Mission war denkbar einfach. Dron musste nur warten, zielen und abdrücken. Nicht mehr und nicht weniger …

Sergej erklomm Sprosse um Sprosse, der Aufstieg schien kein Ende zu nehmen. Über sich hörte er Polinas Schritte. Seine Hände waren mit einer dicken Schicht aus Staub und Rost bedeckt. Offenbar hatte schon seit Ewigkeiten niemand mehr diese Steigleiter benutzt.

Erstaunlich, dass die völlig verrosteten Stahlbügel nicht schon längst aus der Schachtwand herausgebrochen waren. Mehrfach hatte Sergej das Gefühl, dass die Sprossen nachgaben, wenn er darauftrat oder sich daran hochzog. Vielleicht war das auch so. Doch er schaffte es jedes Mal, rechtzeitig zur nächsten Sprosse zu wechseln.

Polina blieb plötzlich stehen. Sergej merkte es zu spät und rumste mit dem Kopf gegen ihre Stiefelsohlen. Waren sie endlich oben? Sergej wollte fragen, doch noch ehe er dazu kam …

»Psst!«

Sekundenlang lauschten beide konzentriert. Besser gesagt, Polina lauschte, denn Sergej hörte absolut nichts. Er spürte nicht einmal einen schwachen Lufthauch. Er wollte schon seinen Zeigefinger befeuchten, um das zu überprüfen, doch der war so schmutzig, dass er es sich anders überlegte.

»Da liegt anscheinend irgendwas drauf«, kommentierte Polina über ihm. Ihrem Tonfall war nicht zu entnehmen, ob das eine gute oder schlechte Nachricht war. »Komm mal hier rauf. Vielleicht kriegen wir die Luke zu zweit auf.«

Also doch eine schlechte Nachricht. Sergej kletterte höher und stellte sich neben die Amazone. Dann besann er sich und stieg wieder eine Stufe tiefer, um das Gewicht auf den Sprossen besser zu verteilen. Jetzt konnte er endlich die Luke betrachten, unter der Polina stehen geblieben war.

Ihre Stirnlampe pfiff aus dem letzten Loch – bald würde sie den Geist aufgeben. Sergej trauerte den beiden Lampen hinterher, die ihm die sibirische Patrouille abgenommen hatte – seine eigene und die erbeutete. Doch selbst bei dem schwachen Licht konnte man sehen, dass der gusseiserne Deckel, der die Luke verschloss, ein schweres Ungetüm war.

»Was guckst du?«, drängte Polina. »Hilf mir.«

Zu zweit drückten sie mit den Händen gegen die Luke, doch so sehr sie sich auch mühten, der Deckel bewegte sich keinen Millimeter.

»Warst du früher schon mal hier?«, erkundigte sich Sergej, nachdem er wieder zu Atem gekommen war.

»Was macht das für einen Unterschied?«, gab sie gereizt zurück.

Also nicht, schlussfolgerte Sergej. Er beorderte sie mit einer Geste nach unten, nahm ihren Platz ein und stemmte sich mit der Schulter gegen die Luke.

Jetzt bloß nicht abstürzen, schoss es ihm durch den Kopf.

Sergej versuchte, sich mit einem Ruck aufzurichten. Der Gusseisendeckel gab nicht nach. Aber war da nicht ein kühler Luftzug, der über seinen Nacken strich? Hatte sich das Ding etwa doch bewegt? Er verstärkte den Druck. Der kühle Luftzug wuchs sich zu einer eisigen Brise aus, das bedeutete …

»Er gibt nach, er gibt nach!«, jubelte Polina von unten.

Sie stieg zu ihm hinauf und half ihm. Der schwere Deckel knarzte bedrohlich. Kleine Steinchen rieselten in den Schacht, und Sergej bekam ein paar davon auf den Kopf. Doch das war jetzt egal, Hauptsache die Luke ging endlich auf!

Noch ein paar kräftige Schübe, dann stoppte ihn Polina.

»Lass gut sein, das reicht.«

Erst jetzt wagte Sergej, nach oben zu blicken. Über ihm gähnte eine sichelförmige Öffnung, durch die ein äußerst eigenartiges, unvergleichliches Licht in den Schacht drang. Es war nicht besonders hell. Trotzdem kniff er reflexartig die Augen zusammen und verharrte so, bis er neben sich Polinas mürrische Stimme hörte.

»Ist Nacht, oder wie? Na super!«

»Es ist doch noch zu früh für Nacht, oder?«

Sergej wusste genau, dass die Stationsuhr 13:13 Uhr angezeigt hatte, als er die *Roschtscha* mit Polina zum ersten Mal verlassen hatte. Eben wegen der doppelten Unglückszahl waren ihm die Ziffern auf der Leuchtanzeige in Erinnerung geblieben. Doch seither war so viel passiert, dass ihm die dazwischenliegende Zeit wie eine Ewigkeit vorkam.

»Wie spät ist es denn jetzt?«, fragte er.

»Weiß der Henker.« Polina zuckte mit den Achseln. »Vielleicht fünf oder sechs Uhr.«

Jetzt kannte Sergej sich überhaupt nicht mehr aus.

»Sechs Uhr morgens?«

»Abends, du Schlaumeier! Aber trotzdem viel zu früh, als dass es schon dunkel sein dürfte. Genug gelabert. Leg deine Gasmaske an. Wir gehen los.«

Sergej tastete mechanisch die linke Seite seines Stalkeranzugs ab, wo normalerweise die Gasmaske hing, wenn er sie nicht brauchte. Doch er griff ins Leere. Die Maske war nicht da! Sie war zusammen mit den Lampen, den Patronen, dem Luxus-Sturmgewehr und dem Revolver stiften gegangen. Er hätte sich eigentlich denken können, dass ihm die raffsüchtigen Patrouillensoldaten alle halbwegs wertvollen Dinge abgenommen hatten. Und natürlich hätte er sich vor dem Aufstieg zur Oberfläche vergewissern müssen, dass das überlebenswichtige Utensil an seinem Platz war.

»Was ist los?«, erkundigte sich Polina, als sie seine Konfusion bemerkte.

»Die Gasmaske …«

»Scheiße!«

Sergej wäre am liebsten im Boden versunken. Er kannte Polina inzwischen ein bisschen und hätte ihr durchaus zugetraut, dass sie ihm vor Zorn eine Ohrfeige verpasste. Doch stattdessen spuckte sie nur herzhaft in den Schacht hinunter. Dann öffnete sie ihren Schutzanzug, riss einen Streifen von ihrem T-Shirt ab und reichte ihm das improvisierte Tuch.

»Zusammenknüllen, nass machen und ums Gesicht binden«, kommandierte sie. »Es sind nur ein paar Hundert Meter. Dafür reicht's.«

Ratlos hielt Sergej das Stück Stoff in der Hand. Er wusste nicht so recht, was er damit anstellen sollte.

»Nass machen? Womit denn?«

»Mit Pisse!« Im ersten Moment fühlte Sergej sich verarscht. Er hatte sich noch immer nicht an Polinas derben und bisweilen etwas zynischen Humor gewöhnt. Doch diesmal hatte sie es ernst gemeint. »Kommst du allein klar, oder soll ich dir helfen?«

»Und das nützt tatsächlich was?«, fragte er unschlüssig.

»Darf ich dich an das erinnern, was wir unten ausgemacht haben?« Polina sah ihn scharf an. »Ich gebe die Befehle, und du tust, was ich sage.«

Aus der Nummer kam Sergej nicht mehr heraus. Er seufzte und öffnete den Reißverschluss seiner Hose.

Die Amazone beobachtete ihn. Er rechnete damit, dass sie ihn auslachen würde, doch sie verzog keine Miene – nicht einmal zu einem Grinsen. Als er sich das uringetränkte Tuch um Mund und Nase legte, half sie ihm sogar, es am Hinterkopf zusammenzubinden.

»Bleib hinter mir«, sagte sie dann und schlüpfte durch die Luke an die Oberfläche.

Sergej hatte ein flaues Gefühl im Magen. Seine Beine waren wie gelähmt. Doch irgendwie überwand er die Blockade und stieg beherzt durch den offenen Spalt.

Die Weite hier oben war überwältigend. Sergej, der die chronische Enge in Tunneln und Bahnsteighallen gewohnt war, fühlte sich in dieser neuen Welt wie ein winziges Sandkorn in einer endlosen Wüste. So weit das Auge reichte, erstreckten sich triste Ruinen. Darüber spannte sich ein nebelhafter Himmel, der weder Anfang noch Ende hatte.

Doch dieser Himmel war keineswegs so gleichförmig, wie Sergej ihn sich vorgestellt hatte. Die eine Hälfte wirkte dämmrig mit einem rötlichen Schimmer am Rand – wohl ein Abschiedsgruß der untergehenden Sonne. Die andere Hälfte war von einem derart undurchdringlichen Schwarz, als hätte man ein Tintenfass auf einem weißen Blatt Papier umgeschüttet.

»Was hat das zu bedeuten?«, fragte Sergej erschrocken und deutete auf den bedrohlich aussehenden schwarzen Nebel, doch durch sein Tuch drangen nur unverständliche Laute.

Polina achtete nicht auf sein Gebrabbel. Sie hatte mittlerweile ihre Gasmaske angelegt und sondierte mit angelegtem Gewehr die Umgebung. Sergej konnte sich nicht vorstellen, wie sie sich in den Trümmerhaufen orientierte. Auf einmal gab sie ihm einen Wink und bog im Laufschritt auf eine der breiten Schneisen ein, die zwischen den Ruinen verliefen, als hätte irgendein Titan sie freigeschaufelt.

Kassarin folgte ihr, blieb aber schon bald zurück, bis ihm auffiel, dass er unwillkürlich extrem geduckt lief, vermutlich wegen der drückenden Schwärze am Himmel. Als er sich aufrichtete, kam er wesentlich schneller voran und schloss wieder zu Polina auf, die neben einem Schutthaufen stehen geblieben war. Als er an ihr vorbeiging, bezahlte er dies mit einem schmerzhaften Schafthieb, der ihn beinahe von den Beinen geholt hätte.

Polinas Gasmaske schob sich vor sein Gesicht. Hinter dem Schutzglas konnte Sergej nur ihre Augen sehen, doch deren Ausdruck verhieß nichts Gutes. Die Amazone ermahnte ihn zischend, leise zu sein, dann deutete sie mit dem Arm schräg nach vorn. Sergej folgte dieser Bewegung mechanisch mit den Augen und erstarrte zur Salzsäule.

In etwa hundert Metern Entfernung wühlte eine undefinierbare zottelige Gestalt im Boden. Aufgrund der Perspektive sah Sergej sie nur zum Teil, doch das verfilzte Fell und den langen, vibrierenden Schwanz konnte er gut erkennen. Ein solches Monster war ihm noch nie über den Weg gelaufen. Doch dass es sich um einen Mutanten handelte, um eine jener Ausgeburten der atomaren Katastrophe, stand völlig außer Frage.

Ohne das zottige Ungeheuer aus den Augen zu lassen, trat Sergej instinktiv einen Schritt zurück. Dabei stieß er gegen einen größeren Stein, der verräterisch polternd über den Boden rutschte.

»Scht!«, zischte Polina abermals, doch es war schon zu spät.

Die Bestie verfügte über ein ausgezeichnetes Gehör. Sie richtete sich auf den Hinterbeinen auf und drehte den Kopf zu den Störenfrieden. In dieser Pose maß das Monster mindestens drei

Meter. Selbst ein großer Säbelzahnbär reichte Sergej nur bis zur Brust.

Doch am meisten beeindruckten Sergej die Vorderbeine des Mutanten. Sie waren eineinhalb Mal so lang wie der Rumpf und endeten in derart gigantischen Krallen, dass Polinas Geschenk dagegen wie ein Taschenmesser wirkte.

Das Monster verharrte kurz, wohl um zu eruieren, ob die erspähte Beute der Mühe lohnte. Das tat sie offenbar, denn die Bestie ließ sich wieder auf alle viere herab und ging zum Angriff über. Sie bewegte sich äußerst unbeholfen und eher springend als laufend fort. Dabei warf sie die Vorderbeine nach vorn und setzte sie kurioserweise mit der Rückseite am Boden auf. Andernfalls hätte sie sich die langen Krallen abgebrochen.

Länger konnte Sergej das Spektakel nicht verfolgen, da Polina ihn am Ärmel zog.

»Mir nach!«

Sie gaben Fersengeld. Zuerst liefen sie nach rechts, um den Schutthaufen herum, dann scharf nach links, ein Stück weit geradeaus und wieder nach rechts. Vor ihnen tauchte eine isoliert stehende Häuserwand mit leeren Fensterrahmen auf. An ihrem Fuß lag ein Haufen Ziegel. Ohne lang zu überlegen, kletterte Polina auf den Ziegelhaufen und schlüpfte durch ein Fenster.

Sie versucht, den Mutanten in die Irre zu führen, mutmaßte Sergej und folgte ihr. Sie erwartete ihn unten auf der anderen Seite der Wand. Kaum war Sergej zu ihr hinabgesprungen, drückte sie ihn unsanft gegen die Wand. Die Frage, ob das Monster sie hier nicht finden würde, brannte ihm unter den Nägeln. Doch es war zweifellos klüger, jetzt die Klappe zu halten.

Nur wenige Sekunden später tauchte der Kopf der Bestie im Fensterrahmen auf, kaum einen Meter von Sergej entfernt. Aus dem länglichen Kiefer, der mit kleinen spitzen Zähnen besetzt war, triefte zähflüssiger, widerlich stinkender Speichel herab. Das Monster blähte die Nasenlöcher auf und sog schnaubend die Luft ein, um die Witterung der verschwundenen Beute aufzunehmen.

In diesem Augenblick hämmerte Polinas Sturmgewehr los. Ein lange, humorlose Salve durchsiebte den Hals des Ungeheuers. Stoßweise spritzte dampfendes Blut. Sergej konnte dem Schwall gerade noch ausweichen, doch Polina bekam eine regelrechte Dusche ab. Die Sichtscheibe ihrer Gasmaske war so mit Blut verschmiert, dass sie nichts mehr sah und die Orientierung verlor. Geistesgegenwärtig riss sie sich die Maske vom Kopf und legte das Gewehr wieder an.

Sergej war wie versteinert vor Schreck. Erst jetzt fiel ihm ein, dass er ja auch eine Pistole hatte. Hastig zog er die erbeutete Makarow aus dem Gürtel und zielte nach oben. Doch der Kopf des Monsters war bereits aus dem Fensterrahmen verschwunden.

»Ist es tot?«

Polina zuckte mit den Achseln.

»Nichts wie weg hier!« Sie wischte die Sichtscheibe ihrer Gasmaske notdürftig mit dem Ärmel ab. »Wer weiß, ob das Vieh allein war.«

Sie legte die Maske wieder an und rannte an der Wand entlang. Sergej blieb nichts anderes übrig, als ihr hinterherzulaufen.

Am Ende der Ruine tat sich eine freie Fläche vor ihnen auf. Sie schöpften kurz Atem und sprinteten dann los, um bei den gegenüberliegenden Ruinen Deckung zu suchen. Überall lagen verrostete Metallkonstruktionen mit rostigen Rädern im Weg. Die Wracks erinnerten entfernt an Draisinen. Sergej stutzte. Was hatten all diese Draisinen hier verloren, wo es noch nicht einmal Gleise gab? Erst als die vermeintlichen Draisinen hinter ihnen lagen, fiel der Groschen bei Sergej. Es waren die Wracks von Automobilen, mit denen die Nowosibirsker vor der Katastrophe durch die Stadt gefahren waren. Und die merkwürdigen Schneisen zwischen den Ruinen waren einfach Straßen. Eben jene Straßen, die Sergej in Illustrierten gesehen hatte, die Stalker von der Oberfläche zur *Roschtscha* mitgebracht hatten.

Im Unterschied zu ihm hielt Polina sich nicht mit solchen Nebensächlichkeiten auf. Sie ignorierte die rostigen Skelette, als wären sie überhaupt nicht da. Auf der anderen Straßenseite schmiegte sie sich an die Wand eines halb zerstörten Hauses, wartete auf Sergej und lief dann weiter.

Parallel zu der Häuserzeile erstreckte sich eine Wand aus dunklen Silhouetten. Es handelte sich um ineinander verschlungene Äste mächtiger Bäume. Sie wirkten wesentlich solider als die auseinanderfallenden Bauten aus Ziegel und Beton. Doch Polina machte keine Anstalten, sich der Allee zu nähern.

Plötzlich bemerkte Sergej auf der anderen Seite einen grellen Lichtschein. Eine Lampe? Feuer? Er spähte angestrengt hinüber, um dem Phänomen auf den Grund zu gehen, doch das Licht war auf einmal verschwunden – wie um ihn zu ärgern. Ein paar Sekunden später tauchte es an anderer Stelle wieder auf. Und dann …

Dann trat eine Gestalt mit einer Fackel in der Hand zwischen den Bäumen hervor.

Sergej bekam einen gehörigen Schrecken, denn hinter dem ersten tauchten weitere Menschen auf. Sie waren merkwürdig gekleidet und trugen weder Waffen noch Gasmasken. Aber es waren Menschen. Keine Monster, sondern Menschen!

»Polina, das sind Menschen!«, schrie Sergej so laut, dass auch die Fremden an der Allee drüben ihn bemerkten.

Der Fackelträger zeigte mit seiner knorrigen Hand auf ihn und stieß kehlige Laute aus. Sergej bekam es mit der Angst zu tun, einerseits, weil die Geste bedrohlich wirkte, und andererseits, weil die Rufe des Fremden wie Wolfsgeheul klangen.

»Spinnst du komplett?!«, schimpfte Polina. »Das sind Wilde!«

»Was, wer?«, fragte Sergej perplex.

»Menschenfresser!«, präzisierte die Amazone.

Sie legte das Gewehr an und feuerte eine kurze Salve auf die Wilden ab. Dann zupfte sie Sergej am Ärmel und floh zu den nächstbesten Ruinen. An der Allee erhob sich ein vielstimmiges Geheul. Es klang so schauderhaft, dass Sergej eine Gänsehaut bekam.

Er war noch nie im Leben auf Menschenfresser getroffen. Und auch keiner der Stalker von der *Roschtscha* hatte jemals einen gesehen. Lediglich einige fahrende Händler hatten mal von einem Stamm von Wilden berichtet, der an der Oberfläche lebte und sich angeblich auch von Menschenfleisch ernährte.

Angeblich besaßen diese Wesen Krallen und Schwänze, und ihre Hände und Füße hatten sich zu Pfoten umgebildet. Doch keiner von denen, die diese Gerüchte verbreiteten, hatte jemals mit eigenen Augen einen solchen Mutanten gesehen. Deshalb stand Sergej diesen Erzählungen äußerst skeptisch gegenüber. Doch nun entpuppten sich die Geschichten der Händler als völlig realer Albtraum.

Der Chefkannibale schwang seine Fackel, und die ganze Horde – mindestens zwanzig Wilde – machte sich mit Gebrüll und Geheul an die Verfolgung ihrer Beute. Polina antwortete mit einer Kalaschnikowsalve. Ein vorneweg laufender halb nackter Menschenfresser mit einer gezackten Eisenstange in der Hand wurde getroffen und stürzte zu Boden. Seine Artgenossen kümmerte das wenig. Sie schwangen ihre Knüppel, Ketten und Eisenstangen und liefen einfach über ihn hinweg. Der eine oder andere trat ihm sogar aufs Gesicht.

»Los! Hierher!«, überschrie die Amazone das Gebrüll der Verfolger.

Endlich besann sich Sergej, der den Ansturm der Wilden wie gelähmt beobachtet hatte. Er drehte den Verfolgern den Rücken zu und folgte Polina. Er rannte, so schnell er konnte, doch das Geheul und Getrampel hinter ihm kam immer näher! Als Sergej die Amazone endlich eingeholt hatte, waren die Menschenfresser ihm schon ziemlich dicht auf den Fersen. Ihre kehligen Rufe gellten inzwischen nicht mehr nur von hinten, sondern auch von links und von rechts und … sogar von vorn! Die Horde hatte sich verteilt und schickte sich an, sie einzukreisen.

Auch Polina hatte das bemerkt. Sie knuffte ihren Begleiter in die Seite und lief zu einem halb zerstörten Haus, das nicht ganz so desolat aussah wie die benachbarten Ruinen, die nur noch aus unförmigen Ziegelhalden bestanden. In dem Haus gab es sogar eine intakte Treppe. Sie rannten die Stufen hinauf, doch im dritten Stock fand die Flucht ein jähes Ende. Am Treppenabsatz gähnte ein tiefer Abgrund.

Polina stürzte zum nächstbesten Fenster und spähte vorsichtig hinaus. Ihr Gesichtsausdruck verriet, dass sie nichts Erfreuliches sah.

»Sie haben uns umzingelt!«, konstatierte sie zerknirscht, legte das Gewehr an und feuerte gezielte Schüsse auf die Kannibalen ab.

Als Sergej zum Fenster kam, lagen unten bereits mehrere reglose Körper. Polina hatte die meisten Patronen ins Ziel gebracht. Zwei Menschenfresser, die ins Bein getroffen waren, krochen hartnäckig weiter, und zwar auf das Haus zu, in dem die Flüchtenden sich verschanzt hatten. Von allen Seiten näherten sich jetzt Wilde dem Gebäude. Es waren noch viel mehr als zuvor! Die Horde, die zuerst die Verfolgung aufgenommen hatte, war offenbar nur die Vorhut der Kannibalen gewesen.

Polina hörte auf einmal auf zu schießen.

Die Patronen sind alle!, dachte Sergej bang, doch das war nicht der Fall.

»Da, schieß du weiter!« Sie reichte ihm die Kalaschnikow. »Gib mir dafür deine Pistole.«

Sergej verstand nicht so recht, was die Amazone vorhatte. Doch er vermutete, dass sie wegen der blutverschmierten Sichtscheibe Schwierigkeiten beim Zielen hatte, und tauschte bereitwillig die Waffe mit ihr. Auf die große Entfernung brachte die Makarow nicht viel. Es war nur eine Frage der Zeit, wann die Menschenfresser ins Gebäude stürmten.

Sergej zwang sich, diese Sorgen auszublenden, und klemmte sich hinter das Zielfernrohr. Aus der Menge der heranstürmenden Wilden wählte er einen bärtigen Hünen mit Zottelfell aus und drückte gefühlvoll den Abzug. Das Sturmgewehr knallte trocken, und Sergej spürte den gewohnten Rückstoß an der Schulter. Der Bärtige warf die Arme in die Luft, ließ seinen mit Nägeln gespickten Holzknüppel fallen und schlug der Länge nach hin.

Es war ein beruhigendes Gefühl, eine zuverlässige Waffe in den Händen zu halten. Als Nächsten erschoss Sergej einen halb nackten Kannibalen, dessen Körper mit beuligen Geschwüren übersät war. Seine Waffe, eine lange Stange, an der mit Draht ein Armeemesser befestigt war, sah furchterregend aus, nützte ihm aber nichts.

Als Sergej den dritten Wilden aufs Korn nahm und abdrückte, ertönte nur mehr ein hohles Klacken. Jetzt waren die Patronen tatsächlich ausgegangen.

Ein ganz ähnliches, metallisches Klackgeräusch hinter seinem Rücken veranlasste Sergej, sich umzudrehen. Hinter ihm stand Polina, ohne Gasmaske, und zielte mit der Makarow auf ihn. Das Gesicht der Amazone war leichenblass, ihre Lippen bebten.

»Keine Angst, du wirst nichts spüren«, sagte sie und biss sich dabei auf die Lippe.

Sergej war eher überrascht als erschrocken.

»Was machst du? Warum?«

Polina deutete mit dem Kopf zum Fenster.

»Es sind zu viele, wir haben keine Chance!«, schrie sie verzweifelt. »Machen wir's lieber kurz und schmerzlos, bevor sie uns mit ihren Messern und Zähnen zerfleischen!«

Sie hatte die Pistole mit beiden Händen gepackt. Trotzdem zitterte sie.

»Mach die Augen zu!«

Sergej tat nichts dergleichen, er wollte das Gesicht seiner Liebsten bis zum letzten Atemzug sehen.

Polina biss sich so heftig auf die Lippen, dass aus beiden Mundwinkeln ein Blutstropfen quoll. Dann drückte sie ab.

Doch es folgte kein Schuss.

»Der Sicherungshebel«, assistierte Sergej.

»Verdammt!«, fluchte sie, entsicherte die Waffe und ...

In diesem Augenblick gab es draußen einen ohrenbetäubenden Knall. Aus verschiedenen Richtungen ertönte das monotone Getacker mehrerer Sturmgewehre. Polina stürzte zum Fenster. Auf ihrem Gesicht erschien ein freudestrahlendes Lächeln.

»Es sind Stalker! Stalker, Serjoschka! Wir sind gerettet!«

Die Amazone hüpfte vor Freude. Sergej stand wie angewurzelt da und ließ sich noch einmal auf der Zunge zergehen, wie sie ihn soeben angesprochen hatte: Serjoschka! So hatte ihn noch nie jemand genannt. Sein Vater hatte ihn immer schon Sergej gerufen. Seine Mutter Serjoscha. Seine Freunde Sersch oder Sery.

Und jetzt: Serjoschka – das ging runter wie Öl. Und das Schönste an diesem Namen war die Tatsache, dass ihn seine Liebste ersonnen und ausgesprochen hatte.

Als Sergej zum Fenster kam, war unten schon alles vorbei. Am Boden lagen mindestens zwanzig tote Kannibalen. Ihre überlebenden Artgenossen waren auf der Flucht. Stattdessen kamen fünf mit Kalaschnikows bewaffnete Männer in Stalkeranzügen auf das Gebäude zu. Der Größte von ihnen trug zusätzlich ein leichtes Maschinengewehr auf der Schulter.

Der Vorderste in der Reihe blieb vor dem Haus stehen und reckte den Kopf.

»He, ihr da drin!«, brüllte er hinauf. »Hat jemand überlebt?! Wo seid ihr?!«

»Wir sind hier!«, antwortete Polina. »Wir kommen runter!«

Sie legte hastig die Gasmaske an, packte Sergej am Arm und zog ihn zur Treppe.

8

AM PROSPEKT

Der Chef der Stalker hieß Schramme. Die Übrigen stellten sich nicht namentlich vor, nur der Hüne mit dem MG legte zwei Finger an die Schläfe und murmelte etwas Unverständliches in seine Maske.

»Dann habt ihr also die Sense gekillt?«, erkundigte sich Schramme, nachdem er die Geretteten flüchtig gemustert hatte. In der Stimme des Stalkers lag ein respektvoller Unterton, doch da Sergej den Sinn der Frage nicht verstand, sagte er sicherheitshalber nichts. »Na, dieses Monster mit *so* langen Krallen?!«, fügte Schramme hinzu und breitete demonstrativ die Arme aus.

Jetzt war klar, was er meinte. Sergej und Polina nickten einmütig.

»Da brat mir einer 'nen Vampir!« Der Chef der Stalker wiegte anerkennend den Kopf. »Diese Bestie hat schon drei von unseren Leuten zerfleischt. Seit einer Woche sind wir hinter ihr her, und heute gehen wir raus und – zack – liegt ihr Kadaver plötzlich noch dampfend zwischen den Ruinen herum. Und dann haben wir Schüsse gehört.« Schramme redete ohne Punkt und Komma. »Wir haben uns schon gedacht: Das können nur die Typen sein, die die Sense plattgemacht haben, und kamen gleich her. Wer seid ihr eigentlich?«

Sergej schaute verstohlen zu Polina. Antworten oder nicht? Doch die Amazone überließ ihm das Reden.

»Wir sind Flüchtlinge. Von der *Roschtscha*.«

»Ach, von der *Roschtscha?*« Schramme warf einen argwöhnischen Blick auf das Stofftuch, das Sergej sich umgebunden hatte, ging aber nicht weiter darauf ein. »Und wo wollt ihr ihn?«

»Zum *Prospekt*.«

»Zum *Prospekt?!*«

Diese Antwort verblüffte den Stalker noch mehr. In diesem Augenblick trat der Hüne mit dem Maschinengewehr vor und knuffte seinen Chef in die Seite.

»Lass gut sein, Schramme. Frag ihnen keine Löcher in den Bauch. Die Jungs sollen erst mal runterkommen. Später können sie alles in Ruhe erzählen. Bringen wir sie lieber zur Station.«

»Wir haben eine äußerst wichtige Nachricht für den Stationskommandanten!«, verkündete Sergej.

»Ein Grund mehr«, erwiderte der Schrank grinsend. »Kommt, Jungs«, sagte er zu Sergej und Polina, ohne einen Befehl seines Chefs abzuwarten. Vermutlich hatte er dessen Schweigen als Zustimmung interpretiert.

Erst jetzt fiel Sergej auf, dass der MG-Schütze sie beharrlich als Jungs bezeichnete. Im Grunde war das nicht weiter verwunderlich, denn mit ABC-Schutzoverall und Gasmaske konnte man Polina ohne Weiteres für einen Mann halten. Er amüsierte sich über den Irrtum und malte sich das dumme Gesicht der Stalker aus, wenn die Amazone Kapuze und Gasmaske abnahm.

Der Anflug von Heiterkeit verging Sergej, als ihm das Einbruchswerkzeug in Polinas Rucksack einfiel. Freude und Erleichterung über die unverhoffte Rettung wurden von nagenden Sorgen verdrängt. Er beschleunigte seinen Schritt, bis er unmittelbar neben seiner Gefährtin ging.

»Hast du immer noch das Zeug im Rucksack?«, flüsterte er ihr zu.

Die Amazone blieb abrupt stehen – sie hatte verstanden, was ihn umtrieb.

»Was ist los, Jungs, habt ihr irgendwas vergessen?«, fragte der Hüne, der am Ende der Kolonne ging.

»Nein nein, alles in Ordnung« Polina winkte mit gespielter Lässigkeit ab, und keiner der Stalker schien zu bemerken, dass ihre Stimme angespannt klang.

Kurze Zeit später tauchten vor ihnen die Überreste eines Metro-Zugangs auf. Zwischen den Betontrümmern befand sich ein Spalt, der wie der Eingang zu einer Höhle aussah.

Schramme, der vorausging, atmete erleichtert auf.

»Da wären wir.«

Der Spalt war so schmal, dass sie sich nacheinander hindurchzwängen mussten. Zuerst wunderte sich Sergej, warum die Stalker den Einstieg nicht erweitert hatten, doch als er selbst an der Reihe war, wurde ihm klar, dass sie das Schlupfloch mit Absicht so angelegt hatten. Größere Monster wie die Sense mit ihren langen Krallen kamen hier nicht durch.

Auf der anderen Seite des Durchstiegs war reichlich Platz – ein weiteres Indiz dafür, dass die Bewohner des *Prospekts* den Eingang zu ihrer Station selbst verbarrikadiert hatten.

Schramme wartete, bis sich auch sein letzter Kämpfer durch das Loch gezwängt hatte, dann bildete er wieder eine Kolonne und lotste die Gruppe zu einer Betontreppe, die in den Untergrund führte. Die Treppe mündete in einen langen, dunklen Gang, dessen Wände mit Steinplatten ausgekleidet waren. Früher hatten die Platten bestimmt ganz hübsch ausgesehen, doch inzwischen waren sie mit einer dicken Schicht Staub und Ruß bedeckt.

Wieder einmal sah sich Sergej in seinen Erwartungen getäuscht. Aufgrund der Erzählungen fahrender Händler hatte er sich den *Prospekt* als die sauberste und hellste Station der Metro vorgestellt – nach der *Sibirskaja*, versteht sich. Hier hatten sich Elektrotechniker angesiedelt, die im Gegensatz zu den Bewohnern der *Marschalskaja* so viel Strom erzeugten, dass er sowohl für den Eigenbedarf reichte als auch für den Verkauf an sämtliche anderen Stationen, die es sich leisten konnten. Von derart fleißigen Menschen hätte Sergej eigentlich erwartet, dass sie bis in den hintersten Winkel ihrer Station für Ordnung und Sauberkeit sorgten. Die Realität belehrte ihn eines Besseren.

Der Gang endete an einem hermetisch verschlossenen Tor. Schramme betätigte mehrfach einen getarnten Schalter in der Wand. Ein Torflügel öffnete sich, allerdings nur so weit, dass eine Person hindurchpasste.

Der Chef der Stalker trat als Erster durch den Spalt. Kurz darauf hörte man Wasser spritzen und aus dem mysteriösen Raum quollen dicke Dampfschwaden heraus. Sergej war so verdattert, dass er unwillkürlich einen Schritt zurücktrat. Dabei stieß er gegen die riesenhafte Gestalt des MG-Schützen, der seine Waffe am Lauf hielt und auf den Boden stützte.

»Dekontamination«, verkündete der Hüne milde, als er Sergejs Verblüffung bemerkte. »Eine lästige Prozedur, aber leider unumgänglich. Nur keine Hektik. Du kannst dich ruhig ein bisschen hinsetzen. Das dauert.«

Tatsächlich hatten sich zwei Stalker an die Wand gehockt und unterhielten sich locker. Für sie war das Alltag. Sergej atmete auf.

»Wieso nennt ihr das Monster da oben Sense?«, fragte er, um die Wartezeit zu füllen.

»Wegen seiner Krallen«, antwortete der MG-Schütze. »Hast du bemerkt, was das Vieh für Krallen hat? Die sehen aus wie die Klingen von Sensen! Deshalb nennen wir es so. Mit diesen Krallen pult es Ratten und anderes Kleingetier aus ihren Löchern. Das ist seine Hauptnahrung, abgesehen von Menschen natürlich. Vampire und größere Bestien erwischt es nicht, weil es zu langsam ist. Aber Menschen holt es sich immer wieder mal. Bei uns hat ein Wissenschaftler von der *Sibirskaja* gelebt, Voltaire hieß er, ein kluger Mann. Er hat diese Mutanten Ameisenbären genannt. Aber der Name hat sich nicht eingebürgert. Das Wort ist einfach zu lang und ungebräuchlich. Und außerdem: Was haben denn Ameisen damit zu tun? ...«

Der Hüne erwies sich als richtige Plaudertasche. Während er erzählte, war der nächste Stalker in dem Raum verschwunden, aus dem der Dampf herauskam. Und nach ihm Polina. Sergej kam einfach nicht dahinter, woran man erkennen konnte, dass es Zeit war, einzutreten.

Plötzlich schien Licht durch den Spalt im hermetischen Tor, und der Hüne klopfte ihm auf die Schulter.

»Los. Du bist dran.«

Sergej trat ein, und sofort prasselte heißes Wasser auf ihn herab, das irgendwo aus der Decke kam.

»Nimm dein Räubertuch ab!«, rief ihm der MG-Schütze hinterher.

Sergej nahm das nasse Tuch ab, doch dann wusste er nicht weiter. An der *Roschtscha* hatte es so etwas wie diese Dekontamination nicht gegeben. Die Bewohner hatten ihr Wasser selbst heiß gemacht und sich auf zivilisierte Art und Weise gewaschen.

Auf einmal versiegte die Dusche, und in dem Raum öffnete sich eine zweite Tür. In die Dekontaminationskammer flutete derart helles Licht, dass Sergej unwillkürlich die Augen zusammenkniff. Mit vorgehaltener Hand tastete er sich durch die Tür. Es war die letzte auf dem Weg zum *Prospekt*.

Hier war alles ganz anders als im Rest der Metro ... Alles sah aus wie in alten Zeiten, als Sergej noch gar nicht geboren war: blitzblank geputzte Treppen, gefliste runde Säulen, auf denen die Decke der Bahnsteighalle ruhte, viel Licht und viele Menschen.

Unter ihnen war auch Polina, die mit den Stalkern zusammenstand. Die kleine Gruppe wurde von neugierigen Passanten förmlich belagert. Die Amazone lächelte entspannt und völlig ungezwungen. Ihre Gasmaske hatte sie abgenommen und genoss sichtlich die verblüfften Visagen der Stalker.

Das längste Gesicht von allen zog Schramme, der seinen Spitznamen einer hässlichen Narbe verdankte, die sich von der Schläfe über die Wange bis zum Kinn zog.

Sergejs Auftauchen wurde glattweg ignoriert. Alle Blicke waren auf seine Gefährtin gerichtet. Noch während er sich zu ihr durchkämpfte, lief ein etwa fünfjähriges Mädchen mit kurzen, abstehenden Zöpfen auf Polina zu und zupfte sie an der Hose.

»Hast du wirklich eine Sense getötet, Tante?«, fragte sie mit todernster Miene.

Polina lächelte der Kleinen zu.

»Ja, wirklich.«

»Geschieht ihm recht, dem Biest!«, verkündete das Mädchen. »Es hat nämlich meinen Papa gefressen.«

Polinas Lächeln erlosch. Die Kleine dagegen grinste frech.

»Und du hast überhaupt gar keine Angst gehabt?«

»Doch, und wie!« Polina ging neben dem Mädchen in die Hocke. »Ich hätte mir fast in die Hose gepisst«, flüsterte sie ihr verschwörerisch ins Ohr.

Nur Sergej, der inzwischen direkt neben ihr stand, hatte die Worte mitgehört. Die Kleine lachte vergnügt und flitzte aufgedreht davon.

Sergej nützte die günstige Gelegenheit und beugte sich zu Polina.

»Dein Rucksack …«

»Alles in Ordnung«, murmelte die Amazone und zwinkerte ihm zu.

Sergej wusste nicht, was sie damit sagen wollte, verzichtete aber darauf, nachzufragen. Hauptsache, das Problem hatte sich irgendwie erledigt.

Im Hintergrund hörte man jemanden laut prusten. Es war der MG-Schütze, der gerade aus der Dekontaminationsdusche kam.

Als er Polina ohne Gasmaske sah, fielen ihm beinahe die Augen heraus, und er sagte einen Spruch auf, den Sergej heute nicht zum ersten Mal hörte:

»Da brat mir einer 'nen Vampir!«

Nach der Entgiftung beschlossen die Stalker, sich in der Stationskantine zu stärken, und luden ihre beiden neuen Bekannten zum Mitkommen ein. Als die Rede aufs Essen kam, wurde Sergej erst bewusst, wie hungrig er war. Notfalls hätte er auch einen gebratenen Vampir verschlingen können.

Unglücklicherweise besaßen er und Polina kein Geld, mal abgesehen von den acht Patronen im Magazin der Makarow. Davon konnte man sich hier nicht einmal zwei belegte Brote mit Rattenwurst kaufen. An der *Roschtscha* hätten ihre Patronen für ein solches bescheidenes Mal noch gereicht, aber an der *Marschalskaja* hätte es schon zehn gekostet, und hier, im Zentrum, musste man wahrscheinlich mindestens zwölf dafür berappen.

Trotzdem dachte Sergej überhaupt nicht daran, den Abstecher zur Kantine auszuschlagen. Der Hunger war stärker. Notfalls konnte er immer noch die Makarow versetzen. Es gab da allerdings ein kleines Problem: Polina hatte die Pistole eingesteckt, und er wusste nicht, ob sie sie jemals wieder herausrücken würde.

Von Zweifeln geplagt, stieg Sergej mit Polina und den Stalkern die Treppe zum Bahnsteig hinunter. Von dort führte eine Wendeltreppe zu einer Galerie hinauf, wo sich die Kantine befand. Die Bewohner des *Prospekts* nutzten den Raum an ihrer Station optimal aus.

In der Kantine herrschte Hochbetrieb. Es waren hauptsächlich Elektrotechniker, die hier ihren Feierabend ausklingen ließen. Man erkannte sie sofort an ihren breiten, mit Werkzeug gespickten Gürteln. Während Sergej mit den anderen in der Schlange stand, überlegte er, wie er Polina überreden könnte, ihm die Pistole zurückzugeben, mit der sie ihn hatte erschießen wollen, um ihm einen grausamen Tod zu ersparen. Ihm fiel nichts Zündendes ein, doch als er und Polina die Essensausgabe erreichten, löste sich das Problem von selbst.

Schramme deutete mit weitläufiger Geste auf die Töpfe und Bleche an der Theke und sagte: »Sucht euch was aus, ihr seid unsere Gäste.«

Sergej lief das Wasser im Mund zusammen. Die Auswahl war gigantisch. Neben geräucherten Ratten, die säuberlich aufeinandergeschichtet waren, lagen saftige Schweinshaxen mit rescher, goldbrauner Kruste. Auf einem extra Blech dampfte ofenfrischer Braten, der ein betörendes Aroma verströmte. Genauso verlockend duftete ein großer Topf mit Bohnensuppe, in der dicke Stücke Räucherspeck schwammen.

Als Beilagen zu all diesen Delikatessen wurden Pellkartoffeln, selbstverständlich gedünstete und gebratene Pilze sowie alles mögliche Grünzeug gereicht und – Sergej traute seinen Augen nicht – sogar frische Gurken. Für Metroverhältnisse war das ein lukullischer Overkill.

Sergej wollte lieber nicht darüber nachdenken, was so ein Essen wohl kostete, selbst wenn man eine bescheidene Auswahl traf. Um seine neuen Freunde nicht allzu sehr zu schädigen, begnügte er sich mit einer Schüssel Suppe und einer Schweinshaxe. Allerdings bat er den Koch, ihm eine schön große herauszusuchen.

Polina gab sich weit weniger bescheiden. Zwar verzichtete sie auf die Suppe, langte aber ansonsten kräftig zu. Sie bestellte einen Teller Braten mit zwei Stücken Fleisch, Kartoffeln und Pilzen. Auf einem eigenen Teller häufte sie Unmengen Salat und legte eine *ganze* Gurke dazu. Zum Abschluss stellte sie ein Kännchen Kräutertee mit irgendwelchen Süßigkeiten auf ihr ohnehin schon übervolles Tablett.

Sergej verschlug es die Sprache angesichts solcher Dreistigkeit. Den Stalkern anscheinend auch, denn sie enthielten sich jeglichen

Kommentars. Nur Schramme und der MG-Schütze tauschten vielsagende Blicke. Sergej hätte zu gern gewusst, wie teuer dieses Festmahl die Stalker kam. Doch Schramme bezahlte auf seine Weise.

»Schreib's auf meine Rechnung«, sagte er zur Bedienung an der Kasse. Dann schaute er sich in der Kantine um und rief: »Kommt, dort hinten ist noch ein schönes Plätzchen für uns.«

Die ganze Gesellschaft einschließlich Sergej und Polina versammelte sich an dem freien Tisch. Als der MG-Schütze als Letzter von der Theke kam, war kein Platz mehr frei. Doch der hünenhafte Stalker fackelte nicht lang: Er verjagte einen Elektrotechniker am Nachbartisch von seinem Stuhl und zwängte sich damit ungeniert zwischen Sergej und Polina.

»Trinken wir auf unsere Bekanntschaft!«, trompetete er und stellte eine große Flasche Samogon auf den Tisch.

Jetzt war klar, was er so lange an der Theke gemacht hatte. Sein Mitbringsel brachte Leben in die Runde. Von allen Seiten prasselt Lob auf ihn ein.

»Oh! Richtig so! Guter Plan, Borja!«

Selbst Schramme nickte dem edlen Spender wohlwollend zu. Der Hüne, der die Aufmerksamkeit sichtlich genoss, wandte sich Polina zu und reichte ihr seine Bratpfannenhand.

»Nett, dich kennenzulernen. Ich heiße Boris«, flötete er.

Die Amazone zeigte sich nicht im Geringsten verlegen, im Gegenteil, sie lächelte charmant.

»Polina.«

Für Sergejs Geschmack lächelte sie eindeutig *zu* charmant. Seine Laune verschlechterte sich noch, als Boris ihm mit seiner Pranke nur kurz die Hand quetschte, um sich dann umgehend wieder Polina zuzuwenden.

Als Chef war es Schramme vorbehalten, den Schnaps auszuschenken. Alle Becher waren verschieden. Offenbar gab es nicht einmal am *Prospekt* genug einheitliches Geschirr.

»Auf unsere Bekanntschaft!«, wiederholte Boris und griff als Erster nach seinem Becher.

Doch nun bremste Schramme seinen Überschwang. Höchste Zeit, wie Sergej befand.

»Zuerst gedenken wir jener, die nicht mehr unter uns sind«, sagte der Chef der Stalker.

Alle standen auf. Auch Sergej erhob sich, gedachte seiner Eltern und ging im Geiste die Namen seiner umgekommenen Freunde durch. Er schämte sich, mit fremden Menschen zu trinken. Dabei ging es gar nicht um die Stalker, mit denen er am Tisch saß. Es ging darum, dass seine Eltern und Freunde tot waren, während er noch lebte. Sergej hatte keinen Grund, sich zu schämen. Er wusste das, aber es half nichts.

Er leerte seinen Becher in einem Zug. Das Gesöff stieg ihm sofort in den Kopf. Schwerfällig sank er auf seinen Stuhl zurück.

Am Tisch war bereits eine rege Unterhaltung in Gang. Die Stalker schienen alle auf einmal zu sprechen. Und dann Boris, dieser aufdringliche Kerl. Nicht genug, dass er Polina das Ohr abkaute, er hatte auch noch seinen Arm auf ihre Stuhllehne gelegt und streichelte ihr mit der Hand die Schulter.

Polina dachte nicht daran, ihn zurechtzuweisen. Sie schob sich einen Bissen nach dem anderen in den Mund, als wenn nichts wäre. Hin und wieder nickte sie, murmelte eine kurze Antwort und lächelte zufrieden. Beim Anblick dieser sorglosen Idylle bekam Sergej Lust, noch viel mehr Schnaps zu trinken. Als hätte Schramme seine Gedanken gelesen, schenkte er die nächste Runde ein.

»Liebe Freunde«, begann er feierlich. »Trinken wir darauf, dass …«

Doch Sergej hatte keinen Sinn mehr für salbungsvolle Worte und kippte sich den Selbstgebrannten ohne feierlichen Anlass hinter die Binde.

»He, Junge, du bist ja schon ganz schön knülle«, sagte einer. »Du solltest lieber was essen.«

»Ja, immer schön langsam«, ergänzte Boris.

Auf den Rat dieses Wichtigtuers konnte Sergej nun wirklich verzichten. Um das allen zu beweisen, griff er zur Flasche und schenkte sich den Rest ein, der gerade in seinen Becher passte. Vorsichtig, um ja keinen Tropfen zu verschütten, führte er den Becher zum Mund und trank ihn demonstrativ langsam aus.

Das Letzte, was er mitbekam, bevor sich alles zu drehen begann, war ein strenger Blick von Polina, der unter ihren schmalen, in die Stirn gewanderten Augenbrauen hervorblitzte. Nein, falsch! Als Letztes sah er seinen Becher über den Boden kullern.

Heftige Übelkeit veranlasste Sergej, die Augen zu öffnen. Er sah ein gebogenes Eisenrohr und ein zerknülltes Kissen mit einem verwaschenen, grauen Überzug. Ein Bett? Zum Nachdenken blieb keine Zeit: Der Brechreiz wurde schlimmer.

Mühsam setzte Sergej sich auf und stellte die Füße auf den Boden. Tatsächlich: ein Bett. Aber ein fremdes. Die Zudecke hatte er noch nie gesehen. Außerdem war das hier kein normales Zelt. Er schaute sich im Halbdunkel um. Alles sah verschwommen aus. Im Raum standen in zwei Reihen Feldbetten mit groben Matratzen. Auf manchen schlief jemand, auf anderen nicht.

Sergej machte sich nicht die Mühe, genauer hinzuschauen. Im Grunde konnte ihm egal sein, wo er sich befand. Viel wichtiger war es, eine Toilette zu finden oder zumindest einen Eimer, damit er sich erleichtern konnte. Von einem Eimer war weit und breit nichts zu sehen. Dafür entdeckte er die Eingangstür, über der eine schwache Lampe brannte. Er fasste sich ein Herz und stand auf. Gut, dass er seine Schuhe nicht ausgezogen hatte. In seinem Zustand hätte er es wohl kaum geschafft, sie wieder anzuziehen.

Obwohl ihm nichts weh tat, war jeder Schritt eine Qual. Als hätte er Blei in den Schuhen. Außerdem war ihm schwindlig. Beim Gedanken an seine Schuhe fiel ihm auf, dass er von seinem Schutzanzug nur noch die gummierte Hose anhatte. Die Jacke war ihm irgendwie abhandengekommen. Egal. Hauptsache, eine Toilette finden, oder einen anderen diskreten Ort!

Sergej taumelte auf den Ausgang zu. Schon halb im Fallen hielt er sich an der Türklinke fest. Als er öffnete, schlug ihm grelles Licht entgegen, was das Schwindelgefühl noch verstärkte. In seinem umnachteten Gehirn spukten plötzlich Erinnerungsfetzen: Polinas strenger Blick und der Becher, der über den Boden rollte.

Seltsam, das Gesicht der Amazone verschwamm sofort wieder. Den Alubecher dagegen hatte er völlig klar vor Augen. Von seinem Rand liefen Tropfen einer klaren, stechend riechenden Flüssigkeit herab. Als hätte er gerade aus dem Becher getrunken. Der Flashback brachte den Brechreiz zurück. Zum Glück kam gerade jemand des Weges. Sergej versuchte sich auf den Passanten zu stützen, doch er verfehlte ihn und fiel hin. Besser gesagt, er wäre hingefallen, wenn der Passant ihn nicht im letzten Moment abgefangen hätte.

»Mann, Junge, du bist ja völlig dicht«, sagte eine bekannte Stimme und schob einen weisen, wenn auch völlig nutzlosen Rat hinterher. »Wenn du nicht saufen kannst, lass es … Aber okay, ich bring dich …«

Sergej versuchte zu erklären, wohin er wollte, doch er scheiterte kläglich an dem viel zu langen Satz. Aber der andere hörte ihm ohnehin nicht zu und schleifte ihn energisch vorwärts. Sergejs Rumpf bewegte sich gefühlt schneller als seine Beine. Ein Wunder, wie er sich in der Vertikale halten konnte.

Eine weitere Tür tauchte auf. Der Begleiter stieß sie mit der Schulter auf, ohne stehen zu bleiben. Sergej fand sich in einem kleinen Raum wieder, der mit blank gewienerten Kacheln gefliest war. Linker Hand befand sich ein Waschbecken aus Metall. Rechter Hand verlief eine Bretterwand mit Türen darin. Wohl genau das, was er jetzt brauchte. Sein Begleiter drehte ihn zu der Bretterwand, doch Sergej spürte, dass er es nicht mehr in eine der Toilettenkabinen schaffen würde. Er stieß seinen Helfer beiseite und stürzte zum Waschbecken. Er konnte sich gerade noch darüberbeugen, bevor ihm alles hochkam.

Sergej musste sich mehrmals übergeben. In den Pausen zwischen den Brechkrämpfen lehnte er den Kopf gegen die Wand. Die Fliesen kühlten seine glühende Stirn. Nach dem fünften oder sechsten Schub ließ die Übelkeit ein wenig nach. Er fühlte sich zwar immer noch hundeelend, aber wenigstens sah er jetzt wieder einigermaßen klar. Er schaute sich nach seinem Begleiter um.

Am liebsten hätte Sergej gleich weitergekotzt. Ausgerechnet sein neuer Bekannter Boris hatte ihn zur Toilette gebracht.

»Ich wollte sowieso gerade zu dir«, sagte der Stalker, als Sergejs benebelter Blick auf ihm ruhte.

»Zu mir?«, lallte Sergej. Mehr als diese zwei kargen Worte brachte er nicht heraus, doch für das Arschloch musste das reichen, fand er.

Es reichte.

»Lass uns klären, wer das Weib kriegt«, schlug Boris vor.

»Das Weib?«

»Na dein Püppchen, Polina.«

Sie ist kein Püppchen!, zürnte Sergej innerlich, doch als ihm wieder einfiel, wie Boris der Amazone die Schulter gestreichelt und sie dabei zufrieden gelächelt hatte, sagte er nichts.

»Ich verstehe dich schon«, fuhr Boris gönnerhaft fort. »Polina ist ein heißer Feger. Und ich bin ein ehrlicher Stalker und keine windige Tunnelratte. Ich sehe ja, dass du Ansprüche auf sie erhebst. Deswegen schlage ich dir einen fairen Wettstreit vor. Morgen früh gehen wir beide hoch in die Stadt, und wer als Erster ein Monster erlegt, kriegt Polina. Vampire und Säbelzahnbären gibt es in den Ruinen genug. Einverstanden?«

Sergej drehte sich wieder zur Wand. Es war angenehmer, die Fliesen anzustarren als Boris' selbstzufriedene Visage.

»Warum sagst du nichts? Kneifst du etwa?«, spöttelte der Stalker. »Ich kann dir deine Süße auch einfach so abnehmen, wenn dir das lieber ist.«

»Nimm sie dir«, erwiderte Sergej.

»Hä?«

»Polina gehört mir nicht, nimm sie dir«, wiederholte Sergej grimmig und verließ die Toilette, ohne Boris noch eines Blickes zu würdigen.

Er stank aus dem Mund wie ein Müllschlucker, und der üble Geruch entsprach genau seinem Gemütszustand. Als hätte man einen Kübel Unrat über ihm ausgekippt.

Die Stationsuhr über dem Tunnel zeigte Viertel nach zwei Uhr nachts. Trotzdem waren am Bahnsteig viele Menschen unterwegs, nur keine Kinder. Und etliche Lampen brannten. Stromsparen war am *Prospekt* offenbar ein Fremdwort.

Doch weder das helle Licht noch die herausgeputzte Station noch die neugierigen Blicke entgegenkommender Passanten konnten Kassarin aufheitern. Deprimiert kehrte er in den Schlafraum zurück und ließ sich auf sein Feldbett plumpsen. Die Jacke seines Schutzanzugs fand er auf dem Boden. Er rollte sie notdürftig zusammen und schob sie unters Kopfkissen. Die Schuhe ließ er an und kroch unter die Decke. Er wollte an nichts mehr denken. Nach der Unterredung mit Boris war sein Kopf völlig leer. Als hätte er zusammen mit dem Mageninhalt auch sein Gehirn in das Waschbecken gespuckt. Sergej fiel in einen tiefen, unruhigen Schlaf.

Ein Traum führte ihn an die heimatliche *Roschtscha* zurück. Doch die Station war ihm kein Zuhause mehr. Dort hatte sich die schwarze Spinnwebe breitgemacht – eine eklige, Blasen werfende Substanz, die am Bahnsteig, an den Wänden und an der Decke wucherte. Die Blasen platzten wie Eiterbeulen, nur dass kein Eiter herausspritzte, sondern Blut und menschliche Knochen.

Ein paarmal gelang es Sergej, den herumfliegenden Knochen und Blutspritzern auszuweichen, doch dann zersprang einige riesige Blase direkt vor ihm und besudelte ihn von Kopf bis Fuß mit warmem Blut.

»Kill das Monster«, sagte Boris' Stimme, die aus der Dunkelheit drang.

»Kill es, kill es, kill es …«, echote die Stimme von Dron.

Von allen Seiten erschallte ein dumpfes, animalisches Geheul.

Kassarin blickte an sich herab und stellte entsetzt fest, dass die Blutspritzer an seinem Gewand sich in unzählige Spinnfäden verwandelten, die ihn wie Fangarme umschlangen und zu der geplatzten Blase zogen. Die Ränder der geplatzten Blase schrumpelten ein und entblößten messerscharfe, spitze Zähne, zwischen denen Reste von Menschenfleisch hingen. Sergej schlug um sich, um nicht in diesen riesigen Rachen gezogen zu werden, doch sein Widerstand machte alles nur schlimmer – er verfing sich immer mehr in den Tentakeln. Der aufgerissene Rachen kam näher, die gigantischen Kiefer klappten zu, sein Atem blieb stehen und …

Sergej stieß das schweißgebadete Kissen weg und schnappte nach Luft. Sein Herz schlug wie verrückt. Dafür hatte sich der Albtraum in Luft aufgelöst: Die Spinnwebe, die Fangarme und die gigantischen Kiefer, die einen Menschen in der Mitte durchtrennen konnten, waren verschwunden. Nur irgendwo im Hintergrund raunte eine gedämpfte Stimme. Eine Stimme, die Sergej in letzter Zeit geradezu penetrant verfolgte.

»… Genau so hat er es gesagt. Was willst du denn mit so einem Verlierer?«, redete Boris auf jemanden ein. Sergej wusste sofort, auf wen. »Das ist doch ein Grünschnabel, der das Leben nicht kennt. Du brauchst einen richtigen Mann wie mich. Mit mir wird es dir an nichts fehlen. Wir werden's uns richtig gut gehen lassen!«

Boris begann brünstig zu hecheln, und dann hörte man ein Gerangel, das mit einem klatschenden Schlag abrupt zu Ende ging.

»Was fällt dir ein?!«, krähte Boris. »Ich meine das wirklich ernst.«

»Oh, entschuldige, das war mir nicht klar«, erwiderte Polina sarkastisch. »Und ich Dummchen habe nur Spaß gemacht. Aber wenn du drauf bestehst, kannst du auch eine ernsthafte Antwort von mir bekommen.«

Darauf fiel Boris erst einmal nichts mehr ein. Man hörte das Feldbett knarzen. Der verschmähte Verehrer trat den Rückzug an.

»Ihr seid doch alle beide gaga! Wenn du es genau wissen willst, dein Typ pfeift auf dich! Nimm sie dir, ich brauch sie nicht, hat er zu mir gesagt. Was guckst du? Glaubst du mir etwa nicht? Dann frag ihn doch selbst!«

Er wartete wohl auf eine Antwort, bekam aber keine. Kurz darauf bewegten sich seine schweren Schritte zum Ausgang. Durch die geöffnete Tür fiel Licht ins Zimmer, und für einen Moment zeichnete sich Boris' hünenhafte Gestalt im Türrahmen ab. Dann verschwand sie, und der Schlafraum wurde wieder ins Halbdunkel getaucht.

Ganz vorsichtig, um die eingetretene Stille nicht zu stören, ließ Sergej den Kopf auf das Kissen sinken. Wieder hämmerte sein Herz, doch diesmal aus einem anderen Grund. Polina hatte Boris abblitzen lassen! Doch bedeutete das im Umkehrschluss, dass sie für ihn, Sergej, etwas Besonderes empfand? Und selbst wenn, wie dachte sie wohl *jetzt* über ihn, nach dem, was Boris ihr gerade erzählt hatte?

Sergej fand keine Antwort auf diese Frage. Sein Gehirn war immer noch vom Alkohol vernebelt. Wieder und wieder ging ihm das Gespräch zwischen Boris und Polina durch den Kopf, bis der Rausch und die Müdigkeit ihn erlösten, und sein Bewusstsein im Morast des Schlafes versank.

Diesmal wachte er auf, weil ihn jemand beharrlich an der Schulter rüttelte. Polina? Wer sonst? In der Erwartung, die über ihn gebeugte Amazone zu sehen, schlug Sergej frohgemut die Augen auf und sah ... das narbige Gesicht von Schramme.

Doch auch Polina war zugegen. Sie stand zwei Schritte von seinem Bett entfernt und schaute ihn an. Sergej wusste nicht so recht, was dieser Blick zu bedeuten hatte: Freude? Missbilligung? Kummer? Oder gar Gleichgültigkeit?

»Steh auf, der Kommandant erwartet dich«, drängte Schramme.

Der Kommandant? Sergej zog verblüfft die Augenbrauen zusammen. Er war noch nicht ganz wach und konnte sich absolut nicht vorstellen, was der Chef des *Prospekts* von ihm wollte.

»Du hattest doch gesagt, dass du eine wichtige Nachricht für ihn hast«, erinnerte ihn Schramme.

Jetzt klingelte es bei Sergej: die Spinnwebe! Sofort fiel ihm sein Albtraum wieder ein. Er sprang aus dem Bett und fuhr sich mit der Hand übers verquollene Gesicht. Dann zog er seine Jacke unter dem Kopfkissen hervor und schlüpfte hinein.

»Ich muss mich nur vorher waschen«, fiel ihm ein.

Schramme nickte und ging zusammen mit Polina zur Tür. Sergej stürzte hinterher. In seiner Hektik blieb er am Bein des Bettgestells hängen und wäre ums Haar auf der Nase gelandet. Das Metallgestell quietschte erbärmlich, als er es mit seiner Unachtsamkeit verschob. Schramme tat so, als hätte er nichts gehört, aber Polina drehte sich um und schüttelte missbilligend den Kopf.

Immerhin bin ich ihr nicht völlig egal, schlussfolgerte Sergej aus dieser Geste. Bei der Erkenntnis wurde ihm beinahe warm ums Herz.

Er war der Einzige, der sich waschen ging. Schramme und Polina hatten das offenbar schon vorher erledigt. Als er sich übers Waschbecken beugte, fiel ihm auf, dass es relativ sauber war. Jemand hatte die Spuren seines gestrigen Vollrauschs beseitigt.

Sergej spülte sich ausdauernd den Mund, doch das half nicht viel. Nach Alkohol stank er immer noch. Ohnmächtig hielt er einfach den Kopf unter den Hahn. Das eisige Wasser erfrischte, der Schwindel verging. Dafür musste er jetzt mit nassem Haar beim

Kommandanten antanzen, denn in der öffentlichen Toilette gab es natürlich kein Handtuch.

Als Kassarin in Begleitung von Schramme und Polina den Bahnsteig betrat, zeigte die Stationsuhr gerade mal zehn nach sechs Uhr. Trotzdem waren fast genauso viele Leute auf den Beinen wie am Abend zuvor. Am *Prospekt* herrschte ein ganz eigener Lebensrhythmus, der sich Fremden nicht auf Anhieb erschloss.

Es bot sich an, Schramme danach zu fragen, doch Sergej hielt es für besser, den Mund nicht öfter als unbedingt nötig aufzumachen. Wer weiß, was die Stalker und ihr Chef von ihm dachten. Bei Boris war es sowieso klar, der hielt ihn für einen armseligen Verlierer. Und wenn Sergej ganz ehrlich zu sich war, musste er zugeben, dass das Arschloch damit nicht völlig daneben lag.

Kassarin war so in Gedanken versunken, dass er stutzte, als er sich plötzlich vor dem Büro des Kommandanten wiederfand. Von außen wirkte es unauffällig – eine Tür wie jede andere im Verwaltungstrakt der Station. Hier gab es keinen Schnickschnack wie den auf Hochglanz polierten Bronzeschriftzug an der *Marschalskaja*, sondern nur ein einfaches Metallschild mit der Aufschrift »Kommandant«.

Der Stalker klopfte, wartete auf das allfällige »Herein« und öffnete die Tür.

»Sie sind da, Nikolai Stepanowitsch«, meldete er und trat zur Seite.

Schüchtern linste Sergej hinein. Das Büro war relativ klein und mit Regalen vollgestellt. Auf den ersten Blick hätte man den Hausherrn fast übersehen. In einer Ecke des Raums saß an einem uralten Schreibtisch ein klein gewachsener Mann mit speckiger Glatze, der eine mit Isolierband geklebte Brille trug und sich einen Bleistift hinters Ohr geklemmt hatte. Bekleidet war er mit einem zigfach geflickten, schwarzen Overall. Darunter lugte ein Pullover hervor, der seine besten Zeiten auch schon lange hinter sich hatte. Der Aufzug des Mannes war so eigenwillig, dass Sergej unwillkürlich schmunzeln musste.

Der Kommandant – wenn es denn der Kommandant war – lächelte ebenfalls und winkte die Besucher energisch zu sich.

»Kommt rein, kommt rein.«

Sergej trat als Erster ein, danach folgten Polina und Schramme, der akkurat die Tür hinter sich schloss. Der kleine Glatzkopf kam unterdessen hinter seinem Schreibtisch hervor und ging den Gästen entgegen.

»Darf ich mich vorstellen, Nikolaj Stepanowitsch, ich bin hier der Kommandant.«

Also doch der Boss.

»Sergej Kassarin.«

Man gab sich die Hand.

Die Hände des Kommandanten waren mit Schrammen und kleinen Kratzern übersät – ein sicheres Zeichen dafür, dass der Mann seine Zeit nicht nur im Büro verbrachte. Offenbar war er sich nicht zu schade dafür, den normalen Elektrotechnikern bei der Instandhaltung der Turbinen und Stromgeneratoren zur Hand zu gehen. Womöglich hatten sie ihn gerade wegen seiner professionellen Qualitäten zu ihrem Oberhaupt gewählt. Sergej empfand tiefen Respekt für diesen kleinen, aber tatkräftigen Mann, der die ganz Verantwortung für die Station und ihre Bewohner auf seinen schmalen Schultern trug.

»Sie sind nicht zufällig mit Oberst Kassarin verwandt?«, erkundigte sich der Kommandant.

Sergej nickte.

»Ich bin sein Sohn.«

»Ich habe gehört, dass an eurer Station etwas Schlimmes passiert ist.«

Sergej nickte abermals.

»Alle Bewohner sind umgekommen. Ein mysteriöses Monster ist durch einen Lüftungsschacht eingedrungen und hat alle getötet.« Vielleicht nicht alle, schoss es Kassarin durch den Kopf, Dron hatte immerhin überlebt. »Mein Vater nannte es eine schwarze Spinnwebe. Zuerst hat sie die *Marschalskaja* heimgesucht. Dort liegen nur noch Knochen und ganze Skelette herum. Wir haben es gesehen … Und dann hat sie bei uns gewütet.« Sergej sprach mit längeren Pausen, doch der Kommandant unterbrach ihn nicht. »Wir kamen gerade von der *Marschalskaja* zurück, als das Monster an der *Roschtscha* auftauchte. Mit seinen riesigen Fangarmen verschlang es die Leute im Ganzen und … und spuckte dann ihre Knochen wieder aus. Mein Vater hat mich beauftragt, die Allianz zu warnen, und er selbst …« Sergej stockte. Er erinnerte sich an die Skizze in seiner Innentasche und zog sie hervor. Hastig strich er den Zettel glatt und reichte ihn dem Kommandanten. »Diese Zeichnung haben wir an der *Marschalskaja* im Safe des Kommandanten gefunden. Ich denke, das stellt diese Spinnwebe dar. Jedenfalls sah sie genau so aus.«

Nikolai Stepanowitsch legte die hohe Stirn in Falten. Jetzt sah man, dass der Kommandant des *Prospekts* eigentlich schon ein alter Mann war. Lange betrachtete er die Skizze, dann winkte er Schramme zu sich.

»Hast du so was schon mal gesehen?«

Der Stalker schüttelte den Kopf.

»Niemals. Und die Jungs auch nicht. Dafür lege ich die Hand ins Feuer.«

Der Kommandant seufzte tief und ließ greisenhaft die Schultern hängen. Er sah schlagartig um zehn Jahre älter aus.

»Könnte irgendjemand von unseren Leuten etwas darüber wissen. Was meinst du?«

»Niemand!«, mischte sich plötzlich Polina ein, die bis jetzt geschwiegen hatte. »Die *Roschtscha* wurde vor meinen Augen innerhalb weniger Minuten ausgelöscht. Mit der *Marschalskaja* war es dasselbe. Niemand hat überlebt.«

Und Dron? Sergej ließ der Gedanke keine Ruhe.

»Dieses ... Fadenvieh ...« – Polina deutete mit den Augen auf die Skizze – »... tötet alles, was ihm in die Quere kommt. Sogar die Ratten. Niemand wird euch etwas darüber sagen können – außer uns.«

»Voltaire vielleicht schon«, warf Schramme plötzlich ein.

Sergej horchte auf. Diesen Namen hatten die Stalker schon einmal erwähnt.

»Ja, Voltaire«, wiederholte der Kommandant, wandte sich zu Sergej und fügte hinzu: »Ein Wissenschaftler. Er hat vor der Katastrophe in einem biologischen Forschungsinstitut gearbeitet. Er weiß wahnsinnig viel. Voltaire hat früher an der *Sibirskaja* gelebt, dann ist er zu uns übergesiedelt.«

Der Kommandant und Schramme sahen einander betrübt an. Sergej bemerkte das nicht.

»Dann fragen wir ihn doch!«, schlug er vor.

»Das wäre sicher sinnvoll«, erwiderte Nikolai Stepanowitsch. »Aber leider ist Voltaire nicht mehr bei uns. Wir haben ihn verloren.«

»Ist er umgekommen?«, fragte Sergej.

»Banditen haben ihn entführt«, antwortete Schramme für seinen Chef.

»Banditen?«

»Banditen von der Station *Ploschtschad*, unsere lieben Nachbarn, der Teufel soll sie alle holen!« Der Stalker schlug sich mit der Faust in die Hand. In der Geste steckten so viel Hass und Wut, dass Sergej ganz anders zumute wurde. »Sie haben sich an der Nachbarstation eingenistet und dort einen Stützpunkt aufgebaut. Gesindel aus der ganzen Metro hat sich ihnen angeschlossen. Sie überfallen Karawanen, erpressen Schutzgeld von Stalkern und Händlern. Anfangs kamen sie auch zu uns. Seit wir den linken Tunnel gesprengt haben, ist Ruhe. Besser gesagt, es war Ruhe«, verbesserte er sich. »Jetzt geht es wohl wieder von vorne los, wenn sie schon Leute entführen.«

»Wie konnte das passieren?«

Sergej wollte eigentlich wissen, wie die Allianz es zulassen konnte, dass sich an einer benachbarten Station ein Banditennest festsetzt, doch Schramme hatte die Frage auf den Fall Voltaire bezogen.

»Ganz einfach! Sie haben nachts mit einer Draisine den südlichen Kontrollposten gestürmt und eine Schießerei angezettelt. Während unsere Leute gegen die Angreifer kämpften, sind mehrere Gangster in die Station eingedrungen. Sie haben Voltaire mitten auf dem Bahnsteig gefunden, ihn gefesselt und mitgenommen. Wir haben erst später gemerkt, dass der Angriff auf den Posten nur ein Ablenkungsmanöver war.«

Sergej schüttelte nur flüchtig den Kopf. Mit seinem Vater als Sicherheitschef wäre so etwas nie passiert. Polina dagegen machte keinen Hehl daraus, was sie von der Entführung hielt, und griff sich demonstrativ an den Kopf. Schramme nahm es ihr nicht übel. Er hatte tatsächlich ein schlechtes Gewissen.

»Ja, schon klar: Das war unsere Schuld«, seufzte er. »Aber niemand hat mit so was gerechnet. Mir ist es bis heute ein Rätsel, wozu diese Banditen einen Wissenschaftler brauchen. Sie haben noch nicht mal Lösegeld gefordert …«

»Und was tut die Allianz?«, warf Sergej entrüstet ein. »Die Führung der Allianz kann doch nicht zulassen, dass ihre Bürger mir nichts dir nichts von Banditen entführt werden?!«

Der Stalker und der Kommandant tauschten vielsagende Blicke.

»Das hat Voltaire auch immer gesagt«, erwiderte Nikolai Stepanowitsch.

»Er war den Bossen der Allianz ein Dorn im Auge!«, fügte Schramme hinzu. Der Kommandant sah ihn strafend an, doch der Stalker fuhr unbeirrt fort. »Stimmt's etwa nicht, Nikolai Stepanowitsch? An der *Sibirskaja* sind sie doch froh darüber, dass die Banditen Voltaire einkassiert haben. Schon als er noch bei ihnen lebte, hätten sie ihm am liebsten den Mund gestopft.« Schramme wandte sich an Sergej. »So sieht's aus, Junge. Von wegen Allianz. Wir haben uns schon alles Mögliche überlegt, wie wir den alten Voltaire befreien könnten. Das Problem ist, dass wir nicht wissen, wie wir unbemerkt zur *Ploschtschad* vordringen können. Einen Frontalangriff können wir uns nicht leisten. Die Banditen sind zwar keine Helden, aber bis an die Zähne bewaffnet. Das würde zu viele Opfer kosten.«

Er verstummte und starrte deprimiert auf den Boden. Auch Sergej und der Kommandant schwiegen betreten. In diesem Augenblick schaltete sich Polina überraschend ein.

»Ich kann euch hinführen«, verkündete sie, und als alle Blicke auf sie gerichtet waren, fügte sie hinzu: »Für hundert Patronen.«

9

FORTGEHEN, UM ZURÜCKZUKEHREN

Die Station *Ploschtschad* war miserabel bewacht, sofern man hier überhaupt von einer Bewachung sprechen konnte. Erst als Dron unmittelbar vor dem Lagerfeuer des Kontrollpostens stand, bemerkten sie ihn. Drei angetrunkene Typen standen auf und richteten ihre Waffen auf ihn: eine Kalaschnikow, ein von den sibirischen Tüftlern gebautes Gewehr und eine abgesägte Doppelflinte, die noch aus den Zeiten vor der Katastrophe stammte.

Der vierte Wachposten lümmelte mit einer Kalaschnikow auf dem Schoß auf einer der Kisten, die rund ums Feuer aufgestellt waren, und machte sich gar nicht erst die Mühe aufzustehen. Vermutlich war er zu betrunken oder zu bekifft. Doch ausgerechnet er war offenbar der Chef der Wache und ergriff das Wort.

»Bist du ein Stalker?«

Um keine neidischen Blicke auf sich zu ziehen, hatte Dron sein teures Scharfschützengewehr in Lumpen eingewickelt und den Rucksack mit seinen Habseligkeiten im Tunnel unweit des *Prospekts* versteckt. Er sah vermutlich wirklich wie ein Stalker-Novize aus, der sein Glück an der *Oktjabrskaja* oder am *Retschnoi Woksal* versuchen wollte.

»Ich muss etwas mit eurem Boss besprechen«, sagte Dron, ohne auf die Frage einzugehen.

Im vernebelten Blick des Postenchefs flackerte ein Funken Neugier auf.

»So? Was denn? Wenn es sich lohnt, richte ich es ihm aus.«

Dron schnitt eine skeptische Miene und schüttelte den Kopf.

»Könnte passieren, dass du das nicht mehr schaffst. Es sind Leute hierher unterwegs, die euch die Gurgel durchschneiden wollen.«

»Die Gurgel durchschneiden?! Wer?! Aus denen machen wir Hackfleisch!«

Der Typ war leichtgläubig wie ein Kind. Er sprang auf und zog sein Messer.

»Bring mich zu deinem Boss, du Held«, befahl Dron.

Der Chef des Postens verfiel in eine Art Schnappatmung. Entweder er rang nach Worten oder er versuchte, seine Nerven zu beruhigen. Schließlich steckte er sein Messer wieder weg, hob seine aufs Gleis gefallene Kalaschnikow auf und bedeutete Dron, ihm zu folgen.

»Gehen wir.«

Die drei anderen, die beim Feuer zurückblieben, schauten ihnen besorgt hinterher. Sie rechneten offenbar damit, dass jeden Moment ein Überfall bevorstand. Dabei war frühestens in zwei Stunden mit einem Angriff zu rechnen.

Die Händel zwischen den Leuten vom *Prospekt* und dem hiesigen Abschaum interessierten Dron einen feuchten Kehricht. Er wäre nie auf die Idee gekommen, zur *Ploschtschad* zu kommen, wenn Sersch, das Weichei, nicht so ein unverschämtes Glück gehabt hätte. Wieder war alles anders gekommen als geplant.

An der Oberfläche hatten Sersch und seine Schlampe eine Gruppe von Stalkern getroffen. Deshalb waren sie nicht, wie erwartet, allein am *Prospekt* eingetroffen, sondern in Begleitung schwer bewaffneter Kämpfer. Es wäre Selbstmord gewesen, mit den Stalkern eine Schießerei anzufangen. Dron hatte sich schleunigst verdünnisiert und in einem abgelegenen Korridor versteckt.

Dort hatte er eine Zeit lang abgewartet und war dann zur Station zurückgekehrt in der Hoffnung, Sersch in einem unbeobachteten Winkel abzupassen. Doch Sersch war wie vom Erdboden verschluckt – das Weichei hatte schon wieder Glück.

Erst am nächsten Morgen hatte Dron erfahren, dass Sersch und das Mädel vorhatten, mit einem Trupp unter Schrammes Führung zur *Ploschtschad* aufzubrechen, wo sie irgendeinen studierten Schlaukopf befreien wollten.

Dron hatte Sersch und seine Viper sogar aus der Ferne gesehen. Dummerweise waren sie ständig von Schramme und seinen Leuten umgeben, sodass sich keine Gelegenheit ergab, den Feind aufs Korn zu nehmen. Letztlich hatte der Deserteur es aufgegeben und sich auf den Weg zur *Ploschtschad* gemacht, um die Banditen auf den anstehenden Besuch vorzubereiten.

Zusammen mit seinem Begleiter stieg Dron zum Bahnsteig hinauf, der vermutlich genauso lang war wie der am *Prospekt*, aber viel kürzer wirkte, weil es keine elektrische Beleuchtung gab. Als Lichtquelle dienten Petroleumlampen und offene Feuer, um die sich die Banditen scharten. Einige Grüppchen unterhielten sich, andere stritten lautstark.

Gerade als Dron an einer dieser auf Krawall gebürsteten Gesellschaften vorbeiging, eskalierte ein Streit. Schnalzend flog eine Eisenkette durch die Luft und traf einen Banditen im Gesicht. Der schrie wie am Spieß, hielt sich die blutende Stirn und trat taumelnd den Rückzug an. Doch er kam nicht weit. Einer seiner Banditenkollegen stellte ihm ein Bein, sodass er zu Boden ging. Im selben Moment sprangen die anderen auf und begannen mit den Füßen auf ihn einzutreten. Auch die Eisenkette zischte noch ein paarmal durch die Luft, bis das Opfer keinen Mucks mehr machte.

Der Postenchef, der vorausging, ignorierte den Vorfall. Offenbar war es an der *Ploschtschad* völlig normal, Meinungsverschiedenheiten auf diese Art und Weise auszutragen.

Bei der Gelegenheit fiel Dron ein Begriff wieder ein, den er mal gehört hatte und der ihm wegen seines makabren Untertons gefallen hatte: *Natürliche Auslese.* Im Grunde, sofern man überflüssige Sentimentalitäten über Bord warf, beruhte das ganze Leben im Untergrund genau auf diesem Prinzip.

»Da lang«, sagte der Begleiter und deutete auf einen Bunker mit Wänden aus Stahlblech.

Im Licht eines Feuers, das vor dem Eingang brannte, konnte man im Hintergrund drei Rolltreppen sehen, die sich weiter oben in der Dunkelheit verloren. Das hermetische Tor, das den Bahnsteig von den Rolltreppen und vom oberen Eingangsvestibül abschirmen sollte, funktionierte hier anscheinend nicht. Oder man hatte es nach der Katastrophe geöffnet und danach nicht wieder schließen können. Dron war es egal.

Die Stirnwand vor den Rolltreppen hatte einst ein breites Wandbild aus Marmor geschmückt. Mittlerweile war es fast völlig zerstört. Auf einem leidlich erhaltenen Fragment, das von Einschusslöchern übersät war, erkannte Dron eine muskulöse Hand, die eine brennende Fackel hielt. Angesichts der archaischen Beleuchtung an der Station hatte diese Darstellung gleichsam Symbolcharakter. Wobei nicht unbedingt davon auszugehen war, dass das hiesige Publikum sich darüber Gedanken machte. Vermutlich wussten die Leute hier nicht einmal, was sich über ihren Köpfen an den Wänden befand.

Ein weiteres Indiz für diese Vermutung waren die dumpfbackigen Visagen der beiden Gorillas, die, bewaffnet mit Selbstladeflinten und martialischen Pistolen, den Eingang des Bunkers bewachten. Dron verging indes die Lust zur Spöttelei, als er das schwere Maschinengewehr mit eingelegtem Patronengurt sah, das auf einem Dreibein montiert war und neben den Wachen stand.

Sein Begleiter wieselte zu einem der beiden Wachposten, schaute zu ihm auf wie ein treuseliger Hund und flüsterte ihm dann etwas ins Ohr. Der Gorilla verzog angewidert das Gesicht. Doch als der Ankömmling zu Ende gesprochen hatte, nickte er und musterte Dron mit argwöhnischem Blick.

»Soso, du willst zum Boss?«, erkundigte er sich rhetorisch und fügte, ohne eine Antwort abzuwarten, hinzu: »Aber schön brav die Knarre hierlassen. Zum Boss darf man nur ohne Waffen rein.«

Das war nachvollziehbar. Dron nahm sein eingewickeltes Gewehr von der Schulter, fasste es vorsichtig am Lauf und reichte es dem Wachmann.

»Ich würde dir nicht empfehlen, das Ding auszupacken«, warnte er und fixierte sein Gegenüber streng. »Da ist eine scharfe Granate drin.«

Der Gorilla zog die Hand zurück.

»Lass es an der Tür stehen. Nein! Leg es auf den Boden.«

Dron grinste. Sein kleiner Bluff hatte die beiden Wachmänner beeindruckt. Ihr großspuriges Gehabe war auf einmal wie weggeblasen. Um den Effekt zu zementieren, legte er die Waffe wie ein rohes Ei auf den Boden.

»Keine Sorge, ist nur 'ne Handgranate.«

Der Wachmann schluckte nervös. Er fand das überhaupt nicht witzig. Vor der obligatorischen Leibesvisite gab Dron ihm seine Tokarew TT. Das hätte er sich auch sparen können, denn der Gorilla war völlig auf die am Boden liegende Waffe fixiert und durchsuchte ihn nur äußerst oberflächlich. Dron war es einerlei. Er zweifelte keinen Augenblick daran, dass man ihm nach dem Gespräch mit dem Chef der *Ploschtschad* seine Waffen anstandslos zurückgeben würde.

Und so kam es auch.

Zur *Ploschtschad* brach dieselbe Mannschaft auf, die sich an der Oberfläche zusammengefunden hatte: Sergej, Polina und Schrammes Quintett. Während die Stalker sich marschfertig machten, stellte Schramme Sergej die übrigen Mitglieder seiner Truppe vor. Neben dem MG-Schützen Boris waren das der Scharfschütze Walet sowie die Zwillingsbrüder Sanja und Ljocha, die als Aufklärer firmierten. Die beiden waren die Jüngsten im Team und beinahe so mitteilsam wie der Alleinunterhalter Boris.

Letzterer allerdings war heute kaum wiederzuerkennen. Er benahm sich ungewohnt zurückhaltend, lag niemandem in den Ohren, nicht einmal Polina, und schwieg die meiste Zeit. Wenn man ihn etwas fragte, antwortete er kurz angebunden und wandte sich von seinem Gesprächspartner ab oder hielt sich die Hand vor das Veilchen an seinem linken Auge, das langsam aber sicher immer blauer wurde.

Sergej ahnte den Grund für die Metamorphose des Hünen. Polina kannte ihn sogar ganz genau, tat aber so, als wüsste sie von nichts und verhielt sich Boris gegenüber völlig unbefangen und natürlich. Während der Vorbereitung auf die neue Mission meldete sie sich seltsamerweise noch einmal in die Dekontaminationskammer ab. Erst als sie mit einem Bündel Einbruchswerkzeug von dort zurückkehrte, wurde Sergej klar, was dahintersteckte.

»Ist das nicht zu riskant?«, fragte er sie mit einem Fingerzeig auf das Werkzeug, das sie sich unter den Arm geklemmt hatte.

»Anders kommen wir nicht an den Wachposten vorbei«, erklärte die Amazone. »Wir müssen dort durch eine Tür, die verschlossen ist.«

Sergej gab sich mit dieser Antwort zufrieden. Polina wusste bestimmt, was sie tat. Auch bei den Stalkern genoss sie größten Respekt – mehr als Kassarin. Ihr Angebot, Schrammes Truppe in die Station *Ploschtschad* einzuschleusen, hatte zusätzlich Eindruck hinterlassen.

Als Zeichen seiner besonderen Wertschätzung gestattete Schramme der Amazone im Lager freie Auswahl an Waffen und Ausrüstung. Zu Sergejs Erstaunen beschränkte sie sich diesmal auf ein Sturmgewehr mit Lampe und Schalldämpfer und verzichtete sogar auf die angebotene schusssichere Weste.

Sergej nutzte die Gelegenheit, um die Makarow gegen einen Revolver zu tauschen, mit dem er besser vertraut war. Außerdem nahm er sich eine Packung Patronen für sein Sturmgewehr. An Munition herrschte zum Glück kein Mangel im Lager.

Auch die Stalker staffierten sich aus. Boris belud sich mit Stangenmagazinen für sein Maschinengewehr, Walet schnappte sich ein Neun-Millimeter-Scharfschützengwehr mit Nachtsichtgerät vom Typ WSS Wintores, die Zwillinge bewaffneten sich mit denselben Sturmgewehren, wie Polina eines hatte, und stopften sich die Taschen der Einsatzwesten mit Dynamitstangen voll.

Als Sergej das sah, nahm er sich auch zwei Stück. Er wusste, dass er damit eine verheerende Waffe mit sich trug, die aber auch für ihren Besitzer lebensgefährlich werden konnte. Das Dynamit wurde von den Hobbychemikern an der *Sibirskaja* hergestellt. Wie sie das machten, blieb ihr Geheimnis, doch der Sprengstoff, der dabei herauskam, war äußerst empfindlich gegenüber Erschütterungen, Stößen und sonstiger mechanischer Einwirkung. Schon etliche Kämpfer hatten sich aus Versehen selbst in die Luft gesprengt. Die draufgängerischen Zwillinge schreckte das nicht ab.

Vor dem Aufbruch ließ Schramme seine bunte Truppe noch einmal Aufstellung nehmen. Er selbst trug eine Kalaschnikow – genau so eine, wie sie Sergej im Kampf gegen Flints Bande erbeutet hatte. In Schrammes Einsatzweste steckten ein paar Handgranaten und in seinem breiten Gürtelholster eine Stetschkin-Reihenfeuerpistole.

»Also, unser Auftrag ist klar: Wir müssen in die Station eindringen, ohne dass die Banditen an der *Ploschtschad* etwas davon mitbekommen. Dann müssen wir herausfinden, wo Voltaire festgehalten wird, und ihn befreien. Gefechte sind unter allen Umständen zu vermeiden. Haben wir uns verstanden?«

Schramme ließ den Blick über seine Leute schweifen. Die Zwillinge musterte er besonders streng. Sergej stand direkt neben ihnen links außen in der Reihe. Nicht, dass er diesen Platz für besonders passend befand, doch rechts außen stand Boris, und Sergej zog es vor, auf Abstand zu ihm zu bleiben.

»Und wenn das mit dem Vermeiden nicht klappt?«, gab einer der Zwillinge zu bedenken.

Ob es Sanja oder Ljocha war, wusste Kassarin nicht, er konnte sie beim besten Willen nicht auseinanderhalten.

»Eben, was machen wir, wenn's eng wird?«, sprang der andere Zwilling seinem Bruder bei.

»Na dann müssen wir uns natürlich wehren«, erwiderte Schramme seufzend. »Aber es wäre besser, wenn es ohne Kampf abginge.«

»Scheiß drauf, wir heizen diesen Arschlöchern so ein, dass sie schleunigst das Weite suchen!«, prahlte der erste Zwilling.

Sergej dachte sich seinen Teil. Dem Jungen hätten ein paar Tage an der *Roschtscha* unter dem Kommando seines Vaters sicher gut getan.

»Quatsch nicht!«, fuhr Schramme den Aufklärer an. »Wenn du zu früh abdrückst oder uns sonst wie verrätst, schick ich dich zu Nikolai Stepanowitsch zum Kabel flicken und Rohre putzen. Hast du mich verstanden?«

»Aber sicher doch, Chef.«

»Alles klar, versteht sich«, pflichtete sein Bruder bei.

»Wir brechen auf«, verkündete Schramme. »Polina, du führst uns.«

Die Amazone ging voraus. Sergej hätte erwartet, dass sie die Stalker ähnlich rigoros instruierte wie sie das vor dem Aufstieg zur Oberfläche bei ihm getan hatte, doch sie fasste sich kurz.

»Wir werden ein flottes Tempo gehen. Bleibt immer dicht hinter mir.«

Einer nach dem anderen stiegen sie vom Bahnsteig in den Tunnel hinunter, passierten den ersten Checkpoint und kurz darauf den zweiten, der schon eher wie ein befestigter Kontrollposten aussah. Etwa zehn Meter vor dem Posten war quer zum Tunnel eine dicke Eisenkette gespannt. Wohl um zu verhindern, dass die Banditen mit Draisinen zur Station durchbrachen, mutmaßte Sergej, fragte aber nicht nach, und keiner der Stalker kam von selbst auf die Idee, den Zweck der Kette näher zu erläutern. Schweigend folgten sie ihrem Kommandeur und Polina. Selbst die geschwätzigen Zwillinge hielten den Mund.

Allmählich fand Sergej das allgemeine Schweigen bedrückend. Er versuchte sich abzulenken, indem er den Tunnel genauer inspizierte, doch im Grunde gab es hier nichts Besonderes zu sehen. Es war ein Tunnel wie jeder andere, relativ feucht, immer wieder tropfte kondensiertes Wasser von der Decke. Wenigstens standen keine Pfützen am Boden.

Sergej erinnerte sich an die völlig grundlos plätschernden Wasserlachen im Tunnel zwischen der *Marschalskaja* und der *Sibirskaja* und an die Wahnvorstellungen, die ihn und Polina beinahe das Leben gekostet hätten. Am unheimlichsten waren Bedrohungen, die man sich nicht erklären konnte. Und was sich in jenem Tunnel ereignet hatte, war schlicht und einfach irrational. Sergej fröstelte allein beim Gedanken daran.

Die Amazone marschierte völlig unbeirrt voraus, doch irgendetwas stimmte nicht. Sergej spähte angestrengt nach vorn, und dann begriff er, was ihn beunruhigt hatte: Aus der Tiefe des Tunnels drang gedämpftes Licht. Die Station? Näherten sie sich etwa schon der *Ploschtschad?* Sie waren doch noch gar nicht lange unterwegs. Aber woher kam dieses Licht?

Sergej bereute, dass er sich nicht schon im Vorfeld nach der Länge des Tunnels zwischen *Prospekt* und *Ploschtschad* erkundigt hatte. Jetzt war es zu spät, danach zu fragen. Außerdem zerbrach er sich den Kopf darüber, wie es weitergehen sollte, wenn sie die *Ploschtschad* erreicht hatten. Wo würden sie nach dem entführten Wissenschaftler suchen, und wie sollte es gelingen, dabei nicht aufzufliegen? Ob Polina einen Plan hatte?

Plötzlich blieben die Amazone und Schramme stehen.

»Gasmasken anlegen«, kommandierte Schramme.

Die Stalker setzten ihre Gummimasken auf. Sergej folgte ihrem Beispiel, obwohl das Dosimeter in seiner Ärmeltasche keinen Mucks von sich gab. Wenn der Lichtschein dort vorne von einer radioaktiven Strahlungsquelle ausging, hätte es eigentlich knistern müssen wie verrückt.

Nach der kurzen Unterbrechung setzte die Gruppe den Marsch fort. Mit jedem Meter wurde es heller im Tunnel. Bald schalteten

Polina und nach ihr auch einige der Stalker die Lampen aus. Sergej machte es genauso, und im selben Augenblick entdeckte er die Lichtquelle im Tunnel: Pilze! Eine ganze Kolonie. Sie standen zwischen den Gleisschwellen, wuchsen aus den Wänden und hingen sogar von der Decke!

Von ihren essbaren Verwandten, die an fast jeder Metrostation gezüchtet wurden, unterschieden sie sich durch ihre schlanken, verbogenen Stiele und extrem weit ausladenden Hüte. Außerdem natürlich dadurch, dass sie leuchteten. Wie eine Aura umgab jeden einzelnen Pilz ein bläulicher Schein.

»Laternen«, murmelte einer der Zwillinge, der bemerkt hatte, dass Sergej neugierig den Hals reckte. »So nennen wir sie. Hier gibt es relativ wenige davon, aber im Tunnel zwischen *Ploschtschad* und *Oktjabrskaja* wuchern sie angeblich wie Unkraut. Ohne spezielle Schutzbrillen würde man dort blind werden. Ich habe das allerdings nicht selbst gesehen. Man hat anfangs versucht, sie als Lampen zu verwenden, aber die blöden Dinger leuchten nur, solange sie lebendig sind. Wenn man sie abschneidet, gehen sie aus.«

Um das zu demonstrieren, schlug der Stalker einen Pilz mit dem Gewehrschaft von der Wand. Sein Lichtschein verblasste augenblicklich und erlosch gänzlich, als der Pilz auf den Boden fiel.

»Außerdem sind sie giftig«, fuhr der Zwilling fort. »Sie verströmen irgendein Gas. Voltaire hat gesagt, dass es dieses Gas ist, das leuchtet. Ohne Gasmaske sollte man diesen Gewächsen nicht zu nahe kommen. Und anfassen darf man sie natürlich auch nicht.«

Schweigend und beeindruckt betrachtete Sergej die leuchtenden Pilze. Bis jetzt hatte er noch nie etwas von diesem erstaunlichen und gefährlichen Phänomen gehört. Wie viele unentdeckte Geheimnisse hielt diese absurde Welt noch für sie parat? Das größte Rätsel für Sergej und wohl die größte Bedrohung für die ganze Metro war jedoch die Menschen fressende Spinnwebe!

Sergej erinnerte sich an das Versprechen, das er seinem Vater gegeben hatte, schüttelte sich und lief den vorausgeeilten Stalkern hinterher.

Bald hatte er die Zwillinge eingeholt und fand sich unversehens an der Spitze der Gruppe wieder. Sergej überholte Schramme und schloss zu Polina auf. Er bezweckte nichts Spezielles damit, sondern wollte einfach in ihrer Nähe sein.

Nach wenigen Metern blieb die Amazone aus heiterem Himmel stehen und stoppte ihn, indem sie seitlich den Arm ausfuhr. Sergej spürte die Anspannung in ihrer Hand, die ihn energisch zurückhielt. Er folgte ihrem Blick und erschrak.

Dort vorne bewegten sich, dicht aneinandergedrängt, lange, hässliche Schatten. Sie rührten von einem riesigen, ausgemergelten Säbelzahnbär und zwei kleineren Artgenossen. Ein Weibchen mit Jungen, konstatierte Kassarin und nahm sein Gewehr vom Rücken. Doch Polina griff ihm an den Arm.

»Spinnst du? Wir sind schon viel zu nahe an der Station, man würde die Schüsse hören«, flüsterte sie.

Leicht gesagt! Aber was, wenn die Monster angriffen?! Bange beobachtete Sergej die Säbelzahnbären, die auf den Hinterbeinen standen und gierig Pilze von den Wänden pflückten. Sie schienen die Ankömmlinge noch nicht bemerkt zu haben.

Vielleicht geht es ja gut, dachte Sergej und begann, angetrieben von Polina, zurückzuweichen. Doch schon im selben Moment machte das dürre, sichtlich ausgehungerte Weibchen diese Hoffnung zunichte. Es drehte den Kopf in ihre Richtung, riss drohend den Rachen auf und griff an. Die beiden Jungen folgten ihr.

»Nicht schießen! Sonst fliegen wir auf!«, zischte Polina, die zu den Stalkern umgedreht hatte.

Das aggressive Monster hielt direkt auf sie zu, was die Amazone jedoch nicht sehen konnte. Sie hatte ihre Warnung kaum zu Ende gesprochen, als die Bestie bereits zum Sprung ansetzte. Jetzt entschieden Sekundenbruchteile.

Sergej stieß Polina zu Boden und warf sich über sie. Der zweihundert Kilo schwere Muskelberg flog mit ausgefahrenen Krallen und Zähnen knapp über sie hinweg und landete mitten in der Gruppe der Stalker. Dabei riss die Bestie Boris um, der das Maschinengewehr schützend vor sich hielt. Beide fielen aufs Gleis. Nur einer der Stalker reagierte rechtzeitig und behielt zum Glück einen kühlen Kopf. Schon hatte Walet etwas Langes, Spitzes – einen Ladestock oder ein Stilet? – aus dem Ärmel gezogen und rammte es dem Ungeheuer in den Hals und dann noch zweimal in die Seite.

Länger konnte Sergej den Kampf nicht verfolgen. Animalisches Gebrüll in seinem Rücken veranlasst ihn, sich umzudrehen. Eines der Jungen, immerhin so groß wie ein ausgewachsenes Schwein, hatte sich in geduckter Haltung an ihn herangepirscht. Doch jetzt zögerte der Mutant. Offenbar hatte ihm seine Mutter noch nicht beigebracht, wie man blitzartig angreift. Dadurch gewann Sergej wertvolle Sekunden. Er zog Polinas Messer.

Als das Monster sich nun doch zur Attacke entschloss, versetzte ihm Kassarin einen Hieb auf die längliche Schnauze. Aus der Schnittwunde spritzte Blut, doch die Bestie jaulte nicht einmal, sondern schüttelte nur ihren knorrigen Kopf, brüllte böse und setzte erneut zum Angriff an.

Sergej rollte zur Seite, sprang auf, um die Aufmerksamkeit des Mutanten auf sich zu lenken, und schwang abermals das Messer. Diesmal streifte die Klinge nur den Schädel des Säbelzahnbären, ohne ihm ernsthaften Schaden zuzufügen. Mit einem Prankenhieb schleuderte das Monster Sergej aufs Gleis, reckte den Hals und stürzte sich auf sein am Boden liegendes Opfer, um es mit seinen langen Hauern aufzuspießen.

Doch in diesem Augenblick bekam es einen Gewehrschaft zwischen die Augen gezimmert. Seine Vorderbeine knickten ein, und es sackte auf die Knie. Benommen schwenkte es den Kopf hin und her und schnappte unkoordiniert mit den Kiefern. Beim nächsten Schafthieb ging das Stirnbein zu Bruch. Das schauderhafte Geräusch, das dabei entstand, klang so ähnlich wie das Spalten von Holz mit einer Axt. Das Monster schnappte ein letztes Mal, dann fiel es auf die Seite. Seine linke Hinterpfote zuckte noch kurz, dann rührte es sich nicht mehr.

Als Sergej von dem reglosen Kadaver aufsah, fiel sein Blick auf Polina, die direkt über ihm stand und den Lauf ihres Sturmgewehrs umklammert hielt.

Wo steckte der dritte Mutant? Fieberhaft blickte Kassarin sich um. Doch der Kampf war schon zu Ende. Das zweite Junge der Säbelzahnbärin lag mausetot auf dem Gleis. Schramme und die Zwillinge standen mit blutverschmierten Messern darumherum. Die Kiefer des Weibchens umfassten eine Schiene, als hätte es im Todeskampf versucht sie durchzubeißen.

Boris, der sich auf Walets Schulter stützte, trat mit dem Fuß gegen den leblosen Kadaver. Sein Schutzanzug sah aus, als wäre er unter einen Rasenmäher geraten. Der Stalker selbst war offenbar mit Prellungen und einer Risswunde an der rechten Hand davongekommen.

»Mistvieh!«, schimpfte er. »Hat mir die ganzen Klamotten ruiniert. Ein Glück, dass wenigstens die Gasmaske heil ist.«

Und das Dynamit, fiel Sergej ein. Er bekam einen ordentlichen Schrecken, als er an die Dynamitstangen in seiner Einsatzweste dachte. Das hätte auch schiefgehen können! Mit zittrigen Knien ging er zu Walet hinüber, der gerade seine schmale Klinge in die Ärmeltasche zurücksteckte.

»Damit hast du das Vieh abgestochen?«

»Ja.« Walet zeigte ihm die Waffe. »Ein Marinedolch. Die Klinge ist aus gehärtetem Stahl. Einzigartig! Diese Bestien haben eine dicke Haut. Da kommst du nicht mit jedem Messer durch. Aber mit dem hier locker. Man muss nur wissen, wo man zustechen muss: in den Hals, ins Herz oder in die Nieren … Ich hab das gute Stück geerbt«, fügte er stolz hinzu und streichelte zärtlich mit dem Finger über die Klinge.

»Von deinem Vater?«

»Von meinem Onkel. Der hatte bei der Marine gedient. Meine Eltern sind bei der Katastrophe ums Leben gekommen.«

Um seinen Onkel schien Walet mehr zu trauern als um seine Eltern, an die er sich wahrscheinlich kaum mehr erinnern konnte. Wie alt mochte er damals gewesen sein? Höchstens zehn Jahre.

»Wo kommen bloß diese Monster her?«, wunderte sich Boris. »Gab's doch noch nie hier.«

»Und wer hat dann letzte Woche die Handelskarawane zerlegt?«, gab Schramme zu bedenken.

Boris zuckte mit den Achseln.

»Keine Ahnung. Wie soll man das jetzt noch feststellen? Von den Jungs sind nur blanke Knochen übrig geblieben.«

Sergej fuhr zusammen. Blanke Knochen? War die Spinnwebe womöglich auch hier schon aufgetaucht?

»Wir müssen weiter«, sagte er.

»Ja, wir haben sowieso schon Zeit verloren«, pflichtete Polina bei.

»Aufstellung!«, kommandierte Schramme, der sich an seine Pflichten als Kommandeur erinnerte. »Vorwärts, marsch. Es ist nicht mehr weit.«

Niemand ahnte, wie recht er damit hatte.

Urplötzlich blendete eine gleißende Lichtsäule auf und fraß sich durch die Dunkelheit. Das schwache Licht der Stirnlampen, die man etwa hundert Meter nach der Pilzkolonie wieder eingeschaltet hatte, ging in dem grellen Scheinwerferstrahl völlig unter.

Einen Atemzug später setzte ohrenbetäubender Lärm ein: das Hämmern eines großkalibrigen Maschinengewehrs. Sergej sah, wie an der Spitze ihrer Gruppe zwei silhouettenhafte Gestalten in verschiedene Richtungen zur Seite sprangen. Die eine tauchte in der Dunkelheit ab, die andere zuckte im Scheinwerferlicht wie eine von unsichtbaren Fäden bewegte Marionette und fiel dann, von Kugeln durchsiebt, auf das Gleis.

Jemand schrie wie am Spieß. Sergej blickte sich suchend um, sah aber nur dunkle Gestalten durch den hell erleuchteten Tunnel huschen. Etwas Glühendes schoss an seiner Wange vorbei. Er spürte den heißen Luftzug an seiner Haut: eine Kugel! Erst jetzt begriff er, dass auch er ins Visier des unbekannten MG-Schützen geraten war, und flüchtete in die rettende Dunkelheit. Weiter vorne gellte abermals ein Schrei. Offenbar hatte es wieder einen der Stalker erwischt. Verzweifelt versuchten sie, dem Scheinwerferstrahl zu entkommen, der suchend durch den Tunnel schwenkte. Im Lärm des ununterbrochenen MG-Feuers hatte Kassarin nicht ausmachen können, wer geschrien hatte. Doch nicht Polina? Kaum hatte er an die Amazone gedacht, tauchte sie plötzlich aus der Dunkelheit auf.

»Mir nach«, brüllte sie und rannte in Richtung des feindlichen MGs.

»Bleib stehen! Wo willst du hin?! Du rennst in den Tod!«, schrie ihr Sergej entsetzt hinterher, doch Polina war schon wieder in der Dunkelheit verschwunden.

Jemand stieß ihn in den Rücken.

»Mach schon, Junge.«

Sergej drehte sich um und sah Walet.

»Dort ist die tote Zone«, rief der Scharfschütze im Vorbeilaufen.

Sergei begriff nicht sofort, was Walet damit gemeint hatte. Erst als ihm einfiel, was ihm sein Vater über den Schusssektor erklärt hatte, wurde ihm der Zusammenhang klar. Die tote Zone war der Bereich, der nicht von Geschossen bestrichen wurde. Also eine rettende Zone! Kurz entschlossen rannte er Walet und Polina hinterher.

Ein paar Meter vor ihm lag etwas auf dem Boden, das aussah wie ein großer, langer Sack. Sergej wich aus, um nicht darüberzustolpern. Im Vorbeilaufen sah er, dass es sich um Boris handelte, der rücklings zwischen den Schienen lag. Aus seinem aufgerissenen Brustkorb quoll ein blutiger, Blasen werfender Brei. Bevor die großkalibrigen Geschosse seinen bärenstarken Körper durchsiebt hatten, war der Ärmste nicht einmal mehr dazu gekommen, das MG vom Rücken zu nehmen, geschweige denn einen einzigen Schuss abzugeben.

Seltsam: Eben hatte Sergej den Hünen beinahe gehasst. Jetzt, da er ihn tot auf dem Gleis liegen sah, hatte er das Gefühl, dass sich im Gefüge seiner kleinen Welt ein Riss gebildet hatte, der nicht wieder zu kitten war. Leb wohl, Boris …

Polina war wie vom Erdboden verschluckt. Dafür entdeckte Sergej knapp vor sich Walet. Der Scharfschütze kniete am Vorsprung eines Tunnelsegments und richtete sein Gewehr auf das Licht. Das Wintores spuckte Feuer. Im selben Moment hörte man Glas splittern. Der Scheinwerfer erlosch. Kurz darauf verstummte auch das feindliche Maschinengewehr.

»So«, sagte Walet zufrieden. »Und dich kriege ich jetzt auch.«

Er legte das Gewehr neu an, doch anstatt abzudrücken, bekam er plötzlich Schlagseite und kippte wie in Zeitlupe um. Sergej versuchte noch, ihn an der Schulter festzuhalten, kam jedoch zu spät und bekam nur den warmen Lauf des Scharfschützengewehrs zu fassen. Walet hatte die Waffe losgelassen und stürzte aufs Gleis. Mitten auf seiner Stirn prangte ein kleines, blutendes Loch, kaum größer als der Kopf eines Nagels.

Sergej machte einen Satz zurück und schrie. Sein Schrei ging im Gehämmer des Maschinengewehrs unter, das eine neuerliche Salve durch den Tunnel jagte. Der plötzliche Tod von Walet, der gerade eben noch gelebt hatte und jetzt mit leeren glasigen Augen auf den Schienen lag, lähmte Sergej. Er stand wie angewurzelt da und wäre sicherlich als Nächster erschossen worden, hätte ihn nicht unvermittelt eine Hand aus der Schusslinie gezerrt.

Polina! Wer sonst?! Sein Schutzengel vom Dienst hatte ihm zum x-ten Mal das Leben gerettet.

»Hier rein! Schnell!«

Polina bückte sich, hob ein verdrecktes Gitter aus dem Boden und schubste Sergej zu dem Einstiegsloch.

Aus der Öffnung drang ein fauliger Gestank nach abgestandenem, schlammigem Wasser. Immer noch mit Walets Gewehr in der Hand sprang Kassarin, ohne lang nachzudenken, in das Loch hinunter. Polina folgte ihm und nahm sich die Zeit, das Gitter wieder über das Loch zu ziehen. Dann wandte sie sich an Sergej.

»Los, vorwärts.«

Vorwärts? Sergej blickte sich hilflos um. Sie befanden sich in einem Abflusskanal, in dem knietief das Wasser stand. Die enge Betonröhre war so niedrig, dass man sich nur abenteuerlich verrenkt oder auf allen vieren fortbewegen konnte. Polina zwängte sich trotzdem an ihm vorbei, beugte den Oberkörper weit vor und watete beinahe im Laufschritt durchs Wasser.

Sergej versuchte es genauso zu machen, schlug sich aber schon nach wenigen Metern den Kopf an der Decke an und wäre beinahe in die Brühe gefallen. Dass es nicht so weit kam, hatte er Walets Wintores zu verdanken, auf das er sich stützte. Er ging langsam und vorsichtig weiter, um sich nicht noch mehr Beulen einzuhandeln. Polina bemerkte, dass er nicht hinterherkam, und wartete auf ihn.

»Wo sind wir?«, fragte Sergej, als er sie eingeholt hatte.

»In der Kanalisation.«

»In der Kanalisation?«, wiederholte Kassarin perplex.

»Zerbrich dir nicht den Kopf darüber«, winkte Polina ab. »Entscheidend ist, dass …«

Zum Entscheidenden kam sie nicht mehr. Über ihren Köpfen gab es einen gewaltigen Knall. Für einen Moment fühlte sich Sergej wie betäubt. Dann hörte man das Getöse herabfallender Felsbrocken über der Decke des Kanals.

»Das war's«, flüsterte die Amazone konsterniert.

»Das war was?«

»Das Dynamit.«

»Das Dynamit?«, echote Sergej mechanisch, doch noch bevor Polina etwas sagte, begriff er, was das bedeutete.

Wenn das Dynamit der Zwillinge explodiert war, wahrscheinlich weil eine Kugel eine der Stangen getroffen hatte, dann waren auch die beiden Brüder in die Luft geflogen.

»Jetzt ist alles aus«, konstatierte Polina.

»Was meinst du damit?«

Die Frage war idiotisch, doch Sergej wollte sich nicht mit den ebenso wahrscheinlichen wie niederschmetternden Konsequenzen der Detonation abfinden. Aber Polina nahm keine Rücksicht auf seine Gefühle und brachte die Sache schonungslos auf den Punkt.

»Schramme und Boris sind tot. Ich habe selbst gesehen, wie sie gestorben sind. Und Walet anscheinend auch.« Sie deutete auf das Gewehr in Sergejs Hand. »Die Zwillinge waren die Letzten.«

»Wie konnte das passieren?«, murmelte Sergej.

Es ging ihm nicht in den Kopf, dass fünf erfahrene, hervorragend bewaffnete Stalker innerhalb weniger Sekunden einer nach dem anderen umgekommen waren.

»Das war ein Hinterhalt«, erwiderte Polina. »Wir wurden erwartet. Jemand hat uns an der *Ploschtschad* verpfiffen.«

»Aber wer? Wer sollte es auf uns abgesehen haben?«

Anstatt zu antworten, verzog Polina den Mund zu einem bitteren Lächeln. Dann ging sie zum Gitter zurück und lauschte längere Zeit. Auch Sergej lauschte, hörte aber nichts, nicht einmal Schüsse. Im Tunnel herrschte Stille.

Schließlich kam die Amazone wieder zurück.

»Schöne Scheiße«, verkündete sie. »Der Ausgang ist blockiert. Offenbar ist bei der Explosion der Tunnel eingestürzt.«

»Und was machen wir jetzt?«, fragte Sergej.

Polina sah ihn zweifelnd an, als überlegte sie, ob sie ihm das überhaupt sagen sollte, doch dann entschied sie sich doch, ihn einzuweihen.

»Dieser Kanal führt zur *Ploschtschad*. Und eben auf diesem Weg wollte ich euch ursprünglich zur Station führen. Aber was hat das jetzt noch für einen Sinn?«

»Wieso?«, wunderte sich Sergej. »Schramme und seine Leute sind tot, ja. Aber wir sind noch am Leben. Und wir haben einen Auftrag. Wir müssen den Wissenschaftler befreien, den die Banditen entführt haben.«

»Das sehe ich anders«, entgegnete Polina kopfschüttelnd. »Ich habe nur versprochen, euch bis zur *Ploschtschad* zu bringen. Ich hatte nie vor, mich mit der ganzen Bande dort herumzuschlagen. Und jetzt erst recht nicht.«

»Dann geh ich eben allein!«, versetzte Kassarin barsch.

Sergej hätte sich nicht gewundert, wenn Polina fuchsteufelswild geworden wäre und ihn angeschrien oder gar auf ihn eingeschlagen hätte. Doch zu seiner Überraschung reagierte sie völlig anders.

»Na gut«, sagte sie leise und fügte fast tonlos hinzu: »Ich komme mit.«

Mit gekrümmten Rücken setzten Sergej und Polina den Weg durch die Betonröhre fort, deren Umrisse sich im Dunkeln verloren. Sie hatten längst nasse Füße, und ihre Wirbelsäulen fühlten sich an, als steckten Eisenstangen darin. Sergejs Schuhe sanken bei jedem Schritt in einer zähen, schlammigen Masse ein und verursachten schmatzende Geräusche, wenn er sie wieder herauszog. Er wollte sich lieber nicht vorstellen, was für ein ekliges Zeug seine Schuhe förmlich anzusaugen schien, und konnte sich auch nicht aufraffen, Polina danach zu fragen.

Außerdem war der Boden des Kanals mit Vorsprüngen gespickt, die man in der Dreckbrühe natürlich nicht sehen konnte. Man musste äußerst vorsichtig gehen. Sergej stolperte trotzdem immer wieder. Einmal verlor er dabei das Gleichgewicht und ging gnadenlos baden. Nicht genug, dass sein Anzug dabei nass wurde, er versenkte auch noch das Scharfschützengewehr.

Polina nahm ihm das Wintores daraufhin ab und hängte es sich zusätzlich zu ihrem eigenen Gewehr um. Trotz der schweren Last hatte sie offenbar nie Probleme, das Gleichgewicht zu halten. Kassarin wurde das Gefühl nicht los, dass sie ohne ihn wesentlich schneller vorangekommen wäre.

Endlich blieb die Amazone stehen. Sergej atmete erleichtert auf, hatte sich jedoch zu früh gefreut. Der Kanal war an dieser Stelle mit einem Gitter aus dicken Stahlstäben versperrt. Das kleine Tor in der Absperrung war mit einem Vorhängeschloss gesichert. Polina schien von dem Hindernis in keiner Weise überrascht zu sein. Sie angelte das Einbruchswerkzeug aus ihrem Rucksack und wählte einen langen Haken mit gebogenem Bart aus. Das Schloss war anscheinend eine Routinesache für sie, jedenfalls bat sie Sergej diesmal nicht um Hilfe. Sie schob den Haken in die Öffnung, hebelte ein paarmal hin und her, und – klack – sprang das Schloss auf.

»Ab jetzt müssen wir ganz leise sein«, warnte Polina und schob das Tor auf. »Bleib hinter mir. Keinen Schritt zur Seite!«

Sergej war schleierhaft, was sie damit meinte. In dem engen Kanal war es schlechterdings unmöglich, einen Schritt zur Seite zu machen.

Mit katzenhafter Behändigkeit schlüpfte Polina durch das Gitter und ging auf leisen Sohlen voraus. Erstaunlicherweise verursachte sie überhaupt keine schmatzenden Geräusche beim Gehen. So behutsam wie möglich folgte ihr Sergej. Die Amazone hatte sicher nicht umsonst zur Vorsicht gemahnt. Vermutlich befanden sie sich schon ganz in der Nähe der Station, wenn nicht sogar unmittelbar darunter.

Nach etwa zwanzig Metern blieb Polina stehen und richtete sich auf. Dabei verschwand ihr Oberkörper aus dem Blickfeld. Ihr an der Taille gleichsam abgeschnittener Körper bot einen ziemlich gespenstischen Anblick, doch als Sergej zu ihr aufschloss, klärte sich das Phänomen. An der Stelle, wo sie stand, führte ein schmaler Betonschacht aus dem Kanal nach oben. Seine Wände waren völlig glatt und mit einer widerlich stinkenden Masse überzogen, die klebrig und glitschig aussah. Durch so einen Schacht nach oben zu gelangen, schien völlig unmöglich zu sein, doch Polina hatte anscheinend genau das vor.

»Geh in die Hocke«, kommandierte sie und stieg Sergej auf die Schultern. »Und jetzt steh auf.«

Beim Aufrichten musste Sergej sich an der Wand einhalten. Sie war tatsächlich so klebrig und glitschig wie befürchtet. Die Amazone hatte ihre Stirnlampe ausgeschaltet, deshalb konnte Sergej nicht sehen, was sie dort oben auf seinen Schultern machte. Er hörte nur ein dumpfes, metallisches Knarzen. Plötzlich wurde Polina viel schwerer, als hätte sie auf einen Schlag zwanzig Kilo zugelegt. Und dann … war plötzlich alles wieder so wie zuvor, abgesehen davon, dass an den Schachtwänden der Widerschein eines nahen Feuers flackerte.

Sergej begriff: Die Amazone hatte eine Luke aufgeschoben!

Polina kletterte durch die Öffnung und ließ kurze Zeit später ihre Kalaschnikow und das Wintores herab. Sie hatte die beiden Waffen an den Trageriemen zusammengehängt. Sergej griff nach dem Sturmgewehr und hangelte sich an der improvisierten Strickleiter hinauf. Er wunderte sich selbst, wie leicht das gelang.

Oben angekommen, fand Kassarin seine Vermutung bestätigt: Sie waren aus der Kanalisation in einen Keller unterhalb der Bahnsteighalle der *Ploschtschad* hinaufgeklettert. Früher hatten sich im Untergeschoss der Metrostationen Technikräume befunden. Die meisten Anlagen waren jedoch längst defekt, oder man brauchte sie nicht mehr. Deshalb schlachtete man sie aus oder verwendete sie als Baumaterial. Die frei gewordenen Keller bauten die Bewohner der Stationen nach und nach für ihre Zwecke um. So hatte man an der *Roschtscha* einen dieser Räume zu der Gefängniszelle umfunktioniert, in der Sergej Polina kennengelernt hatte.

Mit flinken Händen löste die Amazone die Riemen voneinander, hängte sich das Wintores um die Schulter, nahm das Sturmgewehr in die Hand, gab Sergej ein Zeichen und schlich auf das Lagerfeuer zu, das weiter hinten im Keller brannte.

Am Feuer saßen zwei Männer in langen Ledermänteln. Der eine hatte es sich auf einer Kiste bequem gemacht. Um seine Schulter hing mit dem Lauf nach unten eine furchterregende Kalaschnikow, die noch einen alten Holzschaft hatte. Der andere, ein kraftstrotzender Riese, hockte auf einer umgedrehten Blechtonne und hatte sich eine Flinte über die Knie gelegt. Sergej erkannte die Waffe sofort. Es war der ihm wohlvertraute sechsschüssige »Spieß«, nur ohne Bajonett.

Die beiden Banditen waren in ein merkwürdiges, doch offenbar höchst unterhaltsames Spiel vertieft: Sie zählten bis drei und streckten dann synchron eine Hand mit abgespreizten Fingern vor. Ihr Treiben erinnerte Sergej an das Kinderspiel »Schere, Stein, Papier«, nur dass der Verlierer bei diesem Spiel nicht mit einem Fingerhieb gegen die Stirn bestraft wurde, sondern löhnen musste: Nach der ersten Runde nahm der Typ auf der Kiste fünf Patronen aus dem Ersatzmagazin, das mit Klebeband am eingesteckten Magazin seiner Kalaschnikow befestigt war, und warf sie seinem Spielpartner hin. Der raffte seinen Gewinn zusammen und steckte ihn in seine Manteltasche. Dann wurde die nächste Runde gespielt.

Wer diesmal gewann, bekam Sergej nicht mehr mit, da ihm Polina fieberhaft Zeichen gab. Sie legte zuerst den Finger auf den Mund und zeigte ihm dann zwei Finger, wobei sie den einen krümmte und mit dem anderen auf den Spieler deutete, der auf der Tonne saß.

Einen Moment lang fragte sich Sergej, ob Polina etwa mitspielen wollte, doch dieser Gedanke war natürlich absurd. In diesem Augenblick erhob sich schallendes Gelächter am Lagerfeuer. Der Hüne mit der Flinte schlug sich grölend auf die Schenkel, während sein Kompagnon abermals sein Ersatzmagazin schröpfte. Die darin verbliebenen Patronen reichten offenbar nicht, um die Spielschuld zu begleichen, denn er zog auch das zweite Magazin aus der Kalaschnikow.

Während die beiden sorglos ihrem Zeitvertreib frönten, sprang Polina aus der Deckung hinter einer Säule hervor und rannte auf die beiden Spieler zu. Sergej war so überrascht, dass er wie angewurzelt stehen blieb. Als er sich besann, war die Amazone bereits auf halbem Weg zum Lagerfeuer. In diesem Moment bemerkten sie auch die beiden Spieler. Während der Verlierer gerade erst den Kopf in ihre Richtung drehte, griff der Sieger, auf den Polina mit dem Finger gezeigt hatte, sofort zu seiner Flinte. Erst jetzt begriff Sergej, was die Gesten der Amazone bedeutet hatten.

Den Typ mit der Flinte lautlos unschädlich machen. Das war es, was sie ihm hatte sagen wollen!

Reflexartig zog Sergej das Wurfmesser, das ihm Polina geschenkt hatte, und fasste es an der Klinge. Der Gorilla mit dem »Spieß« war bereits von seiner Kiste aufgesprungen und richtete den Lauf seiner vernichtenden Waffe auf die Amazone.

Sergej hatte mit eigenen Augen gesehen, wie eine Ladung Schrot, abgefeuert aus nächster Nähe, einen angreifenden Vampir in der Luft zerfetzt hatte. Ein Schuss aus drei Metern Entfernung – und genau so weit war Polina noch von der Laufmündung entfernt – hätte ihren zierlichen Körper in Stücke gerissen. Für einen kurzen Moment hatte Kassarin das schreckliche Bild tatsächlich vor Augen: Wie der Brustkorb seiner Liebsten beim Knallen des »Spießes« in Stücke zerfetzt wurde, Blut in sämtliche Richtungen spritzte, ihr verstümmelter Körper durch die Luft wirbelte und als blutiger Klumpen vor seinen Füßen landete.

Doch zu dem fatalen Schuss, der Polinas Leben in seiner Fantasie ein Ende setzte, kam es nicht. Als die blutige Halluzination verschwand, sah Kassarin, was tatsächlich geschah: Der Lauf der Flinte sackte jäh herab, und ihr Besitzer taumelte rückwärts. In seiner Brust steckte das Messer. Sergej wusste nicht, wie das zugegangen war. Er hatte es nicht für möglich gehalten, dem Banditen noch zuvorzukommen.

Der Hüne mit dem Messer in der Brust fiel wie ein nasser Sack auf den Rücken und blieb regungslos liegen. Alles war vor den Augen seines Kompagnons geschehen, der immer noch wie gelähmt auf seiner Kiste saß. In der rechten Hand hielt er das Sturmgewehr, in der linken das Magazin.

Doch selbst wenn er fixer gewesen wäre, hätte ihm Polina nicht die geringste Chance gelassen. Sie sprang ihn an wie eine Raubkatze und schlug ihm den Gewehrschaft auf den Schädel. Der unglückselige Verlierer stürzte von seiner Kiste und landete neben seinem Kollegen am Boden.

Mit einem Ruck drehte ihn Polina auf den Rücken. Aus der Ferne sah es so aus, als fühlte sie ihm den Puls am Hals, doch als Sergej hinzugelaufen kam, sah er, dass sie ihm ein Messer an die Gurgel hielt. Sie hatte es aus der Brust des Toten gezogen.

»Wo ist Voltaire?!«, fragte sie barsch.

Der Bandit antwortete nicht. Mit weit aufgerissenen Augen starrte er das blutbesudelte Messer an. Polina verstärkte den Druck, bis die Spitze der Klinge in die Haut eindrang. Aus der Wunde quollen nacheinander zwei Tropfen Blut und rannen unter den Mantelkragen des Mannes. Bei dem Anblick wurde Sergej beklommen zumute. Zum Glück war er da nicht der Einzige.

»Bitte nicht«, stammelte der Bandit und begann zu zappeln.

Polina schwächte den Druck ein wenig ab.

»Weißt du etwas von dem Wissenschaftler, den eure Leute vom *Prospekt* entführt haben?«

Ihr Opfer nickte flüchtig.

»Wo ist er?«

Anstatt zu antworten, scharrte der Bandit mit dem Arm über den Boden – um sich zu befreien, dachte Sergej im ersten Moment, doch dann hob der Mann die Hand und deutete vage zur

Seite. Doch dort, wo er hinzeigte, stand nur ein Stapel Kisten. Sonst nichts.

»Wo?«, wiederholte Polina ihre Frage und drückte wieder fester zu.

»Hinter den Kisten ist eine Tür«, krächzte der Bandit, während der nächste Blutstropfen in seinen Kragen floss.

Polina nickte zufrieden.

»Sind viele von euch an der Station?«

Der Bandit schüttelte den Kopf.

»Die meisten sind losgezogen, um die Stalker vom *Prospekt* umzulegen, sogar das MG haben sie abgebaut und mitgenommen.«

»Woher weißt du von den Stalkern?«

»Vom *Prospekt* kam irgend so ein Wichtigtuer. Der hat gesagt, dass Stalker anrücken, um uns alle abzustechen. Er hat etwas mit dem Boss bequatscht. Dann sind alle in den Tunnel, um einen Hinterhalt zu legen. Ich und Schlagring sind hier unten als Wachen zurückgeblieben.«

»Mit dem Abstechen hatte der Wichtigtuer übrigens recht«, sagte Polina leicht dahin.

Sie beugte sich vor und schnitt dem Banditen kurzerhand die Kehle durch. Aus der klaffenden Wunde schoss eine Fontäne von Blut, während sich der Körper des Mannes krümmte und dann erschlaffte. Das Blut spritzte Polina auf die Hand, auf den Ärmel und sogar ins Gesicht. Sie schien das nicht im Geringsten zu stören.

Sergej schaute seine Liebste fassungslos an.

»Du hast ihn umgebracht!«

Sie drehte sich ruckartig nach ihm um. Auf ihrer Stirn und an der linken Schläfe prangten die Blutspritzer wie Sommersprossen.

»Und was hätte ich deiner Meinung nach mit ihm machen sollen? Ficken vielleicht?« Sergej schwieg, doch Polina war jetzt nicht mehr zu bremsen. »Du bist doch sowieso der Meinung, dass ich zu nichts anderem tauge! Oder wieso hast du Boris erzählt, dass ich dir lästig bin, weil ich mich bei jeder Gelegenheit an dich ranmache?«

Polinas Ausbruch war wie ein Schlag ins Gesicht. Eine schlimmere Kränkung hätte Sergej sich kaum vorstellen können.

»Das habe ich nicht gesagt! Niemals hätte ich so etwas sagen können! Ich … Ich liebe dich doch …«

Sergej drehte sich weg.

»Was?«, fragte sie leise.

»Ja, du hast richtig gehört!«, blaffte Kassarin.

Er bereute seine offenen Worte schon wieder. Diese eiskalte und erbarmungslose Amazone würde seine Gefühle sowieso nicht verstehen. Sie war unfähig, echte Liebe zu empfinden. Sie wusste überhaupt nicht, was das war. Nicht umsonst benutzte sie nur schmutzige Wörter, die damit nicht das Geringste zu tun hatten.

Plötzlich fasste die Amazone ihn am Arm.

»Komm. Wir müssen die Kisten wegräumen.«

10

VOLTAIRE UND »TESLA«

Sergej war froh, dass sie mit dem Rücken zu den Leichen der beiden Banditen standen, während sie die aufgestapelten Kisten wegräumten. Einen der Männer hatte er schließlich selbst auf dem Gewissen. Die Brutalität, mit der Polina den anderen abgeschlachtet hatte, steckte ihm noch in den Knochen. Er vermied den Blickkontakt mit der Amazone, die ihm beim Abbauen der Barrikade half, doch hin und wieder huschte ihr blutgetränkter Ärmel oder ihr besudeltes Gesicht durchs Bild. Sie hatte sich nicht einmal die Mühe gemacht, das Blut ihres Opfers abzuwischen.

Kassarin versuchte ihre Tat damit zu rechtfertigen, dass sie gewissermaßen alternativlos war. Hätte sie den Banditen verschont, hätte er sicher Alarm geschlagen oder ihnen sogar in den Rücken geschossen. Das stimmte natürlich, aber dennoch … Dennoch fand er es schockierend und widerwärtig, wie kaltblütig sie ihm die Kehle durchgeschnitten hatte.

Kassarin erinnerte sich an seinen Kampf mit der Amazone im Gleisbett an der *Roschtscha*. Wäre das Glück nicht auf seiner, sondern auf ihrer Seite gewesen, hätte sie ihm, ohne mit der Wimper zu zucken, den Bauch aufgeschlitzt oder ebenso gleichmütig die Kehle durchgeschnitten. Bei dem Gedanken lief es Sergej kalt den Rücken herunter. Für einen Moment stand er völlig neben sich, und die Kiste, die sie gerade zusammen vom Stapel hoben, rutschte ihm aus der Hand.

Polina hatte damit nicht gerechnet und schaffte es nicht mehr, auszuweichen. Die schwere Kiste mit ihren metallverstärkten Kanten warf sie um und landete auf ihrem linken Bein. Die Amazone biss sich in die Faust, um nicht vor Schmerzen zu schreien.

In Sergej legte sich ein Schalter um. Sofort wurden seine ganze Wut und Enttäuschung von brennender Sorge verdrängt. Er stürzte zu Polina und zog die Kiste von ihr weg. Ihr Bein, das darunter zum Vorschein kam, war unnatürlich verrenkt.

Die Amazone schrie entsetzt auf. Sie wurde blass, und ihre Lippen begannen zu zittern. Sergej hatte sie noch nie so erschrocken gesehen.

»Es wird doch nicht gebrochen sein?«, stammelte sie bang.

»Ach was! Bestimmt nicht«, erwiderte Kassarin. Was hätte er sonst auch sagen sollen?

Polina versuchte das Bein anzuziehen und schrie abermals auf. Tränen traten ihr in die Augen. Sie kniff die Augen zu und warf den Kopf in den Nacken, doch die Tränen kullerten weiter und vermischten sich mit dem Blut in ihrem Gesicht.

»Du lügst. Es ist gebrochen!«, wimmerte sie. »Jetzt kann ich hier verrecken.«

»Unsinn! Was redest du da?!«, beschwichtigte sie Sergej. »Ich kann dich doch tragen. Wir werden diesen Ort nur zusammen verlassen.«

Polina schien ihn überhaupt nicht zu hören.

»Warum? Warum ausgerechnet jetzt? Warum hast du verhindert, dass deine Leute mich aufhängten, als mir alles egal war?« Sie riss plötzlich die Augen auf. »Nein! Bitte vergiss, was ich gerade gesagt habe! Es war der glücklichste Tag in meinem Leben, seit ich meinen Vater verloren habe.« Auf ihrem Gesicht erschien ein trauriges Lächeln. »Ich habe einfach nur Angst zu sterben.«

»Du wirst nicht sterben!«, versetzte Sergej im Befehlston. »Ich bringe dich von hier weg, egal wie!«

Abermals lächelte sie bekümmert – sie glaubte ihm nicht. Dann zeigte sie auf die Überreste der Barrikade.

»Mach die Tür auf.«

Die mit Kisten verrammelte Stahltür war schon so gut wie frei-gelegt. Den letzten Stapel musste Sergej gar nicht mehr abbauen, es genügte, ihn zur Seite zu schieben. Die Tür war mit einem Vorhängeschloss abgesperrt. Es sah ziemlich windig aus im Ver-gleich zu dem letzten im Abflusskanal. Vermutlich hätte man es mühelos mit dem Gewehrschaft aufbrechen können. Doch darauf verzichtete Sergej ganz bewusst.

»Polina, hier ist ein Schloss«, verkündete er.

Die Amazone sah auf. Ihre Leidensmiene strahlte so viel Hilf-losigkeit aus, dass es Sergej das Herz zusammenzog. Doch er musste seine Rolle jetzt zu Ende spielen.

»He, Polina, ein Schloss«, wiederholte er mit einer Selbstver-ständlichkeit, als würde ihn ihr kaputtes Bein überhaupt nicht in-teressieren.

Der kleine psychologische Kniff funktionierte. Polina nickte.

»Hilf mir aufstehen.«

Sergej trug sie zur Tür und stellte sie behutsam auf ihr unver-letztes Bein. Sie inspizierte kurz das Schloss, ließ sich ihr Werk-zeug bringen und steckte einen der Haken in den Schlitz. Weil sie nur mit einer Hand arbeiten konnte – mit der anderen hielt sie sich an Sergejs Schulter fest –, brauchte sie etwas länger als beim letzten Mal.

Doch das Ergebnis war dasselbe. Der Mechanismus klickte, und der Bügel sprang aus der Verankerung. Zufrieden nahm Polina das Schloss ab. Ihr malades Bein schien sie völlig vergessen zu haben.

Hinter der Tür befand sich ein winziger, düsterer Raum mit grob verputzten, kahlen Wänden. Das einzige Möbelstück war eine Holzkiste von der Sorte, mit der auch die Tür verbarrikadiert gewesen war. Auf der Kiste, die in der hinteren Ecke des Raumes stand, saß ein seltsames, buckliges Männchen, das einen weißen, aber schmuddeligen Mantel und eine ebenso weiße Hose trug.

Der Mann kniff die Augen zusammen, weil ihn Polinas Stirnlampe blendete. Als er sich aufrichtete, sah man, dass er keinen Buckel hatte, sondern nur völlig verrenkt auf seiner Kiste gesessen hatte. Er guckte ziemlich irritiert, fast ein wenig dümmlich aus der Wäsche. Seine faltige Stirn zierten hohe Geheimratsecken, und sein schütteres, graues Haar stand in sämtliche Richtungen ab.

»Voltaire?«, fragte Sergej, um sicherzugehen.

Der Mann war offensichtlich überrascht, seinen Namen zu hören. Er hielt sich schützend die Hand vor die geblendeten Augen und spähte neugierig darunter hervor.

»Ganz recht. Und Sie …«

»Wir sind hier, um Sie abzuholen«, unterbrach ihn Polina, verlor aber sofort das Interesse an dem Wissenschaftler und wandte sich wieder ihrem Begleiter zu. »Der Tunnel zum *Prospekt* ist verschüttet. Ihr müsst an der Oberfläche zurückkehren. Er kann ja meinen Schutzanzug und meine Gasmaske haben.«

»Was? Und du?« Sergej war völlig perplex.

»Ich bleibe hier«, entgegnete Polina brüsk. »Mit einem gebrochenen Bein kann ich ja wohl kaum oben in der Stadt herumspringen.«

»Nein!«, protestierte Sergej entschieden, kam aber sofort ins Stocken. »Nein …«

Er wusste nicht, was er noch sagen sollte, denn im Grunde hatte Polina recht. Mit dem kaputten Bein würde sie es nie bis zum *Prospekt* schaffen, und so weit konnte er sie auch nicht tragen, nicht einmal mit Voltaires Unterstützung. Zumal in dieser Hinsicht von dem Wissenschaftler wohl nicht allzu viel zu erwarten war. Und selbst wenn sie unterwegs nicht vor Erschöpfung tot zusammenbrächen, dann würden sie ziemlich sicher von einer der Bestien aufgefressen, die dort oben in den Ruinen hausten.

Polina war das von Anfang an klar gewesen, doch als Sergej ihr sein »Nein!« entgegenschleuderte, hatte sie ihn trotzdem hoffnungsvoll angeschaut. Mit seinem Schweigen machte er diese Hoffnung jetzt wieder zunichte.

Die Amazone wandte sich ab. Sie wollte nicht, dass Kassarin sie weinen sah.

In diesem Augenblick stand Voltaire von seiner Kiste auf und ergriff das Wort.

»Junge Frau, erlauben Sie, dass ich mir Ihr Bein einmal ansehe?«

Sergej und Polina drehten synchron die Köpfe zu dem Wissenschaftler.

»Wozu soll das gut sein?«, fragte die Amazone.

»Ich bin immerhin ausgebildeter Arzt, wenn auch Mikrobiologe von Beruf.«

»Sie sind Arzt?«, staunte Sergej.

Der gebrechliche Mann sah überhaupt nicht wie ein Arzt aus. Sein weißer Kittel, den Sergej anfangs für einen Mantel gehalten hatte, und seine weiße Hose wirkten eher wie eine missglückte Verkleidung, ganz zu schweigen von den lächerlichen Pantoffeln an seinen Füßen. Fehlte nur noch eine weiße Haube auf seinem Kopf!

Voltaire schien Sergejs Skepsis zu spüren und schmunzelte.

»Es hat sich nun mal so ergeben.«

Polina schien sein Äußeres weniger zu stören.

»Machen Sie nur«, sagte sie und schob ihr malades Bein vor.

Mit Sergejs Hilfe setzte Voltaire die Amazone zuerst auf den Boden und begann dann, ihr Bein abzutasten. Dabei fragte er ständig, wo genau es ihr wehtat. Nach dieser – nun ja – Untersuchung schüttelte er entschieden den Kopf.

»Ich muss Ihnen widersprechen, junge Frau. Ihr Bein ist mitnichten gebrochen. Es handelt sich um eine Luxation im Kniegelenk. Der junge Mann und ich werden das wieder einrenken. Klemmen Sie sich irgendwas zwischen die Zähne, damit Sie nicht schreien müssen. Es wird ein bisschen wehtun.«

Sergej traute dem kauzigen Weißkittel nicht. Er befürchtete das Schlimmste und wollte protestieren, doch Polina verbat sich seine Einmischung mit einer unzweideutigen Geste. Sie legte den Riemen ihres Sturmgewehrs ein paarmal zusammen und schob ihn sich zwischen die Zähne.

»Sehr gut«, lobte Voltaire. »Jetzt so bleiben. Und Sie, junger Mann, halten unser hübsches Täubchen an den Schultern fest.«

Zähneknirschend führte Kassarin die Anweisung aus. Das »hübsche Täubchen« schmeckte ihm überhaupt nicht und von »unser« konnte schon gar keine Rede sein.

Unterdessen hatte sich Voltaire mit verblüffender Selbstverständlichkeit auf Polinas wehes Bein gesetzt, fasste ihren Fuß und setzte einen energischen Griff an. Die Amazone zuckte zusammen und wand sich in Sergejs Armen, doch schon nach wenigen Sekunden entspannte sich ihr Körper.

»So, jetzt ist alles wieder gut«, verfügte der selbst ernannte Physiotherapeut.

Polina knickte vorsichtig das Bein ab und verzog dabei vor Schmerz das Gesicht. Sergej fand sich in seiner Skepsis bestätigt. Doch dann streckte sie es wieder aus und wandte sich erleichtert an Voltaire.

»Vielen Dank, Doc«, sagte sie herzlich.

Kassarin wusste nicht, ob er Voltaire abknutschen oder ihm vorsichtshalber lieber eine scheuern sollte.

»Können Sie aufstehen?« Der Doktor scharwenzelte geschäftig um die Amazone herum.

»Ich glaube schon.«

Tatsächlich erhob sich Polina relativ mühelos.

»Das Knie wird noch eine Zeit lang wehtun«, prophezeite Voltaire. »Einstweilen würde ich Ihnen dringend empfehlen, auf schnelles Laufen zu verzichten.«

Und aufs Herumspringen, fügte Sergej im Stillen hinzu.

»Daran werde ich mich halten, wenn die Umstände es erlauben«, erwiderte Polina lächelnd. »Aber jetzt ist es höchste Zeit, dass wir uns auf den Rückweg machen.«

»Warten Sie …« Voltaire senkte den Kopf. »Ich … Ich kann nicht mit Ihnen kommen.«

»Wieso das?!«, fragte Sergej hitzig.

»Ich kann nicht einfach so gehen«, beharrte der Doktor mit Nachdruck. »Dazu habe ich kein Recht.«

»Was soll das heißen?«, wunderte sich Polina. »Wir dachten, Sie seien hier in Gefangenschaft.«

»Diese Banditen … äh«, druckste Voltaire herum. »Sie haben mich genötigt, psychoaktive Substanzen herzustellen … Drogen. Aus lumineszierenden Pilzen. Das war der Grund für meine Entführung. Inzwischen verkaufen sie das Zeug in der gesamten Metro. Man bekommt Entzugserscheinungen und wird abhängig davon … Eine Überdosis ist tödlich. Ich habe das angerichtet. Es ist meine Schuld.«

»Und?«, drängte Kassarin ungeduldig. »Wollen Sie vor Ihrer Flucht etwa noch ein bisschen Gift auf Vorrat zusammenmixen?«

»Ich kann die Station nicht verlassen, bevor ich meinen Fehler nicht wieder gutgemacht habe. Hier befindet sich das zentrales Drogenlager … Es muss zerstört werden. Und das werde ich tun! Gehen Sie voraus … Ich komme nach …«

Der Mann war bemitleidenswert. Dass er geschnappt würde, sobald er sich an der Station blicken ließ, war so sicher wie das Amen in der Kirche. Die Banditen würden ihn töten oder wieder einsperren, und dann ging das Spielchen von vorne los. Andererseits konnte man ihn nicht gegen seinen Willen an die Oberfläche zerren …

Während Polina noch grübelte, hatte Sergej bereits einen Entschluss gefasst.

»Wir übernehmen das mit dem Lager. Wissen Sie, wo es sich befindet?«

»Ja. Oben am Bahnsteig, in einem speziellen Bunker. Ich zeige es Ihnen.«

Nun war es an der Zeit, zur Tat zu schreiten. Doch in diesem Moment – reichlich spät – dämmerte Sergej, dass er nicht die geringste Ahnung hatte, was zu tun war. Ein Lager zerstören – leicht gesagt. Aber wie? Wie macht man so etwas konkret?

Sein Vater hätte bestimmt eine Lösung gewusst, er war für solche Dinge ausgebildet worden. Kassarin blickte verstohlen zu Polina, die neben ihm stand. Ein Bauchgefühl sagte ihm, dass auch sie möglicherweise Ahnung davon hatte. Doch die Amazone machte keinerlei Anstalten ...

»Polina«, versuchte er einen vorsichtigen Hilferuf.

»Also meinetwegen«, nölte sie und rollte mit den Augen. »Gehen wir's an.«

Sie gab ihm das Messer zurück.

Obwohl der Griff immer noch blutverschmiert war – Polina hatte nur die Klinge abgewischt –, nahm Sergej es ohne Zögern an. Damit war ihre Versöhnung besiegelt.

Dann verordnete die Amazone dem Wissenschaftler einen Kleiderwechsel. In seinem weißen Gewand hätte er eine wandelnde Zielscheibe abgegeben. Während Sergej die Schuhe des kleineren Banditen aufschnürte, zerrte Polina dem Toten den Ledermantel vom Leib und reichte ihn Voltaire.

»Ziehen Sie den an!«

»Und was ist mit dem Prinzip, dass man Toten nichts abnimmt?«, wunderte sich Sergej.

»Das ist *mein* Prinzip«, erwiderte die Diebin pfiffig. »Für Voltaire gilt das nicht.«

Der Mantel war dem Doktor hoffnungslos zu groß. Er musste die Ärmel umkrempeln und sich einigermaßen gerade halten, damit die Unterkante nicht am Boden schleifte. Andererseits hatte die Überlänge den Vorteil, dass Voltaires weiße Hose verdeckt wurde. Nachdem er seine lächerlichen Pantoffeln abgelegt und die erbeuteten Schuhe angezogen hatte, erinnerte er entfernt an einen Stalker.

Polina musterte den verwandelten Wissenschaftler kritisch, enthielt sich jedoch eines Kommentars. Sergej erinnerte sich, dass sie auch seine Ausrüstung penibel begutachtet hatte, bevor sie zum ersten Mal zur *Marschalskaja* aufgebrochen waren. Seither schien eine Ewigkeit vergangen zu sein …

»Können Sie mit einem Sturmgewehr umgehen?«

Die Frage stürzte Voltaire in Verlegenheit.

»Nehme ich doch an«, sagte er wenig überzeugend. »Ist das schwierig?«

Sergej und Polina mussten beide schmunzeln.

»Dann nehmen Sie die Flinte hier«, sagte die Amazone und hob den »Spieß« vom Boden auf. »Damit ist es wirklich nicht schwierig: Einfach den Lauf auf den Feind richten und abdrücken.«

»Auf den Feind?«

»Ja, auf einen Menschen oder ein Monster, egal«, antwortete Polina geschäftsmäßig, ohne eine Miene zu verziehen. »Sie brauchen nicht einmal genau zu zielen. Auf kurze Entfernung mäht das Schrot alles um. Sie dürfen nur das Nachladen nicht vergessen. In dem Ladestreifen hier sind nur sechs Schuss … Sergej, wie sieht's mit Patronen aus?«

Sergej klappte die Mantelaufschläge des getöteten Hünen zur Seite. Wie nicht anders zu erwarten, hatte er einen Patronengurt umgeschnallt – leider nur mit zwanzig Patronen. Kassarin nahm dem Toten den Patronengurt ab und reichte ihn Voltaire.

Der Doktor machte sich beflissen daran, ihn anzulegen. Dabei stellte er sich derart ungeschickt an, dass es aussah, als wollte er sich mit dem Gurt strangulieren. Sergej musste an seinen Vater denken, der sich des Öfteren mit derlei Dilettanten herumgeärgert hatte. Allerdings waren das stets noch halbe Kinder gewesen. Mit zwanzig Jahren konnte jeder junge Mann an der *Roschtscha* passabel mit Waffen und Munition umgehen. Dank Oberst Kassarin!

Als Voltaire den Gurt endlich um den Ledermantel geschnallt hatte, schwenkte er triumphierend seine Flinte. Fürwahr der Schrecken aller Monster und Banditen! Sergej war drauf und dran, laut loszulachen, doch Polinas vernichtender Blick erstickte seine Erheiterung im Keim. Ihnen stand eine lebensgefährliche Mission bevor – weiß Gott nicht der richtige Zeitpunkt, sich zu amüsieren.

Vom Keller führte eine zweiläufige Treppe zum Bahnsteig hinauf. Am oberen Treppenabsatz blieb Polina stehen und spähte vorsichtig hinaus. Voltaire und Sergej warteten ein paar Stufen weiter unten. Nachdem die Amazone die Lage sondiert hatte, winkte sie den Doktor zu sich.

Die beiden unterhielten sich im Flüsterton. Offenbar legten sie die weitere Marschroute fest. Endlich gaben sie auch Sergej das Zeichen, zu folgen. Polina betrat den Bahnsteig, blickte sich kurz um und humpelte entlang einer durchhängenden, vermüllten Rolltreppe zu einem düsteren Verschlag aus Stahlblech, der aussah wie der Panzer eines postapokalyptischen Ungeheuers.

»Das ist der Bunker«, flüsterte Voltaire Sergej ins Ohr. »Der Boss der Banditen hat sich hier so etwas wie eine persönliche Residenz und sein Hauptquartier eingerichtet. Und hier werden auch die Drogen gelagert. Drinnen gibt es sogar elektrisches Licht. Stellen Sie sich das mal vor! Eine richtige Glühlampe, die von einem kleinen Stromgenerator gespeist wird …«

Der Wissenschaftler hätte wahrscheinlich noch lange von der komfortablen Unterkunft des Bandenführers geschwärmt, wenn Polina ihm nicht ein Zeichen gegeben hätte. Voltaire hielt augenblicklich die Klappe und stiefelte tapsig hinter ihr her. So unbeholfen der Doktor auch war, man musste ihm zugutehalten, dass er sich sehr aufmerksam verhielt und klaglos allen Anweisungen folgte.

»Von hier aus kommen wir nicht rein«, sagte Voltaire, als sie neben den Rolltreppen standen. »Wir müssen auf die andere Seite.«

Polina hatte es nicht eilig, seinem Rat zu folgen. Als Sergej den langen Schatten sah, der von einem Lagerfeuer vor dem Bunker rührte, begriff er, was sie zögern ließ.

»Es sind also nicht alle in den Tunnel gegangen, um die Stalker zu massakrieren.« Die Amazone wandte sich an Voltaire. »Wie viel Mann bewachen den Bunker?«

242

»Draußen zwei. Drinnen sind noch mal drei oder vier.«

»Ganz sicher?« Kassarin war argwöhnisch.

»Hundertprozentig«, bestätigte der Doktor. »Ich bin mehrmals hier gewesen. Die Wachposten waren immer so besetzt.«

Bei diesen Worten ging Sergej ein Licht auf.

»Ich glaube, ich weiß jetzt, wie wir reinkommen.«

Ein paar Minuten später traten er und Voltaire aus dem Schatten und näherten sich zügig dem Eingang des Bunkers. Der Wissenschaftler hatte den Banditenmantel und die Flinte wieder abgelegt und sich in den verängstigten Weißkittel zurückverwandelt. Kassarin seinerseits hatte den erbeuteten Ledermantel über seinen Schutzanzug gezogen. Er konnte sich kaum mehr rühren, und die Kapuze hing ihm so tief ins Gesicht, dass er nur Voltaires Beine vor sich her trippeln sah.

Er konnte nur hoffen, dass der Doktor im entscheidenden Augenblick nicht Muffensausen bekam und davonlief. Doch Voltaire machte nicht den Eindruck eines Feiglings. Er hatte Sergejs Plan sofort akzeptiert, obwohl er den gefährlichsten Part dabei spielte.

»He!«, donnerte eine gebieterische Stimme. »Was zum Henker habt ihr hier verloren?!«

Jetzt geht's los, dachte Sergej, der sich hinter dem Rücken des Doktors vor den argwöhnischen Blicken der Banditen versteckte.

»Was hat der Boss dir gesagt, wo du dieses Würstchen bewachen sollst? Wie kommst du auf die Schnapsidee, ihn hierherzubringen, du Rindvieh?!«

Der wütende Bandit war inzwischen so nahe gekommen, dass Sergej seine kleiderschrankähnliche Gestalt bis zum Schultergürtel sehen konnte. Von dem zweiten Wachposten, sofern einer da war, fehlte jede Spur.

»Der Boss wird euch die Ohren lang ziehen, dir und … Sag mal, wo ist eigentlich Schlagring?«

Der veränderte Tonfall des Postens ließ befürchten, dass er Verdacht geschöpft hatte. Plötzlich erschallte rechts von ihm eine zweite Stimme.

»Wer bist du überhaupt?!«

Jetzt war der Zeitpunkt gekommen! Sergej stieß Voltaire in den Rücken, und der ließ sich wie abgesprochen auf den Boden fallen. Die Flinte war bereits auf die beiden Banditen gerichtet. Kassarin musste nur noch abdrücken.

Peng! Die erste Schrotladung schleuderte den Kleiderschrank gegen die Wand des Bunkers.

Peng! Den zweiten Schuss hatte Sergej eine Spur zu hoch angesetzt, doch seine Wirkung war fast noch verheerender. Der Großteil der Ladung verfehlte zwar das Ziel, doch eine immer noch ungesunde Portion Stahlsplitter traf den zweiten Wachposten mitten im Gesicht und verwandelte es zu Hackfleisch. Das blutüberströmte Monster, das kurz zuvor noch ein Mensch gewesen war, griff sich an den Kopf und sackte zu Boden.

Sergej starrte wie gebannt auf den Sterbenden, der sich in letzten Zuckungen wand. In diesem Augenblick tauchte Polina mit zwei Dynamitstangen in der Hand aus der Dunkelheit auf. Sie stieß Kassarin aus dem Weg, rannte zum Eingang, riss die Tür auf und warf den Sprengstoff in den Bunker.

Der Anblick der brennenden Lunten hatte Sergej wieder zur Besinnung gebracht. Er packte Voltaire, der sich gerade vom Boden aufrappelte, und flüchtete mit ihm in Richtung der Kellertreppe. Vom anderen Ende des Bahnsteigs näherten sich bereits Banditen, die von den Schüssen aufgeschreckt worden waren und versuchten, ihnen den Weg abzuschneiden. Ohne zu zielen, feuerte Sergej aus der Hüfte viermal mit der Flinte auf sie. Ein paar hatte er anscheinend erwischt, doch die Übrigen wurden nur noch wütender. Schüsse krachten. Sergej wandte sich nach links, zu den Rolltreppen.

»Nein, nicht dorthin …!«, schrie ihm Polina hinterher.

Ihre Stimme verlor sich im verheerenden Knall der Explosion. Am Bahnsteig flogen zerfetzte Metallteile durch die Luft. Ein riesiges Blech zischte wie ein Geschoss direkt über Sergejs Kopf hinweg. Er duckte sich, stieß Voltaire in einen Hohlraum in der zerstörten Rolltreppe und sprang hinterher. Kurz darauf gesellte sich auch die Amazone zu ihnen und schimpfte, was das Zeug hielt.

»Willst du uns umbringen?!«, fauchte sie. »Weißt du denn nicht, was das hier für ein Ort ist?!«

Die Schüsse auf dem Bahnsteig hatten aufgehört. Die Banditen verhielten sich überhaupt erstaunlich ruhig. Jedenfalls hörte Sergej nichts mehr außer Polinas Gezeter. Dafür gab es nur zwei Erklärungen: Entweder war der Hohlraum, in dem sie sich versteckt hielten, völlig verbarrikadiert von den Trümmern des gesprengten Bunkers, oder die Banditen hatten aus irgendeinem Grund Bedenken, ihnen in die Eingeweide der Rolltreppen zu folgen. Letzteres konnte den Flüchtenden eigentlich nur recht sein.

»Ein ideales Versteck.« Kassarin zuckte mit den Achseln. »Warm und trocken.«

»Aber nicht für lange«, nörgelte Polina.

»Wieso?«, fragte Sergej verständnislos.

»Weil hier Feuerdämonen hausen«, behauptete Polina. »Früher mal trug die *Ploschtschad* den Namen ihres Gebieters. Und jetzt bewachen die Dämonen diesen Ort und verbrennen jeden, der es wagt, sich ihm zu nähern.«

»Wie bitte?« Kassarin musste herzhaft lachen. »Dämonen? An so was glaubst du?«

Polina wandte sich Hilfe suchend an Voltaire.

»Vielleicht können Sie das dem jungen Mann erklären?!«

Voltaires finstere Miene verhieß nichts Gutes.

»Mit Dämonen hat das hier natürlich nichts zu tun«, seufzte Voltaire. »Die Sache ist wesentlich ernster. Diese Rolltreppen führen zur Eingangshalle der Station. Und dort geschehen sehr merkwürdige Dinge, die wissenschaftlich nicht zu erklären sind. Es kommt vor, dass die stromlosen Anlagen sich von selbst in Bewegung setzen. So hat sich zum Beispiel eines Tages aus heiterem Himmel das hermetische Tor zum Metro-Ausgang geöffnet. Alle Versuche, es von Hand wieder zu schließen, schlugen fehl.«

»Und einer von denen, die es versucht haben, war hinterher platt wie eine Flunder«, warf die Amazone ein.

»Nicht ganz«, erwiderte Voltaire. »Eine Gusseisenplatte, die sich gelöst hatte, zerquetschte ihm das Bein. Der Mann starb dann wegen des hohen Blutverlusts. Ich nenne diesen Ort Tesla, zu Ehren des Wissenschaftlers Nikola Tesla, der Anfang des zwanzigsten Jahrhunderts lebte und die Eigenschaften elektromagnetischer Felder erforschte.«

»Aber wenn keine Dämonen dahinterstecken, was dann?«, beharrte Polina.

»Die Sache ist die, dass sich in der über uns befindlichen Eingangshalle von Zeit zu Zeit statische elektrische Ladungen bilden. Wenn der Potenzialunterschied einen kritischen Wert erreicht, entsteht ein Lichtbogen, es kommt zum Überschlag, wenn Sie verstehen, was ich meine.«

Sergej zog befremdet die Brauen zusammen.

»Und wo ist das Problem?«

»Das Problem ist, dass du dann bei lebendigem Leibe gebraten wirst«, erläuterte Polina humorlos.

Voltaire nickte.

»So kann man es formulieren. Die Spannung des Funkenschlags erreicht offenbar Hunderte wenn nicht Tausende Volt. Wenn so ein Blitz einen Menschen trifft … Ich will gar nicht daran denken, was dann passiert.«

»Das können Sie sich oben anschauen!«, ereiferte sich Polina. »Die Eingangshalle ist voll von verkohlten Stalker-Leichen, sie wurden alle von den Dämonen gegrillt.«

Sergej lief es kalt den Rücken herunter. Für einen Moment hatte er das Gefühl, als stiege ihm der Gestank verkohlten Fleisches in die Nase.

»Stimmt das wirklich?«

»Nein, verdammt!« Die Amazone wurde richtig böse. »Ich sage das nur zum Spaß. Um dich zu erheitern!«

»Verzeihen Sie, wenn ich mich einmische«, sagte Voltaire mit veränderter Stimme. »Aber ich fürchte, wir müssen etwas unternehmen. Andernfalls wird in Kürze eintreten, wovon Sie gerade gesprochen haben.«

Sergej und Polina drehten sich synchron nach dem Doktor um, der mit zitternder Hand nach oben deutete. Sergej hob den Kopf und erschrak. Zwischen den gigantischen Zahnrädern, die einst die Rolltreppen in Bewegung setzten, flammten eins, zwei, drei … fünf leuchtende Punkte auf!

»Scheiße«, fluchte Polina. »Nach unten. Schnell!«

Die Amazone schlüpfte als Erste in einen schmalen Spalt, der zwischen verrosteten Baugruppen hindurch tiefer in die Eingeweide des verrotteten Antriebsmechanismus führte. Ihr folgte Voltaire, der sich erstaunlich behände in das Schlupfloch zwängte. Sergej kletterte als Letzter hinein. Hinter seinem Rücken knallte es mehrmals, gefolgt von einem langsam verhallenden Echo und knarzenden Geräuschen. In der Luft verbreitete sich der Gestank versengten Haars und brennenden Öls.

»O mein Gott, es geht los«, murmelte Voltaire und robbte schneller hinter Polina her.

Sergej blickte sich instinktiv um. In diesem Augenblick durchzuckte ein greller Blitz die Dunkelheit in seinem Rücken, und von allen Seiten prasselte ein fürchterlicher Lärm auf ihn ein, als hätten sich sämtliche Zahnräder des Rolltreppengetriebes auf einmal in Bewegung gesetzt.

Kassarin war auf der Stelle geblendet und betäubt. In seiner Magengrube brannte es, als hätte man ihm kochendes Wasser eingeflößt. Er versuchte, der Hitze zu entfliehen, doch seine Arme und Beine fühlten sich an, als wären sie aus Watte. Er fiel auf etwas Hartes, Rippiges, das sich in seinen Körper bohrte: in den Brustkorb, in den Bauch, in die Beine …

Er lag völlig wehrlos am Boden und wurde von einem riesigen Drachen zerfleischt. Es war derselbe Feuer speiende Drache, der die wunderbare Stadt mitsamt ihren Bewohnern eingeäschert hatte.

Sergej spürte, wie die Zähne des Ungeheuers sich in sein Fleisch bohrten. Wie sie seine Knochen zermalmten, seine Muskeln zerfetzten und ihm die Eingeweide aus dem Bauchraum rissen. Und er spürte die raue, klebrige Zunge des Drachen, der gierig das Blut aus seinen Wunden schlürfte.

Irgendwo ganz in der Nähe weinte jemand. Vermutlich weinte er selbst, denn es war niemand mehr da, der um ihn hätte trauern können. Es war überhaupt niemand mehr da! Der Drache hatte alle getötet und ihn als Nachspeise übrig gelassen, als letzten Bewohner der Metro, vielleicht als letzten Überlebenden weltweit.

»Na also, er reagiert«, sagte eine Stimme. »Sie haben gar keinen Grund, jetzt schon um Ihren Freund zu weinen. Und rütteln Sie ihn nicht so heftig. Ich versichere Ihnen, dass das seinem Befinden nicht zuträglich ist.«

Die Schmerzen ließen ein wenig nach. Der Drache hatte offenbar von ihm abgelassen. Entweder er war schon satt, oder er gehorchte der fremden Stimme. Sergej entschloss sich sogar, die Augen zu öffnen. Doch anstelle eines mit furchtbaren Zähnen gespickten Drachenmauls sah er Voltaire und Polina, die sich über ihn beugten.

»Na also«, wiederholte Voltaire. Der Doktor klang äußerst zufrieden, dabei sah er selbst aus, als wäre er zwischen die Zähne des Drachen geraten: eine Risswunde an der Stirn, die Hände zerkratzt, seine weißer Kittel völlig zerrissen und undefinierbar verfärbt. »Was habe ich Ihnen gesagt? Es handelt sich lediglich um einen posttraumatischen Schock infolge des Stromschlags. Also beruhigen Sie sich. Alles wird gut, nicht wahr, junger Mann?«

Sergej war nicht sicher, wem die Frage galt, und blickte zu Polina. Doch die hatte sich abgewandt und die Hand vor die Augen geschlagen.

»Warum mussten Sie sich auch umschauen?«, fuhr Voltaire fort. Sergej wusste jetzt wenigstens, dass der Doktor mit ihm sprach. »Wie Lots Frau. Haben Sie das Alte Testament nicht gelesen? Sie hätten sich die Netzhaut ruinieren und erblinden können. Versuchen Sie mal, die Arme zu bewegen …«

Sergej gehorchte.

»Ausgezeichnet, die Reflexe funktionieren«, lobte Voltaire, der seine erste Diagnose offenbar zufriedenstellend fand.

Polina dagegen wirkte verstimmt.

»Trottel«, murmelte sie, rümpfte die Nase und schaute noch finsterer drein.

Sergej wollte sie fragen, worüber sie verärgert war, doch Voltaire ließ ihn nicht zu Wort kommen.

»Fühlen Sie sich einigermaßen fit, junger Mann? Wir müssen nämlich irgendwie durch Tesla durch.«

Jetzt fiel Sergej alles wieder ein: das schwer verständliche Gefasel des Wissenschaftlers über mysteriöse Funkenschläge, die Lichtpunkte, die wie Augen aus der Dunkelheit geglotzt hatten, der Blitz, der hinter ihm aufgezuckt war, der ohrenbetäubende Lärm und die Schmerzen, die ihn in die Ohnmacht getrieben hatten.

Sergej schaute sich um: ein ziemlich großer Raum. Er lag auch nicht auf rostigen Metalltrümmern, sondern auf einem ebenen, wenn auch völlig verdreckten Betonboden. Aus dem engen Schlupfloch, in das sie fluchtartig hineingekrochen waren, hatten ihn Voltaire und Polina also herausgezogen.

»Wo sind wir?«, erkundigte sich Kassarin verhalten, um Polina nicht noch mehr zu erzürnen.

Doch die Amazone schaute ihn immer noch an, als hätte er ein Verbrechen begangen, und schwieg. Dafür redete Voltaire.

»Im Keller, unter den Rolltreppen.« Er deutete mit dem Zeigefinger nach oben. »Über uns befinden sich Tesla und die Eingangshalle der Station. Hier unten können uns die Entladungen anscheinend nichts anhaben, aber ganz sicher bin ich mir nicht.«

»Genug geredet«, meldete sich Polina zu Wort. »Wir müssen so schnell wie möglich weg von hier, bevor uns die Dämonen doch noch abfackeln.«

»Durch die Eingangshalle?« Voltaire zeigte abermals zur Decke.

Polina schaute den Doktor an, als hätte er nicht alle Tassen im Schrank.

»Ich bin doch nicht verrückt.«

Sie stieg über Sergejs Beine hinweg und verschwand zwischen irgendwelchen Metallkonstruktionen, die in der Dunkelheit kaum zu erkennen waren. Sergej versuchte, seine Lampe einzuschalten, doch nichts geschah.

»Vergessen Sie's.« Voltaire winkte ab. »Einen solchen Stromschlag hält keine Elektrik aus. Die Lampe können Sie wegwerfen.«

Sergej pfiff darauf, warum seine Lampe streikte, ihn interessierte im Augenblick nur, wie es Polina erging. Eine Zeit lang hörte man sie in den Schrotthalden herumstöbern, dann begann sie auf einmal zu fluchen.

»Das darf nicht wahr sein, verdammte Scheiße!«

Als Sergej ihr gerade zu Hilfe eilen wollte, tauchte die Amazone wieder auf. Sie sah blass aus, ihre Augen stierten ins Leere.

»Dort ist alles geschmolzen«, berichtete sie mit erstickter Stimme. »Die ganzen Eisenteile sind wie zusammengebacken.«

»Bei starken elektrischen Entladungen kommt so was schon mal vor«, kommentierte Voltaire.

Polina schüttelte deprimiert den Kopf.

»Sie haben mich nicht richtig verstanden. Wir kommen hier nicht mehr raus. Nie mehr.«

Voltaire hüstelte nervös.

»Wollen Sie damit sagen, dass der Weg, auf dem wir gekommen sind ... äh ... dass es dort ...«

»Na und?!«, unterbrach Sergej das Gestotter des Doktors. »Es gibt doch mit Sicherheit einen zweiten Ausgang. Es gibt immer einen zweiten Ausgang!«

»Den gibt es in der Tat«, pflichtete Voltaire bei und reckte wieder den Finger zur Decke, »durch die Eingangshalle.«

»Na also, dann gehen wir eben durch die Eingangshalle.«

»Nein«, flüsterte Polina, die auf einmal am ganzen Leib zu zittern begann. »Dort kommt man nicht durch.«

Sergej ging zu der Amazone und fasste sie an den Händen. Sie waren eiskalt. Er drückte sie fest und wartete, bis Polina zu ihm aufschaute.

Dann fixierte er sie und sprach eindringlich auf sie ein: »Wir kommen durch. Auch du. Gemeinsam schaffen wir das.«

Kassarin hatte das offenbar ziemlich überzeugend rübergebracht, denn die Amazone protestierte nicht und nickte sogar flüchtig mit dem Kopf.

Der einzige Weg aus dem Keller führte über eine senkrechte Wand. Herabgefallenes Mauerwerk hatte dort ein Stahlgitter freigelegt, an dem man sich festhalten konnte. Sergej bestand darauf, als Erster hochzuklettern. Polina, die sich rasch von ihrem Schock erholte, protestierte vergeblich.

Vor dem Aufstieg gab Sergej Voltaire den Mantel und die Flinte zurück. Dessen zerfetzter Kittel war als Kleidungsstück nicht mehr zu gebrauchen. Doch der umsichtige Wissenschaftler warf ihn nicht weg, sondern riss ihn in Streifen und knotete ein kurzes, aber festes Seil daraus.

»Wenn ihr Feuerbälle seht, haltet euch möglichst weit davon entfernt«, warnte er, als Sergej in die Wand einstieg. »Das sind elektrische Ladungen, die sich akkumulieren.«

Das Hochklettern an dem Gitter hatte Sergej sich schwieriger vorgestellt. Selbst Voltaire, um den er sich ein bisschen Sorgen machte, turnte erstaunlich flink nach oben. Wie alt der Wissenschaftler wohl sein mochte? Sergej schätzte ihn auf um die fünfzig.

Für sein Alter schlug sich Voltaire wirklich gut. Außerdem war er ausgesprochen couragiert. Beim Kampf gegen die Banditen hatte er die Nerven behalten und Sergej danach – wenn man so will – auch noch aus dem Feuer gezogen. Da fiel es nicht weiter ins Gewicht, dass er ein wenig kauzig war und manchmal in Rätseln sprach.

Während Sergej seinen Gedanken nachhing, hatte er jene Stelle erreicht, an der das Gitter wieder in der Wand verschwand. Er versuchte, den Putz mit dem Messer abzuschlagen, doch dass klappte nicht. Außerdem geriet dabei das Gitter ins Schwanken und drohte aus der Wand zu brechen. Kassarin steckte das Messer wieder weg.

»Nach rechts rüber!«, schrie Polina zu ihm hinauf.

Dank ihrer hellen Stirnlampe konnte die Amazone sich in der Dunkelheit am besten orientieren.

Rechts von Sergej befand sich die durchhängende Rolltreppe, die in seiner Höhe fast die Wand berührte. Nun ja, »fast« bedeutete, dass er immer noch einen ganzen Meter freien Raum über dem Abgrund überwinden musste. Doch Sergej schaffte es, die Rolltreppe mit dem ausgestreckten Bein in Schwingung zu versetzten. Auf diese Weise bekam er sie mit den Händen zu fassen und konnte hinüberklettern.

Unter seinem Gewicht sackte die Rolltreppe noch stärker durch und neigte sich ein wenig näher zur Wand. Jetzt konnten sich auch Voltaire und Polina problemlos hinüberhangeln.

Die letzten Meter bis zur Eingangshalle mussten sie über die zerstörte Rolltreppe hinaufkriechen. Das war wesentlich schwieriger, als die Kletterpartie an der Wand. Denn die gespannte Laufbahn geriet ins Pendeln und knirschte bedrohlich, als würde sie jeden Moment einreißen. Sergej hatte trotzdem das Gefühl, dass sie halten würde, und behielt zum Glück recht.

Als er den horizontalen Absatz mit dem Kamm erreichte, unter dem die Stufen verschwanden, hielt er sich an der Umrandung fest und zog sich hoch. Erschöpft sank er auf den Granitboden der Eingangshalle. Seine Arme zitterten vor Anstrengung. Doch er kam nicht dazu, sich auszuruhen, denn unten hörte er bereits den Doktor keuchen, der am letzten steilen Abschnitt offenbar nicht mehr weiterkam. Innerlich fluchend kroch Sergej zum Absatz zurück, streckte Voltaire die Hand entgegen und zog ihn hoch. Anschließend half er Polina die letzten Meter hinauf.

Jetzt hatte Kassarin sich eine Pause redlich verdient. Doch als er sich an die Umrandung der Rolltreppe lehnte und die müden Arme sinken ließ, gellte ein Schrei von Polina.

»Die Dämonen!«

Sergej sprang auf.

Polina zeigte zur abgeblätterten Decke der Eingangshalle. Aus freiliegenden Stahlträgern sprühten aus heiterem Himmel Funken. Die mit Rissen durchzogene, verrußte Decke und die trostlosen Hallenwände wurden in ein buntes Lichtermeer getaucht. Das entfesselte Feuerwerk war so zauberhaft, dass man alles Mögliche, aber nicht das Werk von Dämonen dahinter vermutet hätte.

Die Lichter, aus winzigen Funken geboren, gewannen an Kraft und blähten sich zu leuchtenden Kugeln auf. Sergej war hingerissen von dem Spektakel. Nur eines ließ ihm keine Ruhe: War er etwa der Einzige, der das wundersame Schauspiel mitbekam?

Anstatt einer Antwort setzte es einen Stoß in die Rippen. Mit schmerzverzerrten Gesicht blickte Sergej sich um. Polina stand neben ihm.

»Sag mal, bist du blind?!«, fuhr sie ihn an.

Sergej wollte erwidern, dass das Gegenteil der Fall sei, aber dazu kam er nicht mehr. Die zwei größten Leuchtkugeln platzten mit einem ohrenbetäubenden Knall, und zwischen ihnen zuckte ein greller Blitz. Sergej erschrak. Genau so ein Gebilde hätte ihn vor Kurzem beinahe getötet.

»Ein Überschlag!«, schrie Voltaire panisch. »Es geht los!«

Jetzt zögerte Sergej nicht länger. Während er gemeinsam mit Polina auf die Drehkreuzanlage in der Mitte der Eingangshalle zurannte, schoss ein weiterer Blitz, der die Luft zwischen zwei Kugeln überbrückte, direkt über seinen Kopf hinweg. Der überschlagende Funke traf eine weitere Kugel, die ihrerseits explodierte und einen ganzen Reigen von Blitzen abfeuerte.

Sergej schlug reflexartig einen Haken und hätte beinahe Polina umgerannt. Beide prallten auf Voltaire, der abrupt vor ihnen stehen geblieben war. Ein Wunder, dass der Doktor nicht das Gleichgewicht verlor. Er spreizte die Arme ab und schob die beiden hinter sich.

»Nicht bewegen!«, flüsterte er.

Erst jetzt fiel Sergej auf, dass auch auf den Flügeln der Drehkreuze leuchtende Kugeln schwebten. Sie bewegten sich wie lebendig und erinnerten entfernt an die glibberigen Schnecken, die es in den unbewohnten Tunneln östlich der *Roschtscha* gab. Doch die Schnecken waren völlig harmlos. Wenn man sie anfasste, juckte höchstens eine Zeit lang die Haut. Kam man dagegen einer dieser Kugeln zu nahe, war ein plötzlicher und furchtbarer Tod wohl garantiert.

»Vielleicht passiert ja gar nichts«, stammelte Voltaire.

Doch der Doktor hatte kaum zu Ende gesprochen, als an einem der mittleren Drehkreuze eine Kugel platzte und ein verzweigter Blitz in die Decke schlug. Kurz darauf explodierten auch die anderen Kugeln eine nach der anderen und entfachten ein wahres Feuerwerk von Blitzen, die überall durch die Gegend zischten.

Sergej schlug ein unglaubliches Getöse entgegen. Alles, was er bislang noch gesehen hatte – der Boden, die Wände, die Decke –, verschwand. Nur die zickzackförmigen Blitze flackerten knisternd in der Dunkelheit. Während eines dieser Funkenschläge sah er Polina. Sie war auf die Knie gefallen, hatte den Kopf eingezogen und schützend die Hände darübergelegt. Wenn es etwas genützt hätte, hätte er die Amazone mit seinem Körper geschützt, doch angesichts der ununterbrochen krachenden Entladungen gab es kaum Hoffnung, dieses elektrische Inferno zu überleben.

In seiner Verzweiflung riss sich Sergej die kaputte Lampe vom Kopf und warf sie mitten in das tobende Gewitter. Gleich fünf oder sechs Blitze, als hätten sie Beute gewittert, schlugen aus verschiedenen Richtungen in das fliegenden Metallgehäuse ein und ließen es buchstäblich verglühen. Dann war auf einmal alles still! Dafür bildeten sich an den Deckenträgern und an den qualmenden Skeletten der versengten Drehkreuze neue Funken und blähten sich auf.

Auf einmal hatte Sergej eine Idee. Er holte eine Packung Reservemunition hervor, die er am *Prospekt* eingesteckt hatte, und nahm eine Handvoll Gewehrpatronen heraus.

»Was machst du da?«, fragte Polina entgeistert, als sie sah, wie er mit den Geschossen hantierte.

Vermutlich dachte sie, dass er unter dem Eindruck des Infernos endgültig den Verstand verloren hatte. Doch im Moment spielte es keine Rolle, was sie dachte.

»Haltet euch bereit. Sobald ich das Kommando gebe, lauft ihr los. Aber überholt mich auf keinen Fall.«

Polina und Voltaire schauten Kassarin verblüfft an. Sie schienen in der Tat an seinem Verstand zu zweifeln. Doch Sergej hatte keine Zeit, ihnen seinen Plan zu erklären. Die wachsenden Feuerbälle konnten jeden Augenblick wieder Blitze spucken.

»Vertraut mir einfach!«, sagte er und warf die erste Patrone.

Die Luft begann abermals zu knistern. Aus drei Feuerbällen gleichzeitig schossen Blitze in das Wurfobjekt. Aus Kassarins Perspektive sah es fast so aus, als würden die Blitze aus der Patrone entspringen und in den Kugeln einschlagen.

»Los!«, kommandierte Sergej und lief als Erster in Richtung der Stelle, wo seine Patrone zu Boden gefallen war.

Im Laufen warf er eine Handvoll Patronen, die neue Entladungen und Blitze hervorriefen. Auf halbem Weg zu den Drehkreuzen holten ihn Voltaire und Polina ein. Alle drei warfen sie jetzt mit Patronen, um sich freie Bahn zu verschaffen.

Nachdem sie die Drehkreuze passiert hatten, kam der hintere Teil der Halle in Sicht, wo die verbrannten Überreste von Stalkern und Mutanten lagen. Ob es mehr Tiere oder Menschen waren, konnte man schlecht sagen. Die meisten Körper waren derart verkohlt, dass man nicht mehr feststellen konnte, ob es sich um einen Leichnam oder einen Kadaver handelte.

Der grauenhafte Anblick nahm Sergej so gefangen, dass er eine lila Leuchtkugel übersah, die sich direkt vor ihm an einem von der Decke hängenden Eisenträger gebildet hatte. Er stand kurz davor, sich selbst in eine verkohlte Leiche zu verwandeln. Zum Glück hatte Polina das drohende Unheil entdeckt. Dank ihrer präzise geworfenen Patrone entlud sich die Kugel, ohne Schaden anzurichten.

Der letzte Leichnam, ohne Zweifel ein Mensch, lag mitten auf der Schwelle der Eingangstür. Die Beine und der untere Teil des Rumpfs befanden sich noch in der Eingangshalle, der Oberkörper und der Kopf außerhalb. Im Vergleich zu den anderen Körpern, die fast bis zur Unkenntlichkeit verbrannt waren, wirkte dieser Leichnam nahezu unversehrt. Nur in seiner Brust gähnte ein rundes, faustgroßes Loch mit glatten, verkohlten Rändern.

Aus irgendeinem Grund interessierte sich Voltaire für den Unglücksraben. Er kniete sich sogar neben ihm hin. Sergej vermutete, dass der Wissenschaftler herausfinden wollte, wie der Stalker zu Tode gekommen war, doch Voltaire beschäftigte etwas völlig anderes.

»Die Gasmaske.«

»Was?«

»Die Gasmaske«, wiederholte Voltaire und deutete auf den Kopf des Toten. »Sie sieht noch ganz neu aus.« Er schaute Sergej schuldbewusst an. »Könnten Sie mir helfen, sie ihm abzunehmen? Wenn ich es allein versuche, wird sie womöglich beschädigt.«

»Ich helfe Ihnen«, kam Polina Sergej zuvor.

Sie beugte sich zu dem Leichnam und zog ihm geschickt die Maske vom Kopf. Dann blieb sie wie angewurzelt hocken und starrte das Gesicht an, das darunter zum Vorschein gekommen war. Der tote Stalker war eine junge Frau.

Polina schlug die Hand vor den Mund. Sergej verspürte einen Stich – er ahnte nichts Gutes.

»Hast du sie gekannt?«, fragte er vorsichtig.

Polina schüttelte flüchtig den Kopf und reichte Voltaire die Gasmaske.

»Ziehen Sie sie an.«

Der Doktor legte die Maske an. Obwohl er sicher nichts Verwerfliches tat – das postapokalyptische Leben war nun einmal hart –, beschlich Sergej ein ungutes Gefühl: eine Mischung aus Abscheu, Scham und Wut.

»Wohin jetzt, zum *Prospekt*?«, fragte Voltaire mit gedämpfter Stimme.

Das verstand sich eigentlich von selbst. Doch zu Sergejs Überraschung schüttelte Polina den Kopf.

»Ohne Patronen schaffen wir's nicht bis zum *Prospekt*. Und ich habe fast keine mehr.«

»Ich habe noch zwei volle Magazine und …« Sergej griff in die aufgerissene Packung, doch da waren nur noch fünf Patronen drin.

»Das reicht gerade mal für ein paar Minuten«, konstatierte Polina mit einem bitteren Lächeln. »Wie viele haben Sie noch, Voltaire?«

»Keine einzige«, gestand der Doktor niedergeschlagen. »Ich habe alle weggeworfen …«

»Das habe ich mir schon gedacht. Zum *Prospekt* sind es zwei Kilometer Luftlinie, durch die Ruinen an der Oberfläche locker drei bis vier.«

An der *Roschtscha* hatten sich nur wenige Stalker so weite Expeditionen zugetraut. Und mit lediglich zwei Magazinen war ein solches Vorhaben reiner Selbstmord. Sergej fiel nichts mehr ein. Dafür ergriff abermals Polina das Wort.

»Hier in der Nähe befindet sich mein Geheimlager. In einem verschütteten Lüftungsschacht.«

»Ein Geheimlager?«, staunten Sergej und Voltaire synchron.

Die Amazone nickte.

»Ich habe niemandem davon erzählt. Nicht einmal Flint.« Sie blickte Sergej scharf in die Augen. »Dort finden wir alles Nötige.«

»Aber das ist doch ganz wunderbar, oder?«, freute sich der Doktor verhalten.

»Geht so«, erwiderte die Amazone trocken. »Um dorthin zu gelangen, müssen wir über den Lenin-Platz. An der Oberfläche.«

Die Eingangshalle zur Station *Ploschtschad* befand sich im Untergeschoss des Platzes. In stillem Einvernehmen verließ das Trio die Halle und wandte sich nach rechts. Aber kaum zwanzig Meter weiter war der Durchgang von herabgestürzten Betonplatten blockiert. Dahinter erkannte Sergej eine Treppe nach oben, doch höchstens eine Ratte hätte sich durch den Trümmerhaufen hindurchzwängen können.

Hilfe suchend schaute er sich nach Polina um. Die Amazone sagte nichts. Stattdessen drehte sie um und ging wieder zurück.

Sie kennt den Weg nicht, schlussfolgerte Sergej. Was, wenn auch die anderen Ausgänge zur Oberfläche verschüttet waren? Ein beängstigender Gedanke. Andererseits, wo kamen dann die verkohlten Leichen in der Eingangshalle her? Die Stalker hätten sich ja wohl kaum die Mühe gemacht, nach oben zu steigen, wenn es hier keinen Ausgang gäbe! Sie waren mit Sicherheit an der Oberfläche gewesen.

Es gab in der Tat einen freien Ausgang. Nach der nächsten Biegung tauchte eine Treppe auf, über die schwaches Tageslicht in den Untergrund fiel. Das Trio ging erleichtert darauf zu, doch am Fuß der Treppe blieb Polina plötzlich stehen.

»Ich habe gehört, dass hier schon öfter Harpyien gesichtet wurden«, verkündete Voltaire.

»Dann hat man Sie angelogen.« Polina blickte argwöhnisch nach oben. »Wer einer Harpyie über den Weg läuft, kann hinterher nichts mehr erzählen. Niemand weiß, wie diese Bestien in Wirklichkeit aussehen – alles Gerüchte.«

»Da muss ich Ihnen widersprechen«, entgegnete Voltaire. »Die Tiere besitzen einen stromlinienförmigen, muskulösen Körper, etwa zwei Meter lang, den Schwanz allerdings nicht mitgerechnet. Der Kopf ist rautenförmig und mit schuppigen Auswüchsen bedeckt. Die vorderen Extremitäten sind mit elastischen Häuten versehen und bilden die Flügel. Ihre Spannweite beträgt bei manchen Individuen bis zu vier Metern. Die hinteren Extremitäten …«

»Pst!«, unterbrach Polina den wasserfallartigen Monolog des Wissenschaftlers. »Hört ihr das?«

Sergej spitzte die Ohren, doch außer dem Wind, der durch den Gang heulte, hörte er nichts. Voltaire ging es genauso, was er auch Polina gestand. Die Amazone winkte ab.

»Folgt mir. Und tut, was ich sage. Macht vor allem keinen Lärm.«

Die letzte Anweisung wurde bereits missachtet, als sie an die Oberfläche traten. Allerdings leistete sich den Lapsus nicht Sergej, sondern Voltaire.

»O mein Gott!«, rief er erschüttert und starrte den trostlosen, düsteren Himmel an. »Es … ist größer geworden!«

Sergej erinnerte sich gut daran, wie geschockt er gewesen war, als er zum ersten Mal an die Oberfläche kam. Doch nicht die unfassbare Weite der oberirdischen Welt erschreckte Voltaire, noch nicht einmal der endlose Himmel über seinem Kopf, sondern der tiefschwarze Teppich, der sich dort oben breitgemacht hatte – wie die dicke Rußschicht an den Wänden der eben durchquerten Eingangshalle.

»Sie meinen diese Wolke?«, erkundigte sich Sergej.

Der Wissenschaftler nickte energisch.

»Vor wenigen Tagen war sie nichts weiter als ein kleiner dunkler Fleck. Und jetzt schauen Sie sich das an: Sie hat sich über die ganze Stadt ausgebreitet! Die Welt verändert sich.« Voltaire wurde melancholisch. »Und ich fürchte, dass es in dieser neuen Welt keinen Platz mehr für die Menschen geben wird.«

Doch wie düster und bedrohlich die über der Stadt hängende Wolke auch war, im Moment bedeutete sie keine unmittelbare Gefahr. Die lauerte woanders …

Sergej blickte sich argwöhnisch um und entdeckte prompt ein gigantisches Ungeheuer, das seinen hässlichen Kopf aus einer verwahrlosten städtischen Grünanlage steckte. Das schwarze Monster ragte etwa hundert Meter vom Metro-Ausgang entfernt zwischen den krummen Stämmen kahler Bäume empor. Das Erschreckendste daran war nicht seine schiere Größe, sondern seine menschenähnliche Gestalt!

Sergej gefror das Blut in den Adern. Er fasste Polina am Arm und zog sie zur Treppe zurück. Doch die Amazone riss sich los und schaute ihn verständnislos an.

»Wir müssen zurück! Dort …«

Sergej war so aufgeregt, dass es ihm die Sprache verschlug. In seiner Not deutete er mit dem Gewehrschaft auf das Ungeheuer.

»Eine Statue«, konstatierte Polina. »Na und?«

»Aber nicht irgendeine Statue«, schulmeisterte Voltaire. »Sondern ein Denkmal für den Bolschewistenführer Wladimir Iljitsch Lenin, nach dem dieser Platz und die Metrostation benannt sind und den Sie, junge Frau, nebenbei bemerkt, für den Gebieter der Feuerdämonen halten.«

Eine Statue! Natürlich! Daher auch die Ähnlichkeit mit einem Menschen! Erst jetzt fiel es Sergej wie Schuppen von den Augen, dass der massive Glatzkopf des Giganten aus Bronze gegossen war. Er schämte sich furchtbar für seinen Fauxpas und wäre am liebsten im Boden versunken.

Doch weder Voltaire noch Polina lachten ihn aus.

»Gehen wir weiter, bevor richtige Monster auftauchen«, sagte die Amazone lapidar und betrat als Erste den Platz.

Vorsichtig manövrierte das Trio zwischen verrosteten Autos hindurch. Anstatt nach links und rechts zu blicken, guckte der Doktor ständig zum Himmel. Entweder er konnte sich vom Anblick der schwarzen Wolke nicht losreißen, oder er hielt nach Harpyien Ausschau, um seine Informationen über die Monster zu verifizieren. Jedenfalls blieb es Sergej überlassen, den kleinen Trupp seitlich und nach hinten abzusichern. Allerdings ertappte er sich schon bald dabei, dass er immer wieder zu der Statue blickte, die er irrtümlich für ein Ungeheuer gehalten hatte.

Das Denkmal war nicht lebendiger als die Pflastersteine und die kaputten Autos auf dem Platz. Trotzdem wurde Sergej das Gefühl nicht los, dass der in Bronze gegossene Gigant verstohlen unter seinen schweren Lidern hervorspähte und das Grüppchen, das über seinen Platz marschierte, mit Argusaugen beobachtete. Egal, in welche Richtung sie gingen, Sergej spürte stets diesen kalten, aufdringlichen Blick auf sich lasten.

Offenbar betrachteten die Statuen, die den Weltuntergang unbeschadet überstanden hatten, die Stadt inzwischen als ihr Eigentum, nachdem sich schon seit über zwanzig Jahren nur noch ein paar versprengte Draufgänger an die Oberfläche wagten. Und wem sollte die tote Stadt auch sonst gehören, wenn nicht ihren toten Idolen?

Allmählich drohten die Gedanken, die Sergej im Angesicht des bronzenen Riesen kamen, aus dem Ruder zu laufen. Glücklicherweise bog Polina in eine schmale Gasse zwischen zwei zerstörten Gebäuden ein. Von hier aus war das Denkmal nicht mehr zu sehen.

»Stimmt etwas nicht mit Ihnen, junger Mann?«, erkundigte sich Voltaire besorgt. »Sie wirken irgendwie gehetzt.«

Sergej schüttelte den Kopf. Seine merkwürdige Anwandlung verflüchtigte sich endgültig, und er winkte erleichtert ab.

»Nein nein, alles bestens.«

Polina blickte sich nach ihnen um, sagte aber nichts. Stattdessen fuhr sie damit fort, Pflastersteine und allen möglichen Müll wegzuräumen, die vor ihr auf einem Haufen lagen. Der Sinn dieser befremdlichen Maßnahme erschloss sich erst, als darunter ein getarnter Lukendeckel zu Vorschein kam.

Auf dem Deckel befand sich unter einer dicken Rostschicht eine Prägung, die kaum mehr zu entziffern war. Immerhin konnte man zwei zickzackförmige Pfeile erkennen.

»Das ist aber kein Lüftungsschacht, sondern ein Kabelschacht«, dozierte Voltaire mit Blick auf die Luke.

Sollte der Doktor es darauf angelegt haben, mit seinem Wissen Eindruck zu schinden, dann blieb es beim Versuch. Sergej war es nämlich Jacke wie Hose, in welcher Art von Schacht Polina ihre Vorräte hortete. Auch die Amazone ignorierte die Bemerkung Voltaires. Sie hob den Deckel an und spähte in den finsteren Schlund hinunter. Die Luft war offenbar rein. Sie stieg hinunter und bedeutete den Männern, ihr zu folgen.

Der Schacht führte ziemlich tief in die Erde. Zum Glück waren an seinen Wänden Sprossen eingemauert, über die man bequem hinabsteigen konnte. Er mündete schließlich in einen betonierten Tunnel, der auf der einen Seite verschüttet war und sich auf der anderen in der Dunkelheit verlor.

Polina blieb vor einer unauffälligen Stahltür stehen, auf der mit weißer, teils abblätternder Farbe Symbole angebracht waren: dieselben Zickzackpfeile wie oben auf dem Lukendeckel und ein Totenschädel mit gekreuzten Knochen.

Was sollte das sein? Das Totem von Kannibalen? Das Wappen eines untergegangenen Reichs?

»Ein Elektroschaltraum«, sagte Voltaire.

Mit einem filigranen Haken aus ihrem Einbruchswerkzeug entriegelte Polina im Handumdrehen das Schloss und öffnete die Tür. Sergej war durchaus darauf gefasst, etwas Überraschendes zu sehen, trotzdem konnte er seine Verwunderung dann doch nicht verbergen, als die Amazone eine Petroleumlampe entzündete.

Vor ihnen lag nicht einfach ein simples Versteck, sondern ein formidabler Bunker, in dem man sich nicht nur vor Monstern verstecken, sondern sogar wohnen konnte. Hinter einem Stapel von Waffenkoffern stand eine Holzpritsche an der Wand, die mit einer echten Matratze, Kopfkissen und Armeedecke ausgestattet war. Daneben befand sich als improvisierter Tisch eine auf der Seite liegende Kabeltrommel aus Holz.

Auf dem Tisch stand ein Petroleumkocher. Darüber hing ein Regalbrett an der Wand, das sich unter dem Gewicht von aufgestapelten Blechdosen bog. Sergej traute seinen Augen nicht: Konserven! Mindestens zwanzig Stück, und lauter verschiedene!

Konserven waren eine absolute Rarität in der Metro und kosteten ein Vermögen. In den ersten Jahren nach der Katastrophe hatten Stalker noch ziemlich regelmäßig welche von der Oberfläche mitgebracht. Damals war der kleine Sergej auch hin und wieder in den Genuss einer solchen Delikatesse gekommen. Doch in den letzten Jahren geschah dies immer seltener.

Er trat näher und nahm eine der Büchsen aus dem Regal. Vom vergilbten Etikett glotzte ihn ein Vierbeiner mit Hörnern an: eine Kuh! Sergej wandte sich an Polina.

»Wo hast du denn diese Kostbarkeiten her?«

»Ach, dort ist nichts mehr«, erwiderte sie kurz angebunden, nahm ihm die Dose aus der Hand und stellte sie auf ihren Platz zurück. »Die Gasmasken könnt ihr abnehmen, die Strahlung hält sich in Grenzen hier unten. Ich habe den Platz extra ausgesucht …«

»Das ist ja wie in Aladins Schatzhöhle hier!«, schwärmte Voltaire, als er die Konservenbatterie betrachtete. Doch auf einmal rümpfte er die Nase. »Haben Sie keine Angst, sich zu vergiften?«

Sergej stutzte. Sich vergiften? Mit Konserven? Hatte der Doktor noch alle Tassen im Schrank?

»Mit Botulismus ist nicht zu spaßen«, fuhr Voltaire fort.

»Bislang habe ich's überlebt!« Polina nahm die Dose mit der Kuh vom Brett und stellte sie auf den Tisch. Dann überlegte sie kurz und stellte noch eine zweite Konserve dazu. »Sie müssen ja nichts davon essen, wenn Sie nicht wollen.«

Voltaire mäkelte noch ein bisschen herum, dachte aber nicht daran, die Einladung auszuschlagen.

Einen so leckeren Rindfleischeintopf hatte Sergej noch nie gegessen. Die zwei Konserven waren im Nu verputzt. Zum Glück hatte Polina ihren spendablen Tag und machte noch eine dritte auf. Zusammen mit der Dose stellte sie eine ungewöhnlich geformte Flasche mit einer bernsteinfarbenen Flüssigkeit auf den Tisch.

Als Voltaire die Flasche sah, hörte er zu kauen auf und betrachtete ergriffen das verblichene Etikett.

»Cour-voi-sier …« Wie einen Zauberspruch las er den unverständlichen Namen vor, der in lateinischen Buchstaben darauf geschrieben stand. »Mein Gott! Ein echter Courvoisier! Wissen Sie, was das ist?!«

Polina zuckte mit den Achseln.

»Die Pulle habe ich irgendeinem Dummkopf abgenommen. Wieso? Ist das was Besonderes?«

Voltaire rollte verträumt mit den Augen.

»Das ist französischer Kognak vom Allerfeinsten! Absolut einzigartig! Bei der Herstellung wurden edle Branntweine zu einer Assemblage verschnitten und dann mehrere Jahre in getoasteten Eichenholzfässern gelagert.« Er seufzte. »Ich fürchte, heutzutage ist so etwas nur noch schwer nachvollziehbar.«

Sergej hatte in der Tat nur Bahnhof verstanden, und auch Polina schaute den Wissenschaftler ratlos an.

»Aber trinken kann man das Zeug schon, oder?«, erkundigte sie sich.

An Voltaires Miene war abzulesen, wie sehr er unter der Ignoranz seiner Begleiter litt.

»Sie werden es nicht glauben, aber so mancher bezeichnete diesen Kognak als Getränk der Götter. Ich zum Beispiel hatte nur ein einziges Mal das Glück, ihn zu kosten. Unser Laborchef hatte aus Anlass seiner Dissertation eine Flasche spendiert.«

»Sie haben mich überzeugt.« Polina lächelte. »Machen Sie sie auf.«

Voltaire ließ sich nicht lange bitten. Als er die Flasche in der Hand hielt, besann er sich plötzlich und stellte sie wieder auf den Tisch zurück.

»Es könnte sein, dass dies die einzige Flasche Courvoisier in der gesamten Metro ist. Überlegen Sie sich das gut.«

»Machen Sie sie auf«, beharrte Polina. »Ich wollte schon immer mal wissen, was die Götter so trinken.«

»Na gut.« Voltaire griff erneut nach der Flasche und zog mit solcher Vorsicht den Korken heraus, als würde er den Zünder einer Granate entnehmen. »Eigentlich trinkt man Kognak aus bauchigen Schwenkgläsern«, fuhr er fort, während er das kostbare Elixier in die schmucklosen Alubecher füllte. »Man wärmt das Glas in der Hand, damit sich die Aromen entfalten, und trinkt dann in kleinen Schlucken.«

Obwohl Sergej Voltaires Anweisungen penibel befolgte, konnte er keinen besonderen Geschmack feststellen – das Zeug war scharf wie jeder Schnaps. Den Duft, der ihm aus dem Becher entgegenströmte, fand er jedoch wirklich bemerkenswert. Es gab in der Metro nichts, was auch nur annähernd ähnlich roch.

Der Wissenschaftler nippte selig an seinem Becher.

»Ich fühle mich um zwanzig Jahre jünger«, verkündete er.

»Und wie alt wären Sie dann?«, fragte Sergej pfiffig.

»Neunundzwanzig. Schön wär's. Nächstes Jahr mache ich das halbe Jahrhundert voll. Wenn ich es erlebe, natürlich.« Voltaire lächelte und griff abermals zur Flasche. »Sie erlauben?«

Polina nickte. Der Doktor schenkte noch eine Runde ein – sich ein wenig mehr als seinen beiden Begleitern. Dann hob er feierlich seinen Becher.

»Höchste Zeit, dass wir uns bekannt machen. Wir können doch nicht zusammen trinken, ohne uns beim Namen zu kennen. Das wäre unzivilisiert.«

»Sergej.«

»Polina.«

»Angenehm. Ich bin Arkadi Rudolfowitsch.«

Sergej machte große Augen. Sie hatten doch hoffentlich nicht den Falschen befreit?

»Ich dachte, Sie heißen Voltaire?«

Arkadi Rudolfowitsch wurde verlegen.

»Nun, äh, wie soll ich sagen. Das ist so eine Art Pseudonym. Als ich noch an der *Sibirskaja* lebte, habe ich versucht, eine Zeitung herauszugeben. Na ja, Zeitung ist vielleicht übertrieben, sagen wir: ein besseres Flugblatt. Die Artikel habe ich mit dem Pseudonym Voltaire unterschrieben, in Anlehnung an den Schriftsteller und Philosophen, der im achtzehnten Jahrhundert in Frankreich lebte und stets für Wahrheit und Gerechtigkeit eintrat. Leider sind nur drei Ausgaben dieser Zeitung erschienen. Wegen der dritten wurde ich nämlich von der Station gejagt. Dabei waren die Chefs der Allianz am Anfang sogar begeistert von der Idee mit der Zeitung. Sie dachten wohl, ich würde ein Loblied auf ihr Regime singen und nur darüber schreiben, wie schön und unbeschwert es sich an der *Sibirskaja* lebt. Sie hatten mir sogar eine kleine Druckmaschine zur Verfügung gestellt.«

»Stimmt das denn etwa nicht?«, warf Sergej ein. »Ich meine das mit dem schönen Leben an der *Sibirskaja?*«

»Waren Sie schon mal an der *Sibirskaja,* junger Mann? Haben Sie die Zäune gesehen?!« Sergej nickte. »Dann ziehen Sie Ihre Schlüsse daraus! Ein schönes Leben hat dort nur, wer der Obrigkeit der Allianz in den Hintern kriecht und ansonsten die Klappe hält. An der *Sibirskaja* halten ehemalige Polizisten die Zügel in der Hand. Nicht weit von der Station befand sich früher das städtische Polizeipräsidium. Am Tag der Katastrophe ist die gesamte Bullerei von dort in die Metro geflüchtet. Und natürlich haben sie dafür gesorgt, dass an der Station nach ihren Regeln gespielt wird. Dabei gab es, bei Lichte betrachtet, nur zwei Dinge, die diese Herrschaften wirklich gut konnten: Anderen Leuten die Arme umdrehen und ihnen in die Fresse schlagen!«

»Warten Sie mal«, unterbrach Sergej Arkadi Rudolfowitsch. »Mag sein, dass es dort Zäune gibt. Mag sein, dass dort Polizisten am Ruder sind. Aber das ändert doch nichts daran, dass die *Sibirskaja* die reichste Station in der ganzen Metro ist! Und das ist doch sicher kein Zufall.«

»Sie sagen es: Das ist absolut kein Zufall!«, ereiferte sich Voltaire. Er trank in einem Zug seinen Kognak aus. Vor lauter Entrüstung schien er völlig vergessen zu haben, dass man ihn langsam trinken und vorher genüsslich daran schnuppern sollte. »Haben Sie sich schon mal Gedanken darüber gemacht, woher dieser Reichtum kommt? Das hat damit zu tun, dass die Chefs der Allianz die Lebensmittel von der *Marschalskaja* und den Strom vom *Prospekt* praktisch umsonst bekommen. Entweder als Abgabe oder gegen ein lächerliches Entgelt. Demgegenüber verkaufen sie alles, was an der *Sibirskaja* produziert wird, zu Wucherpreisen. Von welcher Station kommen Sie, Sergej?«

»Von der *Roschtscha.*«

»Von der *Roschtscha?!*«, wiederholte Voltaire begeistert. Er war schon ein wenig beschwipst. »Beneidenswert! Da sind Sie weit weg von diesen sibirischen Bonzen, und keiner schreibt Ihnen vor, wie Sie leben sollen.«

»Leider hat es sich dort ausgelebt«, erwiderte Sergej bedrückt. »Die Station ist ausgelöscht. Niemand hat überlebt. Und die *Marschalskaja* existiert auch nicht mehr.«

Voltaire erblasste und schnappte nach Luft wie ein Fisch auf dem Trockenen.

»Wie ist das passiert?«, fragte er schockiert.

»Ein Monster hat alle Menschen gefressen. Zuerst an der *Marschalskaja* und dann bei uns. Es sieht aus wie eine Spinnwebe oder lebendige Wolle. Es packt die Leute mit seinen Fangarmen und spinnt sie ein. Danach spuckt es die Knochen aus. Polina und ich haben an der *Marschalskaja* eine Zeichnung davon gefunden. Darauf sieht man das Monster nicht komplett, aber immerhin einen Fangarm.«

Sergej nahm die Klarsichthülle mit der Bleistiftskizze aus seiner Innentasche und reichte sie Voltaire. Der Wissenschaftler schwankte bedenklich, als er sie entgegennahm. Sergej befürchtete schon, dass er die Zeichnung beim Herausnehmen zerreißen könnte. Doch seine Sorge erwies sich als unbegründet. Voltaire betrachtete die Skizze, ohne sie herauszunehmen. Dabei macht er ein äußerst ernstes Gesicht und wirkte auf einmal wieder völlig nüchtern.

»Woher …?«

»Aus dem Safe des Kommandanten«, sagte Sergej.

Voltaire schien ihm gar nicht zugehört zu haben.

»Woher …?«, murmelte er. »Wie ist das möglich? Sie hätten doch alle Stämme vernichten müssen? Das kann doch nicht sein …«

Polina begriff als Erste, dass den Doktor etwas ganz anderes umtrieb, und zupfte ihn ungeniert am Ärmel. Als er sich ihr zuwandte, deutete sie mit dem Finger auf die Zeichnung.

»Wissen Sie, was das ist?«, fragte sie mit Nachdruck.

»Der Tod«, stammelte Voltaire. »Der Schwarze Drache …«

11

BLICK IN DIE VERGANGENHEIT

Arkadi Rudolfowitschs Erzählung wuchs sich zu einer Lebens-
beichte aus. In ihrem Verlauf verflüchtigte sich der französische
Kognak bis auf den letzten Tropfen, obwohl Sergej und Polina keinen Schluck mehr tranken. Immer wieder schlug sich der Mann,
der ihr Vater hätte sein können, mit der Hand gegen die Stirn und
weinte wie ein Kind.

Am Beginn seiner Rückblende stand ein Bekenntnis, das Sergej
in äußerstes Erstaunen versetzte.

»Ich bin ein miserabler Mensch«, sagte er. »Das können Sie sich
überhaupt nicht vorstellen. Ich bin ein Ungeheuer! Wissen Sie,
wie viele Menschen ich auf dem Gewissen habe? Nicht Dutzende
und nicht Hunderte. Tausende! Vielleicht sogar Zehntausende!«

Polina reagierte mit ungläubiger Miene auf das unerhörte Ge-
ständnis, und auch Sergej kam zu dem Schluss, dass Voltaires Geis-
teszustand sich am Rande des Wahnsinns bewegte, obwohl der
Mann bisher einen sehr gefestigten und rationalen Eindruck gemacht hatte.

Dabei war das erst der Anfang gewesen.

Mit starrem Blick schenkte der Doktor sich Kognak nach und
trank langsam, wie es sich gehörte, inzwischen jedoch ohne jedes
Anzeichen von Genuss.

»Vor langer Zeit, als Sie noch gar nicht auf der Welt waren,
habe ich verblendeten Menschen dabei geholfen, unseren Planeten auszulöschen. Ich habe ihnen eine Waffe an die Hand gegeben,

mit deren Hilfe sie unsere Welt zerstören. Ich als Arzt, den der hippokratische Eid eigentlich zum Heilen verpflichtete, habe an der Entwicklung einer Massenvernichtungswaffe mitgewirkt! Sie haben wahrscheinlich keine Ahnung von den Hintergründen. Natürlich nicht, woher auch … Etwa zwölf Kilometer entfernt von Nowosibirsk, in der Ortschaft Kolzowo, gab es das staatliche Forschungszentrum für Virologie und Biotechnologie ›Vektor‹. Und unter seinem Dach das geheime Institut für Biotechnologie, in dem biologische Waffen entwickelt wurden. In diesem Institut habe ich gearbeitet.«

»Sie?!« Sergej konnte sich nicht vorstellen, dass dieser gutmütige Tollpatsch jemals etwas mit Waffen zu tun gehabt haben könnte.

»Ja, ich! Und wissen sie was?« Voltaire schaute seine beiden jungen Begleiter verschämt an. »Meine Arbeit hat mir Spaß gemacht. Wer hätte einen solchen Ausgang vorhersehen können?«

Sergej schwieg. Was sollte man darauf sagen? Wenn sein Vater die Ausbildung ein Jahr früher beendet hätte, wäre er ebenfalls aktiver Teilnehmer des letzten Krieges gewesen. Hätte man ihn dann als Mörder und Weltzerstörer beschimpft?

Polina schienen Voltaires Gewissensbisse nicht weiter zu kümmern.

»Wie hatten Sie das genannt?«, fragte sie und deutete abermals auf die Skizze, die Voltaire immer noch krampfhaft in der Hand hielt. »Schwarzer Drache?«

»Ja.« Voltaire nickte. »Es handelt sich um einen Schimmel.«

Sergej dachte, sich verhört zu haben. Hatte er aber nicht.

»Zum ersten Mal fanden wir ihn in unterirdischen Hohlräumen, die infolge von Kernexplosionen auf dem Testgelände der Insel Nowaja Semlja entstanden waren«, fuhr Voltaire fort. »Ich gehörte zu der Forschungsgruppe, die dort die Auswirkungen radioaktiver Strahlung auf pathogene Mikroorganismen untersuchte. Niemand hatte damit gerechnet, dass wir in diesen völlig verstrahlten Hohlräumen auf irgendetwas Lebendiges stoßen würden. Doch wir fanden etwas. Es hing wie feine schwarze Haarsträhnen an den zu Glas verbackenen Wänden. Der Fund war eine wissenschaftliche Sensation, denn nach dem damaligen Forschungsstand gab es keine Lebensformen, die unter solch extremen Bedingungen existieren konnten. Wir nahmen Proben dieser Substanz und brachten sie in unser Institut. Bei den anschließenden Untersuchungen stellte sich heraus, dass wir es mit einer ganz neuen, nie zuvor beobachteten Art von Schwarzschimmel zu tun hatten. Und die hatte es in sich!« Arkadi Rudolfowitsch hielt inne, um sich Kognak nachzuschenken. Die Flasche war beinahe leer. »Dieser Schimmel hatte phänomenale Eigenschaften. Er wuchs unter beliebigen Bedingungen, solange genug organische Nahrung vorhanden war, egal welcher Art. Nachdem wir das herausgefunden hatten, bezeichnete einer aus unserem Team den Schimmel scherzhaft als Schwarzen Drachen. Der Begriff kam gut an und bürgerte sich ein. Damals konnte niemand ahnen, dass der Name eines Tages Programm werden sollte. Das Einzige, was dieser ›Drache‹ zusätzlich brauchte, um zu gedeihen, war radioaktive Strahlung! Unsere Auftraggeber vom Verteidigungsministerium kamen auf die Idee, auf der Basis des von uns entdeckten Schimmels eine biologische Waffe zu entwickeln. Der Ansatz war vielversprechend, zumal vor dem Hintergrund eines drohenden Atomkriegs. Eine radioaktive Verseuchung hätte zu einem rasanten Wachstum der Schimmelkolonie geführt. So wurde das Programm ›Schwarzer Drache‹ aus der Taufe gehoben und fortan streng unter Verschluss gehalten. Ich und andere Kollegen, die keine Sonderzulassung hatten, wurden von den weiteren Forschungsarbeiten ausgeschlossen.«

Voltaire wollte wieder zur Flasche greifen, doch Sergej griff ihm in den Arm.

»Hören Sie mal! Ich habe mit eigenen Augen gesehen, wie das Monster die Leute mit den Fangarmen gepackt und dann mitsamt der Kleidung aufgefressen hat. Das geschah innerhalb weniger Sekunden! Ist ein Schimmel dazu wirklich in der Lage?! Kann er überhaupt so gigantische Ausmaße annehmen?!«

»Es gibt viele Dinge, die Sie sich nicht mal annähernd vorstellen können, junger Mann«, entgegnete Arkadi Rudolfowitsch. »Der Schwarze Drache hat einen rasanten Stoffwechsel. Seine Zellen teilen sich alle fünf Minuten. Aus einer Zelle werden in fünf Minuten zwei, in zehn Minuten vier, in fünfzehn acht und so weiter. Sagt Ihnen der Begriff exponentielles Wachstum etwas? Rechnen wir: Ein Tag hat 1440 Minuten. Innerhalb dieser Zeitspanne kann eine Kolonie dieses Schimmels, selbst wenn sie anfangs nur aus einer einzigen Zelle besteht, bei ausreichender Nahrungsversorgung zur Größe unseres Planeten heranwachsen. Die Myzelstränge des Schimmels, die aus Millionen von Zellen bestehen und die Sie als Fangarme wahrgenommen haben, entstehen buchstäblich aus dem Nichts.«

»Das ist unmöglich!«, rief Sergej.

Nur ein Verrückter konnte so etwas Aberwitziges behaupten. Allerdings machte der Wissenschaftler gerade jetzt überhaupt nicht den Eindruck, verrückt zu sein. Die ruhige und souveräne Art, mit der er sein Beispiel angeführt hatte, ließ darauf schließen, dass er genau wusste, wovon er sprach.

»Das ist noch nicht alles«, fuhr Voltaire fort. »Diese Daten resultierten aus unseren ersten Analysen. Soweit ich weiß, erzielte die Forschungsgruppe, die im Auftrag der Militärs mit der Weiterentwicklung des Schwarzen Drachen befasst war, vor dem Krieg erhebliche Fortschritte. Man bereitete sich bereits auf die ersten Freilandversuche mit der Superwaffe vor, als das passierte, was wir heute als Katastrophe bezeichnen. Die Forscher wurden damals angewiesen, sämtliche entwickelten Stämme des Schimmels zu vernichten und sich auf die Evakuierung vorzubereiten. Ich bin lange Zeit davon ausgegangen, dass es genau so geschah. Schließlich hatte ich mit eigenen Augen gesehen, wie die Wissenschaftler verplombte Kisten mit den Unterlagen in Fahrzeuge verluden und in Richtung Bahnhof davonfuhren. Doch eines Tages traf ich an der *Sibirskaja* zufällig einen unserer Dozenten, der an der Entwicklung des modifizierten Schwarzen Drachens beteiligt gewesen war. Er tat so, als würde er mich nicht kennen. Vielleicht erkannte er mich tatsächlich nicht – wir sind uns nur wenige Male begegnet. Ich meinerseits sprach ihn auch nicht an. Zu der Zeit hatte ich gerade massiven Ärger wegen meiner Zeitung und dachte, es könnte ihm schaden, wenn er mit mir zusammen gesehen wird. Kurze Zeit später wurde ich von der Station verwiesen, und seither habe ich den Mann nie wieder gesehen.«

Arkadi Rudolfowitsch griff erneut zur Flasche. Diesmal hinderte ihn niemand daran. Er schenkte sich die letzten Tropfen ein und seufzte tief. Er trauerte wohl seiner Arbeit und der Welt vor der Katastrophe hinterher. Oder er bedauerte, dass der feine Kognak zu Ende war. Langsam trank er seinen Becher aus.

Sergej befürchtete, dass Voltaire von dem vielen Alkohol schlecht werden könnte. Sein Blick war in Tat schon reichlich glasig und seine Augen waren gerötet. Aber seine Stimme blieb fest.

»Trotzdem will mir das einfach nicht in den Kopf!«, haderte er. »Woher kommt auf einmal der Drache, wenn vor zwanzig Jahren sämtliche Stämme vernichtet wurden?!«

»Es spielt keine Rolle, wo er herkam«, erwiderte Sergej. »Entscheidend ist, wie wir ihn vernichten können!«

Voltaire zuckte mit den Achseln.

»Das konnten wir damals nicht klären. Mag sein, dass die Forschungsgruppe, die an dem Geheimprojekt arbeitete, eine Lösung fand. Aber davon ist mir nichts bekannt.«

»Aber in Ihrem Forschungszentrum, in diesem ›Vektor‹, gibt es doch sicher noch Unterlagen über die wissenschaftlichen Erkenntnisse dieser Gruppe«, beharrte Sergej.

Voltaire schüttelte den Kopf.

»Wenn es solche Unterlagen gab, dann wurden sie bereits am ersten Tag nach der Katastrophe zusammen mit der Belegschaft evakuiert. Obwohl …« Er hielt inne und überlegte. »Mir ist gerade eingefallen: Da dieser Dozent, den ich erwähnt habe, an der *Sibirskaja* aufgetaucht ist, könnte es natürlich sein, dass die ganze Gruppe es aus irgendwelchen Gründen nicht geschafft hat, die Gegend zu verlassen. Dann wäre es theoretisch möglich, dass der vorgesehene Sonderzug mitsamt allen Unterlagen noch irgendwo am Bahnhof steht.«

»Dann müssen wir eben den Bahnhof absuchen!« Sergej schöpfte Hoffnung. »Wenn der Zug wirklich noch dort ist, dann finden wir ihn auch!«

Sergej sah die Szene bereits vor sich: Wie sie sich am Bahnhof einem vergessenen Zug näherten, über eine steile Metalltreppe in einen Waggon kletterten, unter den Kisten die richtige mit den Unterlagen fanden, in denen beschrieben stand, wie man das Höllengeschöpf der Wissenschaftler liquidieren konnte, und dann als Retter in die Stadt zurückkehrten.

Er suchte Blickkontakt zu Polina.

»Der Bahnhof ist doch gar nicht weit weg, an der nächsten Station nach der *Sibirskaja*. *Gari* heißt sie, oder?«

Polina sagte nichts, aber Voltaire winkte resigniert ab.

»So einfach ist das nicht, junger Mann. Schön wär's, wenn es in Nowosibirsk nur einen Bahnhof gäbe …«

»Wieso, wie viele gibt es?«, fragte Sergej bang.

Voltaire zeigte ihm vier Finger und seufzte.

»Der Bahnhof an der Metrostation *Gari* – sie hieß früher *Ploschtschad Garina-Michailowskowo* zu Ehren des Stadtgründers – ist der Hauptbahnhof. Dazu gibt es aber noch den Südbahnhof, den Ostbahnhof und den Westbahnhof. Zum Transport geheimer Unterlagen und Materialien benutzte unser Forschungsinstitut in der Regel den Westbahnhof, aber wer weiß …«

»Und wo befindet sich der Westbahnhof?« Sergej gab nicht so leicht auf.

»Am linken, also am gegenüberliegenden Ufer des Ob.«

»Es wird doch irgendeinen Weg geben, um dort hinzugelangen, oder?« Sergej schluckte nervös.

In seiner Kindheit hatten ihm seine Eltern vom Ob erzählt, jenem ehrwürdigen sibirischen Strom, an dessen Ufern die untergegangene Stadt einst gedieh. Der Fluss wurde fast immer erwähnt, wenn Erwachsene ihren Kindern von den glücklichen Zeiten erzählten, als die Menschen noch an der Oberfläche und in schönen Häusern wohnten und sich nicht wie Ratten im Untergrund verkrochen. Doch niemand wusste so genau, was nach der Katastrophe aus dem Ob geworden war, wie er sich verändert hatte, geschweige denn, wie es an seinem westlichen Ufer jetzt aussah. Was fahrende Händler an der *Roschtscha* darüber berichtet hatten, waren jedenfalls die reinsten Schauergeschichten gewesen.

Arkadi Rudolfowitsch fröstelte und zuckte mit den Achseln.

»Das könnten höchstens die Stalker vom *Retschnoi Woksal* wissen.«

Genau! Was wussten schon diese Dampfplauderer von Händlern, die mit ihren Märchen Angst und Schrecken verbreiteten. Die Stalker vom *Retschnoi Woksal* dagegen hatten Ahnung! Schließlich befand sich ihr Lager direkt am Ufer des großen Stroms! Sie wussten bestimmt auch, wie man ans andere Ufer gelangt. Vielleicht waren einige von ihnen sogar schon auf der anderen Seite gewesen!

Sergej fasste neuen Mut.

»Wir gehen zum *Retschnoi Woksal*«, sagte er entschlossen zu Voltaire.

»Nein!«, protestierte Polina, die bislang geschwiegen hatte. Jetzt beugte sie sich vor, packte Sergej an den Schultern und drehte ihn zu sich herum. »Es reicht jetzt, den Helden zu spielen! Wem willst du eigentlich etwas beweisen und was? Deinem Vater, dass du kein Grünschnabel mehr bist? Er ist tot! Du hast doch längst bewiesen, wozu du imstande bist. Du hast es bis zur *Sibirskaja* geschafft und bis zum *Prospekt*. Du wolltest herausfinden, was es mit der Spinnwebe auf sich hat. Jetzt weißt du es. Was willst du denn noch?!«

»Wir … Wir müssen den Schwarzen Drachen besiegen …«, rechtfertigte sich Sergej.

»Das kannst du nicht! Es gibt kein Mittel dagegen! Es gibt irgendeinen Zug, der an irgendeinem Bahnhof steht oder auch nicht, und in dem vielleicht irgendwelche vergilbten wissenschaftlichen Unterlagen herumliegen, von denen wir kein Jota verstehen! Aber jeder Schritt an der Oberfläche könnte unser letzter sein! Wozu hast du das nötig? Komm zur Besinnung!«

»Aber … Polina …«

»Bitte! Ich … Ich möchte einfach noch ein bisschen leben, verstehst du das nicht? Wir beide könnten doch … Wir haben doch noch … Aber du … Bitte!«

So hatte die Amazone noch nie mit ihm gesprochen. Um etwas zu bitten, war eigentlich nicht ihre Art. Und sie hatte ihn auch noch nie so angesehen. Ihre Augen wurden feucht. Sergej musste jetzt unbedingt etwas sagen, aber er brachte nichts heraus.

»Ich … Ich …«

Plötzlich mischte Voltaire sich ein.

»Ich fürchte, unsere Lage ist wesentlich ernster, als Sie glauben«, sagte er. »Ich meine damit die Lage der gesamten Metro. Wenn man nichts dagegen unternimmt, wird der Schwarze Drache auch die übrigen Stationen heimsuchen, und dann blüht uns allen ohne Ausnahme dasselbe Schicksal wie der *Roschtscha* und der *Marschalskaja*. Die Schimmelkolonie wächst ständig weiter und braucht immer neue Nahrung. Es tut mir in der Seele weh, das zu sagen, aber es sieht ganz danach aus, als wären die Tage der Metro gezählt.«

So schlimm sich das anhörte, Sergej fühlte sich erleichtert.

»Das heißt, es gibt keinen anderen Ausweg?«, schlussfolgerte er.

Voltaire schüttelte deprimiert den Kopf.

»Ich fürchte nein.«

Sergej wandte sich wieder an Polina.

»Hilfst du mir?«

Polina drehte sich kurz weg, aber dann schaute sie Sergej wieder an. Die verräterisch glitzernden Stellen in ihren Augen waren schon wieder trocken.

»Wir haben keine Wahl«, sagte sie.

Das Trio begann sofort mit der Vorbereitung der schwierigen Mission. Polina nahm einen Stadtplan von Nowosibirsk aus einem der Waffenkoffer und breitete ihn auf dem Tisch aus.

Ehrfürchtig betrachtete Sergej das geschwungene blaue Band, das diagonal durch die Stadt verlief. Das war er, der legendäre sibirische Strom, der die Stadt in zwei Hälften teilte: auf der einen Seite das erschlossene Gebiet, das sich flussabwärts am rechten Ufer befand, und auf der anderen Seite das geheimnisumwobene Niemandsland.

Polina rückte die Petroleumlampe näher zur Karte und wandte sich an Voltaire.

»Können Sie uns den Bahnhof zeigen?«

Arkadi Rudolfowitsch beugte sich über die Karte und wies, ohne zu zögern, auf ein helles Rechteck, das sich unterhalb eines Gewirrs aus schwarz-weiß gestrichelten Linien befand.

»Hier ist der Westbahnhof.«

Die dem Bahnhof am nächsten gelegene Metrostation war die *Ploschtschad Marksa*. Sergej kannte sie nur dem Namen nach und wusste ansonsten so gut wie nichts über sie. Das galt im Übrigen auch für die zweite Metrostation auf der linken Seite des Ob, die *Studentscheskaja* hieß.

Polina und Voltaire brüteten lange schweigend über der Karte.

»Vom Karl-Marx-Platz bis zum Westbahnhof sind es drei Kilometer«, sagte schließlich der Doktor.

»Ich fürchte nur, dass wir gar nicht bis zur Metrostation unter dem Platz kommen«, erwiderte Polina.

»Wieso?«, fragte Voltaire überrascht. »Wenn dort Menschen leben ...«

»Hat ihnen das jemand erzählt?«, fiel ihm Polina ins Wort.

»Nein«, gab Arkadi Rudolfowitsch zu. »Aber das heißt doch nichts.«

»Richtig«, pflichtete Polina bei und setzte mit einem süffisanten Grinsen hinzu: »Es heißt aber auch nicht, dass diejenigen, die vielleicht dort leben, Menschen sind.«

Sergej bekam eine Gänsehaut. Im Bunker machte sich bedrückende Stille breit.

»Was soll's«, brach Polina nach einer Weile das Schweigen. »Zerbrechen wir uns nicht den Kopf darüber. Wir müssen ohnehin erst mal bis zum *Retschnoi Woksal* kommen. Dort erfahren wir vielleicht mehr. Den Weg an der Oberfläche können wir nicht nehmen. Die Gegend dort ist so verstrahlt, dass nicht einmal Schutzanzüge helfen. Wir müssen durch den Metrotunnel, der von der *Oktjabrskaja* hinführt.«

»Der Tunnel ist auch verstrahlt«, gab Voltaire zu bedenken. »Die Stalker kommen allerdings auch irgendwie durch.«

»Mit Draisinen«, erklärte die Amazone. »An der *Oktjabrskaja* gibt es Fuhrmänner, die die Stalker gegen Entgelt zum *Retschnoi Woksal* bringen und wieder zurück.«

»Und was kostet der Spaß?«

»Früher kostete die einfache Fahrt zehn Patronen pro Person.«

»Uff, zehn Patronen!«, seufzte Arkadi Rudolfowitsch. »Die nehmen es von den Lebendigen ...«

»Von hier aus gibt es einen Durchgang zum Metrotunnel, der zur *Oktjabrskaja* führt«, sagte Polina. »Das Problem ist nur, dass die Banditen von der *Ploschtschad* den Tunnel kontrollieren.« Sie wedelte mit der Hand. »Ich weiß auch nicht recht ...«

»Wir sind doch bewaffnet!«, verkündete Sergej forsch. »Irgendwie schlagen wir uns schon durch.«

Polina tat so, als hätte sie den Kommentar nicht gehört. Voltaire dagegen war offenbar nicht ganz wohl bei dem Gedanken.

»Aber der Weg an der Oberfläche wäre noch gefährlicher, habe ich das richtig verstanden?«, fragte er schüchtern.

»Stimmt«, bestätigte Polina und schaute ihn vielsagend an.

Der Wissenschaftler winkte ab.

»Dann müssen wir ja sowieso durch den Tunnel.«

Die Sache war entschieden. Polina faltete die Karte zusammen und steckte sie in ihren Rucksack. Dann öffnete sie eine andere Kiste und nahm Schachteln mit Munition heraus – insgesamt zweihundert Patronen. Die Hälfte davon verstaute sie in ihrem Rucksack, den Rest schob sie Sergej über den Tisch.

»Für unterwegs.«

Voltaire gab sie nichts. Für dessen Flinte hatte sie anscheinend keine passenden Patronen. Auch für Walets Scharfschützengewehr, das sie Sergej zurückgegeben hatte, fand sich keine passende Munition. Sergej brachte es trotzdem nicht übers Herz, die Waffe im Bunker zu lassen.

Polina packte noch zwei Ersatzfilter für die Gasmaske und ein paar Konserven in ihren Rucksack. Zu guter Letzt rüstete sie ihre beiden Mitstreiter mit Stirnlampen aus.

»Brechen wir auf«, kommandierte die Amazone, nachdem die Lampen an den Köpfen der Männer saßen.

Während Voltaire guten Mutes aus dem Bunker trat, erfasste Sergej eine unerklärliche Schwermut. Er musste plötzlich an seine Heimatstation denken und daran, wie er mit Polina von dort aufgebrochen war, um das Stationsbuch der *Marschalskaja* zu holen. Er wusste selbst nicht, was diese melancholische Anwandlung ausgelöst hatte. War es der tief sitzende Gram über den Verlust aller Freunde oder die Angst vor dem bevorstehenden Himmelfahrtskommando?

Polina schien sich mit ähnlichen Gefühlen zu tragen. Bevor sie über die Schwelle trat, blickte sie noch einmal wehmütig in ihren Bunker zurück, als würde sie sich für immer von ihm verabschieden müssen. Dann löschte sie das Licht und schloss sorgfältig die Tür ab.

Das Trio tauchte wieder in die Dunkelheit ein. Vor ihnen lag ein Marsch ins Ungewisse.

Der Kabelschacht war im Vergleich zu einem Metrotunnel geradezu komfortabel. Auf dem glatten Betonboden konnte man bequem laufen, ohne ständig über Gleisschwellen zu stolpern oder nasse Füße zu bekommen. Die Stirnlampen leuchteten den schmalen Korridor in der Breite und Höhe vollständig aus. Deshalb musste man nicht ununterbrochen darauf gefasst sein, dass plötzlich irgendein Feind aus der Dunkelheit auftauchte.

Außerdem hätte ein Aggressor sich hier nirgends verstecken können, da es weder Abzweigungen noch Nischen noch von Grundwasser ausgewaschene Löcher gab. Lediglich an der rechten Wand verliefen mehrere dicke Kabel, die an rostigen Haken aufgehängt waren.

»Was für ein sauberer Tunnel«, lobte Sergej. »Keine Mutanten, kein sonstiges Gesocks. Man kann völlig unbehelligt hindurchgehen. Kein Vergleich mit dem Metrotunnel zwischen der *Marschalskaja* und der *Sibirskaja*.«

Voltaire horchte auf.

»Waren Sie in diesem Tunnel?«, fragte er.

Sergej seufzte.

»Notgedrungen, ja.«

»Und wie war's?« Voltaire war offenbar neugierig.

Sergej bereute es schon, dass er damit angefangen hatte. Er konnte dem Doktor ja schlecht erzählen, dass er Polina ums Haar den Schädel eingeschlagen hätte und zuvor versucht hatte, sich die Nase abzureißen.

»Wir wären dort beinahe vor die Hunde gegangen!«, antwortete er. »Irgendwas hat uns die Sinne vernebelt. Wir hörten Geräusche und hatten Halluzinationen. Wie durch ein Wunder sind wir wieder rausgekommen. Wahrscheinlich hat es uns gerettet, dass wir zu zweit waren. Auf sich allein gestellt würde man dort sicher krepieren.«

»Das sind Algen«, sagte Arkadi Rudolfowitsch lapidar.

Sergej traute seinen Ohren nicht.

»Was für Algen denn?«

»Mikroskopisch kleine Algen, die sich zunächst in den Abwasserschächten vermehrt und dann in den Pfützen im Tunnel ausgebreitet haben. Sie scheiden ein flüchtiges Gift aus, das auf die Psyche wirkt und Sinnestäuschungen hervorruft. Etwas ganz Ähnliches geschieht, wenn man die Ausdünstungen der Laternenpilze einatmet.«

»Moment! Gegen die Pilze kann man sich mit Gasmasken schützen. Im Tunnel zwischen der *Marschalskaja* und der *Sibirskaja* nützen sie gar nichts.«

»Das liegt daran, dass das von den Algen produzierte Toxin über die Haut aufgenommen wird.«

Sergej stutzte. Sollte es sich tatsächlich um eine triviale Vergiftung gehandelt haben? Dann hätten er und Polina sich diesen Trip mit simplen Schutzmaßnahmen ersparen können.

»Ganz logisch finde ich das aber nicht«, wandte Sergej ein. »Wieso wirkt dieses Gift nur auf Leute, die allein oder in kleinen Gruppen unterwegs sind, während große Karawanen problemlos durch den Tunnel kommen?«

Arkadi Rudolfowitsch hob die Schultern und breitete die Arme aus.

»Das kann ich mir bislang auch nicht erklären.«

Für Sergej stand fest, dass Voltaires Theorie über die giftigen Algen nur eines von vielen Gerüchten war, die in der Metro kursierten, also gewissermaßen ein Ammenmärchen mit wissenschaftlichem Anstrich. Er hatte auch durchaus vor, dies dem Doktor mitzuteilen, doch er kam nicht mehr dazu.

»Wir sind da. Leise jetzt …«, flüsterte Polina, die vorausging.

Der Kabelschacht endete vor einer Platte aus rostigem Blech, die mit Holzlatten und Bewehrungsstahl verspreizt war. Polina räumte die Stützen beiseite, rückte die Platte ein Stück zurück und spähte hinaus. Durch den Spalt fiel das kalte bläuliche Licht lumineszierender Pilze, das Sergej inzwischen schon kannte.

»Die Luft ist rein«, konstatierte die Amazone, zog sich die Gasmaske über und bedeutete den anderen, ihr zu folgen.

Nacheinander schlüpften sie durch den Spalt. Danach rückte Polina die Platte sorgfältig wieder an ihren Platz.

Sergej schaute sich unterdessen um. Sie befanden sich wieder in einem Metrotunnel. Am Boden verlief ein Gleis, an den Wänden wucherten überall die leuchtenden Pilze. Eingedenk der Tatsache, dass die »Laternen« zu den Lieblingsspeisen der Säbelzahnbären zählten, nahm Sergej sein Gewehr von der Schulter.

Voltaire folgte seinem Beispiel. Offenbar hatte er vergessen, dass seine Flinte nicht mehr einsatzbereit war.

»Sie haben keine Munition mehr«, sagte Kassarin und deutete auf die Waffe.

»Ich weiß«, erwiderte Voltaire. »Trotzdem fühle ich mich wohler so.«

Komischer Kauz, dachte Sergej und gab dem Doktor seinen Revolver.

»Da, nehmen Sie. Der ist geladen.«

Voltaire nahm den Revolver und nickte dankbar. Nun gesellte sich Polina wieder zu ihnen. Sie registrierte schweigend, aber wohlwollend die schussbereiten Waffen und ging raschen Schrittes über die Schwellen voraus.

Die leuchtenden Pilze wuchsen hier erheblich zahlreicher als im Tunnel zur *Ploschtschad*. Die Weggefährten hatten schon zweihundert Meter zurückgelegt, doch ein Ende der Kolonie war nicht in Sicht. Die »Laternen« beleuchteten den Tunnel mindestens so gut wie elektrische Lampen. Man konnte eigentlich nur hoffen, dass die Kolonie sich bis zur *Oktjabrskaja* fortsetzte.

Sergej wunderte sich, warum noch niemand auf die Idee gekommen war, die Pilze auch in andern Tunneln anzusiedeln. Es machte richtig Spaß, durch die hell erleuchtete Röhre zu spazieren, ohne auch nur eine einzige der kostbaren Batterien dafür verschwenden zu müssen. Zugegeben, die fleischigen Hüte lockten Säbelzahnbären an, aber andererseits war man auch in finsteren Tunneln nicht sicher vor den Biestern ...

Ein gedehntes Röcheln riss Sergei aus seinen Gedanken.

Als er sich umdrehte, sah er, wie Voltaire sich an den Hals griff und langsam vornüber kippte. Er versuchte noch, ihn aufzufangen, kam aber zu spät. Voltaire fiel mit dem Gesicht nach unten aufs Gleis.

Auch Polina hatte den Sturz bemerkt und eilte herbei. Sergej drehte den Doktor auf den Rücken. Die Amazone fühlte seinen Puls und kontrollierte seine Maske.

»Scheiße, der Filter!«, fluchte sie.

»Was?« Sergej stand auf der Leitung.

»Schraub den Filter ab!«, schrie sie.

Während er sich abmühte, den alten Filter aus dem Gewinde zu schrauben, holte die Amazone einen neuen aus ihrem Rucksack.

Den alten Filter warf sie achtlos weg und schraubte den neuen an. Die Maßnahme zeigte jedoch nicht die gewünschte Wirkung. Der Doktor blieb bewusstlos.

»Mist!«, fluchte Polina abermals. »Dann tragen wir ihn. Es ist nicht mehr weit bis zur Station!«

Sie packten Voltaire unter den Achseln und schleiften ihn über die Schwellen. Obwohl der Doktor klein und dürr war, mussten sie sich ganz schön plagen. Außerdem schlug die Flinte, die an seiner Seite baumelte, ständig gegen Sergejs Knie.

Ausgerechnet jetzt endete die Pilzkolonie. Auf einmal war es im Tunnel stockfinster. Zum Glück hatte Polina rechtzeitig daran gedacht, ihre Stirnlampe einzuschalten. Sergej konnte ihrem Beispiel jedoch nicht folgen, weil er beide Hände brauchte, um den Doktor festzuhalten, der sich extra schwer zu machen schien. Es blieb ihm nichts anderes übrig, als ohne eigenes Licht weiterzulaufen.

Beide waren schon ziemlich erschöpft, als endlich Licht am Ende des Tunnels auftauchte: ein Lagerfeuer – die Station! Sie hatten es fast geschafft. Das Ziel vor Augen mobilisierten sie ihre letzten Kräfte und erreichten wenig später die *Oktjabrskaja*.

An der Station ging es ziemlich lebhaft zu. Überall hörte man Lärm und laute Rufe. Erstaunlicherweise hielt sich in der Nähe des Signalfeuers kein einziger Wachposten auf. Derart lasche Sicherheitsvorkehrungen waren Sergej noch nie untergekommen. Fast noch mehr verblüffte ihn die Tatsache, dass die hiesigen Bewohner sie völlig ignorierten. Zwei sturzbetrunkene Frauen wankten an ihnen vorbei und würdigten sie keines Blickes.

Doch all diese Merkwürdigkeiten waren im Augenblick zweitrangig. Es galt, Voltaire zu retten, sofern ihm überhaupt noch zu helfen war.

Polina sah das offenbar genauso. Sie legte den Wissenschaftler direkt aufs Gleis und zog ihm die Gasmaske vom Kopf.

»Kannst du Mund-zu-Mund-Beatmung?«

Sergej nickte. Seine Mutter hatte ihm schon als Kind die wichtigsten Erste-Hilfe-Maßnahmen beigebracht. Allerdings hatte er sie seither nie praktiziert.

»Dann mach!«, drängte Polina.

Sergej rief sich die Technik ins Gedächtnis, zog Voltaires Lippen auseinander und presste ihm Atemluft in die Lunge. Parallel dazu versuchte sich Polina an einer Herzmassage. Allerdings hatte sie eine recht eigenwillige Vorstellung von dieser Prozedur. Anstatt gezielten Druck auf das Brustbein auszuüben, prügelte sie eher planlos mit den Fäusten auf seinen Oberkörper ein. Als Sergej ihr zeigen wollte, wie es richtig ging, wurde sie böse und stieß ihn weg.

Zum Glück gab Voltaire schon nach der dritten Atemspende wieder Lebenszeichen von sich. Polina hätte ihm sonst womöglich sämtliche Rippen gebrochen. Der Doktor begann selbstständig zu atmen, schlug die Augen auf und schaute sich benommen um.

»Ist das hier die *Oktjabrskaja?*«, erkundigte er sich.

Was mit ihm passiert war und wieso er sich plötzlich hier wiederfand, schien ihn überhaupt nicht zu interessieren.

»Ja«, bestätigte Polina. »Stehen Sie auf.«

Arkadi Rudolfowitsch rappelte sich mühsam hoch und hob die Gasmaske vom Boden auf.

»Ich hatte wohl das Bewusstsein verloren.«

Polina nickte.

»Der Filter der Gasmaske war verstopft. Wir mussten ihn wechseln. Ein Ersatzfilter wird uns übrigens nicht reichen für den restlichen Weg. Es bleibt uns nichts anderes übrig, als hier welche nachzukaufen.«

Die Amazone sagte das in einem Ton, als wäre es die reinste Katastrophe. Sergej und Voltaire schauten sie verwundert an.

»Ich habe gehört, dass Ersatzfilter an der *Oktjabrskaja* sehr billig sind«, sagte der Doktor.

Polina schaute noch finsterer drein.

»Ja, klar. Weil sie meistens nichts taugen.«

»Wieso?«, staunte Voltaire.

Die Amazone schaute sich verstohlen um. Doch nach wie vor wurden sie von niemandem beachtet.

»Es gibt hier ein paar Schweine, die getürkte Filter verkaufen«, flüsterte sie. »Sie nehmen alte Filter, leeren sie aus, füllen sie mit Asche und Metallspänen und verhökern sie als Neuware.«

»Das ist doch unerhört!«, entrüstete sich Voltaire.

»Passiert aber trotzdem.« Polina schaute ihre Begleiter vielsagend an. »Man sollte es nur nicht laut herumposaunen. Das ist ungesund. Okay, ich erkundige mich wegen einer Draisine zum *Retschnoi Woksal*. Ihr könnt euch in der Zwischenzeit am Bahnsteig umschauen. Aber haltet die Klappe, wenn ihr keinen Ärger kriegen wollt.«

Die Amazone sprang mit einem Satz vom Gleis auf den Bahnsteig hinauf und verschwand in der Menge.

Voltaire schaute ihr mit wehmütiger Miene hinterher. Vermutlich beneidete er sie um ihre jugendliche Leichtfüßigkeit.

»Entschuldigen Sie wegen des Revolvers, Sergej«, sagte er plötzlich. »Sobald wir am *Prospekt* zurück sind, kaufe ich Ihnen einen neuen. Versprochen. Sie müssen nicht denken, dass ich kein Geld hätte, aber es ist dort an der Station.«

Hatte der Tollpatsch doch tatsächlich den Revolver verschusselt! Sergej wollte Voltaire diesbezüglich die Meinung geigen, doch dann fiel ihm ein, dass er selbst erst vor Kurzem eine Stirnlampe und eine Flinte verloren hatte, und sagte etwas völlig anderes, als ursprünglich geplant.

»Machen Sie sich keinen Kopf deswegen. So was kann auch erfahrenen Kämpfern passieren. Kommen Sie, wir sehen und mal am Bahnsteig um.«

»Sehr gern.« Voltaire nickte energisch. »Ich war schon ewig nicht mehr an dieser Station und bin sehr neugierig, was aus ihr geworden ist.«

12

DIE FUHRMÄNNER
AN DER *OKTJABRSKAJA*

Die *Oktjabrskaja* war völlig anders als alle anderen Stationen, die Kassarin kannte. Das lag an den krassen Gegensätzen, die hier aufeinanderprallten.

Obwohl der Bahnsteig vor Menschen förmlich überquoll, wurden die Zugänge zur Station von niemandem bewacht. Einerseits prägte allgegenwärtiger Schmutz das Bild: Der Boden war verspuckt, die Säulen und die Decke verrußt – Putzen schien hier ein Fremdwort zu sein. Andererseits leistete man sich eine großzügige Beleuchtung. In jeder Nische zwischen den Säulen brannten eine oder mehrere Petroleumlampen, um die an improvisierten Ständen feilgebotenen Waren ins rechte Licht zu rücken. In manchen Bereichen des Bahnsteigs hingen sogar funktionierende Glühlampen von der Decke.

Am gegenüberliegenden Gleis stand ein Metrozug, der aus drei Wagen bestand. Die Übrigen hatten die Bewohner offenbar zerlegt und für andere Zwecke benutzt. In den Fenstern des Zugs brannte ebenfalls Licht.

Den Ausgang zur Oberfläche blockierte ein hermetisches Tor, das offenbar niemals geöffnet wurde, da sich direkt davor die örtliche Bar befand. Der hohe Tresen war mit Stahlblech verkleidet, was ihm ein festungsartiges Aussehen verlieh. Dahinter wuselte ein drahtiger Barkeeper mit kantigem Gesicht und durchtriebenem Dauergrinsen umher.

Als er Sergejs neugierigen Blick bemerkte, deutete er mit weit schweifender Geste auf die hinter ihm aufgereihten Flaschen und

Wasserpfeifen und zwinkerte ihm aufmunternd zu. Außer Alkoholika und *dur* gab es hier offenbar nichts. Jedenfalls konnte Sergej weder auf dem Tresen noch auf den Tischen irgendetwas Essbares entdecken. Die Gäste schien das nicht weiter zu stören.

Zwei verwahrloste Typen mit roten Säufervisagen stritten sich lautstark bei einer Flasche Selbstgebranntem. Ein Schnösel mit dünnem Oberlippenbart und kiloweise Gel im Haar schenkte einer hysterisch kichernden jungen Dame aus zwei Flaschen gleichzeitig Schnaps und Braga ins Glas. In einer Ecke lümmelte ein Grufti mit tief ins Gesicht gezogener Kapuze und saugte an einer Wasserpfeife. Am Tisch daneben ruhte neben einer leeren Dose mit Zigarettenkippen der Kopf eines weiteren Gasts, der wie ein Toter schlief.

Auch Voltaire kam aus dem Staunen nicht heraus.

»Ein merkwürdiges Völkchen«, flüsterte er Sergej ins Ohr, als sie an der Bar vorbei waren. »Ist Ihnen aufgefallen, wie die Leute hier angezogen sind?«

In der Tat hätten die Gegensätze auch bei der Kleidung nicht größer sein können. Zwischen armen Schluckern, die in haarsträubende Lumpen gehüllt waren, flanierten gestriegelte Snobs in nagelneuen Lederjacken oder knitterfreien langen Mänteln.

Kleidung und so ziemlich alles, was man sonst zum Leben brauchte, konnte man an der Station erwerben. Es gab Waren für jeden Geschmack und Geldbeutel. Wurden an einem Stand notdürftig geflickte Secondhandklamotten verkauft, so konnte man schon am nächsten neuwertige Qualitätstextilien und Armeeausrüstung bestaunen. Hinter den Auslagen verausgabten sich stimmgewaltige Händler, die die Vorzüge ihrer Waren in die Menge posaunten.

Ein südländischer Typ, auf dessen Ladentisch sich lediglich eine speckige Steppjacke mit abgerissenen Knöpfen und einige Wärmehosen in erbärmlichem Zustand befanden, legte sich besonders ins Zeug.

»Warme Sache! Nix teuer!«, krähte er radebrechend.

Als Sergej den Fehler machte, kurz vor dem Ladentisch zu verharren, hatte der Händler ihn prompt am Wickel.

»Super Qualität, viel warm, nix teuer!«, schwärmte er und nestelte aufgeregt mal an den Hosen, mal an der Jacke. Sergej wandte sich angewidert ab, doch der Händler ließ sich nicht beirren. »Kaufst du jetzt! So billig kriegst du nie wieder.«

Sergej winkte ab und ging weiter. Nachdem er den lästigen Verkäufer endlich abgewimmelt hatte, war Voltaire verschwunden. Der Doktor hatte wohl irgendwo etwas Interessantes entdeckt. Kassarin beschloss, sich in der Zwischenzeit den Zug am anderen Gleis anzuschauen.

Es gab kaum noch vollständige Züge in der Metro, einmal abgesehen von denen, die zum Zeitpunkt der Katastrophe in entlegenen Tunneln stecken geblieben waren. Und selbst diese waren in der Zwischenzeit zumeist von Bewohnern benachbarter Stationen in ihre Einzelteile zerlegt und ausgeschlachtet worden. Doch hier, an der *Oktjabrskaja*, hatte man für einen fast vollständig erhaltenen Zug Verwendung gefunden.

Einer der Wagen diente offenbar als Herberge für Fremde. Über einer Tür stand in großen weißen Lettern das Wort »Hotel«. Am benachbarten Wagen hatte man mit derselben Farbe fünf Sterne über den Eingang gepinselt, was auch immer das bedeuten mochte.

Sergej hätte sich den Zug gern von innen angeschaut, doch daraus wurde zunächst nichts. Am ersten Wagen wiesen ihn zwei miesepetrige Pförtner mit der Bemerkung ab, es seien keine Zimmer frei. Am zweiten empfing ihn ein älterer Mann mit ausgesprochen zwielichtiger Visage, der ihm »Wellness mit allen Schikanen« versprach, für diesen dubiosen Service aber einen derart astronomischen Preis verlangte, dass Kassarin lieber den Rückzug antrat.

Blieb also nur noch der dritte Wagen. Dass es sich dabei nicht um eine Herberge handelte, sah man auf den ersten Blick. Die

Fenster und Türen waren mit Blenden aus Blech oder Plastik verhängt. Über der einzigen offenen Tür stand wieder in großen weißen Lettern »Pfandhaus«.

Sergej konnte mit dem Begriff nichts anfangen. Aber er war neugierig und trat ein. Drinnen sah es aus wie in einem Lager, allerdings erschloss sich nicht, um welche Art von Lager es sich handelte. Was es hier nicht alles gab: Kleidung, Waffen, Petroleumlampen, elektrische Lampen, Damenschmuck, Medikamente, irgendwelche Zeitschriften und sogar ein paar Konservendosen.

»Möchten Sie etwas einsetzen oder etwas kaufen?«, fragte der Händler, dem die Sachen offenbar gehörten.

»Einsetzen?«, echote Sergej verdutzt. Was sollte damit gemeint sein?

»Aber ja.« Der Mann lächelte breit. »Waffen, Klamotten … Ich nehme alles an.« Er blickte sich verstohlen um und fügte flüsternd hinzu: »Sogar Drogen.«

Sergej kannte sich überhaupt nicht mehr aus.

»Verkaufen Sie nun oder kaufen Sie?«

Der Händler lächelte noch breiter. Sympathischer machte ihn dieses gekünstelte Gehabe nicht.

»Ich verleihe Geld für Sachen, die mir die Leute als Pfand hier im Laden lassen. Für Ihr Gewehr zum Beispiel …«, er deutete auf das Scharfschützengewehrs an Sergejs Rücken, »… gebe ich Ihnen fünfundneunzig Patronen für drei Tage. Wenn Sie mir dann hundert Patronen zurückzahlen, bekommen Sie das Gewehr wieder. Wenn nicht, gehört es mir. Ausgemacht?«

Der Mann streckte den Arm aus. Womöglich um das Geschäft mit einem Händedruck zu besiegeln. Oder er wollte nach der Waffe grapschen, an der er Gefallen gefunden hatte. Sergej ging sicherheitshalber ein wenig auf Abstand.

»Haben Sie Revolver?«

»Zum Verkauf?« Der Pfandleiher blühte auf. »Selbstverständlich.«

Er führte Sergej zu einem Regal, in dem kreuz und quer durcheinander Pistolen lagen. Darunter befanden sich auch drei Revolver, doch Sergej fand keinen Gefallen daran. Sie waren stark abgenutzt, zerkratzt, rostig und vermutlich schon ewig nicht mehr geschmiert worden. Er rümpfte die Nase und inspizierte die Pistolen. Diese sahen auch nicht besser aus, obwohl …

Sein Blick fiel auf eine auffallend kleine, doppelläufige Pistole. Im Unterschied zu den anderen Waffen sah sie absolut funktionstüchtig aus, aber was sollte auch kaputtgehen daran: zwei Läufe, zwei Patronen. Eine solche Konstruktion hatte Sergej noch nie gesehen.

Dem Pfandleiher entging nicht, dass in Sergejs Augen Interesse funkelte.

»Eine geniale Waffe und absolut zuverlässig. Vor allem kann man sie überall verstecken: in der Hosentasche, im Stiefelschaft, im Ärmel! Hat sich ein hiesiger Waffenbauer gemacht …«

Sergej hörte gar nicht länger zu.

»Wie viel?«

»Dreißig. Ach, wissen Sie was?! Für Sie: fünfundzwanzig.«

Sergej verzichtete darauf, zu handeln, und zählte fünfundzwanzig Gewehrpatronen ab.

»Brauchen Sie Munition für die Pistole?«

»Nein, habe ich.«

»Brauchen Sie sonst noch irgendwas?«, fragte der Pfandleiher und ließ den ausgestreckten Arm über das Sortiment in den Regalen schweifen.

Er zerfloss förmlich vor Liebenswürdigkeit. Doch Sergej schüttelte den Kopf. Er hatte seinen Patronenvorrat auch so schon bedenklich dezimiert.

Die erstandene Waffe sah wie eine Spielzeugpistole aus. Die zwei Revolverpatronen, die er gleich an Ort und Stelle in die Läufe schob, machten sie trotzdem zu einem veritablen Mordwerkzeug. Für seine riesige Pranke erwies sich die Pistole allerdings als zu klein – sein Zeigefinger passte kaum durch den Abzugsbügel. Doch Sergej wusste genau, für wen sie richtig war.

Voltaire und Polina waren wie vom Erdboden verschluckt.

Als Sergej den Kopf reckte und Ausschau nach seinen Weggefährten hielt, bemerkte er in der Mitte des Bahnsteigs einen Stand, um den sich etwa ein Dutzend Schaulustige drängte. Direkt über dem Stand hing an einem Kabel eine Lampe von der Decke herab. Sollte das bedeuten, dass der Standbesitzer besondere Privilegien an der Station genoss?

Sergej wurde neugierig. Als er näher kam, hörte er, was gesprochen wurde.

»Ich setze zehn!«, rief ein junger Mann.

Kurz darauf erhob sich wohlwollendes Geraune.

»Die hast du dir verdient«, verkündete eine andere Stimme.

Das Publikum reagierte mit begeistertem Blöken. Aus der Menge löste sich ein dürrer junger Mann, der triumphierend eine Handvoll Patronen präsentierte.

»Wer möchte als Nächster?«, fragte die Stimme in der Mitte. »Versuch dein Glück, erring den Sieg!«

Das hörte sich interessant an.

Sergej zwängte sich an einem athletisch gebauten jungen Mann vorbei, der den Durchgang zur Mitte blockierte. Der Kerl machte anstandslos Platz. Dass selbst ein solcher Kleiderschrank ihm aus dem Weg ging, führt Sergej auf sein verändertes Äußeres zurück. Die Ereignisse der vergangenen Tage hatten zweifellos Spuren hinterlassen.

In der Mitte des Kreises stand ein Klapptisch aus Holz. Dahinter saß auf einem Stuhl ein junger Mann. Er trug eine Armeeweste mit ausgebeulten Taschen, in denen sich offensichtlich etwas Schweres befand. Neben dem Klapptisch waren in einer geöffneten Blechkiste verschiedene Waren ausgelegt: eine Feldapotheke, Batterien, zwei Taschenlampen, eine Dynamitstange, aus der eine

Zündschnur ragte, und mehrere Gasmaskenfilter. Neben jedem Artikel lag ein Zettel mit dem Preis. Sergej fand die Angebote außergewöhnlich günstig. Ein Gasmaskenfilter kostete zum Beispiel nur fünf Patronen – die Hälfte des üblichen Preises.

Doch der junge Mann mit der Armeeweste verkaufte die Sachen nicht, zumindest pries er sie nicht an. Stattdessen ging er einer äußerst seltsamen Betätigung nach: Er rollte eine Erbse über den Tisch, bedeckte sie abwechselnd mit einer von drei abgesägten Patronenhülsen und schob die Hülsen dann hin und her.

»Wo ist die Kugel, da rollt der Rubel«, murmelte er dabei.

Nachdem er die Erbse zum letzten Mal abgedeckt und die Hülsen verschoben hatte, lehnte er sich zurück und guckte Sergej herausfordernd an.

»Na, weißt du, wo die Kugel ist?«

Sergej zeigte mit dem Finger auf die Hülse, unter der die Erbse lag, doch der junge Mann schob seine Hand beiseite.

»Moment, erst musst du setzen! Du kriegst zwanzig für zehn und vierzig für zwanzig.«

»Was?«, stutzte Sergej.

»Patronen«, sagte der Kleiderschrank, der ihm vorher Platz gemacht hatte. »Wenn du errätst, wo die Kugel ist, bekommst du deinen Einsatz zurück und noch mal so viel obendrauf. Kapiert?!«

Sergej wusste genau, unter welcher Hülse die Erbse lag. Die Wette konnte er eigentlich gar nicht verlieren. Doch dummerweise kam ihm ein junger Stalker zuvor, der bis jetzt unbeteiligt unter den Schaulustigen gestanden hatte.

»Ich setze fünfzehn!«, verkündete er und legte seinen Einsatz auf den Tisch.

»Wähle!« Der junge Mann fuchtelte theatralisch mit den Händen.

Sergej hoffte bis zuletzt, dass der Stalker sich für die falsche Hülse entscheiden würde. Vergebens. Er zeigte genau auf die, unter der die Erbse lag. Siegessicher hob er sie hoch und fand darunter … nichts! Sergej war baff. Der Stalker schlug sich enttäuscht mit der Faust in die Hand und trat wieder zurück.

Der junge Mann raffte die gewonnenen Patronen zusammen und steckte sie in eine seiner Westentaschen. Dann deutete er auf die beiden verbliebenen Hülsen.

»Zweite Runde. Quote eins Komma fünf. Dreißig für zwanzig, sechzig für vierzig.«

Jetzt war es theoretisch leichter geworden, die richtige Hülse zu erraten, doch nach seinem Irrtum traute sich Sergej nicht, zu spielen. Dafür riskierte es der dürre junge Mann, der vorhin schon mal gewonnen hatte.

»Ich setze zwanzig!«

Er legte seinen gesamten vorherigen Gewinn auf den Tisch und zeigte auf eine der beiden Hülsen.

Der Typ in der Armeeweste hob sie hoch, und tatsächlich kullerte die Erbse darunter hervor.

»Gut gemacht!«, lobte er und zählte dem Hänfling dreißig Patronen ab.

Dass er verloren hatte, schien ihn nicht im Geringsten zu bekümmern. Schon im nächsten Moment schob er von Neuem die Hülsen über den Tisch.

»Wo ist die Kugel, dort rollt der Rubel! Hülse erraten, Kohle einsacken! Jeder hat die Chance. Wer hat gut aufgepasst? Immer ran an den Tisch!«

Nachdem er mit seinen Verrichtungen fertig war, ließ er den Blick über die Menge schweifen.

Diesmal lag die Erbse unter der linken äußeren Hülse. Doch das hatte nicht nur Sergej mitbekommen. Abermals trat als Erster der Stalker vor.

»Hier, das setze ich für dreißig Patronen ein!«, verkündete er und legte ein Kampfmesser auf den Tisch.

Es war ein gutes Messer mit beidseitigem Schliff und handlichem Griff. Dreißig Patronen war es trotzdem nicht wert, höchstens zwanzig. Doch der Kerl mit der Armeeweste protestierte nicht, legte das Messer in seine Blechkiste und nickte.

»Wähle!«

Diesmal hatte der Stalker schlecht hingeschaut. Er hob die mittlere Hülse hoch, unter der sich natürlich nichts befand.

»Das gibt's doch nicht«, stammelte er schockiert. »Ich habe es doch genau gesehen!«

Doch alles Lamentieren half nichts. Die Zuschauer schoben ihn wieder in die zweite Reihe zurück.

»Eine von zweien! Quote eins Komma fünf!«, krähte der Spieler und deutete auf die verbliebenen Hülsen.

Der Gewinn war zum Greifen nah. Sergej hatte nicht den geringsten Zweifel. Der Irrtum des Stalkers bestärkte ihn noch, dass er richtig lag. Er zählte zehn Patronen ab, besann sich und fügte noch mal zehn hinzu, damit es für die beiden Filter reichte.

»Ich spiele um die zwei Filter«, sagte er für alle Fälle, damit der Typ sich hinterher nicht rausreden konnte. »Hier sind zwanzig Patronen.«

Er beugte sich vor, um den Einsatz auf den Tisch zu legen, doch in diesem Augenblick packte ihn jemand von hinten am Arm. Verärgert wandte Kassarin sich um. Neben ihm stand Voltaire. Musste der ausgerechnet jetzt wieder auftauchen?! Sergej versuchte, seinen Arm freizumachen, doch daraus wurde nichts. Der Doktor hatte sich wie eine Zecke an ihm festgekrallt.

»Machen Sie keinen Unsinn!«, sagte er aufgeregt. »Das sind doch Hütchenspieler!«

»Lassen Sie mich. Ich erklär's Ihnen später.«

Doch Voltaire ließ sich nicht abwimmeln.

»Sergej! Begreifen Sie doch! Das sind Betrüger! Die nehmen Ihnen das letzte Hemd ab! Die Kugel ist unter keiner …«

Arkadi Rudolfowitsch kam nicht dazu, auszureden.

»Was mischst du dich da ein, du Wicht!« Neben Voltaire baute sich der Kleiderschrank auf und rammte ihm kurzerhand den Ellbogen in die Magengrube. »Lass den Kerl gefälligst spielen.«

Der Doktor ließ Sergejs Arm los und klappte zusammen. Um nicht hinzufallen, hielt er sich am Tisch fest. Dabei kippte die Tischplatte, und die Hülsen fielen um. Die Erbse lag unter keiner von ihnen!

»Mistkerl! Wo ist die Kugel?!«, schäumte Sergej.

»Da ist sie doch!«

Der Schwindler bückte sich und präsentierte die Erbse auf seiner Hand, als hätte er sie gerade aufgehoben.

»Gib dem Stalker sofort sein Messer und seine Patronen zurück!«, forderte Sergej.

Sein scharfer Ton beeindruckte den Betrüger wenig.

»Halt die Fresse und hau hab, sonst passiert was!«, drohte der. »Aber vorher rückst du deine Kohle raus.«

Ehe Sergej sich versah, drehten ihm zwei Männer aus dem Publikum den Arm auf den Rücken und nahmen ihn in die Zange. Dabei hätten sie sich doch eigentlich auf den Gauner stürzen müssen, der sie so schamlos ausnahm. Doch offenbar war das hier alles ein abgekartetes Spiel. Denn ausgerechnet der dürre junge Mann, der vorhin zweimal gewonnen hatte, begann nun, seine Taschen abzutasten.

Sergej versuchte sich loszureißen, doch die Gorillas, die ihn an den Armen gepackt hatten, ließen ihn nicht aus. Von Voltaire, der immer noch nach Luft schnappte, konnte er keine Hilfe erwarten. Die Rettung kam aus einer Richtung, aus der er sie nicht erwartet hatte.

»Lasst ihn los, wenn euch euer Leben lieb ist.«

Das Kommando ertönte hinter dem Rücken des Hütchenspielers. Dort stand Polina. In der einen Hand hielt sie ein brennendes Feuerzeug, in der anderen eine Dynamitstange.

»Was machst du da …«, stammelte der Betrüger, der sich erschrocken umgedreht hatte.

Polina kümmerte sich nicht weiter um ihn, sondern hielt seelenruhig die Flamme an die Zündschnur, die sofort Feuer fing und zu zischen begann.

»Eins …«, begann die Amazone zu zählen und grinste. »… zwei … drei …«

Sie tat nichts weiter, stand einfach nur da und zählte. Extrem cool. So cool, dass Sergej eine Gänsehaut bekam. Aber nicht nur er. Der Hütchenspieler riss schockiert die Augen auf, wurde kreideweiß im Gesicht und rannte Hals über Kopf davon. Auch der Rest der Bande ergriff schlagartig die Flucht.

Selbst Voltaire hatte aufgehört, nach Luft zu schnappen, und starrte die Amazone mit offenem Mund an. Sergej wusste aus Erfahrung, dass die Zündschnüre von Dynamitstangen etwa fünf bis sechs Sekunden brannten. Nach vier Sekunden war außer ihnen niemand mehr da. Bei »fünf« öffnete Polina die Hand, und die abgerissene Zündschnur fiel auf den Boden. Eine richtige Zirkusnummer!

»Wir müssen zusehen, dass wir von hier verschwinden, bevor diese Halsabschneider zurückkommen«, warnte die Amazone.

»Ganz meine Meinung«, pflichtete Voltaire ihr bei. »Ich habe hier zwei Fuhrmänner getroffen. Sie wären bereit, uns für sechzig Patronen zum *Retschnoi Woksal* zu bringen. Vielleicht können wir sie ja noch herunterhandeln.«

Polina schaute ihn ungläubig an.

»Am *Retschnoi Woksal* ist eine Epidemie ausgebrochen. Dort fährt schon seit mehreren Tagen niemand mehr hin. Alle haben Angst.«

»Eine Epidemie?!«, stutzte Voltaire. »Aber …«

Doch die Amazone ließ ihn nicht ausreden.

»Wo haben Sie diese Typen getroffen?«

Arkadi Rudolfowitsch wedelte mit der Hand in Richtung des gegenüberliegenden Bahnsteigendes. Polina fasste ihn unter dem Arm, und sie marschierten los. Sergej blieb nichts anderes übrig, als ihnen zu folgen.

Die Leute, die den Tumult mitbekommen hatten, gingen ihnen ängstlich aus dem Weg. Doch schon bald verschluckte sie die wogende Menge. Das verringerte die Gefahr, von den Betrügern entdeckt zu werden. Allerdings war das noch lange kein Grund, sich in Sicherheit zu wiegen. Sie mussten die Station so schnell wie möglich verlassen. Andernfalls würden die Banditen sie früher oder später finden.

Sergej warf einen Seitenblick auf Voltaire. Nun hing alles von dem kauzigen Tollpatsch ab.

Doch auf Arkadi Rudolfowitsch war wieder einmal Verlass. Er ging zielstrebig an etlichen Verkaufsständen und Zelten vorbei, an denen sich Grüppchen von Menschen drängten, und blieb bei einem kahl geschorenen Mann in Ledermontur stehen. Der Typ hatte einen unproportional großen, hässlichen Schädel und kleine, stechende Augen, die wie rostige Schraubenköpfe aus ihren Höhlen lugten. In der Hand hielt er eine Papiertüte mit gerösteten Pilzhüten, die er sich einen nach dem anderen in den Mund schob.

Neben ihm stand eine zaundürre junge Frau mit blassem Gesicht, ein kurz geschnittener, fettiger Pony hing ihr in die Stirn. Am Scheitel hatte sie einen entzündeten kahlen Fleck, der an blutsaugende Parasiten denken ließ. Sergej erhaschte nur einen kurzen Blick auf die Frau, da der Glatzkopf sie sofort ins Zelt schob, als sie zu dritt auf ihn zukamen.

»Dann habt ihr euch also entschlossen zu fahren«, sagte der Fuhrmann.

Nun trat Polina auf den Plan.

»Hast du keine Angst, dorthin zu fahren?«, fragte sie.

Der Glatzkopf grinste und entblößte dabei sein schiefes, verfaultes Gebiss.

»Warum sollte ich? Ich habe ja nicht vor, dortzubleiben. Ich setze euch ab und auf Wiedersehen!«

Er verschlang die Amazone mit Blicken und kaute noch gieriger auf seinen Pilzen herum.

Polina blieb stoisch.

»Was nimmst du für die Fahrt?«

»Sechzig Patronen, wie ausgemacht.«

»Ist das nicht ein bisschen teuer?«, flötete Polina mit einem charmanten Lächeln.

Doch der Glatzkopf ließ sich nicht bezirzen.

»Der Preis ist angemessen«, erwiderte er kühl. »Die Sache ist riskant, und ihr werdet außer mir niemanden finden, der euch zum *Retschnoi Woksal* bringt. Das garantiere ich euch. Wenn ihr Patronen sparen wollt, könnt ihr auch anders zahlen. Mit der Flinte zum Beispiel. Oder mit einer anderen Knarre.«

Polina überlegte nicht lange.

»Abgemacht!«

Der Fuhrmann lächelte erleichtert. Offenbar war er sich doch nicht ganz sicher gewesen, ob die Fremden den stolzen Preis bezahlen würden.

»Wartet hier ein paar Minuten auf mich«, sagte er geschäftig. »Ich muss die Draisine auftanken … Da, bedien dich.«

Er hielt Polina seine Tüte hin, doch die schüttelte ablehnend den Kopf.

Sergej dagegen hätte gern von den knackigen Pilzhüten gekostet, doch weder ihm noch Voltaire bot der Fuhrmann welche an. Stattdessen schob er die Tüte in die Tasche seines Ledermantels und verschwand in der Menge.

Sergej atmete auf. Der *Retschnoi Woksal* war in greifbare Nähe gerückt. Wer hätte das gedacht? Doch auf einmal fiel ihm siedend heiß etwas ein.

»Halt! Wir müssen doch noch Filter für die Gasmasken kaufen!«

»Nicht nötig«, winkte Polina ab.

Sie nahm ihren Rucksack ab, öffnete ihn und hielt ihn Sergej unter die Nase. Neben ihren Sachen lagen drei neue Filter.

»Wo hast du die her?«, staunte Sergej.

»Vom gleichen Ort, wo ich auch das Dynamit herhabe.«

Die Dynamitstange konnte sie nur aus der Kiste des Hütchenspielers stibitzt haben. Dann hatte sie ihnen also auch die Filter geklaut? Sergej wollte danach fragen, doch die Amazone legte den Finger auf den Mund. Kassarin sah ein, dass es besser war, die Klappe zu halten. Stattdessen zog er die Pistole hervor, die er im Pfandhaus gekauft hatte, und reichte sie ihr.

»Da, die ist für dich. Ein Geschenk von mir.«

»Ein Geschenk? Für mich?«

Polina war platt. Offenbar hatte ihr schon lange niemand mehr etwas geschenkt.

Sergej wurde ganz warm ums Herz. Er wollte sagen, dass er ihr schon lange etwas schenken wollte, dass es aber nie geklappt habe, und dass es ihn deshalb besonders freue, dass sich endlich eine Gelegenheit ergeben hatte. Noch viele andere nutzlose, aber nette Dinge lagen ihm auf der Zunge, allein, Reden war nun mal nicht seine Stärke. Wenn er sie nur ansah, ihr strahlendes Gesicht und ihre leuchtenden Augen, brachte er kein Wort mehr heraus. Dann tauchte zu allem Überfluss der glatzköpfige Fuhrmann wieder auf, und die Gelegenheit, sich zu offenbaren, war endgültig vorbei.

Polina steckte die Pistole in den Gürtel.

»Können wir fahren?«, fragte sie.

»Ja.« Der Glatzkopf schaute sich nach allen Seiten um, als hielte er noch nach weiteren Passagieren für die Fahrt zum *Retschnoi Woksal* Ausschau. »Folgt mir.«

Sie gingen bis zum Bahnsteigrand. Dort blickte der Fuhrmann sich abermals um. Anscheinend entdeckte er nichts Besonderes und sprang aufs Gleis hinunter.

Sergej folgte seinem Beispiel und schaute noch einmal zurück. Von den Betrügern, die sie wahrscheinlich suchten, war zum Glück nichts zu sehen. Endgültig beruhigt fühlte er sich aber erst im Tunnel, als er die Draisine auf dem Gleis stehen sah.

Es handelte sich um ein ziemlich merkwürdiges Vehikel, das eher wie der Förderwagen einer Kohlegrube aussah. Die Bordwände waren mit dicken Bleiplatten verkleidet. Rein äußerlich sah das Ungetüm nicht so aus, als würde es sich auch nur einen Meter fortbewegen. Doch irgendwo in den Eingeweiden der Draisine schnurrte ein laufender Motor, und unter dem Heck quollen stinkende Abgase hervor.

Auf dem Fahrersitz hockte ein untersetzter kräftiger Typ, der einen protzigen Patronengurt um seinen schwarzen Schutzanzug trug. Als er die Passagiere kommen sah, bleckte er die Zähne und grinste zufrieden.

»Das ist Micha, der Fahrer, ein Kumpel von mir«, stellte ihn der Glatzkopf vor. »Wie sagt man so schön? Bitte zusteigen, der Zug fährt in Kürze.«

In der mit Bleiplatten gepanzerten »Wanne« befanden sich zwei niedrige Sitzbänke für jeweils drei Leute. Neben dem Fahrer war auch noch ein Plätzchen frei, doch der Glatzkopf zog es vor, sich zu den Passagieren zu gesellen, genauer gesagt zu Polina, worüber Sergej alles andere als begeistert war. Wie die Kletten pappten die Männer an der Amazone! Blieb nur zu hoffen, dass sie den aufdringlichen Pilzfresser am *Retschnoi Woksal* für immer loswerden würden.

»Los, Micha, drück auf die Tube!«, kommandierte der Glatzkopf.

Sergej kam es so vor, als hätte er dem Fahrer dabei verstohlen zugezwinkert.

Micha betätigte einen Hebel. Die Draisine setzte sich mit einem heftigen Ruck in Bewegung und rollte dann langsam in den dunklen Tunnel hinein.

Vielleicht lag es an dem Glatzkopf, der sich an Polina ranwanzte, oder an dessen Kumpel Micha, der ununterbrochen grinste, jedenfalls stellte sich bei Sergej nicht dasselbe Hochgefühl ein wie bei seiner letzten Fahrt mit einer Draisine, nach deren Ende er an der *Sibirskaja* Prügel bezogen hatte. Vielleicht lag es aber auch an dem schwerfälligen Gefährt, das nicht so richtig auf Touren kam.

Entweder Micha hatte weggehört, als sein Kumpel ihn aufgefordert hatte, auf die Tube zu drücken, oder die Draisine konnte einfach nicht schneller fahren. Doch auch dem Glatzkopf, der wieder seine knusprigen Pilze mampfte, ging es anscheinend zu langsam. Nach einer Weile sah er von seiner Tüte auf und wandte sich missmutig nach dem Fahrer um.

»Micha, was ist los? Bist du eingepennt? Mach mal ein bisschen Tempo!«

Plötzlich gab es einen heftigen Ruck. Der Motor spotzte und starb ab. Die Draisine rollte aus.

»Nicht schon wieder!«, lamentierte der Glatzkopf, klang dabei aber nicht ernsthaft besorgt.

»Sollen wir anschieben?«, fragte Sergej, doch der Fuhrmann winkte ab.

»Nicht nötig! Micha macht das schon. Er ist ein begnadeter Mechaniker.«

Der Fahrer quittierte das Lob mit einem zufriedenen Grinsen, zwinkerte seinem Kompagnon zu, öffnete die Motorabdeckung und guckte mit wichtiger Miene hinein.

Der Glatzkopf zog unterdessen eine Feldflasche unter seinem Ledermantel hervor, schraubte den Deckel ab, hielt seine Nase darüber und schnupperte genüsslich.

»Trinken wir auf eine erfolgreiche Fahrt«, schlug er vor. »Auf dass alles wie am Schnürchen klappt.«

»Guter Plan«, krähte Micha.

Er schien augenblicklich vergessen zu haben, dass er den abgestorbenen Motor wieder in Gang setzen sollte, und schaute seinen Kumpel erwartungsvoll an.

Sergej fand es ausgesprochen unpassend, sich ausgerechnet hier und jetzt einen hinter die Binde zu kippen. Außerdem waren die Erinnerungen an das verheerende Besäufnis mit den Stalkern noch frisch. Er wollte gerade Einspruch erheben, da kam ihm plötzlich Voltaire zuvor.

»Was haben Sie da?«

»Kognak«, antwortete der Glatzkopf, nicht ahnend, dass er damit genau ins Schwarze getroffen hatte.

Der Doktor bekam Stielaugen.

»Echten Kognak?!«

»Nicht ganz«, erwiderte der Fuhrmann ausweichend. »Angesetzter Kognak. Aber was reden wir lange rum, probier doch einfach!«

Er hielt Voltaire die Flasche hin. Der Doktor nahm sie, roch vorsichtig daran und trank einen kräftigen Schluck.

»Schmeckt außergewöhnlich«, lautete sein Verdikt, nachdem er die Eindrücke auf sich hatte wirken lassen. »Ist der mit Kräutern angesetzt?«

»Du verstehst was von Schnaps, Alterchen!« Der Glatzkopf lächelte fast so breit wie sein Kumpel. »Schmeckst du auch noch raus, mit was für Kräutern?«

Arkadi Rudolfowitsch setzte abermals die Flasche an und saugte so ausdauernd daran, dass der Glatzkopf sich bemüßigt fühlte, ihn zu bremsen.

»Sachte, sachte, Alterchen! Lass dem jungen Mann noch was übrig.«

»Ich will nichts«, sagte Sergej, doch der Fuhrmann ließ nicht locker.

»So ein Angebot lehnt man nicht ab, junger Mann.« Er schüttelte seinen hässlichen Kopf. »Das bringt Unglück. Außerdem schwemmt der Kognak die radioaktive Strahlung aus. Stell dir vor, du stirbst, wenn du nicht trinkst. Was sollen wir dann mit deinem Kadaver machen?«

Die beiden Fuhrmänner wieherten vor Lachen. Um dem idiotischen Geplänkel ein Ende zumachen, nahm Sergej Voltaire die Flasche ab und trank ein paar Schlucke. Das Zeug schmeckte etwas pelzig auf der Zunge, ansonsten war es ein ganz gewöhnlicher Selbstgebrannter.

»Radio…nukl…leotide werden eigentlich nich von … Kognak, sondern von Rotwein aus…sepült«, dozierte Voltaire. Er lallte schon ein wenig. Aber es hörte ihm sowieso niemand zu.

»Geht doch, Junge!«, lobte der Glatzkopf Sergej, nahm ihm die Flasche ab und wandte sich an Polina. »Na und du, schöne Frau, trinkst du auch mit mir auf eine erfolgreiche Fahrt?«

Er legte ihr die Pfote aufs Knie und begann völlig ungeniert ihren Oberschenkel zu kneten, als wären ihre beiden Begleiter Luft.

Sergej holte aus, um dem Wüstling die Visage zu polieren, besser gesagt, er hatte die feste Absicht, wollte ausholen, doch … Auf einmal konnte er den Arm nicht mehr heben. Seine Zunge wurde taub, und sein Kopf neigte sich kraftlos zur Seite. Polina und der glatzköpfige Unhold, der sie begrapschte, verschwanden aus seinem Blickfeld. Dafür sah er jetzt Voltaire. Der Doktor hatte sich auf den Rücken geworfen und starrte mit leeren Augen an die Tunneldecke. Aus seinem Mund quoll zäher Speichel.

Früher hatte Polina sich nie gescheut, Risiken einzugehen. Das Leben als Einzelgängerin hatte ihr sowieso keine Wahl gelassen. Und seit dem Tod ihres Vaters war sie immer allein gewesen. Flint und seine Schergen hatten daran nichts geändert. Sie war ihnen egal gewesen. Und sie war sich auch selbst egal gewesen.

Erst in der Gefängniszelle an der *Roschtscha* hatte sich das radikal geändert. Und zwar in jenem Moment, als der Sohn des eisenharten Obersts Kassarin zu ihr sagte: »Ich will, dass du lebst.« Vielleicht sogar schon vorher, als Sergej ihr die Fessel abnahm mit der rührenden Begründung, dass sie ihr doch sicher wehgetan hätte.

Was richtiger Schmerz war, hatte sie erst später zu spüren bekommen, als ihr klar wurde, dass sie Angst hatte, Sergej zu verlieren. Das war eine ganz besondere Art von Schmerz. Denn je stärker sie sich zu ihm hingezogen fühlte, desto schlimmer wurde er.

Doch dieses neue Gefühl barg ungeahnte Gefahren. Abgesehen davon, dass es seelische Qualen hervorrief, stumpfte es ihre

Instinkte ab. Jene elementaren Überlebensinstinkte, die sie sich mit Blut, Schweiß und Tränen angeeignet hatte. Das Gefühl machte sie gutgläubig und somit schwach und schutzlos. Schwache und Schutzlose aber überlebten in der Metro nicht. Davon hatte sie sich mehr als einmal überzeugen können.

Das Leben hatte sie gelehrt, immer mit dem Schlimmsten zu rechnen, vor allem dann, wenn alles viel zu glatt lief.

Doch diesmal hatte sie diese Lektion ignoriert. Dabei hätten sämtliche Alarmglocken bei ihr schrillen müssen, als sich auf einmal die Chance bot, zwei Probleme auf einmal zu lösen: Die Betrüger von der *Oktjabrskaja* abzuschütteln und zum *Retschnoi Woksal* zu gelangen. Ihre von Schmerz und Verlustängsten betäubten Instinkte hatten kein Warnsignal ausgesandt, obwohl die beiden Fuhrmänner sich durchaus unnatürlich und verdächtig benahmen.

Polina hatte sich von ihrem Wunschdenken blenden lassen. Arglos war sie in die Draisine eingestiegen. Und jetzt, da es ihr endlich dämmerte, war es zu spät.

Der glatzköpfige Lulatsch beugte sich zu Sergej und nahm ihm die Flasche ab. Polina blieb buchstäblich das Herz stehen. Denn als er dabei den Arm ausstreckte, rutschte der Ärmel seines Mantels zurück, und es kam jene Tätowierung zum Vorschein, die sie in den letzten vier Jahren in ihren Albträumen verfolgt hatte: eine gekreuzigte nackte Frau, die mit Stacheldraht an zwei Holzbalken festgebunden war.

Die Hand, die zu dem Arm mit der Tätowierung gehörte, hatte den Abzug der Pistole gedrückt, die damals auf den Bauch ihres Vaters zielte, und hatte dann zusammen mit vielen anderen schmutzigen und schwitzigen Händen ihren hilflosen Körper begrapscht, den man aufs Gleis geworfen hatte. Sie erkannte sogar die Narbe zwischen Daumen und Zeigefinger. Dort hatte sie den Vergewaltiger gebissen, als er ihr den Mund zuhielt.

Den Vergewaltiger und Mörder selbst aber hatte sie nicht wiedererkannt. Vielleicht weil er vor vier Jahren noch Haare gehabt hatte und nicht so dürr gewesen war. Vielleicht auch, weil das misshandelte fünfzehnjährige Mädchen die Gesichter seiner Peiniger aus dem Gedächtnis verdrängt hatte. Doch an diese Hand und diese grauenhafte Tätowierung am Unterarm erinnerte sie sich ganz genau.

»Na, und du, schöne Frau, trinkst du auch mit mir auf eine erfolgreiche Fahrt?«, sagte die glatzköpfige Missgeburt und legte ihr die Hand aufs Knie.

Er erkannte sie auch nicht! Aber für ihn machte das überhaupt keinen Unterschied. Er war immer noch derselbe Plünderer, Mörder und Vergewaltiger wie vor vier Jahren. Es war sonnenklar, was er mit ihr vorhatte.

Polina wusste, was sie zu tun hatte: Dem Bastard den Ellbogen ins Gesicht rammen, aufspringen, das Gewehr von der Schulter reißen und dann weitersehen. Weder der Glatzkopf noch sein grinsender Kumpel hatten eine schussbereite Waffe in der Hand. Sie hatte eine reelle Chance.

Doch just in dem Moment, als sie ihren Plan in die Tat umsetzen wollte, sah sie aus den Augenwinkeln, wie Sergej auf einmal zusammensackte. Er kippte zur Seite und starrte reglos ins Leere. Sein Unterkiefer war heruntergeklappt, und ihm hing die Zunge heraus: krampfartig verdreht und unnatürlich weiß. War er tot?! Vergiftet?!

Polina dämmerte es: In der Flasche war Gift!

Sie wollte es nicht glauben und schaute zu Voltaire. Der Doktor lag verrenkt auf dem Rücken und hatte Schaum vor dem Mund.

Der blanke Horror. Polina war so geschockt, dass in ihrem Inneren etwas Elementares zu Bruch ging: der unbedingte Wille, sich ans Leben zu klammern. Sie wollte nicht länger leben. Dass sie noch zwei wunderbare Tage mit einem geliebten Menschen hatte verbringen dürfen, war eine Gnade des Schicksals gewesen. Doch ohne ihn hatte das Leben keinen Sinn mehr. Warum sollte sie sich also widersetzen? Je früher alles vorbei war, umso besser.

Der Mörder schien ihre Gedanken zu lesen.

»Keine Angst. Es wird nicht wehtun.«

Was sie wohl hinterher mit ihr machen würden? Ihr auch das Gift einflößen, sie erwürgen oder ihr die Kehle durchschneiden?

Jemand machte sich an ihrem Rücken zu schaffen. Es war Micha, der ihr das Gewehr abnahm.

»Das brauchen wir nicht«, sagte der Glatzkopf breit grinsend und verscheuchte seinen Komplizen mit einer lässigen Geste. Dann drückte er Polina gegen die Seitenwand der Draisine. »Und das brauchen wir auch nicht«, gurrte er und begann fieberhaft, an Polinas Kleidern zu reißen.

Alles wiederholte sich.

Genau wie vor vier Jahren.

Zuerst ihr Vater. Jetzt Sergej. Und sie konnte nicht einmal Rache nehmen für die beiden.

Konnte sie das wirklich nicht? Polina besann sich und sah die Situation auf einmal mit anderen Augen.

Sergej – ihr Serjoschka, der Dummkopf, Idealist und Romantiker, der sich gegen seine eigenen Leute gestellt hatte, um das Leben einer Diebin zu retten, die er überhaupt nicht kannte, der davon geträumt hatte, die überlebende Menschheit im Untergrund zu retten, der so naiv und gleichzeitig so unverdorben war – jetzt lag er tot auf der Bank, vergiftet von diesem beiden Monstern in Menschengewand. Getötet für nichts und wieder nichts, für ein paar Sekunden schmutziger Lust und eine Handvoll Patronen.

Polina hatte nicht vor, die Menschheit zu retten. Das hatte die Menschheit nämlich nicht verdient. Aber sie konnte nicht zulassen, dass man ihr ungestraft diesen Menschen wegnahm, in den sie sich so unverhofft und heftig verliebt hatte. Mit seiner schüchternen und viel zu vertrauensseligen Art hatte er sie nicht nur an ihren richtigen Namen erinnert, sondern auch jenes Ich in ihr wachgerufen, das früher auf diesen Namen gehört hatte. In zwei verschwindend kurzen Tagen hatte er wieder einen Menschen aus ihr gemacht … Und sie war sein Schutzengel geworden, hatte ihre Hand über ihn gehalten und ihn selbst aus hoffnungslosen Situationen gerettet. Weil sie ihn so sehr brauchte …

Diesmal hatte sie es nicht geschafft, ihn zu schützen …

Der Glatzkopf fummelte an ihren Brüsten und zerrte an ihrem Shirt. Sein schweigsamer Kompagnon stand lechzend daneben und wartete darauf, an die Reihe zu kommen.

»Lass … Ich mach das selbst«, flüsterte sie mit gespielter Unterwürfigkeit.

Sie brauchte wenigstens ein Minimum an Bewegungsfreiheit.

Ob der Glatzkopf darauf hereinfallen würde?

Tatsächlich! Er nahm die Hände weg und trat einen Schritt zurück.

»So ist es recht. Ich liebe folgsame Mädchen.«

»Und manchmal lieben wir sie sogar zu zweit«, ergänzte sein Kompagnon, und beide blökten zufrieden.

Polina begann sich das T-Shirt aus der Hose zu ziehen. Dabei ließ sie ihre Hand langsam hinter den Rücken wandern. Der Glatzkopf sabberte lüstern. Sein Kumpel keuchte vor Ungeduld.

Sie ertastete den winzigen Griff der Pistole und legte den Zeigefinger um den Abzug. Bereit!

Blitzartig zog Polina die Hand hinter dem Rücken hervor. Der Glatzkopf machte ein langes Gesicht, als er in den Lauf der Pistole blickte.

Die Amazone schoss ihm, ohne zu zögern, in den aufgerissenen Mund. Der Kopf des geilen Bocks wurde zurückgeschleudert, als hätte man ihm einen Prügel ins Gesicht gedroschen.

Polina wandte sich seinem Kumpel zu. Von seinem zufriedenen Dauergrinsen war nichts mehr zu sehen. Aus seinen hervorquellenden Augen starrte nackte Angst. Er hielt sich schützend die Hand vors Gesicht. Seine Pranke war viel größer als die Pistole, doch die aus nächster Nähe abgefeuerte Kugel konnte sie nicht stoppen. Das Geschoss durchschlug die Hand, streifte die Schläfe und riss ihm das obere Teil des Ohres ab.

Micha überlebte und blieb sogar bei Bewusstsein. Geschockt sackte er auf die Bank, starrte entgeistert auf das Loch in seiner Hand und winselte vor Schmerz.

Polina entriss ihm das Gewehr, stieß ihn von der Bank auf den Boden und setzte ihm den Lauf der Waffe aufs Auge.

»Erinnerst du dich an das Mädchen, das ihr vor vier Jahren im Tunnel zwischen der *Ploschtschad* und der *Oktjabrskaja* gefickt habt, nachdem ihr seinen Vater erschossen hattet?«

»Ah, du Schlampe, das tut weh!«, jaulte der Wüstling.

Er hatte ihr gar nicht zugehört.

Polina drückte ihm den Lauf in den Augapfel, bis Blut herausquoll. Micha schrie vor Schmerz.

»Das Mädchen hatte auch furchtbare Schmerzen. Es hat auch geschrien. Antworte, du Aas: Erinnerst du dich?!«

»Nein, ich erinnere mich an nichts!«, heulte der Unhold, der sich am Boden der Draisine krümmte. Zwischen seinen Beinen bildete sich ein nasser Fleck. »Lass mich!«

Micha hatte nicht gelogen. Er konnte sich tatsächlich nicht erinnern. Er hatte schon viele junge Frauen vergewaltigt, wie hätte er sich ihre Gesichter alle merken sollen und wozu?

Polina war klar, dass sie von dem Vergewaltiger keine Reue erwarten konnte. Bastarde wie er waren unfähig zur Reue. Sie wussten nicht einmal, was das ist.

»Das Mädchen lässt dir jedenfalls schöne Grüße ausrichten«, sagte sie schließlich, zielte auf sein offenes Auge und drückte ab.

Der Schuss knallte und setzte dem Todesschrei der Ratte ein jähes Ende.

Polina blickte sich nach dem zweiten Vergewaltiger um. Der lag reglos am Boden. Die Kugel hatte ihm die Schneidezähne ausgeschlagen. Die Überreste seines verfaulten Gehirns waren aus einem Loch im Hinterkopf gespritzt. Der Mörder ihres Vaters war auf der Stelle tot gewesen. Von wessen Hand er gestorben war, hatte er nicht mehr mitbekommen.

Die Amazone packte ihn unter den Achseln, zerrte ihn von der Draisine und warf ihn aufs Gleis. Auf dieselbe Weise entsorgte sie den Leichnam seines Kompagnons. Sie hatte das dringende Bedürfnis, die ekelhaften Kadaver der beiden aus der Nähe ihres toten Liebsten zu entfernen. Während sie sich mit den Leichen abmühte, fiel ihr Blick auf die Feldflasche, die auf dem Boden der Draisine lag. Sie hob sie auf und goss das restliche Gift über den Leichen der beiden Mörder aus. Jetzt musste sie nur noch Sergej bestatten.

In der Metro wurden schon lange keine Gräber mehr ausgehoben. Bestenfalls verbrannte man die Körper der Toten. Schlimmstenfalls – und das war leider die Regel – verbrachte man sie in entlegene Tunnel, wo sie von Raubtieren oder Ratten gefressen wurden.

Für Polina war es eine Horrorvorstellung, dass Sergejs Körper von Säbelzahnbären oder anderen Bestien zerrissen würde. Alles, nur das nicht! Das durfte sie nicht zulassen. Wenn sie sein Leben schon nicht hatte schützen können, so musste sie wenigstens verhindern, dass sein Körper auf dieses Weise geschändet wurde. Dazu musste sie ihn in den radioaktiv verseuchten Teil des Tunnels schaffen. In der Nähe des *Retschnoi Woksal* war die Strahlung so extrem hoch, dass sich nicht einmal Mutanten dorthin wagten.

Polina hatte das Bild schon vor Augen: Sie würde sich dort aufs Gleis setzen, den Kopf des toten Sergej auf ihre Knie betten und ihn ansehen, solange ihre Kräfte reichten. Wenn sie dann starb, waren sie wenigstens zusammen. Für immer vereint.

Ihr Blick fiel auf den verwaisten Fahrersitz. Vielleicht gelang es ja, die Draisine wieder in Gang zu setzen? Dann würde sie Sergej nicht so weit tragen müssen. Der Motor war aller Wahrscheinlichkeit nach in Ordnung, denn vermutlich hatten die beiden Vergewaltiger die Panne nur vorgetäuscht.

Die Amazone zog kräftig am Starterseil. Der Motor orgelte kurz und sprang an.

Polina hatte noch nie eine Draisine gefahren, aber schon mehrfach dabei zugeschaut. Sie löste die Bremse, die Micha einfach im richtigen Moment angezogen hatte, um den Motor abzuwürgen, und legte den Gang ein. Die Draisine rollte an. Langsam zwar, aber das machte nichts. Sie hatte es ja nicht eilig.

ZWEITER TEIL

TOD DEM DRACHEN

13

SCHRITT ÜBER DIE GRENZE

Am rußgrauen Himmel schwebte ein riesiger schwarzer Drache. Seine häutigen Schwingen trugen ihn wie schwerelos. Unten erstreckten sich die Ruinen der Stadt, die er Feuer speiend niedergebrannt hatte. Die Trümmerlandschaft schien kein Ende zu nehmen. Die ganze Welt lag in Schutt und Asche.

Die ursprünglichen Bewohner der Stadt hatten sich in unterirdische Höhlen verkrochen. Wenn sie an die Oberfläche kamen, entdeckte sie der Drache fast immer. Manchen erlaubte er, wieder in den Untergrund zurückzukehren, anderen nicht. Er wuchs rasch und wurde immer unersättlicher. Er brauchte tonnenweise Futter, um seinen riesigen Magen zu füllen.

Anfangs hatte sich der Drache mit der Beute begnügt, die er an der Oberfläche zwischen den Ruinen fand. Dabei gab es dort viel weniger Nahrung als in dem unterirdischen Labyrinth, das noch vor seiner Zeit errichtet worden war.

Die Menschen versteckten sich unter meterdicken Schichten aus Stahl und Beton. Doch diese Barrieren konnten den Attacken des immer stärker werdenden Drachen nicht standhalten. Mit seinen scharfen Krallen zerbröselte er den Stahlbeton und leckte mit unzähligen Zungen nach seinen Opfern, die in Ritzen und Spalten Zuflucht suchten.

Schon zwei dieser menschlichen Bastionen hatte er zerstört, und ihre Bewohner hatten in seinem unersättlichen Schlund ihr Ende gefunden. Doch unter der Erde gab es noch mehr menschliche Siedlungen. Er musste sie nur finden.

Der Drache neigte seinen gewaltigen, mit eitrigen Beulen übersäten Kopf und hielt im wabernden Qualm nach menschlichen Spuren Ausschau, die ihn zu den unterirdischen Behausungen seiner Opfer führen konnten. Das war ein langwieriges Unterfangen. Denn die Menschen verließen ihre Höhlen nur selten und hinterließen kaum Spuren.

Doch der Drache flog geduldig weiter und ließ seinen eisigen Blick über die Trümmerlandschaft schweifen. Das Menschenfleisch schmeckte köstlich. Er wollte mehr davon.

Sergej erschrak und schlug die Augen auf. Er atmete stoßweise. Seine Stirn war schweißgebadet, obwohl er vor Kälte schlotterte. Er hatte wieder einen Albtraum gehabt – von dem Drachen, der die Stadt vernichtet hatte.

An die Einzelheiten des Traums konnte sich Kassarin nicht erinnern, doch ihm steckte noch die Ohnmacht in den Knochen, die er empfunden hatte. Jenes deprimierende Gefühl, dass alle Bemühungen vergeblich waren und allem, was ihm lieb und teuer war, ein furchtbares Ende bevorstand.

Sergej atmete tief durch, um sein rasendes Herz zu beruhigen. Dann blickte er zu Polina, die seltsamerweise auf dem Platz des Draisinenführers saß. Er versuchte, nach ihr zu rufen, brachte aber nur ein Krächzen heraus.

»Po…i…a.«

Seine Zunge gehorchte ihm nicht. Die Amazone hatte ihn trotzdem gehört. Es hob sie förmlich aus ihrem Sitz. Dann zog sie so ruckartig die Bremse, dass Sergej beinahe von der Bank gerutscht wäre. Sie drehte sich nach ihm um und starrte ihn mit irren Augen an. Wie einen Toten, der plötzlich wieder zum Leben erwacht war.

»Was ist?«

316

»Du … Du lebst?«, stammelte Polina.

Ihre Lippen zitterten. Tränen traten ihr in die Augen. Oder bildete er sich das nur ein?

Sergej war völlig perplex.

»Was hast du?«

Anstatt zu antworten, warf sich Polina an seinen Hals, drückte ihn so fest, als wollte sie ihn erwürgen, und flüsterte merkwürdiges Zeug.

»Mein Gott, danke! Serjoschka, du lebst! Ich habe gedacht, ich hätte dich für immer verloren! Verstehst du? Serjoschka, du darfst mir nie wieder so einen Schrecken einjagen! Sonst sterbe ich vor Angst. Ich wollte ja auch …«

Sie lehnte sich kurz zurück, schaute ihm in die Augen und schloss ihn abermals und noch fester in die Arme.

»Mein Gott, du lebst tatsächlich!«

Polina fing wie ein Kind zu weinen an. Dieselbe Polina, die sich normalerweise im Griff hatte, als wären ihr Herz aus Stein und ihre Nerven aus Stahl, ließ einfach die Tränen laufen und schämte sich kein bisschen dafür.

Hinter sich hörte Sergej jemanden husten. Voltaire. Es klang eher wie ein Bellen.

»Wo sind wir?«, krächzte der Doktor. »Was ist passiert?«

Sergej drehte sich verwundert nach ihm um. Heute war offenbar der Tag der Überraschungen.

»Können Sie sich auch an nichts erinnern?«, fragte die Amazone Voltaire und wischte sich die Tränen ab.

»Wieso?« Der Doktor stutzte. »Natürlich erinnere ich mich. Wir haben Kognak getrunken. Und dann … Ach dann …« Er zog eine argwöhnische Miene und seine Stimme wurde fester. Ihm war augenscheinlich gerade ein Licht aufgegangen. »Dann war also Gift in der Flasche?! Diese zwei Scheusale wollten uns vergiften?!«

»Das haben sie auch geschafft«, erwiderte Polina. »Ich dachte, ihr wäret beide tot.«

Ihre Worte zogen endgültig den Schleier weg, der Sergej das Bewusstsein vernebelt hatte. Jetzt konnte er sich wieder an alles erinnern: Wie er von dem angeblichen Kognak trank, wie der dreiste Glatzkopf seine dreckige Pfote auf Polinas Knie legte, wie er selbst plötzlich die Kontrolle über seinen Körper verlor, und an das leblose Gesicht von Voltaire, dem der Speichel aus dem Mund rann.

Erstaunlich, dass der Doktor nach alledem schon wieder so fit war. Das Gift hatte offenbar nur eine vorübergehende Bewusstlosigkeit hervorgerufen. Oder sie hatten einfach Glück gehabt und keine tödliche Dosis davon abbekommen.

»Wo sind die beiden Mistkerle?«, fragte Voltaire.

Sergej fiel es wie Schuppen von den Augen. In der Tat! Seltsam, dass er sich diese Frage nicht schon eher gestellt hatte.

»Sie sind nicht mehr da«, erwiderte Polina vage.

Kassarin wusste sofort, was das bedeutete. Bei Voltaire dauerte es ein wenig länger, bis der Groschen fiel. Aber dann begriff auch er, was Polina gemeint hatte.

»Was? Sie haben sie getötet?«, fragte er regelrecht erschrocken.

»Ich habe sie abgeknallt!«, bestätigte Polina resolut. »Dem einen habe ich in den Mund geschossen, dem anderen ins Auge, falls es Sie interessiert!«

Voltaire war nun endgültig fassungslos.

»Aber das waren doch …«

»Bastarde, die vier Jahre zu lange gelebt haben«, fiel ihm die Amazone ins Wort. »Einer von ihnen hat meinen Vater getötet! Vor meinen Augen! Und dann hat er sich mit drei seiner Kumpels … Aber das geht Sie nichts an.«

Sie biss sich auf die Lippe.

»Entschuldigen Sie, das wusste ich nicht«, ruderte Voltaire zurück. »Kaum zu glauben: Ausgerechnet die *Oktjabrskaja* hat sich in ein Sammelbecken für Betrüger, Plünderer und Mörder verwandelt! Was für eine Verhöhnung der Geschichte! Hätte mir das früher jemand gesagt, hätte ich es nicht geglaubt. Denn hier ganz in der Nähe, an der Oberfläche, befanden sich die Bibliothek der Akademie der Wissenschaften, die Sibirische Staatsdienst-Akademie, das Chemisch-technologische College … Ich hätte erwartet, dass sich die *Oktjabrskaja* zu einem Hort der Wissenschaften entwickelt …«

»Früher war es dort nicht so schlimm«, sagte Polina leise, ohne sich umzudrehen. »Ich kann mich noch erinnern. Ich habe hier mit einem Vater gelebt, bevor er erschossen wurde. Mein Vater besaß damals einen batteriebetriebenen CD-Player, den er an der Oberfläche gefunden hatte, und jede Menge CDs. Als ich noch klein war, haben wir oft zusammen Musik gehört. Manchmal kamen auch Nachbarn zu Besuch. Alle versammelten sich um den CD-Player, mein Vater legte eine Disc ein, und alle lauschten ergriffen. Manche sangen sogar. Eine Frau hatte eine besonders schöne Stimme. Aber dann brauchten wir dringend Geld. Mein Vater wollte mir neue Klamotten kaufen. Aus den alten war ich wieder mal herausgewachsen. Ich wollte nicht, dass er den CD-Player verkauft, aber er hat es trotzdem gemacht. Keine Ahnung, wer ihn gekauft hat. Jedenfalls wurde danach nie mehr Musik an der Station gespielt. Vielleicht hat das mit dazu beigetragen, dass die Leute nach und nach vergaßen, wer sie eigentlich waren. Es kamen neue Zerstreuungen auf: Würfel- und Kartenspiele. Ein paar Jahre später wurde mein Vater getötet.«

Polina verstummte und verharrte wie gelähmt. Sergej trat zu ihr und nahm sie in den Arm. Sie schaute ihn an und lächelte. Es war ein seltsames Lächeln: traurig und glücklich zugleich. Sie sagte nichts, sondern drückte sich nur fest an seine Brust.

»Armes Mädchen«, flüsterte Voltaire ganz leise im Hintergrund.

Polina hatte ihn natürlich trotzdem gehört. Sie lächelte abermals und schaute Sergej in die Augen.

»Ich bin nicht arm«, flüsterte sie noch leiser als zuvor der Doktor. »Solange du bei mir bist, fehlt es mir an nichts.«

Ich werde immer bei dir sein, wollte Sergej erwidern, scheiterte jedoch wie üblich an seiner Schüchternheit.

Polina hatte ihn auch ohne Worte verstanden. Sie tastete nach seiner Hand und drückte sie dankbar. Ihm wurde ganz leicht ums Herz. Die letzten Reste der Schwermut, die von seinem Albtraum herrührte, verflüchtigten sich. Wenn diese Umarmung doch nie enden würde!

Doch leider hat alles irgendwann ein Ende. Diesmal war es der nervige Doktor, der mit einem aufdringlichen Hüsteln die romantische Stimmung zunichtemachte.

»Und was tun wir jetzt?«, fragte er geschäftig.

Vielleicht hatte er auch nur mit sich selbst gesprochen. Aber Polina reagierte sofort und löste sich aus der Umarmung. Sergej hätte Voltaire eine reinhauen können.

»Wir fahren zum *Retschnoi Woksal*, wie geplant«, antwortete die Amazone, begab sich wieder auf den Platz des Draisinenführers und startete so routiniert den abgestorbenen Motor, als hätte sie ihr ganzes Leben lang nie etwas anderes gemacht. »Wenn ihr nicht verstrahlt werden wollt, würde ich euch raten, die Gasmasken aufzusetzen. Wir sind schon ziemlich weit. Bald kommen wir in die radioaktiv verseuchte Zone.«

Das monotone Klopfen der Räder hörte abrupt auf, und die Trägheitskraft zog Sergej nach vorn. Er streckte reflexartig die Arme vor, um sich an der gepanzerten Bordwand abzustützen, doch wider Erwarten erfolgte kein Aufprall. Die Draisine war einfach stehen geblieben.

Man hätte erwarten können, dass nun Stille einkehrte, doch dem war nicht so. Ringsum herrschte eine gespenstische Geräuschkulisse. Es klang wie das satte Rülpsen von Ungeheuern, untermalt von fernem, animalischem Geheul.

»Sind wir da?«, fragte Sergej.

Polina erwiderte lange nichts.

»Der *Retschnoi Woksal*«, sagte sie schließlich, als hätte sie die Frage nicht gehört.

Ihre Stimme klang verängstigt. Sergej griff unwillkürlich nach seinem Gewehr und schaute über die Frontwand. Schon nach wenigen Augenblicken wurde ihm klar, dass es hier niemanden gab, auf den er hätte schießen müssen. Die Station war wie ausgestorben.

Das Scheinwerferlicht der Draisine fiel auf einen Toten, der auf den Schienen lag. Dass es sich um einen Menschen handelte, konnte man eigentlich nur an seinem gummierten Schutzanzug erkennen – und das auch nur mit einiger Fantasie.

Die Leiche erinnerte an einen mit Wasser gefüllten Ledersack. Die Hände des Toten waren grotesk aufgeschwemmt und sahen aus wie Kugelhanteln, die an aufgeblähten Schläuchen hingen. Dazu das völlig entstellte Gesicht! Man konnte weder Augen noch Nase noch Mund erkennen. Es war zu einer unförmigen Blase aufgequollen, die mit einer trüben, halb durchsichtigen Flüssigkeit gefüllt war, in der etwas Undefinierbares schwamm. Sergej wurde schlecht.

Ein paar Meter weiter vorne, wo der Scheinwerfer gerade noch hinreichte, lag eine weitere Leiche. Sie war genauso aufgequollen, lag jedoch zum Glück auf dem Bauch.

Auf den Bahnsteigen links und rechts von der Gleistrasse lagen überall aufgedunsene Leichen herum – zwischen den quadratischen Säulen, die das Hallendach stützten, und entlang der Wände. Letztere waren mit bunten Glasmalereien geschmückt, auf denen blühende Städte dargestellt waren. Was für ein Kontrast zu der Tragödie, die sich hier ereignet haben musste!

Einer der Toten, der direkt unter einer Glasmalerei lag, hatte noch die Gasmaske auf. Weil das aufgeschwemmte Gesicht nicht genug Platz darunter hatte, waren an ihren Rändern hässliche Quaddeln hervorgequollen.

Eine weitere Leiche fiel Sergej ins Augen, weil sie ganz gewöhnlich aussah, einmal abgesehen davon, dass sie keinen Kopf mehr hatte. An der Stelle befand sich nur ein riesiger Blutfleck, und neben dem Leichnam lag eine Flinte. Damit hatte sich der Ärmste wohl den Schädel weggeschossen. Kein schöner Tod, aber vermutlich immer noch besser als das qualvolle Ende, das die übrigen Bewohner der Station ereilt hatte.

»Das ist RA-12«, murmelte Voltaire, als er die Toten am Bahnsteig betrachtete.

Er hatte sehr leise gesprochen, doch Sergej stand direkt neben ihm und hatte ihn gehört.

»Was haben Sie gesagt?«

»RA-12. Ein künstliches Virus, das in unserem Forschungszentrum entwickelt wurde. Es befällt das lymphatische System des Menschen und führt innerhalb weniger Stunden zum Exitus.«

»Sehen Sie das am Zustand der Leichen?«

»Die Symptome sind unverwechselbar.« Voltaire seufzte tief und nahm sich zu Sergejs Überraschung plötzlich die Gasmaske ab.

»Was machen Sie da?«

»Keine Sorge. An den Leichen kann man sich nicht anstecken. Nur Lebende übertragen die Infektion.«

»Sind Sie sicher?«, fragte Polina.

Die Amazone war ausgestiegen und stand neben einem unförmigen Etwas am Bahnsteig. Als Sergej näher trat, sah er, dass es der Kadaver eines Monsters war. So ein Vieh sah er zum ersten Mal. Es hatte einen aufgeblasenen, fassförmigen Rumpf und baumdicke, plumpe Beine.

Polina schien sich weniger für das Monster selbst als für die häutigen Fransen zu interessieren, die an seinen Vorderbeinen hingen. Irgendwie kamen diese Fransen auch Sergej bekannt vor. Richtig! Er hatte sie an den Kadavern verendeter Vampire gesehen. Ihre Flughäute zerrissen nach dem Tod und bildeten solche Fransen. Es handelte sich also mitnichten um ein unbekanntes Ungeheuer, sondern schlichtweg um einen bis zur Unkenntlichkeit aufgequollenen Vampir!

Auch Voltaire pflichtete dem bei, als er dazukam. Er hüstelte nervös und setzte sich hastig die Gasmaske wieder auf.

»Könnte es sein, dass Ihre Kollegen auch dieses Virus sozusagen optimiert haben?«, fragte Sergej provokant.

Der sonst so selbstbewusste Arkadi Rudolfowitsch war sehr nachdenklich geworden. Auf Kassarins Frage ging er überhaupt nicht ein. »Wissen Sie, die Materialien zu RA-12 wurden in denselben Sonderzug verladen wie die Informationen über den Schwarzen Drachen«, erläuterte er. »Das bedeutet, dass diese Materialien nicht nur Dokumente enthielten, sondern auch die Organismen selbst. Lebende Proben!« Er blickte zu Polina. »Wann ist die Epidemie hier ausgebrochen?«

»So weit ich gehört habe, sind vor einer Woche zum letzten Mal Stalker vom *Retschnoi Woksal* zur *Oktjabrskaja* gekommen.«

»Also muss danach jemand diesen Zug gefunden haben. Offenbar hat er das Virus aufgeschnappt und nach seiner Rückkehr zur Station alle übrigen Bewohner angesteckt.«

»Und den Schwarzen Drachen hat er wohl auch rausgelassen?«, mutmaßte Polina.

Voltaire schüttelte fieberhaft den Kopf. Er zitterte, als stünde er kurz vor einem Nervenzusammenbruch.

»Man muss wahnsinnig sein, um einen solchen Behälter zu öffnen!«

»Ach?! Aber um einen biologischen Kampfstoff herzustellen, der Menschen in aufgeblasene Wassersäcke verwandelt, muss man nicht wahnsinnig sein?!«, giftete Polina und zeigte auf eine der entstellten Leichen.

Voltaire schluckte.

»Ja, Sie haben recht. Offenbar ist genau das geschehen, was Sie vermutet haben. Ich …« Er stockte. »Ich schäme mich für das, was ich getan habe. Leider kann ich das nie wiedergutmachen. Aber ich werde alles tun, was in meinen Kräften steht, um so viele Menschen wie möglich zu retten … Sofern es denn überhaupt noch eine Chance dafür gibt.«

Den letzten Satz hatte er ganz leise gesagt, wohl mehr zu sich selbst. Sergej lief es kalt den Rücken herunter. Was, wenn die Zweifel des Doktors berechtigt waren?! Gut, dass es Polina nicht gehört hatte.

Die Amazone ließ den Blick noch einmal über den Bahnsteig schweifen, als hoffte sie, dass plötzlich ein unversehrter Stalker auftauchen würde. Doch das Wunder blieb aus.

»Hier gibt es für uns nichts mehr zu tun«, konstatierte sie.

»Ja, wir müssen uns allein zum Bahnhof durchschlagen«, sagte Voltaire.

Polina schaute den Doktor resigniert an. Sergej wusste, was in ihr vorging: Sie hatte bis zuletzt gehofft, dass Voltaire vorschlagen würde, umzukehren.

Kassarin ging zu seiner Liebsten, suchte ihren Blick und begann leise auf sie einzusprechen: »Polina … Ich … Danke. Voltaire und ich werden allein weitergehen.«

Hinter der Sichtscheibe von Polinas Gasmaske braute sich Unheil zusammen. Ihre Augen verengten sich zu Schlitzen und funkelten angriffslustig.

»Willst du mich hier etwa sitzen lassen?!«

»Wieso denn?!«, entrüstete sich Sergej. »Ich meine nur … Es ist gefährlich dort draußen. Ich möchte nicht, dass du dein Leben aufs Spiel setzt.«

»Ohne mich haltet ihr am linken Ufer keine fünf Minuten durch!«, konterte Polina. Dann grinste sie und fügte hinzu: »Mit mir vielleicht auch nicht.«

Die verlockende Idee, einfach mit der Draisine weiterzufahren und den Ob auf der Metrobrücke zu überqueren, mussten die Weggefährten sich abschminken. Der Tunnel am Ende der Bahnsteighalle war komplett verbarrikadiert. Das mehrere Meter hohe Schutzbauwerk bestand aus Metallplatten und Sandsäcken, die um einen umgestürzten Metrowagen herum aufgestapelt waren. Nur direkt unter der Decke befanden sich einige Schießscharten. An der Außenseite war die Barrikade mit angespitzten Armierungseisen verstärkt. Ähnliche Bollwerke – wenn auch nicht so hoch – hatte man an der *Roschtscha* errichtet, um sich die Monster vom Leib zu halten, die in den östlichen Tunneln hausten und die Station regelmäßig heimgesucht hatten. Von jenen Monstern hatte man wenigstens eine konkrete Vorstellung gehabt. Was dagegen für Bestien hinter dieser Barrikade lauerten, wusste kein Mensch.

»Für die Draisine ist hier definitiv Endstation«, sagte Voltaire enttäuscht.

Polina hatte sich das Bollwerk unterdessen genauer angeschaut und blickte suchend zur Decke.

»Schaut, die Metallplatten stammen von dort oben. Die Bewohner müssen sich massiv bedroht gefühlt haben, sonst hätten sie bestimmt nicht Teile der Decke in der Barrikade verbaut.«

Sergej leuchtete mit der Lampe nach oben. Ein Teil der Deckenverkleidung war noch vorhanden. Es handelte sich um dieselben Platten wie die in der Barrikade, zumindest sahen sie genauso aus. Kassarin fröstelte bei dem Gedanken, sich in den verbarrikadierten Tunnel vorzuwagen. Im Grunde genommen war das reiner Selbstmord.

Polina schien seine Gedanken zu lesen.

»Na gut«, sagte sie. »Wir müssen den Ausgang suchen, den die Stalker benutzt haben.«

Sie fanden den Ausgang am gegenüberliegenden Ende der Bahnsteighalle. Das hermetische Tor stand einen Spalt offen. Der Durchgang war mit den gleichen Metallplatten verrammelt, die man von der Decke abmontiert hatte. Doch Polina erkannte auf einen Blick, dass dieses Hindernis überwindbar war.

Mit vereinten Kräften schafften sie die Platten aus dem Weg. Hinter dem hermetischen Tor war eine Treppe aus nacktem Beton zu sehen. Früher war sie mit Marmor- oder Granitplatten verkleidet gewesen, doch die Bewohner des *Retschnoi Woksal* hatten diese im Laufe der Zeit für andere Zwecke verwendet – womöglich auch für den Bau des Bollwerks, das den Tunnel zum Fluss blockierte.

Während sie den Durchgang freiräumten, verstärkte sich das gespenstische Geheul, das durch die Bahnsteighalle geisterte.

»Das ist der Wind«, erläuterte Voltaire, als er Sergejs besorgte Miene bemerkte. »Der *Retschnoi Woksal* ist eine oberirdische Station. Die Züge kamen zwar aus dem unterirdischen Tunnel von der *Oktjabrskaja*, doch bei der Weiterfahrt in Richtung *Studentscheskaja* gelangten sie sofort in den Brückentunnel, der über den Ob verläuft. Was wir hören, ist der Wind, der durch das Flusstal pfeift.«

Egal, ob Voltaire damit recht hatte oder nicht, Sergej gefiel das abgründige Geheul überhaupt nicht.

»Moment mal«, wandte er ein. »Wenn der *Retschnoi Woksal* sich an der Oberfläche befindet, muss hier doch alles radioaktiv verstrahlt sein! Wie konnten dann Menschen hier leben?«

»Sie haben nicht ständig hier gelebt«, warf Polina ein. »Die Stalker haben die Station als Stützpunkt genutzt, aber keiner von ihnen hielt sich länger als ein paar Tage am Stück hier auf.«

»Worauf warten wir noch?«, drängte Voltaire.

Sergej ärgerte sich darüber, dass der Doktor es so eilig hatte, als stünde ihnen ein netter Spaziergang an der Uferpromenade bevor. Dabei war es höchst ungewiss, ob sie jemals von diesem Himmelfahrtskommando zurückkehren würden. Er bedachte Voltaire mit einem strafenden Blick und stellte dabei fest, dass dieser keineswegs die Ruhe selbst war, sondern mit seiner Ungeduld nur die eigene Angst überspielte.

Polina hatte es indes nicht eilig, nach oben zu gehen. Sie legte den Finger auf den Mund und horchte längere Zeit. Sergej war es ein Rätsel, was das bringen sollte bei dem heulenden Wind und noch dazu mit der Gasmaske auf dem Kopf.

»Gehen wir«, kommandierte schließlich die Amazone und stieg als Erste die Treppe hinauf.

Voltaire folgte als Zweiter, Sergej machte den Schluss.

Der Aufgang führte in eine Eingangshalle, die teilweise eingestürzt war. Die Weggefährten mussten unter herabhängenden Stahlträgern hindurchkriechen und durch ein Labyrinth aus Stahlbetontrümmern lavieren. Polina fand anscheinend intuitiv den richtigen Weg, doch irgendwann geriet auch sie in eine Sackgasse. Zwischen zwei Betonplatten versperrte ihnen ein Hindernis den Durchgang. Bei genauerem Hinsehen stellte sich heraus, dass es sich um einen toten Vampir handelte. Er war genauso monströs aufgeschwemmt, wie sein Artgenosse in der Bahnsteighalle.

»Ich hoffe, dass Ihr Virus wenigstens auch alle Bestien in der Gegend erledigt hat«, sagte Polina zu Voltaire.

Der Wissenschaftler schwieg.

Die Amazone beließ es dabei und schlug einen neuen Weg ein. Kurz vor dem Ausgang stießen sie abermals auf ein vom Virus entstelltes, verendetes Monster.

Sergej konnte es kaum erwarten, zum ersten Mal den erhabenen und gefährlichen sibirischen Strom zu sehen, über den er schon so viele schaurige Geschichten gehört hatte.

Doch als die Weggefährten aus der Eingangshalle traten, fanden sie sich auf einem Bahnsteig wieder, vor dem zwei Gleise verliefen, die sich in beiden Richtungen in der Ferne verloren.

»Wo ist denn der Fluss?«, wunderte sich Sergej.

»Auf der anderen Seite der Station«, erwiderte Voltaire. »Diese Eingangshalle liegt in Richtung Stadtzentrum.«

Während der Doktor das sagte, betrachtete Polina den Bahnsteig und das Gleisbett, auf das eine Fußgängerüberführung herabgestürzt war. Sie wirkte nervös. Sergej ahnte, dass die Amazone in diesem Stadtteil noch nie an der Oberfläche gewesen war.

Zum Glück wusste Arkadi Rudolfowitsch den Weg. Er führte sie den Bahnsteig hinunter, durch ein rostiges Gitter der Gleisabsperrung, um die Ruinen der Eingangshalle herum und weiter geradeaus.

Kurz darauf blieb Sergej wie vom Donner gerührt stehen: der Ob!

Ein atemberaubender Anblick: Der Fluss war so breit, dass man das gegenüberliegende Ufer nur vage erkennen konnte. Im ersten Moment hatte Sergej sogar den Eindruck, der dunkle Streifen in der Ferne sei überhaupt kein Ufer, sondern nur eine über dem Fluss hängende Nebelbank. Wasser, so weit das Auge reichte!

Kassarin vergaß das bedrohliche Heulen des Windes und blickte ergriffen auf den ehrwürdigen Strom, dessen dunkle Fluten träge dahinglitten, vorbei an den verwüsteten Ufergestaden. Der auf gewaltigen Betonpfeilern ruhende Rüssel der Tunnelbrücke, durch die einst die Metro-Züge gefahren waren, reichte nicht einmal bis zur Mitte des Flusses. Nach einem guten Viertel der Distanz knickte er ab und bohrte sich in die Fluten. Der Rest der Metrobrücke war von den Kernexplosionen hinweggerafft worden, die seinerzeit die Stadt erschüttert hatten. Nur noch die monumentalen Pfeiler, die die Apokalypse überstanden hatten, ragten wie marode Zahnstumpen aus dem Wasser.

Ein Stück weiter flussabwärts verlief ebenfalls eine Reihe von halb zerfallenen Pfeilern quer durch den Fluss. Offenbar hatte sich hier früher eine zweite Brücke befunden. Doch auch sie hatte die Katastrophe nicht überstanden. Nur dem Fluss selbst hatten die zerstörerischen Kräfte des Krieges nichts anhaben können.

Die Erhabenheit und deutlich spürbare Kraft des Ob beeindruckten nicht nur Sergej. Auch Polina blickte wie gebannt auf die dunklen, metallisch schimmernden Fluten hinab. Nur Voltaire ließ sich von der allgemeinen Ergriffenheit nicht anstecken.

»Wir haben ihn vergiftet …«, murmelte er.

Sergej schaute ihn fragend an.

»Es ist nicht mehr derselbe Fluss wie früher«, fuhr der Doktor seufzend fort. »Der Ob, der die Menschen über Jahrhunderte ernährt hat, ist zusammen mit der Stadt an seinen Ufern untergegangen. Ich fürchte, der Fluss, der jetzt hier fließt, ernährt sich eher von den Menschen als umgekehrt.«

»Genug damit!«, unterbrach ihn Polina. »Überlegen Sie lieber, wie wir ans andere Ufer kommen. Sofern Sie denn immer noch ernsthaft vorhaben überzusetzen.«

»Vielleicht steigen wir erst mal zur Uferstraße hinunter?«, schlug Voltaire etwas zögerlich vor. »Wir sollten nur nicht zu dicht ans Wasser herangehen.«

»Glauben Sie bloß nicht, dass ich scharf darauf bin«, erwiderte Polina spitz. »Aber uns wird leider nichts anderes übrig bleiben, wenn wir auf die andere Seite wollen.«

Es erwies sich als schwieriger als gedacht, zur Uferstraße hinunterzukommen. Sie folgten einem zwischen den Ruinen verlaufenden, ausgetretenen Pfad, der offenbar regelmäßig von Stalkern benutzt worden war. An besonders ausgesetzten und steilen Stellen hatten sie sogar improvisierte Steighilfen aus Steinen und Betonbrocken angelegt. Trotzdem musste man höllisch aufpassen, wo man hintrat, um nicht auszurutschen oder über hervorstehenden Bewehrungsstahl zu stolpern. Und gleichzeitig galt es, die Umgebung im Blick zu behalten.

Von Monstern war zum Glück weit und breit nichts zu sehen. Womöglich waren sie tatsächlich an dem Virus gestorben, das Voltaire und seine Kollegen gezüchtet hatten.

Endlich hatten sie den anstrengenden Abstieg geschafft. Der Pfad endete an einem großen Platz oder einer breiten Straße, auf der ausgebrannte und verrostete Wracks von Bussen und Pkws standen – wie eine zum Stillstand gekommene Lawine. Es sah aus, als hätte sich am Tag der Katastrophe die halbe Stadt hier versammelt.

Sergej vermied es, in die leeren Fenster der Fahrzeuge zu schauen. Er wusste, dass das kein angenehmer Anblick war: jämmerliche Häufchen Asche oder von Bestien abgenagte und vom Wind ausgebleichte menschliche Gebeine. In der Metrostation war natürlich nicht annähernd genug Platz gewesen, um all die Menschen aufzunehmen, die sich zum *Retschnoi Woksal* geflüchtet hatten. Die meisten waren auf der Straße gestorben.

Die am Ufer entlangrollende Druckwelle hatte sämtliche Gebäude auf der einen Straßenseite bis auf die Grundmauern hinweggefegt und die Gebäude auf der anderen Straßenseite in Ruinen verwandelt. Menschen, die zunächst überlebt hatten, waren vermutlich den verheerenden Bränden zum Opfer gefallen, die nach der Kernexplosion am Ufer gewütet hatten.

Als Kassarin sich seinen Weg zwischen den Wracks hindurch bahnte, stieg er aus Versehen auf ein verkohltes, verbogenes Blechschild. Es schnalzte nach oben und knallte scheppernd wieder auf den Boden. Dabei fiel ein Teil der Rußschicht ab, und darunter kamen etwas verwitterte, aber immer noch lesbare Buchstaben zum Vorschein. Sergej hob das Schild auf. »ul. Bolsche« entzifferte er. Es handelte sich um einen Straßennamen. Allerdings war das Schild offensichtlich zerbrochen, denn der zweite Teil des Namens fehlte. Kassarin konnte sich keinen Reim darauf machen. Und wen interessierte jetzt noch, wie diese Straße einmal geheißen hatte. Höchstens einen studierten Spinner wie Voltaire, wenn er eines Tage auf die Idee käme, die Geschichte der untergegangenen Stadt niederzuschreiben.

Sergej seufzte und legte das Schild wieder auf den Boden zurück. Es war Teil einer erloschenen Vergangenheit und in deren Asche bestens aufgehoben.

Arkadi Rudolfowitsch hatte sich unterdessen schon orientiert.

»Kommt, ich glaube, hier kommen wir zum Fluss runter!«

Voltaire stand bereits auf der anderen Straßenseite und blickte auf das von zerbrochenen Ziegeln und anderen Trümmern übersäte Ufer. Dass es an der Oberfläche nicht ratsam war, lauthals durch die Gegend zu brüllen, hatte der Doktor in diesem Moment offenbar völlig vergessen.

Sergej gesellte sich zu ihm. Von der Stelle, wo Voltaire stehen geblieben war, führte eine breite Furche abwärts zum Wasser hinunter. Darin befanden sich in regelmäßigen Abstanden quer verlaufende Vertiefungen, als wäre ein riesiges Zahnrad die steile Uferböschung hinuntergerollt. Mit etwas Fantasie hätte man diese Vertiefungen auch für in den Hang gefräste Stufen halten können. Doch wer kommt auf die Idee, Stufen im Abstand von eineinhalb Metern anzulegen?

Kassarin dachte unwillkürlich an die kopflosen Mutanten und anderen Monster, die angeblich in den ufernahen Stadtteilen hausten. Angesichts der seltsamen Spuren in der Böschung drängte sich die Frage auf, ob es sich dabei wirklich nur um Hirngespinste sensationslüsterner Händler handelte.

In Sergejs Magengrube machte sich ein flaues Gefühl breit. In der Metro bedeutete alles, was man nicht kannte, Gefahr. Umso mehr galt dies an der Oberfläche.

Das letzte Wort hatte wie immer Polina. Auch sie betrachtete argwöhnisch die rätselhafte Spur und schien alles andere als erpicht darauf, ihr zu folgen. Schließlich wandte sie sich an Voltaire.

»Was hoffen Sie unten am Ufer zu finden?«

Der Doktor zuckte mit den Achseln.

»Irgendein Floß, eine Stelle, wo man übersetzen kann, oder wenigstens die Spuren von Stalkern.«

Sergej lief es kalt den Rücken herunter. Eine Spur hatten sie ja bereits entdeckt. Und von der hätte er sich am liebsten so weit wie möglich ferngehalten.

14

DER GROSSE FLUSS UND SEINE BEWOHNER

»Haltet eure Waffen bereit, wir steigen runter«, kommandierte Polina.

Der Abstieg war schwieriger als gedacht. Schon nach wenigen Schritten in der steilen Furche rutschte die Amazone aus und fiel auf den Rücken, sprang jedoch federleicht wieder auf die Beine. Sergej kam nicht einmal dazu, ihr die Hand zu reichen.

Dafür stellte er fest, dass einige Steine mit einem ekligen grünlichen Belag überzogen waren, der wie eingetrockneter Rotz aussah. Irgendetwas sagte ihm, dass sie auch anders rochen als gewöhnliche Steine und Trümmer, auch wenn er durch die Gasmaske natürlich nichts riechen konnte.

Voltaire zog unterdessen Konsequenzen aus Polinas Ausrutscher. Er schlug vor, sich mit dem Seil zu sichern, das er aus seinem alten Kittel angefertigt und die ganze Zeit über mitgeschleppt hatte. Das Seil reichte allerdings nur für Voltaire selbst und für Polina. Sergej befürchtete, dass der ungeschickte Doktor die Amazone höchstens den Abhang hinunterreißen würde, doch wider Erwarten bewältigten die beiden den Abstieg problemlos. Er selbst dagegen rutschte mehrfach auf den glitschigen Steinen aus.

Die quer verlaufenden Abdrücke in der Furche waren nicht tief und höchstens einige Stunden alt, da die Erde darin noch nicht einmal trocken war. Menschen konnten diese Spuren also nicht hinterlassen haben, denn die Stalker vom *Retschnoi Woksal* waren seit mehreren Tagen tot.

Polina und Voltaire interessierten sich nicht weiter für die merkwürdige Fährte. Die Amazone hatte den Blick aufs verlassene Ufer gerichtet und beäugte misstrauisch den schmutzig gelben Schaum an der Wasserkante. Dann blickte sie zur zerstörten Metrobrücke empor, die über ihren Köpfen hing.

»Haben Sie eine Idee?«, fragte sie Voltaire.

Doch der Wissenschaftler wusste auch keinen Rat und breitete schuldbewusst die Arme aus.

»Ich verstehe das nicht. Die Stalker müssen doch irgendwie rübergekommen sein. Wenigstens derjenige, der das Virus RA-12 an der Station eingeschleppt hat, war mit Sicherheit in dem Sonderzug am Bahnhof. Und um dort hinzukommen, musste er ans andere Ufer.« Er blickte ebenfalls zur zerstörten Brücke und schüttelte den Kopf. »Da geht gar nichts … Vielleicht sollten wir einfach ein Stück weitergehen? Flussabwärts, etwa in Höhe der Eisenbahnbrücke, gab es früher Hafenanlagen. Vielleicht finden wir dort irgendeinen schwimmfähigen Untersatz. Obwohl, nach so langer Zeit …«

Der Doktor schaute Polina fragend an.

»Versuchen wir's«, seufzte die Amazone. Abermals betrachtete sie mit sorgenvoller Miene die Schaumwalze am Rand des Wassers. »Es bleibt uns ohnehin nichts anderes übrig.«

Doch weder nach hundert noch nach fünfhundert Metern fanden sie irgendetwas Vielversprechendes. Langsam entfernten sie sich von der ins Wasser gestürzten Metrobrücke, während sich vor ihnen, so weit das Auge reichte, das mit verkohlten Trümmern übersäte Ufer erstreckte. Sergej hatte keine konkrete Vorstellung von einer Hafenanlage, doch wie ein Schiff oder ein Boot aussah, das wusste er. In den Büchern und Zeitschriften, die in der Metro kursierten, gab es genügend Fotos davon. Weder im Wasser noch am Ufer war irgendetwas Vergleichbares zu entdecken.

Polina hatte das schon lange registriert und mehrfach auf Voltaire eingeredet, doch der Doktor marschierte stur weiter. Seine

Hartnäckigkeit war wirklich bewundernswert. Doch irgendwann kam auch bei ihm der Moment, da er die Hoffnung verlor.

Er seufzte tief und ließ sich auf einem Felsbrocken nieder.

»Es hat keinen Sinn. Hier ist nichts. Und die Hafenanlage gibt es auch nicht mehr.«

Alle schwiegen. Auch Sergej wusste nicht, was er sagen sollte.

Voltaire blickte versonnen in die Richtung, aus der sie gekommen waren, und sprang plötzlich auf wie von der Tarantel gestochen.

»Sergej, schauen Sie mal! Was ist das, was dort hinten direkt an der Abbruchstelle der Brücke im Wasser liegt?«

Was sollte das schon sein? Irgendein Müll, den die Strömung angeschwemmt hatte. Oder ein Stück Blech, das sich von der Ruine der Tunnelbrücke gelöst hatte.

Kassarin nahm trotzdem sein Scharfschützengewehr, richtete es auf die Stelle, an der die Brücke ins Wasser tauchte, und schaute durchs Zielfernrohr. In den Wellen dümpelte … ein Boot. Ein richtiges Metallboot mit Außenbordmotor! Genau wie in der Zeitschrift, nur nicht weiß, wie auf jenem Foto, sondern undefinierbar braun gefärbt. Es hatte sogar eine Windschutzscheibe. Fragte sich nur, wie es dorthin gekommen war und warum es nicht von der Strömung weggerissen wurde. Jedenfalls bot es eine reelle Chance, ans linke Ufer zu kommen.

»Dort ist ein Boot«, sagte Sergej euphorisch, als er das Gewehr sinken ließ. »Ein richtiges Boot mit Außenbordmotor.«

Die Neuigkeit war so unglaublich und überraschend, dass Polina ihm nicht glaubte. Sie nahm ihm das Gewehr aus der Hand und visierte selbst die Stelle unter der Brücke an. Für einen Moment kam Sergej der Gedanke, dass er und Voltaire sich das Ganze womöglich nur eingebildet hatten. Doch Polina zerstreute diese Befürchtung.

»Tatsächlich, ein Boot«, konstatierte die Amazone.

Dabei machte sie Augen, als hätte sie gerade ein richtiges Wunder gesehen. Andererseits: War es das nicht auch?

Den Rückweg zur Metrobrücke bewältigten sie beinahe im Laufschritt. Selbst Voltaire spürte seine Erschöpfung nicht mehr. Er keuchte durch den Filter und marschierte unverdrossen. Mehrmals überholte er sogar Polina, als sie stehen blieb, um die Umgebung zu prüfen. Vor allem der Schaum am Ufer schien ihr keine Ruhe zu lassen. Als Sergej genauer hinschaute, fiel ihm auf, dass die wattige Walze nicht vom ans Ufer schwappende Wasser bewegt wurde, sondern sich von selbst bewegte.

»Hast du das gesehen?« Er zupfte die Amazone am Ärmel. »Der Schaum ist irgendwie lebendig!«

Eine andere Erklärung war ihm nicht in den Sinn gekommen, obwohl das natürlich völlig absurd klang. Polina reagierte entsprechend.

»Red keinen Unsinn. Gehen wir weiter.«

Sie hatten die Metrobrücke beinahe erreicht. Voltaire, der schon wieder vorausgelaufen war, kletterte bereits die Uferböschung hinauf. Polina hatte kein gutes Gefühl dabei, den Doktor allein zu lassen, und beeilte sich, ihn einzuholen.

Sergej wollte ihr folgen, als er plötzlich eine unangenehme Kühle im Nacken spürte. Ein untrügliches Zeichen für Gefahr. Langsam blickte er sich noch einmal um. Aus der Schaumwalze starrten ihn zwei runde, durchsichtige Augen an. Sie hatten nichts Weißes, sondern bestanden nur aus zwei schwarzen, etwa fußballgroßen Löchern. Der Abstand zwischen ihnen betrug mindestens einen Meter. Man konnte sich also vorstellen, wie riesig die zugehörige Bestie war! Doch Sergej sah weder den Kopf noch den Rumpf des Monsters, das ihn beobachtete. Entweder diese waren unter dem Schaum verborgen, oder es gab sie gar nicht, und die Augen gehörten zu dem Schaum!

»Wo bleibst du?«, rief Polina von der Böschung herunter. »Komm rauf! Schnell!«

Sergej drehte sich zögerlich nach ihr um.

»Da ... Da sind Augen!«

Er fand keine Worte, um genauer zu beschreiben, was er gesehen hatte, doch als er sich wieder umdrehte, waren die grauenhaften Augen plötzlich verschwunden. Hatte er sie wirklich gesehen? Kassarin war sich auf einmal nicht mehr ganz sicher.

»Ich sehe nichts!«, schrie Polina von oben.

Sie richtete den Lauf ihres Gewehrs aufs Wasser und beobachtete aufmerksam die Uferkante.

»Vielleicht habe ich mir das nur eingebildet?!«, orakelte Sergej.

Polina musterte ihn streng.

»Schön wär's«, seufzte sie und schaute wieder aufs Wasser. Ein paar Sekunden später winkte sie ab. »Egal, komm jetzt rauf!«

Das Gewehr behielt sie trotzdem so lange im Anschlag, bis Kassarin oben war. Voltaire erwartete sie am Fuß der Metrobrücke, die wie ein riesiges Vierkantrohr ins Flusstal ragte und mit Profilblech verkleidet war.

»Schaut, ich glaube, hier können wir raufklettern«, verkündete er munter und zeigte auf eine Reihe von Bolzen, die zwischen den Blechen eingeschlagen waren und offensichtlich als Leiter dienten.

Die Bolzen konnte nur ein Mensch in die Wand geschlagen haben. Demnach hatten Stalker vom *Retschnoi Woksal* diesen Weg benutzt, und das höchstwahrscheinlich mehrfach. Polina inspizierte kurz die Konstruktion, schob ihr Gewehr auf den Rücken und kletterte wieselflink aufs Dach der Röhre.

»Die Luft ist rein, kommt rauf!«, rief sie kurz darauf herunter. Ihre Stimme ging beinahe im Heulen des Windes unter.

Sergej stieg ohne Probleme hinauf. Etwas weniger geschickt stellte sich wie üblich der Doktor an. Als er schon aufs Dach klettern wollte, blieb er mit dem Mantelsaum an einem der letzten Bolzen hängen und wäre beinahe abgestürzt. Polina erwischte ihn gerade noch an der Hand und hielt ihn fest, während Sergej den Mantel befreite.

Es war höllisch schwierig, sich auf dem Dach der Brücke fortzubewegen. Den Weggefährten pfiffen heftige Windböen um die

Ohren und drohten sie buchstäblich hinunterzuwehen. Außerdem musste man bei jedem Schritt aufpassen, dass man nicht in Löcher oder Risse des maroden Bauwerks trat.

Arkadi Rudolfowitsch ließ es sich dennoch nicht nehmen, von der einzigartigen Konstruktion der Metrobrücke zu schwärmen, und verstummte erst, als er merkte, dass ihm niemand zuhörte. Es sollte jedoch nicht lange dauern, bis er erneut mit seinem Wissen glänzen konnte.

Polina, die vorausging, blieb plötzlich neben einem undefinierbaren Klumpen stehen. Als Sergej dazukam, sah er, dass es sich um einen dicht zusammengepressten Haufen Knochen handelte. Aus der Mitte des Klumpens grinste ihm ein gesprungener menschlicher Schädel entgegen. Die anderen Knochen waren zu groß, als dass sie von Menschen hätten stammen können.

Voltaire stocherte mit seiner Flinte in dem Haufen herum und nickte wissend mit dem Kopf.

»Das sieht mir nach einem Speiballen aus!«, schlaumeierte er. »Manche Raubtiere würgen Knochen und andere unverdauliche Teile ihrer Beute wieder aus!«

Sergej schaute den Doktor ungläubig an. Der Knochenballen hatte einen Umfang von mindestens einem Meter. Was musste das für ein gigantisches Raubtier sein, wenn es einen solchen Klumpen auswürgen konnte?!

Man konnte sich immerhin damit trösten, dass ein solcher Gigant wohl zu schwerfällig war, um auf die Brücke zu klettern. Zumindest würde das morsche Dach unter seinem Gewicht zusammenbrechen.

Andererseits musste der Speiballen ja irgendwie auf die Brücke gekommen sein. Der Wind hatte ihn bestimmt nicht hinaufgeweht ...

Polina trug sich offenbar mit ähnlichen Gedanken. Sie trat zu Sergej und schrie ihm direkt ins Ohr, um den Wind zu übertönen: »Weißt du, was wir an der *Oktjabrskaja* vergessen haben zu kaufen? Dynamit!«

In der Tat. Ein solches Ungetüm konnte man mit Kugeln nicht stoppen. Höchstens mit Sprengstoff.

Nachdem sie weitergegangen waren, drehte sich Sergej noch ein paarmal nach dem Klumpen um und versuchte sich das Raubtier vorzustellen, das ihn ausgewürgt hatte. Doch außer dem Drachen aus seinem Traum fiel ihm nichts ein.

Glücklicherweise erreichten sie schon bald die Stelle, an der die Brücke abknickte und zum Wasser hinunterführte. Das Boot kam in Sicht.

Aus der Nähe sah es nicht mehr ganz so bilderbuchmäßig aus wie aus der Ferne. Der Lack war teilweise abgeblättert, die Bordwände darunter waren verrostet. Trotzdem schaukelte es tapfer in der Strömung und machte nicht den Eindruck, als würde es im nächsten Moment untergehen.

Das Boot war mit einer Eisenkette verankert, die man um einen Stahlträger gewickelt und mit einem massiven Vorhängeschloss gesichert hatte. Der Stalker, von dem das Boot benutzt worden war, hatte offenbar Angst vor Dieben gehabt.

Sergej kam in den Sinn, dass die Kette und das Schloss wohl ein unüberwindliches Hindernis auf dem Weg zum Ziel gewesen wären, wenn Polina sie nicht begleitet hätte. Und er hatte sie noch davon abbringen wollen, mitzugehen …

Voltaire war inzwischen ins Boot geklettert – erstaunlicherweise ohne Zwischenfall. Ein unfreiwilliges Bad im Ob hätte dem Doktor ähnlich gesehen. Er hob eine kurze Stange auf, an der eine flache Schaufel befestigt war.

»Es ist sogar ein Ruder da!«, verkündete er begeistert.

Ein Ruder! Natürlich! Man nimmt die Stange in die Hand und rudert mit der Schaufel! Solche Dinger hatte Sergej auch schon in Zeitschriften gesehen.

Polina interessierte sich momentan wenig für Voltaires geniale Entdeckung. Sie inspizierte das Vorhängeschloss und suchte das passende Werkzeug aus.

Alle hatten etwas zu tun, nur Sergej nicht. Er blickte zur Brücke hinauf und … bekam einen riesigen Schrecken.

Auf dem Dach der Röhre bewegte sich ein wurmförmiges Geschöpf in ihre Richtung. Im ersten Moment dachte Sergej, es sei ein Fangarm jener unseligen lebendigen Spinnwebe, ein gigantischer Schimmelauswuchs, die Zunge des Drachens, doch bei genauerem Hinsehen begriff er, dass er sich getäuscht hatte: An der Spitze des schwarzen, schrundigen Schlauchs saß ein rautenförmiger schuppiger Kopf mit zwei seitlich sitzenden gelben Augen, die an die Form eines menschlichen Schädels erinnerten. Die Bestie kam aus einem der Löcher im Dach der Brücke gekrochen.

»Eine Schlange!«, schrie Kassarin entsetzt.

An der *Roschtscha* waren niemals Schlangen aufgetaucht. Angeblich wurden sie von Säbelzahnbären gejagt und hielten sich daher lieber an anderen Orten auf, zum Beispiel in den feuchten Tunneln der *Marschalskaja*. Doch die Schlangen, die es dort gab, wurden maximal drei bis vier Meter lang. Sie ernährten sich von Ratten und griffen Menschen nur an, wenn sie sich in die Enge gedrängt fühlten.

Die Schlange auf der Brücke war ein völlig anderes Kaliber. Obwohl sie bereits zehn Meter aus dem Loch ragte, nahm ihr muskulöser Körper, den man mit den Armen nicht hätte umfassen können, noch kein Ende. Jetzt war klar, wer den Speiballen auf dem Dach ausgewürgt hatte. Der Hohlraum in der Brücke diente der Bestie offenbar als Unterschlupf. Und sie waren nichtsahnend darüber hinweggelaufen.

Sergej legte hastig das Gewehr an und drückte ab. Ein Schuss knallte, doch dann folgte nur noch ein hohles Klacken des Verschlusses. Mist! Ladehemmung! Neben ihm ratterte Polinas Sturmgewehr, doch das über die Brücke kriechende Ungeheuer zuckte nicht einmal. Wo zum Henker schoss sie hin?

Sergej drehte den Kopf. Polina schlug mit dem Gewehrschaft gegen das Vorhängeschloss. Als das nicht fruchtete, fluchte sie, legte an und feuerte eine weitere Salve auf das Schloss ab. Diesmal sprang der Bügel entzwei. Die Amazone nahm die Kette ab und stieß Sergej zum Wasser.

»Los, ins Boot! Schnell!«

Kassarin sprang über die Bordwand, Polina hinterher. Das Boot kam bedenklich ins Schaukeln. Sergej befürchtete schon, dass es kentern würde, doch Voltaire brachte es mit einigen raschen Paddelzügen wieder ins Gleichgewicht. Zum Aufatmen bestand jedoch kein Anlass.

Als die monströse Schlange bemerkte, dass ihre Beute sich aus dem Staub machen wollte, gab sie unvermittelt Gas. Sie rutschte buchstäblich die Brücke herunter, schraubte ihren zwanzig Meter langen Körper nach oben und zielte mit dem Kopf auf das davonschwimmende Boot. Ihre vorgewölbten, metallisch glänzenden Augen fixierten Sergej.

»Schieß! Schieß doch endlich!«, schrie Polina und feuerte selbst eine kurze Salve auf den pendelnden Kopf der Schlange ab.

Dann verstummte ihre Waffe. Das Magazin war leer. Polinas Kugeln hatten das Monster offenbar nur noch mehr gereizt. Aus dem aufgerissenen, mit dolchartigen Zähnen besetzten Rachen der Schlange schnellte eine dreispitzige, schwarze Zunge hervor.

»Schieß doch endlich!«

Polinas verzweifelter Schrei brachte Kassarin endlich zur Besinnung. Er nahm Walets Wintores von der Schulter und legte es an. Der riesige Kopf der Schlange passte nicht in die Zieloptik des Scharfschützengewehrs. Im Okular tauchte zuerst die nervöse, schwarze Zunge auf, dann die hakenförmig gebogenen Zähne und zuletzt das metallische Auge des gigantischen Monsters.

In diesem Moment drückte Sergej ab. Der dumpfe Knall des schallgedämpften Gewehrs ging im Lärm der Windböen unter, aber er spürte den Rückstoß. Aus dem Auge der Schlange spritzte eine gelatinöse Masse.

Das Monster zischte böse, sperrte das Maul auf, als wollte es die Menschen mitsamt ihrer Nussschale verschlingen, und stürzte ins Wasser. Ihr tonnenschwerer Körper löste eine mächtige Flutwelle aus, die das Boot in die Höhe katapultierte. Nur Voltaires geschickten Ruderkünsten war zu verdanken, dass es auch diesmal nicht kenterte.

Polina reagierte als Erste, als sich der Fluss wieder geglättet hatte.

»Was ist passiert?« Sie suchte die Wasseroberfläche ab, als würde sie ihren Augen nicht trauen. »Ist sie abgesoffen?«

Sergej wollte mit seinem präzisen Schuss nicht prahlen und schwieg. Dafür meldete sich Voltaire zu Wort.

»Da wäre ich mir nicht so sicher«, unkte er und linste argwöhnisch über die Bordwand. »Wir haben es offensichtlich mit einer gigantischen Wassernatter zu tun. Und diese Biester können bekanntlich hervorragend schwimmen.«

Sergej fragte sich, woher der kluge Herr Doktor das schon wieder wusste, doch noch eher er etwas sagen konnte, wurde das Boot von einem heftigen Stoß erschüttert. Der rostige Rumpf des alten Kahns ächzte bedrohlich, und unter der Wasseroberfläche tauchte ein lang gezogener Schatten auf.

Die verdammte Schlange dachte überhaupt nicht daran, abzusaufen. Oberlehrer Arkadi Rudolfowitsch hatte es verschrien! Abermals wurde das Boot gerammt. Das Monster war offenbar wild entschlossen, es umzuwerfen, um endlich an die widerspenstige Beute zu gelangen.

»Haltet euch an den Bordwänden fest«, schrie Voltaire, der plötzlich das Paddel weggelegt hatte. »Ich versuche den Motor anzulassen!«

Während der Doktor und Polina zum Heck robbten, beugte sich Sergej über die Bordwand und zielte auf die Stelle im Wasser, wo die Silhouette der Bestie aufgetaucht war, um im nächsten Moment wieder in der Tiefe zu verschwinden.

»Warten Sie, das bringt nichts!«, rief ihm Voltaire zu. »Im Wasser verlieren die Geschosse zu viel Geschwindigkeit!«

Der Doktor sollte sich lieber um den Motor kümmern, als gescheit herumzuquatschen! Sergej schoss zweimal auf die unter dem Boot hindurchtauchende Schlange, traf sie aber nicht. Das Mistvieh war unter Wasser wesentlich flinker als an Land.

Dafür hatten wenigstens die Bemühungen am Heck Erfolg. Nach einigen vergeblichen Versuchen sprang der Motor an, und das Boot preschte davon. Leider ließ sich die Schlange davon nicht entmutigen und nahm die Verfolgung auf.

Mit bangen Blicken beobachtete Sergej den rasch näher kommenden, sich windenden Schatten.

»Schneller!«, brüllte er und feuerte einen weiteren Schuss ab.

Wieder daneben! Entweder hatte Voltaire tatsächlich recht, oder der Teufel selbst hielt schützend die Hand über sein grauenhaftes Geschöpf.

Nachdem die Schlange das Boot spielerisch eingeholt hatte, bog sie den Hals zurück, um mit voller Wucht zuzuschlagen. Sergej gefror das Blut in den Adern. Einen weiteren Rammstoß würde der rostige Rumpf ihres Kahns kaum überstehen.

Plötzlich tauchte in den Fluten des Ob ein zweiter gigantischer Schatten auf. Das unbekannte Raubtier, dessen Rumpf die Größe und Umrisse eines Kampfpanzers hatte, pflügte mit Flossen (oder Beinen?) durchs Wasser und näherte sich der Schlange. Im nächsten Moment schnappten seine mächtigen Kiefer zu und packten die mutierte Natter am Hals. Das Wasser des Flusses verfärbte sich rot. Die Natter schlug verzweifelt mit dem Schwanz und wirbelte mächtige Wellen auf. Ihr geringelter Körper wand sich um den Angreifer und versuchte ihn zu erwürgen. Verbissen kämpften die beiden Monster in den brodelnden Fluten, bevor sie zusammen in der Tiefe versanken.

Unter Wasser hatte die postapokalyptische Welt offenbar noch weit Schlimmeres zu bieten als im wohlvertrauten Untergrund der Metro und in den weitgehend unerforschten Ruinen der Stadt. Im Ob hausten Ungeheuer, gegen die kein Mensch auch nur die geringste Chance hatte.

Nur langsam schüttelte Sergej den Schrecken über die Horrorszenen ab und blickte vom Wasser auf. Die zerstörte Metrobrücke lag schon weit hinter ihnen und entfernte sich immer weiter. Das Boot fuhr volle Kraft stromabwärts.

»Wo fahrt ihr denn hin?!«, fragte Kassarin alarmiert. »Wir müssen doch ans andere Ufer!«

»So ist es kürzer«, japste Voltaire, der das Ruder hielt. Er war vor Aufregung so außer Atem, dass man seine Stimme kaum wiedererkannte. »Hinter der Eisenbahnbrücke zweigt ein künstlicher See ab, da habe ich in meiner Jugend oft geangelt. Von dort sind es nur drei oder dreieinhalb Kilometer bis zum Bahnhof.« Der Doktor warf einen bangen Blick auf das brodelnde Fahrwasser hinter dem Heck. »Hauptsache wir kommen erst mal bis zum See, dann haben wir es so gut wie geschafft.«

Leicht gesagt, dachte Sergej und blickte Hilfe suchend zu Polina. Doch die Amazone saß völlig teilnahmslos da. Entweder sie vertraute Voltaire, oder ihr steckte immer noch der Schrecken in den Knochen. Sergej setzte sich zu ihr und nahm ihre Hand. Sie war ganz kalt und nass vom spritzenden Wasser.

»Alles in Ordnung mit dir?«

Polina zuckte mit den Achseln.

»Ich weiß nicht. Ich glaube, dass ich bald sterben werde.«

»Was redest du denn da?!« Sergej stutzte. »Wie kommst du auf den Unsinn?!«

»Keine Ahnung.« Sie drückte sich an ihn und legte den Kopf an seine Schulter. »Lass mich nicht allein, hörst du?«, flüsterte sie.

Selbst die furchtlosesten Kämpfer haben irgendwann schwache Momente. Sergej wusste das aus eigener Erfahrung. Er nahm Polina fest in den Arm.

»Dummerchen, was ist nur in dich gefahren?«

Polina antwortete nicht. Sie schwieg, bis der Bug des Boots sich knirschend in einen Pflanzengürtel bohrte.

Voltaire stellte den Motor ab.

Sergej hob den Kopf: »Sind wir da?«

Arkadi Rudolfowitsch schwieg. Sergej fand das beunruhigend. Er nahm den Arm von Polinas Schulter, stand auf und schaute sich um. Vor dem Boot erstreckte sich ein breiter Gürtel aus überdimensionalen Pflanzenstängeln, die drei Meter aus dem Wasser ragten und an der Spitze bräunliche Wedel trugen.

»Was ist das?«, staunte Sergej.

»Schilf«, erwiderte Voltaire genervt. »Das hat uns gerade noch gefehlt! Ich hätte nicht gedacht, dass das Zeug so wuchern kann. Wenn es sich um die Schraube wickelt, geht der Motor kaputt. Wir müssen mit Muskelkraft weiter.« Er hob das Paddel auf und manövrierte das Boot mit einigen kräftigen Zügen in den Schilfgürtel hinein. »Macht nichts«, sagte er dann. »Wir schaffen das schon. Bis zum Ufer ist es nicht mehr weit.«

Sergej hatte den Eindruck, dass der Doktor sich selbst Mut zusprach. Jedenfalls fühlte er sich äußerst unwohl, als das Boot völlig vom Schilf umschlossen war. Voltaire schien es ähnlich zu ergehen, dann er paddelte, als sei der Teufel hinter ihm her.

»Sagen Sie lieber gleich, was hier faul ist«, bat ihn Sergej.

»Nun, um ehrlich zu sein, solche Schilfgürtel waren der ursprüngliche Lebensraum von Wassernattern. Ob das immer noch so ist, weiß ich nicht.«

Sergej fiel die Kinnlade herunter. Wegen der Gummimaske sah es nur niemand. Nach dieser aufschlussreichen Erklärung hätte er ebenso gut zu Polina sagen können: »Du hattest recht. Wir werden bald sterben, nur doch noch etwas früher, als du dachtest.« Er nestelte reflexartig an seinem Gewehr und prüfte, ob der Verschluss nicht klemmte. Einen praktischen Sinn hatte diese Vorsichtsmaßnahme nicht. Schließlich war schon beim Kampf an der

Brücke klar geworden, dass man gegen eine zwanzig Meter lange Monsterschlange weder mit einer Kalaschnikow noch mit einem Neun-Millimeter-Scharfschützengewehr etwas ausrichten konnte.

Voltaire wusste das genauso gut wie er. Trotzdem ruderte er das Boot immer tiefer in den dichten Dschungel aus Schilf. Jedes Mal, wenn trockene Stängel an der Bordwand raschelten oder ein Windstoß durch die Schilfwedel strich, glaubte Sergej, eine Schlange zischen zu hören.

Die Sekunden dehnten sich zur Ewigkeit, die Anspannung wurde immer unerträglicher. Kassarin lief bereits kalter Schweiß den Rücken herunter, als sich in dem dichten Verhau aus Schilf plötzlich eine Lücke auftat. Voltaire legte noch einen Zahn zu. Nach einigen kräftigen Paddelzügen glitt das Boot in eine kleine, freie Bucht, und kurz darauf bohrte sich sein Bug ins aufgeweichte, lehmige Ufer.

»Geschafft«, ächzte Voltaire erleichtert. »Sergej, helfen Sie mir bitte, den Kahn an Land zu ziehen. Ich spüre meine Arme nicht mehr.«

Als Sergej ans Ufer sprang, versank er sofort bis zu den Knien im Schlamm, und eiskaltes Wasser drang in seine Schuhe ein. Nur zu gern hätte er die unfreiwillige Kneippkur mit einem deftigen Fluch kommentiert, doch als er sah, wie tapfer und klaglos Voltaire durch den Morast watete, verkniff er sich jeden Kommentar.

Mit vereinten Kräften zogen sie die schwimmende Rostlaube ans Ufer. Polina wäre ihnen gern zur Hand gegangen, doch Sergej hatte darauf bestanden, dass sie im Boot sitzen blieb. Sie sah völlig entkräftet aus. Sergej machte sich ernsthaft Sorgen, ob sie etwa krank geworden sei. Nasse Füße waren jedenfalls sicher nicht das Richtige für sie. Am Ufer hob er sie aus dem Boot und stellte sie auf leidlich trockenen Boden.

»Geschafft«, wiederholte Voltaire. Er konnte es anscheinend immer noch nicht glauben. »Und jetzt …«

Weiter kam der Doktor mit seinen Ausführungen nicht. In Ufernähe erhob sich ein furchtbares Getöse, und aus dem Wasser tauchte ein riesiger, flacher Felsblock auf. Doch im Unterschied zu gewöhnlichen Felsen stand dieser auf vier kräftigen Beinen! Auf seiner Vorderseite befand sich ein breiter, an eine dunkle Grotte erinnernder Spalt, aus dem zwei gelbe Augen herausleuchteten.

Sergej war wie gelähmt vor Schreck: ein Monster ohne Kopf! Das Schreckgespenst aus den Schauergeschichten der Händler glotzte ihn aus seinem steinernen Panzer an.

»Was … was …«, stammelte Voltaire.

Polina war die Einzige, die sofort reagierte. Blitzartig riss sie sich ihr Gewehr von der Schulter. Aber noch ehe sie dazu kam, einen Schuss abzufeuern, walzte das kopflose steinerne Ungeheuer bereits auf sie zu und schlug mit einem seiner knorrigen, mit Panzerschuppen besetzten Beine nach ihr.

Vor Sergejs Augen flog Polinas zierlicher Körper über das Boot hinweg und landete spritzend im Wasser.

»Nein!!«, schrie Sergej verzweifelt.

Die Wut auf das Monster, das seine Liebste angegriffen hatte, löste seine anfängliche Lähmung. Er nahm das Gewehr ab, zielte auf den Spalt, in dem die Augen des Ungeheuers saßen, und feuerte so lange, bis das Magazin leer war. Das gepanzerte Monster taumelte kurz, blieb jedoch auf seinen baumdicken Beinen stehen und ging sogleich wieder zum Angriff über.

Aus dem grottenartigen Spalt schoss an einem langen, kräftigen Hals ein stumpfnasiger, mit Hornplatten gepanzerter Kopf hervor. Der Mutant riss sein Beißzangen ähnliches Maul auf, traf Sergej mit dem Oberkiefer an der Brust und schleuderte ihn mehrere Meter weit durch die Luft.

Kassarin erkannte dieses Maul jetzt wieder: Ein solches Ungeheuer hatte auch die gigantische Schlange im Fluss angegriffen. Diesmal hatte es sich eine leichtere Beute ausgesucht. Sein Kopf pendelte suchend hin und her, und als es Sergej entdeckt hatte, kroch es auf ihn zu. Das Monster hatte es nicht eilig. Es spürte, dass sein Opfer nicht mehr fliehen konnte. Es sperrte sein Maul auf und schnappte nach dem hilflos am Boden liegenden Menschen.

Sergej kniff die Augen zu, um nicht mit ansehen zu müssen, wie ihn die knöchernen Kiefer in der Mitte durchbissen. Im allerletzten Moment sah er einen Feuerblitz zucken, der das Monster in die gepanzerte Flanke traf. In Todesangst bildet man sich ja alles Mögliche ein. Doch als Sergej die Augen wieder aufschlug, sah er, dass das schier unverwundbare Ungetüm Schlagseite bekam und Rauch aus seinem Panzer quoll. Im nächsten Moment sackte es zusammen, fauchte noch einmal, und seine dicke Zunge, die so breit wie Voltaires Paddel war, rutschte kraftlos aus seinem Maul. Dann gab es kein Lebenszeichen mehr von sich.

Sergej rappelte sich auf und näherte sich dem reglosen Kadaver. An der Stelle, wo der Feuerblitz eingeschlagen hatte, befand sich ein faustgroßes Loch im Panzer. Seine Ränder waren versengt und angeschmolzen. Vorsichtig berührte Kassarin die Stelle mit den Fingern, zog aber sofort die Hand wieder zurück. In der Nähe des Lochs war der Panzer glühend heiß.

Polina!, schoss es Sergej durch den Kopf. Das Staunen und die Erleichterung über die wundersame Rettung vor dem Ungeheuer traten schlagartig in den Hintergrund. Sergej rannte aufs Wasser zu, vorbei an Voltaire, der immer noch völlig perplex dastand.

Die Amazone war untergegangen, nur ein Arm, der sich beim Sturz um ein geknicktes Schilfrohr geschlungen hatte, schaute aus dem Wasser heraus. Sergej packte den Arm und erschrak darüber, wie eiskalt er war. Dann fasste er Polina unter den Achseln und zog sie ans Ufer. Ihr Körper war leblos. Sergej zog ihr die nasse Gummimaske vom Kopf, rieb ihr die Wangen und die Stirn. Als ihm aufging, dass er damit nichts erreichte, riss er sich die Gasmaske vom Kopf und begann mit einer künstlichen Beatmung.

»Sergej, das nützt nichts«, murmelte hinter seinem Rücken Voltaire, der lautlos dazugekommen war. »Sie ist tot.«

»Hau bloß ab!«, schrie Sergej außer sich.

In diesem Augenblick hasste er den Doktor. Nicht genug, dass er das Auftauchen des Monsters verschrien hatte, nun wollte er ihm auch noch weismachen, dass seine Liebste gestorben war. Es hätte nicht viel gefehlt, und er wäre mit den Fäusten auf ihn losgegangen – möglicherweise mit tragischem Ausgang. Dass er es nicht tat, lag nur daran, dass ihn Polina jetzt brauchte.

Mit doppelter Energie begann er eine Herzdruckmassage und machte sogar noch weiter, als ein Schwall Wasser aus ihrem Mund schoss.

Die Amazone begann zu husten, spuckte Wasser und drehte sich auf die Seite – von selbst!

»Was ist mit mir?«, fragte sie schließlich. Ihr Gesicht war immer noch leichenblass.

»Es ist alles wieder gut«, beschwichtigte Sergej außer Atem. Er zitterte am ganzen Leib und wusste nicht so recht, ob vor Erschöpfung, vor Sorge oder vor Glück. »Dabei hättest du das Unglück beinahe herbeigeredet – von wegen: Ich werde bald sterben. Behalt deine Vorahnungen in Zukunft lieber für dich!«

Polina stützte sich mit den Händen ab, setzte sich auf und verschränkte fröstelnd die Arme vor der Brust.

»Mir ist kalt ...«

Wen wundert's, dachte Sergej. Nach mehreren Minuten in dem eiskalten Wasser, und das auch noch bewusstlos ...

»Sie müssen sich abtrocknen und andere Sachen anziehen«, warf Arkadi Rudolfowitsch ein. »Und am besten reiben Sie sich mit Alkohol ein. Sonst holen Sie sich eine Lungenentzündung.«

Voltaires Ratschläge waren möglicherweise klug, aber wenig hilfreich. Sie hatten weder Alkohol noch Selbstgebrannten oder trockene Kleidung zum Wechseln dabei. Sergejs anfängliche Erleichterung wich quälender Sorge. Es gab nur eine Möglichkeit, wie sich Polina wieder aufwärmen konnte.

»Zieh deine Sachen aus«, befahl Kassarin. »Alles. Dann ziehst du meinen Schutzanzug an.«

Die Amazone schaute ihn etwas ungläubig an, sagte aber nichts. Schließlich begann sie ihre klatschnasse Kleidung abzulegen.

Polina war in den letzten beiden Tagen stark abgemagert. Als sie nackt in den Schutzanzug schlüpfte, fiel das besonders auf. Sergej musste sogar ein zusätzliches Loch in den Gürtel bohren, damit die Hose beim Gehen einigermaßen saß.

»Was ist, bin ich hässlich geworden?«, fragte Polina spitz, als sie seinen skeptischen Blick bemerkte.

Sergej wandte sich eilig ab.

»Red keinen Unsinn. Du …«

Er stockte. Sollte er sagen, dass sie so hübsch wie immer sei? Sie wusste selbst, dass das nicht stimmte. Er wollte ihr nichts vormachen, fand aber auch nicht die richtigen Worte.

»Mach dir keinen Kopf«, kam ihm Polina zuvor. »Hauptsache ich lebe. Ich bin so weit. Wir können gehen.«

»Am besten laufen wir, damit du ein bisschen warm wirst.«

Sie kamen allerdings nur zweihundert Meter weit. Dann sank Voltaire erschöpft aufs Gleisbett.

»Ich kann nicht mehr«, keuchte er.

Man sah dem Doktor an, dass er aus dem letzten Loch pfiff. Er musste zwar seine entladene Flinte nicht schleppen – die hatte er auf Sergejs Drängen hin im Boot zurückgelassen –, aber das Rudern hatte dem Neunundvierzigjährigen die letzten Kräfte geraubt.

Sergej fluchte innerlich und wandte sich an Polina.

»Wie geht's dir, ist dir schon ein bisschen warm geworden?«

»Ja, ein bisschen«, bestätigte sie.

Das war natürlich gelogen.

»Vielleicht solltest du in der Zwischenzeit ein bisschen in der Gegend herumlaufen?«

»Guter Plan, und wenn ich ein Monster treffe, bewerfe ich es mit Steinen, dann wird mir bestimmt richtig schön warm«, erwiderte Polina sarkastisch.

Wenigstens hatte sie ihren Sinn für Humor wieder gefunden – ein gutes Zeichen. Jetzt galt es, Voltaire wieder fit zu bekommen. Sergej beugte sich zu ihm herab.

»Sie dürfen nicht liegen bleiben. Sie müssen gehen.«

»Ja, ja.« Der Doktor nickte halbherzig. Wenigstens war er noch bei Bewusstsein. Die Augen waren ihm nämlich schon zugefallen. »Gleich. Eine Minute noch, dann stehe ich wieder auf.«

»Kommt nicht infrage, hoch mit Ihnen«, insistierte Sergej und stellte den Doktor einfach wieder auf die Beine.

Leider klappte er beim nächsten Schritt schon wieder zusammen. Polina kam Sergej zu Hilfe. Sie nahmen Voltaire in die Mitte, legten sich seine Arme um die Schultern und schleppten ihn vorwärts. Anfangs schlitterten seine Füße kraftlos über das mit Disteln bewachsene Schotterbett und blieben immer wieder an den Gleisschwellen hängen. Doch allmählich half Voltaire immer mehr mit, bis er schließlich wieder selbstständig lief. Nach einiger Zeit brauchte er gar keine Unterstützung mehr.

»Ist es noch weit bis zu Ihrem Bahnhof?«, erkundigte sich Sergej.

Er wollte sichergehen, keine böse Überraschung zu erleben und sich dann womöglich sinnlose Rechtfertigungen anhören zu müssen.

»Nicht besonders.«

Voltaire blickte sich um. Angesichts seiner zögerlichen Antwort stand zu befürchten, dass er die Gegend nicht wiedererkannte. Im Grunde war das nicht weiter verwunderlich, denn seit der Katastrophe hatte sich das Stadtbild radikal verändert.

Linker Hand der Eisenbahnlinie erstreckte sich ein erstaunlich gut erhaltenes Wohnviertel. Bei manchen Häusern fehlten nur ein paar Fenster oder ein Teil des Dachs. Auf der anderen Seite des Flusses musste man so gut erhaltene Gebäude mit der Lupe suchen.

An die rechte Seite der Bahnlinie grenzte ein schier undurchdringlicher, wild wuchernder Wald. Am Rand des Schotterbetts waren eigentümlich knorrige Bäume mit stacheldrahtähnlichem Dornengestrüpp und verschlungenen Lianen zu einer grünen Hölle verwachsen. An manchen Stellen ragten vorwitzige Triebe wie Fangarme aus diesem Dschungel heraus und krochen hier und da sogar über das Gleis. Es war nur eine Frage der Zeit, wann der Wald die Bahnlinie verschluckte und seinen Siegeszug über die Ruinen fortsetzte.

Sergej sah seine Gedanken schon bald bestätigt: Im Abstand von etwa hundert Metern tauchten rechter Hand wie aus dem Nichts zwei Gleise auf, deren Trassen sich im Waldgürtel verloren. Die wuchernde Botanik überrollte unaufhaltsam die Überreste der Zivilisation.

Voltaire lebte auf, als er die einmündenden Schienenstränge sah. »Wir nähern uns dem Bahnhof«, verkündete er frohgemut und zeigte auf das Gleisgeflecht.

Etwa fünfhundert Meter weiter trafen die Weggefährten auf den ersten Waggon. Er lag mit den Rädern nach oben unterhalb der Böschung. Diese Stahlräder waren das Einzige, was er mit einem Metrowagen gemeinsam hatte. Es handelte sich um einen riesigen Eisenkasten ohne Fenster und Türen. Ein Stück weiter vorn lagen noch zwei solche Waggons. Der eine war auf die Böschung hinuntergekippt, der zweite hing an der Oberkante des Bahndamms fest – ein Rad hatte sich an einer aufgebogenen Schiene verfangen.

Am Nachbargleis stand ein Tankwagen, der aussah wie ein überdimensionales Stahlfass auf Rädern. Am einen Ende war der Tank wie platt gewalzt, doch Sergej entdeckte weit und breit nichts, was ihn zerquetscht haben könnte.

Voltaire hatte wohl recht gehabt. Mittlerweile deutete vieles darauf hin, dass sich der Bahnhof in unmittelbarer Nähe befand. Die

Anzahl der parallel verlaufenden Gleise hatte sich vervielfacht, und man sah immer mehr Waggons. Darunter waren auch Personenwagen, die vereinzelt sogar noch intakte Fenster hatten.

Sergej hätte gute Lust gehabt, sich einen solchen Waggon von innen anzuschauen, und unter anderen Umständen hätte er es wahrscheinlich auch gemacht. Doch wie sich bald herausstellte, war er nicht der Einzige, der diese Relikte des Eisenbahnverkehrs interessant fand.

Als sie an einem der gestrandeten Waggons vorbeigingen, schlüpfte eine platte, borstige Kreatur aus einem ausgeschlagenen Fenster und kletterte hurtig aufs Dach. Jetzt sah man nur noch ihre spitze Schnauze und ihre blutunterlaufenen, leuchtenden Augen. Die Bestie riss das Maul auf und entblößte dabei zwei nach hinten gebogene Eckzähne. Jetzt erkannte Sergej das Monster: ein Vampir! Er war allerdings erheblich größer als seine Artgenossen in der Metro und hatte ein dichtes, borstiges Fell, das den ganzen Körper bedeckte und nicht nur Rücken und Nacken wie bei seinen unterirdischen Verwandten.

Es blieb keine Zeit, den Vampir vom linken Ob-Ufer genauer zu studieren. Er setzte blitzartig zum Sprung an, schoss wie ein schwarzer Teppich durch die Luft und packte Voltaire mit den Hinterbeinen. Möglicherweise war das Monster schon einmal mit bewaffneten Menschen aneinandergeraten und hatte sich bewusst den unbewaffneten Doktor als Beute ausgeguckt.

Sergej und Polina wichen zurück und eröffneten das Feuer auf den Mutanten. Mindestens eine der Gewehrsalven traf und durchsiebte die Flughaut des Vampirs. Mit einem markerschütternden Schrei ließ das verwundete Monster seine Beute aus und rutschte die Böschung des Bahndamms hinunter. Einige präzise Schüsse sorgten dafür, dass es dort unten liegen blieb.

Sergej schaute besorgt nach Voltaire. Der Doktor lebte. Er war zum Glück mit dem Schrecken davon gekommen. Hätten Sergej und Polina auch nur eine Sekunde gezögert oder nicht sofort getroffen, hätte der Vampir sich mit seiner Beute davongemacht. Dank ihrer Sprungkraft erreichten diese wendigen Bestien eine enorme Geschwindigkeit. Es war nahezu unmöglich, einen flüchtenden Vampir zu treffen.

»Danke«, murmelte Voltaire, als er sich wieder aufgerappelt hatte. Er blickte ängstlich die Böschung hinunter, wo das Monster zuckend sein Leben aushauchte. »Und vielen Dank auch wegen der Schildkröte, das hatte ich noch gar nicht erwähnt. Dabei haben Sie uns vorhin am See allen das Leben gerettet.«

»Wegen was?«, stutzte Sergej.

»Wegen der Schildkröte. Dieses gigantische Monster mit dem Knochenpanzer, das uns am Ufer angegriffen hatte. Das war eine mutierte Süßwasserschildkröte. Wie haben Sie es übrigens geschafft, sie zu töten?«

»Ich habe sie nicht getötet.«

»Bitte?« Voltaire war baff. »Aber sie ist doch verendet.«

»Ja, aber damit hatte ich nichts zu tun«, gestand Sergej. »Haben Sie nicht auch diesen Feuerblitz gesehen, der das Monster in die Seite getroffen hat?«

»Ein Feuerblitz?«, wiederholte Voltaire.

»Ja, ein greller Blitz! *Der* hat das Monster ohne Kopf getötet! Er hat ein rundes Loch in den Panzer geschlagen, aus dem ist anschließend Qualm aufgestiegen …«

Sergej wusste selbst, dass das merkwürdig klingen musste. Aber wie hätte er es sonst erklären sollen?

»Hm«, machte Voltaire nach einer Weile. »Die Beschreibung erinnert mich an einen Kugelblitz. Aber das wäre ein äußerst glücklicher Zufall gewesen, finden Sie nicht?«

Sergej zuckte mit den Achseln.

»Ich habe Ihnen nur erzählt, was passiert ist.«

»Jaja, natürlich«, beschwichtigte Arkadi Rudolfowitsch. »Ich glaube Ihnen. Trotzdem werden Sie mir zustimmen, dass das alles ziemlich rätselhaft ist.«

Sergej hob erneut die Schultern. Schließlich war das nicht das einzige rätselhafte Phänomen, das ihnen in letzter Zeit begegnet war. Solche unerklärlichen Dinge bedeuteten in aller Regel Gefahr. Andererseits, warum sollte es unter all den mysteriösen Phänomenen nicht auch welche geben, die einen positiven Effekt hatten und einem im entscheidenden Moment den Hals retteten?

Darüber hätten die beiden sicher noch lange diskutiert, wenn Polina nicht dazwischengegangen wäre. Die Amazone zog Sergej ungeduldig am Ärmel.

»Nichts wie weg! Hier gibt es noch mehr von diesen Bestien.«

Sergej schaute sich um. In den dunklen Fensterrahmen und auf den Dächern der Waggons leuchteten mehrere Dutzend rote Augenpaare, die auf sie gerichtet waren. In den ausrangierten Wagen wimmelte es nur so von Vampiren, und die Schüsse hatten sie aus ihren Verstecken gelockt. Das Beispiel ihres erschossenen Artgenossen schien sie vorläufig noch von einem Angriff abzuhalten, doch lange würde das gewiss nicht so bleiben. Jede unvorsichtige Bewegung, das geringste Anzeichen von Angst oder gar Panik konnte dazu führen, dass sich die Bestien auf sie stürzten.

»Wir dürfen auf keinen Fall hektisch werden oder flüchten!«, bremste Sergej die Amazone, die schon im Begriff war loszulaufen. »Sonst greifen sie sofort an. Wir müssen ganz langsam und ruhig weitergehen.«

Das war leichter gesagt als getan. Wie sollte man Ruhe bewahren, wenn man von einer ganzen Horde hungriger Bestien beobachtet wurde, die nur darauf warteten, ihrer Beute an die Gurgel zu springen und sie in Stücke zu reißen?

Sergej und Polina legten ihre Gewehre an, nahmen den unbewaffneten Voltaire in die Mitte und setzten den Weg auf dem Bahndamm fort.

»Wenn wir unseren Zug finden würden, könnten wir uns darin verstecken«, jammerte der Doktor.

»Dann suchen Sie ihn doch!«, blaffte Sergej.

Ein großer dunkelbrauner Vampir, anscheinend der hungrigste und dreisteste von allen, sprang vom Dach eines Waggons, duckte sich kurz und nahm die Verfolgung der Menschen auf. Sergej richtete das Gewehr auf ihn, traute sich aber nicht zu schießen. Er befürchtete, damit einen Angriff der ganzen Meute auszulösen.

Wie das enden würde, konnte man sich an fünf Fingern abzählen. Selbst wenn es ihm und Polina gelingen sollte, ein paar Vampire abzuknallen, hatten sie doch nicht die geringste Chance gegen die Übermacht.

Zu dem ersten Verfolger auf dem Gleisbett gesellte sich alsbald ein zweiter. Als Sergej sich umschaute, bemerkte er, dass auch von schräg vorn zwei Vampire angeschlichen kamen. Sie drohten ihnen den Weg abzuschneiden. Die Monster kreisten sie langsam aber sicher ein.

Die Sache wurde brenzlig. Sergej suchte Blickkontakt zu Polina. In den Augen der Amazone flackerte Angst. Sie wusste genauso gut wie er, was die Stunde geschlagen hatte. Ihre Situation war nahezu ausweglos. Wenn Voltaire wenigstens den verdammten Zug gefunden hätte … Dort hätten sie wenigstens erst einmal Zuflucht gefunden.

»Da ist er!«, platzte auf einmal der Doktor heraus, als könnte er Gedanken lesen. »Das ist unser Zug! Ich bin mir sicher!«

Sergej folgte Voltaires Blick. Auf dem übernächsten Gleis stand ein kurzer Zug, der nur aus drei Personenwagen bestand. Auf den vordersten war ein Oberleitungsmast gefallen, hatte aber keinen größeren Schaden angerichtet. Auch die übrigen beiden Waggons sahen erstaunlich gut erhalten aus. Ihre Fenster waren alle noch intakt und hatten nicht einmal Kratzer abbekommen. Sergej staunte. Man hätte meinen können, die Waggons wären gerade erst aus dem Eisenbahndepot oder sogar frisch aus der Fabrik gerollt. Nur eine dicke Staubschicht auf dem Dach verriet, dass sie schon lange hier standen.

Es blieb keine Zeit, den Zug genauer zu inspizieren. Im Augenwinkel tauchte eine flache, schwarze Silhouette auf, und Polinas Kalaschnikow hämmerte los. Im selben Moment griffen die Vampire von allen Seiten an. Sergej legte sein Gewehr an und feuerte. Die erste Bestie holte er noch im Flug herunter, der zweiten, die direkt vor ihm gelandet war, schoss er eine Salve ins aufgerissene Maul. Der Kopf des Vampirs platzte wie eine Wassermelone.

Sergej drückte weiterhin wie besessen den Abzug, doch es tat sich nichts mehr – die Patronen waren alle. Kurz darauf verstummte auch Polinas Waffe. Die Vorhut der Monster hatten sie unschädlich gemacht, doch das vielbeinige Getrappel der zweiten Welle näherte sich bereits.

»Schnell, zum Zug!«, schrie Voltaire und rannte los.

Zum Zug! Des Doktors Ruf hallte wie ein Echo durch Sergejs Kopf. Oder waren das nur seine Gedanken? Egal, es gab jetzt ohnehin keinen anderen Ausweg. Er und Polina rannten Voltaire hinterher. Am ersten Waggon lief der Doktor vorbei, am zweiten auch. Beide waren abgesperrt gewesen.

Die Amazone feuerte, ohne stehen zu bleiben, auf die Vampire, die ihnen dicht auf den Fersen waren. Offenbar hatte sie es geschafft, im Laufen nachzuladen. Die von den Schüssen getroffenen Bestien stoben kreischend auseinander. Das verschaffte den Flüchtenden weitere wertvolle Sekunden. Es würde sie aber nicht retten, wenn auch der dritte Waggon verschlossen war.

Voltaire schlug plötzlich einen Haken zum verschlossenen Vorraum des letzten Waggons.

»Hierher!«

Sergej dachte im ersten Moment, der Doktor habe vor Angst den Kopf verloren, doch als er die Eisentreppe sah, die zur Tür hinaufführte, begriff er, dass er sich getäuscht hatte. Voltaire stieg geradezu leichtfüßig hinauf und zog mit aller Kraft am Griff der Tür. Langsam und gleichsam widerwillig öffnete sie sich. Sie war mindestens dreimal so dick wie die Tür eines Metrowagens.

Im Schlepptau des Doktors schlüpfte Sergej in den dunklen Vorraum. Kurz darauf rannte ihn beinahe Polina um, die ebenfalls hereingestürmt kam. Voltaire schob die Tür sofort wieder zu und drehte fieberhaft am Handrad der hermetischen Verriegelung.

Draußen hörte man, wie die Vampire wütend gegen die Tür schlugen und ihre Krallen an den Metallbeschlägen scharrten. Wären die Flüchtenden nur eine Sekunde langsamer gewesen, dann hätten diese Krallen jetzt einen von ihnen zerfetzt.

Sergej schaute sich nach einem Fenster um, fand aber keines. Genauer gesagt, er sah fast überhaupt nichts, denn im ganzen Waggon war es zappenduster. Erst als Voltaire seine Stirnlampe einschaltete, konnte er sich einigermaßen orientieren.

»Wundern Sie sich nicht«, sagte der Doktor, als er Sergejs verblüfftes Gesicht bemerkte. »Die Fenster, die Sie von außen gesehen haben, sind nur Attrappen. Es gibt hier keine. Das ist ein spezieller Panzerwaggon. Die Waffen können Sie wegstecken. Die Monster kommen hier nicht rein.« Er lauschte den scharrenden Geräuschen draußen und fügte etwas kleinlaut hinzu: »Das hoffe ich jedenfalls.«

»Die Monster vielleicht nicht«, erwiderte Sergej. »Aber die Leiter und die offene Tür lassen darauf schließen, dass jemand anders vor uns hier gewesen ist.«

Voltaire seufzte tief.

»Sehen wir uns einmal um«, schlug er vor und öffnete die Tür, die den Vorraum vom Rest des Waggons trennte.

Dahinter begann ein schmaler Korridor, in dem kaum zwei Leute aneinander vorbeigehen konnten. Auf der einen Seite verlief eine durchgehende Wand, auf deren Rückseite wohl die »blinden« Fenster eingelassen waren, auf der anderen Seite befanden sich die mit Zwischenwänden abgetrennten Abteile.

Sergej staunte nicht schlecht, als er das erste Abteil inspizierte. Zur Einrichtung gehörten eine ungewöhnlich geformte Kloschüssel, ein großer Kasten mit einem Waschbecken und ein überdimensionierter Spiegel. Auch das zweite Abteil hatte sanitären Zwecken gedient. Anstelle der Kloschüssel befand sich hier eine quadratische Duschwanne mit einer Brause an der Decke.

Dann folgten Reiseabteile mit abklappbaren Liegen und Klapptischen dazwischen. Spuren menschlicher Anwesenheit waren jedoch keine zu entdecken. Nur in einem Abteil lagen ein paar Bogen Papier auf dem Boden. Kassarin hob einen davon auf, konnte aber nichts entziffern. Die Druckbuchstaben waren schon völlig verwittert und verschmolzen gleichsam mit dem vergilbten Papier. Nur ganz oben konnte man das Wort »Anordnung« lesen. Es handelte sich wohl kaum um die Dokumente, nach denen sie suchten. Auch Voltaire war achtlos daran vorbeigegangen, obwohl er sie sicher gesehen hatte.

Das Abteil, vor dem der Doktor stehen geblieben war, hatte im Unterschied zu allen anderen Wände aus Stahl. Auch die Tür bestand aus Stahl und war mit einem elektronischen Schloss gesichert. Über der Tür befand sich eine rote Signalleuchte. Wie alle Lampen der Innenbeleuchtung funktionierte sie natürlich nicht. Der Waggon hatte womöglich schon seit dem Tag der Katastrophe keinen Strom mehr. Um sicherzugehen, hatte Sergej wahllos einige Schalter betätigt.

An dem elektronischen Schloss wäre vermutlich sogar Polina gescheitert, doch zum Glück war es nicht abgesperrt. Voltaire musste nur die Tür aufschieben.

Das Abteil war genauso groß wie alle anderen. Anstelle der Klappbetten befanden sich Metallregale, in denen versiegelte Kisten standen. Einige davon waren aufgebrochen. In den Kisten lagen Ordner mit Unterlagen und seltsame Scheiben aus Plastik oder Metall. Arkadi Rudolfowitsch schaute sich einige davon genauer an.

»Wäre gut zu wissen, was da drauf ist, aber leider haben wir keinen Computer«, murmelte Voltaire bedauernd. »Wir müssen alles von Hand durchschauen.«

Sergej hatte keine Ahnung, wovon der Doktor sprach.

Eine Kiste stand separat von den anderen auf dem Boden. Voltaire nahm den Deckel ab: Sie war leer. Nur in einem Spezialfach, in das zum Beispiel die Hülse eines Artilleriegeschosses oder ein ähnlicher zylindrischer Gegenstand hineingepasst hätte, lag ein zusammengerolltes Papier, das handschriftlich beschrieben war.

Voltaire nahm es hastig heraus und begann zu lesen. Als er zu Ende gelesen hatte, schüttelte er den Kopf, als hätte er den Sinn nicht verstanden, und fing noch mal von vorne zu lesen an.

»Was steht da?«, fragte Sergej ungeduldig.

Anstatt zu antworten, hob Voltaire den Rand seiner Gummimaske an, als bekäme er zu wenig Luft, und reichte ihm kommentarlos das Papier. Seine Hand zitterte heftig.

15

AUFBRUCH ZUM HIMMEL

Die natürlichen Prozesse laufen in einer Kettenreaktion ab und lassen sich nicht mehr stoppen. Die pervertierte, aus den Fugen geratene Evolution ist schon zu weit fortgeschritten. Mit einer unglaublichen Geschwindigkeit, die alle bisherigen wissenschaftlichen Erkenntnisse über den Haufen wirft, entstehen immer neue und immer noch schrecklichere Arten von Lebewesen. Doch solange es die Möglichkeit gibt, wenigstens einen Teil davon zu vernichten, muss ich das tun.

In diesem Behältnis befindet sich ein genmodifizierter Versuchsstamm des Schwarzschimmels Aspergillus niger, den ich in der Nähe eines Harpyien-Nests freizusetzen gedenke. Bei ausreichender Nährstoffversorgung sollte die wachsende Schimmelpilzkolonie das Nest innerhalb einer Nacht vertilgen.

Bei nahezu allen unter Laborbedingungen durchgeführten Experimenten hat sich gezeigt, dass dieser Stamm des Schwarzschimmels unter der Voraussetzung fehlender direkter Sonneneinstrahlung in der Lage ist, organische Stoffe sowie komplexe biologische Organismen zu absorbieren und zu verdauen. Lediglich das letzte Experiment musste abgebrochen werden. Der Versuchsstamm hatte dabei Unmengen von Sporen freigesetzt und dadurch eine Staubwolke aus Mikropartikeln erzeugt, die die visuelle Kontrolle über den Verlauf des Experiments unmöglich machte.

Wenn meine Theorie zutrifft, wird die gesamte Population der Harpyien, die meine Frau, meine Tochter und meinen Enkel getötet haben (Friede ihrer Asche), bis zum Ende der Nacht vernichtet sein. Nach Tageseinbruch wird die Schimmelkolonie ihrerseits durch ultraviolette Strahlung abgetötet.

Der ehemalige leitende wissenschaftliche Mitarbeiter,
des ehemaligen Forschungsinstituts für Biotechnologie,
des ehemaligen staatlichen Forschungszentrums für Virologie und
   Biotechnologie,
der ehemalige Dozent und ehemalige Kandidat der biologischen
   Wissenschaften,
der ehemalige Ehemann, Vater und Großvater Ster…

PS: Ich weiß bereits, was ich dem Schimmel als Nährsubstrat anbieten werde:
mich selbst. Ich bin sowieso eine wandelnde Leiche. Seit jenem Moment,
als diese grässlichen geflügelten Monster meine Liebsten zerfleischten, war
mein Leben nichts mehr wert. Ich alter Trottel habe das jetzt erst be-
griffen …

Damit endete der handschriftliche Brief. Merkwürdige Unter-
schrift: nur die ersten vier Buchstaben des Nachnamens, kein Vor-
name. Sergej blickte zu Voltaire.

»Kannten Sie den Mann?«

Der Doktor nickte bekümmert.

»Ja. Ich traf ihn an der *Sibirskaja*, als ich noch dort lebte.«

»Dann hat *er* also den Schwarzen Drachen rausgelassen. Aber
wieso wurde die Schimmelkolonie nicht abgetötet, wie das eigentlich geplant war?«

»Haben Sie den Brief nicht gelesen?!«, ereiferte sich Voltaire.
»Als die Wissenschaftler mit dem Schimmel experimentierten, hat
er den nächsten Evolutionsschritt vollzogen und gelernt, unter
ungünstigen Umweltbedingungen zu überleben. Wir haben es ihm
selbst beigebracht! Im Laufe der Experimente hat er einen Schutz-
mechanismus entwickelt, der ihn vor der tödlichen Sonneneinstrahlung schützt: den Auswurf von Sporen! Genau wie beim letzten Experiment hat der Schimmel eine gigantische Menge von
Sporen freigesetzt und damit eine Partikelwolke erzeugt, die ihn
vor der Sonne schützte.«

»Dann besteht die schwarze Wolke über der Stadt also aus den Sporen, die der Schimmel freigesetzt hat?«, schlussfolgerte Sergej.

»Und immer noch weiter freisetzt«, präzisierte Voltaire. »Tag und Nacht.« Der Doktor seufzte tief und setzte sich auf die Kiste, in der sie den Brief gefunden hatten. »Aus Ihnen wäre ein guter Theoretiker geworden, Sergej«, fügte er hinzu und starrte auf den Boden. »Und Sie, Polina … Aber das bringt jetzt auch nichts mehr.«

Voltaire seufzte abermals und verstummte. Sergej erfasste ein beklemmendes Gefühl. Die letzten Worte hatte der Doktor in einem Ton gesagt, als würde er sich bereits vom Leben verabschieden. Polina hatte es offenbar auch so empfunden. Sie suchte Sergejs Hand und umschloss sie mit ihren zarten Fingern.

»Was meinen Sie damit?«, fragte sie.

»Die letzten Tage der Menschheit sind angebrochen«, erwiderte Voltaire, ohne aufzuschauen. »Nicht nur der Menschheit. Alles Leben auf der Erde ist todgeweiht. Die Schimmelkolonie wird nach und nach den ganzen Erdball überziehen. Der Moment wird kommen, da auf unserem Planeten nur noch ein einziges Wesen existiert: der Schwarze Drache. Dann ist es nicht mehr unser Planet, sondern seiner.«

»Das ist unmöglich!«, protestierte Polina.

Voltaires Worte schockierten sie zutiefst. Sergej merkte, dass ihm die Beine weich wurden.

»Was sollte ihn aufhalten?«, fuhr Voltaire mit hängendem Kopf fort. »Nur Sonnenlicht kann den Drachen töten. Vor der Sonne wird der Schimmel aber durch die Sporenwolke geschützt. Und die wölbt sich bereits über die ganze Stadt auf der rechten Flussseite. Deshalb kann man davon ausgehen, dass die Schimmelkolonie rasch weiterwächst. Mir scheint das Verhalten des Schwarzen Drachen sogar in gewisser Weise vernunftgesteuert. Diese Vernunft ist uns nur so fremd, dass sie sich unserem Verständnis entzieht. Wie wäre es sonst zu erklären, dass die Stränge des Schimmels in der Stadt zielgerichtet nach Nahrung suchen und absterben, sobald keine mehr vorhanden ist, wie das an der verwaisten *Marschalskaja* und wahrscheinlich auch an der *Roschtscha* geschah? Die Kolonie interessiert sich nur für bewohnte Gebiete und lässt die verödeten, leblosen Gegenden links liegen. Nachdem in den Stadtvierteln an der Oberfläche nichts mehr zu holen war, drang sie in den Untergrund ein. Früher oder später greift sie aufs linke Ufer über und breitet sich allmählich über den ganzen Planeten aus. Sie vernichtet systematisch alles Leben auf ihrem Weg. Es gibt nichts, was sie aufhalten könnte.« Voltaire hielt kurz inne und setzte noch einen drauf: »Absolut nichts.«

Die Kämpfe gegen Monster und Banditen, der ganze Weg von der *Roschtscha* bis hierher ans linke Ufer – sollte das alles umsonst gewesen sein? Sergej war niedergeschmettert. Seine Muskeln fühlten sich auf einmal wie Pudding an. Er musste sich am oberen Regal festhalten, um nicht in die Knie zu gehen. Nur Polina wollte nicht einsehen, dass alles verloren war.

»Das glaube ich Ihnen nicht!« Sie durchbohrte den Doktor mit einem scharfen Blick. »Wenn die Wolke das Problem ist, müssen wir sie eben vertreiben!«

Sergej schaute die Amazone mitleidig an. Die Ärmste hatte nichts verstanden.

»Die Wolke vertreiben«, echote Voltaire. »Und wie stellen Sie sich das vor?«

»Machen *Sie* einen Vorschlag!«, konterte Polina.

»Äh …« Arkadi Rudolfowitsch zuckte mit den Achseln. »Vor der Katastrophe gab es verschiedene Methoden, Wolken zu bekämpfen. Zum Beispiel indem man eine Chemikalie zerstäubte, die zur Bildung von Wasserdampf führte, oder mittels einer Gasexplosion. Aber unter den gegebenen Umständen funktioniert das alles nicht.«

»Wieso?!« Polina ließ nicht locker.

»Weil Chemikalien zur Auflösung einer Wolke aus Mikropartikeln – und nichts anderes sind Pilzsporen – nicht geeignet sind.

Ganz abgesehen davon: Wo sollte man sie beschaffen? Und eine Gasexplosion ...« Voltaire hielt plötzlich inne, hob den Kopf und schaute Polina nachdenklich an. »Selbst wenn es uns gelingen sollte, ein explosives Gasgemisch herzustellen, wie sollen wir es in die Staubwolke bringen?«

»Ja wie?! Überlegen Sie!«

Voltaire war auf einmal wie ausgewechselt. Er hatte seine resignierte Haltung überwunden und suchte nach Antworten auf die Fragen, mit denen ihn Polina bombardierte.

»Eine Sonde. Ein Aerostat! Man könnte einen Ballon bauen, ihn mit Wasserstoff oder sonst einem brennbaren Gas füllen, ihn aufsteigen lassen und zur Explosion bringen! Nur ...«

»Was nur?!«

»Man müsste den Ballon möglichst exakt über dem Zentrum der Schimmelkolonie zünden, sonst funktioniert es nicht.«

Sergej und Polina tauschten Blicke. Sergej war so, als hätte ihm die Amazone zugezwinkert.

»Könnten Sie so einen Ballon bauen?«

»Na ja ...« Der Doktor überlegte. »Am *Prospekt* benutzt man dünne Kunststofffolie, um Kabel zu umwickeln. Damit könnte es gehen. Und Wasserstoff ...«

»An der *Roschtscha* gibt es Wasserstoff!«, warf Sergej ein. »Stalker haben mal eine Gasflasche von der Oberfläche mitgebracht. Unsere Techniker wollten sie an einen Flammenwerfer anschließen, das hat aber nicht geklappt. Die Flasche steht immer noch in der Waffenkammer.«

Nach diesem Geistesblitz spürte Sergej, wie sich seine Muskeln strafften. Er fühlte sich wieder stark genug, weiterzukämpfen. Sein Vater hatte tausendmal recht gehabt, als er immer wieder predigte, dass man auch in ausweglosen Situationen nie die Flinte ins Korn werfen dürfe.

Kassarin schaute Polina dankbar an. Es war ihr Verdienst, dass er und Voltaire wieder an eine Rettung glaubten.

Doch hatte Sergej sich womöglich zu früh gefreut? Der Doktor fiel plötzlich wieder in sich zusammen und winkte ab.

»Ein Ballon. Wasserstoff. Alles schön und gut. Aber was nützt uns das, wenn wir nicht wissen, wo die Kolonie ist?!«

»Ich werde sie finden«, behauptete Sergej und staunte über seinen eigenen Optimismus. Dann blickte er zu Polina und korrigierte sich: »*Wir* werden sie finden!«

Voltaire wollte widersprechen, doch die Euphorie in den Augen der beiden jungen Leute nahm ihm den Wind aus den Segeln. Er schüttelte den Kopf.

»Zum Henker, wenn man euch beide so anschaut, könnte man meinen, dass ihr es tatsächlich schafft.«

»Wundert Sie das?«, fragte Polina spitz.

»Ich muss an meine Jugend denken«, erwiderte Voltaire zerstreut, doch dann machte er wieder ein ernstes Gesicht. »Am rechtsseitigen Ob-Ufer betrug die Fläche von Nowosibirsk über dreihundert Quadratkilometer«, erklärte er. »Heute ist davon nur noch ein Ruinenfeld übrig, das von Gräben und Schneisen durchzogen wird. Auf einem solch gigantischen Territorium eine Schimmelkolonie zu finden, die theoretisch überall sein könnte, ist schlechterdings unmöglich. Trotzdem möchte ich Ihnen einen Rat geben. Vor der Katastrophe stand in der Kommunistitscheskaja-Straße, etwa auf halber Strecke zwischen den Metrostationen *Oktjabrskaja* und *Ploschtschad*, das höchste Gebäude von Nowosibirsk: ein fast neunzig Meter hoher Wolkenkratzer mit einundzwanzig Stockwerken. Wegen seiner eigenartigen Form und seiner blauen Glasfassade hieß er im Volksmund ›Blauer Zahn‹. Dieser sogenannte Zahn hat die Katastrophe überstanden. Die Glasfassade ist zwar längst abgefallen und auch die beiden spitzen Türme am Dach sind eingestürzt, aber das Gebäude selbst steht noch. Es ragt wie ein einsamer Leuchtturm aus dem Meer der Ruinen. Wenn man dort hinaufsteigt …«

»… überblickt man die gesamte Stadt«, vervollständigte Sergej den Satz.

Polina machte sich bereits über die praktische Umsetzung Gedanken.

»War dort schon mal jemand oben?«

Voltaire schüttelte den Kopf.

»Nicht dass ich wüsste.«

»Dann sind wir eben die Ersten!«, stellte Sergej energisch fest.

Polina musterte ihn prüfend, sagte aber nichts und wandte sich wieder an Voltaire.

»Vielleicht geben Sie uns noch einen Tipp, wie wir aus dem Waggon wieder rauskommen?«

»Sie meinen, wegen der Monster?«

»Genau.« Polina nickte. »Ich glaube nicht, dass sie sich schon nach Hause getrollt haben.«

»Im Vorraum gibt es eine Schießscharte«, erinnerte sich Voltaire. »Wir können nachsehen.«

Es dauerte nicht lang, bis der Doktor im Vorraum die Metallblende fand, mit der die runde Öffnung der Schießscharte abgedeckt war. Allerdings hatte sie sich nach zwanzig Jahren so mit Staub und verklebter Asche verstopft, dass man nicht hindurchschauen konnte.

Polina ließ sich davon nicht entmutigen. Sie zog den Reinigungsstock ihres Gewehres hervor und pulte so lange in dem Loch, bis Licht hereinfiel. Dann spähte sie durch die entstandene Öffnung. Dass die Vampire noch da waren, hörte man allerdings schon an dem vielstimmigen Gebrüll, das von draußen hereindrang.

Nach einiger Zeit zog Polina den Kopf zurück und winkte Sergej zu sich.

»Siehst du den Tankwagen auf dem Nachbargleis?«

Sergej nahm Polinas Platz ein und schaute hinaus. Vor dem Waggon tummelten sich mindestens ein Dutzend Vampire, die ungeduldig fauchten und die verschlossene Tür nicht aus den Augen ließen. Eine der Bestien hockte auf dem Tankwagen, von dem Polina gesprochen hatte.

»Kannst du entziffern, was auf dem Tank steht?«, fragte die Amazone.

Ein Teil der Aufschrift war von Rost zerstört. Sergej konnte nur die ersten drei Buchstaben erkennen, es war jedoch nicht schwierig, sich die restlichen zusammenzureimen.

»Benzin.«

»Kannst du den Tank von hier aus treffen?«

Sergej wunderte sich über die Frage. Aus fünfzehn Metern Entfernung hätte jedes Kind den riesigen Eisenbahntankwagen getroffen. Als er jedoch den Lauf des Scharfschützengewehrs durch die Öffnung schob, wurde ihm klar, dass es so einfach nun auch wieder nicht war. Polina hatte die Schießscharte nur zum Teil frei gepult. Weder das Zielfernrohr des Wintores noch das Korn der Kalaschnikow passten hindurch. Man hätte gleichsam blind schießen müssen.

»Sicher geht das«, erwiderte Sergej. »Aber nur, wenn wir die Tür aufmachen.«

Polina nickte. Voltaire dagegen fand das keine gute Idee.

»Wozu? Was haben Sie vor?«

Sergej schob den Doktor kommentarlos aus dem Weg und begann am Handrad zu drehen. Polina stellte sich mit angelegter Waffe hinter ihn, um jederzeit das Feuer eröffnen zu können.

Endlich spürte Sergej den Anschlag. Die Riegel waren offen. Vorsichtig drückte er gegen die Tür. Das Gebrüll der Monster wurde sofort lauter. Trotzdem blieben die Vampire vorläufig auf Abstand. Vielleicht wollten sie warten, bis die Beute von selbst herauskam.

»Jetzt schieß«, kommandierte Polina.

Sergej stellte sich vor den entstandenen Spalt und legte das Scharfschützengewehr an. Im Visier tauchte die bauchige Wand des Tanks mit den verblichenen, riesigen Buchstaben auf. Kassarin zielte genau auf die Mitte der Aufschrift und drückte ab. Es folgte ein metallischer Knall. An der Tankwand war eine Delle mit einem kleinen Loch darin entstanden. Aber sonst passierte nichts.

»Das Scheißding ist leer«, fluchte Sergej.

»Ziel tiefer!«

Er senkte den Lauf und drückte abermals ab. Diesmal hörte man nicht nur das Geschoss klirren, das den Stahlmantel durchschlug, sondern kurz darauf auch ein munteres Plätschern. Aus dem Loch spritzte Benzin.

»Geh zur Seite, du stehst mir im Weg!«, polterte Polina in seinem Rücken.

Sie nahm seinen Platz am Türspalt ein und richtete ihr Gewehr auf den durchschossenen Tank. Doch anstatt das Feuer zu eröffnen, bekam sie einen Hustenanfall, hätte beinahe das Gewehr fallen lassen und sank zu Boden.

»Mach du«, stöhnte sie.

»Schließen Sie sofort die Tür«, zeterte Voltaire entrüstet und griff nach dem Handrad.

»Nein!«

Sergej stieß ihn weg, nahm Polina das Gewehr aus der Hand und schob den Lauf durch den Spalt, damit der Doktor die Tür nicht zuziehen konnte. Dann drückte er den Abzug.

Der Tumult an der Tür hatte die Monster angelockt. Schon sausten zwei Vampire mit aufgestelltem Fell, gefletschten Zähnen und ausgefahrenen Krallen durch die Luft. Doch die Kugeln waren schneller als die wütenden Bestien. Sie prasselten gegen den Tank und schlugen Funken aus dem Stahl. Die Benzindämpfe fingen sofort Feuer.

Sergej wurde geblendet. Der Tankwagen explodierte. Die Flammen, die daraus hervorschlugen, überrollten die Mutanten und versengten die gepanzerte Wand des Spezialwaggons. Sergej schaffte es gerade noch, den Lauf aus dem Spalt zu ziehen. Im nächsten Moment donnerte ein Vampir, der sich in eine brennende Fackel verwandelt hatte, mit voller Wucht gegen die Tür und schob sie zu.

Kassarin schaute als Erstes nach Polina. Sie hatte aufgehört zu husten, sah aber hundeelend aus. Sie hatte sogar ihre Gasmaske zurückgeschoben, um besser Luft zu bekommen.

»Wie fühlst du dich?«

»Geht schon.« Sie nickte flüchtig und fuhr sich mit der Zunge über die ausgetrockneten Lippen. Sie schaute gar nicht auf zu Sergej, sondern lauschte dem flammenden Inferno, das draußen tobte. »Wir müssen hier raus. Sonst ist es zu spät.«

Sergej wusste das genauso gut wie sie. Der Brand konnte auf ihren Waggon übergreifen. Außerdem waren die abgefackelten Vampire sicher nicht die einzigen Monster in der Nähe. Er konnte sich nur nicht vorstellen, dass Polina in ihrem Zustand überhaupt gehen, geschweige denn laufen konnte.

»Das schaffst du doch nicht!«

»Was du nicht alles weißt«, giftete sie.

Sie sprang völlig unvermittelt auf die Beine, zog sich die Gasmaske wieder über und trat mit dem Fuß gegen die Tür.

Die schwere Panzertür öffnete sich weit genug, um zu sehen, was draußen los war. Rund um den Zug brannte die Erde. Aus dem explodierten Tankwagen schlugen meterhohe Flammen. Überall lagen die verkohlten Kadaver der Vampire herum.

Polina ließ sich davon nicht abschrecken, stieß die Tür ganz auf und sprang furchtlos aufs Gleisbett hinunter. Sergej blieb nichts anderes übrig, als hinterherzuspringen. Voltaire folgte als Letzter, schob aber vorher die Tür wieder zu. Offenbar hoffte er, noch einmal hierher zurückzukehren.

Auf dem Rückweg ließ Sergej kein Auge von Polina und behielt das Umfeld der Gleisstrasse nur beiläufig im Blick. Der Gesundheitszustand seiner Liebsten bereitete ihm wesentlich größere Sorgen als die Monster, die möglicherweise noch im Hinterhalt lauerten. Zum Glück wurde dieser Leichtsinn nicht bestraft. Begegnungen mit Mutanten blieben ihnen vorerst erspart. Lediglich als die Weggefährten den Bahnhof verließen, sahen sie im Schein des lodernden Feuers ein paar dunkle Silhouetten vorbeihuschen. Später tauchten im Wald, der an die Bahnlinie grenzte, für wenige Sekunden zwei leuchtende grüne Punkte auf, die wie gigantische Augen aussahen. Es handelte sich jedoch eher um eine Sinnestäuschung als um einen verborgenen Feind: Die vermeintlichen Augen lagen viel zu weit auseinander. Eine derart gigantische Bestie hätte sich niemals in dem dichten Dschungel fortbewegen können.

Auch Polina hatte die beiden grünen Punkte bemerkt, zeigte aber keine Spur von Angst. Die Amazone schlug sich überhaupt erstaunlich gut. Sie schritt tapfer aus und behielt klaglos das angeschlagene Marschtempo bei. Sergej dachte schon, ihr plötzlicher Hustenanfall sei nur eine vorübergehende Schwäche gewesen. Doch er hatte sich getäuscht: Als das schilfbewachsene Ufer mit dem halb aus dem Wasser gezogenen Boot in Sicht kam, blieb Polina stehen und klappte ohne Vorwarnung zusammen.

Voltaire befand sich näher bei ihr und kümmerte sich als Erster um sie. Als Sergej sich über sie beugte, hatte der Doktor ihr bereits die Gasmaske abgenommen und fühlte ihr den Puls am Hals.

»Was ist mit ihr?! Lebt sie?!«

»Pyrexie.«

Anstatt mit Ja oder Nein zu antworten, laberte der Doktor irgendwelchen Stuss.

»Was?!«, fuhr Sergej ihn an.

»Pyrexie. Also Fieber. Ihr Puls rast. Wenn sie sich nur mal keine Pneumonie eingefangen hat.« Der Doktor sprach weiterhin in Rätseln, klang jedoch sehr besorgt. »Tragen wir sie ins Boot.«

Immerhin lebte Polina. Sergej nahm sie auf die Arme und trug sie zum Ufer. Voltaire wuselte um ihn herum und wollte helfen, störte aber nur. Sergej hätte ihm niemals erlaubt, die Amazone zu tragen. Schließlich konnte der Doktor selbst kaum noch kriechen.

Als Kassarin das Boot erreicht hatte und Polina hineinlegen wollte, hielt Voltaire ihn aufgeregt zurück.

»Warten Sie mal! Was ist das? Wo kommt das her? Gehört das Ihnen?«

Arkadi Rudolfowitsch beugte sich über die Bordwand und nahm einen gelben Kasten mit einem roten Kreuz aus dem Boot.

»Gehen Sie aus dem Weg!«, schimpfte Sergej.

Im Moment war ihm völlig gleichgültig, was Voltaire im Boot gefunden hatte. Er legte Polina vorsichtig zwischen die Sitzbänke und schob ihr den Rucksack unter den Kopf. In diesem Augenblick atmete die Amazone tief durch und schlug die Augen auf.

»Irgendwie geht's mir dreckig«, murmelte sie. »Wahrscheinlich habe ich zu viel Wasser geschluckt … Das Zeug ist verseucht …«

»Alles wird gut«, beschwichtigte Sergej. »Der Doktor sagt das auch …«

Doch anstatt ihm beizuspringen, hantierte Voltaire immer noch mit seinem gelben Kasten. Er fummelte daran herum, bis der Deckel aufging, und schaute neugierig hinein. Dann wandte er sich wieder an Sergej.

»Das ist eine Feldapotheke«, jubelte er. »Hier sind blutstillende Mittel, Antiseptika, Antibiotika, Serum und sogar Stimulanzien drin.«

Der Doktor kramte in dem Kasten und nahm drei fertig aufgezogene Spritzen heraus.

»So, Polina, dann machen Sie mal schön Ihren Arm frei!«

Die Aufforderung war eher zur moralischen Unterstützung gedacht. In ihrem augenblicklichen Zustand konnte Polina weder Arme noch Beine bewegen. Das musste Sergej übernehmen. Er schob ihren Ärmel zurück, und Voltaire jagte ihr nacheinander die drei Spritzen in die Vene.

Polina ließ es tapfer über sich ergehen. Erst bei der letzten Spritze verzog sie das Gesicht, schaute verwundert zu Sergej, dann auf ihren entblößten Unterarm und ballte die Hand zur Faust. Sie schien nicht so recht zu begreifen, was mit ihr geschah.

»Wie fühlen Sie sich?«, fragte Voltaire.

Sie horchte in sich hinein.

»Ich weiß nicht. Fühlt sich komisch an.«

»Versuchen Sie aufzustehen.«

»Was reden Sie denn da?!«, entrüstete sich Sergej. »Sie kann sich doch nicht auf den Beinen halten!«

Kassarin staunte nicht schlecht, als Polina sich scheinbar mühelos erhob.

»Was haben Sie mir gespritzt, Doktor?«

»Etwas aus dem Arsenal einer Spezialeinheit.« Voltaire zeigte der Amazone den Medizinkoffer, den er im Boot gefunden hatte. »Während wir am Bahnhof waren, hat uns jemand ein großzügiges Geschenk in unseren Nachen gelegt.«

Die Erklärung klang absurd. Welcher Stalker, der noch seine fünf Sinne beisammenhatte, wäre auf die Idee gekommen, die kostbare Feldapotheke hier zu deponieren, ohne zu wissen, für wen? Außerdem: Was hatten Stalker am linken Ufer verloren?

Polina stellte jedoch keine weiteren Fragen. Stattdessen bückte sie sich, schaute unter die Sitzbank und stöhnte vor Überraschung auf.

»Huch, hier sind ja Granaten! Vier Stück! Und da ist noch etwas …«

Sie reichte Voltaire eine verschlossene Feldflasche.

Der Doktor schraubte sofort den Deckel ab, schob seine Gasmaske beiseite, schnupperte zuerst und nahm dann einen kräftigen Schluck.

»Das ist Alkohol«, lautete die Diagnose. Seinem Gesichtsausdruck nach zu schließen, erstaunte ihn dieser Fund noch mehr als die Feldapotheke. »Kein Selbstgebrannter, sondern echter medizinischer Alkohol! Aber woher?!«

»Wohl vom selben edlen Spender wie die Feldapotheke und die Granaten«, entgegnete Sergej lächelnd.

Voltaire spähte misstrauisch umher. Entweder er suchte nach demjenigen, der all diese Schätze für sie hinterlegt hatte, oder er befürchtete, dass Fremde in der Nähe waren.

Die Unruhe des Doktors übertrug sich auch auf Sergej. Er konnte jedoch nichts Verdächtiges feststellen. Der Schilfgürtel wiegte sich friedlich im Wind. Im Schlamm lag der Kadaver des Ungeheuers mit dem Knochenpanzer. Nach all den rätselhaften Funden erschien der plötzliche Tod der mutierten Schildkröte in einem anderen Licht. Sergej war beinahe sicher, dass der geheimnisvolle Fremde, dem sie die Medikamente, den Alkohol und die Granaten verdankten, auch das Monster mit irgendeiner Wunderwaffe zur Strecke gebracht hatte.

»Und wenn die Sachen von Leuten stammen, die am linken Ufer in der Metro leben?«, spekulierte Voltaire im Flüsterton.

»Wer auch immer sie uns gebracht hat, er möchte offenbar unerkannt bleiben«, erwiderte Polina. »Ich denke, es ist Zeit, dass wir von hier verschwinden.«

»Jaja«, pflichtete Voltaire bei. »Natürlich.«

Doch während sie das Boot ins Wasser zogen, ließ der Doktor das Ufer keine Sekunde aus den Augen. Offenbar hoffte er bis zuletzt, doch noch ihren unbekannten Retter zu Gesicht zu bekommen.

Das Wasser war fast so dunkel wie die schwarze Wolke, die sich über den Himmel spannte. Als sie aus der zerstörten Eingangshalle des *Retschnoi Woksal* getreten waren, hatte Kassarin nicht auf ihre Ausmaße geachtet. Doch jetzt kam es ihm so vor, als hätte sich der »Atem des Drachen« noch weiter über die Stadt ausgebreitet. Vielleicht täuschte dieser Eindruck. Dunkler geworden war es aber auf jeden Fall! Selbst die Wasserspritzer, die ihm ins Gesicht klatschten, und das schaumige Fahrwasser hinter dem Heck hatten einen bleigrauen Farbton angenommen.

Voltaire erklärte sich die Finsternis prosaisch mit dem Einbruch der Nacht. Für Sergej dagegen war es der »Atem des Drachen«, der den Himmel verdüsterte und die Luft vergiftete. Was, wenn die Sonne für immer verschwunden bliebe?! Wenn die Menschheit fortan verurteilt wäre, in ewiger Dunkelheit zu leben?! Oder war ihr Schicksal ohnehin schon besiegelt?

Wenn Voltaire recht hatte, dann wuchs der Drache jeden Tag, jede Stunde, jede Sekunde, breitete seine Fangarme immer weiter in sämtliche Richtungen aus und vertilgte alles, was ihm in die Quere kam. War es womöglich schon zu spät? Was, wenn der Drache sein mörderisches Werk im Untergrund schon verrichtet hatte? Wenn sie in eine tote Stadt zurückkehrten, in der niemand mehr am Leben war, weder im Untergrund noch an der Oberfläche?!

Sergej schauderte bei diesem Gedanken und hätte beinahe die Granate fallen lassen, die ihm Polina in die Hand gedrückt hatte. Zum Glück bemerkten es seine Weggefährten nicht. Voltaire konzentrierte sich darauf, das Boot zu steuern, und Polina beobachtete angespannt die Wasseroberfläche. Sergej folgte ihrem Beispiel, um wenigstens etwas Nützliches zu tun.

Als sie sich ein Stück weit vom Ufer entfernt hatten, übernahm Sergej das Ruder von Voltaire. Das Paddeln war indes schwieriger, als es aussah. Obwohl er sich mächtig ins Zeug legte, kam das Boot im dichten Schilf kaum voran. Nach einigen Minuten kapitulierte er entnervt und gab das Ruder Voltaire zurück.

»Jaja, da braucht man schon ein bisschen Erfahrung«, stichelte der Doktor triumphierend.

Schließlich kämpften sie sich wohlbehalten aus dem Schilfgürtel heraus. Voltaire schnaufte wie ein Walross, als er das Ruder weglegte – Erfahrung hin oder her. Dann startete er den Motor und steuerte das Boot wieder auf den Fluss hinaus.

Sie fuhren jetzt gegen die Strömung. Die Überreste der eingestürzten Metrobrücke näherten sich quälend langsam. Auf halbem Wege kam das Boot auf einmal überhaupt nicht mehr vom Fleck, obwohl der Außenborder unverdrossen krähte und der Bug sich durch die Wellen fräste. Die langen Dornen, die in einiger Entfernung unter Wasser aufgetaucht waren, bewegten sich nicht – es mochte sich um mutierte Wasserpflanzen handeln oder um die

Gestänge einer versunkenen Metallkonstruktion. Das heißt, halt, sie bewegten sich … gleichzeitig mit dem Boot!

»Schaut!«

Sergej sprang auf, das Boot geriet ins Schaukeln. Die vermeintlichen Wasserpflanzen waren aus dem Wasser getaucht und entpuppten sich als stachelige Rückenkämme von hässlichen Flussungeheuern.

Fünf oder sechs Monster, deren spindelförmige Körper mindestens drei Meter lang waren, schwammen auf das Boot zu. Sie besaßen weder Beine noch Schwänze, sondern pflügten mit Schwimmhäuten durchs Wasser, die sich zwischen dornenbesetzten Auswüchsen spannten.

Sergej kam nicht dazu, die Ungeheuer genauer zu betrachten, denn in diesem Moment spritzten mit ohrenbetäubendem Lärm zwei Fontänen aus dem Wasser. Polina hatte ihre beiden Granaten geworfen. Nachdem sich das Wasser nach den Explosionen wieder beruhigt hatte, waren die Flussungeheuer verschwunden.

Sergej rückte für alle Fälle den Sicherungssplint seiner Granate zurecht und hielt den Sprengsatz wurfbereit in der Hand. Erst als sich der Bug des Boots in eine Kiesbank am rechten Ufer bohrte, packte er die Granate wieder weg.

Die Weggefährten sprangen wie auf Kommando alle drei gleichzeitig aus dem Boot, zogen es mit vereinten Kräften aus dem Wasser und nahmen den Aufstieg zur Eingangshalle der Metro in Angriff, die sich oben am Hochufer befand. Obwohl es steil die Böschung hinaufging, hatte Sergej das Gefühl, dass sie wesentlich schneller vorankamen als beim Abstieg.

In der einsetzenden Dämmerung sah das verwaiste Ufer noch gespenstischer aus. Die Ruinen der Stadt wirkten unheilvoll. Zwischen heulenden Windböen hörte man ihre Bewohner brüllen und hungrig mit den Zähnen knirschen. Auf dem Weg nach oben begegnete den Weggefährten jedoch kein einziges lebendiges Monster. Nur an den verwesenden Kadavern der verendeten Vampire kamen sie vorbei. Einigermaßen sicher fühlte Sergej sich trotzdem erst, als er endlich in die gepanzerte Draisine kletterte. Voltaire keuchte erschöpft und sah sich ununterbrochen um. Polina zitterten die Hände, als sie den Bremshebel löste.

»Ich kann mir nicht erklären, was die Stalker hier wollten«, sagte der Doktor, nachdem er wieder etwas zu Atem gekommen war. »Man muss doch völlig verrückt sein, um sich an diesem Ufer herumzutreiben, gar nicht zu reden davon, den Fluss zu überqueren.«

»Stimmt«, pflichtete Polina bei. »Genauso verrückt wie wir.«

Sie streckte und ballte mehrmals die Hände, um das Zittern zu vertreiben. Dann forderte sie ihre Begleiter auf, die Gasmaskenfilter zu wechseln, und griff zum Starterseil.

»Gott steh uns bei!«

So hatte Sergej sie noch nie reden gehört.

Entweder das kleine Stoßgebet zum Himmel wurde erhört oder sie hatten einfach Glück. Jedenfalls sprang der Motor auf Anhieb an. Polina atmete auf. Auch Sergej verspürte große Erleichterung. Wenn der Motor gestreikt hätte oder die Draisine mit irgendeinem anderen schwerwiegenden Defekt liegen geblieben wäre, hätten sie für immer am *Retschnoi Woksal* bleiben müssen. Durch die radioaktiv verseuchte Zone hinter der Station, die man zu Fuß nicht durchqueren konnte, wären sie vom Rest der Metro abgeschnitten gewesen.

»An der *Oktjabrskaja* werde ich versuchen, mit Vollgas durchzufahren«, verkündete die Amazone, die wie immer den Platz des Fahrers eingenommen hatte. »Wenn geschossen wird, geht hinter den gepanzerten Wänden in Deckung.«

»Sie glauben, man wird auf uns schießen?!«, fragte Voltaire alarmiert.

»Verlassen Sie sich drauf«, erwiderte Polina ernst.

Doch diesmal lag sie mit ihrem Bauchgefühl falsch. Als die Draisine aus dem südlichen Tunnel rollte, verfielen die Bewohner der *Oktjabrskaja* in eine Art Schockstarre. Wegen der Gasmasken konnten sie die Gesichter der drei Passagiere nicht sehen, starrten sie aber an, als wären sie Gespenster. Manche zeigten mit dem Finger auf sie, manche rissen verdutzt den Mund auf, wieder andere riefen etwas, was man wegen des Motorenlärms nicht verstehen konnte. Doch niemand versuchte, die drei Fremden aufzuhalten, und niemand erhob die Waffe gegen sie. Dank der entstandenen Konfusion am Bahnsteig raste die Draisine ungehindert durch die Station und verschwand im gegenüberliegenden Tunnel.

»Geschafft!«, jubelte Voltaire euphorisch und wie immer ein bisschen zu voreilig.

»Wie man's nimmt«, gab Polina trocken zurück. »Als Nächstes kommt die Station *Ploschtschad*.«

Jetzt dämmerte es dem Doktor: »Aber … da sind doch die Banditen.«

»Was soll's«, sagte Polina nach einer längeren Pause. »Wir haben zwei Granaten und zwei Sturmgewehre. Mit ein wenig Glück kommen wir durch.«

Sergej schwieg. Die Bleiplatten an den Flanken der Draisine waren eine ziemlich armselige Panzerung. Gegen Schrot und Gewehrkugeln boten sie möglicherweise ausreichenden Schutz, doch gegen ein großkalibriges Maschinengewehr konnten sie nichts ausrichten. Sie würden auch an der *Ploschtschad* auf den Überraschungseffekt und Schnelligkeit setzen müssen.

Aber was, wenn die Banditen einen Kontrollposten im Tunnel errichtet hatten oder gar eine Gleisbarrikade? Dann war ihr Plan zum Scheitern verurteilt. Mit zwei Gewehren, zwei Granaten und einem Scharfschützengewehr mit ein paar letzten Schuss Munition stand man gegen das Waffenarsenal der Banditen auf verlorenem Posten.

»Komisch, wo sind denn die ›Laternen‹ abgeblieben?«, fragte Voltaire in das bange Schweigen hinein.

Sergej fasste sich an den Kopf. Während sie möglicherweise in den sicheren Tod rasten, zerbrach sich der alte Kauz den Kopf über leuchtende Pilze. Um so viel Naivität musste man ihn fast schon wieder beneiden.

Bei Polina dagegen löste Voltaires scheinbar harmlose Frage ernsthafte Besorgnis aus. Sie drosselte sogar die Geschwindigkeit. Wenige Minuten später erwies sich ihre Nervosität als durchaus berechtigt. Im Scheinwerferlicht der Draisine tauchte ein menschliches Skelett auf. Besser gesagt, der obere Teil eines menschlichen Skeletts. Die Beine und die Beckenknochen lagen ein paar Meter weiter hinten und daneben ein sechsschüssiger »Spieß« mit völlig zerfressenem Schaft.

»Mein Gott!«, stöhnte Voltaire.

»Nicht Gott, der Drache«, erwiderte Sergej.

»Dasselbe wie an der *Marschalskaja*«, seufzte Polina.

Die Amazone hatte recht. Die *Ploschtschad* hatte sich in eine finstere Gruft verwandelt, in der überall menschliche Gebeine herumlagen. Sergej senkte den Blick auf den Draisinenboden. Voltaire versäumte dies und zuckte jedes Mal aufs Neue zusammen, wenn er ein säuberlich abgenagtes Gerippe sah. Keiner sagte mehr ein Wort, bis Polina auf einmal den Bremshebel zog.

»Da vorne ist Licht«, flüsterte sie. Ihre Stimme klang dumpf und fremd.

Sergej schaute auf. Weiter hinten, wo die Scheinwerfer der Draisine nicht mehr hinreichten, schwenkten tatsächlich die Lichtkegel von Taschenlampen im Tunnel umher. Kassarin fiel ein Stein vom Herzen. Er hatte schon gedacht, dass sich die Metro hinter der *Ploschtschad* in ein einziges riesiges Grab verwandelt hätte.

»Das sind Menschen«, ergänzte Polina hoffnungsfroh. Offenbar hatte sie ähnliche Befürchtungen gehegt.

»Los, nichts wie hin«, drängte Sergej.

Am liebsten hätte er selbst den Gashebel bedient. Noch nie hatte er einem Zusammentreffen mit Fremden so erwartungsvoll entgegengefiebert. Selbst die Möglichkeit, dass es sich auch um

Banditen handelte, schreckte ihn nicht. Hauptsache, es waren Menschen – ihresgleichen!

Die Draisine nahm wieder Fahrt auf. Die Menschen im Tunnel hatten sie mittlerweile auch bemerkt. Einer ging ihnen entgegen und wedelte hektisch mit seiner Taschenlampe. Polina ging vom Gas und bremste. Durch die Trägheitskraft wurde Sergej gegen die Frontwand gedrückt. Die Räder quietschten erbärmlich, Funken sprühten. Trotz der Vollbremsung fuhr die Draisine in einen zwei Meter hohen Haufen aus Erde und Steinen, der das Gleis blockierte. Sie fiel nur deshalb nicht um, weil sie buchstäblich darin stecken blieb.

Der Mann mit der Taschenlampe war zur Seite gesprungen und fluchte. Seine Stimme kam Sergej irgendwie bekannt vor. Er knipste seine Stirnlampe an, die er ausgeschaltet hatte, um Batterien zu sparen. Im Lichtkegel lehnte ein klein gewachsener Mann an der Tunnelwand, der einen schmutzigen schwarzen Overall trug. Er hatte ein schmales, faltiges Gesicht, eine Glatze und trug eine mit Isolierband geflickte Brille. Irgendwo hatte Sergej ihn schon mal gesehen. Aber wo?

Während er sich krampfhaft zu erinnern versuchte, kletterte ein zweiter, jüngerer Mann über den Erdwall und gesellte sich zu dem ersten. Ihn erkannte Sergej sofort, obwohl er nicht damit gerechnet hätte, ihn jemals wiederzusehen. Zumindest nicht in diesem Leben.

»Huch«, näselte Polina verblüfft. Für sie kam diese Begegnung nicht weniger überraschend. Vor ihnen stand einer der Zwillingsbrüder aus Schrammes Truppe.

»Du?!«

»Du?!«

»Ihr?!«

Staunend plapperten alle durcheinander.

»Wie hast du dich retten können?«

»Wir dachten, ihr wäret beide in die Luft geflogen.«

»Hat noch jemand überlebt?«

»Dann hat es also doch geklappt!«

»Woher habt ihr die Draisine? Den Banditen abgeluchst?«

Die rege und ziemlich konfuse Unterhaltung wäre wohl noch länger so weiter gegangen, wenn nicht der Glatzkopf zur Draisine getreten wäre. Jetzt erkannte ihn Sergej: Es war Nikolai Stepanowitsch, der Kommandant des *Prospekts*.

Im Gefolge des Kommandanten tauchten weitere Männer auf. Fast alle hatten Schaufeln oder Spitzhacken in der Hand. Nikolai Stepanowitsch war mit einer ganzen Brigade angerückt, um die verschüttete Stelle im Tunnel freizuräumen.

Der eine Zwillingsbruder war wie durch ein Wunder dem Tod entronnen. Bei der Explosion hatte er nur leichte Verletzungen erlitten, und die herabstürzende Tunneldecke hatte ihn vor den Geschossen der im Hinterhalt sitzenden Banditen bewahrt. Danach war er zum *Prospekt* zurückgekehrt und hatte erzählt, was im Tunnel vorgefallen war. Nikolai Stepanowitsch hatte lange überlegt, was zu tun sei, und sich dann endlich entschlossen, die Einsturzstelle zu räumen und den Tunnel wieder befahrbar zu machen.

Nach dem Bericht des Kommandanten kam Sergej der Gedanke, dass diese Männer und möglicherweise alle Bewohner des *Prospekts* ihr Leben vermutlich einem unglaublichen Zufall verdankten. Hätten man die Einsturzstelle nur ein paar Stunden früher geräumt, wären sie die nächsten Opfer des Schwarzen Drachen geworden und hätten ihm noch dazu den Weg zu ihrer Station freigemacht.

»Jetzt habe ich aber genug erzählt«, sagte Nikolai Stepanowitsch. »Wie ist es euch ergangen? War es schwierig?«

Das war wohl nicht das richtige Wort! Sergej warf einen besorgten Blick auf Polina, dann nahm er den Kommandanten zur Seite.

»Nikolai Stepanowitsch, hätten Sie vielleicht ein paar trockene Klamotten übrig?«

»Aber sicher doch«, erwiderte der Kommandant munter. Er musterte die drei Weggefährten genauer und schüttelte den Kopf. »Mensch, ihr könnt euch ja kaum noch auf den Beinen halten. Kommt, ich begleite euch zur Station. Die Jungs kommen hier auch ohne mich zurecht.« Er sah sich nach dem geretteten Zwillingsbruder um. »Sanja, du vertrittst mich hier einstweilen als Chef.«

»Das ist wirklich sehr freundlich, Nikolai Stepanowitsch«, sagte Sergej. »Begleiten Sie Voltaire. Polina und ich haben noch etwas zu erledigen.«

»Ach Unsinn!«, winkte der Kommandant ab. »Ruht euch erst mal aus und stärkt euch! Die Arbeit kann warten.«

Wohl kaum, dachte Sergej. Die Arbeit vielleicht schon, aber der Drache nicht.

»Nein, Nikolai Stepanowitsch«, entgegnete er energisch. »Es ist wirklich sehr dringend. Es hängt mit der Skizze zusammen, die ich Ihnen gezeigt hatte. Erinnern Sie sich?«

Sergej wollte nicht vor allen Leuten über das tödliche Unheil reden, das sich über den Bewohnern der Metro zusammengebraut hatte. Dummerweise konnte sich der Kommandant jedoch nicht mehr an die Zeichnung erinnern und blinzelte nur ratlos. Polina rettete die Situation.

»Voltaire wird Ihnen alles erklären«, sagte sie. »Und wir müssen jetzt wirklich los. Viel Glück.«

»Na dann … euch auch viel Glück.« Nikolai Stepanowitsch gab klein bei.

Er hatte tatsächlich nichts verstanden.

16

DIE LETZTE MISSION

Sie überließen die Draisine den Männern des Räumungskommandos. Nicht weil sie entgleist war – mit vereinten Kräften war es kein Problem, sie wieder auf die Schienen zu stellen –, sondern weil man die Korridore, durch die Polina Sergej führte, nur zu Fuß begehen konnte.

Am Ende des Labyrinths kamen sie in dem Schacht heraus, der zur Oberfläche führte, und durch den sie nach der Flucht von der *Ploschtschad* wieder in die Metro eingestiegen waren. Polina breitete den Stadtplan aus und leuchtete ihn mit der Lampe an.

»In welcher Straße steht dieser Wolkenkratzer?«

»Der Blaue Zahn?« Sergej überlegte. »In der ...« Doch der Name der Straße fiel ihm ums Verrecken nicht mehr ein. Einige Sekunden lang schaute er Polina ratlos an. »Ich kann mich nicht erinnern«, gab er schließlich zu. »Voltaire hat gesagt, dass er irgendwo zwischen der *Ploschtschad* und der *Oktjabrskaja* steht.«

Polina stampfte zornig mit dem Fuß auf und fluchte. Dann steckte sie den Stadtplan in ihren Rucksack zurück.

»Egal. Wenn das Ding wirklich so hoch ist, wie Voltaire gesagt hat, dann finden wir es auch so!«

Die Amazone griff beherzt in die Sprossen und kletterte nach oben. Vor der Luke verharrte sie, hob mit dem Gewehrschaft den Deckel an und lauschte. Draußen war es finster und totenstill. Das fand jedenfalls Sergej, als er durch den Spalt ins Freie lugte. Schließlich kam auch Polina zu dem Schluss, dass die Luft rein war. Sie schob den gusseisernen Deckel zur Seite und kletterte hinaus.

Kassarin folgte ihr. Seltsam: Er erkannte die Umgebung nicht wieder. Bei Tageslicht hatten die Ruinen rund um den Schachteinstieg ganz anders ausgesehen. Selbst Polina wirkte im ersten Moment desorientiert. Doch sie besann sich rasch und deutete in die Ferne.

»Die *Oktjabrskaja* liegt in dieser Richtung. Das heißt …« Sie schien sich nicht ganz sicher zu sein. »Das heißt, dass auch der Blaue Zahn irgendwo dort hinten sein muss …«

Sergej schaltete seine Stirnlampe aus, deren Licht ihn blendete, und spähte angestrengt umher. Schwer lastete die Dunkelheit auf den Ruinen, aber sie wirkte nur auf den ersten Blick monoton. Bei genauerem Hinsehen hob sich vom stockfinsteren Himmel eine noch schwärzere Silhouette ab. Allerdings keineswegs in der Richtung, in die Polina gedeutet hatte.

»Schau!«, rief Kassarin aufgeregt.

Polina hatte das in den Himmel ragende schwarze Ungetüm inzwischen selbst bemerkt.

»Dann müssen wir wohl da lang«, flüsterte sie kleinlaut.

Die beiden tauschten Blicke. Selbstverständlich wäre es vernünftiger gewesen, bis zur Morgendämmerung zu warten. Sich mitten in der Nacht an der Oberfläche herumzutreiben war etwas für Lebensmüde. Das wusste jeder Stalker. Doch Sergej wusste auch etwas anderes: Jede Stunde, die sie verstreichen ließen, konnte eine Stunde zu viel sein und für die Bewohner der Metro das Ende bedeuten. Denn der Drache durchkämmte die Stadt auch in diesem Moment auf der Suche nach neuen Opfern.

Kassarin nahm Polina bei der Hand.

»Riskieren wir's?«

Die Amazone nickte.

»Ja.«

Sie kämpften sich durch die Ruinen im Umfeld des Schachts und erreichten den Lenin-Platz.

Sergej schaute sich argwöhnisch um. Der aus Bronze gegossene Riese, der ihm beim letzten Mal einen solchen Schrecken eingejagt hatte, war spurlos verschwunden. Wahrscheinlich konnte er die Statue in der Finsternis einfach nicht ausmachen. Das sagte ihm jedenfalls der gesunde Menschenverstand. Doch aus dem Unterbewusstsein beschlichen ihn völlig andere Gedanken: Vermutlich stieg der bronzene Götze nachts von seinem Sockel herab und spazierte durch die tote Stadt. Besser gesagt, er ging nicht ziellos herum, sondern begab sich auf die Jagd. Auf die Jagd nach Monstern, die in den Ruinen hausten. Oder nach Menschen, die sich nachts an die Oberfläche wagten?!

Sergej spürte, wie ihm die Angst bis in die Haarspitzen kroch. Um sich zu beruhigen, fasste er abermals Polina bei der Hand.

»Hast du nicht auch ein ungutes Gefühl?«, flüsterte er.

Die Amazone antworte lange nicht. Sergej wollte seine Frage schon wiederholen, als sie seine Hand plötzlich fester drückte.

»Lichter.«

»Was?!«

»Lichter«, wiederholte Polina. »Mir ist nur nicht klar: Sind das Lampen … oder etwas anderes?«

Sergej starrte in die Dunkelheit. Weiter vorn leuchteten tatsächlich schwache Lichter. Die Entfernung war in der Dunkelheit schwer abzuschätzen. Kassarin nahm seine Stirnlampe ab und schwenkte sie über dem Kopf hin und her.

»Was machst du?«, fragte Polina erschrocken.

»Ich gebe ein Zeichen.« Sergej versuchte ruhig zu sprechen, obwohl sein Herz bis zum Hals schlug. »Wenn es Menschen sind, werden sie antworten.«

Auf diese Weise hatten sich die Stalker der *Roschtscha* gegenseitig zu erkennen gegeben. Sicher gab es auch an anderen Stationen fest vereinbarte Lichtsignale, selbst wenn es nicht dieselben waren.

In diesem Augenblick schwenkten die Lichter in der Dunkelheit hin und her. Die Unbekannten erwiderten das Zeichen eins zu eins.

»Sie antworten!«, rief Polina hoffnungsfroh.

»Hab ich doch gesagt«, triumphierte Sergej. Es ging ihm runter wie Öl, dass ausnahmsweise mal er etwas besser wusste als die Amazone. »Gehen wir hin. Sie haben anscheinend denselben Weg.«

Doch mit dieser letzten Vermutung lag er womöglich falsch. Die Unbekannten waren stehen geblieben. Ihre Lampen bewegten sich nicht mehr. Aber selbst wenn sie in eine andere Richtung wollten, konnte man sie wenigstens nach dem kürzesten Weg zum Blauen Zahn fragen.

Polina marschierte energisch los. Sergej kam kaum hinterher. Ein Glück, dass sie sich auf einer breiten Straße befanden. Sie mussten sich nicht durch Ruinen kämpfen, sondern nur den Autowracks ausweichen.

Kassarin registrierte mit Erleichterung, dass die Fremden mit den Lampen geduldig warteten und keinerlei Anzeichen von Nervosität zeigten. Daraus konnte man schließen, dass keine Monster in der Nähe waren. Trotzdem gehörte schon ein Schuss Todesmut dazu, sich mitten in der Nacht mit eingeschalteten Lampen zwischen die Ruinen zu stellen. Keiner der Stalker, die Sergej kannte, hätte sich so etwas getraut, nicht einmal der furchtlose Sekatsch, der für alle Halbwüchsigen an der *Roschtscha* ein Vorbild gewesen war.

»Die haben aber merkwürdige Lampen.«

Polinas Bemerkung riss Sergej aus seinen Gedanken.

»Wieso merkwürdig? Sind doch ganz normale Lampen.«

Doch als er die Lichtflecken in der Dunkelheit genauer betrachtete, stellte er fest, dass die Lampen der Fremden tatsächlich seltsam waren. Ein derart gestreutes Licht erzeugten eigentlich nur Petroleumlampen. Doch kein Mensch käme auf die Idee, mit einer Petroleumlampe an die Oberfläche zu gehen. Außerdem sah offenes Feuer doch irgendwie anders aus.

Sergej fielen die Fackeln der Menschenfresser wieder ein … Nein, die Lichter hatten auch damit keine Ähnlichkeit. Trotzdem kam ihm dieses weiche, diffuse Licht irgendwie bekannt vor.

Die »Laternen«!, schoss es ihm plötzlich durch den Kopf. Aber die Hüte der giftigen Pilze verströmten ein bläuliches Licht, während die Lampen der Unbekannten weiß leuchteten. Waren es überhaupt Lampen?

»Warte mal.«

Sergej hielt Polina am Arm zurück. Er nahm erneut seine Stirnlampe ab und beschrieb damit einen Kreis in der Luft.

Die rätselhaften Fremden antworteten prompt. Allerdings geriet ihr Kreis ziemlich krakelig und eckig. So zeichnete ein kleines Kind einen Kreis. Oder jemand, der es zum ersten Mal versuchte!

»Ich fürchte, wir waren voreilig«, brabbelte Sergej undeutlich in seine Maske.

Aber Polina hatte ihn auch so verstanden.

»Mir nach!«, zischte sie und versteckte sich hinter einem Trümmerhaufen.

Sergej folgte ihr. Als er loslief, bemerkte er im Augenwinkel, dass sich auch die geheimnisvollen »Lampen« in Bewegung setzten. Als er kurz darauf hinter einem Haufen zerbrochener Ziegel hervorlugte, sah er direkt vor sich mehrere weiße Lichter. Die vermeintlichen Lampen bewegten sich. Und sie bewegten sich keineswegs ziellos, sondern machten Anstalten, sie einzukreisen!

»Nach links!«, schrie Polina, flitzte zwischen dem rostigen Gerippe eines Omnibusses und einem auf dem Dach liegenden Jeep hindurch und steuerte auf die nächstgelegenen Ruinen zu. An einer Ziegelmauer blieb sie stehen, riss sich das Gewehr von der

Schulter, drehte sich zu den Lichtern um, die sie verfolgten, und feuerte eine lange Salve ab.

Kein Brüllen, kein Heulen, kein Stöhnen. Nichts! Nur die Lichter selbst wurden heller.

Waren das überhaupt Lebewesen? Sergej wurde ganz anders zumute.

Egal ob lebendig oder nicht, die Lichter bewegten sich rasch und sprunghaft fort, ähnlich wie Vampire, nur machten sie zum Glück nicht ganz so weite Sätze. Für einen Augenblick hatte Sergej das Gefühl, als hörte er das Getrappel sich nähernder Bestien, doch vielleicht war es auch nur sein laut und hart klopfendes Herz.

Polina legte abermals die Kalaschnikow an und schoss. Doch das Feuern auf einen unsichtbaren Feind hatte keinen Sinn. Sergej gab ihr ein Zeichen und schob sie durch einen Durchbruch in der Wand. Dann zog er eine Handgranate hervor – die vorletzte –, warf sie den sich nähernden Lichtern entgegen und schlüpfte selbst durch das Loch in der Mauer.

Kurz darauf folgte die Detonation. Und danach … wieder nichts! Kein Rascheln, keine Schmerzensschreie! Sergej wollte durch das Loch in der Wand spähen, doch Polina ließ ihn nicht. Sie packte ihn am Arm und zog ihn tiefer in die Ruine.

Sie liefen an einigen halb eingestürzten Mauern vorbei und gelangten in einen Innenhof. Oder in eine Nebenstraße, in der Dunkelheit war das nicht zu erkennen. Dafür war die schwarze Silhouette des Wolkenkratzers jetzt schon ganz nah. Polina lief geradewegs darauf zu.

Sergej blieb kurz stehen, um sich nach den Lichtern umzusehen. Doch die Verfolger waren verschwunden. Was war geschehen? Warum hatten sie die Jagd aufgegeben? Hatte die Explosion sie erschreckt?

Warum auch immer. Jedenfalls waren Polina und er jetzt wieder allein mit der Finsternis und dem schwarzen Ungetüm, das einsam in den nächtlichen Himmel ragte.

Polina blieb stehen und ging in die Hocke.

»Diese Lichter … Was war das?«

Sie war völlig außer Atem, und ihre Stimme bebte. Entweder vor Erschöpfung oder vor Angst. Das passierte wohl zum ersten Mal, seit sie sich kannten. Vermutlich ließ die Wirkung der Spritzen nach. Oder die physischen und psychischen Belastungen waren selbst für die eisenharte Amazone einfach zu groß. Sergej bereute es bitter, dass er seine Liebste zu diesem Himmelfahrtskommando mitgenommen hatte. Er hätte sie mit Voltaire zum *Prospekt* schicken sollen.

Wütend auf sich selbst, zuckte er ratlos mit den Achseln.

»Keine Ahnung. Frag Voltaire, wenn wir zurück sind.«

»Aber sie haben dir geantwortet«, beharrte Polina. »Was meinst du: Haben sie deine Zeichen bewusst wiederholt?«

Sergej wollte das Thema eigentlich vom Tisch wischen, doch der Tonfall der Amazone verursachte ihm eine Gänsehaut.

»Wenn Arkadi Rudolfowitsch hier wäre, könnte er es dir sicher erklären«, erwiderte er milde, fast flehentlich.

»Weißt du, was mir am meisten Angst gemacht hat?«, fuhr Polina nach längerem Schweigen fort. »Dass ich niemanden getroffen habe.«

»Wenn man auf gut Glück in die Dunkelheit schießt, ist es eben schwer, jemanden zu treffen.«

»Ich habe aber genau gesehen, wo ich hinschieße«, widersprach Polina.

»Was hast du gesehen?«

»Graue Schatten. Viele graue Schatten.«

»Hör zu.« Sergej hockte sich vor sie und fasste sie mit den Händen an den Schultern. »Ich habe mich auch umgeschaut, aber außer den Lichtern, die uns verfolgten, habe ich nichts gesehen. Und du auch nicht. Du stehst einfach unter Schock. Das geht vorbei.«

»Ja, wahrscheinlich.«

Polina nickte, klang jedoch alles andere als überzeugt. Die grauen Schatten, von denen sie gesprochen hatte, spukten in Sergejs Kopf herum. Er nahm ihre Hand. Sie packte die seine ganz fest.

»Serjoschka …«, flüsterte sie kaum hörbar. »Wirst du mich auch nicht vergessen?«

»Was redest du denn da?«, entgegnete Sergej bestürzt. Er räusperte sich. »Dir wird nichts passieren, hörst du? Ich werde dich beschützen, egal was kommt!«

Polina schaute ihn lange schweigend an. Vergeblich suchte er nach den richtigen Worten, um sie zu beruhigen und die beklemmende Schwermut zu vertreiben, die sie auf einmal befallen hatte.

»Gehen wir«, sagte sie schließlich und stand auf. »Wir müssen endlich zu diesem Wolkenkratzer.«

Der Weg dorthin erwies sich als äußerst beschwerlich. Sie kämpften sich wenn möglich auf direktem Wege durch die Ruinen, sonst umrundeten sie die Trümmerhaufen, so gut es ging. Als sie wieder einmal einem ehemaligen Plattenbau auswichen, der sich in ein Gebirge aus zerbrochenen Betonplatten verwandelt hatte, standen sie plötzlich vor einem Abgrund, in dem in undurchdringlicher Finsternis Wasser rauschte.

Sergej unternahm erst gar nicht den Versuch zu verstehen, wo sie hier gelandet waren. Wäre ihr Ziel nicht der schwarze Berg gewesen, der unweit von ihnen in den Himmel ragte, hätten sowohl er als auch Polina längst die Orientierung verloren.

Abgesehen davon war es mehr als erstaunlich, dass sie immer noch auf kein einziges nächtliches Raubtier gestoßen waren. Nicht einmal in der Ferne hörte man Monster brüllen. Durch einen glücklichen Zufall waren die Ungeheuer in dieser Nacht alle in anderen Teilen der Stadt auf der Jagd … Oder hatte sie der Schwarze Drache schon vertilgt?!

»Es ist warm hier …«

»Was?«

Sergej war so in Gedanken, dass er nicht richtig zugehört hatte.

»Spürst du es nicht?«, fragte sie. »Es ist wärmer geworden. Ob das von dem Wasser kommt?«

Sergej zuckte mit den Achseln. Er war längst schweißgebadet, schob das jedoch auf den anstrengenden Marsch. Und was machte das schon? Lieber ein bisschen schwitzen, als in eisiger Kälte frieren. Doch Polina schien der plötzliche Wärmeeinbruch ernstlich Sorgen zu bereiten. Ihre Nervosität übertrug sich auf Sergej.

Es dauerte jedoch nicht lang, und die beiden hatten einen wesentlich handfesteren Anlass zur Sorge. Das Dosimeter in Kassarins Ärmeltasche, das bislang kaum einen Mucks von sich gegeben hatte, knisterte auf einmal wie verrückt. Und das ausgerechnet jetzt, wo sie nur noch wenige Wohnblocks vom Blauen Zahn entfernt waren.

»Vor uns liegt eine verstrahlte Zone«, konstatierte Kassarin. »Bleibt nichts anderes übrig, als sie zu umgehen.«

Polina schlug bereitwillig eine neue Route ein. Zur Sicherheit entfernten sie sich mindesten zweihundert Meter von dem Punkt, an dem das Dosimeter angeschlagen hatte. Als sie jedoch wieder auf den Wolkenkratzer zuhielten, dessen Silhouette eher an eine angeschmolzene Kerze als an einen Zahn erinnerte, schlug das Strahlenmessgerät erneut Alarm.

»Verdammter Mist!«, fluchte Sergej. Er wandte sich Polina zu. »Gehen wir weiter. Irgendwo finden wir schon einen Durchgang.«

Zu diesem Zeitpunkt hegte er längst die Befürchtung, dass es womöglich überhaupt kein Durchkommen zu dem vermaledeiten Blauen Zahn gab, weil das Gebäude selbst völlig verstrahlt war. Doch um Polina nicht unnötig zu beunruhigen, hütete er sich, diesen Gedanken laut auszusprechen. Zumal er nicht die geringste Ahnung hatte, was sie machen sollten, falls dem tatsächlich so war.

»Komm schon. Worauf wartest du?«, fragte er, als die Amazone nicht weiterging.

Doch Polina stand wie angewurzelt da und starrte wie hypnotisiert den schwarzen Berg an, der aus den Ruinen ragte.

»Er atmet …«

Im ersten Moment dachte Sergej, dass die Amazone fantasierte.

»Wer?«, fragte er möglichst ruhig.

Anstatt zu antworten, hob Polina den Arm und streckte ihn ganz vorsichtig, so als wollte sie sich nicht verbrühen, in Richtung des schwarzen Ungetüms aus.

»Was redest du für einen Unsinn?«, seufzte Sergej. »Überleg doch mal, wie …«

Kassarin stutzte. Der Berg atmete tatsächlich. Vielleicht atmete er nicht wirklich, aber seine Wände, Hänge oder woraus auch immer er bestand, pulsierten! Jetzt sah er es ganz deutlich. Er blähte sich auf und schnurrte wieder zusammen. Sergej traute seinen Augen nicht. Er befeuchtete einen Finger und hielt ihn in die Luft. Ein, aus. Der Atem des Berges war sogar aus der Entfernung zu spüren. Und dieser Atem war heiß. Deshalb also war es wärmer geworden!

»Das ist kein Wolkenkratzer«, flüsterte Sergej und trat unwillkürlich ein paar Schritte zurück. »Das ist die Schimmelkolonie. Das Herz des Drachens.«

»Die Kolonie?!« Polina war geschockt. »So riesig?!«

Sergej kam nicht dazu, zu antworten. An der Oberfläche des Berges bildeten sich riesige Blasen. Er wartete nicht ab, was weiter geschehen würde, sondern packte die Amazone am Arm und zog sie mit sich fort.

»Weg hier! Schnell!«

Als die beiden schon ziemlich weit entfernt waren, hörten sie hinter sich ein dumpfes Ploppen. Sergej konnte es sich nicht verkneifen, sich umzudrehen. Der aus den Ruinen ragende schwarze Berg war in einer dicken schwarzen Rauchwolke verschwunden.

Kein Rauch, sondern Sporen, begriff Kassarin. Als Ausgeburt der Finsternis, die nichts mehr fürchtete, als das Sonnenlicht, setzte der Drache alles daran, so schnell wie möglich den gesamten Himmel mit dem Staub seines giftigen Atems zu verhüllen.

Nervös beugte sich Voltaire über den Stadtplan, den Polina ausgebreitet hatte.

»Wo haben Sie die Kolonie gefunden?«

Die Unterredung fand im Büro des Kommandanten des *Prospekts* statt, der selbst nicht anwesend war. Nikolai Stepanowitsch hatte Sergej und Polina persönlich an der Dekontaminationskammer abgeholt und in sein Büro gebracht, wo Voltaire sie bereits erwartete. Dann war der Kommandant aber sofort wieder verschwunden, weil er, wie er sagte, noch etwas zu erledigen hatte.

Polinas schmaler Zeigefinger wanderte über die Karte, entlang einer geschwungenen, blauen Linie, die als »Kamenka« bezeichnet war, schwenkte nach rechts und verharrte neben einem länglichen Oval.

»Irgendwo hier.«

»Im Stadion?!«, fragte Voltaire entsetzt.

Die Amazone schaute ihn verständnislos an.

»Das Stadion gibt es schon lange nicht mehr«, erwiderte sie. »Es befindet sich innerhalb der Kolonie. Sie können sich überhaupt nicht vorstellen, wie riesig sie ist.«

Der Doktor biss sich auf die Lippe, nahm einen Bleistift, den der Kommandant dagelassen hatte, und legte ihn wieder zurück.

»Verflucht«, murmelte er so leise, dass Sergej ihn kaum verstand. »Das ist ganz in der Nähe des *Prospekts*. Wir müssen sofort aufbrechen. Sonst ist es zu spät.«

»Einen Moment!«, intervenierte Sergej. »Zur Kolonie gehe ich allein, ihr bleibt hier.« Sein Statement klang kompromisslos. Das lag wohl daran, dass seine Entscheidung diesmal wohlüberlegt und nicht spontan gefallen war. »Und zwar alle beide«, fügte er der Deutlichkeit halber hinzu.

Polina erwiderte nichts. Kassarin hatte eigentlich mit wütenden Protesten seiner Liebsten gerechnet und sich innerlich darauf eingestellt. Dafür geriet Voltaire völlig außer sich.

»Wie allein?! Das schaffen Sie doch nicht! Der Ballon muss mit Gas befüllt werden. Das haben Sie noch nie gemacht. Und was ist mit den Monstern? Allein haben Sie keine Chance gegen die Ungeheuer!«

»Die Monster sind tot«, entgegnete Sergej. »Ihr mutierter Schimmel hat sie alle aufgefressen. Wir haben keine einzige Bestie getroffen dort oben.« Über die springenden Lichter und die grauen Schatten, die sie verfolgt hatten, breitete er geflissentlich den Mantel des Schweigens. »Und wie man den Ballon befüllt, werden Sie mir jetzt zeigen. Apropos, wo ist der Ballon?«

Noch bevor Voltaire antworten konnte, kam Nikolai Stepanowitsch schwer beladen ins Büro. In der einen Hand trug er einen voluminösen Sack, in der anderen einen rechteckigen Rucksack. Dieser war über einen Schlauch mit einem Stahlrohr verbunden, das wie ein Gewehrlauf aussah. Mit größter Vorsicht stellte der Kommandant den Rucksack am Boden ab und wuchtete den Sack auf den Tisch. Darin befand sich eine dicht zusammengerollte durchsichtige Folie – das konnte eigentlich nur der Ballon sein.

»Gerade fertig geworden«, triumphierte Nikolai Stepanowitsch. »Das Ventil ist korrekt eingestellt, das habe ich persönlich überwacht.« Dann deutete er auf den Rucksack am Boden. »Und hier haben wir einen Tornister-Flammenwerfer. Die Jungs haben ihn aus einem Schweißbrenner gebaut. Ein geniales Teil!«

Voltaire reagierte nicht gerade euphorisch.

»Die Lage ist schlimmer, als ich dachte«, sagte er besorgt. »Die Schimmelkolonie ist nur wenige Kilometer von unserer Station entfernt. Und …« Der Doktor stockte. »Sie ist riesig.«

Der Kommandant wurde blass.

»Was können wir tun?«

Voltaire schüttelte den Kopf.

»Nichts, außer beten. Vor dieser Pest gibt es keine Rettung.«

»Wir müssen die Schotten dichtmachen«, mischte sich Polina ein. »Alle Ein- und Ausgänge schließen, alle Löcher abdichten und sämtliche Schächte, die zu Oberfläche führen, verrammeln.«

»Das nützt nichts«, erwiderte Voltaire resigniert. »Mit künstlichen Barrieren lässt sich die Kolonie nicht stoppen. Sobald die Hyphen des Myzels hierher vordringen, ist alles in ein paar Minuten vorbei.«

»Wer dringt vor?«, fragten der Kommandant, Sergej und Polina unisono.

»Die Hyphen«, wiederholte der Doktor zerstreut. Es dauerte eine Weile, bis ihm dämmerte, dass niemand sein Fachchinesisch verstand. Dann korrigierte er sich. »Die Triebe der Schimmelkolonie.«

Der Kommandant legte die Stirn in Falten und rückte seine mit Klebeband zusammengeflickte, drollige Brille zurecht.

»Wie viel Zeit bleibt uns?«

Allein schon, dass er nicht in Panik verfiel, musste man ihm hoch anrechnen.

»Wir schaffen es«, versicherte Polina. Dann schaute sie in den Sack mit der Folie und wandte sich an Voltaire. »Zeigen Sie uns, wo man die Gasflasche anschließen muss.«

Der Doktor erklärte es zwar, doch nachdem er damit fertig war, fing er wieder mit seiner alten Leier an.

»Aber ich muss das selbst machen. Das müssen Sie doch verstehen. Es ist meine Pflicht und …«

Polina unterband seinen Einspruch, indem sie ihm kurzerhand den Finger auf den Mund legte. Sergej hätte das nie gewagt.

»Sie werden hier gebraucht, um die Station zu beschützen«, sagte die Amazone. »Jetzt und – wie ich hoffe – auch nach der Aktion.«

Voltaire suchte Blickkontakt zum Kommandanten und nickte schließlich.

»Na gut. Ich bleibe.«

Polina hatte anscheinend keine Sekunde daran gezweifelt, dass der Doktor einlenken würde. Sie band mit flinker Hand den Sack wieder zu und wollte ihn sich schon über die Schulter schwingen, doch in diesem Augenblick fiel ihr Sergej in den Arm. Kassarin hatte nicht die Absicht, sich damit abzufinden, dass hier einfach über seinen Kopf hinweg entschieden wurde.

»Das ist meine Sache«, verkündete er kategorisch.

Doch seine Entschlossenheit beeindruckte die Amazone nicht im Geringsten.

»Ach wirklich?«, fragte sie mit einem entwaffnenden Lächeln. »Ich hatte gehofft, dass du den Flammenwerfer trägst, der ist mir nämlich ein bisschen zu schwer.«

»Sag mal, kapierst du es nicht?!«, explodierte Sergej. »Das ist ein Himmelfahrtskommando! Wenn du mitgehst, kommst du nicht wieder zurück! Wozu hast du das nötig?!«

Sergej war in diesem Moment völlig egal, dass Voltaire und der Kommandant den heftigen Streit mitbekamen. Auch Polina schien sich nicht darum zu scheren.

»Hast du schon vergessen, was mein Name bedeutet?«, fragte sie und lächelte hintergründig. »Vielleicht will ich einfach noch mal die Sonne sehen? Wäre das etwa ein schlimmes Ende?«

Sergej winkte ab. Es war völlig zwecklos, mit dieser Frau zu diskutieren. Er hatte nicht einmal verstanden, was Polina mit ihrer letzten Bemerkung gemeint hatte. Aber eines wusste er: Egal was er noch sagte oder unternahm, sie würde ihn begleiten, so oder so. Bis zum bitteren Ende.

Bei Tagesanbruch machten sich die beiden auf den Weg. Allerdings blieb der Tagesanbruch schon im Morgengrauen stecken. Die schwache Dämmerung machte den schwarzen Himmel nur wenig heller und tauchte die Ruinen der Stadt in ein gespenstisches Licht.

Sollte es tatsächlich nie wieder richtig Tag werden? Sergej fröstelte bei diesem Gedanken. Dabei war dies erst der Anfang! Was wäre, wenn sich der Drache auf der ganzen Erde breitmachte? Dann würde sein schwarzer Auswurf überall den Himmel überziehen, und der Planet wäre in ewige Dunkelheit gehüllt.

Wenn sie die Wahl gehabt hätten, wären Sergej und Polina durch die Metro zur *Roschtscha* gegangen und hätten sich den Marsch an der Oberfläche erspart. Die Finsternis in den Tunneln war ihnen vertraut und stürzte sie weder in Panik noch erinnerte sie sie an das unersättliche Ungeheuer, das mit seinen Fangarmen Jagd auf die Menschen im Untergrund machte. Doch der unterirdische Weg zur *Roschtscha* führte durch die *Sibirskaja*, wo die Stationswehr nur darauf wartete, mit dem entflohenen Häftling und seiner Komplizin abzurechnen. Gar nicht zu reden vom Tunnel zur *Marschalskaja*, der die Menschen in den Wahnsinn trieb. Es blieb also nur der Weg an der Oberfläche.

Der Kommandant hatte Sergej und Polina persönlich zum Ausgang begleitet und beiden mit einem Händedruck Glück gewünscht. Doch kaum hatten sie das hermetische Tor durchschritten, schlug auch schon die schwere Stahltür hinter ihnen zu. Man konnte den Bewohnern des *Prospekts* diese übertriebene Eile nicht übel nehmen. Sie hatten alles in ihrer Macht stehende für die beiden Fremden getan und mussten an die Sicherheit ihrer Station denken.

Der Rucksack mit dem Flammenwerfer wog locker zwanzig Kilo, wenn nicht dreißig. Sergej hatte sowohl seine Kalaschnikow als auch sein Scharfschützengewehr am *Prospekt* zurücklassen müssen, um sich überhaupt fortbewegen zu können. Andererseits brachten Schusswaffen in der bevorstehenden Auseinandersetzung mit dem Schwarzen Drachen sowieso nichts. Leider stand zu befürchten, dass dies auch für den Flammenwerfer galt. Schließlich hatten die Verteidiger der *Roschtscha* nicht einmal mit einem schweren, ortsfest installierten Modell etwas ausrichten können.

Doch den Flammenwerfer zurückzulassen, hätte bedeutet, die Flinte von vorneherein ins Korn zu werfen, und dazu war Sergej nicht bereit. Tapfer trug er den schweren Rucksack, dessen Riemen schmerzhaft in seine Schultern schnitten.

Auch Polina hatte ordentlich zu schleppen. Der Sack mit dem Ballon war zwar wesentlich leichter, doch im Unterschied zu ihrem Begleiter hatte sie sich nicht von ihrem Sturmgewehr getrennt und sogar die letzte verbliebene Handgranate mitgenommen.

Die beiden hatten bereits drei oder vier Häuserblocks hinter sich gelassen und ihre Waffen bis jetzt nicht einsetzen müssen. Sergej war zuversichtlich, dass das auch so bleiben würde.

Polina dagegen traute dem Frieden nicht. Unaufhörlich ließ sie den Blick über die umliegenden Ruinen schweifen und spähte in die dunklen Löcher leerer Fensterrahmen. Doch es tauchten keine Monster auf.

Dafür trafen sie immer wieder auf abgenagte Knochen, die teilweise auch von Menschen stammten. In einem abgelegenen Hof, an der Ecke eines relativ gut erhaltenen, alten Backsteinbaus, türmten sich die Gebeine zu einem Haufen, wie bei einem geöffneten Massengrab. An derselben Stelle lagen auch mit Nägeln gespickte, morsche Holzprügel, Fragmente von Bewehrungsstahl und Rohrstücke mit Aufsätzen aus Holz oder Metall. Den Waffen nach zu schließen hatte hier eine Gruppe Menschenfresser ihr Ende gefunden.

»Sieht ganz so aus, als könnten wir bis zur *Roschtscha* an der Oberfläche bleiben«, sagte Polina, als sie den Hof verlassen hatten und wieder auf eine breite Straße gelangten.

Doch da hatte sich die Amazone getäuscht. Am Ende des Wohnblocks tauchte im monotonen Grau ein eigenartiges Bauwerk auf, das die Straße wie eine Brücke querte, allerdings nur bis zur Mitte und so niedrig, als tauchte eine Straße unmittelbar unter der anderen hindurch. Sergej und Polina blieben verblüfft stehen. Die beiden staunten weniger über die Sinnlosigkeit der Konstruktion als über ihr seltsames Aussehen: Sie war schwärzer als die benachbarten Ruinen, schwärzer als der rissige Asphalt unter ihren Füßen und sogar schwärzer als Ruß. Ihre Oberfläche überzog ein schwarzer, pulsierender Flaum. Und ... sie bewegte sich!

Im ersten Moment trauten Sergej und Polina ihren Augen nicht, doch als ihnen klar wurde, dass sie sich nicht täuschten, begriffen sie auch den Rest. Über die Straße schob sich ein gigantischer Fangarm! Sein Ende war so dick wie ein Eisenbahntank und teilte sich in eine Vielzahl biegsamer Auswüchse, die wie schwarze Rinnsale über die Straße krochen und sich langsam in die umliegenden Ruinen vortasteten.

Doch diese Langsamkeit war trügerisch. Sergej hatte noch gut in Erinnerung, wie rasend schnell die Tentakel dieser lebenden Spinnwebe damals an der *Roschtscha* ihre Opfer gepackt und verschlungen hatten. Selbst jetzt, nachdem Voltaire die Zusammenhänge erklärt hatte, schien es ihm schier unglaublich, dass es sich bei diesem Albtraum lediglich um eine Mutation des Schwarzschimmels handelte, eines unscheinbaren Pilzes, der sich zu monströser Größe ausgewachsen hatte. Es schien, als hätten die Myriaden mikroskopisch kleiner Organismen, die sich zu einem gigantischen Ungeheuer vereinigten, auch einen gemeinsamen Willen, der sie verband und lenkte.

Ganz vorsichtig, um nicht die Aufmerksamkeit des Monsters zu erregen, wich Sergej zurück und zog Polina mit sich. Plötzlich spukte ihm die Frage durch den Kopf, wie dieser Schimmel seine Beute aufspürte. Er hatte schließlich keine Augen. Konnte er Geräusche wahrnehmen? Oder Gerüche? Oder hatte er andere Sinnesorgane entwickelt, von denen die Menschen keinen Begriff hatten?

Kassarin bereute es bitter, dass er Voltaire nicht beizeiten danach gefragt hatte. Jetzt war es zu spät dafür.

»Nicht weit von hier ist ein Lüftungsschacht«, flüsterte Polina mit bebender Stimme. »Allerdings ...«

Sergej ließ sie nicht ausreden. Hauptsache irgendwo verstecken vor diesem Ungeheuer. Alles andere war egal.

»Nichts wie hin, schnell!« Er gab der Amazone einen Schubs in den Rücken und folge ihr, als sie losspurtete.

»An der Gittertür des Lüftungshäuschens ist das Schloss eingerostet«, rief die Amazone im Laufen. »Beim letzten Mal habe ich es nicht aufgekriegt.«

Sergej winkte ab. Was beim letzten Mal war, spielte jetzt keine Rolle. Erst mal hinkommen, dann würden sie weitersehen.

Der Schacht war zum Glück ganz in der Nähe, im benachbarten Hof. Polina kam als Erste an dem runden Häuschen an, das mit einem rostigen Gitter abgedeckt und über eine ebenso rostige Stahltür auf der Vorderseite zugänglich war. Das Schloss, von dem Polina gesprochen hatte, fehlte allerdings. An seiner Stelle befand sich ein großes Loch mit scharfkantigen Rändern, das von einigen kleineren Löchern umgeben war.

Polina zeigte sich wenig begeistert über die aufgebrochene Tür.

»Schussspuren«, konstatierte sie und fuhr mit dem Finger über eines der kleineren Löcher. »Noch ganz frisch.«

Das war natürlich hochinteressant, doch Sergej hatte im Moment andere Sorgen: Es galt dem Drachen zu entkommen, der die Gegend nach Beute durchkämmte. Er riss die Tür auf und schob Polina hindurch.

»Rein mit dir, aber schnell!«

Die Amazone fügte sich. Kurz darauf blendete im Lüftungsschacht ihre Stirnlampe auf, und Sergej sah die Stahlsprossen, die senkrecht nach unten führten. An den Rändern waren sie staubig, in der Mitte wie poliert. Polina inspizierte sie genau. Dann blickte sie sich um, schaute Sergej vielsagend an und kletterte kommentarlos hinunter.

Die schlimmste Gefahr drohte nun mal an der Oberfläche. Der Untergrund wirkte trotz all seiner Tücken weniger bedrohlich, fast schon vertraut. Sergej zog die jämmerlich quietschende Tür hinter sich zu und folgte seiner Freundin.

Es war gar nicht so einfach, die senkrechte Leiter hinunterzuklettern. Der schwere Tornister kippte nach hinten, und das baumelnde Rohr mit der Düse verfing sich ständig an den unteren Sprossen. Sergej war erleichtert, als er endlich wieder festen Boden unter den Füßen spürte.

Er ließ die letzte Sprosse los und streckte sich langsam. Seine Arme fühlten sich an wie aus Blei. Wenn er jetzt schießen hätte müssen, hätte er wohl nicht mal einen Elefanten aus drei Metern Entfernung getroffen. Allerdings hatte er weder eine Waffe, noch war ein Elefant oder sonst jemand da.

Der Korridor, in den der Schacht mündete, war in der einen Richtung verschüttet. Dort waren die hölzernen Stützbalken verfault und die Decke eingestürzt. In der anderen Richtung verlor sich der Gang in der Dunkelheit.

»Wohin jetzt?«, fragte Sergej und blickte besorgt auf die Einsturzstelle.

Polina zeigte energisch in die andere Richtung und zog sich die Gasmaske vom Kopf. Erleichtert folgte Kassarin ihrem Beispiel.

Der Korridor führte in einen breiten Metrotunnel. Am Boden verlief ein Gleis, an den Wänden befanden sich Halterungen für die Stromkabel, die hier früher verliefen, bevor die Bewohner der *Marschalskaja* sie abmontierten.

Polina verharrte etwas unschlüssig am Ende des Korridors. Offenbar musste sie sich erst orientieren. Sergej dagegen hatte den Tunnel und die Stelle, wo sie sich befanden, sofort wiedererkannt. Etliche Male war er hier allein und mit seinem Vater vorbeigekommen. Links ging es zur *Marschalskaja*, rechts zur *Roschtscha*.

»Wir müssen da lang«, sagte er forsch.

Polina nickte zerstreut. Ihr Zögern hatte einen anderen Grund.

»Was ist los?«, fragte Sergej besorgt.

Die Amazone hob den Kopf.

»Ach nichts …«

Doch ehe der Lichtstrahl ihrer Stirnlampe nach oben schwenkte, entdeckte Sergej am nassen Boden den verwässerten, kaum mehr erkennbaren Abdruck einer profilierten Sohle.

»Nur ein Schuhabdruck«, sagte er lässig. »Der kann weiß Gott von wem stammen. Vielleicht sogar von mir, wir sind schließlich kürzlich hier langgelaufen.«

»Ich sage ja: Es ist nichts«, erwiderte Polina und hakte sich bei ihrem Begleiter unter.

Mit dem linken Arm. Mit dem Ellbogen des rechten Arms klemmte sie die Kalaschnikow ein, die an ihrer Schulter hing.

Sergej musste schmunzeln. Seine Liebste ließ sich niemals gehen und war immer auf der Hut.

»Was gibt's denn da zu grinsen?«, meckerte Polina. »Gehen wir.«

Nach dem Höllentrip durch die nächtliche Stadt und den Begegnungen mit den Monstern am Fluss war der Marsch durch einen vertrauten Tunnel der reinste Spaziergang. Wenn der dreißig Kilo schwere Ranzen nicht gewesen wäre und die schreckliche Bestie an der Oberfläche, die sich immerhin anschickte, das Leben auf dem gesamten Planeten auszulöschen …

Sergej warf einen Seitenblick auf Polina. Die Amazone hatte die Lippen zusammengepresst, die Augen zu schmalen Schlitzen verengt und blickte angespannt in die Ferne. Offenbar trug auch sie sich mit sorgenvollen Gedanken.

Damit lag Sergej durchaus richtig, doch der Grund für ihre Sorge war ein anderer. Der Stiefelabdruck, den sie entdeckt hatten, war in ihren Augen mitnichten eine Lappalie, denn er stammte weder von vorgestern noch von gestern, sondern von heute. Er war maximal ein paar Stunden alt! Und das Schloss an der Tür des Lüftungsschachts war ebenfalls erst heute aufgebrochen worden.

Das konnte nur jemand gemacht haben, der von der Existenz des alten Schachts wusste, also ein Bewohner der *Marschalskaja*. Aber die Menschen, die dort gelebt hatten, waren längst alle tot! Wer war es gewesen? Ein Gespenst oder ein verirrter Stalker, der zufällig auf den Lüftungsschacht gestoßen war und beschlossen hatte hinunterzusteigen? Aber was hätte ein Stalker an der toten *Marschalskaja* verloren gehabt? Außerdem war er, dem Fußabdruck nach zu schließen, nicht zur *Marschalskaja*, sondern zur *Roschtscha* weitergegangen. Wozu? Die Amazone fand keine Antworten auf alle diese Fragen. Und in der Metro bedeutete jede Ungewissheit Gefahr. Deshalb hatte sie Sergej untergehakt, deshalb schaute sie so angespannt nach vorn, und deshalb hatte sie die rechte Hand auf das Laufgehäuse ihrer Kalaschnikow gelegt.

Kurz vor Erreichen der Station fiel Sergej auf, dass ihre Schritte kürzer wurden.

Wohin kam er zurück? Nach Hause? Sein Zuhause hatte ein bestialisches Monster zerstört, das man sich in den schlimmsten Albträumen nicht hätte ausmalen können. Seinen Vater und alle anderen, die ihm lieb und teuer waren, hatte es getötet. Die *Roschtscha* war keine Station mehr im eigentlichen Sinn und schon gar kein Zuhause, sondern eine Gruft, ein Massengrab für alle, die hier früher gelebt hatten. Nun kehrte er zu diesem Grab zurück und schleppte auch noch seine Liebste mit. Sergej fuhr ein kalter Schauer durch den Körper.

So darf ich nicht denken, sagte er sich. Sonst kann ich nicht tun, was ich tun muss. Ich muss alles, was mich ablenkt, verdrängen. Wir sind hergekommen, um eine Flasche mit Wasserstoff zu holen, und wir werden sie finden! Wir müssen sie nicht einmal suchen. Sie steht immer noch im hintersten Winkel der Waffenkammer, als wäre nichts gewesen …

Linker Hand kam die Bahnsteighalle in Sicht. Polinas Stirnlampe beleuchtete die schmale Metallleiter, die zum Gleis hinabführte. Es lagen keine Knochen darauf. Sie waren angekommen. Jetzt mussten sie nur noch zum Bahnsteig hinaufsteigen und die Station durchqueren, denn die Waffenkammer befand sich auf der anderen Seite. Leichter gesagt als getan. Das Wichtigste war: Bloß nicht auf den Boden blicken! Auf keinen Fall auf den Boden blicken!

Während Kassarin sich innerlich Mut zusprach, stieg die Amazone die Leiter hinauf. Sergej folgte ihr mechanisch. Am gegenüberliegenden Ende des Bahnsteigs, eben dort, wo sie hin wollten, hörte man etwas rascheln. Polina drehte sofort den Kopf in diese Richtung. Der Lichtkegel der Stirnlampe schwenkte über eine dunkle Gestalt, über einen angelegten Gewehrlauf und wurde dann als greller Blitz von der Optik eines Zielfernrohrs reflektiert.

Die Amazone schrie gellend auf, stürzte dem angelegten Lauf entgegen – so nahm es Sergej jedenfalls wahr, und schob sich zwischen ihn und die Gestalt im Hintergrund. Im selben Augenblick krachte ein Schuss, für einen Sekundenbruchteil flammte ein Mündungsfeuer auf.

Polina wurde zurückgeschleudert, als wäre sie gegen ein unsichtbares Hindernis gerannt.

Sie taumelte.

Sie versuchte, den Arm zu heben, schaffte es aber nicht.

Fasst lautlos fiel sie seitlich zu Boden.

Die Kalaschnikow, die ihr aus der Hand gefallen war, knallte dumpf auf den Granit. Sergej gab es einen Stich ins Herz. Er blieb wir angewurzelt stehen. Fassungslos wanderte sein Blick von Polinas reglosem Körper zu der am Boden liegenden Waffe. Als er sich die Kalaschnikow holen wollte, erschallte eine gebieterische Stimme aus der Dunkelheit.

»Bleib, wo du bist, Sersch! Ich hab dich im Visier!«

Es war eine vertraute Stimme.

17

IN DIE SONNE

Wenn du willst, dass es gut wird, mach es selbst.

Die Banditen von der *Ploschtschad* hatten Dron ein drastisches Beispiel für die Richtigkeit dieses Leitspruchs geliefert. Diese Vollpfosten hatten es doch tatsächlich geschafft, eine todsichere Sache zu vermasseln.

Dabei hatten sie alle Vorteile auf ihrer Seite gehabt: genaueste Informationen über die Pläne des Gegners, eine erdrückende zahlenmäßige Überlegenheit und erstklassige Waffen, einschließlich eines großkalibrigen, schweren Maschinengewehrs! Trotzdem hatten sie Sersch und sein Mädel entkommen lassen! Nur ein paar von den Stalkern, die mit den beiden unterwegs gewesen waren, hatten sie plattgemacht, wobei: Einen hatte Dron höchstpersönlich mit dem Dragunow umgelegt, und einer war mit seinem eigenen Sprengstoff in die Luft geflogen.

Kassarin und seine Tussi waren nach der Aktion wie vom Erdboden verschluckt. Nachdem der Tunnel durch die Detonation des Sprengstoffs eingestürzt war, hatte Dron zuerst gedacht, die beiden seien verschüttet worden. Doch irgendwie waren sie davongekommen und unbemerkt in die *Ploschtschad* eingedrungen.

Weiß der Geier, wie sie das geschafft hatten! Dort befreiten sie einen Gefangenen und legten eine filmreife Flucht hin. Dabei verwüsteten sie die Station derartig, dass die trotteligen Banditen und ihr Boss nicht mehr wussten, wo ihnen der Kopf stand.

Dieser Boss allerdings behauptete dann steif und fest, dass die drei Flüchtigen in der Eingangshalle der Station bei lebendigem Leibe gegrillt worden seien. Angeblich hauste dort oben irgendein Feuer speiendes Monster.

Dron nahm ihm das nicht ab. Schließlich hatte derselbe Bandenchef zuvor schon behauptet, das Pärchen sei durch die Explosion im Tunnel an die Wand geklatscht oder von herabfallenden Trümmern zerquetscht worden. Und Dron sollte recht behalten mit seiner Skepsis.

Er kehrte zum *Prospekt* zurück, wo wenig später ein völlig verdreckter, verletzter Kämpfer eintraf. Dieser Typ gehörte zum Trupp der Stalker, die mit Sersch zur *Ploschtschad* aufgebrochen waren, und er berichtete, alle außer ihm seien umgekommen.

Dron schöpfte zunächst Hoffnung, doch als er den Stalker nach Einzelheiten fragte, stellte sich heraus, dass dieser von Kassarins Befreiungsaktion überhaupt nichts wusste und ihn zu früh abgeschrieben hatte.

Richtig dick kam es für Dron dann am Abend, als der Kommandant, der die Aufräumarbeiten im eingestürzten Tunnel leitete, an die Station zurückkam. Er brachte ein zerzaustes Männchen mit – eben jenen Gefangenen, den Sersch und seine Tussi an der *Ploschtschad* befreit hatten. Wie sich herausstellte, lebte Sersch und erfreute sich bester Gesundheit. Seine Schlampe wäre zwar beinahe krepiert, hatte sich aber wieder berappelt. Bald würden sie beide an der Station aufkreuzen.

Für Dron bedeutet dies, dass er sich vom *Prospekt* verdünnisieren musste, bevor der Sprössling des Obersts ihn noch an die SA-Leute auslieferte. Für einen Moment kam dem Deserteur der Gedanke, Kassarin einfach zu ignorieren und weiterzuleben wie bisher. Doch er verwarf die Idee rasch wieder. Sersch selbst war nicht das Problem. Der würde ihn vielleicht als Verräter und Feigling schmähen und ihm schlimmstenfalls ein paarmal die Fresse polieren, wenn er es denn schaffte. Doch wenn die Chefs der Allianz je erfuhren, was das Weichei wusste, dann wäre die Scheiße richtig am Dampfen. Mit einer lädierten Visage käme Dron dann nicht mehr davon. Was ihm dann blühte, war äußerst unerfreulich: Verhaftung, ein Schauprozess als Deserteur, Verurteilung, Galgen und ein säuberlich eingeseifter Strick.

Blieb ihm also nichts anderes übrig, als sich bis ans Lebensende irgendwo an der Peripherie zu verstecken? An der *Gari* oder – noch weiter abgelegen – an der *Oktjabrskaja?* Sicher kein Zuckerschlecken, aber immer noch besser, als in irgendeiner Gosse vor sich hinzuvegetieren. Zumal er ja keineswegs mittellos war. Allerdings hatte er nur die Patronen, die er von der *Roschtscha* mitgebracht hatte, und ein Gutteil davon war bereits ausgegeben.

Was sprach eigentlich dagegen, noch einmal an den heimatlichen Herd zurückzukehren? Nach allem, was Sersch am *Prospekt* ausgeplaudert hatte, war damit zu rechnen, dass die Spinnwebe sich rasch wieder von der *Roschtscha* verzog. Wenn man die Waffenkammer noch einmal gründlich durchkämmte, würden die Patronen bis ans Lebensende reichen: für leckeres Essen, ein weiches Bettchen und nicht minder weiche und leckere Frettchen.

Dron packte also rasch seine Habseligkeiten zusammen, Klamotten, Patronen, die Tokarew und das Dragunow-Scharfschützengewehr, und schwang sich den Rucksack auf den Rücken. Er wollte den *Prospekt* gerade verlassen, als er plötzlich auf ein Gespräch aufmerksam wurde, das in einer der Werkstätten geführt wurde. Dron entschloss sich zu lauschen, und es sollte sich lohnen. Der Kommandant unterhielt sich mit dem befreiten Gefangenen.

Zuerst sprachen sie über allerlei belangloses Zeug: über eine zusammengeklebte Folie, ein Einlassventil und irgendeinen Schimmel. Doch dann wurde es interessant: Es ging um eine Wasserstoffflasche, die von der *Roschtscha* geholt werden musste. Wie sich herausstellte, hatte das schrullige Männchen vor, zusammen mit Sersch und seiner Schlampe zur *Roschtscha* aufzubrechen, um diese Flasche zu holen.

Dron witterte sofort seine Chance. Was lag näher, als den Aufenthalt an der *Roschtscha* ein wenig zu verlängern und zwei Fliegen mit einer Klappe zu schlagen? Wenn es gut lief, musste er nicht einmal die Allianz verlassen.

Kaum zwei Stunden später lag Dron an der *Roschtscha* bereits mit seinem geliebten Scharfschützengewehr auf der Lauer und wartete ungeduldig auf das Eintreffen der geschätzten Gäste. Die Hälfte des Weges hatte er an der Oberfläche zurücklegen müssen. Nur ein Geisteskranker oder ein Lebensmüder hätte sich allein in den »gefräßigen« Tunnel zwischen der *Marschalskaja* und der *Sibirskaja* gewagt, und Dron hielt sich weder für das eine noch das andere.

Er hatte wieder einmal Glück: Auf dem ganzen Weg begegnete er keinem einzigen Monster. Dafür fand er zufällig das Abdeckhäuschen eines alten Lüftungsschachts. Die rostige Tür widersetzte sich wie ein störrisches Weib. Erst nachdem er das Schloss aufgeschossen hatte, ließ sie sich öffnen.

Die verwaiste *Roschtscha* empfing ihn mit Dunkelheit und Skeletten, die auf dem Bahnsteig verstreut lagen. Gegen die Finsternis half eine leistungsstarke Lampe, die Gebeine juckten den Deserteur wenig. An der *Marschalskaja* hatte er Schlimmeres gesehen.

Die Durchforstung der Waffenkammer verlief überraschend erfreulich. Angesichts der Unmengen von Kisten und Schachteln – alle prall gefüllt mit Patronen – kam Dron zu dem Schluss, dass er seiner Heimatstation noch einen weiteren Besuch würde abstatten müssen. Auf einmal konnte er alle diese Schätze gar nicht tragen.

Er fand auch die Gasflasche mit Wasserstoff, auf die Sersch und seine Begleiter aus welchen Gründen auch immer so scharf waren. Da kam Dron eine Idee. Wie wäre es mit einer klitzekleinen Sprengfalle unmittelbar neben der Flasche? Dann musste er sich selbst nicht die Hände schmutzig machen. Doch nach einigem Hin- und Herüberlegen verwarf er den Gedanken. Was, wenn die Gasflasche explodierte? Dann würde womöglich die ganze Waffenkammer abbrennen. Das Scharfschützengewehr war dann doch die sauberere Lösung.

Dron suchte sich eine geeignete Position, machte das Gewehr schussbereit, schaltete die Lampe aus und löste sich in der Dunkelheit auf. Dank seiner Ausbildung bei Kassarin senior blieb Dron stets konzentriert, wenn er im Hinterhalt lag, und traf sein Ziel immer auf Anhieb. Es würde auch heute nicht anders sein. Nur hatte er es diesmal mit drei Zielen zu tun: Sersch selbst, das Mädel und der studierte Kauz. Ein Problem war das nicht wirklich.

Endlich tauchten hinten im Tunnel Lichter auf. Allerdings nicht drei, sondern nur zwei. Dron gefiel das nicht. Einer von den Dreien hatte anscheinend seine Lampe ausgeschaltet. Womöglich Sersch selbst?! Der Junge schoss nicht schlecht aus der Hüfte. Und seine Tussi durfte man auch nicht unterschätzen. Dron hatte nicht vergessen, wie ihn die hübsche Schlampe mit einer blitzartigen Beintechnik aufs Kreuz gelegt hatte. Sein Gesicht verfinsterte sich. Die Angelegenheit würde wohl doch schwieriger, als er gedacht hatte. Aber machbar allemal. Die Gäste mussten jeden Moment am Bahnsteig erscheinen, dann würde sich ja zeigen, was Sache war.

Dron legte die Waffe an und blickte durchs Okular des Nachtsichtzielfernrohrs.

Als Erste stieg die Schlampe die Leiter hinauf, hinter ihr folgte Sersch und dann … Dann drehte das Mädel plötzlich den Kopf in seine Richtung und blendete ihn mit ihrer Lampe. »Runter, ein Hinterhalt!«, schrie sie und stürzte auf ihn zu. Kassarin war so perplex, dass er wie angewurzelt stehen blieb. Dron dagegen behielt kühlen Kopf und brachte seine Kugel ins Ziel, obwohl ihn das blendende Licht irritierte.

Das Mädel stolperte, stand kurze Zeit taumelnd da, als überlegte sie, ob sie getroffen sei oder nicht, und stürzte dann leblos zu Boden. Sein ehemaliger Kumpel, der erstaunlicherweise unbewaffnet war, besann sich und wollte sich ihr Gewehr holen, doch Dron wusste das zu unterbinden.

»Bleib, wo du bist, Sersch! Ich hab dich im Visier!«

Das Weichei wagte sich keinen Schritt weiter. Jeder hängt schließlich am Leben. Besonders wenn es dem Ende zugeht.

Dron schlenderte langsam heran. Das Scharfschützengewehr mit dem aufgesetzten Nachtsichtzielfernrohr hielt er locker in der Hand. Die Lässigkeit, mit der er sich bewegte, war jedoch trügerisch und lediglich eine Provokation. Sein Zeigefinger lag immer noch am Abzug, und der Lauf des Gewehrs zielte genau auf Sergejs Brust.

»Jetzt haben wir uns ja doch noch getroffen, Sersch«, flötete der Deserteur. »Obwohl ich ganz schön weit laufen musste, um dich zu finden.«

Sergej schaute zu Polina. Der Anblick ihres am Boden zusammengekrümmten Körpers brach ihm das Herz. Er drehte sich wieder zu Dron.

»Warum? …« Er hatte nicht vorgehabt, mit dem verdammten Bastard zu sprechen, doch seine Fassungslosigkeit über das, was geschehen war, und über Drons sinnlose, absurde Tat musste jetzt irgendwie raus. »Warum hast du sie getötet?! Was hat sie dir getan?«

Dron zog verwundert die Augenbrauen hoch.

»Kannst du dir das nicht denken? Meinetwegen, dann hatte ich eben keinen Grund. Das ist jetzt auch schon egal. Für ehrliche Idioten wie dich ist jedenfalls kein Platz in der Metro. Leb wohl!«

Sergej kniff die Lider zusammen. Er hatte nicht den Mut, mit offenen Augen in den Tod zu gehen. Doch anstelle eines Schusses hörte er ein leises Stöhnen. Als er die Augen aufschlug, sah er, dass Polina sich bewegte. Ihre rechte Hand glitt über ihren Oberschenkel und verschwand in einer Falte des Schutzanzugs. Sie lebte!

Dron war darüber nicht weniger überrascht. Er zog die Augenbrauen zusammen und schielte zu der Amazone, ohne das Gewehr sinken zu lassen.

»Schau einer an, du zappelst ja noch. Macht nichts. Ich erledige jetzt erst mal deinen Freund und komme dann gleich zu dir. Vielleicht schaffen wir es ja sogar noch nachzuholen, was wir bei unserer ersten Begegnung nicht zu Ende gebracht haben.« Er verzog das Gesicht zu einem diabolischen Grinsen.

Sergej hätte Dron am liebsten mit bloßen Händen erwürgt. Leider hatte er dazu keine Chance, denn der Deserteur stand zehn Meter von ihm entfernt.

»Du wirst sowieso bald krepieren – qualvoll!«, zischte Sergej. Wie gern hätte er dem feigen Mörder sein zufriedenes Grinsen aus dem Gesicht geprügelt. »Die Spinnwebe wird dich finden, wo auch immer du dich versteckst. Sie wird dich finden und auffressen, genau wie sie die aufgefressen hat, die du hier feige im Stich gelassen hast.«

Der Verräter ließ sich weder einschüchtern noch provozieren. Sein Grinsen wurde nur noch breiter. Ja er lachte seinem ehemaligen Kumpel ins Gesicht.

»Das werden wir ja sehen. Ewig will ich sowieso nicht leben.«

»Das wirst du auch nicht.«

Die Prophezeiung kam von Polina – leise, aber bestimmt.

Im selben Moment hörte Sergej etwas über den Boden kullern. Er senkte den Blick und sah, wie eine Granate direkt vor Drons Füße rollte. Der Deserteur hatte das Geräusch auch gehört. Er schaute zu Boden und riss entsetzt die Augen auf. Sergej registrierte es mit diebischer Freude.

Dron schaffte es nicht mehr zu reagieren. Mit einem ohrenbetäubenden Knall flammte zu seinen Füßen ein weißer Feuerball auf. Der Deserteur wurde in die Luft geschleudert, wirbelte herum und platschte – alle viere von sich gestreckt – auf den Boden.

Sergej trat zu ihm. Sein von Splittern zerschnittenes Gesicht war grau, als hätte man es mit Asche bestäubt. Sein hervorgetretenes Auge schaute an ihm vorbei und wirkte gläsern.

Kassarin trat wieder zurück.

Polina!

Er stürzte zu der Amazone.

Sie lag immer noch auf der Seite, die Beine an die Brust gezogen. Nur ihr rechter Arm, mit dem sie die Granate geworfen hatte, war abgestreckt. Sergej fiel vor seiner Liebsten auf die Knie, nahm ihre Hand und drückte sie an seine Lippen. Ihre Finger waren noch warm, aber völlig kraftlos.

»Polina!«, rief Sergej.

Sie lächelte. Nur ganz flüchtig zwar, aber sie lächelte!

»Du bist da …«

»Aber natürlich bin ich da«, Sergej nickte und drückte ihre zarte Mädchenhand. »Was ist mit dir?«

»Ich sterbe«, flüsterte sie. Ihre blutleeren Lippen bewegten sich kaum.

»Unsinn! Was redest du denn da?! Wo ist die Wunde?! Wo hat er dich erwischt?!«

Die Kugel hatte sie in den Bauch getroffen. Der Schutzanzug klebte an der Stelle am Körper und war blutgetränkt. Sergej holte sofort Verbandszeug heraus, doch dann verließ ihn der Mut. Er hatte Skrupel, die schreckliche Wunde anzufassen.

Polina schien das zu spüren.

»Lass …«, flüsterte sie. »Das nützt nichts mehr. Besser …« Sie hatte Mühe zu sprechen und stockte. »Nimm lieber wieder meine Hand. Oder noch besser: Küss mich …«

Sergej drückte ihre Hand. Seine Augen füllten sich mit Tränen, aber er beugte sich hinab und küsste sie auf den Mund. Wenn er ihr nur sein Leben hätte einhauchen können!

Polina lächelte schuldbewusst.

»Verzeih … Jetzt kann ich dir … nicht mehr helfen. Du musst … allein weitergehen.«

Sergej schluchzte. Was redete sie da? Er war es doch, der um Verzeihung bitten musste. Er hatte sie ins Verderben geführt! Und es nicht geschafft, sie zu beschützen!

»Ich weiß, du wirst es schaffen«, fuhr sie fort. »Du ... du bist stark. Aber versprich mir eins ...«

Durch ihren Körper lief plötzlich ein Schauer. Sergej dachte schon, dass sie gleich sterben würde. Sie rang krampfhaft nach Luft, aber dann sprach sie weiter.

»Versprich mir ... dass du nicht stirbst. Dass du wieder zurückkehrst und ... leben wirst.«

Kassarin lächelte gequält. Aus der Höhle des Drachen gab es keinen Weg zurück. Polina hatte das sofort gemerkt.

»Versprich es!«, flehte sie mit letzter Kraft und drückte mit erkaltenden Fingern seine Hand.

Ihre Stimme klang so verzweifelt, dass Sergej sofort energisch nickte.

»Ich verspreche es.«

Das Gesicht der Amazone entspannte sich. Ihre Augen aber funkelten ihn an.

»Danke«, flüsterte Polina mit einem zärtlichen Lächeln.

Sergej schloss die Augen. Er ertrug ihren Blick nicht, der tief in seine Seele drang. Als er die Lider wieder aufschlug, atmete sie nicht mehr.

Langsam und wie in Trance marschierte Sergej durch das zerstörte Nowosibirsk. Den Blick hatte er auf den pulsierenden schwarzen Berg gerichtet, der vor ihm in den Himmel ragte. Es fiel ihm schwer, ein Bein vor das andere zu setzen. Nicht wegen des Gewichts des Ballons und der Gasflasche, die er zusätzlich zum Flammenwerfer schleppen musste. Viel schwerer wog die Trauer, die auf seiner Seele lastete. Eigentlich war es ein Wunder, dass er nicht unter dieser Last zusammenbrach.

Er hätte sich diese seelischen Höllenqualen ersparen können. Polinas Kalaschnikow war geladen gewesen, und an Drons Gürtel hatte er eine schussbereite Tokarew TT gefunden. Es wäre ein Leichtes gewesen, sich einen Lauf an die Brust oder an die Schläfe zu halten und dem Horror auf einen Schlag ein Ende zu bereiten. Im ersten Moment, als er Polinas leicht geöffneten, reglosen (toten!) Lippen betrachtete, wollte Sergej genau das tun.

Doch die Amazone hatte das verhindert. Indem sie bei ihm geblieben war, indem sie ihm ohne Rücksicht auf sich selbst geholfen und sogar ihr Leben für ihn gegeben hatte, als sie sich in Drons Kugel warf! Das alles hatte sie getan, damit er seine Mission erfüllen konnte. Sich das Leben zu nehmen, hätte eine Verhöhnung ihre Selbstlosigkeit bedeutet. Und einen schlimmen Verrat an ihrer Liebe.

»Ich werde es zu Ende bringen und den Drachen töten«, flüsterte Sergej, als er vor dem Leichnam seiner Liebsten kniete.

Danach stand er auf und begann in der Mitte des Bahnsteigs einen Scheiterhaufen zu errichten. Während er Bruchstücke von Spanplatten und Brettern zusammensammelte, stieß er auf ein vergilbtes Blatt Papier, das auf dem Boden lag. Wie sich herausstellte, war es aus Wiesels Songbook herausgefallen. Sergej las den Text, drückte das Blatt in der Faust zusammen, bis seine Knöchel weiß wurden, und stopfte es in seine Tasche.

Als er alles Holz, das er finden konnte, zusammengetragen hatte, kehrte er zu Polina zurück und trug sie zum Scheiterhaufen. Im Tod war die Amazone nicht minder schön als im Leben. Nur ihre Gesichtszüge waren ein wenig härter geworden.

Sergej verabschiedete sich innerlich von seiner Liebsten, trat zurück und richtete den Brenner des Flammenwerfers auf den Scheiterhaufen. Er sagte nichts, denn eines wusste er genau: Wenn Polinas Seele bei ihm war, dann verstand sie ihn auch ohne Worte.

Zischend schoss die orangefarbene Flamme aus der Düse. Der ganze Haufen fing augenblicklich Feuer, als wäre das Holz mit einem Brandbeschleuniger getränkt, und Polinas Körper wurde von lodernden Flammen eingehüllt. Der Scheiterhaufen brannte lange. Sergej stand die ganze Zeit davor und starrte ins Feuer.

Als es langsam herunterbrannte und eine dunkle Silhouette zum Vorschein kam, betätigte er abermals den Abzug des Flammenwerfers, und das Feuer loderte mit neuer Kraft auf. Dies wiederholte er so lange, bis anstelle des Scheiterhaufens nur noch ein Häufchen Asche übrig war.

Das war's, sie ist gegangen, sagte sich Sergej, als alles vorbei war. Ihm fielen die Zeilen ein, die er kurz zuvor gelesen hatte.

An diesem goldnen Tage,
da ringsum Frühling blüht,
geht mein Traum zu Grabe,
die Liebe ist verglüht.

Wiesel hatte recht, dachte Sergej. Das Gedicht handelt von uns, auch wenn noch lange nicht Frühling ist. Aber wenn ich das Ungeheuer nicht töte, wird es nie wieder Frühling werden.

Kassarin blickte auf die Armbanduhr, die der Kommandant des *Prospekts* ihm mitgegeben hatte. Voltaire hatte ihm geraten, den Ballon unbedingt um Mittag steigen zu lassen, wenn die Sonne im Zenit stand. Es war höchste Zeit aufzubrechen.

So marschierte Sergej also schweren Schrittes durch das zerstörte Nowosibirsk und schaute zu dem hässlichen schwarzen Ungetüm auf, das aus den Ruinen in den Himmel gewachsen und im Verlaufe der vergangenen Nacht noch mindestes hundert Meter höher geworden war. Außer den verwaisten Ruinen, in deren Ecken und Kellern ein paar nackte Knochen lagen, gab es sonst nichts zu sehen.

Irgendwo in der Stadt tasteten sich kilometerlange Fangarme voran – die riesigen Triebe der Schimmelkolonie. Noch vor wenigen Stunden hatte ihn allein der Gedanke daran in Angst und Schrecken versetzt. Doch das war jetzt vorbei. Obwohl er wusste, dass dieser Gang aller Wahrscheinlichkeit nach sein letzter war, fürchtete er sich nicht.

In diesem Augenblick hatte er vor nichts mehr Angst.

Etwa fünfzig Meter vor ihm knallte ein Ziegelstein auf den Gehweg, dann noch einer und noch einer, bis auf einmal die ganze Mauer zusammenkrachte und mit ihr das Mietshaus, das im atomaren Inferno in Schieflage geraten war. Sergej betrachtete noch völlig konsterniert den Trümmerhaufen, als auch das Nachbarhaus wie ein Kartenhaus in sich zusammenfiel. Aus den Staubwolken, die über den neu entstandenen Ruinen waberten, tauchten zwei riesige Triebe des Schimmels auf und krochen auf die Straße. An ihrer Oberfläche wimmelten unzählige Tasthärchen, die wie Fransen aussahen.

Die Triebe kamen geradewegs auf Sergej zu. Als er sich reflexartig rückwärts bewegte, stürzte auch hinter ihm donnernd ein Haus ein. Überall in der Stadt brachte der Schimmel marode Mauern zum Bersten.

Sergej begriff, dass es kein Entrinnen gab. Nicht er war zum Berg gekommen, sondern der Berg zu ihm. Wenn er jetzt nicht sofort etwas unternahm, blieben ihm nur noch Sekunden, bis der Schimmel ihn verschlang.

Auf der anderen Straßenseite standen noch fünf Geschosse eines ehemaligen Hochhauses, das der Schwarze Drache offenbar noch nicht erobert hatte. Ohne lang nachzudenken, rannte Kassarin zu dem Gebäude. Ein Fangarm, etwa so dick wie ein Telegrafenmast, löste sich aus dem vorrückenden Trieb, und schnitt ihm den Weg ab.

Sergej setzte den Flammenwerfer ein. Der versengte Fangarm rollte sich augenblicklich ein und zog sich in den dicken Haupttrieb zurück, aus dem jedoch sofort mehrere neue Tentakel sprossen.

Das ist kein Drache, sondern eine Hydra, dachte Sergej. Wenn man ihr einen Kopf abschlägt, wachsen sofort mehrere neue nach.

Nur dass der Schimmel im Unterschied zur mythischen Hydra weder Beine noch Hals noch Köpfe besaß. Das unersättliche Fadengeflecht war gleichsam alles in einem.

Doch diesmal war die Hydra zu langsam. Die kleine zweibeinige Beute bewegte sich flinker als das gigantische Monster. Während die neuen Fangarme noch gemächlich in seine Richtung krochen, erklomm Sergej einen Haufen aus zerbrochenen Ziegeln und verschwand in einer Fensteröffnung. Als er vom Fenstersims auf den Boden sprang, stieß er schmerzhaft gegen die Kante eines schwarzen Kunststofftischs und wäre beinahe zu Boden gegangen.

Was war das hier? Ein Büro? Eine Wohnung? Egal! Jedenfalls musste es irgendwo eine Treppe nach oben geben.

Es dauerte nicht lang, bis er sie fand. Ein Teil der Innenwände des Gebäudes war eingestürzt, und als Sergej in den Gang hinauslief, erblickte er sofort das Treppenhaus. Was er am anderen Ende des Ganges durch ein breites Panoramafenster sah, war weniger erfreulich: ein aufragender Trieb des schwarzen Schimmels, der sich zu einem ganzen Büschel von Fangarmen verzweigte.

Nichts wie rauf, sonst war es zu spät!

Kassarin stürmte die erste Treppe hinauf. Auch die zweite Treppe erklomm er im Nu. Aber dann ging es nicht mehr weiter. Die Treppe war hier eingestürzt. Erst eine Etage weiter oben setzte sie sich fort. Von unten drangen knirschende Geräusche herauf. Sergej spähte in den Spalt zwischen den Treppenläufen und erstarrte vor Schreck. Im Erdgeschoss wucherten die Triebe des Schimmels bereits wie ein Krebsgeschwür und zermalmten Wände und Möbel. Gleich würden sie die Treppe erreichen und nach oben kriechen!

Kassarin rannte in Panik durch den Gang und riss sämtliche Türen auf. In einem Raum entdeckte er zwischen allem möglichen Gerümpel eine Klappleiter. Er packte sie und rannte zum Treppenhaus zurück. Dort stellte er sie an der Stelle auf, wo die Treppe abgestürzt war, stieg hinauf, hielt sich an einem Armierungseisen fest, das aus der oberen Geschossplatte ragte, und zog sich hoch. Als er oben war, warf er die Leiter um. Er glaubte natürlich nicht wirklich, das Monster auf diese Weise aufhalten zu können, doch woran klammert man sich nicht alles in der Not.

Zwei Etagen weiter oben war die Treppe endgültig zu Ende. Der obere Teil des Gebäudes war am Tag der Katastrophe durch die Druckwelle der Atomexplosion weggerissen worden. Über dem Torso des gekappten Hochhauses spannte sich ein niedriger, trostloser Himmel. Er war beinahe so schwarz wie die Schimmelkolonie, die ihn mit ihren Sporen verdunkelt hatte.

Sergej schluckte. Ihm kam es so vor, als hätte der gierige Schimmel bereits die ganze Welt verschlungen. Gleich würde ein schwarzer Rüssel wie ein Tornado vom Himmel stechen und ihn in seinen schwarzen Schlund saugen. Und wäre das nicht das Beste? Wozu der ganze Aktionismus? Was brachte es, einen Moment hinauszuzögern, der wahrscheinlich unausweichlich war?

geht mein Traum zu Grabe,
die Liebe ist verglüht.

Nein! Sergej sträubte sich innerlich. Seine Liebe hatte er verloren, ja, aber seinen Traum würde er sich von dieser schwarzen Todesdecke am Himmel nicht nehmen lassen. Zur Hölle damit und mit dem Ungeheuer, das sie hervorgebracht hatte! Hatte Polina nicht gesagt, dass sie noch einmal die Sonne sehen wolle? Er war es sich schuldig, ihr diesen Wunsch wenigstens stellvertretend zu erfüllen!

Sergej stellte die Gasflasche vor sich auf, schüttelte den Ballon aus dem Sack, schloss ihn an und drehte das Handrad bis zum Anschlag auf. Zischend strömte der Wasserstoff durch das Ventil. Es klang wie das Fauchen der mutierten Natter, die in der zerstörten Metrobrücke hauste.

Der Wust aus Folie, der neben der Flasche lag, entfaltete sich rasch und nahm allmählich die Form eine Kugel an. Schon wenig später hatte der Ballon sich aufgerichtet und sein volles Volumen erreicht. Er wurde jetzt nicht mehr größer, sondern nur noch praller, und schwebte über der Wasserstoffflasche. Sergej musste sogar in die Knie gehen und den Kopf einziehen, um die aufgeblähte Folie nicht ins Gesicht zu bekommen.

Die Gasflasche, an der er so schwer getragen hatte, wirkte jetzt schon fast schwerelos und wurde vom gasgefüllten Ballon nach oben gezogen. Sergej klemmte sie mit den Beinen ein, damit sie nicht zu pendeln begann und womöglich auf den Boden schlug. Voltaire hatte ihm nachdrücklich ans Herz gelegt, achtsam mit der Flasche umzugehen. Sie hätte sonst undicht werden oder schlimmstenfalls sogar explodieren können.

Mit den Händen hielt Kassarin die Zündschnur fest, die aus der Öffnung des Ballons herunterhing und dort mit einer Dynamitstange verbunden war. Das Zischen im Ventil wurde allmählich leiser. Der Wasserstoff in der Flasche ging zu Ende. Jetzt konnte Sergej den Ballon steigen lassen, doch zur Sicherheit wartete er noch ein paar Sekunden.

In diesem Augenblick tauchte auf einem Mauerfragment ein schwarzer Fangarm auf, verharrte kurz, als würde er dem Zischen des Wasserstoffs lauschen, und kroch dann auf Kassarin zu. Höchste Zeit!

Sergej ließ die Gasflasche los. Der in die Freiheit entlassene Ballon stieg in die Lüfte. Allerdings endete seine Freiheit an der vier Meter langen Zündschnur, deren Ende sich Sergej ums Handgelenk gewickelt hatte. Für einen Moment spielte er mit dem Gedanken, zusammen mit dem Ballon in den Himmel zu fliegen. War es nicht besser, sein Leben in einem hübschen Feuerwerk zu beenden als im finsteren Schlund eines gierigen Monsters?

Doch aus der verlockenden Idee wurde nichts. Der Ballon stieg nur so weit, bis die Zündschnur gespannt war. Die Zugkraft reichte hinten und vorne nicht, um einen Menschen mit nach oben zu tragen. Sergej nahm es einigermaßen gelassen. Dann eben nicht. Er war ja darauf eingestellt, dass es so kommen würde.

Jetzt fehlte nur noch das i-Tüpfelchen. Er betätigte das Feuerzeug, das er extra dafür mitgenommen hatte, hielt die winzige Flamme an das Ende der Zündschnur und ließ los, als sie Feuer gefangen hatte.

Der Ballon stieg jetzt wie entfesselt in den Himmel und zog die vier Meter lange glimmende Lunte wie ein Schwänzchen hinter sich her. Schon bald erreichte er die über der Stadt hängende schwarze Wolke und verschwand darin. Hätte er Zeit genug gehabt, wäre er bis zur Sonne durchgedrungen, die von den Sporen des Schwarzen Drachen abgeschirmt wurde. Doch seinem Flug war ein baldiges Ende beschieden. Das Feuer, das sich durch die Zündschnur fraß, hatte die Dynamitstange schon fast erreicht.

Sergej, der unten zurückgeblieben war, konnte natürlich nicht sehen, was in der Wolke vor sich ging. Aber er hatte jetzt ganz andere Sorgen. Von allen Seiten kroch das schwarze Flechtwerk des Schimmels auf ihn zu. Er hatte sich zu voller Größe aufgerichtet, drehte sich um die eigene Achse und legte mit dem Flammenwerfer einen regelrechten Feuerring um sich herum. Die Hitze im Gesicht und an den Händen war fast unerträglich, doch für ein paar Minuten hielt er das Monster so auf Distanz. Der Schwarze Drache scheute sich, seine Fangarme ins Feuer vorzuschieben.

Doch irgendwann versiegte der Brennstoff im Tornister. Die aus der Düse schießende Flamme schwächelte erst und verlosch dann ganz.

Sergej bereute es jetzt, dass er Drons Pistole nicht mitgenommen hatte. Er blickte zum Himmel, wo der Ballon in der undurchdringlichen Finsternis verschwunden war. In diesem Augenblick erreichte das Lauffeuer an der Zündschnur das Dynamit.

Mit einem donnernden Knall verwandelten sich fast vierzigtausend Liter gasförmigen Wasserstoffs, die in der Ballonhülle eingeschlossen waren, in einen lodernden Feuerball. Durch den gewaltigen Innendruck dehnte sich das Feuer in alle Richtungen aus und entflammte die in der Luft schwebenden schwarzen Partikel.

Was nicht verbrannte, wurde durch die gewaltige Druckwelle weggeblasen. Auf diese Weise sprengte die Explosion eine fast fünfhundert Meter breite Bresche in die Sporenwolke. Über der Stadt tat sich ein tiefblauer Himmel auf, aus dem grelles Sonnenlicht herabflutete.

Sergej kniff geblendet die Augen zu. Deshalb konnte er nicht sehen, wie die buschigen Fangarme, die ihn eingekreist hatten, plötzlich anzuschwellen begannen. Die feinen Härchen an der Oberfläche stellten sich auf wie das Nackenhaar eines gereizten Vampirs und fielen in Büscheln ab. Der Auflösungsprozess machte nicht an der Oberfläche halt, sondern erfasste das ganze Fadengeflecht. Zuerst lösten sich nur einzelne Fetzen, dann größere Stränge, bis schließlich die ganzen Fangarme in qualmende Stücke zerfielen.

Überall waren dumpfe Schläge zu hören, als würde ein Riese mit einem gigantischen Schlagstock auf eine ebenso gigantische Matratze einprügeln. Sergej wollte wissen, was los war, und öffnete die Augen.

Das Feuer, das er gelegt hatte, war längst erloschen. Nur noch ein paar einzelne Flammen züngelten auf den Betonplatten. Von den Trieben des Schimmels und seinen Fangarmen war nichts mehr zu sehen. Nur ein paar Aschehäufchen, die wie versengte Haarbüschel aussahen, lagen in der Gegend verstreut.

Kassarin blickte zum schwarzen Berg der Schimmelkolonie. Er war nun nicht mehr schwarz, sondern schmutziggrau. An seinen steilen Hängen hatten sich tiefe Risse gebildet. Man konnte förmlich dabei zusehen, wie sie auseinanderklafften und immer breiter wurden. Er zerfällt, begriff Sergej.

Der Berg fiel in der Tat auseinander. An den Kanten der Risse lösten sich hausgroße Schollen ab und stürzten donnernd herab. Bald hatten die Risse auch die Spitze des Berges erreicht. Sie sackte zuerst ab, dann neigte sie sich zur Seite und versank schließlich in dem aschgrauen Ungetüm.

»Recht so«, murmelte Sergej emotionslos.

Er triumphierte nicht und hatte auch keine Lust, den Untergang der Kolonie noch länger zu verfolgen. Der Schwarze Drache lag in den letzten Zügen oder hatte sein Leben womöglich schon ausgehaucht. Voltaire hätte sich sicher für die Einzelheiten seines Todeskampfes interessiert. Aber Sergej war das egal. Er legte die flache Hand an die Stirn, um das blendende Licht abzuschirmen, und blickte zum Himmel. Dort stand zwischen ein paar dunklen Wolken die Sonne im Zenit und warf ihre goldenen Strahlen zur Erde hinab.

Sergej spürte, wie ihm die Augen tränten. Das Sonnenlicht war einfach zu grell.

»Siehst du das?«, fragte er Polina.

Die Amazone erwiderte nichts. Aber er wusste die Antwort auch so.

EPILOG

Jemand klopfte hartnäckig an die Tür. Sergej drehte sich zur Wand und vergrub den Kopf unter dem Kissen. Hätte er geöffnet, hätte er mit jemandem reden müssen, und dazu hatte er keine Lust. Er wollte niemanden sehen. Eigentlich wollte er überhaupt nichts mehr.

Den Schwur, den er geleistet hatte, als er vor Polinas Leichnam kniete, hatte er erfüllt: Der Schwarze Drache war besiegt. Doch danach hatte sein Leben jeglichen Sinn verloren. Denn der einzige Mensch, mit dem er die Freude über diesen Sieg hätte teilen können, war nicht mehr da. Sondern für immer gegangen.

Nachdem er zum *Prospekt* zurückgekehrt war, hatte man ihn mit Fragen bombardiert. Am schlimmsten war ihm Voltaire in den Ohren gelegen. Doch Sergej hatte alle mit knappen Antworten abgespeist: Die Schimmelkolonie ist ausgelöscht, Polina tot, fertig.

Für das Schicksal der Amazone hatten sich außer Voltaire ohnehin nur der Kommandant und der Stalker Sanja interessiert. Sonst kannte sie ja keiner an der Station. Für Sergej war es ein Martyrium, von ihrem Tod zu erzählen, fast so schlimm, als würde er diese furchtbaren Momente noch einmal durchleben.

Immerhin hatten Voltaire und der Kommandant verständnisvoll reagiert und ihn bald in Ruhe gelassen. Damit auch die übrigen Bewohner des *Prospekts* Sergej nicht ständig mit Fragen löcherten, hatte Nikolai Stepanowitsch ihm ein eigenes Zimmer im Stationshotel zur Verfügung gestellt. Dort konnte er sich vor den zahlreichen Bewunderern verstecken, die alle Einzelheiten über seinen Kampf gegen den Schwarzen Drachen wissen wollten.

Voltaire war auf die wenig glorreiche Idee gekommen, Sergejs Verdienste an die große Glocke zu hängen. Jedem, der es wissen wollte, hatte der Doktor von der aggressiven Schimmelkolonie erzählt, die drauf und dran gewesen war, das Leben in der gesamten Metro auszulöschen, und davon, wie Kassarin das Monster im Alleingang vernichtet hatte.

Seine mit allerlei erfundenen Details garnierten Berichte hatten sich wie ein Lauffeuer in der Metro verbreitet. Seither strömten von anderen Stationen ständig Leute zum *Prospekt*. Die einen, um Genaueres über die nur knapp verhinderte Katastrophe zu erfahren, die anderen, um dem Helden ihre Dankbarkeit zu bekunden. Da Sergej sich so gut wie nie am Bahnsteig blicken ließ, sondern es vorzog, in seinem Zimmer zu bleiben, musste Voltaire sich um die Sensationstouristen kümmern. Das hatte er sich selbst eingebrockt.

Wo auch immer Arkadi Rudolfowitsch auftauchte, bildete sich sofort eine Menschentraube um ihn. Anfangs zierte er sich der Form halber ein wenig, doch dann gab er dem Drängen der Frager nach und erzählte zum x-ten Mal die Geschichte vom tragischen Kampf gegen den Drachen. Sergejs Namen erwähnte er zwar nicht mehr, nachdem ihn dieser darum gebeten hatte, doch besonders hartnäckige Besucher bekamen ihn trotzdem irgendwie heraus und wollten es sich auf keinen Fall nehmen lassen, Kassarin persönlich kennenzulernen.

Es half nichts: Das Klopfen an der Tür hörte einfach nicht mehr auf. Sergej fasste den Entschluss, dem aufdringlichen Ruhestörer eine Abreibung zu verpassen. Ob sich solcherlei Selbstjustiz für einen Drachentöter ziemte, wusste er nicht, es war ihm aber auch herzlich egal. Es reichte jetzt!

Sergej sprang aus seinem Bett, schob den Riegel zurück und riss wutentbrannt die Tür auf. Draußen stand zu seiner Überraschung jedoch keiner der Pilger, sondern der Kommandant höchstpersönlich.

»Du hast ja einen gesegneten Schlaf«, sagte Nikolai Stepano-witsch süffisant und verzog keine Miene dabei. Sergej wusste nicht so recht, ob der Kommentar als Respektsbekundung oder als Vor-wurf gemeint war. »Kann man reinkommen?«

Sergej gab den Weg frei. Der Kommandant trat ein, warf einen Blick auf das zerknitterte Bett, hob das heruntergefallene Kissen auf und seufzte.

»Trauerst du immer noch um deine Liebste? Sie war eine hüb-sche junge Frau, temperamentvoll und mutig.« Er ließ den Blick durch den winzigen, schlauchähnlichen Raum gleiten. »Trotzdem ist das kein Grund, sich in seinen vier Wänden zu vergraben. Ihr hätte das bestimmt nicht gefallen.«

»Überlassen Sie das …«, wollte Sergej protestieren, doch Niko-lai Stepanowitsch ließ ihn nicht ausreden.

»Ich weiß, das geht mich nichts an.« Und dann stellte er aus heiterem Himmel eine völlig unerwartete Frage. »Was hältst du davon, zur *Roschtscha* zurückzukehren?«

»Zurückzukehren?«, wiederholte Sergej verdutzt. »Wozu?«

»Rudolfowitsch … äh, also Voltaire und ich haben in den letz-ten Tagen mit vielen Leuten gesprochen, die von anderen Statio-nen gekommen sind. Es gibt einige darunter, die sich gut vorstel-len könnten, zur *Marschalskaja* oder zur *Roschtscha* zu übersiedeln. Um dort zu wohnen, sozusagen.«

Sergej traute seinen Ohren nicht.

»Aber die Stationen sind doch ausgelöscht.«

»Schon, aber diese Leute wollen sie instand setzen und wieder zum Leben erwecken. Für die *Marschalskaja* hat sich bereits ein Trupp formiert. Und für die *Roschtscha* wird ein Kommandant gesucht.« Nikolai Stepanowitschs Augen funkelten hinter seiner Brille. »Was sagst du dazu?«

Sergej begriff nicht sofort, worauf der Kommandant hinaus-wollte, und als es ihm klar wurde, wunderte er sich noch mehr.

»Ich als Kommandant? Das soll wohl ein Witz sein?«

Doch Nikolai Stepanowitsch hatte mitnichten einen Scherz gemacht.

»Dein Vater war nur wenig älter als du, als er Sicherheitschef an der *Roschtscha* wurde. Und damals, vor zwanzig Jahren, war dieser Job noch wesentlich schwieriger.«

Sergej breitete die Arme aus.

»Das hat sich damals eben so ergeben. Die Station musste verteidigt werden, und mein Vater war der Einzige, der etwas vom soldatischen Metier verstand.«

»Du hast die ganze Metro verteidigt. Dein Vater wäre stolz auf dich.«

Sergej kaute auf seiner Lippe herum und stand einige Zeit grübelnd da. Nikolai Stepanowitsch drängte ihn nicht, doch sein erwartungsvoller Blick sprach Bände.

»Sagen Sie mal, gibt es jemanden …«, begann Sergej vorsichtig, doch dann war ihm das Herumgedruckse peinlich, und er stellte seine Frage frei heraus: »Ist schon jemand für den Posten des Sicherheitschefs vorgesehen?«

»Nein«, erwiderte der Kommandant. »Einen zu berufen wäre deine erste Aufgabe als Stationsoberhaupt.«

Sergej machte den Rücken gerade.

»Der Posten als Kommandant ist nichts für mich. Ein Stationskommandant muss über Wissen und Erfahrung verfügen. Er muss organisieren und delegieren können. Dazu braucht man jemanden, der mit allen Wassern gewaschen ist und Autorität ausstrahlt. Jemanden wie Sie, Nikolai Stepanowitsch. Als Sicherheitschef dagegen hat man eine ganz konkrete Aufgabe zu erfüllen, nämlich für den Schutz der Station und ihrer Bewohner zu sorgen. Ich denke, das ist genau das, was ich am besten kann.«

»Dann sollst du das auch machen.« Der Kommandant schritt auf ihn zu und drückte ihm die Hand. »Gratuliere, Chef des Sicherheitsdienstes Kassarin.« Er schmunzelte und schüttelte den

Kopf. »Voltaire hatte tatsächlich recht. Du hast genau so reagiert, wie er es vorausgesagt hat.«

Mit diesen Worten wandte er sich zur Tür und wollte schon gehen, als Sergej plötzlich einen Geistesblitz hatte.

»Warten Sie, Nikolai Stepanowitsch. Weil Sie gerade von Voltaire sprachen … Der würde einen ausgezeichneten Kommandanten abgeben! Glauben Sie, er wäre bereit dazu?«

Der Kommandant grinste verschmitzt.

»Das werden wir beide ihn auf der Stelle fragen. Komm mit.«

Sie fanden Voltaire an der Krankenstation, die nicht wie an der *Roschtscha* in einem Armeezelt, sondern in einem eigens dafür aufgestellten Pavillon untergebracht war. Der Doktor stand am Eingang, hielt ein etwa fünfjähriges Mädchen mit verheulten Augen an der Hand und wirkte völlig überfordert. So hilflos hatte Sergej ihn noch nie gesehen.

»Da kommt Onkel Sergej«, sagte Voltaire, schaute dabei aber nicht das Mächen an, sondern den näher kommenden Kassarin. »Er weiß jede Menge Märchen, die du noch nicht kennst. Wenn du willst, erzählt er dir bestimmt eins.«

Das Mädchen schaute auf zu Sergej.

»Dich kenne ich. Du warst mit der Tante zusammen, die die Sense getötet hat.«

Das war ich in der Tat, dachte Sergej bitter. Aber das ist jetzt vorbei. Vielleicht ist es sogar gut, dass ich jetzt allein bin. Als Chef des Sicherheitsdienstes lebt man gefährlich. Dann trauert wenigstens niemand, wenn einem etwas zustößt …

»Die Sense hat meinen Papa gefressen«, schluchzte das Mädchen. »Und jetzt ist auch noch meine Mama gestorben.« Sie brach in Tränen aus.

»Wie ist das passiert, Rudolfowitsch?«, stutzte der Kommandant. »Sie war doch noch eine junge Frau …«

Voltaire seufzte.

»Peritonitis. Es sind zwei Ärzte an der Station, aber kein einziger Chirurg! Sie hatte einen Blinddarmdurchbruch. Man hätte die Bauchhöhle reinigen müssen. Aber wie hätten wir das machen sollen, noch dazu ohne Narkose?« Er winkte deprimiert ab. »Es ist ein Jammer!«

»Tragisch«, pflichtete Nikolai Stepanowitsch bei.

Die beiden waren so betroffen, dass sie das kleine Mädchen ganz vergaßen, das es im Moment am schwersten von allen hatte. Sergej ging vor der Kleinen in die Hocke, streichelte ihr über die Schulter und nahm ihre tränennasse Patschhand.

»Du magst also Märchen, ja?«

Das Mädchen nickte.

»Mama hat mir immer ein Gutenachtmärchen erzählt, damit ich gut schlafen kann«, flüsterte sie unter Tränen. »Jetzt wird mir nie wieder jemand Märchen erzählen.«

»Aber ja doch, ich erzähle dir eins. Wie heißt du?«

»Polina«, schluchzte die Kleine.

Sergej gab es einen Stich, und es schnürte ihm die Kehle zusammen. Er sah in dem Mädchen plötzlich seine Polina, wie sie vor vierzehn Jahren gewesen war, und ertappte sich sogar dabei, dass er im verheulten Gesicht der Kleinen nach den Zügen der Amazone suchte.

In diesem Augenblick wurde ihm klar, dass er es sich niemals verzeihen würde, wenn er dieses Mädchen jetzt mit seinem Schicksal allein ließe.

»Weißt du was?«, sagte er. »Wir denken uns gemeinsam ein Märchen aus. Ein richtig schönes Märchen.«

Die Kleine schniefte immer noch, aber schon weniger bitter als zuvor. Sie schaute ihm in die Augen.

»Und wird dieses Märchen auch ein gutes Ende haben?«

»Ganz bestimmt«, antwortete Sergej ehrlich.

Die Kleine und überhaupt alle Bewohner der Metro hatten das wirklich verdient …

ANMERKUNGEN

Seite 34: BRAGA
Selbst gebrautes, schwach alkoholisches Getränk, bei dessen Herstellung verschiedenste Zutaten wie Zucker und Mehl vergoren werden.

Seite 35: SAMOGON
»Samogon« ist das russische Wort für »Selbstgebrannter« und bezeichnet selbst gebrannten Schnaps verschiedenster Art – vom sauberen Klaren bis hin zum übelsten Fusel.

Seite 36: SERSCH
Koseform von Sergej.

Seite 43: »ER SCHAUT DIE MUTTER ZÄRTLICH AN ...«
Strophe aus dem Song »Der kleine Kranich« (russisch: »Schurawlik«) der russischen Popikone Alla Pugatschowa. Der Song datiert aus dem Jahr 1978.

Seite 63: DUR
Das russische Wort »dur« bedeutet »Spinnerei, Idiotie, Dummheit« und bezeichnet wohl ungefähr den Zustand, den der Konsum dieses Rauschgifts hervorruft.

Seite 277: PLOSCHTSCHAD MARKSA

Die *Ploschtschad Marksa* (deutsch: Marx-Platz) ist die unterhalb des Karl-Marx-Platzes befindliche Metro-station.

Seite 324: METROBRÜCKE

Die Nowosibirsker Metrobrücke über den Fluss Ob ist mit 2145 Metern Gesamtlänge die längste Metro-brücke der Welt. Sie ist in geschlossener Bauweise, also als Tunnelbrücke ausgeführt.

Seite 330: UL. BOLSCHE…

Straßenschild der Bolschewistskaja-Straße, die entlang des Ob-Ufers verläuft.

Seite 392: KAMENKA

Zufluss des Ob, der durch mehrere Stadtteile Nowo-sibirsks verläuft.

Dmitry Glukhovsky

Das neue Meisterwerk vom Metro-2033-Bestsellerautor

Europa, in der Zukunft: Seit die Sterblichkeit überwunden wurde, ist die Erde total überbevölkert. Der gesamte Kontinent ist zu einer einzigen Megapolis aus gigantischen Wohntürmen zusammengewachsen. Nur die Reichen und Mächtigen können sich in den obersten Etagen noch ein unbeschwertes Leben leisten, während die Mehrheit der Bevölkerung auf den niederen Ebenen ein beengtes Dasein fristet. Die Fortpflanzung ist streng reglementiert, und illegale Geburten werden unnachgiebig verfolgt. Als der Polizist Nr. 717 auf den Anführer einer Terrorgruppe angesetzt wird, gerät er in das Netz eines Komplotts, das bis in die höchsten Etagen der Gesellschaft reicht – und das die brutale Ordnung ins Wanken bringen wird ...

978-3-453-31554-9

Leseprobe unter: **www.heyne.de**

HEYNE ‹